COLECȚIE COORDONATĂ DE
MAGDALENA MĂRCULESCU

Povestea fetiței pierdute

E L E N A

F E R R A N T E

Povestea fetiței pierdute

R O M A N

Traducere din italiană de Cerasela Barbone

literary FICTION

PANDORA M

EDITORI:
Magdalena Mărculescu
Vasile Dem. Zamfirescu
Silviu Dragomir

FONDATOR:
Ion Mărculescu, 1994

REDACTOR:
Oana Duşmănescu

COPERTA:
Andrei Gamarţ

DIRECTOR PRODUCŢIE:
Cristian Claudiu Coban

DTP:
Florin Paraschiv

CORECTURĂ:
Roxana Nacu
Maria Muşuroiu

Descrierea CIP a Bibliotecii Naţionale a României
FERRANTE, ELENA
Tetralogia Napolitană / Elena Ferrante; trad.: Cerasela Barbone. – Bucureşti: Pandora Publishing, 2015 –
4 vol.
ISBN 978-973-1989-69-3
Vol. 4: **Poveştea fetiţei pierdute** – 2017. –
ISBN 978-606-978-055-8

I. Barbone, Cerasela (trad.)

821.131.1

Titlul original: Storia della bambina perduta
Autor: Elena Ferrante

O.P. 16, Ghişeul 1, C.P. 0490, Bucureşti
Tel.: +4 021 300 60 90 ; Fax: +4 0372 25 20 20
W: pandoram.ro

ISBN: 978-606-978-055-8

Pandora M face parte din Grupul Editorial TREI

INDICELE PERSONAJELOR

Familia Cerullo (familia cârpaciului):

Fernando Cerullo, cizmar, tatăl Lilei.

Nunzia Cerullo, mama Lilei.

Raffaella Cerullo, zisă *Lina* sau *Lila*. S-a născut în august 1944. Are șaizeci și șase de ani când dispare fără urmă din Napoli. Se căsătorește foarte tânără cu Stefano Carracci, dar în timpul unei vacanțe la Ischia se îndrăgostește de Nino Sarratore, pentru care își părăsește soțul. După conviețuirea nereușită cu Nino și nașterea fiului lor Gennaro, zis Rino, Lila îl părăsește definitiv pe Stefano când află că acesta așteaptă un fiu de la Ada Cappuccio. Se mută cu Enzo Scanno la San Giovanni a Teduccio, până când, după câțiva ani, se întoarce să locuiască în cartier, împreună cu Enzo și cu Gennaro.

Rino Cerullo, fratele mai mare al Lilei. E căsătorit cu Pinuccia Carracci, sora lui Stefano, de la care are doi copii. Primul fiu al Lilei poartă numele lui, adică Rino.

Alți copii.

Familia Greco (familia portarului):

Elena Greco, zisă *Lenuccia* sau *Lenù*. Născută în august 1944, e naratoarea lungii povești pe care o citim. După clasele primare, Elena continuă să studieze cu tot mai mare succes până la obținerea diplomei la Școala Normală din Pisa, unde îl cunoaște pe Pietro Airota cu care, după câțiva ani, se căsătorește și se mută la Florența. Au două fete împreună, Adele, zisă Dede, și Elsa, dar Elena, pe care căsnicia o decepționează, ajunge până la urmă să-și părăsească fetele și pe Pietro când începe o relație cu Nino Sarratore, iubirea ei din copilărie.

Peppe, *Gianni* și *Elisa*, frații mai mici ai Elenei. Elisa, în ciuda dezaprobării Elenei, se mută împreună cu Marcello Solara.

Tatăl, portar la primărie.
Mama, casnică.

Familia Carracci (familia lui don Achille):

Don Achille Carracci, activ pe bursa neagră și cămătar. A fost ucis.

Maria Carracci, soția lui don Achille, mama lui Stefano, a Pinucciei și a lui Alfonso. Fiica pe care Stefano o are cu Ada Cappuccio îi poartă numele.

Stefano Carracci, fiul defunctului don Achille, negustor și primul soț al Lilei. Nemulțumit de furtunoasa căsnicie cu Lila, începe o relație cu Ada Cappuccio, cu care se mută mai apoi. Este tatăl lui Gennaro, fiul Lilei, și al Mariei, născută din relația cu Ada.

Pinuccia, fiica lui don Achille. Se căsătorește cu fratele Lilei, Rino, și are doi copii cu el.

Alfonso, fiul lui don Achille. Se căsătorește resemnat cu Marisa Sarratore după o lungă logodnă.

Familia Peluso (familia tâmplarului):

Alfredo Peluso, tâmplar și comunist, a murit în închisoare.

Giuseppina Peluso, soția devotată a lui Alfredo, se sinucide la moartea acestuia.

Pasquale Peluso, fiul cel mare al lui Alfredo și al Giuseppinei, zidar, militant comunist.

Carmela Peluso, zisă *Carmen*. Sora lui Pasquale, a fost mult timp logodită cu Enzo Scanno. Se căsătorește apoi cu benzinarul de la șosea, cu care are doi copii.

Alți copii.

Familia Cappuccio (familia văduvei nebune):

Melina, văduvă, rudă cu Nunzia Cerullo. Aproape că și-a pierdut mințile după terminarea relației cu Donato Sarratore, a cărui amantă a fost.

Soțul Melinei, mort în împrejurări necunoscute.

Ada Cappuccio, fiica Melinei. Logodită mult timp cu Pasquale Peluso, devine amanta lui Stefano Carracci și se mută împreună cu el. Din relația lor se naște o fetiță, Maria.

Antonio Cappuccio, fratele ei, mecanic. A fost logodit cu Elena.

Alți copii.

Familia Sarratore (familia feroviarului-poet):

Donato Sarratore, mare crai, a fost amantul Melinei Cappuccio. Și Elena, foarte tânără, îi cedează pe plajă la Ischia, îmboldită de suferința pricinuită de relația dintre Nino și Lila.

Lidia Sarratore, soția lui Donato.

Nino Sarratore, primul născut dintre fiii lui Donato și ai Lidiei, are o lungă relație clandestină cu Lila. Căsătorit cu Eleonora, de la care l-a avut pe Albertino, începe o relație cu Elena, de asemenea căsătorită și cu copii.

Marisa Sarratore, sora lui Nino. Căsătorită cu Alfonso Carracci. Devine amanta lui Michele Solara, cu care are doi copii.

Pino, *Clelia* și *Ciro Sarratore*, copiii mai mici ai lui Donato și ai Lidiei.

Familia Scanno (familia vânzătorului de fructe):

Nicola Scanno, vânzător de fructe, mort de pneumonie.

Assunta Scanno, soția lui Nicola, moartă de cancer.

Enzo Scanno, fiul lui Nicola și al Assuntei, a fost mult timp logodit cu Carmen Peluso. Când Lila se hotărăște să-l părăsească definitiv pe Stefano, se ocupă de ea și de fiul ei, Gennaro, ducându-i să locuiască la San Giovanni a Teduccio.

Alți copii.

Familia Solara (familia proprietarului de cafenea cu același nume):

Silvio Solara, patronul cafenelei.

Manuela Solara, soția lui Silvio, cămătăreasă. De-acum bătrână, este ucisă în ușa casei.

Marcello și *Michele Solara*, fiii lui Silvio și ai Manuelei. Respins în tinerețe de Lila, *Marcello*, după mulți ani, se mută împreună cu Elisa, sora mai mică a Elenei.

Michele, căsătorit cu Gigliola, fata cofetarului, de la care are doi copii, și-o ia ca amantă pe Marisa Sarratore, de la care are alți doi copii. Este, oricum, obsedat în continuare de Lila.

Familia Spagnuolo (familia cofetarului):

Domnul Spagnuolo, cofetarul cafenelei Solara.

Rosa Spagnuolo, soția cofetarului.

Gigliola Spagnuolo, fata cofetarului, soția lui Michele Solara și mama celor doi copii ai lui.

Alți copii.

Familia Airota:

Guido Airota, profesor de literatură greacă.

Adele, soția lui.

Mariarosa Airota, fiica cea mare, profesoară de istoria artei la Milano.

Pietro Airota, un foarte tânăr profesor universitar. Soțul Elenei și tatăl lui Dede și al Elsei.

Profesorii:

Ferraro, învățător și bibliotecar.

Oliviero, învățătoare.

Gerace, profesor de gimnaziu.

Galiani, profesoară de liceu.

Alte personaje:

Gino, fiul farmacistului și primul logodnic al Elenei. Șeful fasciștilor din cartier, este omorât într-o ambuscadă în fața farmaciei.

Nella Incardo, verișoara învățătoarei Oliviero.

Armando, medic, fiul profesoarei Galiani. E căsătorit cu Isabella, cu care are un fiu pe nume Marco.

Nadia, studentă, fiica profesoarei Galiani, a fost logodită cu Nino. În timpul adeziunii la mișcarea politică se atașează de Pasquale Peluso.

Bruno Soccavo, prietenul lui Nino Sarratore și moștenitorul fabricii de mezeluri a familiei. Este ucis chiar în fabrica lui.

Franco Mari, logodnicul Elenei în primii ani de facultate, s-a dedicat activismului politic. Își pierde un ochi în urma unei ambuscade fasciste.

Silvia, studentă și activistă politic. Are un fiu, Mirko, născut dintr-o scurtă relație cu Nino Sarratore.

Maturitatea, Povestea fetiței pierdute

1.

Din octombrie 1976 până în 1979, când m-am întors să locuiesc la Napoli, am evitat să reînnod o relaţie stabilă cu Lila. Dar n-a fost uşor. Ea a încercat aproape imediat să intre din nou cu forţa în viaţa mea şi eu am ignorat-o, am tolerat-o, am suportat-o. Deşi se comporta ca şi cum nu şi-ar fi dorit decât să-mi fie aproape într-un moment dificil, nu puteam uita dispreţul cu care mă tratase.

Astăzi mă gândesc că dacă la mijloc ar fi fost doar jignirea aceea care m-a rănit — eşti o cretină, îmi urlase la telefon când îi spusesem despre Nino, şi nu se întâmplase niciodată înainte, *niciodată*, să-mi vorbească în felul acela — m-aş fi liniştit repede. În realitate, mai mult decât jignirea aceea, a contat aluzia la Dede şi la Elsa. Gândeşte-te la răul pe care-l faci fiicelor tale, îmi reproşase şi, pe moment, nu dădusem importanţă acestui fapt. Dar cuvintele acelea au căpătat în timp din ce în ce mai multă greutate, mi-au revenit adesea în minte. Lila nu manifestase niciodată nici cel mai mic interes faţă de Dede şi de Elsa, aproape sigur nici nu-şi amintea numele lor. De fiecare dată când menţionasem, la telefon, vreo replică inteligentă de-a lor, mi-o retezase scurt, schimbând subiectul. Iar când le întâlnise pentru prima oară în casa lui Marcello Solara, se mulţumise să le privească cu indiferenţă şi le aruncase câteva fraze generice, nu acordase nicio atenţie modului în care erau frumos îmbrăcate, frumos pieptănate, capabile amândouă, deşi încă mici, să se exprime cu eleganţă. Şi totuşi *eu* le făcusem, *eu* le crescusem, erau parte din mine, prietena ei dintotdeauna: ar fi trebuit să facă loc — nu spun de drag, dar măcar din politeţe — mândriei mele de mamă. În schimb, nu strecurase nici măcar puţină ironie bonomă, afişase indiferenţă şi atât. Acum însă — din gelozie, cu siguranţă, pentru că Nino era al meu — îşi amintise de fete și dorea să sublinieze că eram cea mai rea mamă, că le provocam lor suferință numai ca să fiu eu fericită. Imediat cum mă gândeam la asta mă enervam. Lila își făcuse cumva griji pentru Gennaro când îl părăsise pe Stefano, când îl abandonase pe copil la vecină din cauza muncii la fabrică, când îl trimisese la mine aproape ca să se debaraseze de el? Ah, aveam păcatele mele, dar eram, fără îndoială, o mamă mai bună decât ea.

2.

Astfel de gânduri au devenit ceva obișnuit în anii aceia. A fost ca și cum Lila, care în privința lui Dede și a Elsei, în fond, rostise doar acea singură frază perfidă, ar fi devenit avocatul apărării nevoilor fiicelor mele și eu m-aș fi simțit obligată să-i demonstrez că greșea de fiecare dată când le neglijam ca să mă dedic mie. Dar era doar o voce dictată de toane, nu știu ce credea cu adevărat despre comportamentul meu de mamă. Numai ea poate povesti asta, dacă într-adevăr a reușit să devină parte din această înlănțuire foarte lungă de cuvinte pentru a-mi modifica textul, pentru a introduce voit verigi lipsă, pentru a desprinde altele fără să se vadă, pentru a spune despre mine mai mult decât vreau eu, mai mult decât sunt eu în stare să spun. E binevenită această intruziune a ei, mi-o doresc de când am început să schițez povestea noastră, dar trebuie să ajung la final ca să pot verifica toate aceste pagini. Dacă aș încerca acum, sigur m-aș bloca. Scriu de prea mult timp și sunt obosită, e tot mai dificil să păstrez întins firul povestirii în haosul anilor, al evenimentelor mici și mari, al stărilor. Așa că fie tind să trec lesne peste problemele mele ca imediat s-o înșfac din nou pe Lila și toate complicațiile pe care le poartă cu ea, fie, și mai rău, mă las prinsă de întâmplările vieții mele doar pentru că le schițez cu o mai mare ușurință. Dar trebuie să mă feresc de această răscruce. Nu trebuie să merg pe primul drum, de-a lungul căruia — pentru că natura relației noastre impune în esență ca eu să pot ajunge la ea doar trecând peste mine — aș sfârși, dacă stau deoparte, prin a găsi tot mai puține urme ale Lilei. Și, pe de altă parte, nici pe al doilea nu trebuie s-o apuc. Ei i-ar conveni ca eu, într-adevăr, să vorbesc despre experiența mea din ce în ce mai neclar. Hai — mi-ar spune — să aflăm ce întorsătură a luat viața ta, cui îi pasă de a mea, mărturisește că nici măcar ție nu-ți pasă. Și ar conchide: eu sunt o mâzgălitură peste altă mâzgălitură, complet nepotrivită pentru una dintre cărțile tale; renunță la mine, Lenù, ștersăturile nu se povestesc.

Ce să fac, așadar? Să-i dau încă o dată dreptate? Să accept că a fi adult înseamnă a înceta să te expui, înseamnă a învăța să te ascunzi până la dispariție? Să recunosc faptul că, pe măsură ce anii trec, știu tot mai puțin despre Lila?

În dimineața asta țin în frâu oboseala și mă așez din nou la birou. Acum, când sunt aproape de momentul cel mai dureros al poveștii noastre, vreau să caut pe hârtie un echilibru între mine și ea pe care în viață n-am reușit să-l găsesc nici măcar între mine și mine.

3.

Din zilele petrecute la Montpellier îmi amintesc tot, mai puțin orașul. E ca și cum n-aș fi fost niciodată acolo. Afară din hotel, afară din amfiteatrul monumental unde se ținea conferința academică cu care era ocupat Nino, văd astăzi doar o toamnă vântoasă și un cer azuriu sprijinit pe nori albi. Și totuși, acel toponim, Montpellier, mi-a rămas din multe motive în memorie ca un semn al sustragerii din fața unor responsabilități. Ieșisem deja o dată din Italia, la Paris, cu Franco, și mă simțisem electrizată de îndrăzneala mea. Dar atunci mi se părea că lumea mea era și ar fi rămas pentru totdeauna cartierul, Napoli, în timp ce restul semăna cu o scurtă excursie la țară într-o atmosferă excepțională în care mă puteam imagina așa cum, de fapt, n-aș fi fost niciodată. Montpellier, în schimb, care deși era mult mai puțin incitant decât Parisul, mi-a dat impresia că zăgazurile mele s-au rupt și eu m-am revărsat. Simplul fapt de a mă afla în locul acela constituia în ochii mei dovada că tot cartierul, Napoli, Pisa, Florența, Milano, Italia însăși erau doar minuscule așchii de lume și făceam bine să nu mă mai mulțumesc cu acele așchii. La Montpellier am conștientizat îngustimea vederilor pe care le aveam, a limbii în care mă exprimam și în care scrisesem. La Montpellier mi s-a părut evident cât este de limitat, la treizeci și doi de ani, să fiu soție și mamă. Și în toate acele zile pline de iubire m-am simțit pentru prima dată eliberată de lanțurile pe care le căpătasem de-a lungul anilor, cele datorate originii mele, cele pe care le dobândisem având succes la școală, cele rezultate din alegerile de viață pe care le făcusem, întâi de toate din căsnicie. Acolo am înțeles și motivele plăcerii pe care o simțisem, în trecut, când mi-am văzut prima carte tradusă în alte limbi și, totodată, motivele neplăcerii fiindcă în afara Italiei găsisem puțini cititori. Era minunat să treci granițe, să te relaxezi în alte culturi, să descoperi condiția de provizorat a lucrurilor pe care le considerasem definitive. Dacă în trecut judecasem faptul că Lila nu ieșise niciodată din Napoli, că, dimpotrivă, se speriase chiar și de San Giovanni a Teduccio, ca pe o alegere de-a ei discutabilă pe care însă, ca de obicei, ea știa s-o preschimbe în avantaj, acum mi s-a părut pur și simplu un semn de minte îngustă. Am reacționat așa cum reacționezi față de cine te insultă, cu aceeași formulă care te-a jignit. *Tu te-ai fi înșelat în privința mea? Nu, draga mea, eu, eu sunt cea care m-am înșelat în privința ta: vei rămâne toată viața să privești camioanele care trec pe șosea.*

Zilele au zburat. Organizatorii îi rezervaseră din timp lui Nino o cameră single la hotel și, pentru că mă hotărâsem prea târziu să-l însoțesc, n-avusese cum s-o schimbe într-una matrimonială. Aveam, așadar, camere separate, dar în fiecare seară eu făceam duș, mă pregăteam pentru noapte și apoi, cu inima bătându-mi ușor, mă duceam în camera lui. Dormeam împreună, strânși unul în celălalt ca și cum ne-am fi temut că o forță ostilă o să ne separe în somn. Dimineața ceream micul dejun la pat, ne bucuram de luxul acela pe care eu îl văzusem doar în filme, râdeam mult, eram fericiți. În timpul zilei îl însoțeam în sala mare a conferinței și, deși vorbitorii citeau pagini după pagini ei înșiși pe un ton plictisit, era entuziasmant să fim împreună. Stăteam alături de el, fără să-l deranjez. Nino urmărea cu multă atenție intervențiile, lua notițe și, din când în când, îmi șoptea la ureche comentarii ironice și cuvinte de dragoste. La prânz și la cină ne amestecam printre universitari veniți din jumătate de lume, cu nume străine, în limbi străine. Desigur, oratorii mai prestigioși stăteau la o masă rezervată lor, noi făceam parte din adunarea din jurul unei mese de cercetători mai tineri. Dar m-a impresionat flexibilitatea lui Nino, atât în timpul lucrărilor, cât și la restaurant. Ce diferit era de studentul de odinioară, chiar și de tânărul care îmi luase apărarea în librăria din Milano cu aproape zece ani în urmă. Dăduse uitării tonalitățile polemice, trecea cu tact peste barierele academice, stabilea relații cu o atitudine serioasă și totodată captivantă. Când în engleză (perfectă), când în franceză (bună), conversa în mod strălucit, etalându-și vechiul cult pentru cifre și eficiență. M-am simțit foarte mândră că lumea îl plăcea atât de mult. În câteva ore le-a devenit simpatic tuturor, trăgeau de el în toate părțile.

A existat un singur moment în care s-a schimbat brusc, s-a întâmplat în seara dinaintea intervenției lui la conferință. A devenit distant și nepoliticos, mi s-a părut copleșit de neliniște. A început să discrediteze textul pe care-l pregătise, a repetat de mai multe ori că nu-i venea să scrie la fel de ușor ca mie, s-a enervat pentru că nu avusese timp să lucreze așa cum trebuia. M-am simţit vinovată — situaţia noastră complicată îi abătuse atenţia? — şi am încercat să repar atmosfera îmbrăţişându-l, sărutându-l, îndemnându-l să-mi citească paginile lui. Mi le-a citit şi pe mine m-a înduioşat aerul lui de şcolărel speriat. Intervenţia mi s-a părut nu mai puţin plictisitoare decât cele pe care le ascultasem în amfiteatru, dar l-am lăudat mult şi s-a liniştit. În dimineaţa următoare s-a dat în spectacol cu o căldură afectată, l-au aplaudat. Seara, unul dintre universitarii prestigioşi, un american, l-a invitat să stea lângă el. Eu am rămas singură, dar nu mi-a părut rău. Când era Nino, nu vorbeam cu nimeni, în vreme ce în absenţa lui am fost obligată să mă descurc cu franceza mea chinuită şi m-am împrietenit cu un cuplu din Paris. Mi-au plăcut pentru că am aflat repede că erau într-o situaţie nu foarte diferită de a noastră. Amândoi considerau sufocantă instituţia familiei, amândoi, cu tristeţe, lăsaseră în urmă consorţi şi copii, amândoi păreau fericiţi. El, Augustin, în jur de vreo cincizeci de ani, era roşu la faţă, avea ochi albaştri foarte vioi, mustăţi imense care băteau în blond. Ea, Colombe, puţin peste treizeci de ani, ca mine, avea un păr negru foarte scurt, ochi şi buze conturate viguros pe un chip mic, o eleganţă seducătoare. Am vorbit mai ales cu Colombe, care avea un băiat de şapte ani.

— Mai sunt câteva luni, am spus, până când fiica mea cea mare împlineşte şapte ani, dar anul acesta merge deja în clasa a doua, e foarte silitoare.

— Al meu e foarte isteţ şi plin de imaginaţie.

— Cum a primit despărţirea?

— Bine.

— N-a suferit nici măcar un pic?

— Copiii nu au rigidităţile noastre, sunt flexibili.

A insistat în privinţa flexibilităţii pe care o atribuia copilăriei, mi s-a părut că asta o consolează. A adăugat: în mediul nostru e destul de răspândit ca părinţii să se despartă, copiii ştiu că se poate întâmpla. Dar tocmai în timp ce-i spuneam că nu cunoşteam alte femei despărţite în afară de o prietenă de-a mea, ea a schimbat brusc registrul, a început să se plângă de copil: e bun, dar lent, a zis, la şcoală spun că e dezordonat. M-a tulburat mult că începuse să vorbească fără pic de duioşie, aproape cu ranchiună, ca şi cum fiul ei s-ar fi comportat în felul acela ca să-i facă în ciudă şi asta m-a neliniştit. Partenerul ei şi-a dat probabil seama, a intervenit, s-a lăudat cu cei doi băieţi *ai lui*, unul de paisprezece şi unul de optsprezece, a glumit în legătură cu cât de simpatici erau amândoi atât femeilor tinere, cât şi celor mature. Când Nino s-a întors lângă mine, cei doi bărbaţi — mai ales Augustin — au început să-i discrediteze pe majoritatea vorbitorilor. Colombe s-a băgat aproape imediat în discuţie cu o veselie puţin artificială. Clevetirea a creat repede o legătură, Augustin a vorbit şi a băut mult toată seara, partenera lui râdea imediat ce Nino reuşea să deschidă gura. Ne-au invitat să mergem la Paris cu ei, cu maşina.

Conversaţiile despre copii şi invitaţia aceea la care noi n-am răspuns nici da, nici nu m-au readus cu picioarele pe pământ. Până în acel moment, Dede şi Elsa îmi reveneau în minte în permanenţă, chiar şi Pietro, dar suspendaţi parcă într-un univers paralel, nemişcaţi în jurul mesei din bucătăria de la Florenţa, sau în faţa televizorului, sau în paturile lor. Brusc, lumea mea şi a lor au început să comunice din nou. Mi-am dat seama că zilele din Montpellier erau pe sfârşite, că, inevitabil, Nino şi cu mine ne vom întoarce la casele noastre, că va trebui să înfruntăm respectivele crize conjugale, eu la Florenţa, el la Napoli. Şi corpul fetelor s-a reunit cu al meu, am perceput, violent, acest contact. De cinci zile nu ştiam nimic de ei şi când mi-am dat seama de asta am simţit o greaţă puternică, dorul a devenit insuportabil. Mi s-a făcut teamă nu de viitor în general, ce părea de-acum în mod inevitabil ocupat de Nino, ci de orele care urmau să vină, de mâine, de poimâine. N-am putut rezista şi, deşi era aproape miezul nopţii — ce importanţă are, mi-am zis, Pietro e mereu treaz —, am încercat să telefonez.

N-a fost prea ușor, dar în cele din urmă am obținut legătura. Alo, am zis. Alo, am repetat. Știam că la capătul celălalt era Pietro, i-am spus pe nume: Pietro, sunt Elena, ce fac fetele. Legătura s-a întrerupt. Am așteptat câteva minute, apoi am cerut centralistei să sune din nou. Eram hotărâtă să insist toată noaptea, dar de data asta Pietro a răspuns.

— Ce vrei?

— Spune-mi de fete.

— Dorm.

— Știu, dar ce fac?

— Ce-ți pasă?

— Sunt fiicele mele.

— Le-ai părăsit, nu mai vor să fie fiicele tale.

— Ți-au zis ție asta?

— I-au spus mamei mele.

— Ai chemat-o pe Adele?

— Da.

— Spune-le că mă întorc peste câteva zile.

— Nu, nu te mai întoarce. Nici eu, nici fetele, nici mama mea nu vrem să te mai vedem.

4.

Am tras o porție zdravană de plâns, apoi m-am calmat și m-am dus la Nino. Voiam să-i spun de convorbirea aceea telefonică, voiam să mă consoleze. Dar în timp ce mă pregăteam să bat la ușa lui am auzit că vorbea cu cineva. Am ezitat. Era la telefon, nu înțelegeam ce spunea, nici în ce limbă vorbea, dar m-am gândit imediat că i se adresa soției lui. Deci se întâmpla asta, în fiecare seară? Când eu mă duceam în camera mea să mă pregătesc de culcare și el rămânea singur, o suna pe Eleonora? Căutau o cale de a se despărţi fără scandal? Sau se împăcau şi, odată ce paranteza de la Montpellier se va închide, ea îl va primi înapoi?

M-am hotărât să ciocăn. Nino s-a întrerupt, tăcere, apoi a început din nou să vorbească, dar cu o voce şi mai scăzută. Am devenit agitată, am ciocănit din nou, nimic nu s-a întâmplat. A trebuit să ciocăn a treia oară şi cu putere ca să vină să-mi deschidă. Când a făcut-o, l-am înfruntat imediat, i-am reproşat că mă ascundea de soţia lui, i-am spus urlând că-l sunasem pe Pietro, că soţul meu nu voia să mă lase să-mi revăd fiicele, că eu îmi puneam la îndoială întreaga existenţă, în timp ce el gângurea cu Eleonora la telefon. A fost o noapte urâtă de certuri, cu greu ne-am împăcat. Nino a încercat în toate chipurile să mă liniştească: râdea nervos, se enerva pe Pietro pentru felul în care se purtase cu mine, mă săruta, îl respingeam, murmura că eram nebună. Dar oricât am insistat eu, n-a recunoscut niciodată că vorbea cu soţia, dimpotrivă, a jurat pe viaţa fiului său că din ziua în care părăsise Napoli nu-i mai auzise glasul.

— Atunci, pe cine sunai?

— Pe un coleg de-aici din hotel.

— La miezul nopţii?

— La miezul nopţii.

— Mincinosule.

— Ăsta e adevărul.

Am refuzat mult timp să facem dragoste, nu puteam, mi-era teamă că nu mă mai iubeşte. Apoi am cedat, ca să nu fiu nevoită să mă gândesc că deja se terminase totul.

În dimineaţa următoare, pentru prima dată după aproape cinci zile de convieţuire, m-am trezit prost dispusă. Trebuia să plecăm, conferinţa se apropia de final. Dar nu voiam ca Montpellier să fie o paranteză, mă temeam să mă întorc acasă, mă temeam de întoarcerea acasă a lui Nino, mă temeam că le pierd pentru totdeauna pe fete. Când Augustin şi Colombe ne-au propus din nou să mergem cu ei la Paris cu maşina şi s-au oferit chiar și să ne găzduiască, am apelat la Nino, am sperat să-și dorească și el o ocazie de a dilata timpul, de a amâna întoarcerea. Dar el a clătinat din cap dezolat și a zis: imposibil, trebuie să ne întoarcem în Italia și a adus vorba de avioane, de bilete, de trenuri, de bani. Eram fragilă, simțeam deziluzie și ranchiună. Am văzut corect, m-am gândit, m-a mințit, despărțirea de soția lui nu e definitivă. Vorbise într-adevăr cu ea în fiecare seară, îi promisese că se va-ntoarce acasă după terminarea conferinței, nu putea întârzia nici câteva zile. Și eu?

Mi-am amintit de editura din Nanterre și de povestioarea mea doctă despre inventarea masculină a femeii. Până în momentul acela nu vorbisem despre mine cu nimeni, nici măcar cu Nino. Fusesem femeia zâmbitoare, dar aproape mută, care dormea cu strălucitul profesor din Napoli, femeia lipită tot timpul de el, atentă la exigențele lui, la gândurile lui. Dar acum am zis prefăcându-mă veselă: Nino trebuie să se întoarcă, eu, în schimb, am o treabă la Nanterre; trebuie să apară — sau poate că deja a apărut — o lucrare de-a mea, o chestie pe jumătate eseu, pe jumătate povestire; mai-mai că-mi vine să plec cu voi, să trag o fugă până la editură. Cei doi m-au privit de parcă abia în acel moment aș fi început să exist cu adevărat și m-au întrebat cu ce mă ocupam. Le-am povestit pe scurt, s-a dovedit că ea, Colombe, o cunoștea bine pe doamna care administra mica, dar, cum am aflat atunci, prestigioasa editură. M-am relaxat, am vorbit cu prea multă energie și poate că am exagerat un pic în privința carierei mele literare. Dar n-am dat spectacolul pentru cei doi francezi, ci pentru Nino. Am vrut să-i amintesc că satisfacțiile din viața mea existau, că fusesem în stare să-mi părăsesc fiicele și pe Pietro, puteam să mă lipsesc și de el, și nu peste o săptămână, nu peste zece zile: imediat.

El a ascultat, apoi le-a spus sobru lui Colombe și Augustin: bine, dacă pentru voi nu e un deranj, vom profita de ocazia de a merge cu mașina voastră. Dar când am rămas singuri, mi-a ținut un discurs cu inflexiuni nervoase și pătimaș în conținut, dându-mi de înțeles că trebuia să am încredere în el, că deși situația noastră era complicată, în mod sigur vom ieși la liman. Dar ca să facem asta, trebuia să ne întoarcem acasă, nu puteam fugi de la Montpellier la Paris și apoi în cine știe ce alt oraș, trebuia să-i înfruntăm pe soții noștri și să ne începem viața împreună. Brusc, l-am simțit nu doar rațional, ci și sincer. M-am tulburat, l-am îmbrățișat, am murmurat: bine. Și totuși, am plecat oricum la Paris, mai voiam doar câteva zile.

5.

Călătoria a fost lungă, era un vânt puternic, uneori ploua. Peisajul era de o paloare acoperită cu un strat de rugină, dar din când în când cerul apărea printre spărturi și toate lucrurile deveneau strălucitoare, începând cu ploaia. Am stat tot timpul strâns lipită de Nino, uneori dormeam pe umărul lui, am început din nou să simt, cu desfătare, cum îmi depășesc limitele. Îmi plăcea limba străină care răsuna în habitaclul mașinii, îmi plăcea că mergeam spre o carte pe care o scrisesem în italiană și care însă, grație Mariarosei, vedea lumina zilei pentru prima dată într-o altă limbă. Ce fapt extraordinar, câte lucruri uluitoare mi se întâmplau. Am simțit volumașul acela ca pe o piatră de-a mea aruncată pe o traiectorie imprevizibilă și la o viteză care nu se compara cu niciuna din cele pe care eu și Lila le aruncam când eram mici împotriva găștilor de băieți.

Dar călătoria n-a decurs mereu bine, din când în când m-am întristat. Și apoi, am avut repede impresia că Nino îi vorbește lui Colombe pe o tonalitate pe care n-o folosea cu Augustin, fără să mai punem la socoteală că îi atingea umărul prea des cu vârful degetelor. Încet, încet, proasta mea dispoziție a crescut, am văzut că cei doi se împrieteneau. Când am ajuns la Paris erau deja într-o relaţie excelentă, pălăvrăgeau încontinuu, ea râdea adesea, aranjându-şi părul cu un gest involuntar.

Augustin locuia într-un apartament frumos pe Canal Saint-Martin, Colombe se mutase acolo de puţin timp. Nici după ce ne-au repartizat camera noastră nu ne-au lăsat să mergem la culcare. Mi s-a părut că se temeau să rămână singuri, discuţiile lor nu se terminau niciodată. Eram obosită şi nervoasă, eu îmi dorisem să merg la Paris şi acum mi se părea absurd să mă aflu în casa aceea, printre străini, cu Nino care nu era aproape deloc atent la mine, departe de fiicele mele. După ce am intrat în camera noastră, l-am întrebat:

— Îţi place de Colombe?

— E simpatică.

— Te-am întrebat dacă îţi place.

— Vrei să ne certăm?

— Nu.

— Atunci ia gândeşte-te: cum să-mi placă de Colombe dacă te iubesc pe tine?

Mă speriam când vocea sa căpăta inflexiuni chiar şi puţin mai aspre, mă temeam că trebuie să accept faptul că între noi ceva nu funcţiona. E pur şi simplu amabil cu cine s-a purtat frumos cu noi, mi-am zis, şi am adormit. Dar am dormit prost. La un moment dat am avut impresia că sunt singură în pat, am încercat să mă trezesc, dar m-a furat din nou somnul. M-am dezmeticit din nou după nu ştiu cât timp. Nino stătea acum în picioare în întuneric sau aşa mi s-a părut. Dormi, a spus. Am adormit la loc.

A doua zi gazdele noastre ne-au însoţit la Nanterre. Nino, pe tot parcursul călătoriei, a continuat să facă glume cu Colombe, să-i vorbească aluziv. Am făcut eforturi să nu pun asta la suflet. Cum mă puteam gândi să trăiesc împreună cu el dacă trebuia să-mi petrec timpul supraveghindu-l? Când am ajuns la destinaţie şi s-a dovedit la fel de sociabil şi seducător cu prietena

Mariarosei, proprietara editurii, și asociata ei — una în jur de patruzeci de ani, cealaltă în jur de șaizeci, ambele foarte departe de grația partenerei lui Augustin — am respirat ușurată. Nu e răutate, am conchis, așa face cu toate femeile. Și, în sfârșit, m-am simțit din nou bine.

Cele două doamne m-au primit cu mare bucurie, au întrebat de Mariarosa. Am aflat că volumul meu ajunsese de puțin timp în librării, dar apăruseră deja câteva recenzii. Cea mai în vârstă mi le-a arătat, ea însăși părea uimită de cât de bine se vorbea despre mine și a subliniat asta, adresându-se lui Colombe, lui Augustin, lui Nino. Am citit articolele, două rânduri aici, patru dincolo. Erau semnate de femei — eu nu auzisem niciodată numele lor, dar Colombe și cele două doamne da — și, într-adevăr, lăudau cartea fără rezerve. Ar fi trebuit să fiu bucuroasă, cu o zi înainte mă văzusem constrânsă să mă laud singură și acum nu mai trebuia să fac asta. Totuși, am descoperit că nu reușeam să simt nicio exaltare. Era ca și cum, din moment ce eu îl iubeam pe Nino și el mă iubea pe mine, iubirea aceea făcea ca orice lucru bun care mi se întâmpla să nu fie nimic altceva decât un plăcut efect secundar. Mi-am manifestat rezervat mulțumirea și am aprobat neconvingător planurile de promovare ale editoarelor mele. Va trebui să vă întoarceți curând, a spus doamna în vârstă, sau cel puțin noi ne dorim asta. Cea mai tânără a adăugat: Mariarosa ne-a vorbit despre criza dumneavoastră matrimonială, sperăm să ieșiți din ea fără prea multă suferință.

Am aflat astfel că vestea despărțirii dintre mine și Pietro n-o lovise doar pe Adele, ci ajunsese la Milano și chiar și în Franța. Mai bine așa, m-am gândit, va fi mai ușor să facem despărțirea definitivă. Mi-am spus: voi lua ce-mi e sortit și nu trebuie să trăiesc cu teama că-l pierd pe Nino, nu trebuie să-mi fac griji pentru Dede și pentru Elsa. Sunt norocoasă, el mă va iubi mereu, fiicele mele sunt fiicele mele, totul se va aranja.

6.

Ne-am întors la Roma. Ne-am luat rămas-bun promiţându-ne câte-n lună şi-n stele, n-am făcut decât să promitem. Apoi Nino a plecat la Napoli şi eu la Florenţa.

Am intrat în casă aproape în vârful picioarelor, convinsă că mă aşteaptă una dintre cele mai dificile încercări din viaţa mea. În schimb, fetele m-au primit cu o bucurie fremătătoare şi au început să se ţină după mine prin casă — nu doar Elsa, ci şi Dede — ca şi cum s-ar fi temut că, dacă m-ar pierde din vedere, aş fi dispărut din nou; Adele a fost amabilă şi nu s-a referit nici măcar o dată la situaţia care o adusese în casa mea; Pietro, foarte palid la faţă, s-a limitat să-mi înmâneze o foaie pe care era notat cine mă sunase (se remarca numele Lilei nu mai puţin de patru ori), a bodogănit că trebuia să plece la serviciu şi două ore mai târziu se evaporase deja fără să-şi salute măcar mama şi fetele.

Au trecut câteva zile până când Adele şi-a manifestat limpede părerea ei: voia să-mi revin şi să mă întorc lângă soţul meu. Au trecut în schimb câteva săptămâni până s-a convins că, într-adevăr, nu voiam să fac nici una, nici alta. În acel răstimp n-a ridicat niciodată vocea, nu şi-a pierdut niciodată calmul, n-a ironizat nici măcar o dată desele şi lungile mele conversaţii telefonice cu Nino. Au interesat-o mai degrabă telefoanele primite de la cele două doamne din Nanterre, care mă informau în legătură cu progresele cărţii şi cu un calendar de întâlniri, care m-ar fi purtat într-un turneu prin Franţa. N-au surprins-o recenziile pozitive din ziarele franceze, a fost sigură că textul urma să aibă parte în curând de aceeaşi atenţie în Italia, a zis că în ziarele noastre ea ar fi ştiut să obţină rezultate mai bune. În special mi-a lăudat cu insistenţă inteligenţa, cultura, curajul şi nu i-a luat, în nicio împrejurare, apărarea fiului său, care, de altfel, nu s-a arătat niciodată prin preajmă.

Am exclus faptul că Pietro avea într-adevăr obligații de serviciu în afara Florenței. M-am convins imediat în schimb, cu furie și, de asemenea, cu o fărâmă de dispreț, că îi încredințase mamei sale rezolvarea crizei noastre și se pitise pe undeva ca să lucreze la cartea lui interminabilă. O dată nu m-am putut abține și i-am zis lui Adele:

— Mi-a fost cu adevărat dificil să trăiesc cu fiul tău.

— Nu există bărbat cu care să nu fie dificil.

— Cu el, crede-mă, a fost foarte dificil.

— Crezi că va merge mai bine cu Nino?

— Da.

— M-am informat, se vorbește foarte urât pe seama lui la Milano.

— Nu mă interesează ce se vorbește la Milano. Îl iubesc de două decenii și poți să mă scutești de bârfe. Despre el știu mai multe decât oricine altcineva.

— Cât îți place să spui că-l iubești.

— De ce n-ar trebui să-mi placă?

— Ai dreptate, de ce? Am greșit: unei persoane îndrăgostite e inutil să încerci să-i deschizi ochii.

Din momentul acela nu l-am mai pomenit pe Nino. Și când i le-am încredințat pe fete ca să dau fuga la Napoli a rămas impasibilă. A rămas impasibilă și când i-am explicat că, după ce mă voi întoarce de la Napoli, voi pleca în Franța și voi rămâne acolo o săptămână. M-a întrebat doar, cu o ușoară inflexiune ironică:

— De Crăciun vei fi? Vei sta cu fetele?

Întrebarea aproape m-a jignit, am răspuns:

— Bineînțeles.

Am umplut valiza mai ales cu lenjerie intimă și rochii elegante. Când le-am anunțat că plec din nou, Dede și Elsa, care nu întrebau niciodată de tatăl lor chiar dacă nu-l văzuseră de ceva timp, au reacționat foarte urât. Dede a ajuns să urle la mine cuvinte care cu siguranţă nu erau ale ei, a zis: bine, pleacă, eşti urâtă şi antipatică. I-am cerut lui Adele ajutor din priviri, în speranţa că le va trimite să se joace şi le va distrage atenţia, dar ea n-a făcut nimic. Când m-au văzut ducându-mă la uşă, s-au pus pe plâns. A început mai întâi Elsa, a zbierat: vreau să vin cu tine. Dede a rezistat, s-a străduit să-mi arate toată indiferenţa ei, poate chiar dispreţul, dar în cele din urmă a cedat şi s-a lăsat pradă disperării şi mai mult decât sora ei. A trebuit să mă smulg de lângă ele, mă ţineau de rochie, voiau să las valiza jos. Plânsetele lor m-au urmărit până în stradă.

Călătoria spre Napoli mi s-a părut foarte lungă. În apropierea oraşului m-am dus la fereastră. Cu cât trenul încetinea în interiorul spaţiului urban, cu atât mă cuprindea o sfârşeală anxioasă. Am zărit partea dezagreabilă a periferiei cu blocurile ei mici dincolo de şine, stâlpii de înaltă tensiune, luminile semafoarelor, parapetele de piatră. Când trenul a intrat în gară, mi s-a părut că acel Napoli de care mă simţeam legată, acel Napoli în care mă întorceam se reducea de-acum doar la Nino. Ştiam că avea necazuri mai mari decât mine. Eleonora îl dăduse afară din casă, totul devenise şi pentru el provizoriu. De câteva săptămâni stătea la un coleg de universitate care locuia la câţiva paşi de Dom. Unde m-ar fi dus, ce am fi făcut? Şi, mai ales, ce decizii urma să luăm, având în vedere că nici măcar nu bănuiam vreo soluţie concretă pentru povestea noastră? Îmi era clar doar că ardeam de dorinţă, abia aşteptam să-l revăd. Am coborât din tren cu teama că poate cineva îl împiedicase să vină să mă ia de la peron. În schimb se afla acolo: înalt cum era, se distingea în fluxul de călători.

Asta m-a liniştit şi m-a liniştit şi mai mult că luase o cameră într-un mic hotel din zona Mergellina, demonstrând astfel că nu intenţiona să mă ţină ascunsă în casa prietenului său. Eram nebuni de iubire, timpul a zburat. Seara ne plimbam strânşi unul în celălalt pe faleză, îmi cuprindea umerii cu braţul lui, din când în când se apleca să mă sărute. Am încercat în toate felurile să-l conving să vină cu mine în Franţa. S-a lăsat tentat, apoi a dat înapoi, s-a baricadat în spatele muncii de la universitate. N-a vorbit niciodată de Eleonora sau de Albertino, ca și cum doar pomenindu-i ar fi putut să ne strice bucuria de a fi împreună. Eu, în schimb, i-am povestit de disperarea fetelor, i-am zis că trebuia să găsim o soluţie cât mai curând. L-am simţit nervos, eram foarte sensibilă la orice ușoară încordare, mă temeam că-mi spune dintr-un moment în altul: nu pot, mă întorc acasă. Dar greșeam. Când am mers la cină, mi-a dezvăluit care era problema. A zis, devenind pe neașteptate serios, că avea o noutate enervantă.

— Să auzim, am murmurat.

— Azi dimineaţă mi-a telefonat Lina.

— A.

— Vrea să ne vadă.

7.

Seara s-a stricat. Nino a zis că soacra mea îi spusese Lilei că eram la Napoli. Se exprima cu mare stânjeneală, alegându-și cu grijă cuvintele și subliniind diverse informaţii: nu avea datele mele de contact; i-a cerut surorii mele numărul de telefon al colegului meu; mi-a telefonat cu puţin înainte să ies ca să vin la gară; nu ţi-am zis imediat pentru că m-am temut c-o să te enervezi și o să ne stricăm ziua. A conchis dezolat:

— Știi cum e, n-am putut să-i spun nu. Avem întâlnire cu ea mâine la unsprezece, la ieșirea de metrou din Piaţa Amedeo.

Nu m-am putut controla:

— De când aţi reluat legătura? V-aţi văzut?

— Ce spui? Categoric nu.

— Nu te cred.

— Elena, îţi jur că nu am mai vorbit şi nu m-am mai văzut cu Lina din 1963.

— Ştii că băiatul nu era al tău?

— Mi-a zis azi-dimineaţă.

— Aşadar aţi vorbit mult, şi despre lucruri intime.

— Ea l-a adus în discuţie pe băiat.

— Şi tu, în tot acest timp, n-ai fost niciodată curios să afli mai multe despre el?

— E o problemă de-a mea, nu văd nevoia de a discuta despre ea.

— Problemele tale acum sunt şi ale mele. Avem foarte multe lucruri să ne spunem, timpul e scurt şi nu mi-am lăsat fetele ca să-l irosesc cu Lina. Cum ţi-a trecut prin minte să stabileşti întâlnirea asta?

— Am crezut că-ţi face plăcere. Şi, în orice caz, telefonul de-acolo îţi stă la dispoziţie: sun-o pe prietena ta şi spune-i că suntem ocupaţi, nu te poţi întâlni cu ea.

Iată, pe neaşteptate şi-a pierdut răbdarea, iar eu am tăcut. Da, ştiam cum era Lila. De când mă întorsesem la Florenţa, telefonase adesea, dar eu aveam altele pe cap şi pe lângă faptul că suportasem mereu, în plus o rugasem pe Adele — în cazul în care i se întâmpla să răspundă — să-i spună că nu eram acasă. Dar Lila nu renunţase niciodată. Aşadar, aflase probabil de la Adele de prezenţa mea la Napoli, era sigură, probabil, că n-o să mă duc în cartier şi, doar ca să mă întâlnească, găsise probabil modalitatea de a-l contacta pe Nino. Ce era rău în asta? Şi, mai ales, ce pretenţii puteam să am? Ştiam dintotdeauna că el o iubise pe Lila şi că Lila îl iubise. Atunci? Se întâmplase cu mult timp în urmă şi era deplasat să fiu geloasă. I-am mângâiat uşor mâna, am murmurat: bine, mâine mergem în Piaţa Amedeo.

Am mâncat, el a vorbit mult despre viitorul nostru. Nino m-a pus să promit că voi cere divorţul imediat ce mă voi întoarce din Franţa. Timp în care m-a asigurat că-l contactase deja pe un prieten de-al lui avocat și că, deși totul era complicat și în mod sigur Eleonora și rudele ei or să-i creeze probleme, era hotărât să meargă până la capăt. Știi, a zis, că aici, la Napoli, aceste lucruri sunt mai dificile: din cauza mentalității înapoiate și a manierelor proaste, părinții soției mele nu sunt diferiți de-ai mei și de-ai tăi, chiar dacă au bani și sunt profesioniști de înalt rang. Și parcă voind să explice mai clar, a început să vorbească bine de socrii mei. Din nefericire, a adăugat, eu nu am de-a face, ca tine, cu oameni cumsecade ca familia Airota, persoane pe care le-a numit de mari tradiții culturale, de o admirabilă civilitate.

Am stat să-l ascult, dar deja Lila era acolo între noi, la masa noastră, și n-am reușit s-o alung. În timp ce Nino vorbea, mi-am amintit de necazurile în care se vârâse doar ca să fie cu el, fără s-o intereseze ce i-ar fi putut face Stefano, sau fratele ei, sau Michele Solara. Și aluzia la părinți m-a dus pentru o fracțiune de secundă înapoi la Ischia, la seara de pe plaja Maronti — Lila cu Nino la Forio, eu cu Donato pe nisipul umed — și m-am îngrozit. Ăsta, m-am gândit, e un secret pe care nu voi putea să i-l dezvălui niciodată. Câte cuvinte rămân imposibil de rostit între partenerii unui cuplu care se iubesc și cât de mult a crescut riscul ca alții să le rostească, distrugându-l. Tatăl lui și cu mine, el și Lila. M-am scuturat de senzația de repulsie, am vorbit despre Pietro, despre suferința lui. Nino s-a înfuriat, a venit rândul geloziei lui, am încercat să-l liniștesc. A pretins să-mi curm căsnicia fără echivoc și să-i pun punct cu hotărâre, am pretins și eu același lucru, ni se părea absolut necesar ca să începem o nouă viață. Am discutat despre când, despre unde. Serviciul îl lega pe Nino în mod inevitabil de Napoli, fetele mă legau de Florența.

— Întoarce-te să locuiești aici, mi-a zis dintr-odată el, mută-te cât mai repede.

— Imposibil, Pietro trebuie să le poată vedea pe fete.

— O să faceți cu rândul: o dată i le vei duce tu, o dată va veni el.

— Nu va accepta.

— Va accepta.

Așa a trecut seara aceea. Cu cât analizam mai serios chestiunea, cu atât ni se părea mai complicată; cu cât ne imaginam mai asiduu o viață a noastră împreună — în fiecare zi, în fiecare noapte —, cu atât ne doream mai mult unul pe altul și obstacolele dispăreau. Între timp, în restaurantul gol ospătarii șușoteau între ei, căscau. Nino a plătit, ne-am întors pe faleza încă foarte animată. Pentru o clipă, în timp ce priveam apa neagră și îi simțeam mirosul, cartierul mi s-a părut mult mai departe decât atunci când mă dusesem la Pisa, la Florența. Și Napoli, pe neașteptate, mi s-a părut foarte departe de Napoli. Și Lila de Lila, am simțit că n-o aveam aproape pe ea, ci propriile mele anxietăți. Aproape, foarte aproape, eram doar eu și Nino. I-am murmurat la ureche: hai să mergem la culcare.

8.

A doua zi m-am trezit devreme și m-am închis în baie. Am făcut un duș lung, mi-am uscat părul cu atenție, mă temeam că foenul hotelului, al cărui jet de aer era prea puternic, o să-l onduleze prost. Cu puțin înainte de ora zece l-am trezit pe Nino care, încă amețit de somn, mi-a complimentat mult rochia cu care mă îmbrăcasem. A încercat să mă tragă din nou lângă el, m-am sustras. Oricât mă străduiam să mă prefac că nu se întâmplase nimic, mi-era greu să-l iert. Transformase o nouă zi de iubire pentru noi în ziua Lilei și acum timpul era în întregime marcat de acea întâlnire iminentă.

L-am târât după mine să luăm micul dejun, m-a urmat docil. N-a râs, nu m-a ironizat, a zis, atingându-mi părul cu vârful degetelor: arăți foarte bine. Evident, îmi simțea starea de neliniște. Și așa era, mă temeam că Lila o să vină la întâlnire în cea mai bună formă a ei. Eu arătam cum arătam, ea era elegantă prin natură. Și, în plus, avea din nou bani, dacă voia, putea avea grijă de ea așa cum făcuse cu banii lui Stefano când era tânără. Nu voiam să-l fascineze din nou pe Nino.

Am ieșit spre zece și jumătate, bătea un vânt rece. Ne-am dus pe jos și fără grabă în direcția Pieței Amedeo, mă treceau fiori chiar dacă aveam un palton gros și el mă ținea pe după umeri. Nu am discutat deloc despre Lila. Nino mi-a vorbit un pic artificial despre cum se îmbunătățise situația orașului Napoli acum, când era un primar comunist, și a început din nou să insiste să vin după el cât mai curând, împreună cu fetele. M-a luat în brațe tot drumul și am sperat să continue să mă țină așa până la stația de metrou. Îmi doream ca Lila să fie deja la intrare și să ne vadă de departe, să ne considere frumoși, să fie obligată să-și spună: e un cuplu perfect. Dar el, la câțiva metri de locul întâlnirii, și-a eliberat brațul, și-a aprins o țigară. Eu l-am luat instinctiv de mână, i-am strâns-o cu putere și am intrat în piață așa.

Pe Lila n-am văzut-o imediat și, pentru o clipă, am sperat că nu va veni. În schimb am auzit-o strigându-mă — mă striga în același mod imperativ, de parcă n-ar fi putut nici măcar să ia în considerare că n-o s-o aud, că n-o să mă întorc, că n-o să mă supun vocii ei. Stătea în pragul barului din fața tunelului de la metrou, cu mâinile vârâte în buzunarele unui paltonaș maro, mai slabă ca de obicei, un pic cocoșată, cu părul de un negru lucios brăzdat de șuvițe argintii și strâns în coadă de cal. Mi s-a părut Lila cea obișnuită, Lila adultă, marcată de experiența din fabrică: nu făcuse nimic ca să se înfrumusețeze. M-a îmbrățișat cu putere, o strângere intensă la care am răspuns molatic, apoi m-a sărutat zgomotos pe obraji și a râs vesel. Lui Nino i-a întins mâna cu indiferență.

Ne-am așezat în bar, a vorbit aproape tot timpul ea și ca și cum am fi fost singure. A înfruntat direct ostilitatea mea, care, în mod evident, mi se citea pe față, și a zis pe un ton afectuos, râzând: bine, am greșit, te-ai supărat, dar acum gata, când ai devenit atât de supărăcioasă, știi că-mi place totul la tine, să ne împăcăm.

M-am eschivat cu mici zâmbete lipsite de entuziasm, n-am zis nici da, nici nu. Se așezase în fața lui Nino, dar nu i-a aruncat vreo privire și nu i-a adresat nici jumătate de cuvânt. Era acolo pentru mine, o dată m-a luat de mână pe care mi-am retras-o imediat. Voia să ne împăcăm, scopul ei era să pună din nou stăpânire pe viața mea, chiar dacă nu era de acord cu direcția pe care o dădeam existenței mele. Am realizat asta din felul în care punea întrebare după întrebare, fără să-i pese de răspunsuri. Era atât de dornică să ocupe din nou fiecare colțișor care-mi aparținea, că imediat cum atingea un subiect, trecea la altul.

— Cu Pietro?

— Rău.

— Și fiicele tale?

— Sunt bine.

— O să divorțezi?

— Da.

— Și voi doi o să locuiți împreună?

— Da.

— Unde, în ce oraș?

— Nu știu.

— Întoarce-te să locuiești aici.

— E complicat.

— Îți găsesc eu un apartament.

— Dacă va fi nevoie, o să te anunț.

— Scrii?

— Am publicat o carte.

— Alta?

— Da.

— N-a vorbit nimeni despre ea.

— Deocamdată a apărut numai în Franța.

— În franceză?
— Bineînţeles.
— Un roman?
— O povestire, dar cu nişte argumentări.
— Despre ce e vorba?

Am fost vagă, am povestit rapid. Am preferat să întreb de Enzo, de Gennaro, de cartier, de munca ei. Când a venit vorba de fiul ei a făcut o mutră distrată, m-a anunţat c-o să-l văd în curând, acum era la şcoală, dar o să vină cu Enzo şi o să fie şi o frumoasă surpriză. În schimb, când a venit vorba despre cartier, a luat un aer nepăsător. A spus referindu-se la moartea urâtă a Manuelei Solara şi la marasmul care se întindea în toate părţile: nu mare scofală, eşti omorât ca oriunde în Italia. Apoi a vorbit, în mod surprinzător, despre mama mea, i-a lăudat energia şi spiritul întreprinzător, deşi cunoştea prea bine relaţia noastră conflictuală. Şi, la fel de surprinzător, s-a arătat afectuoasă faţă de părinţii ei, a subliniat că punea bani deoparte ca să cumpere casa în care locuiau dintotdeauna, ca să-i ajute să stea liniştiţi. Îmi face plăcere — a explicat de parcă ar fi vrut să se justifice pentru impulsul acela de generozitate —, m-am născut acolo, sunt legată afectiv de locul acela şi, dacă eu şi Enzo muncim mult, o putem răscumpăra. Trudea şi douăsprezece ore pe zi deja, nu doar pentru Michele Solara, dar şi pentru alţi clienţi. Studiez — a povestit — un nou aparat electronic, sistemul 32, mult mai bun decât cel pe care ţi l-am arătat când ai venit la Acerra: e o cutie albă cu un video mic-mic de şase degete, o tastatură şi imprimantă încorporată. A tot vorbit despre sisteme mai avansate ce urmau să sosească. Era foarte informată, ca de obicei o entuziasmau noutăţile, lăsând la o parte faptul că se plictisea de ele după câteva zile. Noul aparat electronic avea frumuseţea lui, după părerea ei. Păcat, a spus, că în jur, cu excepţia aparatelor electronice, e numai rahat.

Atunci a intervenit Nino, care a făcut exact opusul a ce făcusem eu până în momentul acela: a început să-i dea informaţii exhaustive. A vorbit cu entuziasm despre cartea mea, a zis că o să apară în curând și în Italia, a menționat consensul recenziilor franceze pozitive, a subliniat că aveam multe probleme cu soțul și cu fiicele mele, a vorbit despre despărțirea de soția lui, a întărit că nu exista altă soluție decât să locuim la Napoli, a încurajat-o chiar să ne caute o casă, i-a pus câteva întrebări pertinente despre munca ei și a lui Enzo.

Am ascultat, un pic neliniștită. El s-a exprimat mereu detașat, ca să-mi demonstreze că, în primul rând, într-adevăr nu se întâlnise niciodată cu Lila înainte; că, în al doilea rând, ea nu mai avea nicio influență asupra lui. Și n-a folosit nici măcar o secundă inflexiunile seducătoare ale glasului pe care le folosise cu Colombe și pe care, din obișnuință, le avea când vorbea cu femeile. N-a inventat expresii dulcege, n-a privit-o niciodată drept în ochi, n-a atins-o: vocea i-a devenit puțin înflăcărată doar ca să mă laude pe mine.

Asta nu m-a împiedicat să-mi amintesc de plaja din Citara, de cum el și Lila se folosiseră de cele mai diverse subiecte ca să atingă o armonie a lor și să mă excludă. Dar mi s-a părut că de data aceasta lucrurile se petreceau pe dos. Chiar și când și-au pus reciproc întrebări și și-au dat răspunsuri, au făcut-o ignorându-se și adresându-mi-se mie, ca și cum aș fi fost singura lor interlocutoare.

Au discutat în felul acela o jumătate bună de oră fără să cadă de acord în nicio privință. M-a uimit în special cum țineau să sublinieze divergențele lor despre Napoli. Competența mea politică era de-acum lamentabilă: grija fetelor, studiul pregătitor pentru cărticica mea, redactarea ei, mai ales cutremurul din viața mea privată mă făcuseră să renunț chiar și la citirea ziarelor. Ei doi, în schimb, știau totul despre tot. Nino a înșirat nume de comuniști și socialiști napolitani pe care-i știa bine, în care avea încredere. A lăudat o administrație în sfârșit onestă, condusă de un primar pe care l-a definit a fi de treabă, simpatic, străin de obișnuitul vechi jaf. A conchis: acum în sfârșit există motive bune ca să trăiești și să muncești aici, asta e o mare șansă, trebuie să fii prezent. Dar Lila a ironizat tot ce zicea el. Napoli, a zis, îți provoacă silă exact ca înainte și dacă nu li se dă o lecție serioasă monarhiștilor, fasciștilor și creștin-democraților pentru toate porcăriile pe care le-au făcut, dacă, dimpotrivă, se așază o piatră deasupra, cum face stânga, în curând pe oraș vor pune din nou mâna prăvăliașii — a râs un pic strident după ce a rostit cuvântul acela —, birocrația administrativă, avocații, topografii, băncile și camoriștii. Mi-am dat repede seama că și în centrul acelor discuții mă puseseră tot pe mine. Amândoi voiau să mă întorc la Napoli, dar fiecare, în mod deschis, încerca să mă scape de influența celuilalt și insista să mă mut repede în orașul pe care și-l imagina: al lui Nino era readus la pace și avea ca scop o bună guvernare; al Lilei se răzbuna pe toți prădătorii, i se rupea de comuniști și de socialiști, începea din nou de la zero.

I-am observat tot timpul. M-a impresionat că, atunci când conversația ajungea la teme complicate, Lila tindea să etaleze acea limbă italiană secretă a ei, de care eu o știam capabilă, dar care cu acea ocazie m-a mirat mult, pentru că fiecare frază o arăta mai cultă de cum voia să pară. M-a impresionat că Nino, de obicei strălucitor, foarte sigur de sine, își alegea cuvintele cu prudență, uneori părea intimidat. Sunt stingheriți amândoi, m-am gândit. În trecut s-au expus deschis unul în fața altuia și acum le e rușine că au făcut-o. Ce se întâmplă în acest moment? Mă păcălesc? Se luptă într-adevăr pentru mine sau încearcă doar să țină sub control vechea lor atracție? Curând am dat câteva semne de nerăbdare. Lila și-a dat seama, s-a ridicat, a dispărut la toaletă. Eu n-am scos niciun cuvânt, mă temeam că mă arăt agresivă cu Nino și el, de asemenea, a tăcut. Când Lila s-a întors, a exclamat veselă:

— Hai, e timpul, să mergem la Gennaro.

— Nu putem, am spus, avem o treabă.

— Fiul meu e foarte atașat de tine, o să se supere.

— Salută-l din partea mea, spune-i că și eu țin la el.

— Ne întâlnim în Piața Martirilor: sunt doar zece minute de aici, îl salutăm pe Alfonso și plecați.

Când m-am uitat fix la ea, a strâns imediat din ochi voind parcă să-și ascundă privirea. Acela era planul, așadar? Voia să-l târască pe Nino în vechiul magazin de pantofi al familiei Solara, voia să-l ducă din nou în locul unde vreme de aproape un an se iubiseră clandestin?

Am răspuns cu o jumătate de zâmbet: nu, îmi pare rău, chiar trebuie să fugim. Și i-am aruncat o privire lui Nino, care i-a făcut imediat un semn ospătarului ca să plătească. Lila a zis: m-am ocupat eu deja și, în timp ce el protesta, mi s-a adresat din nou mie, insistând pe un ton fermecător:

— Gennaro nu vine singur, îl aduce Enzo. Și cu ei mai vine o altă persoană care moare de nerăbdare să te vadă, ar fi de-a dreptul urât dacă ai pleca fără s-o saluți.

Persoana era Antonio Cappuccio, logodnicul meu din adolescență, pe care frații Solara, după uciderea mamei lor, îl chemaseră degrabă din Germania.

9.

Lila mi-a povestit că Antonio ajunsese la înmormântarea Manuelei, singur, aproape de nerecunoscut, atât era de slab. În decurs de câteva zile își luase o casă la câțiva pași de Melina, care locuia cu Stefano și Ada, apoi îi adusese în cartier și pe soția lui și cei trei copii. Era adevărat deci că se căsătorise, era adevărat că avea copii. Fragmente diferite de viață mi s-au sudat în minte. Antonio era o parte importantă a lumii din care proveneam, cuvintele Lilei cu privire la el au atenuat povara acelei dimineți, m-am simțit mai ușoară. I-am murmurat lui Nino:

doar câteva minute, bine? El a ridicat din umeri și am pornit spre Piața Martirilor.

Tot drumul, în timp ce mergeam pe strada dei Mille și strada Filangieri, Lila a pus stăpânire pe mine și, în timp ce Nino ne urma cu mâinile în buzunare, cu capul plecat, cu siguranță prost dispus, ea mi-a vorbit cu încrederea dintotdeauna. A zis c-ar fi trebuit, cu prima ocazie, să-i cunosc familia lui Antonio. Mi i-a descris foarte expresiv pe soție și pe copii. Ea era foarte frumoasă, mai blondă decât mine, și cei trei copii erau blonzi, nici măcar unul nu semăna cu tatăl lor, care era închis la culoare ca un maur: când mergeau toți cinci pe șosea, soția și băieții, foarte albi, cu acele capete strălucitoare, păreau prizonierii lui de război scoși la plimbare prin cartier. A râs, apoi mi i-a înșirat pe cei care, pe lângă Antonio, mă așteptau ca să mă salute: Carmen — care însă trebuia să muncească, rămânea câteva minute și o întindea cu Enzo —, Alfonso, bineînțeles, care administra în continuare magazinul fraților Solara, Marisa cu copiii. Le dedici, a zis, doar câteva minute și-i faci fericiți: ei țin foarte mult la tine.

În timp ce vorbea, m-am gândit că toate acele persoane pe care urma să le revăd vor răspândi prin cartier vestea sfârșitului căsniciei mele, că și părinții mei vor afla, că mama va ști că devenisem amanta fiului lui Sarratore. Dar mi-am dat seama că detaliul acesta nu mă tulbura, dimpotrivă, îmi plăcea ca prietenii mei să mă vadă cu Nino, să spună pe la spatele meu: e una care acționează după bunul ei plac, și-a părăsit soțul și fetele, are o relație cu altul. Mi-am dat seama cu uimire că *îmi doream* să fiu oficial asociată cu Nino, îmi doream să fiu văzută cu el, îmi doream să șterg perechea Elena-Pietro din mințile oamenilor și s-o înlocuiesc cu perechea Nino-Elena. Și m-am simțit brusc liniștită, aproape binevoitoare față de plasa în care voia să mă prindă Lila.

Ea însăila un cuvânt după altul fără oprire, la un moment dat m-a luat de subraț conform unei vechi obișnuințe. Gestul acela m-a lăsat indiferentă. Vrea să se convingă că suntem tot aceleași, mi-am zis, dar e timp să conștientizăm faptul că ne-am devorat reciproc. Brațul ăsta al ei e ca un membru de lemn sau rămășița spectrală a contactului emoționant de altădată. Mi-am amintit apoi, prin contrast, de momentul în care, cu ani în urmă, sperasem să fie cu adevărat bolnavă și să moară. Atunci — m-am gândit — în ciuda celor întâmplate, relația era vie, consistentă, de aceea dureroasă. Acum, în schimb, exista un fapt nou. Toată căldura de care eram în stare — și cea care hrănise acea dorință îngrozitoare — se concentrase asupra bărbatului pe care-l iubeam dintotdeauna. Lila credea că mai are vechea ei putere de a mă târî cu sine unde voia. Dar, în fond și la urma urmei, ce pusese la cale, reînvierea iubirilor necoapte și a pasiunilor adolescentine? Ceea ce cu puține minute mai devreme mi se păruse primejdios, brusc mi s-a arătat inofensiv ca antichitățile dintr-un muzeu. Altceva conta pentru mine, fie că ea voia sau nu. Contam eu și Nino, Nino și eu. Chiar și provocarea unui scandal în mica lume a cartierului mi se părea o confirmare plăcută a cuplului nostru. Pe Lila n-o mai auzeam, nu era sânge în brațul ei, doar stofă peste stofă.

Am ajuns în Piața Martirilor. M-am răsucit spre Nino ca să-l anunț că în magazin erau și sora lui cu copiii. El a murmurat indispus ceva. A apărut firma — SOLARA —, am intrat și, chiar dacă toate privirile au căzut asupra lui Nino, am fost primită ca și cum aș fi fost singură. Doar Marisa i s-a adresat fratelui ei și niciunul n-a părut bucuros de întâlnire. Ea i-a reproșat imediat că nu dădea niciodată niciun semn, a exclamat: mama nu se simte bine, tata e insuportabil și ție ți se rupe. El n-a răspuns nimic, și-a sărutat indiferent nepoții și numai pentru că Marisa continua să-l atace a bombănit: am necazurile mele, Marì, lasă-mă în pace. Eu, deși târâtă imediat dintr-o parte în alta, n-am încetat să-l urmăresc cu privirea, dar fără gelozie de-acum, mă temeam doar că nu se simțea în largul lui. Nu știam dacă-și amintea de Antonio, dacă-l recunoștea, numai eu aveam habar de cotonogeala pe care i-o administrase fostul meu logodnic. Am văzut că au schimbat un salut foarte rezervat — o mișcare a capului, un surâs —, nu diferit de cele dintre el și Enzo, el și Alfonso, el și Carmen. Erau toţi niște străini pentru Nino, lumea mea și a Lilei cu care el avusese prea puţin sau deloc de-a face. Apoi s-a învârtit prin magazin fumând și nimeni, nici sora lui, nu a vorbit cu el. Era acolo, era prezent, era cel pentru care-mi părăsisem soţul. Chiar și Lila — mai ales ea — a conștientizat probabil asta în mod definitiv. Acum, că fiecare îl cântărise bine din priviri, voiam doar să-l scot de acolo cât mai repede și să-l duc departe cu mine.

10.

Timp de jumătate de oră cât am rămas în spaţiul acela trecutul și prezentul s-au ciocnit haotic: pantofii desenaţi de Lila, fotografia ei în rochie de mireasă, seara inaugurării și a avortului, ea însăși, care pentru scopurile ei transformase magazinul într-un salon și într-un alcov; și întâmplările de astăzi, la treizeci de ani împliniţi, poveștile noastre foarte diferite, vocile manifeste, cele secrete.

M-am controlat, am devenit veselă. Am schimbat sărutări, îmbrăţișări și câteva cuvinte cu Gennaro, care devenise un băieţel supraponderal de doisprezece ani, cu o fâșie întunecată de puf deasupra buzei de sus și cu trăsături atât de asemănătoare cu ale lui Stefano adolescent, încât Lila, când l-a conceput, părea să nu fi participat deloc. M-am simţit obligată să fiu la fel de afectuoasă cu copiii Marisei și cu Marisa însăși, care, bucuroasă de atenţia mea, a trecut la fraze aluzive, fraze ale cuiva care știa ce cotitură lua viaţa mea. A spus: acum c-o să vii mai des la Napoli, te rog, dă un semn; știm că sunteţi ocupaţi, voi sunteţi persoane studioase, nu ca noi, dar un pic de timp trebuie să vă găsiţi.

Stătea alături de soțul ei și își ținea copiii gata să dea buzna afară. I-am căutat inutil pe chip urmele legăturii de sânge cu Nino, dar nu avea nimic din fratele ei și nici din mama ei. Acum că se îngrășase puțin, semăna mai degrabă cu Donato, îi moștenise și turuiala prefăcută cu care încerca să-mi dea impresia că are o familie frumoasă și o viață bună. Și Alfonso, ca s-o sprijine, făcea semn din cap că da, îmi zâmbea în tăcere cu dantura lui foarte albă. Cât m-a dezorientat înfățișarea lui. Era foarte elegant, părul negru, foarte lung, strâns în coadă de cal, îi scotea în evidență delicatețea trăsăturilor, dar avea ceva în gesturi, pe față, ce n-am reușit să înțeleg, ceva neașteptat care m-a tulburat. Era singurul din spațiul acela, în afară de mine și de Nino, care făcuse studii de om avut, studii care — mi s-a părut — în loc să pălească odată cu trecerea timpului, îi pătrunseseră și mai mult în trupul mlădios, în trăsăturile fine ale chipului. Ce frumos era, ce educat. Marisa îl dorise cu orice preț în ciuda faptului că o ținea la distanță și acum iată-i: ea care, îmbătrânind, căpăta trăsături masculine, el care, tot mai feminizat, lupta împotriva virilității și cei doi copii ai lor, despre care se spunea că sunt ai lui Michele Solara. Da, a șoptit Alfonso, declarându-se de acord cu invitația soției, dacă veniți la noi la cină, ne faceți o mare bucurie. Și Marisa: când scrii o nouă carte, Lenù?, așteptăm; dar trebuie să ții pasul, păreai obscenă și în schimb nu erai îndeajuns, ai văzut chestiile pornografice care se scriu în ziua de azi?

Niciunul dintre cei prezenți, deși nu arătau nicio simpatie față de Nino, n-a făcut nicio aluzie critică în legătură cu acea întorsătură sentimentală din viața mea, nici măcar cu o privire sau cu un zâmbet. Dimpotrivă, în timp ce făceam turul de îmbrățișări și de pălăvrăgeli, au încercat să mă facă să le simt afecțiunea și stima. Enzo m-a îmbrățișat, punând în strânsoare forța lui gravă, și, deși zâmbea doar, fără un cuvânt, mi s-a părut că spune: țin la tine orice decizi să faci. Carmen, în schimb, m-a tras aproape imediat într-un colț — era foarte agitată, n-a făcut altceva decât să se uite la ceas — și mi-a vorbit încontinuu de fratele ei, așa cum vorbești cu o autoritate supremă care știe totul, poate totul și niciun pas greșit nu-i poate întuneca aura. Nu s-a referit deloc la copii, la soț, la viața ei privată sau la a mea. Am înțeles că luase asupra ei toată povara faimei de terorist pe care și-o făcuse Pasquale, dar numai ca să-i dea un alt sens. În puținele minute în care am vorbit nu s-a limitat să spună că fratele ei era persecutat pe nedrept, ci voia să-i redea curajul și bunătatea. Avea ochi mistuiți de hotărârea de a sta mereu și în orice condiții de partea lui. A zis că trebuia să știe unde să dea de mine, voia numărul meu de telefon și adresa mea. Tu ești o persoană importantă, Lenù — mi-a șoptit —, tu cunoști lume care-l poate ajuta pe Pasquale, dacă nu-l omoară cineva. Apoi a făcut semn spre Antonio, care stătea deoparte, la câțiva pași de Enzo. Vino — i-a zis cu jumătate de gură —, spune-i și tu. Și Antonio s-a apropiat cu capul plecat, mi-a vorbit cu fraze timide al căror sens era: știu că Pasquale are încredere în tine, a venit la tine acasă înainte să facă alegerea pe care a făcut-o; așadar, dacă-l mai vezi, avertizează-l: trebuie să dispară, în Italia nu mai trebuie să se arate la față; pentru că i-am spus și lui Carmen, problema nu sunt carabinierii, problema sunt frații Solara: sunt convinși că el a omorât-o pe doamna Manuela și dacă-l găsesc — acum, mâine, peste câțiva ani —, eu nu-l pot ajuta. Carmen, în timp ce el ținea acel mic discurs pe ton grav, a intervenit încontinuu întrebând: ai înțeles, Lenù?, urmărindu-mă plină de anxietate cu privirea. La final m-a îmbrățișat, m-a sărutat, a murmurat: tu și Lina sunteți surorile mele, și a șters-o cu Enzo, aveau treabă.

Astfel, am rămas singură cu Antonio. Mi s-a părut că am în față două persoane prezente în același corp și totuși atât de diferite. Era băiatul care cu mult timp în urmă mă îmbrățișase la lacuri, care mă idolatrizase și al cărui miros îmi rămăsese în memorie ca o dorință niciodată cu adevărat satisfăcută. Și era bărbatul de acum, fără un firicel de grăsime pe el, tot numai oase mari și piele întinsă, începând cu chipul dur și inexpresiv până la picioarele încălțate în niște pantofi enormi. Am spus stânjenită că nu cunoșteam pe nimeni în stare să-l ajute pe Pasquale, că mă supraestima Carmen. Dar am înțeles imediat că dacă sora lui Pasquale avea o idee exagerată despre prestigiul meu, el avea una și mai exagerată. Antonio a murmurat că eram modestă ca de obicei, că-mi citise cartea, nici mai mult, nici mai puțin în germană, că eram cunoscută în toată lumea. Deși trăise mult timp în străinătate văzând și făcând cu siguranță chestii urâte în numele fraților Solara, rămăsese un om de-al cartierului și continua să-și imagineze — sau poate că s-a prefăcut, cine știe, ca să-mi cânte-n strună — că am putere, puterea oamenilor cumsecade, pentru că obținusem o diplomă, vorbeam în italiană, scriam cărți. Am spus râzând: numai tu ai cumpărat cartea aceea în Germania. Și l-am întrebat de soție, de copii. A răspuns monosilabic, dar între timp m-a târât după el afară, în piață. Acolo a spus cu delicatețe:

— Acum trebuie să recunoști că aveam dreptate.

— Cu ce?

— Îl voiai pe el și mie îmi spuneai doar minciuni.

— Eram o copilă.

— Nu, erai mare. Și erai mai inteligentă decât mine. Nu știi cât de mult m-ai rănit lăsându-mă să cred că eram nebun.

— Încetează.

A tăcut, eu m-am retras spre magazin. El m-a urmat, m-a oprit în prag. Câteva secunde l-a privit fix pe Nino care se așezase într-un colț. A murmurat:

— Dacă te rănește și pe tine, spune-mi.

Am râs:

— Desigur.

— Nu râde, am vorbit cu Lina. Ea îl cunoaște bine, zice că nu trebuie să ai încredere în el. Noi te respectăm, el nu.

Lila. Iată cine-l folosea pe Antonio, cine-l transforma în mesagerul unor posibile nenorociri. Unde se dusese? Am văzut că stătea separat, jucându-se cu copiii Marisei, dar în realitate supraveghindu-ne pe fiecare în parte cu ochii cât două crăpături. Şi îi domina în modul ei obişnuit pe toţi: Carmen, Alfonso, Marisa, Enzo, Antonio, fiul ei şi copiii altcuiva, poate chiar şi pe patronii magazinului. Mi-am spus iarăşi că nu va mai avea niciodată asupra mea nicio autoritate, că etapa aceea lungă se încheiase. Am salutat-o, ea m-a îmbrăţişat din nou cu putere, ca şi cum ar fi dorit să mă absoarbă înăuntrul ei. În timp ce-mi luam rămas-bun de la toţi pe rând, Alfonso m-a impresionat încă o dată, dar atunci am înţeles ce anume mă tulburase încă de la prima privire. Puţinul care-l definea ca fiu al lui don Achille şi al Mariei, ca frate al lui Stefano şi al Pinucciei îi dispăruse de pe faţă. Acum, în mod misterios, cu părul acela lung prins în coadă de cal, semăna cu Lila.

11.

M-am întors la Florenţa, am vorbit cu Pietro despre divorţul nostru. Ne-am certat violent în timp ce Adele încerca să le protejeze pe fete şi poate pe ea însăşi închizându-se împreună cu ele în camera sa. Ne-am dat seama la un moment dat nicidecum că exageram amândoi, ci că prezenţa fiicelor noastre nu ne permitea să exagerăm aşa cum simţeam nevoia s-o facem. Atunci am ieşit, continuând să ne înfigem colţii unul în altul pe stradă. Când Pietro s-a dus nu ştiu unde — eram furioasă, nu mai voiam nici să-l văd, nici să-l aud —, m-am întors acasă. Fetele dormeau, am găsit-o pe Adele stând în bucătărie şi citind. Am spus:

— Îţi dai seama cum se poartă cu mine?

— Şi tu?

— Eu?

— Da, tu: îţi dai seama cum te porţi cu el, cum te-ai purtat cu el?

I-am întors brusc spatele și m-am închis în dormitor, trântind ușa. Disprețul pe care-l pusese în cuvintele acelea mă uimise, mă rănise. Era prima oară când se întorcea împotriva mea atât de explicit.

Am plecat a doua zi în Franța, încărcată cu sentimente de vinovăție din cauza plânsetelor fetelor și cu o mulțime de cărți de studiat în călătorie. Dar cu cât mă concentram mai mult asupra cititului, cu atât paginile se amestecau mai tare cu Nino, cu Pietro, cu fiicele mele, cu apologia lui Pasquale făcută de sora lui, cu vorbele lui Antonio, cu transformarea lui Alfonso. Am sosit la Paris după o călătorie extenuantă cu trenul și mai confuză ca niciodată. Totuși, când am ajuns în gară și am recunoscut-o pe peron pe cea mai tânără dintre cele două doamne de la editură, m-am înveselit, am regăsit plăcerea de a-mi deschide sufletul pe care o savurasem cu Nino la Montpellier. Dar de data asta n-au mai fost hoteluri și amfiteatre, totul s-a dovedit mai nepretențios. Cele două doamne m-au plimbat prin mari orașe și mici localități, în fiecare zi o călătorie, în fiecare seară o dezbatere în librării și chiar în apartamente private. În privința mâncării și somnului aveam parte de ce se gătea în casă, de un pat modest, uneori o canapea.

Am obosit rău, am slăbit, acordând din ce în ce mai puțină atenție aspectului meu. Totuși, editoarele mele m-au plăcut, la fel și publicul pe care-l întâlneam seară după seară. Când mă deplasam încolo și încoace, când discutam cu unul și altul într-o limbă care nu era a mea, dar pe care am învățat rapid s-o stăpânesc, am redescoperit, încet-încet, o atitudine de care dădusem deja dovadă cu ani în urmă, la cartea mea precedentă: era firesc pentru mine să transform mici evenimente private în discursuri publice. În fiecare seară am improvizat cu succes, pornind de la experiența mea. Am vorbit despre lumea din care proveneam, despre sărăcie și despre degradare, despre furiile masculine și, de asemenea, despre cele feminine, despre Carmen, despre legătura cu fratele ei, despre cum îi justifica acţiunile violente pe care, cu siguranţă, nu el le comisese. Am vorbit despre cum am observat la mama mea și la celelalte femei, încă de mică, cele mai umilitoare aspecte ale vieţii familiale, ale maternităţii, ale supunerii faţă de bărbaţi. Am vorbit despre cum, din dragoste pentru un bărbat, poţi fi îmboldită să ajungi de ocară faţă de celelalte femei, faţă de copii. Am vorbit despre relaţia dificilă cu grupurile feminine din Florenţa și din Milano și, pentru că subestimasem această experienţă, ea a devenit pe neașteptate importantă și am descoperit în public cât învăţasem din acea explorare dureroasă. Am vorbit despre cum încercasem dintotdeauna, ca să mă impun, să fiu masculină în inteligenţă — eu m-am simţit inventată de bărbaţi, colonizată de imaginaţia lor, îmi începeam discursul în fiecare seară —, și am povestit despre cum văzusem recent un prieten din copilărie străduindu-se să se schimbe profund și scoţând la suprafaţă femeia din el.

Exploatam adesea acea jumătate de oră petrecută în magazinul fraţilor Solara, dar mi-am dat seama de asta destul de târziu, poate fiindcă Lila nu mi-a venit niciodată în minte. Nu știu de ce n-am vorbit cu niciun prilej despre prietenia noastră. Probabil mi s-a părut că, deși mă trăsese în vârtejul dorinţelor ei și a prietenilor din copilăria noastră, nu avea capacitatea să descifreze ce-mi arătase. Vedea, de exemplu, ceea ce eu văzusem într-o clipită în privinţa Alfonso? Se gândea la asta? Excludeam această variantă. Era cufundată în *mâlul* cartierului, se mulţumise cu asta. Eu, în schimb, în acele zile franceze, m-am simţit prinsă în mijlocul haosului și totuși dotată cu instrumentele necesare pentru a-i identifica legile. Această convingere, întărită de micul succes al volumașului meu, m-a ajutat să mă liniștesc puţin în legătură cu viitorul meu. De parcă, într-adevăr, tot ce puteam face să iasă bine în scris și vorbit, ar fi fost menit să iasă bine și în realitate. Iată, îmi spuneam, cedează cuplul, cedează familia, cedează orice temniţă culturală, cedează orice stratagemă social-democratică și, între timp, fiecare amănunt încearcă să ia, violent, o altă formă până atunci negândită: eu și Nino, suma copiilor mei cu ai lui, hegemonia clasei muncitoare, socialismul și comunismul, mai ales subiectele neprevăzute, femeia, eu însămi. Am mers în turneu recunoscându-mă seară după seară într-o formă sugestivă de deconstrucție generalizată și, în același timp, de nouă alcătuire.

Între timp, mereu cu sufletul la gură, îi telefonam lui Adele, vorbeam cu fetele care-mi răspundeau monosilabic sau întrebau obsesiv: când te întorci? În preajma Crăciunului, am încercat să-mi iau rămas-bun de la editoarele mele, dar ele deveniseră de-acum personal interesate de destinul meu, nu voiau să mă lase să plec. Îmi citiseră prima carte, voiau s-o publice din nou și, în acest scop, m-au târât după ele în redacția editurii franceze care, cu ani în urmă, o tipărise fără succes. M-am angajat, timid, în discuții și negocieri, susținută de cele două doamne care, spre deosebire de mine, erau foarte combative, știau să măgulească și să amenințe deopotrivă. În cele din urmă, și grație mijlocirii editurii milaneze, s-a ajuns la un acord: textul meu va vedea din nou lumina zilei în cursul anului următor, sub pecetea editoarelor mele.

L-am anunțat pe Nino la telefon, el a părut entuziast. Dar apoi, frază după frază, nemulțumirea lui a ieșit la suprafață.

— Poate că nu mai ai nevoie de mine, a spus.

— Glumești? Abia aștept să te îmbrățișez.

— Ești așa de prinsă cu treburile tale, încât pentru mine nu mai există nici măcar un colțișor.

— Te înșeli. Datorită ție am scris această carte, datorită ție mi se pare că am totul limpede în minte acum.

— Atunci hai să ne vedem la Napoli, sau la Roma, acum, înainte de Crăciun.

Dar de-acum era imposibil să ne întâlnim, chestiunile editoriale îmi consumaseră tot timpul și trebuia să mă întorc la fetele mele. Totuși, n-am putut rezista, am decis să ne vedem la Roma măcar pentru câteva ore. Am călătorit la cușetă, am ajuns stoarsă de oboseală în capitală, în dimineața zilei de 23 decembrie. Am petrecut câteva ore inutile în gară, Nino nu se vedea pe nicăieri, eram îngrijorată, eram dezolată. Mă pregăteam să iau un tren spre Florența, când și-a făcut apariția, transpirat tot în ciuda frigului. Întâmpinase nenumărate obstacole, venise cu mașina, cu trenul n-ar fi ajuns. Am mâncat ceva în grabă și apoi ne-am închis într-o cameră de hotel pe strada Nazionale, la câțiva pași de gară. Voiam să mă aștern din nou la drum după-amiază, dar n-am avut puterea să-l părăsesc, am amânat plecarea pentru a doua zi. Ne-am trezit fericiți că dormiserăm împreună: ah, era atât de frumos să întind un picior și să descoper, după starea de inconștiență din timpul somnului, că el să afla acolo în pat, lângă mine. Era Ajunul Crăciunului, am ieșit să ne facem cadouri. Plecarea mea s-a tărăgănat din oră în oră și a lui la fel. Abia după-amiaza târziu m-am târât cu bagajele până la mașina lui, nu reușeam să-l părăsesc. În cele din urmă, a pornit motorul, a plecat, automobilul a dispărut în trafic. M-am târât cu greu din Piața Republicii până la gară, dar întârziasem prea mult, am pierdut trenul pentru numai câteva minute. M-a cuprins disperarea, aș fi ajuns la Florența în toiul nopții. Dar cum așa merseseră lucrurile, m-am resemnat să telefonez acasă. A răspuns Pietro.

— Unde ești?

— La Roma, trenul este oprit aici în gară și nu știu când pleacă din nou,

— Ah, căile astea ferate. Le spun fetelor că nu vii la masa de Ajun?

— Da, cred că n-o să ajung la timp.

A izbucnit în râs, a închis.

Am călătorit cu un tren complet gol, sloi de gheață. Nici măcar controlul n-a trecut pe-acolo. M-am simțit ca și cum pierdusem totul și mă îndreptam spre neant, prizoniera unei tristeți care accentua sentimentul de vinovăție. Am ajuns la Florența noaptea târziu, n-am găsit niciun taxi. Am târât valizele după mine prin frig, pe străzile pustii, chiar și clopotele de Crăciun se pierduseră de mult timp în noapte. Am folosit cheia ca să intru în casă. Apartamentul era cufundat în întuneric și într-o tăcere angoasantă. Am făcut un tur al camerelor, nici urmă nici de fete, nici de Adele. Obosită, îngrozită, dar și exasperată, am căutat măcar un bilet care să-mi spună unde plecaseră. Nimic.

Casa era într-o ordine perfectă.

12.

M-au apucat gândurile negre. Poate că Dede, sau Elsa, sau amândouă pățiseră ceva, iar Pietro și mama lui le duseseră la spital. Sau la spital ajunsese soțul meu, care făcuse vreo nebunie, și Adele era cu el, împreună cu fetele.

M-am învârtit prin casă devorată de neliniște, nu știam ce să fac. La un moment dat m-am gândit că orice s-ar fi întâmplat, era posibil ca soacra mea s-o fi înștiințat pe Mariarosa și, chiar dacă era trei noaptea, m-am hotărât s-o sun. Cumnata mea a răspuns după o vreme, n-a fost ușor s-o trezesc. Dar în cele din urmă am aflat de la ea că Adele hotărâse să le ia pe fete la Genova — plecaseră cu două zile înainte — ca să ne îngăduie mie și lui Pietro să ne rezolvăm situația, iar lui Dede și Elsei să petreacă vacanța de Crăciun într-o atmosferă senină.

Vestea, pe de o parte, m-a liniștit, pe de alta m-a înfuriat. Pietro mă mințise: când îi telefonasem știa deja că nu era nicio masă de Ajun, că fetele nu mă așteptau, că plecaseră cu bunica lor. Și Adele? Cum își permisese să-mi ia fiicele? M-am descărcat la telefon față de Mariarosa, care m-a ascultat în tăcere. Am întrebat: fac totul greșit, merit ce mi se-ntâmplă? Ea a luat un ton grav, dar m-a încurajat. A zis că aveam dreptul la propria viață și datoria de a continua să studiez și să scriu. Apoi s-a oferit să mă găzduiască, cu fete cu tot, de fiecare dată când aș fi întâmpinat vreo dificultate.

Cuvintele ei m-au calmat, totuși n-am reușit să dorm. În pieptul meu s-au tot învârtit angoase, furii, dorul de Nino, nemulțumirea că el își petrecea sărbătorile în familie, cu Albertino, iar eu rămăsesem o femeie singură, fără niciun strop de afecțiune, într-o casă goală. La nouă dimineața am auzit cum s-a deschis ușa casei, era Pietro. L-am înfruntat imediat, am urlat la el: de ce i-ai încredințat fetele mamei tale fără permisiunea mea? Era ciufulit, cu barba mare, puțea a vin, dar nu părea beat. M-a lăsat să urlu fără să reacționeze, s-a mulțumit să repete de câteva ori, pe un ton deprimat: eu sunt ocupat, nu pot avea grijă de ele, iar tu îl ai pe amantul tău, n-ai timp pentru ele.

L-am obligat să se așeze pe un scaun în bucătărie. Am încercat să mă liniștesc, am zis:

— Trebuie să ajungem la o înțelegere.

— Explică-te, ce fel de înțelegere?

— Fetele vor locui cu mine și tu le vei vedea la sfârșit de săptămână.

— La sfârșit de săptămână unde?

— La mine acasă.

— Și unde e casa ta?

— Nu știu, o să hotărăsc mai târziu: aici, la Milano, la Napoli.

A fost de-ajuns acest cuvânt: Napoli. Cum l-a auzit, a sărit în picioare, a holbat ochii, a deschis gura voind parcă să mă muște, a ridicat pumnul cu o grimasă atât de fioroasă pe chip, încât m-am speriat. A fost o clipă care a durat o veșnicie. Robinetul picura, răcitorul bâzâia, cineva râdea în curte. Pietro era greoi, avea nodurile degetelor mari și albe. Mă lovise deja o dată, știam că de data asta m-ar fi lovit atât de violent, încât m-ar fi omorât pe loc. Am ridicat subit brațele ca să mă apăr. Dar el s-a răzgândit brusc, s-a răsucit și a lovit o dată, de două, de trei ori în dulăpiorul din metal în care ţineam măturile. Ar fi continuat, dacă nu m-aş fi agăţat de braţul lui, urlând: încetează, ajunge, te răneşti.

Consecinţa acelei crize de furie a fost că s-a întâmplat lucrul de care mă temusem la revenirea mea acasă. Am ajuns la spital. I-au pus gips, la întoarcere părea de-a dreptul vesel. Mi-am amintit că era Crăciunul şi am pregătit ceva de mâncare. Ne-am aşezat la masă, iar el, pe neaşteptate, a zis:

— Ieri i-am telefonat mamei tale.

Am tresărit.

— Cum ţi-a trecut prin minte una ca asta?

— Păi, cineva trebuia s-o anunţe şi pe ea. I-am povestit ce mi-ai făcut.

— Eu aveam datoria să-i spun.

— De ce? Ca să-i zici minciuni, aşa cum ai făcut cu mine?

Am devenit din nou agitată, dar am încercat să mă controlez, mă temeam c-o să înceapă din nou să-şi rupă oasele ca să nu le rupă pe-ale mele. În schimb, am văzut că zâmbea calm, privindu-şi braţul pus în gips.

— Nu pot conduce aşa, a bombănit.

— Unde trebuie să mergi?

— La gară.

Am aflat că mama mea pornise la drum cu trenul în ziua de Crăciun — ziua în care ea îşi asuma în cel mai înalt grad rolul central de femeie casnică, cel mai înalt grad al poverilor — şi urma să sosească.

13.

Am fost tentată să fug. M-am gândit să mă duc la Napoli — să fug în oraşul mamei mele exact când ea urma să sosească într-al meu — şi să caut un pic de linişte lângă Nino. Dar nu m-am mişcat. Oricât mă simţeam de schimbată, rămăsesem aceeaşi persoană disciplinată care nu se sustrăgea niciodată de la nimic. Şi, de altfel, mi-am spus, ce-mi poate face? Sunt o femeie, nu o fetiţă. Va aduce, cel mult, câte ceva bun de mâncare, ca de Crăciunul acela din urmă cu zece ani, când eu eram bolnavă şi ea a venit la mine, în colegiul Şcolii Normale.

M-am dus cu Pietro s-o luăm pe mama de la gară, am condus eu. Ea a coborât din tren cu pieptul în afară, avea haine noi, geantă nouă, pantofi noi, chiar şi puţină pudră în obraji. Arăţi bine, i-am spus, eşti foarte elegantă. Ea a şuierat printre dinţi: nu datorită ţie, apoi nu mi-a mai adresat niciun cuvânt. În schimb, a fost foarte afectuoasă cu Pietro. L-a întrebat de ce are mâna în gips şi pentru că el a fost vag — a spus că se lovise de o uşă —, a început să bombăne într-o italiană nesigură: lovit, ştiu eu cine te-a făcut să te loveşti, cum să nu, lovit.

Odată ajunşi acasă, a încetat cu falsa ei atitudine demnă. Mi-a ţinut o lungă predică, şchiopătând în sus şi-n jos prin sufragerie. L-a lăudat în mod exagerat pe soţul meu, mi-a poruncit să-i cer imediat iertare. Dat fiind că eu nu mă decideam, a început să-l implore ea însăşi să mă ierte şi a jurat pe Peppe, Gianni şi Elisa că n-o să se întoarcă acasă dacă noi doi n-o să ne împăcăm. Iniţial, era atât de însufleţită, încât aproape mi s-a părut că face mişto atât de mine, cât şi de soţul meu. Lista pe care a făcut-o cu virtuţile lui Pietro mi s-a părut infinită şi — trebuie să recunosc — nu s-a zgârcit nici cu ale mele. A subliniat de o mie de ori că, din perspectiva inteligenţei şi a studiilor, eram făcuţi unul pentru celălalt. Ne-a rugat să ne gândim la binele lui Dede — era nepoata ei preferată, pe Elsa a uitat s-o pomenească —, fetiţa înţelegea totul şi nu era corect s-o facem să sufere.

Soţul meu, cât a vorbit ea, s-a arătat mereu de acord, deşi avea acea expresie uimită pe care o capătă în faţa unui spectacol exagerat. Ea l-a îmbrăţişat, l-a sărutat, i-a mulţumit pentru generozitatea lui, în fața căreia — a urlat la mine — eu nu trebuia să fac altceva decât să mă pun în genunchi. Ne-a împins încontinuu, lovindu-ne necuviincios cu mâna, unul spre celălalt ca să ne îmbrățișăm și să ne sărutăm. M-am sustras, am fost mojică. M-am gândit tot timpul: n-o suport, nu suport pentru că, într-un moment ca ăsta, trebuie să fac față, sub privirea lui Pietro, *și* faptului că sunt fiica acestei femei. Și, între timp, încercam să mă liniștesc, spunându-mi: e obișnuita ei scenă melodramatică, în scurt timp obosește și se duce la culcare. Dar când m-a înșfăcat pentru a nu știu câta oară impunându-mi să recunosc că greșisem grav, n-am mai rezistat, am simțit cum mâinile ei mă jignesc și m-am smucit. Am spus ceva de genul: ajunge, mamă, e inutil, nu mai pot să fiu cu Pietro, țin la altcineva.

A fost o greșeală. O cunoșteam, aștepta doar o mică provocare. Litania ei s-a oprit, lucrurile s-au schimbat fulgerător într-o clipă. Mi-a tras o palmă foarte violentă, urlând dezlănțuită: taci, curvă, taci, taci, taci. Și a-ncercat să mă apuce de păr, a zbierat că n-o mai scotea la capăt cu mine, că nu era posibil ca eu, *eu*, să vreau să-mi distrug viața alergând după fiul lui Sarratore, care era mai rău, cu mult mai rău, decât nenorocitul ăla de taică-su. Odinioară, a urlat, credeam că prietena ta, Lina, te ducea pe o cale greșită, dar mă înșelam, tu, *tu*, ești nerușinata; aia, fără tine, a devenit o persoană de toată isprava. Ah, dracu' să mă ia că nu ți-am rupt picioarele când erai mică. Ai un soț excepțional, datorită căruia trăiești ca o doamnă în orașul ăsta minunat, ține la tine, ți-a dat două fiice și tu așa-l răsplătești, nenorocito? Vino aici, eu te-am născut, eu te omor.

Nu mă slăbea, am avut impresia că vrea cu adevărat să mă ucidă. Am simțit în acele clipe tot adevărul dezamăgirii pe care i-o provocam. Tot adevărul iubirii materne care, din cauza disperării de a mă supune unui lucru pe care-l considera bun pentru mine — ceva, adică, de care ea nu se bucurase niciodată, la fel ca mine, și care, până cu o zi în urmă, făcuse din ea cea mai norocoasă mamă din cartier —, era gata să se transforme în ură și să mă distrugă ca să mă pedepsească pentru că iroseam darurile primite de la Dumnezeu. Atunci am împins-o, am împins-o cât colo, urlând mai tare decât ea. Am împins-o fără să vreau, instinctiv, cu o asemenea forță, încât am făcut-o să-și piardă echilibrul și am trântit-o la podea.

Pietro s-a speriat. I-am văzut pe față, în ochi, lumea mea care se izbea de a lui. Cu siguranță, în toată viața lui, nu văzuse niciodată o astfel de scenă, cu atâtea urlete, cu reacții atât de necontrolate. În cădere, mama răsturnase un scaun, se prăbușise cu toată greutatea corpului. Acum, din cauza piciorului bolnav, se chinuia să se ridice, își agita un braț ca să se prindă de marginea mesei și să se tragă sus. Dar nu ceda, continua să urle la mine amenințări și jigniri. Nu s-a oprit nici măcar în momentul în care Pietro, înspăimântat, a ajutat-o cu brațul sănătos să se ridice. Ea, cu vocea sugrumată, furioasă și totodată sincer îndurerată, a gâfâit, cu ochii ieșiți din orbite: tu nu mai ești fiica mea, el e fiul meu, el, nici tatăl tău nu te mai vrea, nici frații tăi; de la fiul lui Sarratore să iei blenoragie și sifilis, cu ce am greșit eu s-ajung să văd o zi ca asta, oh, Doamne, Doamne, Doamne, vreau să mor imediat, vreau să mor acum. Era atât de copleșită de suferință, încât, lucru de necrezut pentru mine, a izbucnit în plâns.

Am alergat să mă încui în dormitor. Nu știam ce să fac, niciodată nu m-aș fi gândit că despărțirea mea va provoca atâta suferință în jur. Eram speriată, eram dezolată. Din ce profunzime necunoscută, din ce îngâmfare a mea, se născuse hotărârea de a o respinge pe mama cu aceeași violență fizică de care dădea ea dovadă? M-a liniștit doar faptul că, după puțin timp, Pietro a venit să bată la ușă și a spus încet, cu o duioșie neașteptată: nu deschide, nu-ți cer să mă lași să intru; vreau doar să știi că nu-mi doream asta, e prea mult, nici măcar tu nu meriți așa ceva.

14.

Am sperat ca mama mea să se calmeze, ca deja dimineaţă, schimbându-şi brusc părerea, să-mi poată spune din nou că ţinea la mine şi că, în ciuda tuturor celor întâmplate, era mândră de mine. Dar nu a fost aşa. Am auzit-o şuşotind cu Pietro toată noaptea. Îi alina durerea, sublinia ranchiunoasă că fusesem mereu crucea ei, spunea oftând că trebuia să aibă răbdare cu mine. A doua zi, ca să evităm altă ceartă, m-am învârtit prin casă sau am încercat să citesc, fără să intervin nici măcar o dată în consfătuirile lor secrete. Eram foarte nefericită. Mi-era ruşine că o îmbrâncisem, mi-era ruşine de ea şi de mine, îmi doream să-i cer scuze, s-o îmbrăţişez, dar mă temeam c-o să interpreteze greşit şi o să creadă că am capitulat. Dacă ajunsese să susţină că eram eu sufletul negru al Lilei şi nu Lila al meu, probabil că-i provocasem o dezamăgire cu adevărat insuportabilă. Mi-am zis ca să-i justific comportamentul: unitatea ei de măsură e cartierul; acolo totul, în ochii ei, decursese în cel mai avantajos mod: se simte înrudită cu familia Solara datorită Elisei; băieţii ei muncesc, în sfârşit, pentru Marcello, pe care-l numeşte, cu mândrie, ginerele ei; poartă în aceste haine noi ale ei semnul bunăstării care a căzut peste ea; e firesc deci ca Lila, aflată în serviciul lui Michele Solara, convieţuind stabil în aceeaşi casă cu Enzo, bogată într-atât încât vrea să răscumpere pentru părinţii ei micul apartament în care locuiesc aceştia, să-i pară că reuşise în viaţă mult mai bine decât mine. Dar raţionamentele de genul acesta au folosit doar pentru a marca şi mai mult distanţa dintre mine şi ea, nu mai aveam puncte comune.

A plecat fără să ne vorbim. Am condus-o cu maşina la gară, dar s-a comportat de parcă n-aş fi fost la volan. S-a limitat să-i ureze lui Pietro tot binele posibil şi să-l roage, până cu o clipă înainte să plece trenul, s-o țină la curent în privința brațului și a fetelor.

Imediat cum a dispărut, mi-am dat seama, cu o anumită uimire, că faptul că dăduse buzna peste noi avusese un efect nesperat. În timp ce ne întorceam acasă, soțul meu a mers dincolo de puținele fraze de solidaritate șoptite în fața ușii mele în seara precedentă. Confruntarea aceea excesivă cu mama mea i-a dezvăluit probabil ceva despre mine, despre felul în care crescusem, mai mult decât îi povestisem eu însămi și decât își imaginase el singur. I s-a făcut milă de mine, cred. Și-a revenit brusc, relația noastră a redevenit politicoasă. După câteva zile am mers la un avocat, care a trăncănit puțin despre una, despre alta, apoi ne-a întrebat:

— Sunteți siguri că nu mai vreți să trăiți împreună?

— Cum poți trăi cu o persoană care nu te mai vrea? a răspuns Pietro.

— Dumneavoastră, doamnă, nu-l mai vreți pe soțul dumneavoastră?

— E treaba mea, am spus. Dumneavoastră trebuie doar să declanșați procedura de divorț.

Când ne-am întors pe stradă, Pietro a râs:

— Ești la fel ca mama ta.

— Nu e adevărat.

— Ai dreptate, nu e adevărat: ești ca mama ta dacă ar fi studiat și s-ar fi apucat să scrie romane.

— Ce vrei să spui?

— Vreau să spun că ești mai rău.

M-am supărat un pic, dar nu prea mult, eram bucuroasă că, atât cât se putea, redevenise rezonabil. Am respirat ușurată și am început să mă concentrez pe ce anume era de făcut. În timpul lungilor conversații interurbane cu Nino, i-am povestit tot ce mi se întâmplase din momentul în care ne despărțiserăm, am discutat despre mutarea mea la Napoli. Nu i-am spus că Pietro și cu mine dormeam din nou sub același acoperiș, chiar dacă, bineînțeles, în camere separate. Dar mai ales am vorbit mai des cu fetele mele și am anunțat-o pe Adele, cu vădită ostilitate, că mă voi duce să le iau înapoi.

— Nu-ți face griji, a încercat să mă liniștească soacra mea, poți să mi le lași cât timp ai nevoie.

— Dede are școală.

— Am putea s-o trimitem aici, la doi pași, m-aș ocupa eu de tot.

— Nu, trebuie să le țin cu mine.

— Gândește-te. O femeie divorțată, cu două fiice și cu ambițiile tale, trebuie să facă față realității și să se hotărască la ce anume poate renunța și la ce nu.

Totul, în acea ultimă frază, m-a enervat.

15.

Voiam să plec imediat la Genova, dar au telefonat din Franța. Editoarea mai în vârstă m-a rugat să scriu pentru o revistă importantă argumentele pe care mă auzise că le exprimasem în public. M-am trezit, astfel, în situația în care a trebuit să aleg între a mă duce să-mi iau fetele sau a începe să lucrez. Am amânat plecarea, m-am dedicat zi și noaptea cu grija de a scrie cât mai bine. Mă străduiam încă să dau o formă acceptabilă textului meu, când Nino m-a anunțat că, înainte să-și reia cursurile la universitate, avea câteva zile libere și era pregătit să vină la mine. N-am putut rezista, am mers la Argentario cu mașina. Eram amețită de iubire. Am petrecut câteva zile minunate, abandonându-ne mării pe timp de iarnă și, cum nu mi se întâmplase nici cu Franco, nici cu Pietro, plăcerii de a mânca și de a bea, conversației culte, sexului. Dimineața mă dădeam jos din pat devreme și mă apucam de scris.

Într-o seară, în pat, Nino mi-a dat nişte pagini de-ale lui, a zis că ţinea mult la părerea mea. Era un eseu complicat despre fabrica Italsider din Bagnoli. L-am citit stând lipită de el, care mumura din când în când, autodenigrându-se: scriu prost, corectează dacă vrei, tu eşti mai bună, erai deja din liceu. I-am lăudat mult lucrarea, i-am sugerat câteva corecturi. Dar Nino nu s-a mulţumit cu atât, m-a îndemnat să intervin mai mult. Cu acea ocazie, voind parcă să mă convingă de necesitatea corecturilor mele, a ajuns să-mi spună că avea ceva urât să-mi dezvăluie. Aşa şi-a definit secretul, între stânjeneală şi ironie: lucrul cel mai ruşinos pe care l-am făcut în toată viaţa mea. Şi mi-a zis că avea de-a face cu articolaşul în care rezumasem confruntarea mea cu profesorul de religie, cel pe care, în vremea liceului, mi-l solicitase pentru a-l publica într-o revistuţă studenţească.

— Ce ai făcut? l-am întrebat râzând.

— Îţi spun, dar ţine cont că eram doar un copil.

Am simţit că se ruşina cu adevărat şi m-am alarmat un pic. A spus că, atunci când citise articolul meu, i se păruse imposibil că putea scrie cineva într-un mod atât de plăcut şi de inteligent. M-a bucurat complimentul acela, l-am sărutat, mi-am amintit cât muncisem la păginuţele alea împreună cu Lila şi, între timp, i-am povestit cu autoironie deziluzia, suferinţa pe care o resimţisem când revista nu-l publicase din lipsă de spaţiu.

— Aşa ţi-am zis? a întrebat Nino stingherit.

— Poate, acum nu-mi amintesc.

A făcut o grimasă întristată.

— Adevărul e că loc pentru articolul tău era din belşug.

— Atunci de ce nu l-au publicat?

— Din invidie.

Am izbucnit în râs.

— Redactorii erau invidioşi pe mine?

— Nu, *eu* eram invidios pe tine. Am citit paginile tale şi le-am aruncat la gunoi. N-am putut suporta că erai atât de bună.

Câteva minute n-am zis nimic. Cât ţinusem la articolul acela, cât suferisem. Nu-mi venea să cred: era posibil ca liceanul preferat al profesoarei Galiani să fi fost invidios pentru rândurile unei fete de gimnaziu, într-atât încât să le arunce la gunoi? Am simţit că Nino aştepta reacţia mea, dar nu ştiam cum să aşez un gest atât de meschin în nimbul luminos cu care-l înconjurasem când eram mică. Secundele treceau şi încercam dezorientată să păstrez lângă mine gestul acela laş ca să nu-l las să se îmbine cu faima proastă pe care, potrivit spuselor lui Adele, Nino o avea la Milano, sau cu îndemnul de a nu avea încredere în el pe care-l primisem de la Lila şi Antonio. Apoi m-am scuturat, m-am concentrat pe partea pozitivă a acelei confesiuni, l-am îmbrăţişat. Nu trebuie, în fond, să-mi povestească episodul acela, era o faptă urâtă foarte îndepărtată în timp. Şi totuşi, tocmai o făcuse, iar nevoia aceea a lui de a fi sincer dincolo de orice interes personal, chiar cu riscul de a se pune într-o lumină foarte proastă, m-a emoţionat. Pe neaşteptate, începând din acel moment, am simţit că puteam să-l cred întotdeauna.

Ne-am iubit în noaptea aceea cu mai multă pasiune decât de obicei. Când m-am trezit, mi-am dat seama că, mărturisindu-şi acea vină, Nino recunoscuse că în ochii lui fusesem întotdeauna o fată ieşită din comun, chiar şi când era logodit cu Nadia Galiani, chiar şi când devenise amantul Lilei. Ah, ce palpitant era să mă simt nu doar iubită, dar şi respectată. Mi-a încredinţat textul lui, l-am ajutat să-i dea o formă mai strălucită. În acele zile petrecute la Argentario am avut impresia, fără nicio îndoială, că de-acum capacitatea mea de a simţi, de a înţelege, de a mă exprima se extinsese, lucru care — mă gândeam cu mândrie — era confirmat de primirea discretă în afara Italiei a cărţii pe care o scrisesem încurajată de el, ca să-i fac pe plac. Aveam tot ce-mi doream, în acel moment. Pe margine rămăseseră doar Dede şi Elsa.

16.

Soacrei mele nu i-am spus de Nino. I-am povestit, în schimb, despre revista franceză și m-am arătat complet absorbită de textul pe care-l scriam. Între timp, deși fără voie, i-am mulțumit pentru modul în care avea grijă de nepoatele ei.

Chiar dacă nu aveam încredere în ea, am înțeles în acel punct că Adele ridicase o problemă reală. Ce puteam face ca să țin laolaltă viața mea și pe fete? Mă bizuiam, desigur, pe faptul că în curând aș fi mers să locuiesc cu Nino undeva, iar în cazul acela ne-am fi ajutat reciproc. Dar între timp? N-ar fi fost ușor să echilibrăm nevoia de a ne vedea, pe Dede, pe Elsa, scrisul, obligațiile publice, presiunile la care Pietro, deși mai rezonabil acum, m-ar fi supus oricum. Fără să mai punem la socoteală problema banilor. Din ai mei rămăseseră foarte puțini și încă nu știam cât era de profitabilă noua mea carte. Trebuia să exclud posibilitatea de a plăti în curând o chirie, telefonul, de a susține viața de zi cu zi a fiicelor mele și a mea. Și apoi, unde urma să se desfășoare acea rutină zilnică a noastră? În curând urma să merg să le iau pe fete, dar ca să le duc unde? La Florența, în apartamentul unde se născuseră și unde, regăsind un tată amabil și o mamă politicoasă, ar fi tras concluzia că totul, în mod miraculos, își recăpătase ordinea? Voiam oare să le dezamăgesc, știind bine că la prima apariție a lui Nino le-aș fi dezamăgit și mai mult? Trebuia să-i spun lui Pietro să plece, chiar dacă eu fusesem cea care produsese ruptura? Sau eu eram cea care trebuia să părăsească apartamentul?

Am plecat la Genova, având o mie de întrebări și nicio decizie luată.

Socrii mei m-au primit cu o răceală politicoasă, Elsa cu un entuziasm nesigur, Dede cu ostilitate. Cunoșteam puțin casa din Genova, îmi rămăsese în minte doar o senzație de lumină. În realitate, erau încăperi întregi tapetate cu cărţi, mobilă antică, lustre din cristal, podele acoperite cu covoare de calitate, perdele grele. Doar sufrageria era strălucitoare, avea niște ferestre mari care decupau un fragment de lumină și de mare, expunându-l ca pe un obiect de preţ. Fiicele mele — mi-am dat seama — se mișcau prin tot apartamentul cu mai multă libertate decât la ele acasă: atingeau totul, luau totul fără nicio dojană și i se adresau menajerei pe tonul politicos, dar imperativ, învăţat de la bunică. În primele ore după sosirea mea mi-au arătat camera lor, au dorit să fiu entuziasmată de numeroasele lor jucării pe care, așa scumpe cum erau, de la mine și de la tatăl lor nu le-ar fi primit niciodată, mi-au povestit toate lucrurile minunate pe care le făcuseră și văzuseră. Am înţeles, încet, încet, că Dede se atașase mult de bunic, în timp ce Elsa, deși mă îmbrăţișa și mă săruta până la epuizare, i se adresa lui Adele pentru orice lucru care îi trebuia sau, când era obosită, i se urca pe genunchi și mă privea de acolo cu niște ochi melancolici și cu degetul mare în gură. Fetele învăţaseră să se descurce fără mine într-un timp atât de scurt? Sau mai degrabă le sleiseră cele văzute și auzite în ultimele luni și acum, într-o stare de anxietate cauzată de numeroasele nenorociri pe care le reprezentam eu, le era frică să mă accepte din nou? Nu știu. Bineînţeles, n-am îndrăznit să spun imediat: faceţi-vă bagajele și haideţi să mergem. Am mai rămas câteva zile, am început să mă ocup din nou de ele. Și socrii mei nu s-au băgat niciodată. Ba chiar dimpotrivă, când fetele, mai ales Dede, mi-au pus la îndoială autoritatea, întorcându-se către ei, s-au retras, evitând orice conflict.

Guido în special era foarte atent să vorbească despre altceva, la început n-a adus în discuţie despărţirea dintre mine și fiul lui. După cină, când Dede și Elsa mergeau la culcare și, din politeţe, rămânea un pic cu mine înainte să se închidă în biroul lui ca să lucreze până noaptea târziu (Pietro, evident, nu făcea decât să aplice modelul tatălui său), era stingherit. Se refugia, de obicei, în conversaţii politice: acutizarea crizei capitalismului, panaceul austerităţii, lărgirea zonei marginalizării, cutremurul din Friuli ca simbol al unei Italii precare, marile probleme ale stângii, vechi partide şi formaţiuni extremiste. Dar o făcea fără să arate vreo curiozitate faţă de părerile mele, pe care, de altfel, eu nici nu mă străduiam să le exprim. Atunci când mă încuraja să-mi spun părerea, devia spre cartea mea, a cărei ediţie în italiană am văzut-o pentru prima dată chiar în casa aceea: era un volum subţirel, nu foarte aspectuos, sosit împreună cu numeroasele cărţi şi reviste care se îngrămădeau încontinuu pe mese, aşteptând să fie răsfoite. Într-o seară, el mi-a pus în treacăt nişte întrebări şi eu — ştiind că n-o citise şi că nici n-o va face — i-am rezumat subiectele, i-am citit câteva rânduri. În general a ascultat serios, foarte atent. Doar într-un caz a adus critici docte despre un fragment din Sofocle pe care-l citasem nepotrivit şi glasul lui a căpătat nişte inflexiuni profesorale care m-au făcut să mă ruşinez. Era un bărbat care emana autoritate, chiar dacă autoritatea e o patină şi uneori sunt de-ajuns câteva minute ca aceasta să se crape şi să dea la iveală o altă persoană, mai puţin exemplară. Când am făcut o referire la feminism, Guido a renunţat pe neaşteptate la comportamentul lui sobru, iar în ochi i s-a ivit o surprinzătoare răutate. Apoi a început să fredoneze cu sarcasm, roşu la faţă — el care în general avea un colorit anemic — nişte sloganuri pe care le auzise: *sex, sexul dorinţelor mele, cine simte orgasmul în regat? niciuna*; şi, de asemenea: *nu suntem maşini de reproducere, ci femei care luptă pentru emancipare*. Fredona şi râdea, foarte însufleţit. Când şi-a dat seama că mă şocase într-un mod neplăcut, şi-a luat ochelarii, i-a curăţat cu grijă şi s-a retras să studieze.

În acele câteva seri, Adele a tăcut aproape tot timpul, dar am înţeles repede că atât ea, cât şi soţul ei căutau un mod aseptic ca să mă expună. Pentru că nu muşcam momeala, în cele din urmă chiar socrul meu a înfruntat problema direct, în stilul lui.

Când Dede și Elsa ne-au spus noapte bună, el le-a întrebat pe nepoate, într-un fel de ritual binevoitor:

— Cum le cheamă pe aceste două domnișoare foarte frumoase?

— Dede.

— Elsa.

— Și mai cum? Bunicul vrea să audă numele întreg.

— Dede Airota.

— Elsa Airota.

— Airota ca...?

— Ca tata.

— Și ca mai cine?

— Ca bunicul.

— Și pe mama cum o cheamă?

— Elena Greco.

— Și pe voi vă cheamă Greco sau Airota?

— Airota.

— Bravo vouă. Noapte bună, dragilor, vise minunate.

Apoi, imediat ce fetele au ieșit din cameră însoțite de Adele, a spus urmând parcă un fir care rămăsese suspendat de răspunsurile celor două fete: am aflat că despărțirea de Pietro i se datorează lui Nino Sarratore. Am tresărit, am făcut semn că da. El a zâmbit, a început să-l laude pe Nino, dar nu cu consensul absolut al anilor trecuți. L-a descris drept un băiat foarte inteligent, unul care-și cunoștea interesul, dar — a zis apăsând pe conjuncția adversativă — e *nestatornic*. Și a repetat cuvântul, voind parcă să-și dea seama dacă-l alesese pe cel corect. Apoi a subliniat: ultimele lucruri scrise de Sarratore nu mi-au plăcut. Și, pe un ton neașteptat de disprețuitor, l-a pus în grămada celor care considerau mai urgent să învețe cum trebuie puse în mișcare mecanismele neocapitalismului, decât să pretindă în continuare transformări ale relațiilor sociale și ale celor legate de producție. A folosit acest limbaj, dar adăugând fiecărui cuvânt consistența jignirii.

N-am suportat așa ceva. Am făcut tot posibilul să-l conving că se înșela și Adele a intrat tocmai când eu menționam unele texte ale lui Nino care mi se păreau foarte radicale, iar Guido mă asculta scoțând sunetul surd la care recurgea de obicei când rămânea suspendat între aprobare și dezaprobare. Am tăcut brusc, destul de tulburată. Socrul meu a părut pentru câteva clipe că-și îmblânzește părerea (*de altfel, tuturor le e greu să se orienteze în marasmul crizei italiene și pot înțelege că tineri ca el se află în dificultate, mai ales dacă-și doresc să acționeze*), apoi s-a ridicat, ducându-se în biroul lui. Dar înainte să dispară, s-a răzgândit. A zăbovit în prag și a declamat plin de ranchiună: dar sunt moduri și moduri de a acționa, Sarratore are o inteligență fără tradiții, îi place mai mult să devină simpatic celor care comandă decât să se lupte pentru o idee, va deveni un tehnician servil. Și s-a întrerupt, dar ezitând iarăși, ca și cum ar fi avut altceva, mult mai necruțător, pe vârful limbii. În schimb, s-a mulțumit să bombăne noapte bună și s-a dus în birou.

Am simțit asupra mea privirea lui Adele. Trebuie să mă retrag și eu, m-am gândit, trebuie să inventez o scuză, să spun că sunt obosită. Dar am sperat că Adele va găsi o formulă conciliantă care să mă liniștească și, de aceea, am întrebat:

— Ce înseamnă că Nino are o inteligență fără tradiții?

Ea m-a privit cu ironie.

— Că e un nimeni. Și pentru un nimeni să devină cineva e mai important decât orice altceva. Consecința e că acest domn Sarratore nu e o persoană de încredere.

— Și eu am o inteligență fără tradiții.

A zâmbit.

— Și tu, da, și, într-adevăr, nici tu nu ești de încredere.

Tăcere. Adele vorbise liniștit, ca și cum cuvintele n-ar avea nicio încărcătură emoțională, ci anunță doar faptele așa cum sunt ele. M-am simțit oricum jignită.

— Ce vrei să spui?

— Că ţi l-am încredinţat pe fiul meu și tu n-ai fost onestă cu el. Dacă-l voiai pe altul, de ce te-ai mai căsătorit cu el?

— Nu știam că-l vreau pe altul.

— Minţi.

Am ezitat, am recunoscut:

— Mint, da, dar pentru că mă obligi să-ţi dau o explicaţie simplă și clară, iar explicaţiile simple și clare sunt aproape întotdeauna minciuni. Și tu mi l-ai vorbit rău pe Pietro, ba mai mult, mi-ai ţinut partea împotriva lui. Minţeai?

— Nu. Am fost cu adevărat de partea ta, dar în interiorul unui pact pe care-ar fi trebuit să-l respecţi.

— Care?

— De a rămâne cu soţul tău și cu fetele. Erai o Airota, fiicele tale poartă numele Airota. Nu voiam să te simţi inadecvată și nefericită, am încercat să te ajut să fii o bună mamă și o bună soţie. Dar dacă pactul a fost încălcat, se schimbă totul. Din partea mea și a soţului meu nu vei mai avea nimic, dimpotrivă, îţi voi lua tot ce ţi-am dat.

Am tras adânc aer în piept, am încercat să-mi păstrez vocea calmă, așa cum, de altfel, facea și ea.

— Adele, am spus, eu sunt Elena Greco și fiicele mele sunt fiicele mele. Mi se rupe de voi, familia Airota.

A făcut semn că da, palidă, cu o expresie acum severă.

— Se vede bine că ești Elena Greco, deja e mult prea evident. Dar fetele sunt fiicele fiului meu și nu-ţi vom permite să le distrugi.

Mi-a întors brusc spatele, s-a dus la culcare.

17.

Aceea a fost prima confruntare cu socrii mei. Au urmat și altele, care însă n-au mai ajuns niciodată la un asemenea dispreţ explicit. Apoi s-au limitat să-mi demonstreze în toate felurile că, dacă insistam să mă ocup în primul rând de mine, trebuia să li le încredinţez pe Dede şi pe Elsa.

M-am opus, bineînţeles, nu era zi să nu mă enervez şi să nu hotărăsc să-mi iau imediat fiicele la Florenţa, la Milano, la Napoli, oriunde, doar ca să nu le las în casa aia niciun minut în plus. Dar cedam repede, amânam plecarea, se întâmpla mereu ceva care aducea dovezi împotriva mea. Nino, de exemplu, telefona şi eu nu rezistam, alergam după el oriunde voia. Şi apoi, noua mea carte începuse să stârnească un mic interes şi în Italia, deşi ignorată de autorii de recenzii ale marilor ziare, îşi avea oricum publicul ei. Aşa că, adesea, peste întâlnirile cu cititorii mei le adăugam pe cele cu amantul meu, chestie care prelungea răstimpul în care stăteam departe de fete.

Mă desprindeam de ele cu forţa. Simţeam asupra mea privirea lor acuzatoare, suferearn. Şi totuşi, când eram în tren, în timp ce studiam, în timp ce mă pregăteam pentru vreo discuţie publică, în timp ce anticipam, folosindu-mi imaginaţia, întâlnirea cu Nino, savuram deja bucuria neruşinată care începea să-mi clocotească pe dinăuntru. Am descoperit repede că mă obişnuisem să fiu în acelaşi timp fericită şi nefericită, ca şi cum ar fi fost acela noul statut inevitabil al vieţii mele. Când mă întorceam la Genova, mă simţeam vinovată — Dede şi Elsa se simţeau de-acum în largul lor, aveau şcoală, colegi de joacă, tot ce-şi doreau, independent de mine —, dar cum plecam din nou, vinovăţia devenea o piedică sâcâitoare, dispărea. Îmi dădeam seama de asta, bineînţeles, şi pendularea aceea mă făcea să mă simt meschină. Era umilitor să fiu nevoită să recunosc că un pic de notorietate şi iubirea pentru Nino reuşeau să le umbrească pe Dede şi pe Elsa. Şi totuşi, acesta era adevărul. Ecoul frazei Lilei: *gândeşte-te la răul pe care-l faci fiicelor tale* a devenit tocmai în acea perioadă un fel de epigraf permanent care dădea startul nefericirii. Călătoream, mă mutam adesea dintr-un pat în altul, adesea nu reuşeam să dorm. Îmi reveneau în minte blestemele mamei mele, se amestecau cu vorbele

Lilei. Ea și prietena mea, care totuși fuseseră dintotdeauna, pentru mine, una opusul celeilalte, au ajuns în acele nopți să pară una și aceeași persoană. Le simțeam pe amândouă ostile, străine de viața mea cea nouă și, pe de o parte, asta mi se părea dovada că devenisem, în sfârșit, o persoană autonomă, dar, pe de alta, mă făcea să mă simt singură, în voia greutăților mele.

Am încercat să reînnod legătura cu cumnata mea. Ea s-a arătat ca de obicei disponibilă, a organizat o întâlnire în onoarea cărții mele într-o librărie milaneză. Au venit mai ales femei și am fost când criticată, când foarte lăudată de grupuri opuse. La început m-am speriat, dar Mariarosa a intervenit cu autoritate și eu mi-am descoperit o neașteptată capacitate de a mânui sforile disensiunii și consensului. Mi-am asumat între timp rolul de mediatoare (mă pricepeam să zic într-un mod foarte convingător: *nu voiam să spun tocmai asta*). În cele din urmă am fost primită de toate femeile cu mare bucurie, mai ales de ea.

Apoi am cinat și am dormit în casa ei. L-am găsit acolo pe Franco, am găsit-o pe Silvia cu fiul ei, Mirko. Tot timpul n-am făcut decât să trag cu ochiul la copil — am socotit că trebuia să aibă opt ani — și am observat toate asemănările fizice, chiar și pe cele de caracter, pe care cu siguranță le avea în comun cu Nino. Nu-i spusesem că știam de acel copil și am hotărât că n-o voi face niciodată. Dar toată seara n-am făcut altceva decât să-i vorbesc, să-l alint, să mă joc cu el, să-l țin pe genunchii mei. În ce dezordine trăiam, câte fragmente din noi înșine țâșneau afară ca și cum existențele noastre ar fi însemnat schijele rezultate dintr-o explozie. La Milano, iată, era acest copil, la Genova — fiicele mele, la Napoli — Albertino. N-am rezistat, am ajuns să vorbesc despre acea dispersie cu Silvia, cu Mariarosa, cu Franco, pozând într-o gânditoare dezvrăjită. În realitate, mă așteptam ca fostul meu logodnic, după obiceiul lui, să fie cel care să pună stăpânire pe discurs și să exprime totul conform obișnuitei lui dialectici care sistematiza prezentul și anticipa viitorul, liniștindu-ne. Dar el a fost adevărata surpriză a serii. A vorbit despre sfârşitul iminent al unui anotimp care fusese *obiectiv* — a folosit adverbul cu sarcasm — revoluţionar, dar care acum — a spus —, la apus, lua cu el toate categoriile care-i serviseră drept busolă.

— Nu mi se pare, am obiectat, dar numai ca să-l provoc, în Italia situaţia e foarte tensionată şi combativă.

— Nu ţi se pare pentru că eşti mulţumită de tine.

— Dimpotrivă, sunt deprimată.

— Oamenii deprimaţi nu scriu cărţi. Le scriu persoanele mulţumite, care călătoresc, sunt îndrăgostite şi vorbesc întruna având convingerea că aceste cuvinte ajung întotdeauna, într-un mod sau altul, în locul potrivit.

— Şi nu e aşa?

— Nu, cuvintele ajung rareori în locul potrivit şi doar pentru un timp foarte scurt. În rest, ele folosesc vorbitului la întâmplare, ca acum. Sau ca să te prefaci că totul se află sub control.

— Să te prefaci? Tu, care ai ţinut mereu totul sub control, te prefăceai?

— De ce nu? E fiziologic să te prefaci un pic. Noi, cei care voiam să facem revoluţia, am fost cei care şi în mijlocul haosului îşi inventau mereu o ordine şi se prefăceau că nu ştiu exact cum mergeau lucrurile.

— Te autodenunţi?

— Păi, sigur. Bună gramatică, bună sintaxă. O explicaţie pregătită pentru orice. Şi multă artă a continuităţii: asta derivă din asta şi conduce în mod obligatoriu la asta. Zarurile au fost aruncate.

— Nu mai merge bine?

— Ah, ba da, merge foarte bine. E atât de confortabil să nu te pierzi niciodată în faţa niciunui lucru. Nicio plagă care să se infecteze, nicio rană fără copci, nicio cameră întunecoasă care să te înspăimânte. Doar că, la un moment dat, trucul nu mai funcţionează.

— Adică?

— Bla-bla-bla, Lena, bla-bla-bla. Cuvintele sunt pe cale să fie părăsite de semnificație.

Și nu s-a oprit acolo. A făcut multe ironii pe seama frazelor lui, făcând mișto de el și de mine. Apoi a murmurat: câte prostii spun, și și-a petrecut restul timpului ascultându-ne pe noi trei.

M-a impresionat faptul că, dacă în cazul Silviei semnele îngrozitoare ale agresiunii suferite păreau să fi dispărut complet, la el cotonogeala primită cu câțiva ani în urmă scosese, încet-încet, la lumină un alt corp și un alt spirit. S-a ridicat adesea ca să meargă la baie, șchiopăta, chiar dacă nu în mod vizibil. Orbita roșie, cu ochiul artificial prost așezat, părea mai agresivă decât celălalt ochi, care, deși sănătos, părea opacizat din cauza depresiei. Dar în special dispăruseră atât Franco cel plăcut de energic de altădată, cât și cel conflictual din timpul convalescenței. Mi s-a părut o persoană tandru-melancolică, capabilă de un cinism afectuos. Dacă Silvia a fost de părere să-mi iau fiicele înapoi, dacă Mariarosa a spus că, până ce n-o să-mi găsesc un loc stabil, Dede și Elsa o duceau mai bine la bunici, Franco mi-a lăudat la nesfârșit capacitățile definite ironic masculine și a insistat să continui să le rafinez, fără să mă pierd în spatele obligațiilor de femeie.

Când m-am retras în camera mea, m-am chinuit să adorm. Care era răul fiicelor mele, care era binele? Iar răul și binele meu în ce constau, coincideau sau se deosebeau de răul și binele lor? În noaptea aceea Nino s-a dus la fundul apei, a reapărut la suprafață Lila. Doar Lila, fără sprijinul mamei mele. Am simțit nevoia să ne certăm, să urlu la ea: nu mă critica doar, asumă-ți responsabilitatea de a-mi sugera ce trebuie să fac. În cele din urmă am ațipit. A doua zi m-am întors la Genova și le-am zis brusc lui Dede și Elsei, în prezența socrilor mei:

— Fetelor, în această perioadă am mult de lucru. Peste câteva zile trebuie să plec iar, apoi iar și iar. Voi vreți să veniți cu mine sau să rămâneți cu bunicii?

De întrebarea aceea mă ruşinez şi astăzi, în timp ce scriu. Mai întâi Dede, apoi imediat Elsa, au răspuns:

— Cu bunicii. Dar tu, când poţi, întoarce-te şi adu-ne cadouri.

18.

Au trecut mai mult de doi ani plini de bucurii, chinuri, surprize neplăcute şi diverse negocieri greu de suportat ca să reuşesc să-mi repun un pic de ordine în existenţă. Între timp, deşi trăiam suferinţe profunde în viaţa privată, în cea publică am continuat să am noroc. Cele nici o sută de pagini pe care le scrisesem mai ales ca să-l impresionez pe Nino curând au fost traduse şi în germană, şi în engleză. Cartea mea scrisă cu zece ani în urmă a atras din nou atenţia atât în Franţa, cât şi în Italia, şi am reînceput să scriu în ziare şi reviste. Numele meu şi chiar eu, în carne şi oase, am recâştigat, încet, încet, o mică notorietate, zilele au început să se aglomereze cum se mai întâmplase în trecut, mi-am câştigat interesul, uneori şi stima, unor persoane pe vremea aceea foarte prezente pe scena publică. Dar ce m-a ajutat să mă simt mai sigură pe mine a fost o bârfă a directorului editurii milaneze, care încă de la început mă simpatizase. Într-o seară, când eram la cină cu el ca să vorbim despre viitorul meu editorial, dar şi — trebuie să spun — ca să-i propun o culegere de eseuri de-ale lui Nino, mi-a dezvăluit că Adele făcuse presiuni, în preajma Crăciunului trecut, pentru ca publicarea cărticelei mele să fie blocată.

— Familia Airota, a zis glumind, e obişnuită să manevreze lucrurile ca la micul dejun să impună un subsecretar şi la cină să demită un ministru, dar cu cartea ta n-a reuşit. Volumul era gata şi l-am trimis în tipografie.

După el, tot soacra mea se aflase şi la originea numărului scăzut de recenzii în presa italiană. În consecinţă, dacă oricum cartea se impusese, cu siguranţă meritul nu-i aparţinea doamnei

Airota care avusese amabilitatea să se răzgândească, ci forței scriiturii mele. Am înțeles astfel că de această dată nu-i datoram nimic lui Adele, lucru pe care ea, în schimb, mi-l tot spunea de fiecare dată când mă duceam la Genova. Asta mi-a dat încredere, m-a făcut să mă simt mândră, am ajuns până la urmă să mă conving că timpul oricărei dependențe se încheiase.

Lila nu-și dădea deloc seama de asta. Ea, din fundul cartierului, din zona aceea care de-acum mi se părea mare cât un scuipat, continua să mă considere o anexă a ei. A obținut de la Pietro numărul de telefon de la Genova și a început să-l folosească fără s-o intereseze că-i deranjează pe socrii mei. Când reușea să mă găsească, se prefăcea că nu bagă de seamă concizia mea și vorbea cât pentru amândouă, fără oprire. Despre Enzo, despre serviciu, despre fiul ei care era bun la școală, despre Carmen, despre Antonio. Când, în schimb, nu mă găsea, insista cu telefoanele, o făcea cu o perseverență nevrotică, dându-i ocazia lui Adele — care nota într-un carnețel telefoanele pentru mine însemnând, ce știu eu, luna cutare, ziua cutare, Sarratore (trei telefoane), Cerullo (nouă telefoane) — să bombăne din cauza deranjului pe care-l provocam. Am încercat s-o conving pe Lila că era inutil să insiste dacă i se spunea că nu sunt acolo, casa din Genova nu era casa mea, mă făcea să mă simt prost. A fost zadarnic. A ajuns să-l sune și pe Nino. Greu de spus cum decurgeau lucrurile cu adevărat: el era stânjenit, minimaliza, se temea să nu cumva să spună lucruri care m-ar fi enervat. Într-un prim moment, mi-a povestit că Lila telefonase de mai multe ori acasă la Eleonora, înfuriind-o, apoi mi s-a părut că înțeleg că ea-l căutase direct la telefonul de pe strada Duomo și mai apoi că el însuși se grăbise să-i dea de urmă ca să nu-i mai telefoneze încontinuu soției lui. Oricum ar fi fost lucrurile, starea de fapt era că Lila îl forțase să se întâlnească, în cele din urmă, cu ea. Dar nu singură: Nino a ținut imediat să precizeze că ea venise însoțită de Carmen, deoarece Carmen — în special Carmen — avea nevoie urgent să ia legătura cu mine.

Am stat să ascult rezumatul întâlnirii fără mari emoții. Lila, inițial, voise să știe de-a fir a păr cum mă comportam în public când vorbeam despre cărțile mele: ce haine purtam, cum mă pieptănam și mă machiam, dacă eram timidă, dacă eram haioasă, dacă improvizam sau citeam. În rest tăcuse, îi lăsase lui Carmen spațiu să vorbească. Astfel ieșise la iveală faptul că toată graba aceea de a-mi vorbi avea de-a face cu Pasquale. Pe căile ei, Carmen aflase că Nadia Galiani se afla în siguranță în străinătate și deci voia să-mi ceară din nou favoarea de-a o contacta pe profesoara mea din liceu ca s-o întreb dacă și Pasquale era în siguranță. Carmen spusese de câteva ori: nu vreau ca fiii celor avuți să se descurce și cei ca fratele meu nu. Apoi îl rugase să mă anunțe — ca și cum ar fi considerat că grija față de Pasquale e în sine o infracțiune și, deci, o vină care mă putea implica și pe mine — că dacă voiam s-o ajut, nu trebuia să folosesc telefonul nici ca s-o contactez pe profesoară și nici ca s-o contactez pe ea. Nino a conchis: atât Carmen, cât și Lila sunt destul de găgăuțe, e mai bine să le lași baltă, te pot vârî în necazuri.

M-am gândit că până cu câteva luni în urmă o întâlnire între Nino și Lila, fie chiar în prezența lui Carmen, m-ar fi neliniștit. Acum, în schimb, descopeream cu un sentiment de ușurare că mă lăsa indiferentă. În mod evident, acum eram atât de sigură de iubirea lui Nino, încât, chiar dacă nu puteam exclude faptul că ea ar vrea să mi-l ia, mi se părea imposibil să reușească. L-am mângâiat pe un obraz, i-am spus distrată: nu te vârî *tu* în necazuri, te rog: cum se face că nu ai niciodată un moment liber, dar de data asta l-ai găsit?

19.

M-a izbit, pentru prima dată în acea perioadă, rigiditatea perimetrului pe care Lila și-l impusese. Se dedica tot mai puțin întâmplărilor din afara cartierului. Dacă un lucru care nu avea doar o dimensiune locală îi trezea interesul, asta se întâmpla doar pentru că avea legătură cu persoanele pe care le cunoștea încă din copilărie. Chiar și munca ei, din ce știam, o interesa pe o rază foarte scurtă. Despre Enzo se știa că uneori era nevoit să se deplaseze pentru puțin timp la Milano, la Torino. Lila nu, nu se pusese niciodată în mișcare, și acea recluziune a ei a început să mă impresioneze cu adevărat abia când eu am căpătat tot mai mult gustul călătoriilor.

Profitam de fiecare ocazie posibilă ca să ies din Italia pe vremea aceea, mai ales dacă era posibil să fac asta împreună cu Nino. De exemplu, când mica editură germană care îmi publicase volumașul a organizat un turneu de promovare prin Germania de Vest și prin Austria, el și-a abandonat toate angajamentele și a devenit șoferul meu vesel și supus. Am călătorit în lung și în lat vreo cincisprezece zile, alunecând din peisaj în peisaj ca de-a lungul unor picturi în culori strălucitoare. Fiecare munte sau lac, sau oraș, sau monument intra în viața noastră de cuplu, devenind parte din plăcerea de a fi acolo, în acel moment, și ni se părea mereu o componentă foarte rafinată a fericirii noastre. Chiar și când realitatea brută ajungea până la noi și ne înspăimânta pentru că se suprapunea peste cuvintele cele mai triste pe care le rosteam seară după seară, în fața unui public radical, pe urmă ne povesteam spaima ca pe o aventură plăcută.

Într-o noapte eram în mașină, ne întorceam la hotel, când ne-a oprit poliția. Limba germană, pe întuneric, în gura unor bărbați în uniformă și cu armele în mână a sunat, atât în urechile mele, cât și în ale lui Nino, sinistru. Polițiștii ne-au pus să ieșim din mașina noastră smucindu-ne, ne-au despărțit, eu am ajuns urlând într-o mașină, Nino în alta. Ne-am regăsit apoi într-o cămăruță, mai întâi lăsați singuri, pe urmă interogați în mod brutal: actele, motivul șederii noastre, serviciul. Pe un perete era un șir de fotografii, chipuri tenebroase, în special bărbați cu barbă, câteva femei cu părul scurt. M-am surprins căutând cu neliniște chipurile lui Pasquale și al Nadiei, dar nu le-am găsit. Ne-au dat drumul în zori, ne-au dus în piața unde ne obligaseră să ne abandonăm mașina. Nimeni nu ne-a cerut scuze: aveam numere italiene, eram italieni, fusese vorba de un control obligatoriu.

M-a tulburat instinctul meu de a căuta în Germania, printre fotografiile care-i indică pe criminalii din jumătate de lume, pe cea a persoanei care o interesa atunci pe Lila. Pasquale Peluso, în noaptea aceea, mi s-a părut un fel de rachetă lansată din interiorul spațiului strâmt în care ea se închisese ca să-mi amintească, în spațiul meu mult mai amplu, de prezența ei în vârtejul întâmplărilor planetare. Timp de câteva secunde, fratele lui Carmen a devenit punctul de contact dintre lumea ei tot mai mică și lumea mea tot mai mare.

În serile în care vorbeam despre cartea mea, în orașe străine despre care nu știam nimic, la final ploua peste mine cu întrebări despre duritatea climatului politic și o scoteam la capăt cu fraze vagi care, în esență, se învârteau în jurul verbului *a reprima*. Ca naratoare, mă simțeam datoare să fiu plină de imaginație. Niciun spațiu nu e cruțat, spuneam. Un tăvălug trece din teritoriu în teritoriu, de la Vest la Est, ca să refacă ordinea întregii planete: muncitorii să muncească, șomerii să lâncezească, înfometații să fie storși de puteri, intelectualii să vorbească la întâmplare, negrii să fie negrotei, femeile să fie muieri. Dar uneori simțeam nevoia să spun ceva mai autentic, sincer, personal și povesteam întâmplarea cu Pasquale trecând prin toate etapele ei tragice, din copilărie la alegerea de a trăi clandestin. Discursuri mai concrete nu știam să țin, vocabularul era cel pe care mi-l însușisem cu zece ani în urmă, și simțeam cuvintele acelea pline de sens numai când le alăturam unor întâmplări din cartier. De altfel, erau doar material verificat și cu un efect sigur. Numai că, dacă în vremurile primei mele cărți ajunsesem, mai devreme sau mai târziu, să fac apel la revoluție, cum părea să fie în asentimentul tuturor, acum evitam cuvântul acela. Nino începuse să-l considere ingenuu, de la el învățam complexitatea politicii și eram mai prudentă. Adoptasem mai degrabă expresia *e just să te revolți* și imediat adăugam că trebuia lărgit consensul, că statul va dura mai mult decât ne imaginaserăm noi, că era urgent să învățăm să guvernăm. Nu mă simțeam întotdeauna mulțumită de mine după acele seri. Uneori mi se părea că aveam o voce scăzută doar ca să-i fac pe plac lui Nino, care stătea să mă asculte în mici încăperi pline de fum, printre străine frumoase de vârsta mea sau mai tinere decât mine. Adesea nu rezistam și exageram, cedând vechiului impuls misterios care în trecut mă îndemnase să mă cert cu Pietro. Se întâmpla în special când aveam în față un public feminin care-mi citise cartea și aștepta fraze tăioase. Să fim atente să nu ne transformăm în propriile noastre gardiene, spuneam atunci, lupta e pe viață și pe moarte și se va termina doar când vom învinge. Nino, după aceea, făcea mișto de mine, zicea că trebuia mereu să exagerez, râdeam împreună.

În unele nopți mă ghemuiam lângă el și încercam să mă înțeleg. Mărturiseam că-mi plăceau cuvintele subversive, cele care denunțau compromisurile partidelor și violențele statului. Politica — spuneam —, politica așa cum o gândești tu, *cum în mod sigur e*, mă plictisește, ți-o las ție, nu sunt făcută pentru acest tip de angajament. Dar pe urmă mă răzgândeam și adăugam că nu mă simțeam croită nici pentru celălalt angajament la care mă supusesem în trecut, târându-le după mine pe fete. Urletele amenințătoare ale demonstrațiilor mă înspăimântau și același efect îmi provocau minoritățile agresive, găștile înarmate, morții de pe străzi, ura revoluționară față de orice. Trebuie să vorbesc în public, mărturiseam, și nu știu cine sunt, nu știu până unde cred la modul serios în ceea ce spun.

Acum, cu Nino, aveam impresia că pot pune în cuvinte sentimentele cele mai secrete, și ce nu-mi spuneam nici mie însemi, și incoerențele, lașitățile. El era atât de sigur de sine, solid, avea păreri detaliate despre orice. Eu mă simțeam ca și cum aș fi lipit peste răzvrătirea haotică a copilăriei cartonașe elegante cu fraze potrivite ca să fac impresie bună. Când ne-am dus la o conferință la Bologna — făceam parte dintr-un exod pregătit, înspre orașul vieții libere —, am dat încontinuu peste controale ale poliției, ne-a oprit de cinci ori. Arme țintite, jos din mașină, acte, acolo la zid. M-am speriat, atunci, mai mult decât în Germania: era pământul meu, era limba mea, m-am enervat, voiam să tac, să mă supun, dar am început să urlu, am trecut la dialect fără să-mi dau seama, am revărsat jigniri asupra polițiștilor care mă îmbrânceau nepoliticos. Spaima și furia se amestecau în mine și adesea nu reușeam să le stăpânesc pe niciuna. Nino, în schimb, a rămas calm, a glumit cu polițiștii, i-a îmbunat, m-a liniștit. Pentru el contam numai noi doi. Nu uita că suntem aici, acum, împreună, mi-a spus, restul e fundal și se va schimba.

20.

Ne-am aflat mereu în mișcare în anii aceia. Voiam să fim prezenți, să observăm, să studiem, să înțelegem, să reflectăm, să fim martori și, mai mult decât orice, să ne iubim. Sirenele pornite ale polițiștilor, blocajele, zgomotul elicelor de la elicoptere, morții nu erau decât lespezi pe care marcam timpul relației noastre, săptămânile, lunile, primul an, și apoi un an și jumătate, pornind mereu de la noaptea în care eu, în casa din Florența, mă dusesem la Nino în camera lui. Atunci — ne spuneam — începuse adevărata noastră viață. Și ceea ce numeam *viață adevărată* era acea impresie de strălucire miraculoasă care nu ne părăsea nici când intrau în scenă ororile din fiecare zi.

Eram la Roma în zilele de după răpirea lui Aldo Moro. Mă dusesem după Nino care trebuia să prezinte cartea unui coleg de-al lui napolitan despre politica meridională și geografie. Despre volum nu s-a vorbit mai deloc, dar s-au pus multe întrebări despre președintele democrației creștine. O parte din public s-a răzvrătit, speriindu-mă, când Nino a zis că omul care a împroșcat statul cu noroi, care i-a arătat cel mai rău chip, care a creat condițiile pentru apariția Brigăzilor Roșii fusese Moro însuși, care ascunsese adevăruri incomode despre partidul lui de corupți și, mai mult, care-l identificase cu statul însuși ca să-l scape de orice acuzație și de orice pedeapsă. Nici când a conchis că a apăra instituțiile nu însemna să le ascunzi acțiunile criminale, ci să le faci transparente, fără omisiuni, eficiente, capabile de justiție în fiecare punct vital al lor, spiritele nu s-au calmat, ci au început să zboare jigniri. L-am văzut pe Nino făcându-se tot mai palid, l-am târât de-acolo imediat cum a fost posibil. Ne-am refugiat în noi ca într-o armură strălucitoare.

Așa erau acele vremuri. Mi-a mers rău și mie, într-o seară, la Ferrara. Cadavrul lui Moro fusese găsit de mai puțin de o lună când mi-a scăpat și i-am numit asasini pe răpitorii lui. Nu era niciodată ușor cu cuvintele, publicul meu pretindea să știu să le calibrez conform utilizărilor curente ale stângii extreme și eu eram foarte atentă. Dar deseori mă însuflețeam și atunci nu filtram frazele pe care le rosteam. Cuvântul „asasini“ n-a convenit celor prezenți — *asasini sunt fasciștii* — și am fost atacată, criticată, batjocorită. Am amuțit. Cât suferem în cazurile în care, pe neașteptate, oamenii nu mă mai aprobau: îmi pierdeam încrederea în mine, mă simțeam târâtă în jos până la originile mele, mă simțeam incapabilă din punct de vedere politic, mă simțeam femeia care ar fi făcut mai bine să nu comenteze și, o vreme, evitam orice confruntare publică. *Dacă omori pe cineva, nu ești asasin?* Seara s-a sfârșit prost, Nino a fost pe punctul de a se lua la bătaie cu un individ din fundul micii încăperi. Dar și în cazul acela a contat numai să revenim la noi doi. Așa mergeau lucrurile: dacă eram împreună, nu exista argument critic care să ne atingă cu adevărat, dimpotrivă, deveneam îngâmfaţi, nimic altceva nu avea sens în afara părerilor noastre. Dădeam fuga la cină, la mâncare bună, la vin, la sex. Nu voiam decât să ne atingem și să ne îmbrăţișăm.

21.

Primul duș rece l-am primit la sfârșitul lui 1978, bineînţeles din partea Lilei. A fost punctul culminant al unei serii de evenimente neplăcute care au început la jumătatea lui octombrie, când Pietro, întorcându-se de la universitate, a fost atacat de câţiva tineri — roșii, negri, nu se mai știa — cu faţa descoperită și înarmaţi cu bâte. Am alergat la spital, convinsă că-l voi găsi mai deprimat ca niciodată. În schimb, în ciuda feţei bandajate și a unui ochi vânăt, era vesel. M-a primit pe un ton împăciuitor, apoi a uitat de mine și a pălăvrăgit aproape tot timpul cu câţiva dintre studenţii lui, printre care se distingea o fată foarte graţioasă. Când cei mai mulţi au plecat, ea s-a așezat lângă el, pe marginea patului, și l-a luat de mână. Avea un pulover alb cu guler înalt și o fustă mini albastră, iar părul brunet îi ajungea până pe spate. Am fost amabilă, i-am pus întrebări despre studiile ei. A spus că mai avea de dat două examene până la diplomă, dar lucra deja la teză, despre Catullus. E foarte bună, a lăudat-o Pietro. O chema Doriana și, cât timp am rămas în salon, i-a dat drumul la mână doar ca să-i aranjeze un pic pernele.

Seara, în casa din Florenţa, a apărut soacra mea cu Dede și Elsa. I-am vorbit despre fata aceea, ea a zâmbit mulţumită, avea cunoștinţă de relaţia fiului ei. A spus: l-ai părăsit, la ce te așteptai. A doua zi ne-am dus toate la spital. Dede și Elsa au fost imediat cucerite de Doriana, de colierele și brăţările ei. I-au acordat foarte puţin atenţie atât tatălui lor, cât și mie, și-au petrecut timpul în curte, jucându-se cu ea și cu bunica lor. A început o etapă nouă, mi-am zis, și am sondat prudent terenul cu Pietro.

Deja dinainte de a mânca bătaie le vizita mult mai rar pe fiicele lui și acum înțelegeam de ce. L-am întrebat despre fată. Mi-a vorbit despre ea cum știa el s-o facă, plin de devotament. Am întrebat: o să vină să locuiască la tine? A zis că era prea devreme, nu știa, dar da, poate că da. Trebuie să vorbim despre fete, am spus în treacăt. S-a declarat de acord.

Cum am putut, am abordat acea situație nouă cu Adele. Ea a crezut probabil că vreau să mă lamentez, dar i-am explicat că nu-mi părea rău deloc, problema mea erau fetele.

— Adică? a întrebat alarmată.

— Până acum ți le-am lăsat ție de nevoie și fiindcă am crezut că Pietro are nevoie să-și regăsească echilibrul. Dar acum, că el are o viață a lui, lucrurile se schimbă. Și eu am dreptul la un pic de stabilitate.

— Și atunci?

— O să iau casă la Napoli și o să mă mut acolo cu fiicele mele.

Am avut o ceartă foarte violentă. Ținea mult la fete și nu avea încredere să mi le lase. M-a acuzat că sunt prea absorbită de mine însămi ca să am grijă de ele cum trebuia. A insinuat că a locui în casă cu un străin — se referea la Nino — când ai două fiice era o imprudență foarte gravă. În fine, a jurat că nu va permite niciodată ca nepoatele ei să crească într-un oraș atât de haotic cum era Napoli.

Ne-am zis vrute și nevrute. Ea a adus-o în discuție pe mama mea, fiul îi povestise probabil scena urâtă din Florența.

— Când o să fii nevoită să pleci, cui o să le lași, ei?

— O să le las cui am chef.

— Nu vreau ca Dede și Elsa să intre în contact cu persoane sărite de pe fix.

I-am răspuns:

— În toți acești ani am crezut că ești figura maternă de care avusesem întotdeauna nevoie. Am greșit, mama mea e mai bună decât tine.

22.

Apoi, i-am propus aranjamentul lui Pietro și s-a dovedit clar că, în ciuda numeroaselor proteste, era dispus să cadă la orice înțelegere îi permitea să stea cât mai mult posibil cu Doriana. Atunci m-am dus la Napoli ca să vorbesc cu Nino, nu voiam să port o discuție atât de delicată la telefon. M-a primit în apartamentul din strada Duomo, cum deja se întâmpla adesea. Știam că locuia în continuare în acel loc, era casa lui și, chiar dacă uneori aveam senzația de provizorat și mă enervau așternuturile prea uzate, eram fericită să-l văd și mă duceam acolo cu plăcere. Când l-am anunțat că mă simțeam pregătită să mă mut cu fiicele mele, a avut o adevărată izbucnire de bucurie. Am sărbătorit, s-a dedicat găsirii, cât mai repede cu putință, a unui apartament al nostru, voia să ia asupra lui toate inevitabilele complicații.

M-am simțit ușurată. După atâta alergat și călătorit, și pătimit, și savurat, era timpul să ne stabilim undeva. Acum aveam ceva bani, urma să mai primesc și de la Pietro pentru întreținerea fetelor și eram pe punctul de a semna un contract avantajos pentru o nouă carte. În plus, mă simțeam în sfârșit adultă, tot mai renumită, așa că întoarcerea la Napoli putea fi un pariu incitant și foarte rodnic pentru munca mea. Dar în special îmi doream să trăiesc împreună cu Nino. Ce frumos era să mă plimb cu el, să-i întâlnesc prietenii, să discutăm, să ne întoarcem acasă târziu. Voiam să închiriez o casă foarte luminoasă de unde să se vadă marea. Fiicele mele nu trebuiau să simtă lipsa bunăstării din Genova.

Am evitat să-i telefonez Lilei și să-i anunț hotărârea mea. Eram convinsă că s-ar fi băgat cu forța peste treburile mele și nu voiam. Am sunat-o, în schimb, pe Carmen, cu care în ultimul an avusesem o relație bună. Ca să-i fac pe plac, mă întâlnisem cu fratele Nadiei, Armando, care — aflasem — acum nu era doar medic, ci și un reprezentant de vârf al democrației proletare.

Se purtase foarte respectuos cu mine. Îmi lăudase ultima carte, propusese să vină să discutăm undeva în oraș, mă târâse într-un post de radio foarte urmărit pe care-l fondase el însuși și acolo, în cea mai mizerabilă dezordine, îmi luase un interviu. Dar în privința, cum o numise ironic, curiozității mele recurente în legătură cu sora lui fusese evaziv. Zisese că Nadia era bine, că plecase într-o călătorie lungă cu mama ei și nimic altceva. Despre Pasquale, în schimb, nu știa nimic, și nici nu ținea să aibă vești despre el: cei ca el — subliniase — însemnaseră distrugerea unei etape politice extraordinare.

Lui Carmen, e evident, îi făcusem un rezumat îndulcit al acelei întâlniri, dar ea se necăjise oricum. O supărare reținută, care până la urmă mă determinase să mă-ntâlnesc cu ea, din când în când, atunci când mă duceam la Napoli. Simțeam în ea o angoasă pe care o înțelegeam. Pasquale era Pasquale *al nostru*. Amândouă țineam la el, orice făcuse. Amintirea mea despre el era de-acum fragmentată, vagă: momentul când fuseserăm împreună la biblioteca din cartier, momentul bătăii din Piața Martirilor, momentul în care venise să mă ia cu mașina ca să mă ducă la Lila, momentul în care apăruse în casa mea din Florența împreună cu Nadia. Pe Carmen, în schimb, o simțeam mai compactă. Suferința ei de copil — țineam minte bine când fusese arestat tatăl lor — se unise cu suferința pentru fratele ei, cu constanța cu care încerca să vegheze asupra destinului său. Dacă odinioară fusese doar prietena din copilărie ajunsă vânzătoare în mezelăria cea nouă a familiei Carracci grație Lilei, acum era o persoană pe care o vedeam cu plăcere și la care țineam.

Ne-am întâlnit într-un bar de pe strada Duomo. Localul era întunecat, ne-am așezat lângă ușa care dădea în stradă. Am informat-o amănunțit despre planurile mele, știam c-o să-i vorbească despre ele Lilei și mă gândeam: așa e cel mai corect. Carmen, îmbrăcată în negru, neagră ea însăși la față, a ascultat cu multă atenție, fără să mă-ntrerupă. M-am simțit frivolă cu rochia mea elegantă, cu trăncăneala despre Nino și cu dorința mea de-a locui într-o casă frumoasă. La un moment dat, s-a uitat la ceas și m-a anunțat:

— Trebuie să sosească și Lila.

M-am enervat, aveam întâlnire cu ea, nu cu Lila. M-am uitat și eu la ceas și am spus:

— Trebuie să plec.

— Așteaptă, în cinci minute e aici.

A început să-mi vorbească despre prietena noastră cu afecțiune și recunoștință. Lila avea grijă de prieteni. Lila se interesa de toți: de părinți, de frate, chiar și de Stefano. Lila îl ajutase pe Antonio să-și găsească casă și devenise bună prietenă cu nemțoaica pe care el o luase de soție. Lila avea de gând să-și deschidă propria afacere cu calculatoare. Lila era sinceră, era bogată, era generoasă, dacă aveai greutăți, băga mâna în portofel. Lila era gata să-l ajute pe Pasquale în orice fel. Ah, a spus, Lenù, ce noroc ați avut să fiți atât de apropiate dintotdeauna, cât v-am invidiat. Și mi s-a părut că-i aud în voce, că-i recunosc în mișcarea mâinii, inflexiunile, gesturile prietenei noastre. M-am gândit din nou la Alfonso, mi-am amintit de impresia pe care mi-o dăduse că el, bărbat, seamănă cu Lila chiar și la trăsături. Cartierul oare se rânduia în ea, își găsea o direcție?

— Mă duc, am spus.

— Așteaptă încă puțin, Lila trebuie să-ți spună ceva important.

— Spune-mi tu.

— Nu, e sarcina ei.

Am așteptat, din ce în ce mai mult împotriva voinței mele. În sfârșit, Lila a venit. Acum avea un aspect mult mai îngrijit decât atunci când o văzusem în Piața Amedeo și mi-am dat seama că, dacă voia, știa să fie încă foarte frumoasă. A exclamat:

— Deci, te-ai decis, te întorci la Napoli!

— Da.

— Și-i spui lui Carmen, dar mie nu?

— Ţi-aş fi spus.
— Părinţii tăi ştiu?
— Nu.
— Şi Elisa?
— Nimeni.
— Mama ta nu se simte bine.
— Ce are?
— Tuşeşte, dar nu vrea să meargă la medic.
M-am agitat pe scaun, m-am uitat din nou la ceas.
— Carmen zice că trebuie să-mi spui ceva important.
— Nu e ceva frumos.
— Să auzim.
— I-am cerut lui Antonio să-l urmărească pe Nino.
Am tresărit.
— Să-l urmărească în ce sens?
— Să vadă ce face.
— Şi de ce?
— Am făcut-o pentru binele tău.
— La binele meu mă gândesc eu.
Lila i-a aruncat o privire lui Carmen, voind parcă să aibă sprijinul ei, apoi a revenit la mine.
— Dacă faci aşa, tac: nu vreau să te superi iar.
— Nu mă supăr, dar grăbeşte-te.
Şi-a fixat privirea în ochii mei şi mi-a dezvăluit cu fraze seci, în italiană, că Nino nu-şi părăsise niciodată soţia, că locuia în continuare cu ea şi cu fiul lor, că în semn de apreciere fusese pus, chiar în acele zile, la conducerea unui important institut de cercetare finanţat de banca al cărei consultant era socrul lui. A conchis serioasă:
— Ştiai?
Am clătinat din cap.
— Nu.
— Dacă nu mă crezi, mergem la el şi ai să vezi că-i repet totul în faţă, cuvânt cu cuvânt, exact aşa cum ţi-am zis ţie acum.

Am fluturat o mână ca să-i dau de înțeles că nu era nevoie.

— Te cred, am murmurat, dar ca să-i evit ochii am privit dincolo de ușă, pe stradă.

Între timp am auzit de foarte departe vocea lui Carmen care spunea: dacă vă duceți la Nino, vreau să vin și eu, în trei îl aranjăm cum se cuvine, îi tăiem carasul. Am simțit că-mi atingea ușor brațul ca să-mi atragă atenția. Când eram mici, citeam romane ilustrate în părculeț, lângă biserică, și simțeam același imbold de-a veni în sprijinul eroinei când era în dificultate. Acum, în mod sigur, în sufletul ei era același sentiment de solidaritate de atunci, dar cu seriozitatea de astăzi, și era o senzație autentică, indusă de o nedreptate care nu mai era inventată, ci reală. Lila, în schimb, disprețuise întotdeauna acele lecturi ale noastre și în acel moment stătea așezată în fața mea, sigur motivată de altceva. Mi-am închipuit că se simte mulțumită, cum probabil se simțise și Antonio când descoperise minciuna lui Nino. Am văzut că ea și Carmen schimbau priviri, un fel de consultare mută, voind parcă să ia o hotărâre. Au fost câteva clipe lungi. Nu, am citit pe buzele lui Carmen, o șoaptă însoțită de un imperceptibil semn negativ din cap.

Nu la ce?

Lila m-a privit din nou fix, cu gura întredeschisă. Își asuma, ca de obicei, responsabilitatea de a-mi înfige o spelcă în inimă nu ca să mi-o oprească, ci ca s-o facă să bată mai puternic. Avea ochii mijiți, fruntea lată încruntată. Aștepta reacția mea. Voia să urlu, să plâng, să-mi pun toată încrederea în ea. Am spus încet:

— Acum chiar trebuie să plec.

23.

Am exclus-o pe Lina din tot ce a urmat.

Eram rănită nu pentru că-mi dezvăluise că Nino de mai bine de doi ani îmi spunea minciuni despre statutul căsniciei lui, ci pentru că reușise să-mi demonstreze ceea ce, de fapt, îmi spusese încă din primul moment: că alegerea mea era greșită, că eu eram proastă.

După câteva ore m-am întâlnit cu Nino, dar m-am prefăcut că nu se întâmplase nimic, doar că i-am respins îmbrățișările. Eram devorată de ranchiună. Am rămas toată noaptea cu ochii larg deschiși, dorința de a sta lipită de corpul acela prelung de bărbat se făcuse praf. A doua zi voia să mă ducă să vedem un apartament pe strada Tasso și l-am lăsat să-mi spună: dacă-ți place, nu-ți face griji pentru chirie, o să mă ocup eu, sunt pe cale să primesc o funcție care ne va rezolva toate problemele financiare. Abia pe seară n-am mai rezistat și am izbucnit. Ne aflam în casa de pe strada Duomo, prietenul lui, ca de obicei, nu era. I-am spus:

— Mâine vreau să mă întâlnesc cu Eleonora.

S-a uitat la mine perplex.

— De ce?

— Trebuie să vorbesc cu ea. Vreau să aflu ce știe despre noi, când ai plecat de acasă, de când nu mai dormiți împreună. Vreau să aflu dacă ați cerut divorțul. Vreau să-mi spună dacă tatăl ei și mama ei știu că s-a terminat căsnicia voastră.

A rămas calm.

— Întreabă-mă pe mine: dacă nu ți-e clar ceva, îți explic.

— Nu, am încredere doar în ea, tu ești un mincinos.

Atunci am început să urlu, am trecut la dialect. A cedat imediat, a recunoscut totul, n-aveam îndoieli că Lila îmi spusese adevărul. L-am lovit în piept cu pumnii strânși și, în timp ce-o făceam, am simțit că mă dezlipesc de mine și acea persoană voia să-i facă și mai rău, voia să-l pălmuiască, să-l scuipe în față cum văzusem când eram mică întâmplându-se în certurile din cartier, să-i strig nenorocitule, să-l zgârii, să-i scot ochii. Eram surprinsă, am fost înspăimântată. *Tot eu sunt și asta atât de furioasă? Eu aici, la Napoli, în această casă murdară, eu care, dacă aş putea, l-aş ucide pe bărbatul acesta, i-aş înfige cu toată puterea mea un cuţit în inimă? Trebuie să controlez umbra asta — pe mama mea, pe toate strămoaşele noastre — sau trebuie s-o las să se dezlănţuie?* Urlam, îl loveam. Şi el la început a parat loviturile, prefăcându-se că se distrează, apoi s-a posomorât dintr-odată, s-a prăbuşit pe un fotoliu, nu s-a mai apărat.

M-am potolit, inima stătea să-mi explodeze. El a murmurat:

— Stai jos.

— Nu.

— Dă-mi măcar şansa să-ţi explic.

M-am prăbuşit pe un scaun cât mai departe posibil, l-am lăsat să vorbească. Ştii foarte bine — a început cu voce sugrumată — că înainte de Montpellier îi spusesem totul Eleonorei şi că despărţirea era iremediabilă. Dar la întoarcere, a murmurat, lucrurile se complicaseră. Soţia lui îşi pierduse minţile şi viaţa lui Albertino i se păruse a fi în pericol. De aceea, ca să poată continua, fusese nevoit să-i spună că nu ne mai vedeam. Minciuna, pentru scurtă vreme, rezistase. Dar pentru că explicaţiile pe care i le dădea Eleonorei pentru toate absenţele lui erau din ce în ce mai neverosimile, scenele reîncepuseră. O dată, soţia lui luase un cuţit şi încercase să se lovească în burtă. Altă dată deschisese larg uşa de la balcon şi voia să se arunce. Altă dată plecase de acasă luând copilul cu ea. Atunci dispăruse o zi întreagă şi el murise de frică. Dar când, în sfârşit, dăduse de urma ei acasă la o mătuşă de care era foarte legată, îşi dăduse seama că Eleonora se schimbase. Începuse să-l trateze fără furie, doar cu o undă de dispreţ. Într-o dimineaţă — a zis Nino cu sufletul la gură — m-a întrebat dacă te-am părăsit. I-am răspuns că da. Şi ea a zis doar: bine, te cred. A zis chiar aşa şi din acel moment a început să se prefacă că mă crede, *să se prefacă*. Acum trăim în această ficţiune şi e totul bine. De fapt, după cum vezi, eu sunt aici cu tine, dorm cu tine, dacă vreau, plec cu tine. Şi ea ştie totul, dar se comportă ca şi cum n-ar şti nimic.

Aici și-a tras răsuflarea, și-a dres vocea, a încercat să-nțeleagă dacă-l ascultam sau în mine mocnea doar furia. Am continuat să nu spun nimic, am privit în altă parte. A crezut probabil că mă dau bătută și a continuat cu și mai mare hotărâre să-mi explice. A vorbit și a tot vorbit cum știa să facă el, a dat tot ce a putut. A fost convingător, autoironic, suferind, disperat. Dar când a-ncercat să se apropie de mine, l-am respins urlând. Atunci n-a mai rezistat și a izbucnit în plâns. Gesticula, se apleca înspre mine, murmura printre lacrimi: nu vreau să mă justific, îmi doresc doar să fiu înțeles. L-am întrerupt mai furioasă ca niciodată, am urlat: ai mințit-o pe ea și m-ai mințit pe mine și n-ai făcut-o din dragoste pentru niciuna din noi două, ai făcut-o pentru tine, pentru că nu ai curajul alegerilor tale, pentru că ești un laș. Apoi am trecut la cuvinte dezgustătoare în dialect și el s-a lăsat insultat, a mormăit doar câteva fraze de regret. Curând am simțit că mă sufoc, mi-am pierdut răsuflarea, am tăcut, lucru care i-a permis să revină la normal. A încercat iar să-mi demonstreze că singurul mod de a evita o tragedie fusese să mă mintă. Când i s-a părut c-a reușit, când mi-a șoptit că acum, grație faptului că Eleonora s-a calmat, puteam încerca să locuim împreună fără probleme, i-am spus liniștită că între noi totul se terminase. Am plecat, m-am întors la Genova.

24.

Atmosfera din casa socrilor mei a devenit din ce în ce mai încordată. Nino suna încontinuu, iar eu ori îi închideam telefonul în nas, ori mă certam cu el vorbind prea tare. De câteva ori a sunat Lila, voia să știe cum mergea treaba. I-am zis: bine, foarte bine, cum vrei să meargă și am închis. Am devenit inabordabilă, țipam din te miri ce la Dede și la Elsa. Dar, în special, am început să mă supăr pe Adele. Într-o dimineață i-am reproșat încercările de a împiedica publicarea textului meu. Ea n-a negat, dimpotrivă, mi-a zis: e un opuscul, nu are demnitatea unei cărţi. Am replicat: dacă eu scriu opuscule, tu, în toată viaţa ta, n-ai fost capabilă să scrii nici măcar din alea și nu-mi explic de unde-ţi vine toată autoritatea asta. S-a supărat, a șuierat printre dinţi: nu știi nimic despre mine. Oh, nu, nici nu-și închipuia câte lucruri știam. De data aceea am reușit să-mi astup gura, dar după câteva zile am avut o ceartă foarte violentă cu Nino, am zbierat la telefon în dialect și, pentru că soacra mea m-a dojenit pe un ton dispreţuitor, am reacţionat spunând:

— Lasă-mă în pace, vezi-ţi de tine.

— Ce vrei să spui?

— Știi tu.

— Nu știu nimic.

— Pietro mi-a zis că ai avut amanţi.

— Eu?

— Da, tu, nu te face că nu-nţelegi. Eu mi-am asumat responsabilităţile în faţa tuturor, și în faţa lui Dede și a Elsei, și plătesc consecinţele acţiunilor mele. Tu, în schimb, care-ţi dai atâtea aere, ești doar o mic-burgheză ipocrită care-și ascunde gunoiul sub covor.

Adele s-a făcut lividă la faţă, a rămas fără cuvinte. Rigidă, cu faţa încordată, s-a ridicat, s-a dus să-nchidă ușa salonului. Apoi mi-a spus cu voce scăzută, aproape șoptind, că eram o femeie rea, că nu puteam înţelege ce însemna să iubești cu adevărat și să renunţi la persoana iubită, că în spatele aerului simpatic și al docilităţii ascundeam o foarte vulgară dorinţă de a fura tot, pe care nici studiile, nici cărţile n-ar fi putut niciodată să o domesticească. Apoi a conchis: mâine pleci, tu și fiicele tale; îmi pare rău doar de faptul că dacă fetele ar fi fost crescute aici, ar fi putut încerca să nu semene cu tine.

N-am răspuns, știam că exagerasem. Am fost tentată să mă scuz, dar n-am făcut-o. În dimineaţa următoare, Adele i-a impus menajerei să mă ajute să pregătesc bagajele. Le fac singură, am spus, și fără măcar să-l salut pe Guido, care stătea în biroul lui prefăcându-se că nu se întâmplase nimic, m-am trezit în gară încărcată de valize, cu cele două fete care mă urmăreau cu privirea, încercând să înţeleagă ce intenţionez să fac mai departe.

Îmi amintesc epuizarea, răsunetul holului gării, sala de așteptare. Dede mă certa pentru smucituri: nu mă-mpinge, nu zbiera tot timpul, nu sunt surdă. Elsa întreba: mergem la tata? Amândouă erau bucuroase că nu se duceau la școală, dar simţeam că nu aveau încredere în mine și mă întrebau prudent, gata să tacă dacă mă enervam: ce facem, când ne întoarcem la bunici, unde mergem să mâncăm, unde dormim în seara asta?

Într-un prim moment, disperată cum eram, m-am gândit să mă duc la Napoli și să mă înfiinţez cu fetele, fără să anunţ, acasă la Nino și Eleonora. Îmi spuneam: da, e ceea ce trebuie să fac, eu și fiicele mele suntem în această situaţie și din vina lui, trebuie să plătească. Voiam ca haosul meu să-l izbească și să-l copleșească așa cum mă copleșea din ce în ce mai mult pe mine. Mă înșelase. Își păstrase familia și, în chip de distracţie, și pe mine. Eu alesesem pentru totdeauna, el nu. Eu îl părăsisem pe Pietro, el și-o păstrase pe Eleonora. Aveam dreptate, deci. Aveam dreptul să-i invadez viaţa și să-i spun: bine, dragul meu, noi suntem aici; dacă ţi-ai făcut griji pentru soţia ta pentru că făcea tâmpenii, să vedem cum o scoţi la capăt acum, când fac eu.

Dar în timp ce mă pregăteam pentru o lungă și insuportabilă călătorie către Napoli, m-am răzgândit într-o clipă — a fost de-ajuns un anunţ care răzbătea din difuzor — și am plecat la Milano. În acea nouă situaţie, aveam mai mult ca oricând nevoie de bani. Mi-am zis că în primul rând trebuie să merg la editură și să cerșesc de lucru. Abia în tren mi-am dat seama de motivul acelei bruște schimbări de destinaţie. În ciuda a tot, iubirea mi se învolbura înăuntru cu cruzime și îmi repugna și numai simplul gând de-a plănui să-i fac rău lui Nino. Oricât scriam de-acum şi reflectam în lung şi-n lat la autonomia feminină, nu mă puteam lipsi de corpul lui, de vocea lui, de inteligenţa lui. A fost îngrozitor să-mi mărturisesc asta, dar continuam să-l doresc, îl iubeam mai mult chiar decât pe fiicele mele. La gândul de a-i face rău şi de a nu-l mai vedea niciodată mă ofileam dureros, femeia liberă şi cultă îşi pierdea petalele, se desprindea de femeia-mamă şi femeia-mamă lua distanţă de femeia-amantă şi femeia-amantă de slujnica mânioasă. Şi toate păreau pe punctul de a zbura încet, în direcţii diferite. Pe drum înspre Milano descopeream că, lăsând-o deoparte pe Lila, nu ştiam să fiu eu însămi decât modelându-mă după Nino. *Eu* eram incapabilă să fiu propriul meu model. Fără el nu mai aveam un nucleu pornind de la care să mă extind în afara cartierului, prin lumea largă, eram doar o grămadă de reziduuri.

Am aterizat, stoarsă şi îngrozită, acasă la Mariarosa.

25.

Cât am rămas? Câteva luni şi a fost o convieţuire uneori dificilă. Cumnata mea aflase deja de confruntarea cu Adele şi mi-a zis cu obişnuita francheţe: ştii că ţin la tine, dar ai greşit s-o tratezi pe mama mea în felul acela.

— S-a comportat foarte urât.

— Acum. Dar înainte te-a ajutat.

— A făcut-o doar pentru ca fiul ei să nu pice de prost.

— Eşti nedreaptă.

— Nu, sunt sinceră.

M-a privit cu o lehamite neobişnuită la ea. Apoi, parcă enunţând o regulă a cărei încălcare n-ar fi putut-o suporta, a zis:

— Vreau să fiu sinceră şi eu. Mama mea e mama mea. Spune ce vrei despre tatăl meu şi fratele meu, dar pe ea las-o în pace.

În rest a fost amabilă. Ne-a primit în casă în felul ei dezinvolt, ne-a repartizat o cameră mare cu trei paturi pliante, ne-a dat prosoape și apoi ne-a părăsit cum făcea cu toate musafirele ei care apăreau și dispăreau din apartament. M-a izbit, ca de obicei, privirea ei foarte vie, întregul ei trup părea atârnat de ochi, ca un capot uzat. N-am dat prea mare importanță palorii neobișnuite, corpului slăbit. Eram absorbită de mine, de suferința mea și, în curând, am ajuns să nu-i mai acord deloc atenție.

Am încercat să pun un pic de ordine în camera plină de lucruri, prăfuită și murdară. Mi-am pregătit patul meu și pe cele ale fetelor. Am făcut o listă cu tot ce ne trebuia mie și lor. Dar efortul acela de organizare a durat puțin. Eram cu capul în nori, nu știam ce hotărâri să iau, primele zile le-am petrecut vorbind încontinuu la telefon. Îmi lipsea în asemenea măsură Nino, că i-am telefonat imediat. El a cerut numărul Mariarosei și de atunci n-a făcut decât să mă sune, chiar dacă fiecare convorbire se sfârșea cu o ceartă. La început îi auzeam vocea cu bucurie, uneori mai aveam puțin și-i cedam. Îmi spuneam: și eu i-am ascuns că Pietro se întorsese acasă și dormeam sub același acoperiș. Apoi mă înfuriam pe mine, îmi dădeam seama că nu era același lucru: eu nu dormisem niciodată cu Pietro, el dormea cu Eleonora; eu începusem formalitățile de divorț, el își consolidase legătura conjugală. Astfel, începeam din nou să ne certăm, urlam la el că nu trebuia să-mi mai dea niciodată vreun semn. Dar telefonul suna cu regularitate dimineața și seara. Îmi spunea că nu putea fără mine, mă implora să mă duc după el la Napoli. Într-o zi m-a anunțat că închiriase apartamentul de pe strada Tasso și că totul era pregătit ca să mă primească pe mine și pe fiicele mele. Spunea, anunța, promitea, părea gata pentru orice, dar nu se hotăra să spună cuvintele cele mai importante: *de data asta relația cu Eleonora chiar s-a terminat.* Așa că venea mereu un moment în care, fără să-mi pese de fete și de cine mai umbla prin casă, urlam că nu trebuia să mă mai chinuie și puneam receptorul jos mai mânioasă ca niciodată.

26.

Am trăit acele zile disprețuindu-mă. Nu reușeam să mi-l smulg pe Nino din minte. Îmi duceam la capăt fără niciun chef muncile, plecam din obligație, mă întorceam din obligație, mă cuprindea disperarea, mă autodistrugeam. Și simțeam că faptele îi dădeau dreptate Lilei: uitam de fiicele mele, le lăsam neîngrijite și neduse la școală.

Dede și Elsa erau încântate de noua noastră viață. Nu-și cunoșteau mai deloc mătușa, dar adorau sentimentul de libertate totală pe care ea-l răspândea în jur. Casa din Sant'Ambrogio era ca un port la mare, Mariarosa, având când ton de soră, când de călugăriță lipsită de prejudecăți, primea pe oricine și nu-i păsa de murdărie, tulburări mentale, crime, droguri. Fetele nu aveau îngrădiri, se învârteau curioase prin camere până seara târziu. Auzeau discuții și toate tipurile de jargoane, se distrau când se auzea muzică, atunci când se cânta și se dansa. Mătușa ieșea dimineața ca să se ducă la universitate și se întorcea după-amiaza târziu. Nu era niciodată nervoasă, le făcea să râdă, se ținea după ele prin camere, se jucau împreună de-a v-ați ascunselea sau baba oarba. Dacă rămânea acasă, se apuca de curățenie, implicându-mă pe mine, pe ele, pe musafirele ei vagaboande. Dar, mai mult decât de trupuri, avea grijă de mințile noastre. Organizase cursuri serale, le invita pe colegele ei de la universitate, uneori ținea ea însăși lecții foarte spirituale și pline până la refuz de informații, strângându-le lângă ea pe nepoate, adresându-li-se, făcându-le să participe. Apartamentul, în acele împrejurări, se umplea de prieteni și prietene de-ale ei care veneau special ca s-o asculte.

Într-o seară, în timpul unei astfel de lecții, cineva a bătut la ușă și a alergat să deschidă Dede, căreia îi plăcea să primească musafiri. Fata s-a întors în sufragerie și a zis pe un ton foarte emoționat: e poliția. În rândurile micului public a răsunat un zumzet iritat, aproape amenințător. Mariarosa s-a ridicat cu calm, s-a dus să vorbească cu polițiștii. Erau doi, au zis că vecinii ne reclamaseră sau ceva de genul acesta. Ea i-a tratat cu amabilitate, i-a poftit insistent să intre, aproape i-a obligat să se așeze între noi, în sufragerie, și a revenit la lecție. Dede nu mai văzuse niciodată de aproape un polițist, a început să discute cu cel mai tânăr dintre ei, sprijinindu-și un cot pe genunchiul lui. Îmi amintesc cum îl abordase, cu o propoziție prin care voia să explice că Mariarosa era o persoană de toată isprava:

— În realitate, mătușa mea e profesoară, a spus.

— În realitate, a murmurat polițistul, zâmbind nesigur.

— Da.

— Ce bine vorbești.

— Mulțumesc. În realitate, o cheamă Mariarosa Airota și predă istoria artei.

Tânărul i-a spus ceva la ureche colegului lui mai în vârstă. Au rămas captivi acolo încă vreo zece minute și apoi au plecat. Dede i-a condus la ușă.

Apoi am primit și eu o sarcină dintre cele didactice și pentru seara mea a venit mai multă lume decât de obicei. Fiicele mele s-au așezat pe perne în primul rând, în salonul mare, și m-au ascultat disciplinate. Cred că acela a fost momentul din care Dede a început să mă observe cu curiozitate. Îi stima foarte mult pe tatăl ei, pe bunicul ei și acum pe Mariarosa. Despre mine nu știa și nu voia să știe nimic. Eram mama ei, îi interziceam orice, nu mă suporta. S-a minunat probabil că sunt ascultată cu o atenție pe care ea nu mi-ar fi acordat-o niciodată. Și poate că i-a plăcut și calmul cu care am parat criticile pe care în seara aceea mi le-a adus, pe neașteptate, Mariarosa. Cumnata mea a fost singura dintre femeile prezente care a arătat că nu împărtășește niciun cuvânt din lucrurile pe care le spuneam, ea care totuși, cu ceva timp în urmă, mă încurajase să studiez, să scriu, să public. A povestit, fără să-mi ceară permisiunea, confruntarea pe care o avusesem cu mama mea la Florența și a demonstrat c-o cunoaște amănunțit. A conchis, „recurgând la multe citate docte“, că o femeie fără iubire pentru matricea ei e definitiv pierdută.

27.

Când plecam, le lăsam pe fete în grija cumnatei mele, dar mi-am dat seama repede că de fapt Franco se ocupa de ele. El, în general, stătea în camera lui, nu participa la lecții, nu-i păsa de du-te-vino-ul acela continuu. Dar de fiicele mele s-a atașat. Când era necesar, gătea pentru ele, inventa jocuri, în felul lui le educa. Pe Dede a învățat-o să pună la îndoială apologul banal — așa l-a definit vorbindu-mi despre el — al lui Menenius Agrippa despre care învățase la noua școală la care mă hotărâsem s-o înscriu. Râdea și spunea: patricianul Menenius Agrippa, mama, a amețit plebea cu palavre, dar n-a reușit să demonstreze că membrele unui om se hrănesc când se umple stomacul altuia. Ha ha ha. De la el a învățat, pe un glob mare, și geografia bunăstării exorbitante și a sărăciei inadmisibile. Nu făcea decât să repete: e cea mai mare nedreptate.

Într-o seară când Mariarosa nu era, logodnicul meu din vremurile de la Pisa mi-a zis pe un ton serios de regret, făcând aluzie la fetele care se fugăreau prin casă scoțând țipete ascuțite și prelungi: gândește-te c-ar fi putut fi ale noastre. L-am corectat: astăzi ar avea câțiva ani în plus. A făcut semn că da. L-am urmărit câteva secunde în timp ce-și privea vârful pantofilor. L-am comparat mental cu studentul bogat și cult din urmă cu cincisprezece ani: era el și totuși nu mai era. Nu mai citea, nu scria, de aproape un an își redusese la minimum intervențiile în adunări, dezbateri, manifestații. Vorbea despre politică — unicul lui interes real — fără convingerea și pasiunea de altădată, dimpotrivă, își accentuase tendința de a face mișto chiar de profețiile lui sumbre în privința nenorocirilor. Îmi înșira pe un ton exagerat dezastrele, după părerea lui, care urmau să vină: unu, apusul subiectului revoluţionar prin excelenţă, clasa muncitoare; doi, risipirea definitivă a patrimoniului politic de socialiști și comuniști, deja corupţi de zilnica lor disputare a rolului de cârjă pentru capital; trei, sfârșitul oricărei ipoteze de schimbare, asta era situaţia și-ar fi trebuit să ne obișnuim cu ea. Întrebam sceptică: tu chiar crezi că se va sfârși așa? Desigur — râdea —, dar știi că mă pricep la vorbe și dacă vrei, cu teză, antiteză și sinteză, îţi demonstrez exact contrariul: comunismul e inevitabil, dictatura proletariatului e forma cea mai înaltă de democraţie, Uniunea Sovietică și China, și Coreea de Nord, și Thailanda sunt mult mai bune decât Statele Unite, să verși sânge sub formă de pârâiașe sau râuri în toată regula în anumite cazuri e o crimă și în altele e corect. Preferi să fac așa?

Doar în două împrejurări l-am văzut cum fusese în tinereţe. Într-o dimineaţă a apărut Pietro, fără Doriana, cu atitudinea cuiva care făcea o inspecţie ca să verifice în ce condiţii trăiau fiicele lui, la ce școală le dădusem, dacă erau mulţumite. A fost un moment de mare încordare. Fetele poate că i-au povestit cu prea multe detalii despre cum trăiau, cu plăcerea copilărească a imaginaţiei exagerate. Așa c-a început să se certe serios mai întâi cu sora lui și apoi cu mine, ne-a zis amândurora că eram niște iresponsabile. Eu mi-am pierdut calmul, am urlat la el: ai dreptate, ia-le cu tine, ocupă-te tu cu Doriana de ele. Și în acel punct Franco a ieșit de la el din cameră, a intervenit, și-a etalat vechiul lui talent oratoric, care în trecut îl ajutase să conducă adunări pline de arţag. El și Pietro au ajuns să discute doct despre cuplu, despre familie, despre grija pentru progenituri, chiar și despre Platon, uitând de mine și de Mariarosa. Când a plecat, pe chipul soţului meu citeai înflăcărare, îi străluceau ochii, era nervos și totuși bucuros că găsise un interlocutor cu care să discute în mod inteligent și civilizat.

Mai furtunoasă — și mult mai urâtă pentru mine — a fost ziua în care a apărut neanunțat Nino. Era obosit din cauza călătoriei interminabile cu mașina, neîngrijit, foarte încordat. Într-un prim moment am crezut că luase o decizie autoritară în legătură cu destinul meu și al fetelor. Gata, speram să spună, mi-am lămurit situația conjugală și mergem să locuim la Napoli. M-am simțit dispusă să cedez fără să fac alte mofturi, provizoratul mă epuizase. Dar n-a fost deloc așa. Ne-am închis într-o cameră și el, printre mii de incertitudini, frământându-și mâinile, părul, fața, a subliniat, împotriva tuturor așteptărilor mele, că-i era imposibil să se despartă de soție. S-a agitat, a-ncercat să mă îmbrățișeze, s-a străduit mult să-mi spună că doar rămânând cu Eleonora i-ar fi fost posibil să nu renunțe la mine și la o eventuală viață a noastră în comun. Într-un alt moment mi-ar fi fost milă de el, era evident că suferința lui era sinceră. Dar atunci nu m-a interesat niciun pic cât suferea, ci l-am privit uluită.

— Ce vrei să-mi spui?

— Că n-o pot părăsi pe Eleonora, dar nici nu pot trăi fără tine.

— Deci am înțeles bine: tu-mi propui, ca și cum ar fi o soluție rezonabilă, să ies din rolul de amantă și să-l accept pe cel de soție paralelă.

— Ce spui, nu e așa.

L-am atacat, *sigur că e așa*, și i-am arătat ușa: eram sătulă de toate trucurile lui, de toate găselnițele lui, de toate cuvintele lui mizerabile. Atunci el, cu o voce care de-abia se auzea și, pe de altă parte, cu aerul cuiva care enunță în mod categoric motivele indiscutabile ale propriului comportament, mi-a mărturisit un lucru pe care — a urlat — *nu voia să mi-l spună alții* și de aceea venise să-mi spună personal: Eleonora era însărcinată în șapte luni.

28.

Astăzi, când am lăsat în urmă viaţa, ştiu c-am reacţionat la vestea aceea exagerat şi în timp ce scriu îmi dau seama că zâmbesc în sinea mea. Cunosc mulţi bărbaţi şi multe femei care pot povesti experienţe nu foarte diferite: iubirea, sexul sunt iraţionale şi brutale. Dar atunci n-am rezistat. Starea de fapt — *Eleonora e însărcinată în șapte luni* — mi s-a părut nedreptatea cea mai insuportabilă pe care mi-o putea aduce Nino. Mi-am amintit de Lila, de momentul de incertitudine în care ea și Carmen se consultaseră din priviri, ca și cum ar fi avut să-mi spună și altceva. Antonio, așadar, știa și de sarcina aceea? Știau? Și de ce Lila renunţase să-mi spună? Își arogase dreptul de a-mi doza suferinţa? Ceva mi s-a frânt în piept și în stomac. În timp ce pe Nino îl sufoca anxietatea și se chinuia să se justifice murmurând că acea sarcină pe de o parte o liniștise pe soţie, dar pe de alta o făcuse și mai dificil de părăsit, eu m-am chircit din cauza durerii, cu braţele încrucișate. Mă durea tot corpul, nu reușeam să vorbesc, să urlu. Apoi m-am îndreptat brusc. În momentul acela în apartament era doar Franco. Fără femei lunatice, deznădăjduite, cântătoare, bolnave. Mariarosa le dusese pe fete la plimbare ca să ne lase mie și lui Nino timp să ne confruntăm. Am deschis ușa camerei și l-am chemat cu voce pierită pe fostul meu logodnic de la Pisa. El a venit imediat și i l-am arătat pe Nino. I-am spus, gâfâind: dă-l afară.

Nu l-a dat afară, dar i-a făcut semn să tacă. N-a întrebat ce se întâmplase, m-a prins de încheieturi, m-a ţinut nemișcată, m-a lăsat să-mi revin în fire. Apoi m-a dus în bucătărie, m-a pus să mă așez. Nino ne-a urmat. Mă sufocam, eram copleșită de disperare, scoteam niște sunete sugrumate. Dă-l afară, am repetat când Nino a încercat să se apropie de mine. El l-a îndepărtat, a spus liniștit: las-o în pace, ieși. Nino s-a supus și eu i-am povestit lui Franco tot, în cel mai confuz mod. M-a ascultat fără să mă-ntrerupă, până când și-a dat seama că nu mai aveam energie. Abia atunci mi-a spus, în modul lui obișnuit supercult, că e bun obiceiul de a nu pretinde mare lucru, ci de a te bucura de ceea ce se poate. M-am înfuriat și pe el: banalități de-ale bărbaților, am urlat la el, mi se rupe de ce se poate, spui numai tâmpenii. Nu s-a supărat, voia să analizez situația așa cum era. Bine, a spus, domnul acesta te-a mințit timp de doi ani și jumătate, a spus că și-a părăsit soția, a spus că nu mai are relații cu ea și acum afli că în urmă cu șapte luni a lăsat-o însărcinată. Ai dreptate, e oribil, Nino e o ființă abjectă. Dar odată ce-a aflat — mi-a atras el atenția —, ar fi putut să dispară, să nu mai aibă grijă de tine. De ce atunci a venit cu mașina de la Napoli la Milano, de ce a călătorit toată noaptea, de ce s-a umilit autodenunțându-se, de ce te-a implorat să nu-l părăsești? Toate acestea trebuie totuși să însemne ceva. Înseamnă, am urlat la el, că e un mincinos, că e o persoană superficială, că e incapabil să aleagă. Și el a făcut din nou semn că da, era de acord. Dar apoi m-a întrebat: dar dacă te iubește cu adevărat și știe că nu te poate iubi decât așa?

N-am avut timp să zbier la el că aceea era exact teoria lui Nino. Ușa casei s-a deschis și a apărut Mariarosa. Fetele l-au recunoscut pe Nino cu sfială gingașă. La gândul de a primi atenție din partea lui au uitat brusc că numele său se auzise zile și luni în șir, ca o înjurătură, din gura tatălui lor. El s-a dedicat imediat lor, Mariarosa și Franco s-au ocupat de mine. Ce dificil era totul. Dede și Elsa acum vorbeau cu voce ridicată, râdeau, cele două gazde ale mele mi se adresau cu argumente serioase. Voiau să mă ajute să reflectez, dar cu sentimente adânci pe care nici ei nu le puteau controla. Franco avea o surprinzătoare tendință de a prefera medierea afectuoasă și nu rupturile categorice, cum era obișnuit să facă altădată. Cumnata mea a fost inițial plină de înțelegere pentru mine, apoi a încercat să priceapă și motivațiile lui Nino și, mai ales, drama Eleonorei, sfârșind în felul acela să mă rănească, poate neintenţionat, poate calculat. Nu te enerva, a spus, încearcă să reflectezi: o femeie cu conştiinţa ta ce simte la gândul că fericirea ei se construieşte pe nenorocirea alteia?

Am continuat aşa. Franco mă îndemna să iau ce puteam din situaţia aceasta, cu limitele ei, Mariarosa mi-o înfăţişa pe Eleonora abandonată cu un fiu mic, c-un altul pe drum şi mă sfătuia: leagă o relaţie cu ea, oglindiţi-vă una în cealaltă. Prostiile uneia care nu ştie, mă gândeam deja sleită de puteri, uneia care nu poate înţelege. Lila ar ieşi din asta cum a făcut întotdeauna, Lila m-ar sfătui: ai făcut deja destule greşeli, scuipă-i pe toţi în faţă şi cară-te, este rezultatul pe care ea l-a prezis întotdeauna. Dar eu eram speriată, mă simţeam şi mai confuză din cauza trăncănelii lui Franco şi a Mariarosei, nu-i mai ascultam. Îl urmăream pe Nino, în schimb. Ce frumos era în timp ce recâştiga simpatia fiicelor mele. Iată că intra cu ele în cameră, ca şi cum nimic nu se-ntâmplase, le lăuda adresându-i-se Mariarosei — ai văzut, mătuşă, ce domnişoare excepţionale? — şi deja îi era atât de naturală inflexiunea lui învăluitoare, atingerea uşoară a degetelor pe genunchiul ei gol. L-am târât afară din casă, l-am obligat să facă o lungă plimbare prin Sant'Ambrogio.

Era cald, îmi amintesc. Paşii ne-au alunecat de-a lungul unei vegetaţii cărămizii, aerul era plin de puf care zbura din platani. I-am spus că trebuia să mă obişnuiesc să trăiesc fără el, dar că pentru moment nu puteam, aveam nevoie de timp. A răspuns că el, în schimb, nu va fi niciodată în stare să trăiască fără mine. Am replicat că el nu era în stare să se despartă niciodată de nimic şi de nimeni. A răspuns că nu era adevărat, că de vină erau împrejurările, că pentru a mă avea era constrâns să păstreze totul. Am înţeles că era inutil să-l forţez să depăşească poziţia aceea, vedea în faţa lui doar o prăpastie şi era speriat. L-am însoţit la maşină, l-am alungat. Până cu o clipă înainte să plece m-a întrebat: ce te gândeşti să faci? Nu i-am răspuns, nu ştiam nici eu.

29.

Hotărâtor pentru mine a fost ce s-a întâmplat după câteva săptămâni. Mariarosa plecase, avea nu știu ce treabă la Bordeaux. Înainte să plece m-a luat deoparte și mi-a ținut un discurs confuz despre Franco, spunând că era necesar să-i fiu aproape cât lipsea ea. I se părea că e foarte deprimat și am înțeles brusc ceea ce până în momentul acela intuisem doar pe bucățele și apoi îmi scăpase din neatenție: cu Franco, ea nu se juca de-a bunul samaritean așa cum făcea cu restul; îl iubea cu adevărat, îi devenise mamă-soră-amantă și aerul ei suferind, trupul acela uscat, se datorau neliniștii permanente pentru el, certitudinii că devenise prea fragil și se putea frânge dintr-un moment în altul.

A stat plecată opt zile. Cu ceva efort — aveam altele pe cap —, am fost amabilă cu Franco, am rămas în fiecare seară să trăncănim până târziu. Am apreciat că în loc să-mi vorbească despre politică prefera să-și povestească mai mult lui însuși decât mie ce bine ne fusese împreună: plimbările noastre prin Pisa primăvara, duhoarea de pe Lungarno, momentele în care îmi mărturisise fapte nespuse niciodată nimănui despre copilăria lui, despre părinți, despre bunici. În special mi-a plăcut că mă lăsa să vorbesc despre neliniștile mele, despre noul contract pe care-l semnasem cu editura, despre nevoia, deci, de a scrie o nouă carte, despre posibila întoarcere la Napoli, despre Nino. Niciodată n-a generalizat și n-a brodat pe marginea cuvintelor. A fost, dimpotrivă, clar, aproape vulgar. Dacă ții la el mai mult decât la tine — mi-a spus într-o seară când parcă era amețit — e mai bine să-l iei așa cum e: soție, copii, această tendință permanentă de a fute alte femei, porcăriile de care e și va fi capabil. Lena, Lenuccia, a murmurat el cu afecțiune, clătinând din cap. Și apoi a râs, s-a ridicat din fotoliu, a zis neclar că, după părerea lui, iubirea se termina doar când era posibil să revii la tine însuți fără teamă sau dezgust, și a ieșit din cameră târșâind picioarele, ca și cum ar fi dorit să se asigure că podeaua era acolo, concretă. Nu știu de ce mi-a revenit în minte Pasquale în seara aceea, o persoană foarte deosebită de el prin origine socială, cultură, alegeri politice. Și totuși, pentru o clipă, mi-am imaginat că dacă prietenul meu din cartier ar fi reușit să reapară viu din întunericul care-l înghițise, ar fi pășit în același mod.

O zi întreagă, Franco n-a ieșit din cameră. Seara aveam o obligație de muncă, am ciocănit, l-am întrebat dacă le putea da de mâncare lui Dede și Elsei. A promis că așa va face. M-am întors târziu, contrar obiceiului, lăsase bucătăria în mare dezordine, am strâns, am spălat farfuriile. N-am dormit mult, la șase eram deja trează. Ca să mă duc la baie am trecut prin fața camerei lui și mi-a atras atenția o foaie de caiet prinsă de ușă cu o piuneză. Scria: *Lena, nu le lăsa pe fete să intre.* M-am gândit că în acele zile Dede și Elsa îl deranjaseră sau că-n seara dinainte îl enervaseră și m-am dus la micul dejun cu intenția să le cert. Apoi m-am răzgândit. Franco avea o relație excelentă cu fiicele mele, am exclus faptul că, dintr-un motiv oarecare, era supărat pe ele. Spre opt am bătut la el discret. Niciun răspuns. Am bătut mai tare, am deschis ușa prudent, camera era cufundată în întuneric. L-am strigat, tăcere, am aprins lumina.

Pe pernă și pe cearșaf era sânge, o mare pată negricioasă, prelinsă până la picioare. E atât de dezgustătoare moartea. Aici spun doar că atunci când am văzut corpul acela pe care-l cunoșteam intim lipsit de viață, trupul unui om care odinioară fusese fericit și activ, care citise multe cărți și se expusese la multe experiențe, am simțit totodată repulsie și milă. Franco fusese o materie vie îmbibată de cultură politică, de scopuri generoase și speranțe, de bune maniere. Acum se dădea într-un spectacol oribil. Se debarasase într-un mod atât de feroce de memorie, de limbaj, de capacitatea de a atribui sens lucrurilor, încât mi s-a părut evidentă ura pentru sine însuși, pentru propria epidermă, pentru stări, pentru gânduri și cuvinte, pentru întorsătura urâtă a lumii care-l înconjurase.

În zilele următoare mi-a revenit în minte mama lui Pasquale și a lui Carmen, Giuseppina. Nici ea nu se mai suportase, nu mai suportase fragmentul de viață care-i rămăsese. Dar Giuseppina venea dintr-o epocă de dinaintea mea, Franco, în schimb, era contemporan cu mine și sustragerea aceea violentă a sa nu doar m-a impresionat, ci m-a tulburat de-a binelea. M-am gândit mult timp la biletul lui, singurul pe care l-a lăsat. Mi se adresa și în esență îmi spunea: nu le lăsa pe fete să intre, nu vreau să mă vadă; tu, în schimb, poți intra, tu *trebuie* să mă vezi. Mă gândesc încă și astăzi la acel dublu imperativ, unul explicit, altul implicit. După înmormântare, la care a participat o mulțume de militanți cu pumnul firav strâns (Franco era încă foarte cunoscut și stimat la vremea aceea), am încercat să restabilesc o legătură cu Mariarosa. Voiam să-i fiu aproape, voiam să vorbesc despre el, dar nu mi-a dat voie. Aerul acela al ei distrus s-a accentuat, a căpătat trăsăturile unei neîncrederi bolnave care i-a atenuat și vivacitatea ochilor. Casa, încet, s-a golit. Nici față de mine nu s-a mai comportat ca o soră, a devenit din ce în ce mai ostilă. Fie rămânea tot timpul la universitate, fie, dacă era în casă, se închidea în camera ei și nu voia să fie deranjată. Se enerva dacă fetele, jucându-se, făceau zgomot, se enerva și mai rău dacă le certam pentru jocurile lor zgomotoase. Am făcut bagajele, am plecat la Napoli cu Dede și Elsa.

30.

Nino fusese sincer, închiriase într-adevăr apartamentul de pe strada Tasso. M-am dus să locuiesc acolo imediat, chiar dacă era plin de furnici și mobila se reducea la un pat matrimonial fără tăblie, paturile fetelor, o masă, câteva scaune. N-am vorbit despre iubire, nici despre viitor.

I-am spus că decizia mea se datorase în mare parte lui Franco și m-am limitat la a-i da o veste bună și una rea. Cea bună era că editura mea acceptase să publice culegerea lui de eseuri, cu condiția unei noi redactări, mai puțin aride; cea rea era că nu voiam să mă atingă. A primit cu bucurie prima veste, a fost cuprins de disperare din cauza celeilalte. Apoi s-a întâmplat să petrecem toate serile stând unul lângă altul pentru a rescrie textele și acea apropiere m-a împiedicat să-mi mențin mânia vie. Eleonora era încă gravidă când am început din nou să ne iubim. Și în momentul în care ea a născut o fetiță, căreia i s-a pus numele Lidia, Nino și cu mine eram deja un cuplu de amanți cu tabieturile noastre, o casă frumoasă, două fete, o viață privată și publică destul de intensă.

— Să nu crezi, i-am zis încă de la început, că sunt la cheremul tău: acum nu sunt în stare să te părăsesc, dar mai devreme sau mai târziu asta se va-ntâmpla.

— Nu se va-ntâmpla, nu vei avea motiv.

— Motive am destule.

— Se va schimba totul în curând.

— Vom vedea.

Dar era o minciună, făceam să pară în ochii mei ca fiind foarte rațional tot ce, de fapt, era absurd și umilitor. Îmi iau — ziceam supunându-mă celor spuse de Franco — ceea ce acum îmi este absolut necesar și imediat ce-i voi consuma chipul, cuvintele, toate dorințele, o să-l alung. Așa că dacă-l așteptam zile în șir zadarnic, îmi spuneam că era mai bine așa, eram oricum ocupată, iar el era prea sâcâitor. Și când simțeam mușcăturile geloziei, încercam să mă liniștesc șoptindu-mi: *eu* sunt femeia pe care o iubește. Și dacă mă gândeam la copiii lui, îmi spuneam: petrece mai mult timp cu Dede și cu Elsa decât cu Albertino și Lidia. Bineînțeles, totul era adevărat și totul era fals. Da, puterea de atracție a lui Nino se va epuiza. Da, aveam o grămadă de lucruri de făcut. Da, Nino mă iubea, le iubea pe

Dede și pe Elsa. Dar existau și ceilalți, da, pe care mă prefăceam că-i ignor. Da, eram atrasă de el mai mult ca niciodată. Da, eram gata să ignor totul și pe toți dacă el avea nevoie de mine. Da, legăturile cu Eleonora, Albertino și nou-născuta Lidia erau la fel de puternice ca legătura cu mine și cu fiicele mele. Peste acelea, da, lăsasem să cadă niște văluri negre și dacă ici și colo ele se sfâșiau puțin și arătau cum stăteau de fapt lucrurile, recurgeam în grabă la cuvinte mari despre lumea în devenire: totul se schimbă, inventăm noi forme de conviețuire și alte palavre pe care le rosteam eu însămi sau le scriam de fiecare dată când aveam ocazia.

Dar dificultățile mă frământau în fiecare zi, provocau încontinuu fisuri. Orașul nu era cu nimic mai bun, m-a vlăguit imediat cu atmosfera lui proastă. Strada Tasso s-a dovedit a fi incomodă. Nino mi-a făcut rost de o mașină la mâna a doua, un Renault 4 alb pe care l-am îndrăgit imediat, dar la început n-am folosit-o, sfârșeam mereu blocată în trafic. Mă osteneam să fac față miilor de treburi zilnice mult mai mult decât la Florența, la Genova, la Milano. Dede, încă din prima zi de școală, i-a detestat pe învățătoare și pe colegi. Elsa, de-acum în clasa întâi, se întorcea mereu cu ochii roșii, tristă și refuza să-mi spună ce pățise. Am început să le dojenesc pe amândouă. Le spuneam că nu știau să reacționeze la adversități, nu știau să se impună, nu știau să se adapteze și trebuiau să învețe. În consecință, cele două surori s-au coalizat împotriva mea: au început să vorbească despre bunica Adele și despre mătușa Mariarosa ca despre niște zeități care creaseră o lume fericită pe măsura lor, le regretau într-un mod tot mai explicit. Când, ca să le recâștig, le chemam la mine, le alintam, mă îmbrățișau ursuze, uneori mă respingeau. Și munca mea? A devenit tot mai evident că, mai ales în perioada aceea favorabilă, aș fi făcut mai bine să rămân la Milano, să găsesc o slujbă la editură. Sau chiar să mă duc la Roma, dat fiind că în turneele mele de promovare cunoscusem persoane care se oferiseră să mă ajute. Ce căutam la Napoli, eu și fiicele mele? Eram acolo doar ca să-l facem fericit pe Nino? Mă minţeam când mă credeam liberă și independentă? Și-mi minţeam publicul când interpretam rolul unei persoane care-ncercase, cu cărticelele ei, să le ajute pe toate femeile să recunoască faţă de ele însele ce nu știau să-și spună? Erau doar formulări în care-mi era comod să cred, dar de fapt nu mă deosebeam de femeile de vârsta mea, cu gândire mai învechită? În ciuda tuturor discuţiilor, mă lăsam inventată de un bărbat într-atât, încât nevoile lui erau mai importante decât nevoile mele și ale fiicelor mele?

Am învăţat să fug de mine. Era de ajuns ca Nino să bată la ușă pentru ca mâhnirea să dispară. Îmi spuneam: viaţa *acum* e asta și nu poate fi altceva. Între timp încercam să mă disciplinez, nu mă resemnam, încercam să fiu combativă, uneori reușeam să mă simt chiar fericită. Casa strălucea de lumină. De la balconul meu vedeam întregul Napoli întinzându-se până la marea tivită cu reflexii galben-albastre. Înlăturasem condiţia de provizorat în care trăiseră fiicele mele la Genova și Milano, iar aerul, culorile, sunetele dialectului de pe străzi, lumea cultă pe care Nino o aducea la mine chiar și în inima nopţii îmi dădeau siguranţă, mă înveseleau. Le duceam pe fete la Pietro la Florenţa și mă arătam bucuroasă când el venea să le vadă la Napoli. Îl primeam în casa mea, în ciuda protestelor lui Nino. Îi făceam patul în camera fetelor care erau vădit atașate de el, ca și cum voiau să-l reţină cu spectacolul afecţiunii pentru el. Încercam amândoi să avem o relaţie firească, îl întrebam de Doriana, de cartea lui care era mereu pe punctul de a fi publicată, dar apoi apăreau alte detalii de aprofundat. Când fetele își îmbrăţișau tatăl ignorându-mă, îmi luam un pic de timp liber. Coboram pe Arco Mirelli și mă plimbam pe strada Caracciolo, de-a lungul mării. Sau urcam până pe strada Aniello Falcone și ajungeam la Floridiana. Mă așezam pe o bancă, citeam.

31.

De pe strada Tasso, cartierul părea o palidă grămadă de pietre foarte îndepărtate, doar reziduuri urbane imposibil de recunoscut la poalele Vezuviului. Îmi doream să rămână astfel: eram alta acum, aș fi făcut în așa fel încât să nu mă înghită din nou. Cu toate acestea, era un obiectiv personal care tindea să fie fragil. Am cedat după vreo trei, patru zile de la instalarea, cu gâfâieli, în apartament. Le-am îmbrăcat cu grijă pe fete, m-am gătit minuțios eu însămi și am spus: acum mergem să-i facem o vizită bunicii Immacolata, bunicului Vittorio și unchilor voștri.

Am plecat dis-de-dimineață, am luat metroul de la Piața Amedeo, pe fete le-a entuziasmat aerul foarte puternic dislocat de sosirea trenului, care-ți răvășea părul, îți lipea hainele de trup, îți tăia respirația. N-o mai văzusem și auzisem pe mama mea de la scena aceea pe care o făcuse la Florența. Mă temeam c-o să refuze să mă-ntâlnească și poate de aceea n-am telefonat să-mi anunț vizita. Dar, trebuie să fiu sinceră, a fost și un alt motiv, mai ascuns. Îmi spuneam cu încăpățânare: sunt aici din motivul acesta și celălalt, vreau să merg aici și vreau să merg dincolo. Cartierul, înainte de rudele mele, pentru mine însemna Lila: să programez vizita aceea ar fi însemnat și să mă întreb cum voiam să rezolv cu ea. Și încă nu aveam răspunsuri definitive, așadar, mai bine hazardul. În orice caz, având în vedere că se putea întâmpla s-o întâlnesc, acordasem o mare atenție aspectului meu și al fetelor. Îmi doream ca, dacă se întâmpla, să-și dea seama că eram o doamnă distinsă și să fiicele mele nu sufereau, nu erau dezorientate, se simțeau foarte bine.

Ziua s-a dovedit încărcată emoțional. Am trecut prin tunel, am ocolit stația de benzină unde munceau Carmen și soțul ei, Roberto, și am traversat curtea. Am urcat cu inima bătându-mi cu putere pe scările ciobite ale vechiului bloc în care mă născusem. Dede și Elsa erau foarte încântate, de parcă ar fi alunecat în cine știe ce aventură, le-am așezat în fața mea, am apăsat pe butonul soneriei. Am auzit mersul șchiopătat al mamei mele, a deschis ușa, a căscat ochii ca și cum am fi fost trei fantome. Și eu, împotriva voinței mele, m-am arătat uimită. Era o mare diferență între persoana pe care mă așteptam s-o văd și cea cu care, de fapt, m-am trezit în fața ochilor. Mama mea se schimbase mult. Pentru o fracțiune de secundă, mi s-a părut că e o verișoară de-a ei pe care o văzusem de puține ori când eram mică și care-i semăna, chiar dacă avea cu șase sau șapte ani mai mult decât ea. Era mult mai slabă, iar oasele feței ei, nasul, urechile păreau imense.

Am încercat s-o îmbrățișez, s-a ferit. Tata nu era, nici Peppe și Gianni. A fost imposibil să aflu ceva despre ei, aproape o oră abia a vorbit cu mine. Cu fetele, în schimb, a fost afectuoasă. Le-a lăudat mult și apoi, după ce le-a dat niște șorțuri mari ca să nu se murdărească, a început să prepare cu ele caramele. Pentru mine, timpul a trecut foarte stânjenitor, s-a comportat ca și cum n-aș fi fost acolo. Când am încercat să le spun fetelor că mâncau prea multe caramale, Dede i s-a adresat prompt bunicii:

— Mai putem lua?

— Mâncați tot ce vreți, a răspuns mama mea, fără să mă privească.

Aceeași scenă s-a repetat când le-a spus fetelor că se puteau duce să se joace în curte. La Florența, la Genova, la Milano nu le lăsasem niciodată să iasă din casă singure. Am spus:

— Nu, fetelor, nu se poate, rămâneți aici.

— Bunica, putem merge? au întrebat fiicele mele, aproape la unison.

— V-am spus, da.

Am rămas singure. I-am spus neliniștită, ca și cum aș fi fost încă un copil:

— M-am mutat. Am luat o casă pe strada Tasso.

— Bravo.

— De trei zile.

— Bravo.

— Am publicat o altă carte.

— Și ce mă doare pe mine?

Am tăcut. Ea, cu o grimasă dezgustată, a tăiat în două o lămâie și i-a stors sucul într-un pahar.

— De ce bei limonadă? am întrebat.

— Pentru că mi se întoarce stomacul pe dos să te văd.

A adăugat apă la lămâie, a pus un pic de bicarbonat, a băut totul dintr-o înghițitură, cu un zgomot spumos.

— Nu te simți bine?

— Mă simt foarte bine.

— Nu-i adevărat. Ai fost la medic?

— Vezi să nu arunc bani pe medici și medicamente.

— Elisa știe că nu te simți bine?

— Elisa e însărcinată.

— De ce nu mi-ați spus nimic?

Nu mi-a răspuns. A pus paharul în chiuvetă cu o lungă răsuflare obosită, și-a șters buzele cu dosul palmei. Am spus:

— Te duc eu la medic. Ce altceva simți?

— Tot ce mi-ai provocat tu. Mi s-a rupt o venă în burtă din cauza ta.

— Ce tot spui?

— Da, mi-ai făcut-o să plesnească în corp.

— Eu țin atât de mult la tine, mamă.

— Eu nu. Ai venit să stai la Napoli cu fetele?

— Da.

— Și soțul tău nu vine?

— Nu.

— Atunci nu te mai arăta niciodată în casa asta.

— Mamă, astăzi nu e ca altădată. Poți fi o persoană cumsecade și dacă-ți părăsești soțul, chiar dacă ești cu altul. De ce te superi atât pe mine și Elisei, care e însărcinată și nu e căsătorită, nu-i spui nimic?

— Pentru că tu nu ești Elisa. Elisa a studiat cum ai studiat tu? De la Elisa așteptam ce așteptam de la tine?

— Fac lucruri de care trebuie să te bucuri. Numele Greco devine important. Încep să fiu cunoscută un pic și în străinătate.

— Nu te lăuda față de mine, ești un nimeni. Ceea ce crezi tu că ești nu înseamnă nimic pentru oamenii obișnuiți. Eu aici sunt respectată nu pentru că te-am făcut pe tine, ci pentru că am făcut-o pe Elisa. Ea, care n-a studiat, care nu și-a luat nici măcar diploma de școală medie, a devenit o doamnă. Și tu, care ai o licență, unde-ai ajuns? Îmi pare rău numai pentru cele două fete care sunt atât de frumoase și vorbesc atât de frumos. La ele nu te-ai gândit? Cu tatăl acela creșteau ca toți copiii de la televizor și tu ce faci, le aduci să stea la Napoli?

— Eu le-am educat, mamă, nu tatăl lor. Și oriunde le voi duce eu, vor continua să crească așa.

— Ești o înfumurată. Sfântă Fecioară, câte greșeli am făcut cu tine. Eu credeam că înfumurata era Lina, în schimb tu ești. Prietena ta a cumpărat casa părinților ei, tu ai făcut-o? Prietena ta îi dirijează pe toți, chiar și pe Michele Solara, și tu pe cine dirijezi, pe nenorocitul ăla de fiu al lui Sarratore?

Atunci a început s-o laude pe Lila: ah, ce frumoasă e Lina, ce generoasă e, acum are o firmă numai a ei, ea și Enzo au știut cu adevărat cum să obțină succesul. Am înțeles definitiv că vina cea mai mare pe care mi-o atribuia era că trebuia să admită, fără niciun tertip, că valoram mai puțin decât Lila. Când a zis că voia să gătească ceva pentru Dede și Elsa, excluzându-mă intenționat, mi-am dat seama că era o povară pentru ea să mă invite la prânz și am plecat amărâtă.

32.

Odată ajunsă pe șosea am șovăit: să aștept întoarcerea tatei la poartă ca să-l salut, să hoinăresc pe străzi în căutarea fraților mei, să-ncerc să văd dacă sora mea era acasă? Am găsit o cabină de telefon, am sunat-o pe Elisa, le-am târât pe fete până la apartamentul ei imens, de unde se vedea Vezuviul. La sora mea nu se observa încă niciun semn de sarcină, și totuși mi s-a părut foarte schimbată. Simplul fapt că rămăsese însărcinată o făcuse probabil să se maturizeze brusc, dar deformând-o. Corpul, cuvintele, inflexiunile vocii ei parcă deveniseră vulgare. Avea un colorit pământiu și era atât de furioasă din cauza proastei sale dispoziţii, că ne-a primit fără niciun chef. N-am regăsit nici pentru o clipă afecţiunea, stima un pic infantilă pe care mi le arătase dintotdeauna. Și când am adus vorba de starea de sănătate a mamei noastre, a căpătat un ton agresiv de care n-aş fi considerat-o niciodată capabilă, cel puţin nu cu mine. A spus:

— Lenù, medicul a zis că se simte foarte bine, sufletul ei suferă. Mama e foarte sănătoasă, nu e nimic de tratat în afara suferinţei. Dacă tu nu i-ai fi cauzat atâtea dezamăgiri, n-ar fi ajuns în halul ăsta.

— Ce prostii spui tu acolo?

A devenit și mai aspră.

— Prostii? Îţi spun numai atât: eu sunt mai bolnavă ca mama. Și oricum, dat fiind că acum te-ai stabilit la Napoli și știi mai mult decât medicul, ai un pic de grijă de ea, nu mi-o lăsa doar mie în cârcă. E de-ajuns să te arăţi puţin disponibilă și o să-și recapete vigoarea.

Am încercat să mă controlez, nu voiam să ne certăm. De ce-mi vorbea în felul acela? Mă schimbasem și eu în rău, ca ea? Vremurile noastre bune de surori se încheiaseră? Sau Elisa, cea mai mică din familie, era dovada evidentă că viaţa în cartier distrugea oamenii și mai mult decât în trecut? Fetelor, care se așezaseră cuminţi, în tăcere, dar dezamăgite că mătușa nu le trata prietenos, le-am zis că puteau să termine caramelele de la bunica. Apoi am întrebat-o pe sora mea:

— Cu Marcello cum merge?

— Foarte bine, cum să meargă? Dacă n-ar fi toate grijile pe care le are de când a murit mama lui, am fi cu adevărat fericiți.

— Ce griji?

— Griji, Lenù, griji. Tu ocupă-te de cărți, viața înseamnă altceva.

— Peppe și Gianni?

— Trudesc.

— Nu reușesc niciodată să-i întâlnesc.

— E vina ta că nu treci niciodată pe-acolo.

— Acum o să trec mai des.

— Bravo. Atunci încearcă să vorbești un pic și cu prietena ta Lina.

— Ce se-ntâmplă?

— Nimic. Dar printre numeroasele griji ale lui Marcello se află și ea.

— Adică?

— Întreab-o pe Lina și dacă-ți răspunde, spune-i c-ar face bine să rămână în banca ei.

Am recunoscut reticența amenințătoare a fraților Solara și mi-am dat seama că nu vom mai regăsi niciodată cordialitatea de altădată. I-am spus că relația mea cu Lila nu mai era la fel de strânsă, dar tocmai aflasem de la mama noastră că nu mai lucra cu Michele și-și deschisese propria ei afacere. Elisa a izbucnit:

— A pornit pe cont propriu cu banii noștri.

— Explică-mi.

— Ce să-ți explic, Lenù? Aia l-a manipulat pe Michele cum a dorit. Dar cu Marcello al meu n-o să reușească.

33.

Nici Elisa nu ne-a invitat la prânz. Doar când ne-a condus la ușă a părut că-și dă seama de impolitețe și i-a zis Elsei: vino cu mătușa.

Au dispărut câteva minute, făcând-o să sufere pe Dede, care m-a luat de mână ca să nu se simtă neglijată. Când au reapărut, Elsa avea fața serioasă, dar privirea veselă. Sora mea, care părea să se țină cu greu pe picioare, a închis ușa imediat ce am pus piciorul pe scări.

Odată ajunse în stradă, cea mică ne-a arătat cadoul secret al mătușii: douăzeci de mii de lire. Elisa oferise bani, așa cum făceau, când eram mici, rudele mai bogate. Dar banii, pe vremea aceea, erau doar aparent un cadou pentru noi, copiii. De fapt, eram obligați să-i dăm mamei care-i cheltuia ca să supraviețuim. Și Elisa, în mod evident, intenționase să-mi dea banii mie mai mult decât Elsei, dar cu un alt scop. Cu acele douăzeci de mii de lire — echivalentul publicării a trei cărți într-o frumoasă haină editorială — se străduise să-mi demonstreze că Marcello ținea la ea și că, datorită lui, ducea o viață îmbelșugată.

Le-am domolit pe fete care deja se încăierau. A trebuit s-o supun pe Elsa unui interogatoriu enervant ca să admită că, după voința mătușii, banii trebuiau împărțiți, zece mii ei și zece mii lui Dede. Se certau încă smucindu-se când m-am auzit strigată. Era Carmen, înfofolită într-un halat albastru de benzinăreasă. Nu fusesem atentă și nu ocolisem pompa de benzină. Acum îmi făcea semne de salut, cu părul ei creț și foarte negru, cu fața ei lătăreață.

Mi-a fost greu să rezist. Carmen a închis pompa, voia să mă ducă la ea acasă pentru masa de prânz. A sosit și soțul ei, pe care nu-l cunoscusem niciodată. Dăduse fuga să-i ia pe copii de la grădiniță, doi băieți, unul de vârsta Elsei, celălalt cu un an mai mic. Era o persoană blândă, foarte amabilă. A pus masa ajutat de copii, a strâns apoi, a spălat farfuriile. Nu mai văzusem niciodată până în momentul acela un cuplu din generația mea atât de armonizat, atât de vizibil bucuros să trăiască împreună. M-am simțit în sfârșit bine primită, am văzut că și fiicele mele se simțeau în largul lor: au mâncat cu poftă, s-au dedicat celor doi băieței cu inflexiuni materne. În fine, mi-am recăpătat încrederea, am avut câteva ore de liniște. Apoi Roberto a alergat să redeschidă pompa, iar Carmen și eu am rămas singure.

A fost discretă, nu m-a întrebat de Nino și nici dacă mă mutasem la Napoli ca să trăiesc cu el, chiar dacă avea aerul că știe totul. Mi-a vorbit în schimb de soțul ei, bun muncitor, atașat de familie. Lenù, a spus, în atâta suferință, el și copiii sunt singura mea consolare. Și a vorbit despre trecut: întâmplarea urâtă cu tatăl, sacrificiile mamei și moartea ei, perioada în care muncise în mezelăria lui Stefano Carracci, cea în care Ada o înlocuise pe Lila și o chinuise. Am râs chiar un pic de perioada în care fusese logodită cu Enzo: ce prostie, a spus. N-a pomenit de Pasquale nici măcar o dată, eu am întrebat de el. Dar ea a privit țintă în podea, a clătinat din cap, a sărit în picioare, voind parcă să alunge ceva ce nu voia sau nu putea să-mi spună.

— Mă duc să-i telefonez Lilei, a spus, dacă află că ne-am văzut și eu n-am anunțat-o, nu mai vorbește cu mine.

— Las-o încolo, o avea de lucru.

— Da' de unde, acum e patroană și face cum are chef.

Am încercat s-o opresc ca să vorbim, am întrebat-o prudent de relația dintre Lila și frații Solara. Dar ea părea stânjenită, a răspuns că nu știa mai nimic și s-a dus oricum să telefoneze. Am auzit cum anunța cu entuziasm prezența mea și a fiicelor mele la ea în casă. Când s-a întors, a spus:

— S-a bucurat foarte mult, vine imediat.

Din acel moment, am devenit din ce în ce mai nervoasă. Și totuși, eram bine dispusă, în casa aceea cuviincioasă te simțeai bine, cei patru copii se jucau în cealaltă cameră. S-a auzit soneria, Carmen s-a dus să deschidă și dintr-odată s-a auzit vocea Lilei.

34.

Pe Gennaro, la început, nu l-am observat și nu l-am văzut nici pe Enzo. Au devenit vizibili după câteva secunde lungi în care am auzit-o doar pe Lila și am avut un neașteptat sentiment de vinovăţie. Poate că mi s-a părut greşit că ea, încă o dată, dădea fuga să mă vadă, în timp ce eu insistam să nu-i permit să intre-n viaţa mea. Sau poate că mi s-a părut o impoliteţe curiozitatea ei în privinţa mea, în schimb eu, cu tăcerile, cu absenţele mele, urmăream să-i semnalez că nu mă mai interesa. Nu ştiu. Cert e că, în timp ce mă îmbrăţişa, m-am gândit: dacă nu mă atacă vorbind perfid despre Nino, dacă se preface că nu ştie de fetiţa lui nou-născută, dacă se arată amabilă cu fiicele mele, voi fi cordială, apoi mai vedem.

Astfel ne-am aşezat. Nu ne văzuserăm de la întâlnirea din barul de pe strada Duomo. Lila a vorbit prima. L-a împins în faţă pe Gennaro — un adolescent robust, cu faţa devastată de acnee — şi a-nceput imediat să se plângă de randamentul lui şcolar. A spus, dar pe un ton afectuos: era bun în clasele primare, era bun şi la gimnaziu, dar anul ăsta mi-l lasă corigent, nu se descurcă la greacă şi latină. Eu l-am bătut uşor pe obraz pe băiat, l-am consolat: trebuie doar să exersezi, Gennà, vino la mine să repetăm. Şi, impetuos, am hotărât să iau iniţiativa, am abordat eu subiectul cel mai arzător pentru mine, spunând: m-am mutat la Napoli de câteva zile, lucrurile cu Nino, în limitele posibile, s-au limpezit, totul merge bine. Apoi le-am strigat pe fiicele mele cu voce liniştită şi, când au apărut, am exclamat: uite-le pe fete, cum le găseşti, vezi cât au crescut! S-a creat un strop de confuzie. Dede l-a recunoscut pe Gennaro şi, fericită, l-a tras după ea cu o atitudine seducătoare — ea nouă ani, el aproape cincisprezece; Elsa l-a smucit la rândul ei ca să nu fie mai prejos decât soră-sa. Le-am privit cu mândrie de mamă şi m-am bucurat că Lila între timp spunea: ai făcut bine să te întorci la Napoli, trebuie să faci ce ai chef să faci, fetele arată într-adevăr bine, ce frumoase sunt.

Atunci m-am simţit uşurată. Enzo, de dragul conversaţiei, m-a întrebat despre munca mea. M-am lăudat un pic cu rezultatele ultimei cărţi, dar am înţeles imediat că, dacă despre prima, la vremea ei, în cartier se auzise vorbindu-se și câțiva o și citiseră, despre a doua nu doar Enzo și Carmen, dar nici măcar Lila, nu băgaseră de seamă. Astfel, am divagat puțin în jurul ei, cu autoironie, și apoi am întrebat de afacerea lor, am zis în treacăt, râzând: știu că din proletari ați devenit patroni. După grimasa de pe chipul Lilei părea o bagatelă, ea s-a întors spre Enzo și acesta a încercat, cu fraze scurte, să-mi explice. A spus că, în ultimii ani, calculatoarele evoluaseră, a spus că IBM scosese pe piață aparate electronice complet diferite de precedentele. Ca de obicei, s-a pierdut în detalii tehnice care m-au plictisit. A menționat siglele, Sistemul 34, Sistemul 5120 și a explicat că deja nu mai existau cartele perforate, nici aparatele de perforat și verificat, ci un limbaj diferit de programare, BASIC, și aparate electronice tot mai mici, cu o putere redusă de calcul și de înmagazinat date, dar și cu un cost foarte moderat. În cele din urmă, am înțeles doar că acea nouă tehnologie fusese decisivă pentru ei, începuseră să studieze și ajunseseră la concluzia că se pot descurca singuri. Astfel, își înființaseră firma lor, Basic Sight — *în engleză, pentru că altfel nu ești luat în serios* — și asociatul majoritar și administratorul acelei societăți, cu sediul în cămăruțele casei lor — *numai patroni nu erau* — era el, Enzo, dar sufletul, sufletul adevărat — Enzo mi-a indicat-o cu un gest orgolios — era Lila. Privește această marcă, a spus, ea a desenat-o.

Am studiat logo-ul, un arabesc în jurul unei linii verticale. L-am privit fix cu o neașteptată emoție. Era o manifestare în plus a minții ei guvernate prost, cine știe câte lucruri ratasem. Am simțit nostalgia momentelor frumoase ale trecutului nostru. Lila învăța, uita, învăța. Nu se oprea, nu renunța niciodată: sistemul 34, 5120, BASIC, Basic Sight, logo-ul. Frumos, am spus, și m-am simțit cum nu mă simțisem cu mama mea și sora mea. Păreau toți fericiți să mă aibă din nou printre ei, mă chemau cu generozitate în viețile lor. Enzo, aproape ca să-mi demonstreze că ideile lui nu se schimbaseră în ciuda afacerii profitabile, a început să povestească, în felul lui sec, ce vedea când se plimba prin fabrici: oamenii munceau în condiţii îngrozitoare pentru câteva lire și el, uneori, se rușina că trebuia să transforme mizeria exploatării în curăţenia programării. Lila, la rândul ei, a spus că pentru a obţine acea schimbare dichisită, patronii erau obligaţi să-i arate de aproape tot gunoiul și a vorbit cu sarcasm despre falsităţile, despre escrocheriile, despre înșelătoriile care existau în spatele aparenţei conturilor în regulă. Nici Carmen nu s-a lăsat mai prejos, a povestit despre benzină, a exclamat: și aici e rahat peste tot. Și abia atunci l-a pomenit pe fratele ei, referindu-se la motivele justificate care-l împinseseră să comită greșeli. Și-a amintit de cartierul copilăriei și al adolescenţei noastre. A povestit — lucru care nu se întâmplase niciodată înainte — de când ea și Pasquale erau mici și tatăl lor enumera punct cu punct ce-i făcuseră fasciștii conduși de don Achille: momentul în care mâncase o bătaie cruntă chiar la intrarea în tunel; momentul în care-l obligaseră să sărute fotografia lui Mussolini, dar el scuipase pe ea. Și, dacă nu-l omorâseră, dacă nu dispăruse ca mulţi alţi comuniști — *nu e povestea celor pe care fasciștii i-au omorât și apoi i-au făcut dispăruţi* — fusese pentru că avea atelierul de tâmplar și era atât de cunoscut în cartier încât, dacă-l ștergeau de pe faţa pământului, și-ar fi dat toţi seama.

Așa ne-am petrecut vremea. La un moment dat, s-a creat o asemenea armonie, încât au hotărât să-mi dea o mare dovadă de prietenie. Carmen s-a consultat din priviri cu Enzo și Lila, apoi a zis precaută: putem avea încredere în Lenuccia. Când a văzut că erau de acord, mi-a dezvăluit că-l întâlniseră de curând pe Pasquale. El apăruse noaptea acasă la Carmen și ea o chemase pe Lila, iar Lila și Enzo veniseră în grabă. Pasquale era bine. Era îngrijit, fără un fir de păr răvășit, foarte elegant, semăna cu un medic chirurg. Dar li se păruse trist. Ideile-i rămăseseră neschimbate, dar el era trist trist trist. Spusese că nu se va da niciodată bătut, că trebuiau să-l omoare ca să cedeze. Înainte să plece, se dusese să-și vadă nepoții în timp ce dormeau, nici nu știa cum îi cheamă. Carmen aici a început să plângă, dar în liniște, ca nu cumva s-o vadă copiii. Ne-am spus, ea mai întâi, mai mult decât mine și decât Lila (Lila a fost laconică, Enzo s-a limitat să aprobe din cap), că alegerile lui Pasquale nu ne plăceau, că eram îngroziți de tot haosul sângeros al Italiei și al lumii întregi. Dar el știa aceleași lucruri esențiale pe care le știam și noi și chiar dacă cine știe ce fapte urâte comisese — dintre toate cele pe care le citeai în ziare —, chiar dacă noi ne aranjaserăm viețile în domeniul informaticii, limbilor vechi, cărților, benzinei, nu-l vom renega niciodată. Niciunul dintre cei care țineau la el nu va face așa ceva.

Ziua a ajuns la final. Am avut o singură întrebare pe care le-am pus-o Lilei și lui Enzo, pentru că mă simțeam în largul meu și ținusem minte ce spusese Elisa puțin mai devreme. Am întrebat: și frații Solara? Enzo s-a uitat imediat fix în podea. Lila a ridicat din umeri, a spus: aceiași nenorociți. Apoi a povestit ironic că Michele o luase razna: după moartea mamei o părăsise pe Gigliola, își alungase soția și copiii din casa din Posillipo și, dacă-și făceau apariția acolo, îi cotonogea. Frații Solara — a spus cu o nuanță de satisfacție — sunt terminați: gândește-te că Marcello răspândește vorba că din cauza mea fratele lui se comportă cum se comportă. Moment în care și-a mijit ochii și s-a strâmbat satisfăcută, ca și cum Marcello i-ar fi făcut un compliment. Apoi a conchis: s-au schimbat multe lucruri, Lenù, cât ai fost tu plecată; trebuie să stai mai mult cu noi acum; dă-mi numărul tău de telefon, trebuie să ne vedem ori de câte ori putem; și apoi, vreau să ți-l trimit pe Gennaro, să te lămurești dacă mi-l poți ajuta.

A luat pixul, pregătindu-se să scrie. Eu i-am dictat imediat primele două cifre, apoi m-am zăpăcit, învățasem numărul de puține zile și nu mi-l aminteam bine. Dar când mi-a venit în minte cu exactitate, am ezitat din nou, mi-a fost teamă c-o să se insinueze din nou în viaţa mea, am dictat iarăşi două cifre, iar pe celelalte le-am greşit intenţionat.

Şi bine am făcut. Tocmai când mă pregăteam să plec cu fetele, Lila m-a întrebat în faţa tuturor, chiar şi-n faţa lui Dede şi a Elsei:

— Cu Nino o să faci un copil?

35.

Bineînţeles că nu, am răspuns, şi am râs uşor stânjenită. Dar pe drum a trebuit să-i explic mai ales Elsei — Dede tăcea amenintătoare — că nu voi avea alţi copii, ele erau fetele mele şi gata. Şi câteva zile m-a durut capul, n-am închis ochii. Câteva cuvinte trântite acolo deliberat şi Lila stricase o întâlnire care mi se păruse frumoasă. Mi-am zis: nu e nimic de făcut, e incorigibilă, ştie mereu cum să-mi complice existenţa. Şi nu mă refeream doar la anxietăţile pe care le dezlănţuise în Dede şi Elsa. Lila ţintise cu precizie locul din mine pe care-l ţineam bine ascuns şi care avea legătură cu urgenţa instinctului matern simţit pentru prima oară cu vreo doisprezece ani în urmă, când îl luasem în braţe pe micul Mirko, în casa Mariarosei. Fusese un imbold complet iraţional, un fel de comandă a iubirii care, la vremea aceea, mă copleşise. Intuisem deja atunci că nu era pur şi simplu dorinţa de a avea un copil, voiam un copil anume, un copil ca Mirko, un copil cu Nino. Şi, într-adevăr, dorinţa aceea nebună nu fusese satisfăcută de Pietro şi de conceperea lui Dede şi a Elsei. Dimpotrivă, reapăruse de fiecare dată când îl revăzusem pe copilul Silviei şi mai ales când Nino îmi spusese că Eleonora era însărcinată. Acum cotrobăia pe dinăuntrul meu tot mai des şi Lila, cu obişnuita ei privire ascuţită, o *văzuse*. E jocul ei preferat — mi-am zis, face aşa cu Enzo, cu Carmen, cu Antonio, cu Alfonso. Se comportase, cu siguranţă, în acelaşi mod cu Michele Solara, cu Gigliola. Se preface că e o persoană amabilă și afectuoasă, dar apoi te lovește ușor, abia clintindu-te din loc, și te distruge. Vrea să acționeze din nou în modul acesta și asupra mea, chiar și asupra lui Nino. Deja reușise să scoată la suprafață un freamăt secret pe care, în general, încercam să-l ignor, așa cum ignori zbaterea unei pleoape.

Zile în șir, în casa de pe strada Tasso, singură sau aflată în compania cuiva, m-am simțit frământată încontinuu de întrebarea aceea: *cu Nino o să faci un copil?* Dar de-acum nu mai era o întrebare de-a Lilei, ci mi-o puneam eu însămi.

36.

Pe urmă m-am întors adesea în cartier, mai ales când Pietro venea să stea cu fetele. Coboram pe jos în Piața Amedeo, luam metroul. Uneori mă opream pe podul căii ferate și priveam în jos pe șosea, alteori mă mulțumeam să traversez tunelul și să fac o plimbare până la biserică. Dar cel mai des mă duceam să mă lupt cu mama mea ca să meargă la un control medical și-i implicam în zbaterea mea pe tata, pe Peppe, pe Gianni. Era o femeie căpoasă, se înfuria pe soț și pe fiii ei imediat ce făceau aluzie la problemele ei de sănătate. La mine urla sistematic: taci, tu mă omori și mă alunga sau se ducea să se închidă în baie.

Lila avea calitățile necesare, în schimb, și asta se știa. Michele, de exemplu, își dăduse seama de mult. Așa încât, aversiunea Elisei față de ea nu se datorase numai câtorva disensiuni cu Marcello, ci faptului că Lila se descotorosise încă o dată de frații Solara și avea întâietate după ce se folosise de ei. Basic Sight îi oferea din ce în ce mai mult prestigiul noutății și al câștigurilor. Nu mai era vorba de persoana bizară capabilă, încă de mică, să-ți extragă dezordinea din cap și din suflet ca să ți-o restituie bine organizată sau, dacă nu te suporta, să-ți încâlcească și mai rău ideile și să te lase deznădăjduită. Acum întruchipa și posibilitatea de a învăţa o muncă nouă, o muncă despre care nimeni nu ştia nimic, dar care era rentabilă. Afacerile mergeau atât de bine — se spunea —, încât Enzo căuta un sediu în care să amenajeze un birou adecvat şi nu simulacrul improvizat între bucătărie şi dormitor. Dar cine era Enzo, oricât de inteligent ar fi fost el? Doar un subordonat al Lilei. Ea punea lucrurile în mişcare, ea tăia şi spânzura. Astfel, dacă voiai să exagerezi un pic, părea că situaţia întregului cartier devenise, în scurt timp, următoarea: ori învăţai să fii ca Marcello şi Michele, ori ca Lila.

Desigur, e posibil să fi fost vorba de-o obsesie de-a mea, dar cel puţin în etapa aceea mi s-a părut c-o văd tot mai mult pe ea în toate persoanele care-i fuseseră sau îi erau încă apropiate. O dată, de exemplu, l-am întâlnit pe Stefano Carracci, foarte gras, gălbejit, prost îmbrăcat. Nu mai avea absolut nimic din tânărul comerciant cu care se căsătorise Lila, cu atât mai puţin banii. Şi totuşi, din puţinele vorbe pe care le-am schimbat, mi s-a părut că foloseşte multe din expresiile fostei sale soţii. La fel şi Ada, care în faza aceea o respecta mult pe Lila şi vorbea foarte bine despre ea datorită banilor pe care-i dădea lui Stefano. Mi s-a părut că şi ea îi imită gesturile, poate că şi felul de a râde.

Rudele şi prietenii se înghesuiau în jurul ei, căutând să se căpătuiască, străduindu-se să pară potriviţi. Ada însăşi, pe neaşteptate, a fost angajată la Basic Sight, trebuia să înceapă răspunzând la telefon, apoi, eventual, urma să înveţe mai multe. Şi Rino — care într-o zi proastă se certase cu Marcello şi părăsise supermarketul — s-a vârât, fără măcar să ceară permisiunea, în activitatea surorii, lăudându-se că poate învăţa cât ai bate din palme tot ce era de învăţat. Dar vestea cea mai neaşteptată pentru mine — mi-a dat-o într-o seară Nino, care o aflase de la Marisa — a fost că până şi Alfonso aterizase la Basic Sight. Michele Solara, care continua să se comporte ca un nebun, închisese magazinul din Piaţa Martirilor fără niciun motiv şi Alfonso rămăsese şomer. În consecinţă, acum şi el, cu mare succes, se reprofila graţie Lilei.

Aş fi putut afla mai mult, şi poate că mi-ar fi şi plăcut, era de ajuns să-i telefonez, să trec pe la ea. Dar n-am făcut-o niciodată. O singură dată am întâlnit-o pe stradă şi s-a oprit fără niciun chef. Se supărase probabil că-i dădusem numărul de telefon greşit, fiindcă mă oferisem să repet cu fiul ei şi, în schimb, dispărusem, fiindcă ea făcuse totul ca să ne reîmpăcăm şi eu mă eschivasem. A zis că se grăbea, a întrebat în dialect:

— Stai tot pe strada Tasso?

— Da.

— Ţi-e incomod.

— Se vede marea.

— Şi ce înseamnă marea de acolo, de sus? Un pic de culoare. Mai bine te duci aproape de ea, aşa-ţi dai seama că-i mizerie, mâl, pişat, apă infestată. Dar vouă care citiţi şi scrieţi cărţi vă place să vă spuneţi minciuni, nu adevărul.

Am retezat scurt, am spus:

— Deja stau acolo.

Ea mi-a retezat-o şi mai scurt:

— Poţi întotdeauna să faci o schimbare. De câte ori nu spunem un lucru şi apoi facem altul? Ia-ţi o casă aici.

Am clătinat din cap, am salutat-o. Asta voia? Să mă aducă din nou în cartier?

37.

Apoi s-a întâmplat că în viaţa mea deja complicată s-au produs, în acelaşi timp, două lucruri complet neaşteptate. Institutul de cercetare condus de Nino a fost invitat la New York pentru nu ştiu ce treabă importantă şi o foarte mică editură din Boston mi-a publicat cărticica. Acele două ocazii s-au transformat într-o posibilă călătorie în Statele Unite.

După o mie de ezitări, o mie de discuţii, câteva certuri, am hotărât să ne luăm o vacanţă. Dar trebuia să le las pe Dede și Elsa undeva timp de două săptămâni. Deja în mod normal făceam eforturi să mă descurc cu ele: scriam pentru câteva reviste, făceam traduceri, participam la dezbateri în localităţi mai mari și mai mici, strângeam notiţe pentru o nouă carte și era întotdeauna foarte dificil să împac tot acel efort cu grija pentru fete. În general, mă ajuta Mirella, o studentă de-a lui Nino de foarte mare încredere și fără pretenţii mari, însă dacă ea nu era disponibilă, le lăsam Antonellei, o vecină de vreo cincizeci de ani și o mamă capabilă ai cărei copii erau deja mari. Cu acea ocazie am încercat să le las cu Pietro, dar el mi-a zis că nu le putea ţine mult în acea perioadă. Am analizat situaţia (cu Adele nu mai aveam nicio legătură, Mariarosa plecase și nu se știa unde, mama mea era slăbită din cauza răului ei fizic misterios, Elisa era din ce în ce mai ostilă), nu mi s-a părut că existau soluţii acceptabile. În cele din urmă, Pietro a fost cel care mi-a zis: roag-o pe Lina, în trecut și-a lăsat fiul luni întregi în grija ta, ţi-e datoare. Mi-a fost greu să mă hotărăsc. Partea superficială din mine își închipuia că, deși s-ar fi arătat disponibilă în ciuda treburilor pe care le avea, mi-ar fi tratat fiicele ca pe niște păpușele mofturoase și pline de pretenţii, mi le-ar fi chinuit, le-ar fi lăsat cu Gennaro; în timp ce o parte mai adâncă, cea care mă enerva și mai mult decât prima, o considera unica persoană dintre cele pe care le cunoșteam care ar fi făcut orice ca ele să se simtă bine. Urgenţa de a găsi o soluţie m-a îmboldit să-i telefonez. A răspuns fără ezitare rugăminţii mele pline de pauze și de ocolișuri, surprinzându-mă, ca de obicei:

— Fiicele tale sunt mai mult decât fiice pentru mine, adu-mi-le când ai chef și ocupă-te de treburile tale cât timp vrei.

Chiar dacă-i spusesem că plecam cu Nino, nu l-a pomenit niciodată, nici măcar atunci când, dându-i o mie de sfaturi, m-am dus să-i încredinţez fetele. Astfel, în luna mai a anului

1980, devorată de scrupule și totuși entuziastă, am plecat în Statele Unite. Călătoria a fost pentru mine o experiență ieșită din comun. M-am simțit din nou neîngrădită, capabilă să zbor deasupra oceanelor, să mă-ntind cu toată ființa mea peste lumea întreagă. Un delir incitant. Bineînțeles c-au fost două săptămâni foarte obositoare și foarte costisitoare. Femeile care îmi publicaseră cartea nu aveau bani și, chiar dacă au făcut numeroase sacrificii, am cheltuit oricum mult. În privința lui Nino, cu greu a decontat chiar și biletul de avion. În orice caz, eram fericiți. Eu, cel puțin, nu m-am mai simțit niciodată așa de bine ca în acele zile.

La întoarcere eram sigură că sunt însărcinată. Deja înainte să plecăm în America aveam niște bănuieli despre starea mea, dar nu vorbisem niciodată cu Nino despre asta și toată vacanța savurasem în secret, cu o plăcere necugetată, acea posibilitate. Dar când m-am dus să-mi iau fiicele înapoi, nu mai aveam îndoieli și mă simțeam atât de plină de viață la propriu, încât am fost tentată să-i mărturisesc Lilei. Ca de obicei, însă, am renunțat, m-am gândit: ar zice ea ceva neplăcut, mi-ar reproșa c-am negat că-mi doresc un alt copil. Eram totuși radioasă și Lila, ca și cum fericirea mea ar fi contaminat-o, m-a primit cu un aer nu mai puțin vesel, a exclamat: ce frumoasă ești! I-am dat cadourile pe care le adusesem pentru ea, pentru Enzo și pentru Gennaro. I-am povestit amănunțit despre orașele pe care le văzusem, despre întâlnirile de-acolo. Din avion, am zis, am văzut într-o spărtură din nori o porțiune din Oceanul Atlantic. Oamenii sunt foarte sociabili, nu sunt prudenți ca în Germania sau aroganți ca în Franța. Chiar dacă vorbești prost engleza, ei te ascultă cu atenție și se străduiesc să te-nțeleagă. În restaurante urlă toți, mai rău ca la Napoli. În comparație cu zgârie-norii din Boston sau din New York, îți dai seama că cel de pe bulevardul Novara nu înseamnă nimic. Străzile sunt numerotate, nu au nume de oameni despre care nu mai știe nimeni cine sunt. Nu l-am menționat niciodată pe Nino, n-am povestit nimic despre el și despre munca lui, m-am purtat ca și cum plecasem singură. Ea a stat să asculte cu multă atenţie, mi-a pus întrebări la care n-am ştiut să răspund şi apoi mi-a lăudat cu sinceritate fiicele, a zis că se simţise foarte bine cu ele. Am avut un sentiment de plăcere, am fost din nou pe punctul de a-i spune că aşteptam un copil. Dar Lila nu mi-a dat răgaz, ci a murmurat serioasă: ce bine că te-ai întors, Lenù, tocmai am primit o veste bună şi-mi face plăcere să ţi-o dau ţie prima. Era şi ea însărcinată.

38.

Lila se dedicase fetelor trup şi suflet. Şi probabil nu fusese o treabă uşoară să le trezească la timp dimineaţa, să le oblige să se spele, să se îmbrace, să le impună un mic dejun bogat şi totodată rapid, să le ducă la şcoală pe strada Tasso în haosul matinal al oraşului, să se ducă să le ia cu punctualitate prin aceeaşi zăpăceală, să le aducă înapoi în cartier, să le hrănească, să le supravegheze la teme şi, între timp, să nu-şi neglijeze munca şi treburile casnice. Dar, aşa cum am priceput limpede când le-am interogat serios pe Dede şi Elsa, se descurcase foarte bine. Iar acum, eu eram pentru ele, mai mult ca oricând, o mamă insuficientă. Nu ştiam să fac spaghete cu roşii cum le făcea mătuşa Lina, nu ştiam să le usuc părul şi să li-l pieptăn cu priceperea şi gingăşia ei, nu ştiam să fac nimic din ceea ce mătuşa Lina n-ar fi abordat cu o sensibilitate superioară, în afară, poate, de cântatul unor melodioare pe care ele le iubeau şi pe care ea recunoscuse că nu le ştie. La asta trebuia să adaug că, în special în ochii lui Dede, acea femeie minunată, pe care, din vina mea, o vizitam prea puţin (*Mama, de ce nu mergem la mătuşa Lina, de ce nu ne laşi să dormim la ea mai des, nu trebuie să mai pleci pe nicăieri?*), avea o particularitate care o făcea inegalabilă: era mama lui Gennaro, căruia fiica mea cea mare îi spunea de obicei Rino şi care i se părea persoana de sex masculin cea mai reuşită din lume.

Inițial m-am necăjit. Relația mea cu fetele nu era perfectă și faptul c-o idealizau pe Lila a ajuns în cele din urmă s-o înrăutățească. O dată, după ce fusesem criticată a nu știu câta oară, mi-am pierdut răbdarea, am zbierat: ajunge, duceți-vă la târgul de mame și cumpărați-vă alta. Târgul acela era un joc de-al nostru care servea, în general, la aplanarea conflictelor și la reconciliere. Eu spuneam: vindeți-mă la târgul de mame dacă nu vă convin; și ele răspundeau: nu, mama, nu vrem să te vindem, ne placi așa cum ești. În cazul acela, în schimb, poate din cauza tonului meu aspru, Dede a răspuns: da, ne ducem imediat, te vindem pe tine și-o cumpărăm pe mătușa Lina.

Aceea a fost atmosfera o vreme și în mod sigur nu era cea mai bună pentru a le anunța pe fete că le spusesem o minciună. Eram într-o stare emoțională foarte complicată: nerușinată, pudică, veselă, anxioasă, inocentă, vinovată. Și nu știam de unde să-ncep, discursul era dificil: fetelor, credeam că nu-mi doresc un alt copil, în schimb mi-l doream și, în realitate, sunt însărcinată, veți avea un frățior sau poate o altă surioară, dar tatăl nu e tatăl vostru, tatăl e Nino, care nu știu cum o să reacționeze, fiindcă are deja o soție și doi copii. Mă gândeam, mă răzgândeam și amânam la nesfârșit.

Apoi, dintr-odată, s-a iscat o conversație care m-a uimit. Dede, în prezența Elsei care asculta un pic neliniștită, a zis cu tonul pe care-l căpăta când voia să-și clarifice o problemă plină de capcane:

— Știi că mătușa Lina doarme cu Enzo, dar nu sunt căsătoriți?

— Cine ți-a zis?

— Rino. Enzo nu e tatăl lui.

— Și ți-a zis Rino asta?

— Da. Atunci am întrebat-o pe mătușa Lina și ea mi-a explicat.

— Ce ți-a explicat?

Era încordată. M-a studiat din priviri ca să vadă dacă mă enervam.

— Vrei să-ţi spun?

— Da.

— Mătuşa Lina are un soţ cum ai tu şi soţul acela e tatăl lui Rino, îl cheamă Stefano Carracci. Apoi îl are pe Enzo, Enzo Scanno, care doarme cu ea. Şi acelaşi lucru ţi se întâmplă şi ţie: îl ai pe tata, pe care îl cheamă Airota, dar dormi cu Nino, pe care-l cheamă Sarratore.

I-am zâmbit ca să nu-i fie teamă.

— Cum de-ai învăţat toate aceste nume?

— Mătuşa Lina ne-a povestit despre ele, a spus că sunt stupide. Rino a ieşit din burta ei, trăieşte cu ea, dar îl cheamă Carracci, ca pe tatăl lui. Noi am ieşit din burta ta, stăm mult mai mult cu tine decât cu tata, dar ne cheamă Airota.

— Şi?

— Mama, dacă trebuie cineva să vorbească despre burta mătuşii Lina, nu spune: asta e burta lui Stefano Carracci, ci spune: asta e burta Linei Cerullo. E valabil şi pentru tine: burta ta e burta Elenei Greco, nu burta lui Pietro Airota.

— Şi ce înseamnă asta?

— C-ar fi mai corect ca pe Rino să-l cheme Rino Cerullo şi pe noi Dede şi Elsa Greco.

— E ideea ta?

— Nu, a mătuşii Lina.

— Tu ce crezi?

— Eu cred la fel.

— Da?

— Da, cu siguranţă.

Dar Elsa, dat fiind că atmosfera părea bună, m-a înghiontit şi s-a băgat în discuţie:

— Nu-i adevărat, mama. Ea a spus că atunci când se căsătoreşte, o s-o cheme Dede Carracci.

Dede a exclamat furioasă:

— Taci din gură, ești o mincinoasă.

Eu m-am adresat Elsei:

— De ce Dede Carracci?

— Pentru că vrea să se mărite cu Rino.

Am întrebat-o pe Dede:

— Ţii la Rino?

— Da, a zis ea pe un ton arţăgos, și chiar dacă nu ne căsătorim, oricum o să dorm împreună cu el.

— Cu Rino?

— Da. Cum face mătușa Lina cu Enzo. Și tu cu Nino.

— Poate să facă asta, mama? a întrebat Elsa neîncrezătoare.

N-am răspuns, m-am eschivat. Dar schimbul acela de replici m-a binedispus și a inaugurat o perioadă nouă. Mi-a fost de-ajuns puţin, de fapt, ca să conștientizez că pălăvrăgind în fel și chip despre taţi adevăraţi și pretinși, despre nume vechi și noi, Lila reușise să facă pentru Dede și Elsa nu doar acceptabile, ci de-a dreptul interesante condiţiile în care le pusesem să trăiască. Într-adevăr, ca printr-un miracol, fiicele mele au încetat să le regrete pe Adele și pe Mariarosa; au încetat să se întoarcă de la Florenţa spunând că voiau să meargă să locuiască pentru totdeauna cu tatăl lor și cu Doriana; au încetat să-i mai dea bătăi de cap Mirellei, bona, care până atunci fusese cel mai rău dușman al lor; au încetat să mai respingă orașul Napoli, școala, învăţătorii, colegii și mai ales starea de fapt că Nino dormea în patul meu. În fine, păreau mai liniștite. Și eu am primit acele schimbări cu ușurare. Oricât era de enervant că Lila intrase și în viaţa fiicelor mele creând o legătură cu ea, ultimul lucru de care o puteam acuza era că nu le oferise afecţiune, cea mai bună îngrijire, că nu încercase să le diminueze anxietăţile. Aceea era, în realitate, Lila la care ţineam. Știa să se ivească pe neașteptate dinăuntrul răutăţii ei, luându-mă prin surprindere. Orice jignire a pălit brusc — *e perfidă, mereu a fost, dar are și multe calităţi, trebuie s-o suport* — și am recunoscut că mă ajuta să-mi rănesc fiicele mai puţin.

Într-o dimineaţă, la trezire, pentru prima oară după mult timp, m-am gândit la ea fără ostilitate. Mi-am amintit de momentul în care se căsătorise, de prima ei sarcină: avea șaisprezece ani, doar cu șapte sau opt mai mult decât Dede. Fiica mea urma să împlinească în curând vârsta fanteziilor noastre de fetiţe. Mi se părea de neconceput ca, într-un arc de timp relativ redus, să i se poată întâmpla fiicei mele să poarte, cum i se întâmplase Lilei, rochia de mireasă, să sfârșească brutalizată în patul unui bărbat, să se închidă în rolul doamnei Carracci; mi se părea de neconceput să i se întâmple, cum mi se întâmplase mie, să zacă sub corpul greu al unui domn matur, noaptea, pe plaja Maronti, murdară de nisip negru și de diverse umori doar din spirit de revanșă. Mi-am amintit de nenumăratele lucruri odioase prin care trecuserăm și am lăsat solidaritatea să-și recapete forţa. Ce irosire ar fi, mi-am zis, să ne consumăm experienţa lăsând prea mult loc sentimentelor negative: sentimentele negative sunt inevitabile, dar esenţial e să le limitezi. M-am reapropiat de Lila cu scuza că fetele ţineau s-o vadă. Faptul că eram amândouă gravide a făcut restul.

39.

Dar am fost două femei însărcinate foarte diferite. Reacţia corpului meu a fost să consimtă cu putere, a ei să se împotrivească. Și totuși, încă de la început, Lila a subliniat că și-a *dorit* acea sarcină, spunea râzând: am programat-o. În orice caz, era ceva în organismul ei care, ca de obicei, opunea rezistenţă. Astfel, în timp ce eu m-am simţit imediat ca și cum înlăuntrul meu ar scânteia un fel de lumină rozalie, ea a devenit străvezie, albul ochilor i s-a gălbejit, detesta anumite mirosuri, vomita încontinuu. Ce trebuie să fac, spunea, sunt fericită, dar chestia asta din burta mea nu e, dimpotrivă, e furioasă pe mine. Enzo nega, spunea: da' de unde, ea e cea mai fericită dintre toţi. Şi, după Lila, care făcea mişto de el, asta însemna: eu am pus-o acolo înăuntru, ai încredere, am văzut că-i bună şi nu trebuie să-ţi faci griji.

De fiecare dată când m-am întâlnit întâmplător cu Enzo am simţit pentru el şi mai multă simpatie ca de obicei, şi mai multă admiraţie. Era ca şi cum la vechile lui motive de mândrie s-ar fi adăugat unul nou, care se manifesta printr-o dorinţă însutită de a munci şi, totodată, printr-o grijă continuă în casă, la birou, pe străzi, toată îndreptată spre apărarea partenerei lui de pericole fizice şi metafizice şi spre anticiparea oricărei pofte de-a ei. Şi-a asumat el sarcina de a-i da vestea lui Stefano, care a rămas impasibil, a făcut o grimasă şi a şters-o. Poate pentru că nici vechea mezelărie de-acum nu mai era apŕoape deloc rentabilă şi ajutoarele băneşti pe care i le dădea fosta soţie erau esenţiale, poate pentru că orice legătură între el şi Lila i se părea probabil o poveste foarte veche, ce-i păsa dacă era însărcinată, el avea alte probleme, alte dorinţe.

Dar, în special, Enzo şi-a asumat sarcina de a-i spune lui Gennaro. În realitate, Lila avea, în privinţa fiului ei, stânjeneli care nu difereau de ale mele — dar cu siguranţă mai justificate — în privinţa lui Dede şi a Elsei. Gennaro nu mai era un copil şi nu mai puteai folosi cu el tonuri şi cuvinte infantile. Era vorba de un băiat în plină criză a pubertăţii, care nu reuşea încă să-şi găsească un echilibru. Exmatriculat de două ori la rând din liceu, devenise hipersensibil, incapabil să-şi stăpânească lacrimile, nu reuşea să scape de sentimentul de umilinţă. Îşi petrecea zilele fie hoinărind pe străzi, fie în mezelăria tatălui, aşezat într-un colţ, chinuindu-şi coşurile de pe faţa lătăreaţă şi studiind fiecare gest sau strâmbătură ale lui Stefano, fără să spună un cuvânt.

O să primească vestea foarte prost, se îngrijora Lila, dar între timp se temea c-o să-i spună alţii, Stefano, de exemplu.

Astfel, într-o seară, Enzo l-a luat deoparte și i-a spus de sarcină. Gennaro a rămas impasibil, Enzo l-a încurajat: du-te s-o îmbrățișezi pe mama ta, fă-o să simtă că ții la ea. Băiatul s-a supus. Dar, după câteva zile, Elsa m-a întrebat, ferindu-se de sora ei:

— Mama, ce e o scroafă?

— Soția porcului.

— Sigur?

— Da.

— Rino i-a zis lui Dede că mătușa Lina e o scroafă[1].

Probleme, mă rog. N-am vorbit cu Lila despre asta, mi s-a părut inutil. Și apoi, aveam și eu greutățile mele: nu reușeam să-i spun lui Pietro, nu reușeam să le spun fetelor și, mai ales, nu reușeam să-i spun lui Nino. Eram sigură că Pietro, chiar dacă acum o avea pe Doriana, când va afla că eram însărcinată, se va înăspri din nou, va apela la părinții lui, o va pune pe mama lui să-mi facă viața un calvar. Eram sigură că Dede și Elsa vor deveni din nou ostile față de mine. Dar adevărata mea problemă era Nino. Speram ca nașterea copilului să-l lege definitiv de mine. Speram ca Eleonora, odată ce afla de acel copil proaspăt apărut pe lume, să-l părăsească. Dar era o speranță firavă, în restul timpului predomina în general teama. Nino îmi spusese clar: prefera viața aceea dublă — deși ne cauza neplăceri de toate felurile, neliniști, tensiuni — traumei unei despărțiri definitive de soție. În consecință, mă temeam că-mi cere să avortez. Astfel, în fiecare zi eram pe punctul de a-i anunța starea mea și în fiecare zi îmi spuneam: nu, mai bine mâine.

În schimb, totul a început să se aranjeze. Într-o seară, i-am telefonat lui Pietro și i-am spus: sunt însărcinată. A urmat o tăcere lungă, și-a dres glasul, a murmurat că se aștepta la asta. A întrebat:

— Le-ai spus fetelor?

---

1 În italiană, *troia* are și sensul de curvă.

— Nu.
— Vrei să le spun eu?
— Nu.
— Ai grijă de tine.
— Bine.

Atâta tot. Din acel moment a telefonat mai des. Avea un ton afectuos, îl preocupa felul în care reacţionaseră fiicele lui, se oferea din când în când să vorbească el despre asta cu ele. Dar corvoada n-a revenit niciunuia dintre noi doi. Lila a fost cea care, deşi cu fiul ei refuzase să vorbească, le-a convins pe Dede şi pe Elsa că va fi un lucru foarte frumos să se ocupe, la momentul potrivit, de amuzanta păpuşică vie pe care eu o făcusem cu Nino şi nu cu tatăl lor. Au luat-o aşa. Pentru că mătuşa Lina o numise păpuşică, ele au început să-i spună în acelaşi fel. Se interesau de burta mea, întrebau în fiecare dimineaţă, imediat cum se trezeau: mama, cum se simte păpuşica?

Între vestea dată lui Pietro şi cea dată fetelor, l-am înfruntat în sfârşit pe Nino. Iată cum au decurs lucrurile. Într-o după-amiază, când mă simţeam foarte neliniştită, m-am dus s-o vizitez pe Lila ca să mă descarc şi-am întrebat-o:

— Şi dacă el vrea să avortez?

— Păi, a zis ea, atunci devine totul clar.

— Clar ce?

— Că pe primul loc sunt soţia şi copiii şi apoi vii tu.

Directă, brutală. Lila îmi ascundea multe lucruri, dar nu şi aversiunea ei pentru acea relaţie. Nu m-am supărat însă, dimpotrivă, mi-am dat seama că-mi făcea bine să vorbească în modul acela explicit. În fond, îmi spusese ceea ce eu nu îndrăzneam să spun, adică faptul că reacţia lui Nino ar fi fost dovada solidităţii legăturii noastre. Am bolborosit fraze de genul: e posibil, hai să vedem. Când, la scurt timp după aceea, au venit Carmen cu copiii ei şi Lila a implicat-o şi pe ea în discuţie, după-amiaza a devenit asemănătoare cu cele din adolescenţă. Ne-am făcut confidenţe, am complotat, am făcut planuri. Carmen s-a enervat, a spus că dacă Nino opunea rezistenţă, ea era gata să se ducă să-i spună vreo două personal. Şi a adăugat: nu înţeleg cum e posibil, Lenù, ca o femeie de nivelul tău să se lase călcată în picioare aşa. Am încercat să mă justific şi să justific comportamentul partenerului meu. Am spus că socrii îl ajutaseră şi-l ajutau în continuare, că tot ce ne permiteam eu şi Nino era posibil doar pentru că el câştiga mult, graţie familiei soţiei sale. Pentru fete şi pentru mine, am recunoscut, ar fi dificil să ne descurcăm decent cu ce primesc de pe cărţi şi de la Pietro. Şi am adăugat: să nu vă faceţi idei greşite însă, Nino e foarte afectuos, vine să doarmă la mine cel puţin de patru ori pe săptămână, nu m-a supus niciunei umilinţe, când poate, are grijă de Dede şi de Elsa ca şi cum ar fi ale lui. Dar imediat cum am tăcut, Lila aproape că mi-a poruncit:

— Atunci spune-i chiar în seara asta.

M-am supus. M-am întors acasă şi, când el a venit la cină, le-am culcat pe fete şi l-am anunţat, în sfârşit, că eram însărcinată. A fost o clipă foarte lungă, apoi m-a îmbrăţişat, m-a sărutat, era foarte fericit. Am murmurat uşurată: ştiu de destul timp, dar mi-era teamă c-o să te enervezi. M-a dojenit, a zis un lucru care m-a uimit: trebuie să mergem cu Dede şi Elsa la părinţii mei şi să le dăm şi lor vestea bună, mama mea va fi bucuroasă. Voia să confirme astfel uniunea noastră, voia să anunţe oficial că va deveni din nou tată. M-am strâmbat, nu foarte entuziasmată de aprobare, apoi am murmurat:

— Dar Eleonorei îi vei spune?

— Nu-i treaba ei.

— Încă eşti soţul ei.

— E doar o formalitate.

— Va trebui să-i dai numele tău copilului nostru.

— O voi face.

M-am agitat:

— Nu, Nino, n-ai s-o faci, o să te prefaci cum ai făcut și până acum.

— Nu te simți bine cu mine?

— Mă simt foarte bine.

— Te neglijez?

— Nu. Dar *eu* mi-am părăsit soțul, *eu* am venit să stau la Napoli, *eu* mi-am schimbat complet viața. Tu însă ai păstrat-o pe a ta intactă.

— Viața mea înseamnă tu, fiicele tale, copilul acesta care trebuie să vină pe lume. Restul e un fundal necesar.

— Necesar cui? Ție? Mie cu siguranță nu.

M-a îmbrățișat cu putere, a șoptit:

— Ai încredere.

A doua zi i-am telefonat Lilei și i-am zis: totul e bine, Nino a fost foarte fericit.

40.

Au urmat niște săptămâni complicate, m-am gândit adesea că dacă organismul meu n-ar fi reacționat cu asemenea veselă naturalețe la sarcină, dacă m-aș fi găsit în aceeași stare de suferință fizică nesfârșită ca a Lilei, n-aș fi suportat. Editura mea, după multe tergiversări, a publicat, în sfârșit, culegerea de eseuri a lui Nino și eu — continuând s-o imit pe Adele, în ciuda relației noastre foarte proaste — mi-am asumat sarcina de-a insista atât pe lângă puținele persoane cu oarecare prestigiu pe care le cunoșteam ca să-l bage în seamă în ziare, cât și pe lângă foarte multele pe care le cunoștea el, dar cărora, din mândrie, refuza să le telefoneze. Tocmai în acea perioadă a văzut lumina zilei și cartea lui Pietro și mi-a adus-o el însuși când a venit la Napoli să le vadă pe fete. A așteptat agitat să citesc dedicația (stânjenitoare: *Elenei, care m-a învățat să iubesc cu suferință*), ne-am emoţionat amândoi, apoi m-a invitat la o petrecere în cinstea lui la Florenţa. A trebuit să merg, dacă nu din alt motiv, cel puţin ca să-i duc fetele. Dar cu acea ocazie am fost constrânsă nu doar să înfrunt ostilitatea făţişă a socrilor mei, ci şi, înainte şi după, crizele de nervi ale lui Nino, gelos pe toate contactele mele cu Pietro, furios din cauza dedicaţiei, ranchiunos pentru că îi spusesem că volumul fostului meu soţ era excelent şi se vorbea despre el cu mare respect în lumea academică şi în afara ei, nemulţumit din cauză că opera lui trecea complet neobservată.

Cât mă epuiza relaţia noastră şi câte capcane se ascundeau în fiecare gest, în fiecare frază pe care o rosteam eu, pe care o rostea el. Nu voia nici măcar să audă numele lui Pietro, avea o privire ameninţătoare dacă aminteam de Franco, devenea gelos dacă râdeam prea mult cu vreun prieten de-al lui, dar considera complet normal să se împartă între mine şi soţia lui. De câteva ori l-am întâlnit cu Eleonora şi cu cei doi copii pe strada Filangieri: prima oară s-au prefăcut că nu mă văd, au trecut mai departe; a doua oară m-am înfipt în faţa lor veselă, am schimbat câteva cuvinte, vorbind despre sarcina mea chiar dacă nu se vedea, apoi am şters-o, simţind inima zvâcnindu-mi în gât şi o mare furie. Pentru că el, pe urmă, m-a dojenit spunând că am o atitudine inutil provocatoare, ne-am certat (*n-am spus că eşti tu tatăl: am spus doar că sunt însărcinată*), l-am dat afară din casă, l-am primit înapoi.

În acele momente, m-am văzut pe neaşteptate aşa cum eram: sub papuc, dispusă să fac mereu cum voia el, atentă să nu exagerez ca să nu-l pun în dificultate, ca să nu-i creez necazuri. Îmi iroseam timpul ca să gătesc pentru el, să spăl rufele murdare pe care le lăsa înşirate prin casă, să fiu numai urechi când vorbea despre greutăţile lui de la facultate şi rezultate din multele funcţii pe care le tot aduna, graţie simpatiei de care era înconjurat şi micilor influenţe ale socrului său; îl întâmpinam întotdeauna cu bucurie, voiam ca la mine să se simtă mai bine decât în cealaltă casă, voiam să se odihnească, să-mi facă mărturisiri, mă înduioşa că era încontinuu copleşit de responsabilităţi; ajungeam chiar să mă-ntreb dacă nu cumva Eleonora îl iubeşte mai mult decât mine, dat fiind că accepta orice jignire doar ca să-l simtă încă al ei. Dar uneori nu mai rezistam şi urlam la el, cu riscul să audă fetele: cine sunt eu pentru tine, explică-mi de ce mă aflu în acest oraş, de ce te aştept în fiecare seară, de ce tolerez această situaţie.

În acele momente se speria şi mă implora să mă liniştesc. Ca să-mi demonstreze că eu — şi numai eu — eram soţia lui, iar Eleonora nu avea nicio importanţă în viaţa lui, a dorit într-adevăr să mă ducă, într-o duminică la prânz la părinţii lui, în casa de pe strada Nazionale. N-am putut să-i spun nu. Ziua a trecut lent şi într-o atmosferă plină de afecţiune. Lidia, mama lui Nino, era de-acum o femeie bătrână, epuizată fizic, ochii ei păreau terorizaţi nu de lumea exterioară, ci de o ameninţare pe care o simţea în pieptul ei. Pino, Clelia şi Ciro, pe care-i cunoscusem pe vremea când erau copii, deveniseră adulţi, unul studia, altul muncea, Clelia chiar se căsătorise de curând. Au venit la scurt timp şi Marisa cu Alfonso şi copiii şi ne-am aşezat la masă. Au fost nenumărate feluri de mâncare, am ţinut-o de la două după-amiaza până la şase seara într-o ambianţă de veselie forţată, dar şi de sinceră afecţiune. Lidia, mai ales, m-a tratat ca şi cum aş fi fost adevărata ei noră, voia să mă ţină lângă ea, le-a complimentat mult pe fiicele mele şi m-a felicitat pentru copilul pe care-l purtam în pântece.

Bineînţeles, singura sursă de încordare a fost Donato. M-a impresionat mult să-l revăd după douăzeci de ani. Purta un halat albastru-închis, în picioare avea papuci maronii. Parcă era mai scund şi mai lat, îşi agita încontinuu mâinile durdulii, cu pete cafenii de bătrâneţe şi un arc de murdărie sub unghii. Faţa părea să i se-ntindă peste oase, privirea îi era tulbure. Îşi acoperea ţeasta cheală cu puţinul păr vopsit, de o culoare vag asemănătoare cu roşcatul şi, când zâmbea, i se vedeau golurile lăsate de dinţii lipsă. Iniţial a încercat să folosească tonul din trecut al bărbatului de lume, s-a uitat fix la sânii mei de mai multe ori, a rostit fraze aluzive. Apoi a-nceput să se văicărească: nimeni nu se mai comportă cum trebuie, au fost abolite cele zece porunci, pe femei cine le controlează, e o debandadă generală. Dar copiii i-au spus să tacă, l-au marginalizat şi a amuţit. După prânz, l-a tras într-un colţ pe Alfonso, atât de fin, atât de delicat, frumos în ochii mei ca Lila, ba chiar mai mult decât ea, ca să-şi descarce faţă de el dorinţa nebună de-a fi în centrul atenţiei. Din când în când, mă uitam uimită la bărbatul acela bătrân, mă gândeam: nu e posibil ca eu, copilă, pe plaja Maronti, să mă fi culcat cu bărbatul acesta respingător, nu se poate să se fi întâmplat cu adevărat. Oh, Dumnezeule, iată-l: chel, neîngrijit, cu priviri obscene, lângă colegul meu de bancă din liceu atât de intenţionat feminin, o tânără îmbrăcată în haine bărbăteşti. Şi eu în aceeaşi cameră cu el, foarte diferită de mine, cea de la Ischia. Ce timp e *acum*, ce timp a fost *atunci*.

La un moment dat, Donato m-a strigat, a zis cu politeţe: Lenù. Şi, la fel, Alfonso a insistat, din gesturi şi priviri, să mă duc lângă ei. M-am dus stingherită în colţişorul lor. Donato a început să mă laude pe un ton ridicat, ca şi cum ar fi vorbit unui public nesfârşit: femeia aceasta este o extraordinară învăţată, o scriitoare fără egal nicăieri în lume; eu sunt mândru că am cunoscut-o când era mică; la Ischia, când a venit în vacanţă la noi şi era o copilă, a descoperit literatura apropiindu-se de bietele mele versuri, citea cartea mea înainte să adoarmă: nu-i aşa, Lenù?

M-a privit nesigur, dintr-odată cu o expresie imploratoare. Ochii lui mă rugau să-i confirm rolul pe care l-au avut cuvintele lui în evoluţia mea literară. Şi eu am spus da, e adevărat, când eram mică nu-mi venea să cred că ştiu personal pe cineva care scrisese o carte de poezii şi care de-a dreptul îşi publica gândurile în ziare. I-am mulţumit pentru recenzia pe care o dedicase, cu vreo doisprezece ani în urmă, cărţii mele de debut, am spus că-mi fusese foarte utilă. Şi Donato s-a înroşit de bucurie, a prins curaj, a început să se laude de unul singur şi, totodată, să se lamenteze pentru că invidia oamenilor mediocri îl împiedicase să devină cunoscut aşa cum ar fi meritat. A trebuit să intervină Nino, şi încă grosolan. M-a tras după el din nou la mama lui.

Pe drum, apoi, mi-a reproşat, a zis: ştii cum e tata, nu trebuie să-l încurajezi. Eu am făcut semn că da şi, între timp, l-am privit cu coada ochiului. Nino o să chelească? O să se îngraşe şi el? O să profereze cuvinte ranchiunoase la adresa celor care fuseseră mai norocoşi decât el? Acum era un bărbat atât de frumos, nici nu voiam să mă gândesc la aşa ceva. Vorbea despre tatăl lui: nu se resemnează, cu cât îmbătrâneşte mai tare, cu atât devine mai rău.

41.

În aceeaşi perioadă, sora mea a născut într-o atmosferă plină de nelinişti şi scandaluri. A adus pe lume un băiat căruia i-a pus numele Silvio, ca pe tatăl lui Marcello. Pentru că mama noastră tot nu se simţea bine, am încercat s-o ajut eu pe Elisa. Era palidă de epuizare şi îngrozită de nou-născut. Vederea copilului tot mânjit de sânge şi de alte fluide lipicioase îi dăduse impresia unui mic corp în agonie şi fusese de-a dreptul dezgustată. Dar Silvio era chiar prea vioi, se lăsa pradă disperării cu pumnişorii strânşi. Şi ea acum nu ştia cum să-l ia în braţe, cum să-i facă baie, cum să vindece rana cordonului ombilical, cum să-i taie unghiile. Îi repugna chiar şi faptul că era băiat. Am încercat s-o instruiesc, dar n-a durat mult. Marcello, la fel de caraghios, m-a tratat imediat cu un respect în spatele căruia simţeam un disconfort, ca şi cum prezenţa mea în casă i-ar fi complicat existenţa.

Tot așa Elisa, în loc să-mi fie recunoscătoare, s-a arătat deranjată de toate lucrurile pe care le spuneam, chiar și de devotamentul meu. În fiecare zi îmi spuneam: gata, am o mie de lucruri de făcut, mâine n-o să mai vin. Dar am continuat să mă duc și cele care au hotărât în locul meu au fost întâmplările derulate.

Întâmplări urâte. Într-o dimineață, când mă aflam în casa surorii mele — era foarte cald și cartierul moțăia sub un strat de praf incandescent, gara din Bologna sărise în aer în urmă cu câteva zile — am primit un telefon de la Peppe: mama noastră leșinase în baie. Am dat fuga la ea, o treceau transpirații reci, tremura, avea dureri insuportabile de abdomen. Am reușit, în sfârșit, s-o oblig să facă un control medical. Au urmat diverse verificări și, în scurt timp, i-a fost diagnosticată o boală urâtă, cu o terminologie neclară pe care eu însămi am învățat s-o folosesc imediat. Cartierul recurgea la ea când era vorba de cancer și nici medicii nu s-au lăsat mai prejos. Au tradus diagnosticul ei într-o formulare similară, poate doar un pic mai cultă: boala, mai mult decât urâtă, era *inexorabilă*.

Vestea aceea l-a dărâmat imediat pe tata, a arătat că nu e în stare să-nfrunte situația, s-a deprimat. Frații mei, cu privirea vag tulburată și palizi în obraji, s-au agitat o vreme cu un aer serviabil și apoi, absorbiți zi și noapte de muncile lor dubioase, au dispărut lăsând bani, care de altfel erau necesari pentru medici și medicamente. Sora mea a rămas speriată acasă la ea, neîngrijită, în cămașă de noapte, gata să-i vâre un sfârc în gură lui Silvio la primul scâncet al acestuia. Astfel, când eram în cea de-a patra lună de sarcină, povara bolii mamei a căzut în întregime peste mine.

Nu mi-a părut rău, îmi doream ca mama mea să-nțeleagă, chiar dacă mă chinuise întotdeauna, că țineam la ea. Am devenit foarte activă: i-am rugat atât pe Nino, cât și pe Pietro să mă îndrume către medici valoroși; am însoțit-o la diverși specialiști; am rămas alături de ea în spital când a fost operată de urgență, când au externat-o; am ajutat-o cu toate cele după ce am dus-o din nou acasă.

Era o căldură insuportabilă, eram încontinuu neliniștită. În timp ce burta mea începea, cu bucurie, să se vadă și-mi creștea înăuntrul ei o inimă diferită de cea pe care o aveam în piept, constatam în fiecare zi, cu durere, vlăguirea mamei mele. M-a emoţionat că se agăţa de mine ca să nu se piardă, așa cum mă prindeam eu, în copilărie, de mâna ei. Cu cât devenea ea mai fragilă și înspăimântată, cu atât eu eram mai mândră c-o menţineam în viaţă.

La început era capricioasă, ca de obicei. Orice ziceam, refuza mereu nepoliticos, susţinea că poate face orice fără sprijinul meu. Medicul? Voia să meargă la el singură. Spitalul? Voia să meargă singură acolo. Tratamentele? Voia să se ocupe singură de ele. Nu-mi trebuie nimic, bombănea, pleacă, nu faci altceva decât să mă deranjezi. Totuși, se enerva dacă întârziam și numai un minut (*dat fiind că aveai alte lucruri de făcut era inutil să-mi zici să vin*); mă insulta dacă nu eram gata să-i iau imediat ce îmi cerea și, dimpotrivă, se avânta cu mersul ei șchiopătat ca să-mi demonstreze că eram mai rău decât frumoasa adormită, ea era mult mai energică decât mine (*acolo, acolo, la cine te gândești, ești cu capu'-n nori, Lenù, aștept în zadar după tine*); mă critica necruţător pentru bunele mele maniere cu doctorii și infirmierii, șuiera printre dinţi: *dacă nu-i scuipi în faţă pe nenorociţii ăștia, îi doare în cot de tine, aleargă numai la cei de care le e frică*. Dar între timp în interiorul ei ceva se schimba. Deseori se speria chiar de agitaţia ei. Se mișca de parcă se temea că podeaua i s-ar putea deschide sub picioare. Odată când am surprins-o în faţa oglinzii — se privea adesea, cu o curiozitate pe care n-o avusese niciodată —, m-a întrebat stânjenită: tu îţi amintești când am fost tânără? Apoi, ca și cum ar fi fost vreo legătură, m-a obligat — revenind la vechea ei impetuozitate — să-i jur că n-o s-o mai internez niciodată în spital, că n-o să îngădui să moară singură într-un salon. I s-au umplut ochii de lacrimi.

M-a îngrijorat mai ales că se emoţiona uşor, nu se întâmplase niciodată. Se emoţiona dacă mă refeream la Dede, dacă o apuca bănuaila că tatăl meu rămăsese fără şosete curate, dacă vorbea despre Elisa chinuindu-se cu copilul, dacă îmi privea burta care începuse să se vadă, dacă îşi amintea de câmpia care altădată se întindea de jur împrejurul blocurilor din cartier. Odată cu boala a devenit, în fine, fragilă aşa cum până în acel moment nu fusese niciodată şi fragilitatea aceea i-a atenuat neurastenia, i-a transformat-o într-o suferinţă capricioasă care tot mai des o făcea să i se umezească ochii. Într-o după-amiază a izbucnit în plâns numai pentru că îşi amintise de învăţătoarea Oliviero, pe care totuşi o detestase întotdeauna. Îţi aminteşti, a spus, cât a insistat să dai examen de admitere la şcoala medie? Şi lacrimile îi şiroiau fără să le poată opri. Mamă, i-am spus, linişteşte-te, ce e de plâns? M-a tulburat s-o văd atât de disperată dintr-un fleac, nu eram obişnuită. Şi ea a clătinat din cap uluită, râdea şi plângea, râdea ca să mă facă să înţeleg că nu ştia ce era de plâns.

42.

Acea vlăguire a ei a deschis treptat calea unei intimităţi care nu existase niciodată între noi. La început se ruşina că e bolnavă. Dacă erau de faţă tatăl meu, fraţii mei sau Elisa cu Silvio când i se făcea rău, se ascundea în baie şi, când ei insistau discret (*mama, cum te simţi, deschide*), nu descuia, răspundea inevitabil: mă simt foarte bine, ce vreţi, de ce nu mă lăsaţi în pace măcar la toaletă? Faţă de mine, în schimb, dintr-odată a cedat, a hotărât să-mi arate suferinţa ei renunţând la orice pudoare.

A început într-o dimineaţă, acasă la ea, când mi-a povestit de ce era şchioapă. A făcut-o spontan, direct, pentru că aşa a voit ea. Îngerul morţii, a zis cu mândrie, m-a atins din copilărie cu acelaşi rău de acum, dar eu i-am tras-o, chiar dacă eram mică. Şi ai să vezi c-o să i-o trag şi acum, pentru că ştiu cum să sufăr — am învăţat la zece ani, de atunci nu m-am oprit niciodată — şi dacă ştii cum să suferi, îngerul te respectă şi, după o vreme, pleacă. În timp ce vorbea şi-a ridicat rochia, mi-a arătat piciorul bolnav ca pe o relicvă dintr-o bătălie veche. L-a mişcat, privindu-mă cu un zâmbet înţepenit pe buze şi ochii îngroziţi.

Din acel moment a tăcut din ce în ce mai puţin, ranchiunoasă, şi a început din ce în ce mai mult să mi se confeseze fără inhibiţii. Uneori spunea lucruri stânjenitoare. Mi-a dezvăluit că nu fusese niciodată cu niciun alt bărbat în afară de tatăl meu. Mi-a dezvăluit, folosind obscenităţi vulgare, că tatăl meu era expeditiv, ea nu-şi amintea dacă-i plăcuse vreodată cu adevărat să se îmbrăţişeze cu el. Mi-a dezvăluit că ţinuse mereu la el şi că încă ţinea la el, dar ca la un frate. Mi-a dezvăluit că singurul lucru frumos din viaţa ei fusese momentul în care eu îi ieşisem din burtă, eu, prima ei fiică. Mi-a dezvăluit că păcatul cel mai grav pe care-l comisese — un păcat pentru care ar fi urmat să ajungă în infern — era că de ceilalţi copii nu se simţise legată, că-i considerase o pedeapsă şi încă-i considera aşa. Mi-a dezvăluit, în cele din urmă, fără ocolişuri, că eu eram singura ei fiică adevărată. Când mi-a dezvăluit asta — îmi amintesc că eram la spital pentru un control —, suferinţa a fost atât de mare, încât a plâns şi mai mult ca de obicei. A murmurat: m-am preocupat numai de tine, întotdeauna, pentru mine ceilalţi erau copii vitregi; aşa că merit dezamăgirea pe care mi-ai cauzat-o, ce lovitură, Lenù, ce lovitură, nu trebuia să-l părăseşti pe Pietro, nu trebuia să te încurci cu fiul lui Sarratore, e mai rău decât tatăl lui, un bărbat onest care e însurat, care are doi copii, nu ia soţia altuia.

L-am apărat pe Nino. Am încercat s-o liniştesc, i-am zis că acum exista divorţul, că vom divorţa amândoi şi apoi ne vom căsători. A stat să m-asculte fără să mă întrerupă. Îşi consumase aproape complet energia cu care altădată se răzvrătea şi voia să aibă mereu dreptate, acum se mulţumea să clatine din cap. Era numai piele și os, palidă și, dacă mă contrazicea, o făcea cu glasul lent al dezolării.

— Când? Unde? Trebuie să fiu martoră cum vei ajunge mai rău decât mine?

— Nu, mamă, nu-ţi face griji, o să merg mai departe.

— Nu mai cred, Lenù, te-ai oprit.

— Ai să vezi că te voi face fericită, toţi te vom face fericită, și eu, și fraţii mei.

— Pe fraţii tăi i-am abandonat și mi-e rușine.

— Nu-i adevărat. Elisei nu-i lipsește nimic, iar Peppe și Gianni muncesc, câștigă bani, ce vrei mai mult?

— Vreau să îndrept lucrurile. I-am dat pe toţi trei pe mâna lui Marcello și am greșit.

Așa, cu voce scăzută. Era de neconsolat, a schiţat un tablou care m-a uluit. Marcello e mai necinstit decât Michele, a zis, mi-a târât copiii în noroi, pare cel mai bun dintre cei doi, dar nu-i adevărat. O schimbase pe Elisa a ei, care acum se simţea mai mult Solara decât Greco și era de partea lui în toate. Mi-a vorbit tot timpul șoptind, ca și cum n-am fi stat să ne așteptăm de ore întregi rândul în sala murdară, foarte aglomerată, a unuia dintre cele mai cunoscute spitale din oraș, ci într-un loc unde Marcello se afla la câţiva pași. Am încercat s-o liniștesc, boala și bătrâneţea o făceau să exagereze. Îţi faci prea multe griji, i-am zis. A răspuns: îmi fac griji pentru că eu știu și tu nu, întreab-o pe Lina dacă nu mă crezi.

Atunci, odată cu valul de cuvinte melancolice care povesteau cum se schimbase în mai rău cartierul (*era mai bine când comanda don Achille Carracci*), a început să-mi vorbească de Lila, fiind într-un mod și mai evident de partea ei decât în celelalte ocazii. Lila era singura capabilă să pună lucrurile în ordine în cartier. Lila era capabilă să fie blândă, dar mai ales aspră. Lila știa totul, și faptele cele mai urâte, dar nu te condamna niciodată, înţelegea că oricine poate greși, cu ea în frunte, și de aceea te ajuta. Lila i se părea un fel de războinică sfântă care emana o strălucire răzbunătoare pe șosea, în părculeț, printre blocurile vechi și cele noi.

Am stat s-o ascult și mi s-a părut că de-acum contez, în ochii ei, numai pentru că eram în bune relații cu acea nouă autoritate din cartier. A definit legătura dintre mine și Lila drept o prietenie utilă, pe care trebuia s-o cultiv pentru totdeauna și am aflat imediat de ce.

— Fă-mi o favoare, m-a rugat, vorbește cu ea și cu Enzo, vezi dacă mi-i adună pe frații tăi de pe drumuri, vezi dacă îi iau să lucreze cu ei.

I-am zâmbit, i-am aranjat o șuviță de păr grizonant. Susținea că nu avusese grijă de ceilalți copii ai ei, dar între timp, adusă de spate, cu mâinile tremurânde, cu unghiile albe strânse în jurul brațului meu, își făcea griji îndeosebi pentru ei. Voia să-i ia de la frații Solara și să-i dea Lilei. Era modul ei de a remedia o greșeală de calcul în războiul dintre voința de-a face rău și cea de-a face bine pentru care se pregătise dintotdeauna. Lila, am constatat, i se părea întruchiparea dorinței de-a face bine.

— Mama, am spus, fac tot ce vrei, dar Peppe și Gianni, chiar dacă Lina i-ar lua — și nu cred, acolo e mult de învățat —, nu s-ar duce niciodată la ea să muncească pentru câteva lire. La frații Solara câștigă mai mult.

A făcut semn posomorâtă că așa e, dar a insistat:

— Încearcă totuși. Tu ai fost plecată și nu ești prea informată, dar aici toți știu cum l-a subjugat Lina pe Michele. Și acum că e însărcinată, o să vezi, va deveni și mai puternică. În ziua în care se hotărăște, le va rupe picioarele ambilor frați Solara.

43.

Lunile de sarcină au trecut în viteză pentru mine, în ciuda grijilor pe care le aveam, și atât de lent pentru Lila. A trebuit să constatăm adesea că sentimentele așteptării noastre erau complet diferite. Eu spuneam lucruri de genul: sunt *deja* în luna a patra; ea lucruri de genul: sunt *abia* în luna a patra. Desigur, coloritul Lilei în curând s-a ameliorat, trăsăturile ei s-au îmblânzit. Dar organismele noastre, deși supuse aceluiași proces de reproducere a vieții, au continuat să-i suporte etapele în mod diferit, al meu cu activă colaborare, al ei cu resemnare apatică. Și oamenii cu care aveam de-a face ajungeau să fie uimiți de cum zbura timpul meu și de cum se târa al ei.

Îmi amintesc că, într-o duminică, ne plimbam pe strada Toledo împreună cu fetele și am dat nas în nas cu Gigliola. Întâlnirea aceea a fost importantă, m-a tulburat mult și mi-a demonstrat că Lila avea, într-adevăr, legătură cu comportamentul de nebun al lui Michele Solara. Gigliola era machiată foarte strident, dar șleampătă, nepieptănată, își afișa ostentativ sânii și șoldurile care dădeau pe dinafară, fesele din ce în ce mai mari. Părea bucuroasă că s-a întâlnit cu noi, nu ne-a mai lăsat să plecăm. Le-a complimentat mult pe Dede și pe Elsa, ne-a târât la Gambrinus, a comandat de toate și a mâncat lacom de toate, atât sărat, cât și dulce. De fetele mele a uitat repede, la fel și ele, de altfel: când a început să ne povestească amănunțit, cu voce foarte ridicată, de toate nedreptățile pe care i le făcuse Michele, s-au plictisit, au început să exploreze, curioase, localul.

Gigliola nu putea accepta cum fusese tratată. E o bestie, a spus. El ajunsese să urle la ea: nu amenința doar, omoară-te pe bune, aruncă-te de la balcon, mori. Sau credea că îndreaptă totul ca și cum ea n-ar fi deloc sensibilă, vârându-i în sân și în buzunar sute de mii de lire. Era furibundă, era disperată. A povestit — adresându-mi-se numai mie, care fusesem plecată mult timp și nu eram la curent — că soțul o gonise din casa din Posillipo în șuturi și pumni, c-o trimisese să locuiască în cartier în două cămăruțe întunecoase, împreună cu copiii. Dar în momentul în care a început să-i ureze lui Michele toate bolile cele mai oribile care-i treceau prin minte și o moarte dintre cele mai îngrozitoare, a schimbat interlocutoarea, i s-a adresat exclusiv Lilei. Am fost foarte uluită, i-a vorbit ca și cum ar fi putut-o ajuta ca blestemele ei să aibă efect, o considera o aliată de-a ei. Ai făcut bine, s-a entuziasmat, să ceri să-ţi fie plătită piperat munca și apoi să-l lași baltă. Mai mult, dacă i-ai șutit niște bani, ai făcut și mai bine. Ferice de tine că știi cum să-l tratezi, trebuie să-l faci să scuipe sânge în continuare. A urlat: el nu poate suporta nepăsarea ta, nu poate accepta că te descurci din ce în ce mai bine deși-l vezi din ce în ce mai puţin, bravo, bravo, bravo, trebuie să-l faci să-și piardă complet minţile, trebuie să-l faci să moară în chinuri.

În acel punct s-a prefăcut a răsufla ușurată. Și-a amintit de cele două burţi ale noastre, voia să le atingă. Și-a pus mâna ei mare aproape pe pubisul meu, m-a întrebat în ce lună eram. Când i-am zis a patra a exclamat: deja a patra, nici mai mult, nici mai puţin! Despre Lila, în schimb, a spus, dintr-odată nepoliticoasă: sunt femei care nu nasc niciodată, vor să-și ţină copilul înăuntru pe veci, tu ești una din alea. A fost inutil să-i amintim că eram în aceeași lună, că amândurora ne va veni sorocul anul următor, în ianuarie. A clătinat din cap, i-a zis Lilei: închipuie-ţi că eram sigură că ai născut deja, și a adăugat cu o notă nedeslușită de milă: cu cât te vede mai mult Michele cu burta asta, cu atât suferă mai tare; așa că fă-o să dureze mult, tu știi cum se face, bagă-i-o sub ochi, o să crape. Apoi a anunţat că avea lucruri foarte urgente de făcut, dar între timp a repetat de două sau de trei ori că trebuia să ne vedem mai des (*să refacem grupul de când eram fete, ah, ce frumos era, trebuia să ni se rupă de toţi proștii și să ne gândim doar la noi*). N-a făcut nici măcar un semn de salut înspre fete, care ieșiseră să se joace, și s-a îndepărtat după ce i-a adresat, râzând, câteva fraze obscene ospătarului.

— E proastă, a zis Lila încruntată, ce e-n neregulă cu burta mea?

— Nimic.
— Dar cu mine?
— Nimic, nu-ţi face griji.

44.

Era adevărat, Lila nu avea nimic: nimic nou. Rămânea aceeaşi fiinţă neliniştită, cu o irezistibilă forţă de atracţie, şi forţa aceea o făcea specială. Fiecare acţiune de-a ei, în bine şi în rău (cum reacţiona la sarcină, ce îi făcuse lui Michele şi cum îl subjugase, cum se impunea în întregul cartier), încă ni se părea mai consistentă decât ale noastre şi, din acest motiv, timpul ei părea încetinit. Am văzut-o din ce în ce mai des în special pentru că boala mamei mele m-a adus din nou în cartier. Dar cu un alt echilibru. Poate din cauza imaginii mele publice, poate din cauza tuturor necazurilor private pe care le aveam, mă simţeam mai matură decât Lila, de-acum, şi eram tot mai convinsă c-o pot reprimi în viaţa mea, recunoscându-i farmecul fără să pun asta la inimă.

În acele luni, am alergat de ici-colo foarte agitată, dar zilele zburau, în mod paradoxal mă simţeam uşoară chiar şi când traversam oraşul ca s-o duc pe mama la spital, la doctori. Dacă nu ştiam cum să rezolv cu fetele, mă adresam lui Carmen, uneori apelam chiar la Alfonso, care mă sunase de mai multe ori să-mi spună să contez pe el. Dar, bineînţeles, persoana care-mi inspira cea mai multă încredere, cea cu care Dede şi Elsa stăteau cu plăcere, era Lila, care însă era mereu supraîncărcată de muncă şi obosită din cauza sarcinii. Diferenţele dintre burta mea şi a ei erau din ce în ce mai evidente. Eu aveam un pântece mare şi lat, părea să se întindă mai mult în laterale decât în faţă; ea avea o burtă mică, strânsă între şoldurile înguste, proeminentă ca o minge care stătea să se rostogolească afară din bazin.

Nino, după ce i-am comunicat starea mea, m-a însoţit imediat la un ginecolog, care era soţia unui coleg de-al lui, şi, pentru că doctoriţa îmi plăcuse — foarte pricepută, foarte disponibilă, foarte diferită, ca atitudine şi, poate, competenţă de medicii severi din Florenţa —, îi vorbisem entuziasmat Lilei despre ea, îmboldind-o să vină cu mine măcar o dată, de probă. Acum mergeam împreună la controale, ne înţeleseserăm să fim primite în acelaşi timp: ea, când era rândul meu, stătea într-un colţ în tăcere, iar eu, când era rândul ei, o ţineam de mână pentru că medicii o indispuneau în continuare. Dar momentul perfect era cel din sala de aşteptare. Puneam o scurtă vreme între paranteze calvarul mamei mele şi redeveneam fetele de odinioară. Ne plăcea mult să stăm una lângă cealaltă, eu blondă, ea brunetă, eu liniştită, ea agitată, eu simpatică, ea perfidă, noi două contrastând şi fiind în armonie, noi două, total diferite de celelalte femei gravide, la care trăgeam ironic cu coada ochiului.

Era o oră rară de veselie. O dată, gândindu-mă la fiinţele minuscule care căpătau formă în corpul nostru, mi-a revenit în minte momentul în care — aşezate una lângă cealaltă în curte, ca acum, în sala de aşteptare — ne jucam de-a mamele păpuşilor noastre. Pe a mea o chema Tina, pe a ei Nu. Ea mi-o aruncase pe Tina în tenebrele pivniţei şi eu, în ciuda ei, făcusem la fel cu Nu. Îţi aminteşti?, am întrebat-o. Ea a părut perplexă, avea surâsul blajin al cuiva care se chinuie să recupereze o amintire. Apoi, când i-am zis la ureche, amuzată, cu ce teamă şi cu ce curaj urcaserăm până la uşa înspăimântătorului don Achille Carracci, tatăl viitorului ei soţ, acuzându-l de furtul celor două păpuşi, a început să se distreze, râdeam ca două proaste, deranjând măruntaiele locuite ale celorlalte paciente mai sobre decât noi.

Ne-am oprit doar atunci când ne-a chemat infirmiera: Cerullo şi Greco, dăduserăm amândouă numele noastre de fete.

Era o femeie robustă, jovială, nu rata nicio ocazie să-i spună Lilei, atingându-i burta: aici înăuntru e un băiețel; și mie: aici e o fetiță. Apoi ne conducea și eu îi șopteam Lilei: am deja două fete, dacă al tău iese într-adevăr băiat, mi-l dai mie? Și ea replica: da, facem schimb, care e problema?

Doctorița ne-a găsit mereu în formă, cu analize excelente, totul decurgea așa cum trebuia. Ba chiar — pentru că era foarte atentă la greutatea noastră, iar Lila se menținea, ca de obicei, foarte suplă, în vreme ce eu aveam tendința să mă îngraș —, la fiecare control a considerat că ea era într-o stare mai bună decât mine. În fine, deși amândouă aveam o mie de griji, cu acele ocazii ne-am simțit aproape întotdeauna fericite că la treizeci și șase de ani regăsiserăm calea afecțiunii, deși eram foarte diferite în toate, totuși asemănătoare.

Dar când eu urcam din nou pe strada Tasso și ea dădea fuga înapoi în cartier, distanța pe care o puneam între noi făcea să-mi sară în ochi alte diferențe. Buna înțelegere nouă dintre noi era, fără îndoială, reală. Ne plăcea să stăm împreună, ne făcea viața mai ușoară. Dar un lucru era sigur: eu îi spuneam aproape totul despre mine, ea mai nimic. Nu puteam să nu-i povestesc despre mama mea, sau despre un articol pe care-l scriam, sau despre problemele cu Dede și Elsa, sau despre situația mea de amantă-soție (era de-ajuns să nu specific amanta-soția cui, era mai bine să rostesc cât mai rar cu putință numele lui Nino, în rest puteam să-i fac confidențe fără opreliști). Când vorbea însă despre ea, despre părinții ei, despre frați, despre Rino, despre angoasele provocate de Gennaro, despre prietenii și cunoscuții noștri, despre Enzo, despre Michele și despre Marcello Solara, despre întregul cartier, era vagă, părea că nu are încredere deplină. În mod evident, rămâneam cea care plecase și care, deși se întorsese, avea de-acum o altă perspectivă, trăia într-un Napoli elevat, nu putea fi reprimită în întregime.

45.

Era adevărat că aveam un fel de dublă identitate. Sus, pe strada Tasso, Nino mi-i aducea pe prietenii lui culţi, care mă tratau cu respect, le plăcea mai ales a doua mea carte, voiau să arunc o privire peste chestiile la care lucrau. Discutam până noaptea târziu, cu aerul unor specialişti. Ne întrebam dacă proletariatul mai exista sau nu, se vorbea, binevoitor, despre stânga socialistă şi, înţepător, despre comunişti (*sunt mai poliţişti decât poliţiştii şi decât preoţii*), ne contram în privinţa guvernabilităţii unei ţări tot mai distruse. Unii dintre ei foloseau cu mândrie droguri, se discuta cu ironie despre o nouă boală care ni se părea tuturor o înscenare a papei Wojtyla pentru a împiedica manifestarea liberă a sexualităţii în toate practicile ei posibile.

Dar nu mă limitam la strada Tasso, stăteam puţin în locul acela, nu voiam să rămân prizoniera oraşului Napoli. Destul de des mă duceam la Florenţa cu fetele. Pietro, care se certa de mult şi din punct de vedere politic cu tatăl lui, era de-acum — spre deosebire de Nino, care se apropiase considerabil de socialişti — în mod declarat comunist. Rămâneam acolo câteva ore, îl ascultam în tăcere. Lăuda onestitatea competentă a partidului lui, aducea în discuţie problemele universităţii, îmi povestea cât de bine fusese primită cartea lui în rândurile academicienilor, mai ales cei anglo-saxoni. Apoi porneam din nou la drum. Le lăsam pe fete cu el şi cu Doriana şi mă duceam la Milano, la editură, în special ca să combat campania de denigrare pe care Adele se încăpăţâna s-o poarte împotriva mea. Soacra mea — directorul însuşi îmi comunicase asta, într-o seară când mă invitase la cină — nu rata nicio ocazie să mă vorbească de rău şi-mi lipea eticheta de persoană instabilă şi în care nu poţi avea încredere. În consecinţă, mă străduiam să fiu fermecătoare cu oricine mi se întâmpla să mă-ntâlnesc la editură. Trăncăneam cult, mă arătam plină de bunăvoință la orice solicitare a biroului de presă, susțineam în fața directorului că noua mea carte merge extrem de bine, chiar dacă nici măcar nu începusem s-o scriu. Apoi porneam din nou la drum, treceam să le iau pe fete și ajungeam din nou la Napoli, adaptându-mă din nou la traficul haotic, la compromisurile interminabile pentru fiecare lucru care mi se cuvenea, la cozi extenuante și arțăgoase, la efortul de a mă pune în valoare, la neliniștea permanentă pe care o resimțeam când mă plimbam cu mama pe la medici, spitale, laboratoare de analize. Rezultatul era că pe strada Tasso și prin toată Italia mă simțeam o doamnă cu mica ei glorie, iar la Napoli, în schimb, mai ales în cartier, îmi pierdeam finețea. Despre a doua mea carte nimeni nu aflase niciodată nimic, iar dacă abuzurile mă înfuriau, treceam la dialect și la jignirile cele mai triviale.

Singura legătură între sus/nord și jos/sud mi se părea vărsarea de sânge. Se ucidea tot mai mult, în Veneto, în Lombardia, în Emilia, în Lazio, în Campania. Aruncam o privire în ziar dimineața și, uneori, cartierul mi se părea mai liniștit decât restul Italiei. Nu era așa, bineînțeles, violența era aceeași. Bărbații se cotonogeau, femeile se băteau, cineva sfârșea omorât din motive necunoscute. Uneori chiar și între persoane la care țineam creștea tensiunea și tonul devenea amenințător. Dar eu eram tratată cu respect. În privința mea exista bunăvoința pe care o ai față de un oaspete acceptat, dar care nu trebuie să intervină în treburi pe care nu le cunoaște. Și, de fapt, chiar mă simțeam o observatoare din exterior, care nu avea informații suficiente. Aveam permanent impresia că Enzo sau Carmen, sau alții știau mult mai multe decât mine, că Lila le spunea lor secrete pe care mie nu mi le dezvăluia.

Într-o după-amiază, eram cu fetele în biroul de la Basic Sight — trei cămăruțe de la ferestrele cărora se vedea intrarea școlii noastre primare — și, știind că mă aflam în cartier, pe-acolo a trecut în fugă Carmen. Eu am vorbit despre Pasquale din simpatie, din afecțiune, chiar dacă deja mi-l imaginam ca pe un combatant în exil, implicat tot mai adânc în crime infame. Voiam să știu dacă era vreo veste, dar mi s-a părut că atât Carmen, cât și Lila înțepenesc, ca și cum aș fi zis ceva nesăbuit. Nu s-au eschivat, din contră, am vorbit mult timp sau, mai bine zis, am lăsat-o pe Carmen să-și descarce toată îngrijorarea. Dar am rămas cu impresia că, dintr-un motiv sau altul, hotărâseră că nu pot vorbi mai mult de-atât de față cu mine.

De două sau trei ori am dat nas în nas cu Antonio. O dată era cu Lila, altă dată, mi se pare, cu Lila, Carmen și Enzo. M-a impresionat modul în care se sudase din nou prietenia între ei și mi s-a părut surprinzător că el, un asasin plătit al fraților Solara, se comporta ca și cum ar fi avut alt patron, părea în serviciul Lilei și al lui Enzo. Desigur, ne cunoșteam toți de mici, dar am simțit că la mijloc nu era vorba de vechile obiceiuri. Ei patru, când m-au văzut, s-au comportat ca și cum s-ar fi întâlnit din întâmplare. Și asta nu era adevărat, am simțit un fel de înțelegere secretă pe care nu intenționau s-o extindă și-n privința mea. Avea vreo legătură cu Pasquale? Avea vreo legătură cu activitatea firmei? Avea vreo legătură cu frații Solara? Nu știu. Într-una din acele ocazii, Antonio mi-a zis, nepăsător, doar atât: ești așa de frumoasă însărcinată. Sau, cel puțin, asta e singura propoziție pe care mi-o amintesc.

Era lipsă de încredere? Mă-ndoiesc. Uneori mă gândeam că, datorită identității mele *binevoitoare*, pierdusem mai ales în ochii Lilei capacitatea de a înțelege și, deci, voia să mă protejeze ca, din neștiință, să fac mișcări greșite.

46.

Oricum, ceva nu era în regulă. Era o senzație de nehotărâre, o percepeam și când totul era explicit și doar părea una dintre vechile distracții copilărești ale Lilei: să orchestreze situații în care lăsa să se înțeleagă că dedesubtul evidenței era cu totul altceva.

Într-o dimineaţă — tot la Basic Sight — am pălăvrăgit puţin cu Rino, pe care nu-l mai văzusem de mulţi ani. Mi s-a părut de nerecunoscut. Slăbise, avea privirea rătăcită, m-a primit cu o afecţiune excesivă, pipăindu-mă ca și cum aș fi fost de cauciuc. A vorbit haotic despre calculatoare, despre numeroasele afaceri pe care le gestiona. Apoi, brusc, s-a schimbat, l-a apucat un fel de criză de astm, a început, fără un motiv evident, să-și ocărască sora cu un ton coborât. I-am spus: liniștește-te, și voiam să-i dau un pahar de apă, dar m-a abandonat în faţa camerei cu ușa închisă a Lilei și a dispărut, ca și cum s-ar fi temut că ea o să-l certe.

Am bătut, am intrat. Am întrebat-o prudent dacă fratele ei era bolnav. S-a strâmbat plictisită, a spus: știi cum merg lucrurile. Am făcut semn că da, m-am gândit la Elisa, am murmurat că între fraţi nu e mereu totul armonios. Între timp mi-au revenit în minte Peppe și Gianni, am spus în treacăt că mama mea era îngrijorată pentru ei, își dorea să-i scape de Marcello Solara și mă rugase să-i spun dacă avea să le dea ceva de lucru. Dar acele propoziţii — *să-i scape de Marcello Solara, să le dea ceva de lucru* — au făcut-o să-și mijească ochii, m-a privit ca și cum ar fi încercat să-nţeleagă cât de profund cunosc sensul cuvintelor pe care le rostisem. Fiindcă trebuia să se convingă că nu cunoșteam sensul până la capăt, a spus aspră: nu-i pot ţine aici, Lenù; e de-ajuns deja Rino, fără să mai vorbesc despre riscurile pe care și le asumă Gennaro. Eu, pe moment, n-am știut ce să-i răspund. *Gennaro, fraţii mei, fratele ei, Marcello Solara.* Am încercat să mă-ntorc la subiect, dar ea a dat înapoi, a schimbat vorba.

Acea frământare și fofilare au survenit apoi și în privinţa lui Alfonso. El lucra de-acum pentru Lila și Enzo, dar nu ca Rino, care pierdea timpul pe acolo fără o profesiune anume. Alfonso devenise priceput, îl luau cu ei la diverse firme să adune date. Dar legătura dintre el și Lila mi s-a părut mult mai puternică decât orice altă relaţie de muncă. Nu era atracţia-respingere pe care Alfonso mi-o mărturisise în trecut, acum părea ceva mai mult. Exista din partea lui o nevoie — nu știu cum să spun — de a n-o pierde din vedere. Era o relație singulară, părea bazată pe un flux secret de energie care, pornind de la ea, îl remodela pe Alfonso. M-am convins repede că închiderea magazinului din Piața Martirilor și concedierea lui Alfonso aveau de-a face cu energia aceea. Dar dacă încercam să pun întrebări — ce s-a întâmplat cu Michele, cum de-ai reușit să te descotorosești de el, de ce l-a concediat pe Alfonso —, Lila rânjea, spunea: ce trebuie să-ți spun eu ție, Michele nu mai știe ce vrea, închide, deschide, face, strică și apoi se înfurie pe ceilalți.

Rânjetul nu era de batjocură, de veselie sau de satisfacție. Rânjetul îi servea ca să-mi interzică să insist. Într-o după-amiază, ne-am dus pe strada dei Mille să facem cumpărături și, pentru că zona aceea fusese ani de zile regatul lui Alfonso, el s-a oferit să ne însoțească, avea un prieten cu un magazin taman potrivit pentru noi. Se aflase de-acum despre homosexualitatea lui. Alfonso continua formal să trăiască împreună cu Marisa, dar Carmen îmi confirmase că fiii ei erau ai lui Michele și îmi mai șoptise: acum Marisa e amanta lui Stefano — da, Stefano, fratele lui Alfonso, fostul soț al Lilei, asta era noua bârfă care circula. Dar — adăugase ea cu evidentă simpatie — lui Alfonso i se rupe, el și soția lui au vieți separate și merg mai departe. Astfel, nu m-am mirat că prietenul comerciant era — cum ni l-a prezentat Alfonso însuși amuzat — un pederast. M-a mirat, în schimb, jocul în care l-a împins Lila.

Probam rochii de gravide. Ieșeam din cabine, ne uitam în oglindă și Alfonso și prietenul lui ne admirau, ne recomandau ce să ne cumpărăm, ce să nu ne cumpărăm, într-o atmosferă, în fond, plăcută. Apoi Lila a început fără motiv să se agite, cu fruntea încruntată. Nu-i plăcea de ea însăși, își atingea burta ascuțită, era obosită, îi spunea lui Alfonso chestii de genul: ce zici, nu-mi recomanda lucruri nepotrivite, tu ai purta o astfel de culoare?

Am perceput din cele întâmplate în jurul meu aceeași pendulare între ce era vizibil și ce era ascuns. La un moment dat, Lila a înșfăcat o rochie frumoasă, închisă la culoare, și, de parcă oglinda magazinului s-ar fi spart, i-a spus fostului ei cumnat: lasă-mă să văd cum *îmi* stă. I-a spus acele cuvinte incoerente ca și cum ar fi fost o rugăminte obișnuită, astfel că Alfonso nu s-a lăsat rugat, a luat rochia și s-a închis în cabină pentru foarte mult timp.

Eu am continuat să probez alte rochii. Lila mă privea nepăsătoare, patronul magazinului mă complimenta pentru fiecare haină pe care-o puneam pe mine. Între timp așteptam perplexă să reapară Alfonso. Când s-a întâmplat, am rămas cu gura căscată. Vechiul meu coleg de bancă, cu părul desfăcut, cu rochia aceea elegantă, era copia fidelă a Lilei. Tendința lui de a-i semăna, pe care o observasem de mult, căpătase brusc formă, și poate că în acel moment era și mai frumos, mai frumoasă decât ea, un bărbat-femeie din cei despre care scrisesem în cartea mea, pregătit, pregătită, să pornească pe drumul care duce la Madona cu chipul negru de pe Montevergine.

A întrebat-o pe Lila, un pic neliniștit: așa îți place de tine? Și patronul magazinului a aplaudat entuziasmat, a spus complice: știu eu cui i-ar plăcea, ești foarte frumoasă. Aluzii. Fapte pe care eu nu le știam și ei da. Lila a zâmbit perfid, a bombănit: vreau să ți-o dăruiesc. Nimic mai mult. Alfonso a acceptat cu veselie, fără alte fraze, ca și cum Lila i-ar fi poruncit lui și prietenului lui, fără să rostească nimic, că ajunge, văzusem și auzisem destul.

47.

Acea pendulare deliberată a ei între transparent și opac m-a impresionat în mod deosebit de dureros o dată — singura — când lucrurile, la una dintre întâlnirile noastre cu doctorița ginecolog, au ieșit prost. Era noiembrie și totuși orașul degaja căldură ca și cum vara nu s-ar fi sfârșit. Lila s-a simțit rău pe stradă, ne-am așezat câteva minute într-un bar, apoi ne-am dus puțin alarmate la doctoriță. Lila i-a explicat cu autoironie că acea chestie de-acum mare pe care o avea înăuntru o trăgea, o împingea, o oprea, o deranja, o vlăguia. Doctorița a ascultat amuzată, a liniștit-o, i-a spus: veți avea un fiu ca dumneavoastră, foarte vioi, plin de fantezie. Bine, deci, foarte bine. Dar înainte să ne luăm rămas-bun, eu am insistat:

— Sigur e totul în regulă?

— Foarte sigur.

— Atunci ce am? s-a răzvrătit Lila.

— Nimic care să aibă legătură cu sarcina.

— Și cu ce are legătură?

— Cu mintea dumneavoastră.

— Ce știți dumneavoastră despre mintea mea?

— Mi-a lăudat-o mult prietenul dumneavoastră, Nino.

Nino? Prieten? Tăcere.

Când am ieșit, m-am străduit s-o conving pe Lila să nu schimbe doctorul. Înainte să ne despărțim, mi-a zis pe tonul ei cel mai crud: amantul tău cu siguranță nu e prietenul meu, dar, după mine, nu e nici prietenul tău.

Iată-mă, deci, împinsă cu forța în miezul problemelor mele: faptul că Nino nu era de încredere. În trecut, Lila îmi demonstrase deja că știa despre el lucruri pe care eu nu le știam. Acum îmi sugera că mai erau altele pe care ea le cunoștea, iar eu nu? A fost inutil s-o rog să-mi explice mai bine, a plecat punând punct oricărei discuții.

48.

După aceea m-am certat cu Nino din cauza lipsei lui de delicatețe, a confidențelor pe care, deși le nega pe un ton indignat, în mod sigur i le făcuse soției colegului lui, a tuturor lucrurilor pe care le ţineam în mine și pe care și de data aceea, până la urmă, le-am înăbușit.

Nu i-am spus: Lila te consideră un mincinos trădător. Era inutil, ar fi-nceput să râdă. Dar mi-a rămas bănuiala că referirea la faptul că nu era de încredere avea de-a face cu ceva concret. Era o suspiciune leneșă, apatică, eu însămi n-aveam nicio intenţie s-o transform într-o certitudine insuportabilă. Și totuși, persista. Așa că, într-o duminică de noiembrie m-am dus mai întâi la mama mea, apoi, spre șase după-amiaza, acasă la Lila. Fiicele mele erau la Florenţa cu tatăl lor, Nino era prins cu sărbătorirea zilei de naștere a socrului împreună cu familia lui (deja așa spuneam: familia *ta*). În privinţa Lilei, știam că era singură, Enzo fusese nevoit să meargă la niște rude de-ale lui din Avellino și îl luase pe Gennaro cu el.

Fiinţa din pântecul meu era agitată, am dat vina pe atmosfera încărcată. Lila s-a plâns că și copilul ei se mișca prea mult, a zis că în burta ei era un fel de mare mereu învolburată. Ca să-l liniștească voia să meargă la plimbare, dar adusesem prăjituri, am pregătit eu însămi cafeaua. Scopul meu era să avem o discuţie faţă în faţă, în intimitatea acelei case goale cu ferestrele spre șosea.

M-am prefăcut dispusă să stăm la taclale. Am vorbit despre chestiunile care, de fapt, mă interesau mai puţin — *de ce spune Marcello că ești motivul ruinării fratelui lui, ce i-ai făcut lui Michele* — și am luat un ton pe jumătate amuzat, ca și cum acele subiecte doar ne-ar fi făcut să râdem. Contam să ajung, încet, încet, în secret, la întrebarea care mă interesa cu adevărat: ce știi despre Nino și eu nu știu?

Lila mi-a răspuns fără chef. Se așeza, se ridica, zicea că-și simţea burta de parcă ar fi băut litri întregi de lichide gazoase, se plângea de mirosul rulourilor care, în mod obișnuit, îi plăceau și acum i se păreau stricate. Marcello știi cum e, a spus, n-a uitat niciodată ce i-am făcut când eram mică și, pentru că e laş, nu spune lucrurile în faţă, face pe omul bun, inofensiv, dar răspândeşte bârfe. Apoi a căpătat tonul pe care-l avea mereu în perioada aceea, afectuos și totodată un pic arogant: dar tu ești o doamnă, lasă baltă necazurile mele, spune-mi cum se simte mama ta. Voia, ca de obicei, să vorbesc despre mine, dar nu m-am dat bătută. Pornind de la mama, de la grijile faţă de Elisa și fraţii mei, am adus-o înapoi la fraţii Solara. Ea a izbucnit, a zis cu sarcasm că bărbaţii acordă o importanţă enormă fututului, a specificat râzând: nu Marcello — chiar dacă nici el nu glumește —, ci Michele, care a luat-o razna, a făcut de mult timp o fixaţie în legătură cu mine și se ţine și după umbra umbrei mele. A subliniat acea expresie — *umbra umbrei mele* —, a spus că din acel motiv Marcello era supărat pe ea și o ameninţa, nu suporta că-l prinsese în lesă pe fratele lui și îl purta pe căi, după părerea lui, umilitoare. A râs iarăși, a mormăit: Marcello crede că mă sperii, dar să fim serioși, singura persoană care știa cu adevărat să stârnească teamă era mama lor și știi bine cum s-a terminat.

Vorbea și-și atingea fruntea, se văita de căldură, de durerea ușoară de cap pe care o simţea încă de dimineaţă. Am înţeles că voia să mă liniștească, dar și, în mod contradictoriu, să-mi arate un pic din ce era acolo unde trăia și muncea ea în fiecare zi, în spatele faţadelor caselor, pe străzile cartierului nou și ale celui vechi. Astfel, pe de o parte, a negat de mai multe ori pericolul, pe de alta, mi-a descris un tablou al delincvenţei care se propagă rapid — extorcări, agresiuni, furturi, camătă, răzbunări urmate de alte răzbunări. Registrul roșu secret pe care-l ţinuse Manuela și care, după moartea ei, trecuse în grija lui Michele, era acum sub controlul lui Marcello, care-i luase fratelui său — din lipsă de încredere — și administrarea tuturor afacerilor legale și ilegale, ale prieteniilor politice. A spus la un moment dat: Marcello, de câţiva ani, a adus drogurile în cartier și chiar vreau să văd unde se va ajunge. O frază rostită așa, pur și simplu. Era foarte palidă, își făcea vânt cu marginea fustei.

Din tot ce spusese m-a izbit doar referirea la droguri, și mai ales din cauza tonului de sentință plină de dezgust. Drogurile pentru mine, la acea vreme, însemnau casa Mariarosei, însemnau și casa de pe strada Tasso, în unele seri. Eu nu luasem niciodată, trăsesem câte-un fum din curiozitate, dar nu mă scandalizam dacă alții recurgeau la ele, în mediile pe care le frecventasem și încă le frecventam, nimeni nu se scandaliza. Astfel, ca să mențin vie conversația, am povestit despre vremurile petrecute la Milano, despre Mariarosa pentru care drogurile erau unul din numeroasele mijloace prin care ajungea la o stare de bine, o cale de a se elibera de tabuuri, o formă cultă de dezlănțuire. Dar Lila a clătinat din cap contrariată: ce dezlănțuire, Lenù, fiul doamnei Palmieri a murit acum două săptămâni, l-au găsit în părculeț. Și am simțit enervarea pe care i-o provocase acel cuvânt, *dezlănțuire*, din cauza felului în care-l pronunțasem, atribuindu-i o valoare pozitivă. Am încremenit, am îndrăznit să spun: o fi fost bolnav de inimă. Ea a răspuns: era bolnav de heroină și a adăugat în grabă: dar gata, m-am plictisit, nu vreau să-mi petrec duminica vorbind despre scârboșeniile fraților Solara.

Dar vorbise, chiar mai mult decât cu alte ocazii. O clipă lungă s-a scurs. Din neliniște, de oboseală sau pentru că așa intenționase — nu știu —, Lila lărgise un pic zalele discursurilor ei și mi-am dat seama că, deși spusese puține, îmi umpluse mintea cu imagini noi. Știa de multă vreme că Michele o dorea — o dorea în forma aceea abstract-obsesivă care-i făcea rău — și era clar că ea profitase de asta îngenunchindu-l. Dar acum vorbise despre *umbra umbrei ei* și, cu expresia aceea, mi-l împinsese sub ochi pe Alfonso, Alfonso care se prefăcea a fi reflexia ei în rochie de gravidă, în magazinul de pe strada dei Mille și îl văzusem pe Michele, un Michele orbit, care-i ridica rochia, îl strângea la piept. În cazul lui Marcello, într-o clipită drogurile încetaseră să fie ce mi se păreau mie a fi, un joc eliberator pentru oameni înstăriți, și se mutaseră în teatrul vâscos al părculețului de lângă biserică, deveniseră o viperă, o otravă care șerpuia în sângele fraților mei, al lui Rino, poate al lui Gennaro și ucidea, aducând bani în registrul roșu odinioară păstrat de Manuela Solara și acum, trecând de la Michele la Marcello, de sora mea, în casa ei. Am simțit tot farmecul felului ei de a subjuga în glumă sau în serios, după plac, cu foarte puține cuvinte, imaginația altcuiva: vorbea, se oprea, lăsa imaginile și emoțiile să curgă fără să adauge altceva. Greșesc, mi-am zis confuz, dacă scriu cum am făcut până acum, consemnând tot ce știu. Ar trebui să scriu cum vorbește ea, să las abisuri, să-ncep să construiesc punți și să nu le termin, să-l oblig pe cititor să privească fix torentul: Marcello Solara care dispare rapid împreună cu sora mea Elisa, cu Silvio, cu Peppe, cu Gianni, cu Rino, cu Gennaro, cu Michele atras de umbra umbrei Lilei; să sugerez că toți curg prin venele fiului doamnei Palmieri, băiat pe care nici măcar nu-l cunoșteam și care acum îmi provoacă suferință; sunt niște vene foarte diferite de ale persoanelor pe care Nino mi le aduce pe strada Tasso, de ale Mariarosei, de ale unei prietene de-a ei care — acum îmi revine în minte — s-a simțit rău, a trebuit să meargă la dezintoxicare. Și, la fel, cine știe pe unde e cumnata mea, n-am vorbit cu ea de mult timp, există oameni care scapă întotdeauna și oameni care pier.

M-am străduit să alung imagini cu bărbați care se penetrează voluptuos și cu ace în vene și cu dorință și moarte. Am încercat să reiau conversația, dar ceva nu era în regulă, simțeam în gâtlej căldura din acea după-amiază târzie, îmi amintesc picioarele grele și gâtul transpirat. M-am uitat la ceasul de pe peretele bucătăriei, abia trecuse de 19:30. Am descoperit că nu mai aveam chef să vorbesc despre Nino, s-o întreb pe Lila, care stătea în fața mea sub o lumină gălbuie și slabă, ce știi despre el și eu nu știu. Știa multe, prea multe, m-ar fi putut face să-mi imaginez ce avea ea chef și n-aș fi reușit să-mi mai șterg niciodată imaginile din minte. Dormiseră împreună, învățaseră împreună, ea-l ajutase să-și scrie articolele, așa cum făcusem eu cu eseurile. Au revenit, pentru o clipă, gelozia, invidia. Mi-au făcut rău și le-am respins.

Sau, probabil, le-a respins de fapt un fel de tunet care s-a auzit sub bloc, sub șosea, ca și cum unul dintre camioanele care treceau încontinuu ar fi virat în direcția noastră, ar fi coborât iute sub pământ cu motorul turat la maximum și ar fi alergat printre fundațiile caselor noastre, lovind și distrugând totul în calea sa.

49.

Mi s-a tăiat respirația, pentru o fracțiune de secundă n-am înțeles ce se întâmpla. Ceașca de cafea a-nceput să tremure pe farfurioară, cu un genunchi m-am lovit de piciorul mesei. Am sărit în sus, mi-am dat seama că și Lila se alarmase, încerca să se ridice. Scaunul ei s-a lasat pe spate, ea a vrut să-l apuce, dar a făcut-o lent, aplecată, cu o mână întinsă în fața ei, în direcția mea, cu cealaltă întinsă spre spătar, cu ochii mijiți ca atunci când se concentra înainte să aibă o reacție. Tunetul, între timp, alerga în continuare pe sub bloc. O pală de vânt subteran ridica spre podea valuri ale unei mări secrete. M-am uitat la tavan, becul se balansa împreună cu învelișul lui de sticlă rozalie.

Cutremur, am strigat. Pământul se mișca, o furtună invizibilă îmi exploda sub picioare, scutura camera cu un urlet de pădure răpusă de rafale de vânt. Pereții pârâiau, păreau umflați, se dezlipeau și se lipeau din nou în colțuri. O ploaie de pulbere cădea din tavan ca un nor de ceață la care se adăuga praful ce se scutura din pereți. Mi-am luat avânt spre ușă, urlând iarăși: cutremur. Dar mișcarea era doar o intenție, nu puteam face nici măcar un pas. Picioarele îmi atârnau greu, totul atârna greu, capul, pieptul, mai ales burta. Pământul pe care voiam să mă sprijin se retrăgea, pentru o fracțiune de secundă revenea și apoi imediat se îndepărta.

Gândul meu s-a întors către Lila, am căutat-o cu privirea. Scaunul căzuse în cele din urmă, mobilele — mai ales o veche vitrină cu micile ei obiecte, pahare, tacâmuri, chinezării — vibrau împreună cu geamurile ferestrelor ca buruienile de pe cornișă când bate briza. Lila era în picioare în mijlocul camerei, îndoită, cu capul aplecat, cu ochii mijiți, cu fruntea încruntată, ținându-se cu mâinile de burtă, ca și cum s-ar fi temut c-o să-i țâșnească de acolo ceva ce se va pierde în vârtejurile de praf ale tencuielii. Secundele zburau, dar nimic nu arăta că lucrurile se vor repune în ordine, am strigat-o. N-a reacționat, mi s-a părut o formă compactă, singura printre toate celelalte prezente care nu se supunea zguduielilor și tremurăturilor. Parcă alungase orice sentiment: urechile nu ascultau, gâtlejul nu inspira aer, gura era ferecată, pleoapele anulau privirea. Era un organism imobil, rigid, în viață doar prin mâinile care, cu degetele răsfirate, apăsau burta.

Lila, am strigat. M-am mișcat ca s-o înșfac, s-o târăsc de acolo, era lucrul cel mai urgent de făcut. Dar partea mea secundară, cea pe care o credeam vlăguită și, în schimb, iată că reînvia, mi-a sugerat: poate că trebuie să faci ca ea, trebuie să rămâi nemișcată, să te apleci ca să-ți protejezi odrasla, să nu fugi. Am făcut eforturi să mă hotărăsc. Era dificil s-ajung la ea și totuși era vorba doar de un pas. Am prins-o până la urmă de-un braț, am scuturat-o, ea a deschis ochii care mi s-au părut albi. Zgomotul era insuportabil, tot orașul făcea zgomot, la fel Vezuviul, străzile, marea, casele vechi de pe strada Tribunalelor și din Quartieri, cele noi din cartierul Posillipo. Lila s-a zbătut, a țipat: nu mă atinge. Urletul a fost unul furios, mi-a rămas întipărit în minte mai mult decât secundele foarte lungi ale cutremurului. Am înțeles că mă înșelasem: ea, controlând mereu totul, în acel moment nu controla nimic. Groaza o imobilizase, se temea că dacă doar aș fi atins-o, s-ar fi făcut țăndări.

50.

Am târât-o afară, smucind-o violent, împingând-o, implorând-o. Mi-era teamă că după zgâlţâitura care ne paralizase o să urmeze alta, mai teribilă, definitivă şi totul o să se prăbuşească peste noi. Am certat-o, am rugat-o, i-am amintit că trebuia să salvăm odraslele din pântecele noastre. Astfel, ne-am aruncat în dâra de urlete terorizate, un vacarm care creştea, dublat de mişcări arbitrare. Părea că miezul cartierului şi al oraşului însuşi ar fi fost gata să crape. Cum am ajuns în curte, Lila a vomat, eu m-am luptat cu greaţa care-mi strângea stomacul.

Cutremurul — cutremurul din 23 noiembrie 1980 cu acea fărâmiţare a lui infinită — ne-a pătruns în oase. A alungat senzaţia obişnuită a stabilităţii şi solidităţii, certitudinea că fiecare clipă va fi la fel ca următoarea, familiaritatea sunetelor şi a gesturilor, condiţia lor cunoscută şi sigură. Au fost înlocuite cu suspiciunea faţă de orice încurajare, cu tendinţa de a crede în orice profeţie apocaliptică, cu atenţia anxioasă faţă de semnele caracterului friabil al lumii. Controlul era dificil de recâştigat. Secunde, şi secunde, şi secunde la rând care nu se mai terminau.

Afară era mai rău decât înăuntru, totul era o mişcare şi un urlet, s-au ciocnit de noi tot soiul de flecăreli care ne-au multiplicat groaza. Fuseseră văzute străluciri roşii spre calea ferată. Vezuviul se trezise. Marea izbise Mergellina, Villa Comunale, Chiatamone. Clădiri prăbuşite în zona Ponti Rossi, cimitirul Santa Maria del Pianto se scufundase cu morţii din el cu tot, întreg Poggioreale era distrus. Deţinuţii erau fie prinşi sub dărâmături, fie scăpaseră şi acum omorau oameni fără niciun motiv. Tunelul care ducea la Marina se surpase, îngropând jumătate de cartier aflat în fugă. Şi fanteziile se hrăneau una din alta, Lila — am văzut — credea tot, tremura ţinându-se strâns de braţul meu. Oraşul e periculos, mi-a şoptit, trebuie să plecăm, casele se despică, totul cade peste noi, canalele sunt niște țâșnitori, privește șoarecii cum fug. Pentru că oamenii alergau la mașini și străzile se blocau, ea a început să mă tragă, murmura: se duc toți la țară, acolo e mai sigur. Voia să alerge la mașina ei, voia să ajungem într-un loc deschis unde numai cerul, care părea ușor, ne putea cădea în cap. Nu știam cum s-o liniștesc.

Am ajuns la mașină, dar Lila nu avea cheile. Fugiserăm fără să luăm nimic, trăseserăm ușa după noi și, chiar dacă am fi avut vreodată curajul să ne-ntoarcem în casă, nu mai era posibil. Am apucat un mâner cu toată puterea mea, l-am tras, l-am zgâlțâit, dar Lila a zbierat, și-a pus mâinile peste urechi ca și cum gestul acela al meu ar fi produs sunete și vibrații insuportabile. Am privit în jur, am zărit o piatră mare care se desprinsese dintr-un zidulet, am spart un geam. Ți-l repar pe urmă, am spus, acum hai să stăm aici, o să treacă. Ne-am instalat în mașină, dar n-a trecut nimic, amândouă aveam în continuare impresia că pământul se zguduie. Dincolo de parbrizul plin de praf observam oamenii din cartier, care se adunaseră în grupuri ca să fabuleze. Dar când lucrurile păreau în sfârșit că se liniștesc, iată că altcineva trecea alergând și zbierând, lucru care provoca o fugă haotică generală și izbituri violente în mașina noastră, din cauza cărora îmi stătea inima în loc.

51.

Mi-era frică, oh, da, eram foarte speriată. Dar, spre marea mea surpriză, nu eram la fel de speriată ca Lila. În acele secunde ale cutremurului, ea se despuiase brusc de femeia care fusese până cu un minut mai devreme — cea care știa să calibreze cu precizie gânduri, cuvinte, gesturi, tactici, strategii —, de parcă în acea împrejurare ar fi considerat-o o armură inutilă. Acum era alta. Era persoana pe care o văzusem în noaptea de Anul Nou din 1958, când izbucnise războiul focurilor de artificii între familia Carracci și familia Solara; sau cea care mă chemase la San Giovanni a Teduccio, când muncea în fabrica lui Bruno Soccavo, credea că e bolnavă de inimă și voia să mi-l lase pe Gennaro pentru că era sigură c-o să moară. Numai că în trecut punctele comune ale celor două Lila încă existau, acum cealaltă femeie părea să fi apărut direct din viscerele pământului, nu semăna nici măcar un pic cu prietena pe care cu câteva minute mai devreme o invidiam pentru cum știa să aleagă cuvintele la perfecție. Nu-i semăna nici măcar la trăsături, pe care teama le deformase.

Eu n-aș fi putut să sufăr niciodată o metamorfoză atât de bruscă. Autodisciplina mea era stabilă, lumea rămânea în jurul meu firească și în momentele cele mai îngrozitoare. Simţeam că Dede și Elsa erau cu tatăl lor la Florenţa, într-un loc aflat în afara pericolului, lucru care în sine mă liniștea. Îmi doream ca tot ce fusese mai rău să fi trecut, ca nicio casă din cartier să nu se fi prăbușit, ca Nino, mama mea, tatăl meu, Elisa, fraţii mei să se fi speriat în mod sigur la fel ca noi, dar, tot la fel ca noi, să fie în viaţă. Ea, în schimb, nu, nu reușea să gândească în felul acela. Se frământa, tremura, își mângâia burta, părea să nu mai creadă în nicio legătură stabilă. Pentru ea Gennaro și Enzo pierduseră orice legătură între ei și cu noi, se descompuseseră. Scotea un fel de horcăit, cu ochii ieșiţi din orbite, se prindea de ea însăși, se strângea în braţe. Și repeta obsesiv cuvinte complet nepotrivite cu situaţia în care ne găseam, articula fraze lipsite de sens și totuși le rostea cu convingere, înghiontindu-mă.

O perioadă lungă a fost inutil să-i arăt persoane cunoscute, să deschid portiera, să mă eliberez din braţele ei, s-o strig ca s-o ancorez de nume, de voci care puteau să-și spună părerea lor despre acea experienţă urâtă și astfel s-o trag într-o discuţie disciplinată. I-am arătat-o pe Carmen cu soţul ei și copiii care-și acopereau caraghios capul cu niște perne, și un bărbat, poate cumnatul, care avea în spinare o saltea. Împreună cu alții, mergeau grăbiți, pe jos, spre gară și duceau cu ei obiecte absurde. O femeie avea în mână o tigaie. I l-am arătat pe Antonio cu soția și copiii, am rămas cu gura căscată de cât erau de frumoși cu toții, păreau niște personaje dintr-un film, în timp ce se instalau cu calm într-o furgonetă verde cu care apoi au plecat. I-am arătat familia Carracci și diverse rude, soți, soții, tați, mame, concubini, amanți — adică Stefano, Ada, Melina, Maria, Pinuccia, Rino, Alfonso, Marisa, toți copiii lor —, care apăreau și dispăreau în mulțime, se strigau încontinuu de teamă să nu se piardă. I-am arătat mașina de lux a lui Marcello Solara care încerca, ambalând motorul, să scape de blocajul de vehicule: o avea alături pe sora mea, Elisa, cu copilul. Pe bancheta din spate am zărit figurile palide ale mamei și tatălui meu. Am zbierat nume prin portiera deschisă, am încercat s-o fac și pe Lila să facă la fel. Dar ea nu s-a mișcat. Dimpotrivă, mi-am dat seama că persoanele — mai ales cele pe care le cunoșteam bine — o speriau și mai mult, mai ales dacă erau agitate, dacă urlau după ajutor, dacă alergau. Mi-a strâns mâna cu putere și a-nchis ochii când mașina lui Marcello a urcat pe trotuar claxonând și a plecat printre oamenii care stăteau la taclale. A exclamat: oh, Sfântă Fecioară, expresie pe care n-am auzit-o niciodată folosind-o. Ce e, am întrebat-o. A urlat gâfâind că mașina avea marginile tăiate, la fel și Marcello, la volan, rămânea fără margini, obiectele și oamenii țâșneau din ele însele, într-un amestec de metal lichid și carne.

A folosit chiar expresia asta, *a tăia marginile*. Atunci a rostit pentru prima dată expresia aceea, s-a grăbit să-i explice sensul, voia să înțeleg bine ce însemna asta și cât de mult o îngrozea. M-a strâns și mai tare de mână, cu răsuflarea tăiată. Contururile obiectelor și persoanelor erau fragile, a spus ea, se rupeau ca firul de ață. A murmurat că așa fusese pentru ea dintotdeauna, un obiect rămânea fără margini și se revărsa peste altul, totul se transforma în materii eterogene topite, dizolvate și reamestecate. A spus că întotdeauna a trebuit să facă eforturi pentru a se convinge că viața avea margini solide, fiindcă știa încă de mică că nu era așa — *nu era deloc așa* — și de aceea nu putea avea încredere în rezistența lor la lovituri și îmbrânceli. Contrar felului în care se purtase până atunci, a-nceput să pronunțe lent fraze surescitate, abundente, în care fie se regăsea dialectul, fie numeroasele lecturi de când era mică. A mormăit că nu trebuia niciodată să fie neatentă. Dacă era neatentă, lucrurile adevărate, care o terorizau cu contorsiunile lor violente și dureroase, câștigau teren în fața celor prefăcute, care, cu disciplina lor fizică și morală o linișteau, și ea se scufunda într-o realitate peticită, fără să mai poată da contururi clare senzațiilor. O emoție tactilă se topea într-una vizuală, una vizuală se topea într-una olfactivă, ah, ce e lumea reală, Lenù, am văzut acum, nimic nimic nimic despre care să se poată spune categoric: e așa sau pe dincolo. De aceea, dacă ea nu era atentă la margini, totul dispărea în sânge menstrual coagulat, în polipi sarcomatici, în bucăți de fibră gălbuie.

52.

A vorbit mult timp. A fost prima și ultima oară când a încercat să-mi explice senzația lumii în care se mișca. Până acum, a spus — și aici rezum în cuvintele mele din prezent —, am crezut că era vorba de momente urâte care veneau și apoi treceau, ca o boală a copilăriei. Îți amintești când ți-am povestit că se spărsese oala de cupru? Și de Anul Nou din 1958, când frații Solara au tras asupra noastră, îți amintești? Împușcăturile m-au speriat cel mai puțin. M-au speriat, în schimb, culorile artificiilor care erau tăioase — verdele și violetul mai ales erau ca niște lame ascuțite. Ne puteau masacra, dârele razelor se frecau de fratele meu, Rino, ca niște pile sau rașpele, și-i despicau carnea. Făceau să picure din el un alt frate de-al meu, dezgustător, pe care ori îl puneam imediat din nou înăuntru — în forma lui pe care o avea dintotdeauna —, ori s-ar fi îndreptat împotriva mea ca să-mi facă rău. Toată viaţa n-am făcut altceva, Lenù, decât să limitez momente ca acelea. Mi-era teamă de Marcello și mă apăram cu Stefano. Mi-era teamă de Stefano și mă apăram cu Michele. Mi-era teamă de Michele și mă apăram cu Nino. Mi-era teamă de Nino și mă apăram cu Enzo. Dar ce înseamnă să te aperi, e doar un cuvânt. Ar trebui să-ţi fac acum o listă amănunţită cu toate învelișurile mari și mici pe care mi le-am construit ca să stau ascunsă sub ele și care, în schimb, nu mi-au folosit la nimic. Îţi amintești cât mă îngrozea cerul noaptea la Ischia? Voi spuneaţi ce frumos e, dar eu nu puteam spune. Simţeam un miros de ou stricat, cu gălbenușul verzui închis în albuș și, în găoace, un ou tare care se sparge. Aveam în gură stele-ou otrăvite, lumina lor era de-o consistenţă albă, cauciucată, se lipea de dinţi împreună cu întunecimea gelatinoasă a cerului, o fărâmiţam cu scârbă, simţeam un scrâșnit de granule. Vorbesc clar? Mă-nţelegi? Și totuși, la Ischia eram fericită, plină de iubire. Dar nu-mi era de folos, mintea găsește întotdeauna o fisură prin care să privească dincolo — pe deasupra, pe dedesubt, dintr-o parte —, unde e spaima. În fabrica lui Bruno, de exemplu, mi se frângeau oasele animalelor în degete doar dacă le atingeam. Ieșea din ele o măduvă râncedă și am simţit o asemenea repulsie, încât am crezut că sunt bolnavă. Dar eram bolnavă, aveam cu adevărat suflu cardiac? Nu. Singura problemă a fost întotdeauna agitaţia din cap. N-o pot opri, trebuie mereu să fac, să refac, să acopăr, să descopăr, să întăresc și apoi, dintr-odată, să desfac, să sparg. De exemplu, Alfonso m-a neliniștit încă de când era copil, am simţit că firul de aţă care-l ţinea întreg urma să se rupă. Și Michele? Michele se credea cine știe cine și, în schimb, a fost de ajuns să-i găsesc linia de contur și să trag, ha, ha, ha, l-am rupt. I-am rupt firul de aţă și l-am încurcat cu cel al lui Alfonso, materie bărbătească peste materie bărbătească, pânza pe care o țeși ziua se desface noaptea, mintea face totul posibil. Dar nu e de prea mare folos, teroarea rămâne, stă mereu în fisură între două lucruri normale. Stă acolo în așteptare, am bănuit mereu, și din seara asta știu sigur: nimic nu durează, Lenù. Nici măcar aici, în burtă, odrasla pare că rezistă, dar nu. Îți amintești când m-am căsătorit cu Stefano și-mi doream ca în cartier, cu ajutorul meu, să existe un punct și de la capăt, să se-ntâmple numai lucruri frumoase, urâtul dinainte nu mai trebuia să dăinuie? Cât a ținut? Sentimentele bune sunt fragile, cu mine iubirea nu rezistă. Nu rezistă iubirea pentru un bărbat, nu rezistă nici măcar iubirea pentru copii, se găurește imediat. Te uiți în scobitură și vezi nebuloasa intențiilor bune cum se amestecă cu a celor rele. Gennaro mă face să mă simt vinovată, chestia asta din burta mea e o responsabilitate care mă taie, mă zgârie. Iubirea curge laolaltă cu ura și eu nu reușesc, nu reușesc să mă adun în jurul niciunui gest binevoitor. Oliviero a avut mereu dreptate, sunt rea. Nu știu să mențin vie nici măcar prietenia. Tu ești blândă, Lenù, cu mine ai avut multă răbdare. Dar în seara asta am înțeles în mod categoric: există întotdeauna un solvent care acționează încet, cu o căldură dulce, și descompune totul, chiar și atunci când nu e cutremur. De aceea, te rog, dacă te jignesc, dacă-ți spun lucruri urâte, tu astupă-ți urechile, nu vreau să fac asta, dar o fac. Te rog, te rog să nu mă părăsești acum, altfel mă prăbușesc.

53.

Da — am spus de multe ori —, bine, dar acum odihnește-te. Am ținut-o strâns lângă mine, în cele din urmă a adormit. Eu am rămas trează s-o privesc, așa cum mă rugase odinioară. Din când în când, simțeam alte mici zgâlțâituri, cineva urla de groază în mașini. Acum șoseaua era pustie. Copilul mi se mișca în burtă ca o clipoceală, am atins pântecele Lilei, și al ei se mișca. Totul se mișca: marea de foc de sub scoarța terestră, și cuptoarele stelelor, și planetele, și universurile, și lumina tenebroasă, și tăcerea în ger. Dar eu, și acum când reflectam la valul de cuvinte tulburate ale Lilei, simțeam că-n mine spaima nu reușea să-și înfigă rădăcinile. Chiar lava, toată materia în contopire pe care mi-o imaginam în erupția ei fumegând sub pământ, toată teama pe care mi-o stârnea, mi se aranjau în minte în fraze ordonate, în imagini armonioase. Devenea un drum pavat cu pietre negre, ca străzile din Napoli, un drum pavat al cărui centru eram mereu și numai eu. Îmi acordam importanță, în fine, știam să-mi acord, orice se întâmpla. De tot ce mă ciocneam — studiile, cărțile, Franco, Pietro, fetele, Nino, cutremurul — ar fi trecut și eu — oricare *eu* dintre cele pe care le acumulasem — *eu* aș fi rămas pe loc. Eram vârful compasului mereu fix, în timp ce mina alerga în jur, trasând cerc după cerc. Lila, în schimb — acum mi se părea clar, și asta m-a făcut să fiu mândră, m-a liniștit, m-a înduioșat — făcea eforturi să simtă stabilitate. Nu reușea, nu credea. Oricât ne-ar fi dominat mereu pe toți și oricât ne-ar fi impus modul ei de-a fi, cu atâtea resentimente și furie, ea se percepea pe sine ca pe un colaj și nu făcea eforturi, la urmă, decât pentru a se înfrâna. Când, în ciuda tehnicilor ei prevăzătoare legate de persoane și obiecte, realitatea peticită predomina, Lila o pierdea pe Lila, haosul părea singurul său adevăr și ea — atât de activă, atât de curajoasă — se anula îngrozită, se preschimba în nimic.

54.

Cartierul s-a golit, pe șosea s-a lăsat liniștea, s-a făcut ger. În blocurile transformate în stânci negre nu era nici măcar un singur bec aprins, nu strălucea ecranul colorat al niciunui televizor. Am ațipit și eu. Apoi m-am trezit brusc, era încă întuneric. Lila coborâse din mașină, portiera de pe partea ei era întredeschisă. Am deschis-o pe a mea, am privit în jur. În toate mașinile staționate erau oameni, unul tușea, altul se văita în somn. Pe Lila n-o vedeam, m-am panicat, m-am dus înspre tunel. Am găsit-o nu departe de pompa de benzină a lui Carmen. Se mișca printre bucăți de cornișe și alte dărâmături, se uita în sus, spre ferestrele casei ei. Când m-a văzut, a căpătat o expresie stânjenită. Nu m-am simțit bine, a spus, îmi pare rău, ți-am împuiat capul, bine măcar că eram împreună. A zâmbit cu jumătate de gură stingherită, a spus una dintre multele ei fraze aproape de neînțeles din noaptea aceea — *„bine măcar" e un jet de parfum care țâșnește când apeși pe pompă* —, s-a cutremurat toată. Încă nu se simțea bine, am convins-o să se-ntoarcă în mașină. În câteva minute a adormit la loc.

Cum s-a făcut zi am trezit-o. Se liniștise, voia să-mi explice purtarea sa. A murmurat minimalizând totul: știi că așa sunt eu, din când în când mă apucă ceva, aici, în piept. Am spus: nu-i nimic, sunt perioade de oboseală, ai prea multe de făcut și, oricum, a fost urât pentru toți, nu se mai termina. A clătinat din cap: știu eu cum sunt făcută.

Ne-am organizat, am găsit modalitatea de-a intra din nou în casa ei. Am dat multe telefoane, dar fie nu reușeam să prindem legătura, fie telefonul suna în gol. Nu răspundeau părinții Lilei, nu răspundeau rudele din Avellino care ne-ar fi putut da vești despre Enzo și Gennaro, nu răspundea nimeni la numărul lui Nino, nici prietenii lui nu răspundeau. Am vorbit cu Pietro, în schimb, tocmai aflase de cutremur. I-am spus să le mai țină câteva zile pe fete, cât să ne fie limpede dacă pericolul trecuse. Dar cu cât se scurgeau orele, cu atât dimensiunea dezastrului creștea. Nu ne speriaserăm degeaba. Lila a murmurat voind parcă să se justifice: ai văzut, pământul stătea să se despice în două jumătăți.

Emoțiile și oboseala ne zăpăciseră, dar ne-am plimbat oricum pe jos prin cartier și printr-un oraș în doliu, când mut, când traversat de zgomotele enervante ale sirenelor. Am vorbit mult ca să ne liniştim: unde era Nino, unde era Enzo, unde era Gennaro, cum se simţea mama mea, unde o dusese Marcello Solara, unde erau părinţii Lilei. Mi-am dat seama că ea avea nevoie să revină asupra clipelor cutremurului nu neapărat ca să povestească iar despre efectul lor traumatic, ci mai degrabă să le simtă ca pe un nou centru vital în jurul căruia să-şi refacă sensibilitatea. Am încurajat-o de fiecare dată când s-a întâmplat şi mi s-a părut că-şi recăpăta controlul de sine, pe măsură ce afla de distrugerea unor întregi sate din Sud şi despre moartea locuitorilor acestora. Curând a început să vorbească despre groază fără să se ruşineze şi m-am liniştit. Dar ceva imposibil de definit şi-a lăsat, oricum, amprenta asupra ei: mersul mai prudent, o teamă abia perceptibilă a vocii. Amintirea cutremurului persista, Napoli o păstra în el. Dispărea numai căldura, ca o răsuflare ceţoasă care se ridica din trupul oraşului şi din existenţa lui lentă şi confuză.

Am ajuns până în dreptul casei lui Nino şi a Eleonorei. Am bătut mult timp, am strigat, niciun răspuns. Lila a rămas la o sută de metri distanţă privindu-mă fix, cu burta încordată, ascuţită, cu un aer îmbufnat. Am vorbit cu un individ care ieşea pe uşa blocului cărând două valize, a zis că toată clădirea era pustie. Am rămas acolo un pic, nu mă hotăram să plec. Am tras cu coada ochiului la silueta Lilei. Mi-am amintit ce-mi spusese cu puţin timp înainte de cutremur, aveam impresia că o legiune de demoni o urmărea neîncetat. Se folosea de Enzo, se folosea de Pasquale, se folosea de Antonio. Îl remodela pe Alfonso. Îl subjuga pe Michele Solara, atrăgându-l în iubirea nebună pentru ea, pentru el însuşi. Şi Michele se zbătea să se elibereze, îl concediase pe Alfonso, închisese magazinul din Piaţa Martirilor, dar tot degeaba. Lila îl umilise şi continua să-l umilească, supunându-l. Cine ştie câte lucruri aflase, de-acum, despre ilegalităţile comise de cei doi fraţi. Le văzuse afacerile când strânsese date pentru calculator, era la curent şi cu banii proveniţi din droguri. Iată de ce Marcello o ura, iată de ce o ura sora mea, Elisa. Lila știa tot. Știa tot dintr-o pură și foarte simplă teamă de orice lucru, însuflețit sau nu. Cine știe câte mârșăvii de-ale lui Nino cunoștea. Părea să-mi spună de la distanță: lasă-l baltă, știm amândouă că s-a pus la adăpost cu familia lui și de tine i s-a rupt.

55.

Lucru care s-a dovedit, până la urmă, adevărat. Enzo și Gennaro s-au întors pe seară în cartier, neliniștiți, răvășiți, cu o înfățișare de foști luptători într-un război atroce și cu o singură preocupare: cum se simțea Lila. Nino, în schimb, a apărut după mai multe zile, părea întors dintr-o excursie. N-am mai înțeles nimic, mi-a zis: mi-am luat copiii și am fugit.

Copiii lui. Ce tată responsabil. Și cel pe care-l purtam eu în pântece?

A povestit cu tonul lui dezinvolt că se refugiase cu copiii, cu Eleonora și cu socrii săi într-o vilă de-a familiei la Minturno. M-am încruntat. L-am ținut la distanță zile în șir, nu voiam să-l văd, am avut grijă de părinții mei. Am aflat de la Marcello însuși, întors singur în cartier, că-i dusese într-un loc sigur, împreună cu Elisa și Silvio, la o proprietate pe care o avea la Gaeta. Un alt salvator al familiei *lui*.

M-am întors între timp în casa de pe strada Tasso, singură. Acum era foarte frig, apartamentul era un sloi de gheață. Am verificat pereții unul câte unul, nu mi s-a părut c-ar fi crăpături. Dar seara mi-era frică să adorm, mă temeam c-o se reînceapă cutremurul și eram fericită că Pietro și Doriana acceptaseră să le țină încă un pic pe fete.

Apoi a venit Crăciunul, n-am rezistat, m-am împăcat iarăși cu Nino. M-am dus să le iau de la Florența pe Dede și pe Elsa. Viața a luat-o de la capăt, dar ca o convalescență al cărei sfârșit nu-l întrezăream. Acum, de fiecare dată când o întâlneam pe Lila, simţeam din partea ei o dispoziţie incertă, mai ales când devenea agresivă. Mă privea voind parcă să spună: tu știi ce e în spatele cuvintelor mele.

Dar într-adevăr știam? Traversam străzile îngrădite sau treceam pe lângă o mie de clădiri inutilizabile, consolidate cu pari robuști. Adesea sfârșeam în mijlocul distrugerilor provocate de ineficienţa cea mai abjectă și mai complice. Și mă gândeam la Lila, la cum se întorsese imediat să muncească, să manipuleze, să înduplece, să ironizeze, să atace. Îmi revenea în minte teama care-o umilise în câteva secunde, vedeam urma acelei groaze în gestul de-acum obișnuit de a-și ţine mâinile cu degetele răsfirate în jurul burţii. Și mă întrebam neliniștită: cine e acum, în ce se mai poate transforma, ce reacţii poate avea? I-am spus o dată, ca să confirm că momentul urât trecuse:

— Lumea s-a întors la locul ei.

Ea a răspuns arogantă:

— Care loc?

56.

În ultima lună de sarcină, totul a devenit foarte obositor. Pe Nino îl vedeam puţin, avea de lucru, și asta mă exaspera. Când își făcea, rar, apariţia, eram nepoliticoasă, mă gândeam: sunt urâtă, nu mă mai dorește. Și era adevărat, eu însămi nu mă mai puteam privi în oglindă altfel decât enervată. Aveam obrajii umflaţi și un nas enorm. Sânii și burta parcă îmi devoraseră restul corpului, mă vedeam fără gât, cu picioare scurte și glezne umflate. Devenisem ca mama mea, dar nu cea de acum, care era o bătrânică firavă și îngrozită. Semănam mai degrabă cu figura ranchiunoasă de care mă temusem întotdeauna și care deja exista doar în amintirea mea.

Mama aceea asupritoare s-a dezlănţuit. A început să acţioneze prin intermediul meu, izbucnind din cauza eforturilor, angoaselor, suferinţei pe care mama muribundă mi-o provoca cu fragilităţile ei, cu privirea unei persoane pe cale să se înece. Am devenit nesuferită, fiecare nepotrivire mi se părea un complot, ajungeam adesea să ţip necontrolat. Aveam impresia, în momentele de nemulţumire maximă, că distrugerile din Napoli puseseră stăpânire și pe corpul meu, că pierdusem orice talent de-a fi simpatică și fermecătoare. Pietro mă suna ca să vorbească cu fetele și eram distantă. Îmi telefonau de la editură sau de la vreun ziar și protestam, spuneam: sunt în luna a noua, de-abia mai răsuflu, lăsaţi-mă în pace.

Și cu fiicele mele am devenit mai rea. Nu atât cu Dede, cu al cărei amestec sâcâitor de inteligenţă, afecţiune și logică eram obișnuită, dat fiind că semăna cu tatăl ei. Elsa, în schimb, a-nceput să mă calce pe nervi, cu modul în care, dintr-o copiliţă blândă, devenea o ființă cu trăsături tulburi, de care învăţătoarea nu făcea decât să se plângă, caracterizând-o drept șmecheră și violentă, în timp ce eu însămi, acasă sau pe stradă, o dojeneam încontinuu pentru că era arţăgoasă, își însușea lucrurile altora și, când trebuia să le dea înapoi, le distrugea. Frumos trio de femei mai suntem, ziceam în sinea mea, evident că Nino ne evită, că-i preferă pe Eleonora, Albertino și Lidia. Speram — când nu puteam dormi noaptea din cauza odraslei agitate din pântece, simţindu-mă ca și cum aș fi fost alcătuită din bule instabile de aer — ca în ciuda oricărei previziuni, acel nou fiu să fie băiat, să-i semene, să-i placă, să-l iubească mai mult decât pe ceilalţi copii ai lui.

Dar oricât m-aș fi străduit să revin la imaginea preferată despre mine — îmi dorisem întotdeauna să fiu o persoană echilibrată care, cu înţelepciune, să-și poată ţine-n frâu sentimentele meschine sau chiar pe cele violente —, în acele zile n-am reușit deloc să mai fiu statornică. Dădeam vina pe cutremur, care pe moment părea să mă fi tulburat foarte puțin, dar care poate că rămăsese în adâncul meu, până în interiorul burții. Dacă traversam cu mașina tunelul din Capodimonte, mă apuca panica, mă temeam că o nouă zgâlțâitură o să-l facă să se surpe. Dacă treceam pe viaductul de pe bulevardul Malta, care deja vibra de la sine, acceleram ca să scap de zgâlțâitura care putea să-l sfărâme dintr-un moment în altul. În perioada aceea am încetat chiar și să mă lupt cu furnicile care apăreau deseori în baia de acasă: preferam să le las în viață și, din când în când, să le privesc cu atenție, Alfonso susținea că prevesteau o catastrofă.

Dar nu numai urmările cutremurului m-au răvășit, s-au adăugat și vorbele rostite pe jumătate pline de imaginație ale Lilei. Acum pe stradă mă uitam dacă erau seringi ca acelea pe care mi se întâmplase să le observ, nepăsător, în vremurile de la Milano. Și, dacă se nimerea să le văd în părculețul din cartier, puneau stăpânire pe mine aburii gâlcevei, voiam să mă duc să mă iau la harță cu Marcello și cu frații mei, chiar dacă nu-mi era clar ce argumente ar fi trebuit să folosesc. Am ajuns astfel să spun și să fac lucruri odioase. Mamei mele, care mă sâcâia întrebându-mă dacă vorbisem cu Lila de Peppe și Gianni, i-am răspuns într-o zi nepoliticos: mama, Lila nu-i poate angaja, îl are deja pe fratele ei care se droghează și se teme pentru Gennaro, n-o împovărați cu toate problemele pe care nu le puteți rezolva voi. Ea m-a privit îngrozită, despre droguri nu vorbiserăm, spusesem un cuvânt care nu trebuia rostit. Dar dacă în alte vremuri ar fi-nceput să zbiere în apărarea fraților mei și împotriva insensibilității mele, acum s-a băgat într-un ungher întunecos al bucătăriei și n-a mai suflat, astfel că am murmurat căită: nu-ți face griji, hai, găsim noi o soluție.

Ce soluție? Am complicat și mai mult lucrurile. L-am găsit pe Peppe în părculeț — Gianni cine știe pe unde era — și am ținut o tiradă despre cât era de urât să obții profit de pe urma viciilor altora. I-am spus: du-te să faci orice alt fel de muncă, dar nu pe asta, te distruge și o faci pe mama noastră să moară de inimă rea. El, tot timpul cât și-a curățat unghiile de la mâna dreaptă cu unghia degetului mare de la mâna stângă, m-a ascultat cu privirea în pământ, timorat. Avea cu trei ani mai puțin decât mine și se simțea fratele mic în fața surorii mari care era o persoană importantă. Dar asta nu l-a împiedicat, în cele din urmă, să-mi spună rânjind: fără banii mei, mama ar fi deja moartă. A plecat cu un semn apatic de salut.

Răspunsul acela m-a enervat și mai tare. Am lăsat să treacă o zi sau două și m-am dus la Elisa, sperând să-l găsesc și pe Marcello. Era foarte frig, străzile cartierului nou erau distruse și murdare la fel ca acelea din cartierul vechi. Marcello nu era acolo, în casă era dezordine, sora mea m-a întors pe dos cu delăsarea ei: nu se spălase, nici nu se-mbrăcase, avea grijă doar de copil. Aproape că am strigat la ea: zi-i soțului tău — și am accentuat cuvântul *soț* chiar dacă nu erau căsătoriți — că-i nenorocește pe frații noștri; dacă trebuie să vândă droguri, s-o facă personal. M-am exprimat chiar așa, în italiană, și ea s-a făcut lividă la față, spunând: Lenù, ieși imediat din casa mea, cu cine crezi că vorbești, cu domnii pe care-i cunoști tu? Pleacă, ești o îngâmfată, întotdeauna ai fost așa. Când am încercat să-i dau replica, a zbierat la mine: să nu mai vii niciodată aici să faci pe profesoara cu Marcello al meu: e o persoană bună, lui îi datorăm totul; eu, dacă vreau, te cumpăr pe tine, pe curva aia de Lina și pe toți dobitocii pe care-i apreciezi atât de mult.

57.

Am intrat în încurcături tot mai mari în cartierul asupra căruia Lila mă făcuse să deschid ochii. Mi-am dat seama târziu că mă amestecam în treburi dificil de orânduit, încălcând, de altfel, o regulă pe care mi-o stabilisem când mă întorsesem la Napoli:

să nu mă las reabsorbită de locul în care mă născusem. Într-o după-amiază în care le lăsasem pe fete la Mirella, mai întâi am vizitat-o pe mama, apoi, nu știu dacă pentru a mă calma sau pentru a da frâu liber neliniștii care simțeam că mă apasă, am trecut pe la biroul Lilei. Mi-a deschis ușa Ada, cu veselie. Lila era închisă în camera ei și discuta pe un ton ridicat cu un client, Enzo se dusese la nu știu ce firmă împreună cu Rino, ea se simțea datoare să-mi țină companie. A pălăvrăgit despre Maria, fiica ei, despre cât crescuse, despre cât de bună era la școală. Dar apoi a țârâit telefonul, a dat fuga să răspundă, între timp l-a strigat pe Alfonso: e Lenuccia aici, vino-ncoace. Cu o anume stânjeneală, fostul meu coleg de școală, mai feminin ca niciodată în atitudine, în coafură, în culorile hainelor, m-a invitat să intru într-o mică încăpere goală. Acolo l-am găsit, în mod surprinzător, pe Michele Solara.

Nu-l văzusem de mult timp, ne-a izbit pe toți trei atmosfera stânjenitoare creată. Michele mi s-a părut foarte schimbat. Era grizonant și chipul lui părea îmbătrânit, chiar dacă trupul îi rămăsese tânăr și atletic. Dar părea mai ales — chestie complet neobișnuită — stingherit de prezența mea și cu un comportament foarte diferit de cel normal. Pentru prima oară s-a ridicat în picioare când am intrat. În plus de asta, a fost politicos, dar a vorbit foarte puțin, turuiala arogantă care-l caracterizase dintotdeauna se evaporase. S-a uitat adesea la Alfonso cerându-i, parcă, ajutorul, dar și-a desprins imediat privirea, ca și cum s-ar fi putut compromite doar făcând asta. Nici Alfonso nu părea mai puțin stingher. Își aranja încontinuu părul lung, plesnea din buze căutând să spună ceva, curând conversația a-nceput să lâncezească. Clipele acelea mi s-au părut fragile. Am devenit agitată, fără să pricep de ce. Poate că mă deranja că se ascundeau — *de mine*, ca și cum n-aș fi putut înțelege, *de mine*, care frecventam medii mult mai evoluate decât cămăruța aia de cartier, care scrisesem un volumaș lăudat și în străinătate despre cât erau de instabile indentităţile sexuale. Am simţit pe vârful limbii nevoia de a rosti: dacă am priceput bine voi doi sunteţi amanţi şi numai de teamă că înţelesesem greşit aluziile Lilei n-am făcut-o. Dar în mod sigur n-am suportat tăcerea şi am vorbit mult bătând în direcţia aceea.

I-am spus lui Michele:

— Gigliola mi-a zis că v-aţi despărţit.

— Da.

— Şi eu m-am despărţit.

— Ştiu asta şi ştiu şi cu cine eşti.

— Nino nu ţi-a plăcut niciodată.

— Nu. Dar oamenii trebuie să facă ce au chef, altfel se îmbolnăvesc.

— Tot în Posillipo stai?

Alfonso a intervenit plin de entuziasm:

— Da, şi e o priveliște foarte frumoasă.

Michele l-a privit enervat şi a spus:

— Mă simt bine acolo.

Eu am răspuns:

— Singur nu te simţi bine niciodată.

— Mai bine singur decât într-o companie nepotrivită, a răspuns el.

Alfonso a înţeles că, probabil, căutam cu lumânarea să-i spun lui Michele ceva neplăcut şi a-ncercat să-mi acapareze atenţia, vorbind despre el.

A exclamat:

— Şi eu mă despart de Marisa, a spus şi a povestit amănunţit certurile pe care le avea cu soţia în privinţa banilor.

Nu s-a referit deloc la iubire, la sex, la trădările ei. A continuat o vreme, în schimb, insistând asupra banilor, a vorbit neclar despre Stefano şi a făcut aluzii la faptul că Marisa o săpase pe Ada (*femeile iau bărbaţii altor femei fără niciun scrupul, dimpotrivă, cu foarte mare satisfacţie*). Soţia, descrisă de el, părea nimic mai mult decât o cunoştinţă despre ale cărei experienţe se putea vorbi cu ironie. Imaginează-ți ce alianțe schimbate — a spus râzând —, Ada i l-a luat pe Stefano Lilei și Marisa acum i-l ia ei, ha ha ha.

Am stat să ascult și, încet-încet, am descoperit din nou — dar ca și cum aș fi scos-o la iveală dintr-un puț adânc — vechea apropiere solidară din vremurile în care stăteam în aceeași bancă. Dar abia atunci am înțeles că, deși nu fusesem niciodată conștientă de faptul că era diferit, îl îndrăgisem tocmai pentru că nu era ca alți bărbați, tocmai pentru acel dezinteres neobișnuit față de comportamentele virile din cartier. Și acum, în timp ce vorbea, am descoperit că acea legătură încă persista. Michele, în schimb, m-a indispus tot mai mult și cu acea ocazie. A mormăit niște vulgarități despre Marisa, și-a pierdut răbdarea din cauza trăncănelii lui Alfonso, la un moment dat l-a întrerupt în mijlocul unei fraze aproape cu furie (*mă lași să-i spun două vorbe Lenucciei?*) și m-a întrebat de mama, se știa că era bolnavă. Alfonso a tăcut imediat înroșindu-se, eu am început să vorbesc despre mama și am subliniat intenționat cât era de îngrijorată pentru frații mei. Am spus:

— Nu e mulțumită că Peppe și Gianni muncesc pentru fratele tău.

— Ce nu-i în regulă cu Marcello?

— Asta nu știu, spune-mi tu. Am aflat că nu te mai înțelegi cu el.

El m-a privit aproape jenat.

— Ai aflat prost. Și, oricum, dacă mamei tale nu-i plac banii lui Marcello, îi poate trimite să trudească sub altcineva.

Eram gata să-i reproșez acel *sub*: frații *mei sub* Marcello, *sub* el, *sub* altcineva: frații *mei*, pe care nu-i ajutasem să învețe și acum, din vina mea, erau *sub*. Sub? Nicio ființă umană nu trebuia să fie sub, cu atât mai puțin sub frații Solara. M-am simțit mai nemulțumită și mai arțăgoasă. Dar a apărut Lila.

— Ah, ce adunare, a spus și i s-a adresat lui Michele: ai de vorbit cu mine?

— Da.

— E o discuţie lungă?

— Da.

— Atunci vorbesc mai întâi cu Lenuccia.

El a făcut un semn timid de consimţire. Eu m-am ridicat, am zis privindu-l pe Michele, dar atingând un braţ de-al lui Alfonso, voind parcă să-l împing spre el:

— Invitaţi-mă la Posillipo într-una din seri, sunt mereu singură. Eventual gătesc eu.

Michele a căscat gura, dar n-a scos niciun sunet, iar Alfonso a intervenit agitat:

— Nu-i nevoie, mă pricep bine la gătit. Dacă Michele ne invită, mă ocup eu de tot.

Lila m-a luat de acolo.

A stat cu mine mult timp în biroul ei, am vorbit vrute și nevrute. Și ea se apropia de termen, dar parcă n-o mai împovăra sarcina. Mi-a zis amuzată, punându-și sub burtă mâna căuș: în sfârșit m-am obișnuit cu ea, mă simt bine, mai-mai că-mi vine să-l ţin aici înăuntru pentru totdeauna. Cu o vanitate rar etalată, s-a așezat din profil ca s-o admir. Era înaltă, silueta ei uscăţivă avea forme frumoase: sâni mici, burta, spatele și gleznele. Lui Enzo, a spus râzând un pic vulgară, însărcinată îi plac și mai mult, ce plictisitoare sunt calendarele. M-am gândit: cutremurul i s-a părut atât de îngrozitor, încât acum fiecare clipă e o necunoscută pentru ea și ar vrea să lase totul pe loc, chiar și sarcina. Eu, din când în când, m-am uitat la ceas, dar ei nu i-a păsat deloc de Michele care aștepta. Dimpotrivă, a părut că pierde intenţionat vremea cu mine.

— Nu-i aici cu probleme de muncă, a spus când i-am amintit că el aștepta, se preface, găsește scuze.

— Scuze pentru ce?

— Scuze. Dar tu nu te băga: ori îţi vezi de ale tale și gata, ori sunt chestiuni pe care trebuie să le iei serios. Și poate că era mai bine să nu zici nimic de nicio cină la Posillipo.

M-am simţit stânjenită. Am murmurat că era o perioadă plină de tensiuni, i-am povestit de cearta cu Elisa și cu Peppe, i-am zis că intenţionam să-l înfrunt pe Marcello. A clătinat din cap, a spus:

— Nici alea nu sunt lucruri despre care îţi spui pur și simplu părerea, după care te întorci la tine, pe strada Tasso.

— Nu vreau ca mama să închidă ochii cu grija fiilor ei.

— Liniștește-o.

— Cum?

A zâmbit.

— Cu minciuni. Minciunile sunt mai bune decât calmantele.

58.

Dar în acele zile era prost dispusă și nu eram în stare nici măcar să mint cu un scop bun. Numai pentru că Elisa s-a dus la mama să-i spună c-o jignisem și, prin urmare, nu mai voia să aibă nimic de-a face cu mine; numai pentru că Peppe și Gianni i-au zis urlând să nu mai îndrăznească niciodată să mă trimită la ei ca să le ţin discursuri de poliţist, în cele din urmă m-am hotărât să-i spun o minciună. I-am spus că vorbisem cu Lila și ea promisese să se ocupe de Peppe și de Gianni. Dar mama și-a dat seama că nu eram prea convinsă și mi-a zis posomorâtă: da, bravo, du-te acasă, du-te, că le ai pe fete. Am fost furioasă pe mine, în zilele următoare am văzut-o și mai neliniștită, bombănea că voia să moară repede. Dar o dată când am dus-o la spital părea dintr-odată mai încrezătoare.

— Mi-a telefonat, a zis cu vocea ei răgușită și suferindă.

— Cine?

— Lina.

Am rămas cu gura căscată de uimire.

— Ce ţi-a zis?

— Că pot sta liniştită, are ea grijă de Peppe şi de Gianni.

— În ce sens?

— Nu ştiu, dar dacă mi-a promis, înseamnă că va găsi o soluţie.

— Asta e sigur.

— În ea am încredere, ştie ce trebuie să facă.

— Da.

— Ai văzut ce frumoasă e?

— Da.

— Mi-a zis că dacă face fată, o s-o cheme Nunzia, ca pe mama ei.

— O să facă un băiat.

— Dar dacă e fată, o s-o cheme Nunzia, a subliniat şi, în timp ce vorbea, nu se uita la mine, ci la celelalte feţe îndurerate din sala de aşteptare.

Am spus:

— Eu sigur fac o fată, e de-ajuns să te uiţi la burta pe care-o am.

— Şi?

M-am chinuit să-i promit:

— Şi îi dau numele tău, nu-ţi face griji.

A mormăit:

— Fiul lui Sarratore va vrea să-i dea numele mamei lui.

59.

Am negat că Nino ar avea vreun cuvânt de spus la capitolul ăsta, în perioada aceea mă enerva numai când auzeam de numele lui. Dispăruse, era mereu ocupat. Dar tocmai în ziua în care i-am făcut acea promisiune mamei mele, seara, în timp ce cinam cu fetele, a apărut pe neaşteptate. Era vesel, s-a prefăcut că nu simte că eram tristă. A cinat cu noi, le-a dus el însuși pe Dede și Elsa la culcare, glumind și spunând snoave, le-a așteptat să adoarmă. Superficialitatea lui dezinvoltă mi-a stricat și mai tare dispoziția. Acum trecuse o fugă, dar pe urmă o să dispară din nou și cine știe pentru cât timp. De ce se temea, c-or să mă apuce durerile nașterii cât era în casă, cât dormea cu mine? C-o să fie nevoit să mă însoțească la clinică? Așadar, că va trebui să-i spună Eleonorei: trebuie să rămân cu Elena pentru că-l aduce pe lume pe fiul meu?

Fetele au adormit și el a reapărut în sufragerie. A fost foarte lingușitor, a îngenuncheat în fața mea, mi-a sărutat burta. Mi-am amintit, parcă străfulgerată, de Mirko: cât putea să aibă acum, vreo doisprezece ani.

— Ce știi de fiul tău? l-am întrebat direct.

N-a înțeles, bineînțeles, a crezut că vorbesc despre copilul pe care-l aveam în pântece și a zâmbit dezorientat. Atunci am specificat, încălcând cu mare plăcere o promisiune pe care mi-o făcusem mie însămi cu câtva timp în urmă:

— Vreau să spun fiul Silviei, Mirko. L-am văzut, e identic cu tine. Dar tu? L-ai recunoscut? Te-ai ocupat vreodată de el?

S-a încruntat, s-a ridicat.

— Uneori nu știu cum să fac cu tine, a murmurat.

— Să faci ce? Explică-te.

— Ești o femeie inteligentă, dar uneori devii altă persoană.

— Adică? Irațională? Proastă?

A surâs și a făcut un gest de parcă voia să alunge o insectă enervantă.

— Ai prea multă încredere în Lina.

— Ce legătură are Lina cu asta?

— Îți distruge mintea, sentimentele, totul.

Cuvintele acelea m-au făcut să-mi pierd definitiv calmul. I-am spus:

— În seara asta vreau să dorm singură.

N-a opus rezistenţă. Cu aerul cuiva care, în numele unei vieţi liniştite, se supune unei grave nedreptăţi, a închis uşa în urma lui.

După două ore, în timp ce mă învârteam prin casă fără chef de somn, am simţit nişte mici contracţii, ca şi cum aş fi avut dureri menstruale. I-am telefonat lui Pietro, ştiam că-ncontinuare îşi petrecea nopţile studiind. I-am spus: nasc, mâine vino să le iei pe Dede şi Elsa. N-am apucat să pun receptorul jos că mi s-a prelins pe picioare un lichid cald. Am înşfăcat o geantă pe care o umplusem deja de mult cu strictul necesar, apoi nu mi-am desprins degetul de pe soneria vecinilor până când nu mi-au răspuns. Cu Antonella stabilisem un acord de principiu şi, chiar dacă era pe jumătate adormită, nu s-a mirat. Am spus:

— A sosit ceasul, vi le las pe fete.

Brusc mi-au trecut furia şi toate neliniştile.

60.

Era 22 ianuarie 1981, a fost ziua în care am născut a treia oară. Nu aveam o amintire deosebită despre primele mele două experienţe, dar aceea a fost categoric cea mai puţin dureroasă, aşa încât puteam s-o consider o eliberare fericită. Doctoriţa m-a lăudat pentru autocontrolul meu, era bucuroasă că nu-i creasem probleme. Dacă ar fi toate ca tine, mi-a spus: eşti făcută să aduci copii pe lume. Mi-a murmurat la ureche: Nino aşteaptă afară, l-am anunţat eu.

Vestea mi-a făcut plăcere, dar şi mai mult m-am bucurat să descopăr brusc că nu-i port pică. Odată ce scăpasem de povara naşterii, m-am simţit despovărată şi de îndârjirea ultimei luni şi m-am bucurat de asta, m-am simţit din nou capabilă de o blândeţe lipsită de dramatism. Am primit-o cu afecţiune pe nou-venita, era o fetiţă de trei kilograme şi două sute de grame, vineţie, cheală. I-am spus lui Nino, când i-am dat voie să intre în cameră după ce mă aranjasem un pic ca să nu arăt devastată de efort: acum suntem patru femei, te înţeleg dacă mă părăseşti. N-am făcut nicio aluzie la cearta pe care o avuseserăm. El m-a îmbrăţişat, m-a sărutat, a jurat că nu putea fără mine. Mi-a dăruit un lănţişor de aur cu un pandantiv. Mi s-a părut foarte frumos.

Cum m-am simţit mai bine, i-am telefonat vecinei mele. Am aflat că Pietro, conştiincios ca de obicei, sosise. Am vorbit cu el, voia să vină la clinică împreună cu fetele. Le-am cerut şi pe ele la telefon, plăcerea de a fi cu tatăl lor le făcea indiferente, au răspuns amândouă monosilabic. I-am zis fostului meu soţ că aş fi preferat să le ia la Florenţa câteva zile. El a fost foarte afectuos, voiam să-i mulţumesc pentru solicitudine, să-i spun că ţineam la el. Dar simţeam asupra mea privirea foarte atentă a lui Nino şi am renunţat.

Pe urmă i-am sunat pe părinţii mei. Tatăl meu a rămas rece, poate din timiditate, poate fiindcă viaţa mea i se părea un dezastru, poate pentru că împărtăşea ranchiuna fraţilor mei faţă de pornirea mea recentă de a mă amesteca în treburile lor, deşi nu îngăduisem niciodată ca ei să se amestece într-ale mele. Mama mea a spus că voia să vadă fetiţa imediat şi m-am străduit s-o liniştesc. Apoi am format numărul Lilei, care a comentat distrată: mereu îţi merge totul ca uns, la mine nu se mişcă nimic încă. Poate fiindcă era copleşită de treabă a fost expeditivă, n-a spus că vrea să mă viziteze la clinică. Nimic neobişnuit, m-am gândit binedispusă, şi am adormit.

Când m-am trezit, eram sigură că Nino se evaporase, în schimb era tot acolo. A vorbit mult timp cu prietena lui medic ginecolog, s-a informat despre recunoaşterea paternităţii, nu s-a arătat agitat pentru eventualele reacţii ale Eleonorei. Când i-am spus că voiam să-i dau fetiţei numele mamei mele, s-a arătat foarte bucuros. Şi imediat cum mi-am revenit, ne-am prezentat în faţa unui funcţionar de la primărie pentru a stabili că fiinţa ieşită din pântecele meu se numea Immacolata Sarratore.

Nino nu s-a arătat stingherit nici atunci. Eu m-am zăpăcit, am spus că eram căsătorită cu Giovanni Sarratore, m-am corectat, am murmurat *despărțită* de Pietro Airota, am îngrămădit haotic prenume, nume, informații inexacte. Dar momentul acela mi s-a părut frumos și am ajuns din nou să cred că, pentru a pune ordine în viața mea privată, era nevoie doar să am un pic de răbdare.

În acele prime zile Nino și-a neglijat nenumăratele angajamente și mi-a demonstrat în toate felurile cât de mult contez pentru el. S-a supărat doar când a aflat că nu voiam s-o botez pe fetiță.

— Copiii se botează, a zis.

— Albertino și Lidia sunt botezați?

— Desigur.

Am aflat astfel că, în ciuda anticlericalismului de care făcea adesea paradă, botezul i se părea necesar. Au urmat câteva momente stânjenitoare. Crezusem mereu, încă de când eram la liceu, că nu e credincios iar el, pe de altă parte, mi-a zis că, din cauza polemicii cu profesorul meu de religie din gimnaziu, era convins că sunt credincioasă.

— Oricum, a spus perplex, credincios sau nu, copiii se botează.

— Ce argument e ăsta?

— Nu e un argument, e un sentiment.

Am vorbit pe un ton jucăuș.

— Lasă-mă să fiu consecventă, am spus, nu le-am botezat pe Dede și pe Elsa, n-o s-o botez nici pe Immacolata. Or să decidă ele când vor fi mari.

S-a gândit o clipă și a izbucnit în râs:

— Dar sigur, cui îi pasă, era motiv să dăm o petrecere.

— Hai s-o dăm oricum.

I-am promis că voi organiza ceva pentru toți prietenii lui. În acele prime ore de viață ale fiicei noastre i-am studiat atent gesturile, grimasele de dezacord și cele de consens. M-am simțit bucuroasă și totodată dezorientată. Era oare el? Era bărbatul pe care-l iubisem dintotdeauna? Sau un necunoscut pe care-l obligam să adopte o fizionomie clară și definitivă?

61.

Dintre rudele mele și prietenii mei din cartier nimeni n-a venit la clinică. Poate că — m-am gândit odată ajunsă acasă — trebuie să dau o mică petrecere și pentru ei. Ținusem la distanță originea mea, așa încât, deși petreceam mult timp în cartier, nu invitasem niciodată în apartamentul de pe strada Tasso nici măcar o persoană care să aibă legătură cu copilăria și adolescența mea. Și am regretat, am simțit acea separare clară ca pe o reminiscență dintr-o etapă mai fragilă a vieții mele, aproape un semn de imaturitate. Îmi stăruia acel gând în minte când a țârâit telefonul. Era Lila.

— Suntem în drum spre tine.

— Cine?

— Eu și mama ta.

Era o după-amiază geroasă, Vezuviul avea un strat de zăpadă pe creastă, iar vizita aceea mi s-a părut inoportună.

— Pe frigul ăsta? Nu-i face bine să iasă.

— I-am spus, dar nu vrea s-asculte.

— În câteva zile o să dau o petrecere, o să vă invit pe toți, spune-i că va vedea fetița atunci.

— Spune-i tu.

N-am mai discutat, dar mi-a trecut orice chef de petreceri, am resimțit vizita aceea ca pe o invazie. Mă întorsesem acasă de puțin timp. Între supt, băițe, câteva copci care mă incomodau, mă simțeam obosită. Și, mai ales, atunci era Nino acasă. Nu voiam ca mama să se supere și-mi crea disconfort întâlnirea dintre el și

Lila într-un moment în care nu eram încă într-o formă bună. Am încercat să mă descotorosesc de Nino, dar parcă nu înţelegea, dimpotrivă, s-a arătat bucuros de sosirea mamei mele și a rămas.

Am dat fuga la baie să mă aranjez. Când au bătut la ușă, m-am grăbit să deschid. N-o văzusem pe mama de vreo zece zile. Mi s-a părut foarte violent contrastul dintre Lila, care încă ducea greutatea a două vieţi, foarte frumoasă și energică, și mama agăţată de braţul său ca de un colac de salvare pe o mare învolburată, mai chircită ca niciodată, la capătul puterilor, gata să se scufunde în abisuri. Am pus-o să se sprijine de mine, am dus-o să se așeze pe un fotoliu în faţa ușii-fereastră. A șoptit: ce frumos e golful. Și a privit fix peste balcon, poate ca să nu se uite la Nino. Dar el s-a apropiat de ea și, în felul lui fermecător, a început să-i explice relieful neguros dintre mare și cer: aceea e Ischia, acolo e Capri, veniţi, de-aici se vede mai bine, sprijiniţi-vă de mine. Nu i s-a adresat deloc Lilei, nici n-a salutat-o. M-am ocupat eu de ea.

— Te-ai pus repede pe picioare, a spus.

— Sunt un pic obosită, dar mă simt bine.

— Insiști să stai aici sus, e greu de ajuns.

— Dar e frumos.

— Mă rog!

— Vino, hai s-o aducem pe fetiţă.

Am însoţit-o în camera Immacolatei.

— Ţi-ai revenit la faţă, ce păr frumos, m-a lăudat. Și lanţul acesta?

— Mi l-a dăruit Nino.

Am ridicat-o pe fetiţă din pătuţ. Lila a adulmecat-o, și-a apropiat nasul de gâtul ei, a spus că se simţea mirosul ei cum intrai în casă.

— Ce miros?

— De talc și acid boric, de lapte, de dezinfectant, de nou.

— Îţi place?

— Da.

— Mă aşteptam să cântărească mai mult. În mod evident, doar eu eram mare.

— Cine ştie al meu cum e.

Deja vorbea mereu la masculin.

— O să fie foarte frumos şi bun.

A făcut semn că da, dar ca şi cum n-ar fi auzit, privea fetiţa cu atenţie. A trecut cu degetul arătător peste fruntea ei, peste-o ureche. A repetat pactul pe care-l făcuserăm în glumă:

— Dacă e aşa, facem schimb.

Am râs, i-am dus-o pe fetiţă mamei mele pe care am găsit-o sprijinită de braţul lui Nino, lângă fereastră. Acum îl fixa de jos în sus cu privirea, cu simpatie, îi zâmbea, era ca şi cum ar fi uitat de ea însăşi şi s-ar fi trezit din nou tânără.

— Iat-o pe Immacolata, am spus.

Ea l-a privit pe Nino. El a exclamat prompt:

— E un nume foarte frumos.

Mama mea a murmurat:

— Nu-i adevărat. Dar îi puteţi spune Imma, că e mai modern.

A dat drumul braţului lui Nino, mi-a făcut semn să-i dau nepoata. I-am încredinţat-o, cu teama că nu putea s-o susţină.

— Sfântă Fecioară, ce frumoasă eşti, i-a şoptit şi i s-a adresat Lilei: Îţi place?

Lila era neatentă, se uita fix la picioarele mamei mele.

— Da, a spus, fără să-şi ridice privirea, dar aşezaţi-vă.

Am privit şi eu unde privea ea. De sub rochia mamei mele picura sânge negru.

62.

Mi-am luat fetiţa cu o mişcare instinctivă. Ea şi-a dat seama ce i se întâmpla şi i-am văzut pe chip dezgustul de sine şi ruşinea.

Nino a prins-o cu o clipă înainte să leșine. Mama, mama, am strigat, în timp ce el o lovea ușor peste un obraz cu vârful degetelor. M-am alarmat, nu-și revenea în simțiri și între timp fetița începuse să scâncească. O să moară, m-am gândit îngrozită, a rezistat până în momentul în care a putut s-o vadă pe Immacolata și apoi a cedat. Am continuat să repet mama cu voce tot mai ridicată.

— Cheamă salvarea, a spus Lila.

M-am dus spre telefon, m-am oprit dezorientată, voiam să i-o dau pe cea mică lui Nino. Dar el m-a dat la o parte, i s-a adresat Lilei în loc să mi se adreseze mie, a spus că dura mai puțin s-o ducem la spital cu mașina. Îmi simțeam inima în gât, fetița plângea, mama mea și-a recăpătat cunoștința și a-nceput să se vaite. A murmurat plângând că nu mai voia să pună piciorul în spital, mi-a amintit trăgându-mă de fustă că fusese deja internată o dată și nu voia să moară în acea neglijență. Tremura, a spus: vreau s-o văd pe fetiță crescând.

Nino atunci a căpătat tonul ferm din studenție când trebuia să se confrunte cu situații dificile. Să mergem, a spus și a ridicat-o pe mama mea în brațe. Fiindcă ea protesta abia auzit, a liniștit-o, i-a spus că va avea el grijă să aranjeze totul. Lila m-a privit perplexă, m-am gândit: profesorul de la spital care urmărește evoluția mamei mele e prieten cu familia Eleonorei, Nino în acest moment e absolut necesar, bine că-i aici. Lila a spus: lasă-mi fetița, du-te tu. Am fost de acord, am dat să i-o întind pe Immacolata, dar, cu un gest nesigur, m-am simțit legată de ea ca și cum aș fi avut-o încă în mine. Și, în orice caz, acum nu puteam să mă despart de ea, trebuia să-i dau să sugă, să-i fac baie. Dar și de mama mea mă simțeam legată așa cum nu se-ntâmplase niciodată, tremuram, ce era sângele acela, ce însemna.

— Hai, i-a spus Nino Lilei fără pic de răbdare, să ne grăbim.

— Da, am murmurat, duceți-vă și dați-mi de veste.

Abia când ușa s-a închis am simțit disconfortul acelei situații: Lila și Nino împreună o luau pe mama de acolo, ei se ocupau de ea când ar fi trebuit s-o fac eu.

Mă simțeam vlăguită și tulburată. M-am așezat pe canapea, i-am dat sân Immacolatei ca s-o liniștesc. Nu reușeam să-mi desprind privirea de sângele de pe podea și, între timp, îmi imaginam mașina zburând pe străzile înghețate ale orașului, cu batista scoasă pe fereastră pentru a semnala urgența, cu degetul apăsat încontinuu pe claxon, cu mama agonizând pe bancheta din spate. Mașina era a Lilei, o conducea ea sau la volan se așezase el? Trebuie să-mi păstrez calmul, mi-am zis.

Am pus-o pe cea mică în pătuț și m-am hotărât s-o sun pe Elisa. Am dat mai puțină importanță celor întâmplate, n-am zis nimic de Nino, m-am referit doar la Lila. Sora mea și-a pierdut imediat calmul, a izbucnit în plâns, m-a insultat. A urlat c-o trimisesem pe mama noastră cine știe unde cu o străină, că ar fi trebuit să chem salvarea, că mă gândeam numai la ale mele și la confortul meu, că dacă mama murea, eu eram responsabilă. Apoi am auzit-o strigându-l de mai multe ori pe Marcello cu un ton imperativ pe care nu i-l cunoșteam, au ajuns la mine țipete iritate și totodată neliniștite. I-am spus: ce-nseamnă cine știe unde, Lila a dus-o la spital, de ce trebuie să vorbești așa. Mi-a trântit telefonul în nas.

Oricum, Elisa avea dreptate. Mă zăpăcisem, ar fi trebuit, într-adevăr, să chem salvarea. Sau s-o smulg pe cea mică de lângă mine și să i-o las Lilei. Mă supusesem autorității lui Nino, acelei dorințe nebune a bărbaților de-a face impresie bună, arătându-se hotărâți și salvatori. Am așteptat lângă telefon să mă sune.

A trecut o oră, o oră și jumătate, telefonul a țârâit în sfârșit. Lila a vorbit calmă:

— Au internat-o. Nino îi cunoaște bine pe cei care o îngrijesc, i-au spus că e totul sub control. Stai liniștită.

Am întrebat:

— E singură?
— Da, nu dau voie nimănui să intre.
— Nu vrea să moară singură.
— Nu va muri.
— Se sperie, Lila, fă ceva, nu mai e cea de altădată.
— Așa merg lucrurile la spital.
— A întrebat de mine?
— A spus că trebuie să-i duci fetița.
— Ce faceți acum?
— Nino mai rămâne puțin cu medicii, eu plec.
— Du-te, da, mulțumesc, nu te obosi.
— El o să-ți telefoneze când va putea.
— Bine.
— Și stai liniștită, altfel rămâi fără lapte.

Cuvintele acelea despre lapte mi-au fost de folos. M-am așezat lângă pătuțul Immacolatei ca și cum apropierea ei mi-ar fi putut păstra sânii plini. Ce însemna corpul unei femei, o hrănisem pe fiica mea în burtă, iar acum, că ieșise, mânca de la sânul meu. M-am gândit că existase un moment în care și eu fusesem în burta mamei mele, supsesem de la pieptul ei. Un piept imens ca al meu, sau poate și mai mare. Până cu puțin timp înainte să se îmbolnăvească, tatăl meu făcea aluzii la acei sâni, adesea într-un mod obscen. N-o văzusem niciodată fără sutien, în nicio etapă a vieții. Întotdeauna se ascunsese, nu avea încredere în corpul ei din cauza piciorului. Totuși, la primul pahar de vin respingea obscenitățile tatălui meu cu cuvinte la fel de vulgare în care-și lăuda frumusețea, un spectacol de o pură impudoare regizată. A țârâit din nou telefonul, am dat fuga să răspund. Era tot Lila, acum avea un ton aspru.

— Aici sunt necazuri, Lenù.
— S-a agravat?
— Nu, medicii sunt liniștiți. Dar a venit Marcello care se comportă ca un nebun.

— Marcello? Ce legătură are Marcello?

— Nu știu.

— Dă-mi-l la telefon.

— Așteaptă, că se ceartă cu Nino.

Am recunoscut pe fundal vocea groasă, încărcată de dialect, a lui Marcello și pe cea a lui Nino într-o italiană corectă, dar stridentă, cum i se-ntâmpla atunci când își pierdea cumpătul. Am spus neliniștită:

— Spune-i lui Nino s-o lase baltă, ba nu, să plece imediat de acolo.

Lila nu mi-a răspuns, am auzit-o amestecându-se într-o discuţie despre care nu știam nimic și apoi urlând pe neașteptate, în dialect: ce dracu' zici, Marcè, cară-te-n pizda mă-tii de aici, hai, cară-te. Apoi a urlat la mine: vorbește cu dobitocul ăsta, te rog, puneţi-vă de acord între voi, eu nu vreau să mă amestec. Voci îndepărtate. După câteva secunde a venit Marcello. Mi-a zis, încercând să adopte un ton politicos, că Elisa îl rugase să n-o lase pe mama noastră în spital și că el era acolo pentru a o lua cu el și a o duce într-o clinică frumoasă la Capodimonte. A întrebat ca și cum mi-ar fi cerut, într-adevăr, consimţământul:

— Fac bine? Spune-mi dacă fac bine.

— Liniștește-te.

— Sunt liniștit, Lenù. Dar tu ai născut la clinică, Elisa a născut la clinică: de ce mama ta trebuie să moară aici?

Am spus stingherită:

— Medicii care-o îngrijesc lucrează acolo.

A devenit agresiv, așa cum nu fusese niciodată cu mine:

— Medicii vin unde se duc banii. Cine comandă aici, tu, Lina sau tâmpitul ăla?

— Nu e vorba de comandat.

— Ba da. Ori le spui prietenilor tăi c-o pot lua la Capodimonte, ori sparg faţa cuiva și o iau oricum cu mine.

— Dă-mi-o pe Lina, am spus.

Făceam eforturi să stau în picioare, îmi zvâcneau tâmplele. Am spus: întreabă-l pe Nino dacă mama mea e transportabilă, pune-l să vorbească cu medicii și apoi sună-mă din nou. Am închis frământându-mi mâinile, nu știam ce să fac.

Au trecut câteva minute și telefonul a început să țârâie din nou. Era Nino.

— Lenù, ține bestia aia sub control, că altfel chem poliția.

— I-ai întrebat pe medici dacă mama mea poate fi transportată?

— Bineînțeles că nu poate fi transportată.

— Nino, ai întrebat sau nu? Ea nu vrea să stea în spital.

— Clinicile private îți provoacă și mai mare silă.

— Știu, dar acum liniștește-te.

— Sunt foarte liniștit.

— Bine, dar întoarce-te imediat acasă.

— Și aici?

— Se ocupă Lina.

— N-o pot lăsa pe Lina cu ăla.

Am ridicat vocea:

— Lina știe să aibă grijă de ea. Nu mă pot ține pe picioare, fetița plânge, trebuie să-i fac baie. Ți-am zis să te-ntorci imediat acasă.

Am închis.

63.

Au fost câteva ore foarte intense. Nino s-a întors acasă răvășit, vorbea în dialect, era foarte nervos, repeta: acum să vedem cine o scoate la capăt. Mi-am dat seama că internarea mamei mele devenise pentru el o chestiune de principiu. Se temea că Solara reușește într-adevăr s-o ia cu el într-un loc neadecvat, din cele concepute doar să pună mâna pe bani. În spital, a spus el, revenind la italiană, mama ta are la dispoziţia ei specialişti de înalt nivel, profesori care, în ciuda stadiului avansat al bolii, au ţinut-o în viaţă până acum cu demnitate.

Eu i-am împărtăşit temerile şi el s-a arătat din ce în ce mai interesat de chestiune. Deşi era ora cinei, a telefonat unor oameni importanţi, nume atunci foarte cunoscute la Napoli, nu ştiu dacă pentru a-şi descărca sufletul sau pentru a avea sprijin într-o eventuală luptă împotriva abuzului de putere al lui Marcello. Simţeam însă că imediat cum rostea numele Solara, conversaţia se complica, iar el rămânea ascultând în tăcere. S-a calmat abia în jur de ora zece. Eram foarte neliniştită, dar încercam să nu-i arăt asta, ca să nu-l las să se întoarcă la spital. Agitaţia mea i s-a transmis Immacolatei. Scâncea, o alăptam, se liniştea, scâncea din nou.

N-am închis ochii. Telefonul a ţârâit din nou la şase dimineaţa, am alergat să răspund, sperând ca nici fetiţa, nici Nino să nu se trezească. Era Lila, petrecuse noaptea la spital. Mi-a făcut rezumatul cu o voce obosită. Marcello, aparent, se dăduse bătut, plecase fără măcar s-o salute. Ea se furişase pe scări şi pe coridoare, găsise salonul unde o duseseră pe mama mea. Era o cameră a agoniei, acolo erau alte cinci femei cu dureri, gemeau, ţipau, toate abandonate cu suferinţa lor. O găsise pe mama mea care, nemişcată, cu ochii ieşiţi din orbite, şoptea spre tavan: Sfântă Fecioară, fă să mor acum, şi tremura din tot corpul din cauza efortului de a suporta durerea. Lila se cuibărise lângă ea, o liniştise. Acum fusese nevoită să plece fiindcă era dimineaţă şi începeau să apară infirmierele. Era amuzată de modul în care încălcase toate regulile, insubordonarea îi dădea un sentiment de plăcere. Dar în acea împrejurare mi s-a părut că se preface ca să nu percep efortul la care se supusese de dragul meu. Mai avea puţin până să nască, mi-am închipuit-o stoarsă, chinuită de propriile ei nevoi. Mi-am făcut griji pentru ea cel puţin la fel ca pentru mama.

— Cum te simţi?

— Bine.
— Ești sigură?
— Foarte sigură.
— Du-te să te odihnești.
— Imediat cum ajung Marcello cu sora ta.
— Ești sigură că se vor întoarce?
— Doar nu-ți închipui că vor renunța la tămbălău.

În timp ce eram la telefon a apărut Nino, somnoros. A stat să asculte o vreme, a spus:

— Lasă-mă să vorbesc cu ea.

Nu i-am dat-o, am bombănit: a închis deja. El s-a văitat, a spus că mobilizase mulți oameni pentru ca mama să aibă parte de cea mai bună îngrijire posibilă și voia să știe dacă se văzuse deja vreun rod al intervenției lui. Deocamdată nu, i-am răspuns. Ne-am înțeles să mă-nsoțească, împreună cu fetița, la spital, deși bătea un vânt puternic rece. El urma să rămână în mașină cu Immacolata și eu să mă duc la mama, între un alăptat și altul. A spus bine și m-a înduioșat că era atât de săritor, doar că pe urmă m-a necăjit fiindcă se ocupase de tot, dar nu-și notase programul de vizite. Am cerut detalii prin telefon, am înfășat-o bine pe fetiță și am plecat. Lila nu mai dăduse niciun semn, am fost convinsă c-o vom găsi la spital. Dar când am ajuns, am aflat că nici ea nu mai era, nici mama mea. Fusese externată.

64.

Am aflat apoi de la sora mea cum decurseseră lucrurile. Din tonul vocii ei parcă se auzea: vă dați o grămadă de aere, dar fără noi nu însemnați nimic. La nouă fix, Marcello ajunsese la spital împreună cu nu știu ce medic primar pe care el însuși avusese grijă să se ducă să-l ia de acasă cu mașina. Mama noastră fusese imediat transportată cu salvarea la clinica de la Capodimonte. Acolo, a spus Elisa, se simte ca o regină, noi, rudele, putem rămâne cât timp vrem, e un pat pentru tata ca să-i țină companie noaptea. Și a adăugat cu dispreț: nu-ți face griji, plătim noi totul. Ce a urmat a fost în mod explicit amenințător. Poate că prietenul tău profesor, a zis, n-a înțeles cu cine are de-a face, e mai bine să-i explici. Și zi-i proastei ăleia de Lina că o fi ea foarte inteligentă, dar Marcello s-a schimbat. Marcello nu mai e logodnicuțul ei de odinioară și nu e nici ca Michele, pe care acum îl manipulează cum are chef: Marcello a spus c-o omoară dacă mai ridică o dată vocea la mine, dacă mă mai jignește așa cum a făcut în fața tuturor la spital.

Nu i-am transmis nimic Lilei și n-am dorit nici măcar să aflu cât de urât se certase cu sora mea. Dar în zilele care au urmat am fost mai afectuoasă, i-am telefonat adesea ca s-o fac să înțeleagă că-i eram îndatorată, că țineam la ea și că abia așteptam să nască și ea.

— Toate bune? întrebam.

— Da.

— Niciun semn?

— Da' de unde. Astăzi ai nevoie de mine?

— Nu, mâine, dacă poți.

Au fost zile intense, cu o complicată avalanșă de constrângeri vechi și noi. Tot corpul meu era încă într-o relație de simbioză cu trupușorul Immei, nu reușeam să mă desprind de ea. Dar îmi lipseau, de asemenea, Dede și Elsa, așa încât i-am telefonat lui Pietro și el, în sfârșit, mi le-a adus înapoi. Elsa s-a prefăcut imediat că ține mult la noua ei surioară, dar n-a rezistat mult, peste câteva ore a-nceput să se strâmbe de silă, îmi spunea: ai făcut-o chiar urâtă. Dede, în schimb, voia să-mi demonstreze imediat că putea fi o mamă mult mai bună decât mine, fiind încontinuu pe punctul s-o scape sau s-o înece în cădiță.

Aveam nevoie de mult ajutor, cel puțin în acele prime zile, și trebuie să spun că Pietro s-a oferit să mă sprijine. El, care ca soț se implicase foarte puțin ca să mă descurc mai ușor cu toate problemele, acum, când eram oficial despărţiţi, nu mă putea lăsa singură cu trei fete, dintre care una nou-născută, şi s-a oferit să rămână câteva zile. Deşi îmi doream să contez pe el, am fost nevoită să-l alung pentru că, în puţinele ore în care Pietro a rămas pe strada Tasso, Nino m-a sâcâit telefonând încontinuu ca să afle dacă plecase şi dacă se putea întoarce *în casa lui* fără a fi obligat să-l întâlnească. Cum era de aşteptat, când fostul meu soţ a plecat, pe Nino l-au copleşit îndatoririle de serviciu şi cele politice, astfel că am rămas singură: trebuia s-o las pe Imma vecinei ca să fac cumpărături, să le duc pe fete la şcoală, să mă duc să le iau, să frunzăresc o carte sau să scriu câteva rânduri.

Dar astea nu erau atât de importante. Mult mai complicat s-a dovedit să mă organizez ca să merg la clinică la mama mea. Nu aveam încredere în Mirella, două fete şi un bebeluş mi se păreau prea mult pentru ea. Aşa că, am hotărât s-o iau cu mine şi pe Imma. O îmbrăcam foarte bine, chemam un taxi care mă ducea la Capodimonte cât timp erau la şcoală Dede şi Elsa.

Mama îşi revenise. Desigur, era fragilă. Dacă noi, copiii ei, n-o vizitam în fiecare zi, se temea de cine ştie ce nenorociri şi începea să plângă. În plus, stătea tot timpul în pat, pe când înainte, deşi cu greu, se mişca, ieşea. Dar mi s-a părut, fără discuţie, că dotările clinicii îi erau pe plac. Să fie tratată ca o mare doamnă s-a transformat rapid într-un fel de joc menit să-i distragă atenţia de la boală, care, cu adjuvante pentru ameliorarea durerilor, îi crea, deseori, o stare de euforie. Îi plăcea camera mare şi luminoasă, salteaua i se părea foarte comodă, era mândră de baia ei personală aflată, în plus, chiar în rezervă. Chiar o baie — sublinia — nu o toaletă, şi voia să se ridice ca să mi-o arate. Fără s-o mai punem la socoteală pe noua nepoată. Când mă duceam cu Imma, o ţinea aproape de ea, îi vorbea blând, se entuziasma susţinând — lucru foarte improbabil — că-i zâmbise.

Dar, în general, atenţia pentru nou-născută nu persista. Începea să vorbească despre copilăria ei, despre adolescenţă. Se întorcea în timp la vârsta de cinci ani, apoi aluneca spre doisprezece, apoi spre paisprezece ani și-mi povestea întâmplări de-ale ei și de-ale prietenelor ei de atunci. Într-o dimineață, mi-a zis în dialect: când eram mică știam că oamenii mor, mereu am știut asta, dar nu m-am gândit niciodată c-o să-mi vină mie rândul și nici acum nu-mi vine să cred. Cu altă ocazie, a-nceput să râdă urmărind șirul gândurilor ei și a murmurat: faci bine că nu botezi fetița, astea sunt niște tâmpenii, știu că acum când mor totul se fărâmițează. Dar, mai ales, în acele ore lente m-am simțit cu adevărat fiica ei preferată. Când mă îmbrățișa înainte să plec, părea c-o face ca să se strecoare ușor înăuntrul meu și să rămână acolo, așa cum odinioară stătusem eu înăuntrul ei. Contactele cu trupul ei, care mă enervau atât de mult când era sănătoasă, acum îmi plăceau.

65.

A fost de-a dreptul straniu cum clinica a devenit curând un loc de întâlnire al bătrânilor și tinerilor din cartier.

Tatăl meu rămânea să doarmă cu mama, de fiecare dată când îl întâlneam dimineața avea barba crescută și o privire speriată. Abia dacă ne salutam, dar nu mi se părea ceva anormal. Relația mea cu el nu fusese prea strânsă, uneori afectuoasă, adesea distantă și, cu câteva ocazii, de susținere împotriva mamei. Dar aproape mereu superficială. Mama mea îi dăduse și-i luase înapoi rolul în funcție de interes, în special când era vorba de mine — trebuia să fie singura care taie și spânzură în viața mea — și-l împinsese în fundal. Acum, când energia soției se consumase aproape total, el nu știa cum să-mi vorbească mie și nici eu lui. Eu spuneam bună, îmi spunea bună, apoi adăuga: cât stai tu cu ea, mă duc să fumez o țigară. Uneori mă-ntrebam cum reușise să supraviețuiască, el atât de mediocru, în lumea necruțătoare în care se-nvârtise, la Napoli, la serviciu, în cartier, chiar și acasă.

Când venea Elisa cu copilul, vedeam că ea și tata erau mult mai apropiaţi. Elisa îl trata cu o autoritate afectuoasă. Adesea rămânea toată ziua și uneori, ca să-l trimită acasă să doarmă în patul lui, chiar și noaptea. Cum sosea, sora mea avea de obiectat în legătură cu orice, praful, geamurile, mâncarea. Făcea asta ca să fie respectată, voia să fie clar pentru toţi că ea comandă. Iar Peppe și Gianni nu se lăsau mai prejos. Amândoi, când o auzeau pe mama doar un pic văitându-se de durere și pe tata copleșit de disperare, se alarmau, se lipeau de butonul de panică, chemau infirmiera. Dacă infirmiera întârzia, fraţii mei o certau cu severitate și apoi, contrar celor afirmate, îi dădeau bacșișuri considerabile. În special Gianni, înainte să plece, îi vâra niște bani în buzunar, spunând: trebuie să stai de pază, lângă ușă, și să țâșnești imediat cum te cheamă mama, îţi bei cafeaua în afara orelor de serviciu, ai înţeles? Apoi, ca să lase impresia că mama noastră e o persoană de rang înalt, rostea de trei sau patru ori numele fraţilor Solara. Doamna Greco — spunea — aparţine fraţilor Solara.

Aparţine fraţilor Solara. Eu mă enervam, mă rușinam când auzeam acele cuvinte. Dar între timp mă gândeam: ori așa, ori spitalul; și îmi spuneam: însă *după* (ce înţelegeam prin *după* nu-mi mărturiseam nici măcar mie însămi) va trebui să clarific multe lucruri cu fraţii mei și cu Marcello. Deocamdată era plăcut să ajung în cameră și s-o găsesc pe mama în compania prietenelor ei din cartier, toate de vârsta ei, faţă de care se lăuda delicat, vorbind cam așa: copiii mei au dorit asta; sau, arătând către mine: Elena e o scriitoare renumită, are o casă pe strada Tasso de unde se vede marea, uitaţi ce fetiță frumoasă a făcut, o cheamă Immacolata, ca pe mine. Când cunoștințele ei plecau murmurând: doarme, intram imediat să verific, pe urmă mă întorceam cu Imma pe coridor, unde aerul părea mai curat.

Lăsam ușa camerei deschisă ca să fiu atentă la respirația greoaie a mamei mele care, de cele mai multe ori, epuizată după vizitele primite, adormea și se văita în somn.

Din când în când, aveam câte o zi puțin mai ușoară. Carmen, de exemplu, susținând că voia s-o salute pe mama, trecea uneori să mă ia cu mașina. Alfonso făcea și el același lucru. Bineînțeles, erau dovezi de afecțiune față de mine. Mamei îi vorbeau respectuos, cel mult o bucurau lăudând confortul camerei și pe Imma, nepoata ei: restul timpului îl petreceau fie pălăvrăgind cu mine, pe coridor, fie așteptând jos, în mașină, ca să mă ducă la timp la școala fetelor. Diminețile petrecute cu ei erau întotdeauna pline și aveau un efect ciudat: au creat o apropiere între cartierul mamei mele, a cărui existență era de-acum pe sfârșite, și cel în plină construcție sub influența Lilei.

Lui Carmen i-am povestit ce făcuse prietena noastră pentru mama. Ea a zis satisfăcută: se știe că Lina e de neoprit și tonul pe care l-a avut când a spus asta mi-a lăsat impresia de-acum că-i atribuia puteri magice. Dar m-a marcat și mai mult sfertul de oră petrecut cu Alfonso pe coridorul dichisit al clinicii, în timp ce doctorul era la mama. Și pe el, ca de obicei, l-a însuflețit recunoștința față de Lila, dar m-a impresionat că pentru prima dată mi-a povestit în mod explicit despre sine. A spus: Lina m-a învățat o profesie de mare viitor. A exclamat: fără ea ce-aș fi fost, nimic, o bucată de carne vie fără nicio împlinire personală! A comparat-o pe Lila cu soția sa: i-am dat întodeauna libertate Marisei să-mi pună toate coarnele pe care le voia, am dat numele meu copiilor ei, dar tot e supărată pe mine, m-a chinuit și mă chinuie, m-a scuipat de o mie de ori în față, zice c-am tras-o pe sfoară. Se apăra: ce tras pe sfoară, Lenù, tu ești o intelectuală și mă poți înțelege, cel tras pe sfoară eram eu, tras pe sfoară de mine însumi și, dacă Lina nu mă ajuta, muream tras pe sfoară. I s-au umezit ochii: lucrul cel mai frumos pe care l-a făcut pentru mine a fost să-mi limpezească gândurile, să mă-nveţe să spun: dacă ating piciorul gol al acestei femei, nu simt nimic, în timp ce mor de dorinţă să ating piciorul acelui bărbat, şi să-i mângâi mâinile, să-i tai unghiile cu forfecuţa, să-i storc punctele negre, să fiu cu el într-o sală de dans şi să-i spun: dacă ştii să dansezi vals, condu-mă tu, fă-mă să simt cât de bine mă conduci. A evocat întâmplări foarte îndepărtate în timp: îţi aminteşti când tu şi Lina aţi venit la mine acasă să-i cereţi tatălui meu păpuşile înapoi şi el m-a strigat, a întrebat dispreţuitor: Alfò, le-ai luat tu? Pentru că eu eram ruşinea familiei, mă jucam cu păpuşile surorii mele şi-mi puneam lănţişoarele mamei. Mi-a explicat, dar ca şi cum aş fi ştiut deja tot şi prezenţa mea acolo îi era de folos doar ca să-şi afirme adevărata natură: încă de mic nu doar că ştiam că nu sunt ce credeau ceilalţi, dar nici măcar ce credeam eu însumi. Îmi spuneam: sunt altceva, ceva care stă ascuns în vene, nu are un nume şi aşteaptă. Dar nu ştiam ce anume şi, mai ales, nu ştiam cum puteam să-l fac să devină eu însumi; până când Lila m-a obligat — nu ştiu cum să spun — să iau un pic din ea; ştii cum e făcută, mi-a spus: începe de aici şi vezi ce se-ntâmplă; astfel ne-am amestecat — a fost foarte distractiv — şi acum nu sunt ce eram şi nu sunt nici Lila, ci o altă persoană care, încet, încet, capătă contur.

A fost bucuros să-mi facă acele confidenţe şi eu, de asemenea, am fost bucuroasă că mi le făcea. Cu acele ocazii s-a creat între noi o nouă legătură de încredere, diferită de cea care exista când ne întorceam pe jos de la şcoală. De asemenea, am avut impresia că relaţia mea cu Carmen devenea mai solidă. Apoi mi-am dat seama că amândoi, deşi în moduri diferite, îmi cereau, de fapt, mai mult. S-a întâmplat în două împrejurări, ambele legate de prezenţa lui Marcello la clinică.

Sora mea, Elisa, şi copilul ei erau de obicei însoţiţi cu maşina de un bărbat în vârstă, pe nume Domenico. Domenico îi lăsa la clinică şi-l ducea pe tata înapoi în cartier. Dar uneori Marcello însuşi îi însoţea pe Elisa şi pe Silvio. Într-o dimineaţă, când a apărut el, cu mine era Carmen. Eram sigură că vor apărea tensiuni între cei doi, în schimb s-au salutat cu indiferență și deloc conflictuali. Ea i-a dat târcoale ca un animal gata să se apropie la primul semn de bunăvoință. O singură dată mi-a mărturisit cu voce scăzută, foarte neliniștită, că deși frații Solara o detestau, ea se străduia să fie prietenoasă și făcea asta din dragoste pentru Pasquale. Dar eu — a exclamat — nu reușesc, Lenù, eu îi urăsc, aș vrea să-i sugrum, mă port așa doar din nevoie. Apoi m-a întrebat: tu cum te-ai comporta în locul meu?

S-a întâmplat ceva asemănător și cu Alfonso. Într-o dimineață în care m-a însoțit la mama, la un moment dat a apărut Marcello și el s-a speriat doar văzându-l. Și totuși, Solara s-a comportat la fel ca de obicei: m-a salutat pe mine cu amabilitate ezitantă și lui i-a făcut un semn, prefăcându-se că nu vede mâna pe care i-o întinsese mecanic. Ca să evit vreo ceartă, l-am împins pe prietenul meu pe coridor cu scuza că trebuia s-o alăptez pe Imma. Odată ieșiți din cameră, Alfonso a mormăit: dacă sunt omorât, să nu uiți că a fost Marcello. I-am spus: nu exagera. Dar era încordat, a început să înșire cu sarcasm persoanele din cartier care l-ar fi ucis cu plăcere, oameni pe care-i știam și oameni pe care nu-i știam. Pe listă l-a pus pe fratele lui, Stefano (a râs: *o fute pe nevastă-mea numai ca să demonstreze că-n familie nu suntem toți pederaști*) și chiar și pe Rino (a râs: *de când și-a dat seama că sunt capabil să semăn cu sora lui, mi-ar face mie ceea ce nu-i poate face ei*). Dar în capul listei l-a lăsat mereu pe Marcello care, după părerea lui, îl ura cel mai mult. A spus cu satisfacție și, totodată, cu neliniște: crede că Michele a luat-o razna din cauza mea. Și a adăugat, rânjind: Lila m-a încurajat să-i semăn, îi place efortul pe care-l fac, îi place să vadă cum o maimuțăresc, e bucuroasă de efectul pe care-l are această imitare asupra lui Michele, și sunt bucuros și eu. Apoi s-a oprit brusc, m-a întrebat: tu ce crezi?

Am stat să-l ascult, timpul în care o alăptam pe fetiță. El și Carmen nu se mulțumeau doar cu locuitul meu la Napoli, cu întâlnirile noastre sporadice: voiau să devin iar parte integrantă din cartier, să am, alături de Lila, calitatea de figură protectoare, insistau să acţionăm ca nişte divinităţi uneori punându-se de acord, alteori fiind în competiţie, dar în orice situaţie atente la necazurile lor. Pretenţia de-a mă implica mai profund în treburile lor, pe care, în felul ei, o avea adesea și Lila de la mine și care, în general, mi se părea o insistenţă nepotrivită, în acea împrejurare m-a emoţionat, am simţit că se unește cu vocea istovită a mamei mele când mă prezenta, cu mândrie, cunoștinţelor din cartier ca o parte importantă a sa. Am strâns-o la piept pe Imma și i-am aranjat pledul ca s-o protejez de curent.

66.

Numai Nino și Lila n-au venit niciodată la clinică. Nino a fost clar: n-am niciun chef să-l întâlnesc pe camoristul ăla, a spus, îmi pare rău pentru mama ta, salut-o din partea mea, dar nu te pot însoţi. Uneori mă convingeam că era o scuză ca să-și justifice absenţele, cel mai adesea însă mi se părea în mod real mâhnit pentru că își dăduse toată osteneala pentru mama, dar eu și toată familia mea sfârșiserăm prin a ne încrede în fraţii Solara. I-am explicat că era vorba de un angrenaj dificil, i-am spus: n-are legătură cu Marcello, am acceptat pur și simplu ce a făcut-o fericită pe mama noastră. Dar el a mormăit: în felul acesta, Napoli nu se va schimba niciodată.

Lila nu și-a spus niciodată părerea în legătură cu acea mutare la clinică. A continuat în schimb să mă ajute, chiar dacă putea naște dintr-un moment în altul. Mă simţeam vinovată, spuneam: nu-ţi face griji pentru mine, trebuie să te ocupi de tine. Ba nu — îmi răspundea, arătându-și burta cu o expresie între ironie și îngrijorare —, întârzie, nu am chef nici eu și nu are chef nici el. Și imediat cum aveam nevoie de ceva, dădea fuga. Desigur, nu s-a oferit niciodată să mă-nsoţească cu maşina la Capodimonte, aşa cum făceau Carmen şi Alfonso. Dar dacă fetele aveau un pic de febră şi nu le puteam trimite la şcoală — cum s-a întâmplat de câteva ori în primele trei săptămâni de viaţă ale Immacolatei, care au fost friguroase şi ploioase —, ea devenea disponibilă, îi lăsa pe Enzo şi Alfonso la muncă şi urca până pe strada Tasso ca să stea cu toate trei.

Eu mă bucuram de asta, timpul pe care Dede şi Elsa îl petreceau cu Lila se dovedea mereu util şi avantajos. Ea ştia cum să le apropie pe cele două surori de a treia, ştia s-o responsabilizeze pe Dede, ştia s-o ţină sub control pe Elsa, ştia s-o liniştească pe Imma fără să-i bage în gură suzeta, aşa cum făcea Mirella. Singura problemă era Nino. Mă temeam că trebuie să aflu — mereu ocupat când eram singură — că reuşise în mod miraculos să găsească timp pentru a veni în ajutorul Lilei când ea stătea cu fetele. Aşa că, într-un colţ ascuns din mine nu eram niciodată cu adevărat liniştită. Lila sosea, îi dădeam o mie de sfaturi, îi scriam pe o foaie numărul clinicii, o puneam în alertă şi pe vecina mea pentru orice eventualitate, alergam la Capodimonte. Nu rămâneam cu mama mai mult de o oră şi apoi o ştergeam ca s-ajung la timp s-o alăptez pe cea mică, să gătesc. Dar uneori, pe drumul de întoarcere, într-o clipă, îmi imaginam că intru în casă şi-i găsesc pe Nino şi pe Lila împreună, vorbind despre orice, aşa cum făceau la Ischia. Înclinam, bineînţeles, şi spre fantezii mai insuportabile, dar le respingeam imediat oripilată. Temerea cea mai persistentă era alta şi, în timp ce goneam cu maşina, mi se părea cea mai fondată. Presupuneam că, în timp ce Nino era acolo, pe ea au apucat-o durerile naşterii, aşa încât fusese nevoit s-o ducă de urgenţă la clinică, lăsând-o pe Dede să interpreteze îngrozită rolul femeii înţelepte, pe Elsa să scotocească prin geanta Lilei ca să-i fure ceva, pe Imma în pătuţ să scâncească chinuită de foame şi de colici.

S-a întâmplat exact ceva de genul acesta, dar fără să aibă nicio legătură cu Nino. M-am întors acasă într-o dimineaţă, punctuală, până în miezul zilei, și am descoperit că Lila nu era, intrase în travaliu. M-a cuprins o neliniște insuportabilă. Ea se temea mai mult decât orice de clătinarea și încovoierea materiei, detesta orice formă de durere, detesta deșertăciunea cuvintelor când acestea se goleau de orice sens posibil. Așa că m-am rugat să reziste.

67.

Știu despre nașterea ei din două surse, de la ea și de la doctorița noastră ginecolog. Aștern aici în continuare poveștile și rezum situația în cuvintele mele. Ploua. Născusem de vreo douăzeci de zile. Mama mea era internată la clinică de câteva săptămâni și, dacă nu mă vedea venind, plângea ca o fetiță îngrijorată. Dede avea un pic de febră, Elsa refuza să meargă la școală, susținând că vrea să aibă grijă de sora ei. Carmen nu era disponibilă, nici Alfonso. I-am telefonat Lilei, am început în același fel: dacă nu te simți bine, dacă ai de lucru, lasă, găsesc eu altă soluție. Ea a replicat în felul ei arogant că se simțea foarte bine și că atunci când ești patron dai altora de lucru și-și ia cât timp liber vrea. Le iubea pe cele două fete, dar îi plăcea în special să se ocupe de Imma împreună cu ele, era un joc care le făcea pe toate patru să se simtă bine. Plec imediat, a spus. Am calculat că urma să ajungă în cel mult o oră, în schimb a întârziat. Am așteptat un pic, dar fiindcă știam că, dacă promitea ceva, își ținea promisiunea, i-am spus vecinei: e o chestiune de câteva minute, și i le-am lăsat pe fete ca să alerg la mama.

Dar Lila întârzia din cauza unei presimțiri pe care i-o dădea corpul ei. Deși nu avea contracții, se simțea prost dispusă și, în cele din urmă, din precauție, Enzo a însoțit-o la mine acasă. Nici nu intrase bine, că simțise primele dureri. I-a telefonat imediat lui Carmen, obligând-o să vină să-i dea o mână de ajutor vecinei, apoi Enzo a dus-o la clinica unde lucra doctorița noastră ginecolog. Durerile au devenit imediat foarte violente, dar fără să ducă la niciun deznodământ. Travaliul a durat șaisprezece ore.

Rezumatul pe care mi l-a făcut Lila a fost aproape distractiv. Nu e adevărat, a spus, că se pătimește doar la prima naștere și că pe urmă totul e mai ușor, se pătimește mereu. Și a emis argumente pe cât de sinistre, pe atât de ironice. I se părea lipsit de sens să păstrezi copilul în pântece, după cum tot fără noimă i se părea să vrei să-l împingi afară. E ridicol, a spus, ca această ospitalitate rafinată pe care ai cultivat-o vreme de nouă luni să fie însoțită de dorința nebună de a-ți împinge oaspetele afară în cel mai violent mod. Clătina din cap, indignată de incoerența mecanismului. Chestii de nebuni, a exclamat în italiană, propriul tău organism se supără pe tine și, mai mult, se revoltă împotriva ta până când devine cel mai mare dușman al lui însuși, până când își provoacă una dintre cele mai îngrozitoare dureri din câte există. Ea simțise ore și ore în șir, sub burtă, arsuri reci ascuțite, un flux insuportabil de durere care o izbea brutal în josul pântecelui și apoi se întorcea spărgându-i rinichii. Fugi de aici, m-a luat peste picior, ești o mincinoasă, unde e experiența frumoasă? Și a jurat — de data asta serioasă — că nu va mai rămâne niciodată însărcinată.

Dar, conform doctoriței ginecolog, pe care Nino a invitat-o într-o seară la cină împreună cu soțul ei, nașterea fusese normală, o altă femeie ar fi născut fără atâtea comentarii inutile. Ce a îngreunat-o a fost tocmai mintea ticsită a Lilei. Doctorița se enervase rău. Tu faci opusul a ceea ce trebuie, îi reproșase, te abții când, în schimb, trebuie să împingi: hai, curaj, împinge. După ea — care deja nutrea o aversiune evidentă față de pacienta ei și acolo, în casa mea, la cină, nu a ascuns acest lucru, ci, dimpotrivă, l-a subliniat în mod complice mai ales față de Nino —, Lila făcuse totul ca să nu-și aducă pe lume progenitura. O reținea cu toată puterea ei și între timp gâfâia: taie-mi burta, scoate-o tu, eu nu reușesc. Fiindcă ea continua s-o încurajeze, Lila urla jigniri foarte vulgare. Era leoarcă de transpirație, ne-a zis doctorița, avea sub fruntea aceea a ei enormă ochii însângeraţi şi îi zbiera: tu vorbeşti, dai ordine, dar treci aici în locul meu, cretino, împinge tu afară copilul, dacă eşti în stare, pe mine mă omoară.

Eu m-am enervat şi i-am zis doctoriţei: n-ar trebui să povesteşti lucrurile astea. Ea s-a înfuriat şi mai mult, a exclamat: le povestesc pentru că suntem între prieteni! Dar apoi, cu orgoliul rănit, a căpătat tonul medicului şi a spus, cu o gravitate falsă, că, dacă ţineam la Lila, trebuia (Nino şi eu, bineînţeles) s-o ajutăm să se concentreze asupra unui lucru care să-i ofere cu adevărat satisfacţie, altfel, cu mintea ei măsluitoare (a folosit chiar această expresie), s-ar fi pus în pericol pe sine şi pe cei din jurul ei. A subliniat, în cele din urmă, că văzuse în sala de naşteri o luptă împotriva naturii, o ciocnire oribilă între o mamă şi odrasla ei. A fost, a spus, o experienţă cu adevărat neplăcută.

Odrasla era fată, fată şi nu băiat, cum preziseseră toţi. Când am reuşit să mă duc la clinică, Lila, deşi distrusă, mi-a arătat-o pe fiica ei cu mândrie. A întrebat:

— Imma cât cântărea?

— Trei kile două sute.

— Nunzia cântăreşte aproape patru kilograme: burta era mică, dar ea e mare.

Îi pusese, într-adevăr, numele mamei sale. Şi ca să nu-i necăjească pe Fernando, tatăl ei, care odată cu bătrâneţea era şi mai irascibil decât atunci când era tânăr, şi pe rudele lui Enzo, a botezat-o pe urmă la biserica din cartier şi a făcut o mare petrecere la sediul firmei Basic Sight.

68.

Fetiţele au devenit imediat un prilej ca să stăm mai mult împreună. Lila şi eu ne telefonam, ne întâlneam ca să le ducem la plimbare pe cele două nou-născute, nu mai vorbeam despre noi fără opreliști, ci despre ele. Sau cel puțin așa ni se părea. În realitate, noua bogăție și complexitate a relației au început să se manifeste printr-o atenție reciprocă față de fiicele noastre. Le comparam în fiecare detaliu, voind parcă să ne asigurăm că starea de bine sau de rău a uneia era reflexia clară a stării de bine sau de rău a celeilalte și, în consecință, să putem interveni prompt ca s-o întărim pe prima și s-o anihilăm pe a doua. Ne comunicam tot ce ni se părea bun și util pentru o creștere sănătoasă, angajându-ne într-un fel de competiție virtuoasă — cine descoperea alimentația mai bună, scutecul mai comod, crema cea mai eficientă împotriva iritațiilor. Nu era îmbrăcăminte drăguță cumpărată pentru Nunzia — dar deja îi spunea Tina, diminutiv de la Nunziatina — pe care Lila să n-o ia și pentru Imma, iar eu, în limitele posibilităților mele financiare, făceam la fel. Tinei îi venea bine costumașul ăsta, așa că l-am cumpărat și pentru Imma — spunea —, Tinei îi veneau bine acești pantofiori și i-am cumpărat și pentru Imma.

— Știi, i-am spus într-o zi amuzată, că i-ai dat numele păpușii mele?

— Ce păpușă?

— Tina, nu-ți amintești?

Și-a atins fruntea ca și cum ar fi durut-o capul, a spus:

— E adevărat, dar n-am făcut-o intenționat.

— Era o păpușă frumoasă, țineam la ea.

— Fiica mea e și mai frumoasă.

Între timp săptămânile se scurgeau, deja se iveau miresmele primăverii. Într-o dimineață, starea mamei mele s-a agravat, a fost un moment de panică. Pentru că fraților mei li se părea deja că medicii de la clinică nu sunt la înălțime, s-a vehiculat ipoteza de a o duce din nou la spital. I-am vorbit lui Nino despre asta ca să văd dacă, cu sprijinul profesorilor pe care îi cunoșteau socrii lui și care se ocupaseră de mama mea în prealabil, ar fi fost posibil să evităm salonul și să avem o rezervă privată. Dar Nino a spus că era împotriva recomandărilor sau rugăminților, că într-un serviciu public tratamentul trebuia să fie egal pentru toți și a sfârșit mormăind prost dispus: în țara asta trebuie să înceteze mentalitatea că și pentru un loc în spital e necesar să fii înscris într-o lojă sau să te încredințezi camorei. Era supărat pe Marcello, bineînțeles, sigur nu pe mine, dar m-am simțit oricum umilită. Pe de altă parte, sunt sigură că, în cele din urmă, m-ar fi ajutat dacă mama, deși suferind îngrozitor, nu ne-ar fi dat de înțeles în toate modurile posibile că prefera să moară în lux decât să se întoarcă, chiar și numai pentru câteva ore, într-un salon. Astfel, Marcello, într-o dimineață, uimindu-ne încă o dată, l-a însoțit la clinică pe unul dintre specialiștii care o trataseră pe mama noastră. Profesorul, care atunci când lucra în spital era destul de scorțos, a fost extrem de cordial și a revenit adesea, primit cu deferență de medicii clinicii private. Lucrurile s-au îmbunătățit.

Dar în curând starea de sănătate a mamei s-a complicat din nou. În acel punct, ea și-a adunat toate puterile și a făcut două lucruri contradictorii, dar în ochii ei la fel de importante. Lila tocmai găsise, în acele zile, modalitatea de a-i plasa pe Peppe și Gianni la firma unui client de-al ei din Baiano. Dar lor nu le păsase de ofertă și mama — binecuvântând-o de o mie de ori pe prietena mea pentru generozitatea ei — și-a convocat cei doi fii și, în decursul unei lungi întâlniri, a redevenit, cel puțin pentru câteva minute, ceea ce fusese în trecut. A căpătat o privire furioasă, a amenințat că-i va bântui de dincolo de moarte dacă n-aveau să accepte locul acela de muncă: i-a făcut să plângă, mă rog, i-a transformat în niște îngerași, nu i-a lăsat să plece până când n-a fost sigură că i se supuseseră. Apoi a trecut la inițiativa opusă. L-a convocat pe Marcello, căruia tocmai i-i smulsese pe Peppe și pe Gianni, și l-a făcut să jure solemn că se va căsători cu fiica ei cea mică, înainte ca ea să-nchidă ochii pe vecie. Marcello a liniștit-o, i-a spus că el și Elisa amânaseră nunta doar pentru că așteptau vindecarea ei, iar acum, că aceasta se apropia, va avea grijă imediat să pregătească actele. Mama mea, atunci, s-a înseninat. Nu mai făcea nicio deosebire între puterea pe care i-o atribuia Lilei și cea pe care i-o atribuia lui Marcello. Le exploatase pe amândouă și era fericită că obţinuse binele copiilor săi de la persoanele cele mai importante din cartier, adică, după părerea ei, din lumea-ntreagă.

Câteva zile a ţinut-o într-o veselie tăcută. I-am dus-o pe Dede, pe care ea o iubea mult, și am lăsat-o s-o ţină în braţe pe Imma. A reușit să-i arate afecţiune și Elsei, care nu-i fusese niciodată simpatică. Am studiat-o cu atenţie, devenise o bătrânică grizonantă și ridată, deși nu avea o sută de ani, ci numai șaizeci. Am simţit pentru prima dată lovitura trecerii timpului, forţa care mă împingea spre patruzeci de ani, viteza cu care viaţa se consuma, concreteţea expunerii la moarte: *dacă i se întâmplă ei*, m-am gândit, *nu există scăpare, mi se va întâmpla și mie.*

Într-o dimineaţă, când Imma avea numai câteva luni, mama mi-a zis fără vlagă: Lenù, acum sunt cu adevărat mulţumită, numai pentru tine îmi mai fac acum griji, dar tu ești tu și ai știut întotdeauna să pui lucrurile în ordine cum îţi place ţie, așa că am încredere. Apoi a adormit și a intrat în comă. A mai rezistat câteva zile, nu voia să moară. Îmi amintesc că eram în camera ei, împreună cu Imma, și horcăitul agoniei nu contenea, făcea parte deja din zgomotele clinicii. Tatăl meu, care nu mai suporta s-o audă, în noaptea aceea rămăsese acasă să plângă. Elisa îl scosese pe Silvio în curte la aer, fraţii mei fumau într-o cămăruţă la câţiva pași depărtare. Eu am privit fix mult timp silueta aceea inconsistentă de sub cearșaf. Mama mea ajunsese aproape nimic, și totuși fusese de-a dreptul gigantică, mă oprimase făcându-mă să mă simt ca un vierme sub o piatră, în același timp protejată și stâlcită. Am sperat că horcăitul agonizant va-nceta, imediat, acum, și, spre uimirea mea, așa s-a și întâmplat. Brusc, în cameră s-a lăsat tăcerea. Am așteptat, nu-mi găseam puterea să mă ridic și să mă duc lângă ea. Apoi s-a auzit molfăitul Immei și tăcerea s-a rupt. M-am ridicat de pe scaun și m-am apropiat de pat. Noi două — eu și micuța, care în somn îmi căuta lacom sfârcul ca să se simtă încă parte din mine —, noi eram, în acel spațiu al bolii, tot ce rămânea viu și sănătos din ea.

În ziua aceea, nu știu de ce, îmi pusesem brățara pe care mi-o dăruise cu mai bine de douăzeci de ani în urmă. N-o purtasem de mult timp, în general îmi puneam bijuteriile fine cu care mă-nvățase Adele. De atunci am purtat-o adesea.

69.

N-a fost ușor să accept moartea mamei mele. Chiar dacă n-am vărsat o lacrimă, suferința a durat mult timp și, probabil, n-a dispărut niciodată cu adevărat. O considerasem o femeie insensibilă și vulgară, mă temusem și fugisem de ea. Imediat după înmormântarea ei, m-am simțit ca atunci când pe neașteptate începe să plouă torențial, te uiți în jur și nu găsești niciun loc unde să te adăpostești. Săptămâni în șir n-am făcut decât s-o văd și s-o aud pretutindeni, noaptea și ziua. Era ca un fum care continua să iasă deși focul se stinsese. Regretam modul neobișnuit de-a fi apropiate pe care-l descoperiserăm în timpul bolii, îl prelungeam recuperând amintiri pozitive de când eu eram mică și ea tânără. Sentimentul meu de vinovăție voia s-o facă să nu dispară. Puneam din nou în sertarele mele un ac de păr de-al ei, o batistă, niște foarfece, dar mi se păreau toate obiecte insuficiente, chiar și brățara era puțin. Poate că din acest motiv, dat fiind că odată cu sarcina îmi revenise junghiul la șold, iar după naștere nu trecuse, am preferat să nu apelez la medici. Am cultivat acel disconfort ca pe o moștenire păstrată în propriul meu corp.

Și cuvintele pe care mi le adresase la sfârșit (*tu ești tu, am încredere*) m-au însoțit pentru multă vreme. Murise convinsă că prin felul meu de a fi, prin resursele pe care le acumulasem, nimic nu m-ar fi putut copleși. Această idee m-a frământat și, până la urmă, m-a ajutat. M-am hotărât să-i demonstrez că avusese dreptate. Am început disciplinat să mă ocup din nou de mine. Am folosit din nou fiecare clipă de timp liber ca să citesc și să scriu. Mi-am pierdut și mai mult interesul față de politica măruntă — nu reușeam în niciun fel să devin pasionată de planurile celor cinci partide de la guvernare și de certurile lor cu comuniștii, lucru pe care de-acum îl făcea, activ, Nino. Dar am continuat să urmăresc cu atenție deriva coruptă și violentă a țării. Mi-am îmbogățit cunoștințele despre feminism și, simțindu-mă încă puternică datorită micului succes al ultimei mele cărți, am propus articole noilor reviste care se adresau femeilor. Dar, trebuie să recunosc, mare parte a energiilor îmi erau canalizate pentru a-mi convinge editura că mă aflam într-un punct avansat cu noul meu roman.

Cu câțiva ani în urmă mi se plătise jumătate dintr-un avans substanțial, dar între timp făcusem foarte puțin, mă târam, mă aflam încă în căutarea unei povești. Directorul editorial, care fusese responsabil de acea sumă generoasă, nu făcuse niciodată presiuni asupra mea, îmi cerea detalii cu discreție și, dacă ocoleam subiectul pentru că un răspuns onest mi se părea descalificant, el mă lăsa să-l ocolesc. Apoi a avut loc un mic eveniment neplăcut. În *Corriere della Sera* a apărut un articol pe jumătate ironic care, după ce lăuda pe scurt un roman de debut cu un oarecare succes, se referea la promisiunile neținute ale literaturii italiene tinere și acolo era menționat numele meu. După câteva zile, directorul a trecut prin Napoli — trebuia să participe la o conferință plină de fast — și mi-a cerut să ne-ntâlnim.

M-a îngrijorat imediat tonul lui serios. În aproape cincisprezece ani nu simțisem niciodată ca pe o povară funcția lui. Fusese de partea mea, apărându-mă împotriva lui Adele, mă tratase întotdeauna cu amabilitate. Prefăcut veselă, l-am invitat la cină în casa de pe strada Tasso, lucru care m-a costat neliniște și efort, dar am făcut-o și pentru că Nino voia să-i propună o nouă culegere de eseuri.

Directorul s-a arătat politicos, dar deloc afectuos. Și-a exprimat condoleanțele pentru mama, a lăudat-o pe Imma, le-a dăruit câteva cărticele foarte colorate lui Dede și Elsei, a așteptat răbdător să-mi îndeplinesc îndatoririle legate de cină și de fete, lăsându-l pe Nino să întrețină conversația vorbindu-i despre posibila lui carte. Când am ajuns la desert, a abordat motivul real al întâlnirii. Voia să știe dacă putea planifica apariția romanului meu în toamna următoare. M-am înroșit toată:

— Toamna lui 1982?

— Toamna lui 1982.

— S-ar putea, dar o să știu cu precizie mai încolo.

— Trebuie să știi mai repede.

— Mai am mult până o termin.

— Mi-ai putea da un fragment să citesc?

— Nu mă simt pregătită.

Tăcere. A luat o înghițitură de vin și a spus pe un ton grav:

— Până acum ai avut noroc, Elena. Ultima carte a mers foarte bine, ești respectată, ai obținut un număr considerabil de cititori. Dar pe cititori trebuie să știi să-i păstrezi. Dacă-i pierzi, pierzi și posibilitatea de a publica alte cărți.

M-am necăjit. Am înțeles că Adele, tot insistând, intrase și pe sub pielea acelui bărbat foarte cult și politicos. Mi-am imaginat cuvintele mamei lui Pietro, termenii ei aleși cu mare grijă — *e o sudistă în care nu poți avea încredere și care, în spatele simpatiei aparente, țese uneltiri levantine* — și m-am detestat pentru că-i confirmam acelui bărbat că exact așa eram. La desert, directorul, în câteva propoziții seci, a spulberat propunerea lui Nino, spunând că era un moment dificil pentru eseistică. Stinghereala a sporit, nimeni nu mai știa ce să spună, am vorbit despre Imma până când oaspetele s-a uitat la ceas și a mormăit că trebuia să plece. Atunci n-am mai rezistat și am spus:

— Bine, o să-ți predau cartea la timp ca să iasă la toamnă.

70.

Promisiunea mea l-a liniștit pe director. A mai rămas o oră, a vorbit vrute și nevrute, s-a străduit să fie mai amabil cu Nino. La sfârșit, m-a îmbrățișat, spunându-mi la ureche: sunt sigur că scrii o poveste foarte frumoasă, și a plecat.

Imediat ce am închis ușa în urma lui am exclamat: Adele continuă războiul cu mine, sunt în bucluc! Dar Nino nu era de acord. Posibilitatea, chiar și slabă, de a-i fi publicată cartea îl înseninase. În plus, fusese la Palermo de curând pentru congresul partidului socialist și, cu acea ocazie, se-ntâlnise atât cu Guido, cât și cu Adele, iar profesorul dovedise că-i apreciază unele lucrări recente. Așa că a rostit conciliant:

— Nu exagera cu comploturile familiei Airota. A fost de ajuns să promiți c-o să te-apuci de treabă și ai văzut cum s-au schimbat lucrurile?

Ne-am certat. Tocmai promisesem o carte, da, dar cum, când aș fi putut s-o scriu cu concentrarea și continuitatea necesare? Își dădea seama ce se-ntâmplase și ce se-ntâmpla încă în viața mea? I-am înșirat de-a valma boala și moartea mamei mele, grija față de Dede și Elsa, treburile casnice, sarcina, nașterea Immei, dezinteresul lui față de fetiță, toată alergătura lui între colocvii și conferințe tot mai des fără mine și scârba, da, scârba de a fi nevoită să-l împart cu Eleonora. *Eu*, am urlat la el, *eu* sunt de-acum aproape să divorțez de Pietro și tu, în schimb, n-ai dorit nici măcar să te desparți. Puteam lucra între atâtea tensiuni, singură, fără niciun ajutor din partea lui?

Scena făcută a fost inutilă, Nino a reacţionat ca întotdeauna. A căpătat un aer deprimat, a murmurat: nu-nţelegi, nu poţi înţelege, eşti nedreaptă şi a jurat pe un ton posomorât că mă iubeşte şi că nu poate trăi fără Imma, fără fete, fără mine. În cele din urmă, s-a oferit să-mi plătească o menajeră.

În trecut mă încurajase să găsesc pe cineva care să se ocupe de casă, de cumpărături, de bucătărie, de fete, dar, ca să nu-i par că am pretenţii exagerate, răspunsesem mereu că nu voiam să fiu o povară, din punct de vedere financiar, mai mult decât era cazul. În general, tindeam să nu dau importanţă lucrurilor care-mi făceau plăcere, ci celor pe care el le putea aprecia. Şi apoi, nu voiam să accept ca-n relaţia noastră să apară problemele pe care le experimentasem deja cu Pietro. Dar de data aceea, uimindu-l, am spus imediat: da, bine, găseşte femeia asta cât mai repede. Şi mi s-a părut că vorbesc cu vocea mamei mele, nu cea plăpândă din ultima perioadă, ci cea arţăgoasă. Mi se rupea de cheltuială, trebuia să am grijă de viitorul meu. Şi viitorul meu însemna să elaborez un roman în câteva luni. Şi romanul acela trebuia să fie foarte bun. Şi nimic, nici măcar Nino, nu trebuia să mă-mpiedice să-mi fac treaba aşa cum se cuvine.

71.

Am clarificat situaţia. Cele două cărţi precedente, care ani de zile produseseră nişte bani graţie traducerilor, stagnau de câtva timp. Avansul pe care-l primisem pentru noul meu text şi pe care nu-l meritam deocamdată mai avea puţin şi se termina. Articolele pe care le scriam lucrând până noaptea târziu fie erau foarte puţin rentabile, fie nu-mi erau plătite deloc. Trăiam, pe scurt, din banii pe care Pietro îi vira conştiincios în fiecare lună şi din contribuţia lui Nino care plătea chiria casei, facturile şi, trebuie să recunosc, ne dăruia adesea îmbrăcăminte mie şi fetelor.

Dar, cât timp fusesem nevoită să înfrunt toate schimbările, și neplăcerile, și suferințele care au urmat după întoarcerea mea la Napoli, mi se păruse corect așa. Acum, în schimb — după seara aceea —, m-am hotărât să devin urgent cât mai independentă posibil. Trebuia să scriu și să public cu regularitate, trebuia să-mi consolidez imaginea de autoare, trebuia să câștig bani. Și motivul nu era vocația literară, ci avea legătură cu viitorul: credeam cu adevărat că Nino se va ocupa pentru totdeauna de mine și de fiicele mele?

În acel moment a început să capete formă o parte din mine — doar o parte — care, în mod conștient, fără vreo suferință ieșită din comun, admitea că poate conta foarte puțin pe el. Nu era vorba numai de vechea teamă că mă părăsește, brusc am avut impresia că mi se restrânge câmpul vizual. N-am mai privit departe, am început să mă gândesc că-n viitorul apropiat nu puteam aștepta de la Nino mai mult decât îmi oferea deja și că trebuia să mă hotărăsc dacă-mi era sau nu suficient.

Îl iubeam, bineînțeles, în continuare. Îmi plăcea corpul lui lung și zvelt, inteligența lui metodică. Și aveam o mare admirație pentru munca lui. Vechea lui abilitate de a aduna date și a le interpreta se transformase într-o competență foarte solicitată. De curând publicase o lucrare foarte apreciată — poate că era cea care-i plăcuse atât de mult lui Guido — despre criza economică și despre mișcările de eroziune ale capitalurilor care, din surse subterane, fuseseră direcționate spre construcții, finanțe, televiziuni private. Totuși, ceva începuse să mă enerveze la el. De exemplu, îmi făcuse rău bucuria care-l cuprinsese când intrase din nou în grațiile fostului meu socru. Și nu-mi plăcuse cum începuse iar să-l descrie pe Pietro — *un profesoraș lipsit de imaginație, foarte lăudat numai pentru numele pe care-l poartă și pentru adeziunea lui obtuză la partidul comunist* — deosebindu-l de tatăl lui, *adevăratul* profesor Airota, pe care-l lăuda în mod clar, ca autor al unor volume esențiale despre elenism și ca exponent combativ marcant al stângii socialiste. Mă rănise în plus simpatia lui reîmprospătată față de Adele, pe care o definea încontinuu drept o mare doamnă, extraordinar de pricepută în relațiile publice. Mi se părea, în sfârșit, receptiv la aprobarea persoanelor cu autoritate și gata să pună-n dificultate, uneori să umilească din invidie, pe cei care nu aveau încă suficientă și pe cei care nu aveau deloc, dar ar fi putut avea. Chestie care-i strica imaginea cu care-l identificasem întotdeauna și cu care el însuși, în general, se identifica.

N-a fost doar atât. Atmosfera politică și culturală se schimba, erau la modă alte lecturi obligatorii. Încetaserăm cu toții să ținem discursuri extreme și chiar și eu mă miram că sunt de acord cu puncte de vedere pe care cu ani în urmă le contracarasem la Pietro, din dorința de a-l contrazice, din nevoia de a ne certa. Dar Nino exagera, de-acum considera ridicolă nu doar orice afirmație subversivă, dar și orice declarație etică, orice manifestare de puritate. Îmi spunea, făcând mișto de mine:

— Sunt prea multe mironosițe în circulație.

— Adică?

— Oameni care se scandalizează, ca și cum nu s-ar ști că fie partidele își fac munca lor, fie apar grupurile armate și lojile masonice.

— Ce vrei să spui?

— Vreau să spun că tot ce poate face un partid este să împartă favoruri în schimbul unui consens, idealurile fac parte din decor.

— Ei bine, atunci eu sunt o mironosiță.

— Știu asta.

A-nceput să mi se pară neplăcută dorința lui nebună de a uimi pe plan politic. Când organiza cine acasă la mine, îi făcea să se simtă stingheriți chiar și pe oaspeții lui, apărând de pe poziții de stânga puncte de vedere de dreapta. Fasciștii — susținea el — nu greșesc în tot ceea ce spun și trebuie să înveți să dialoghezi cu ei. Sau: gata cu simplul denunţ, trebuie să-ţi murdăreşti mâinile dacă vrei să schimbi lucrurile. Sau: justiţia trebuie cât mai repede supusă motivaţiilor celor care au sarcina de a guverna, dacă nu se doreşte ca judecătorii să devină mine rătăcitoare periculoase pentru rezistenţa sistemului democratic. Sau: salariile trebuie blocate, mecanismul indexării e o pacoste pentru Italia. Dacă intervenea cineva combătându-l, devenea arogant, rânjea, lăsa să se-nţeleagă că nu merita să discuţi cu persoane cu ochelari de cal, care aveau în cap numai sloganuri învechite.

Am ajuns, pentru a nu mă poziţiona împotriva lui, să tac stânjenită. Adora nisipurile mişcătoare ale prezentului, viitorul pentru el se decidea chiar acolo. Ştia tot despre ce se-ntâmpla în partide şi în parlament, despre mişcările interne ale capitalului şi organizării muncii. Eu, în schimb, citeam cu îndârjire numai ce avea legătură cu terorismul, răpirile şi loviturile mortale ale brigăzilor roşii, dezbaterea despre apusul poziţiei centrale a muncitorimii, identificarea de noi teme contrare. În consecinţă, mă regăseam mai mult în limbajul celorlalţi comeseni decât în al lui. Într-o seară, s-a certat cu un prieten care preda la Facultatea de Arhitectură. S-a înflăcărat, era răvăşit tot, de-a dreptul splendid.

— Nu sunteţi capabili să faceţi deosebirea între un pas înainte, un pas înapoi şi stagnare.

— Ce e un pas înainte? a întrebat prietenul.

— Un preşedinte al consiliului care să nu fie tot un creştin-democrat.

— Şi stagnarea?

— O manifestaţie de siderurgişti.

— Şi un pas înapoi?

— Să te-ntrebi dacă sunt mai curaţi socialiştii sau comuniştii.

— Devii cinic.

— Tu, în schimb, ai fost întotdeauna un dobitoc.

Nu, Nino nu mă mai convingea ca altădată. Se exprima, nu știu cum să spun, într-un mod provocator și totodată opac, ca și cum el, care proslăvea clarviziunea, știa să fie atent numai la mișcările și contramișcările cotidiene ale unei administrații care mie, prietenilor lui, ni se părea putrezită din temelii. Gata, insista, să terminăm cu aversiunea infantilă față de putere: trebuie să rămânem acolo unde se nasc și mor lucrurile: partidele, băncile, televiziunea. Și eu îl ascultam, dar când mi se adresa lăsam privirea în jos. Nu mă mai ascundeam fiindcă conversația lui parțial mă plictisea, parțial mi se părea că semnalează o fragilitate care-l trăgea în jos.

Odată îi ținea acel discurs lui Dede, care trebuia să facă nu știu ce studiu trăsnit pentru profesoara ei. Am spus, ca să atenuez pragmatismul lui:

— Popoarele, Dede, au întotdeauna posibilitatea să arunce totul în aer.

— Mamei, a replicat el binevoitor, îi place să născocească povești, ceea ce e o muncă foarte frumoasă. Dar știe foarte puține despre cum funcționează lumea în care trăim și deci, de fiecare dată când ceva nu-i place, recurge la niște vorbulițe magice: aruncăm totul în aer. Tu spune-i profesoarei tale că trebuie să facem să funcționeze lumea în care deja trăim.

— Cum? am întrebat.

— Cu ajutorul legilor.

— Dar dacă spui că judecătorii trebuie puși sub control.

A clătinat din cap nemulțumit de mine, exact cum odinioară clătina din cap și Pietro.

— Du-te să-ți scrii cartea, a spus, altfel pe urmă te văicărești că din cauza noastră nu reușești să lucrezi.

A-nceput să-i țină o mică lecție lui Dede despre împărțirea puterilor, pe care am ascultat-o în tăcere și am împărtășit-o de la cap la coadă.

72.

Când era acasă, Nino punea în scenă un mic ritual ironic, împreună cu Dede și cu Elsa. Mă târau în cămăruța în care aveam biroul, îmi ordonau categoric să încep să lucrez și închideau ușa în urma lor, urlând în cor la mine dacă îndrăzneam s-o deschid din nou.

În general, dacă avea timp, se arăta foarte disponibil față de fete. Atât cu Dede, despre care credea că e foarte inteligentă, dar prea rigidă, cât și cu Elsa, care-l amuza pentru docilitatea prefăcută, în spatele căreia mocneau însă răutatea și viclenia. Ceea ce însă sperasem să se-ntâmple nu s-a-ntâmplat niciodată: nu s-a legat afectiv de mica Imma. Se juca cu ea, desigur, și uneori părea să se distreze cu adevărat. De exemplu, împreună cu Dede și cu Elsa, lătra în preajma ei, ca s-o facă să pronunțe cuvântul *câine*. Îi auzeam schelălăind prin casă în timp ce încercam inutil să schițez câteva note și dacă Imma, din pură întâmplare, scotea din fundul gâtlejului un sunet nedeslușit care semăna cu *câi*, Nino zbiera la unison cu fetele: l-a spus, bravo, bravo, *câi*. Dar nimic mai mult. În realitate, se folosea de micuță ca de-o păpușă pentru a-și petrece timpul în mod plăcut cu Dede și Elsa. Când, tot mai rar, își petrecea o duminică împreună cu noi și timpul era frumos, mergea cu ele și cu Imma la vila Floridiana, încurajându-le să împingă căruciorul surorii lor mai mici pe alei. Când se întorceau acasă, erau bucuroși toți patru. Dar îmi erau de ajuns câteva cuvinte ca să-mi dau seama că Nino le abandona pe Dede și pe Elsa în rolul pretins de mame ale Immei și începea să converseze cu mamele adevărate din cartierul Vomero care-și scoteau copiii la aer și la soare.

Cu timpul mă obișnuisem tot mai mult cu înclinația lui inconștientă spre seducție, o consideram un fel de tic. Mă obișnuisem în special cu modul în care plăcea imediat femeilor.

Dar, la un moment dat, ceva s-a deteriorat și în acea privință. A-nceput să-mi devină evident faptul că numărul prietenelor lui era impresionant și că pe toate parcă le însuflețea luminos apropierea de el. Cunoșteam bine lumina aceea, nu mă uimea. Când îi stăteai alături aveai impresia că ești vizibilă în primul rând în propriii tăi ochi și erai bucuroasă. Era firesc, deci, ca toate acele fete, dar și acele doamne în toată firea, să se atașeze de el și chiar dacă nu excludeam dorința sexuală, n-o consideram o rațiune necesară. Mă opream perplexă pe marginea propoziției rostite cu ceva timp în urmă de Lila: *după mine, nu e nici măcar prietenul tău*, și încercam s-o preschimb cât mai rar cu putință în întrebarea: *aceste femei sunt amantele lui?* Așa că nu bănuiala că mă-nșală mă tulbura, ci altceva. M-am convins că Nino încurajează în acele persoane un fel de imbold matern de a face, pe cât posibil, ceva ce-i putea fi util lui.

La scurt timp după nașterea Immei, lucrurile au început să-i meargă tot mai bine. Când apărea, îmi povestea cu mândrie de succesele lui și eu am observat repede că, așa cum în trecut cariera lui avusese o ascensiune grație familiei soției, în spatele fiecărei noi îndatoriri care i se repartiza exista acum o femeie care media. Una îi făcuse rost de o rubricuță în *il Mattino*, o dată la două săptămâni. Una îl recomandase pentru discursul de deschidere la un colocviu important la Ferrara. Una îl ajutase să facă parte din comitetul director al unei reviste torineze. O alta — originară din Philadelphia și căsătorită cu un oficial al NATO care locuia la Napoli — îl propusese de curând să figureze pe lista de consultanți ai unei fundații americane. Lista favorurilor se lungea încontinuu. Eu însămi, de altfel, nu-l ajutasem să publice o carte la o editură importantă? Nu încercam să-l ajut să publice alta? Și, dacă stăteam să mă gândesc bine, la originea prestigiului lui de licean nu se aflase profesoara Galiani?

Am început să-l observ când își exersa seducția. Invita adesea doamne tinere și mai puțin tinere la cină la mine acasă, singure ori împreună cu soții sau partenerii lor. Cu acele ocazii remarcam, un pic neliniștită, cum știa să le dea posibilitatea de a vorbi: îi ignora aproape complet pe oaspeții de sex masculin, le așeza pe femei în centrul atenției, uneori o punea în valoare pe una dintre ele în mod special. Seri la rând am asistat la conversații pe care, deși aveau loc în prezența altor persoane, el știa să le conducă de parcă s-ar fi aflat singur, față în față, cu unica doamnă care părea să-l intereseze în acel moment. Nu spunea nimic aluziv, compromițător, doar punea întrebări.

— Și apoi ce s-a întâmplat?

— Am plecat de-acasă. Am părăsit Lecce la optsprezece ani și Napoli n-a fost un oraș binevoitor.

— Unde locuiai?

— Într-un apartament dărăpănat de pe strada Tribunalelor, cu alte două fete. Nu era niciun colțișor liniștit unde să pot învăța.

— Și bărbații?

— Da' de unde bărbați.

— O fi fost vreunul.

— Unul a fost și, spre nenorocirea mea, e aici prezent, m-am căsătorit cu el.

Chiar dacă doamna aproape că-l inclusese pe soț în conversație, el îl ignora și continua să i se adreseze femeii, cu vocea lui caldă. Nino avea o curiozitate pentru lumea feminină veritabilă. Dar — deja știam asta foarte bine — nu semăna deloc cu bărbații care în acea perioadă arătau că cedaseră măcar un pic din privilegiile lor. Mă gândeam nu doar la profesori, arhitecți, artiști care frecventau casa noastră și etalau un fel de efeminare a comportamentului, a sentimentelor, a opiniilor; dar și la soțul lui Carmen, Roberto, care era extrem de săritor, și la Enzo, care, fără ezitare, și-ar fi sacrificat tot timpul pentru nevoile Lilei. Pe Nino îl entuziasma sincer modul în care femeile erau în căutarea sinelui. Nu era cină la care să nu repete că a reflecta *împreună* cu ele era de-acum singura cale pentru o gândire autentică. Dar nu renunța la autonomia lui și nici la numeroasele lui activități, se punea mereu pe primul loc, numai pe el însuși, și nu ceda o clipă din timpul său.

Cu o astfel de ocazie am încercat, cu o ironie afectuoasă, să dovedesc în fața tuturor că e un mincinos:

— Nu-l credeți. La început mă ajuta să strâng masa, spăla farfuriile: astăzi nu-și strânge nici măcar șosetele de pe jos.

— Asta nu-i adevărat, s-a revoltat el.

— Ba chiar așa. Vrea să fie emancipate femeile celorlalți, dar a lui nu.

— Ei bine, emanciparea ta nu trebuie să-nsemne obligatoriu pierderea libertății mele.

Chiar și în fraze ca aceasta, rostite în joacă, am recunoscut curând, stânjenită, ecouri ale certurilor cu Pietro. De ce mă supărasem atât pe fostul meu soț în timp ce cu Nino lăsam lucrurile să curgă în voia lor? Mă gândeam: poate că fiecare relație cu bărbații nu poate decât să reproducă aceleași contradicții și, în anumite medii, chiar și aceleași răspunsuri satisfăcătoare. Dar apoi îmi spuneam: nu trebuie să exagerez, există totuși o diferență, cu Nino sigur merge mai bine.

Dar oare așa stăteau lucrurile? Eram din ce în ce mai puțin sigură de asta. Mi-am amintit de felul în care, atunci când era oaspetele nostru la Florența, mă sprijinise împotriva lui Pietro, m-am gândit din nou cu plăcere la cât mă încurajase să scriu. Dar acum? Acum când era urgent să mă apuc iarăși în mod serios de lucru, nu-mi mai inspira deloc încrederea de altădată. Cu anii, lucrurile se schimbaseră. Nino avea mereu problemele lui și, chiar dacă-și dorea, nu mi se putea dedica. Ca să mă îmbuneze, se grăbise să-mi facă rost, cu ajutorul mamei lui, de una, Silvana, o femeie masivă în jur de cincizeci de ani, cu trei copii, cu un aer mereu vesel, foarte activă și capabilă să se ocupe de cele trei fete. În mod generos, omisese să-mi spună cu cât o plătea și, după o săptămână, mă întrebase: totul e-n regulă, merge? Dar, evident, considera că era o cheltuială care-i permitea să nu-și mai facă griji pentru mine. Desigur, era atent, întreba conștiincios: scrii? Dar pe urmă gata. Truda mea de scriitoare nu mai ocupa locul central de la începuturile relației noastre. Și nu era doar asta. Eu însămi, cu o anume stânjeneală, nu-i mai recunoșteam autoritatea de altădată. Am descoperit că partea din mine care-și imagina că poate conta întru câtva pe Nino nu mai vedea în jurul fiecărui cuvânt de-al lui aureola scânteietoare pe care mi se păruse c-o zăresc încă din copilărie. Îi dădeam să citească niște notițe încă nedesăvârșite și el exclama: perfect! Îi povesteam pe scurt o idee și-i vorbeam despre personajele pe care le schițam și el zicea: frumos, foarte inteligent. Dar nu mă convingea, nu-l credeam, își exprima cu entuziasm părerile despre munca prea multor femei. Fraza lui recurentă după o seară petrecută cu alte cupluri era aproape mereu aceeași: ce bărbat plicticos, ea cu siguranță e mai bună decât el. Toate prietenele lui, tocmai fiindcă erau prietenele lui, erau considerate mereu extraordinare. Și părerea lui despre femei în general era, fundamental, una plină de îngăduință. Nino reușea să explice chiar și prostia sadică a funcționarelor de la poștă, meschinăria incultă a învățătoarelor lui Dede și a Elsei. În fine, nu mă mai simțeam unică, eram un canon valabil pentru toate. Dar dacă în ochii lui nu eram unică, ce ajutor îmi mai oferea părerea lui, cum puteam să extrag din ea energia de a face lucrurile așa cum trebuie?

Într-o seară, exasperată de laudele aduse în prezența mea unei prietene de-a lui, biolog, l-am întrebat:

— E posibil să nu existe nicio femeie proastă?

— N-am spus asta: am spus că, fundamental, sunteți mai bune decât noi.

— Eu sunt mai bună decât tine?

— Categoric da și știu asta de foarte mult timp.

— Bine, te cred, dar măcar o dată, în viaţa ta, ai întâlnit vreo proastă?

— Da.

— Spune-mi numele.

Ştiam deja ce urma să-mi răspundă, totuşi am insistat, sperând c-o să spună Eleonora. Am aşteptat, iar el a devenit serios:

— Nu pot.

— Spune-mi-l.

— Dacă-l spun, te enervezi.

— Nu mă enervez.

— Lina.

73.

Dacă în trecut crezusem un pic în ostilitatea lui recurentă faţă de Lila, acum mă convingea din ce în ce mai puţin, şi pentru că era însoţită de momente nu tocmai rare în care, aşa cum se-ntâmplase cu câteva seri înainte, manifesta un cu totul alt sentiment. Încerca să ducă la bun sfârşit un eseu despre condiţiile de muncă şi robotizarea de la Fiat, dar vedeam că a intrat în dificultate (*ce e mai exact un microprocesor, ce e un cip, cum funcţionează în practică chestia asta?*). I-am spus: vorbeşte cu Enzo Scanno, el se pricepe. M-a întrebat indiferent: cine e Enzo Scanno? Bărbatul Lilei, i-am răspuns. El a spus, zâmbind cu jumătate de gură: atunci prefer să vorbesc cu Lina, ştie cu siguranţă mai mult. Şi, ca şi cum şi-ar fi recăpătat memoria, a adăugat cu o săgeată plină de dispreţ: Scanno nu era fiul bătut în cap al vânzătoarei de fructe?

Tonul acela mi-a rămas întipărit în minte. Enzo era fondatorul unei mici firme inovative, un lucru miraculos dacă te gândeai că sediul acesteia se găsea chiar în inima cartierului vechi. Nino — tocmai fiindcă era un om studios — ar fi trebuit să-i arate interes şi admiraţie. În schimb, îl trimisese din nou, graţie acelui imperfect — *era* — în vremea şcolii elementare, în vremea când îşi ajuta mama în prăvălie sau dădea ture cu căruţa împreună cu tatăl lui şi, neavând timp să studieze, nu strălucea la învăţătură. Lui Enzo îi luase, dezgustat, toate meritele, i le atribuise pe toate Lilei. Aşa mi-am dat seama că, dacă l-aş fi obligat să sondeze înăuntrul lui, ar fi descoperit că exemplul cel mai bun de inteligenţă feminină — poate chiar omagiul lui adus acelei inteligenţe, chiar şi anumite discursuri care aşezau irosirea resurselor intelectuale ale femeilor în vârful tuturor irosirilor — avea legătură cu Lila. Dacă anotimpul iubirii noastre se întuneca, anotimpul de la Ischia va rămâne mereu luminos pentru el. Bărbatul pentru care l-am părăsit pe Pietro, m-am gândit, este cel de-acum pentru că întâlnirea cu Lila l-a remodelat aşa.

74.

Ideea aceea mi-a trecut prin minte într-o dimineaţă geroasă de toamnă, în timp ce le duceam la şcoală pe Dede şi pe Elsa. Conduceam neatentă, iar ideea prindea rădăcini. Am separat iubirea pentru băieţelul din cartier, pentru elevul de liceu — un sentiment de-al *meu* care avea ca obiect o fantasmă de-a *mea*, concepută *înainte* de Ischia — de pasiunea copleşitoare pentru tânărul din libraria de la Milano, pentru persoana care dăduse buzna în casa mea la Florenţa. Stabilisem mereu o legătură între acele două blocaje emoţionale, dar în dimineaţa aceea mi s-a părut că acea legătură nu există, de fapt, că acea continuitate este doar un truc al raţiunii. La mijloc — m-am gândit —, a fost întreruperea cauzată de iubirea pentru Lila, acea întrerupere care-ar fi trebuit să-l facă pe Nino să dispară definitiv din viaţa mea şi de care, în schimb, n-am dorit să ţin cont. De cine mă legasem afectiv, aşadar, şi pe cine iubeam încă şi astăzi?

De obicei, Silvana le ducea pe fete la școală. Eu, în timp ce Nino încă dormea, mă ocupam de Imma. De data aceea, în schimb, organizasem lucrurile astfel încât să fiu plecată toată dimineața, voiam să văd dacă găsesc la Biblioteca Națională un vechi volum al lui Roberto Bracco care se intitula *Nel mondo della donna*. Dar între timp avansam lent în traficul matinal cu acel gând în minte. Conduceam, răspundeam la întrebările fetelor, reveneam din nou cu gândul la Nino cel compus din două părți, una care-mi aparținea, cealaltă care-mi era total străină. Când, dându-le o mie de sfaturi, le-am lăsat pe Dede și Elsa în fața școlii fiecăreia, gândul devenise deja o imagine și, cum se-ntâmpla adesea în acea perioadă, se transformase în nucleul unei posibile narațiuni. Ar putea fi, mi-am zis în timp ce coboram spre faleză, un roman în care o femeie se căsătorește cu bărbatul de care e-ndrăgostită încă din copilărie, dar în noaptea nunții își dă seama că în timp ce o parte a trupului lui îi aparține, cealaltă e locuită fizic de-o prietenă de-a ei din copilărie. Apoi, într-o fracțiune de secundă, un fel de semnal casnic de alarmă totul a șters totul cu buretele: uitasem să cumpăr scutece pentru Imma.

Se întâmpla foarte des ca grijile cotidiene să dea buzna ca niște palme, făcând irelevantă, dacă nu chiar ridicolă, orice fantezie întortocheată. Am oprit la marginea trotuarului, furioasă pe mine însămi. Eram atât de obosită, încât, deși îmi notam scrupulos într-un carnețel lucrurile urgente de cumpărat, ajungeam să uit lista. Am pufnit, nu reușeam niciodată să mă organizez așa cum trebuia. Nino avea o întâlnire importantă de lucru, poate că ieșise deja din casă și, oricum, pe el era inutil să mă bazez. Pe Silvana n-o puteam trimite la farmacie, ar fi însemnat să lase fetița singură în casă. În consecință, nu erau scutece, Imma nu putea fi schimbată și suferea de câteva zile de iritații. M-am întors pe strada Tasso. Am alergat la farmacie, am cumpărat scutecele, am ajuns acasă cu sufletul la gură. Eram sigură c-o să aud zbieretele Immei de pe palier, dar am descuiat ușa și am intrat în apartamentul scufundat în liniște.

Am zărit-o pe fetiță în sufragerie, era așezată în țarc, fără scutec, jucându-se cu o păpușică. Am șters-o de acolo fără să mă vadă, ar fi început să vocifereze ca să fie luată în brațe, dar voiam să-i dau imediat pachetul Silvanei și să-ncerc din nou să ajung la bibliotecă. Pentru că a ajuns până la mine o ușoară foșgăială din baia cea mare (aveam două băi, una mică, pe care-o folosea în general Nino, și alta pe care o foloseam eu și fetele), m-am gândit că Silvana face curățenie acolo. M-am dus, ușa era întredeschisă, am împins-o. Am văzut mai întâi, în cadrul luminos al oglinzii lungi, capul Silvanei aplecat în față și m-a izbit dunga cărării pe mijloc, cele două suprafețe negre de păr marcate de multe fire albe. Apoi am băgat de seamă ochii închiși ai lui Nino, gura lui deschisă. Pe urmă, într-o clipă, imaginea reflectată și corpurile reale s-au contopit. Nino era în maiou și în rest gol, cu picioarele lungi și slabe depărtate, desculț. Silvana, aplecată în față, cu ambele mâini sprijinite de chiuvetă, avea niște chiloți mari lăsați în vine și halatul închis la culoare ridicat până în talie. El, în timp ce-i freca sexul, cuprinzându-i cu brațul burta greoaie, și îi strângea în palmă un sân imens care se ivea din halat și din sutien, izbea cu pântecele lui plat în fesele ei mari, foarte albe.

Am tras spre mine ușa cu putere chiar în timp ce Nino căscase ochii și Silvana ridicase brusc capul, aruncându-mi o privire îngrozită. Am alergat s-o iau pe Imma din țarc și în timp ce Nino striga: Elena, așteaptă, eu ieșisem deja din casă, nici nu mai chemasem liftul, ci alergam pe scări cu fetița în brațe.

75.

M-am adăpostit în mașină, am pornit motorul și am plecat, cu Imma așezată pe genunchi. Fetița părea fericită, voia să claxoneze așa cum o învățase Elsa, rostea cuvințelele ei incomprehensibile, alternându-le cu țipete de bucurie datorate apropierii de mine. Am condus fără o destinație precisă, voiam doar să mă îndepărtez de casă cât mai mult posibil. În cele din urmă m-am trezit la Sant'Elmo. Am parcat lângă trotuar, am oprit motorul și am descoperit că nu aveam lacrimi, nu suferеam, mă simțeam doar încremenită din cauza ororii.

Nu-mi venea să cred. Era posibil ca acel Nino pe care-l prinsesem în timp ce izbea cu sexul lui tare în sexul unei femei mature — o femeie care-mi făcea curățenie în casă, îmi făcea cumpărăturile, gătea, se ocupa de fiicele mele; o femeie marcată de efortul supraviețuirii, masivă, veștejită, foarte diferită de doamnele culte și elegante, pe care mi le aducea la cină — să fie băiatul din adolescența mea? Tot timpul cât condusesem la întâmplare, fără nici măcar să simt greutatea Immei pe jumătate dezbrăcată care lovea inutil claxonul și mă striga veselă, nu reușisem să-i dau o identitate stabilă. Mă simțisem ca și cum, intrând în casă, aș fi găsit brusc la vedere, în baia mea, o creatură străină care, în general, stătea ascunsă sub învelișul tatălui celei de-a treia mea fiice. Străinul avea trăsăturile lui Nino, dar nu era el. Era celălalt, cel născut după Ischia? Dar care? Cel care o lăsase gravidă pe Silvia? Amantul Mariarosei? Soțul Eleonorei, infidel și totuși foarte atașat de ea? Bărbatul căsătorit care-mi spusese mie, femeie căsătorită, că mă iubește, că mă vrea cu orice preț?

Tot drumul până la Vomero am încercat să mă agăț de Nino cel din cartier și din liceu, de Nino cel plin de duioșie și iubire, ca să scap de repulsie. Numai când m-am oprit la Sant'Elmo mi-au revenit în minte baia și momentul în care el deschisese ochii și mă văzuse în oglindă, neclintită în prag. Atunci totul mi s-a părut mai clar. Nu exista nicio sciziune între acel bărbat venit după Lila și băiatul de care — înainte de Lila — mă îndrăgostisem încă din copilărie. Nino era unul singur și o dovedea expresia pe care-o avea pe chip în timp ce o penetra pe Silvana.

Era expresia tatălui său, Donato, nu când mă dezvirginase pe plaja Maronti, ci când mă atinsese între picioare, pe sub așternut, în bucătăria Nellei.

Nimic străin, așadar, în schimb foarte scârbos. Nino era ceea ce nu voia să fie și totuși fusese mereu. Când se lovea ritmic de fesele Silvanei și între timp, cu gentilețe, era preocupat să-i ofere plăcere, nu mințea, exact așa cum nu mințea când îmi făcea o nedreptate și între timp regreta, se scuza, mă implora să-l iert, jura că mă iubește. *Așa e el*, mi-am zis. Dar asta nu m-a consolat. Dimpotrivă, am simțit că oroarea, în loc să pălească, își găsea un refugiu și mai solid în acea constatare. Apoi un lichid călduț mi s-a prelins până la genunchi. Am tresărit: Imma era dezbrăcată, făcuse pipi pe mine.

76.

Mi se părea de neconceput să mă-ntorc acasă, chiar dacă era frig și Imma risca să se îmbolnăvească. Am înfășurat-o în paltonul meu ca într-o joacă, am cumpărat încă un pachet de scutece, i-am pus unul după ce am curățat-o cu șervețele umede. Acum trebuia să hotărăsc ce aveam de făcut. Dede și Elsa urmau să iasă curând de la școală, prost dispuse, foarte flămânde, iar Immei deja îi era foame. Eu, cu jeanșii uzi, fără palton, cu nervii-ntinși, tremuram de frig. Am căutat un telefon, am sunat-o pe Lila, am întrebat:

— Pot veni cu fetele la tine la prânz?

— Sigur.

— Pe Enzo nu-l deranjează?

— Știi că se bucură.

Am auzit vocișoara veselă a Tinei, Lila i-a zis: liniște. Apoi m-a întrebat, cu o prudență pe care de obicei n-o avea:

— E ceva în neregulă?

— Da.

— Ce s-a-ntâmplat?
— Ce prevăzuseși tu.
— Te-ai certat cu Nino?
— O să-ţi spun, acum trebuie să plec.

Am ajuns la școală mai devreme. Imma își pierduse de-acum orice interes pentru mine, pentru volan, pentru claxon și devenise agitată, vocifera. Am obligat-o înc-o dată să stea înfășurată în palton și ne-am dus să căutăm biscuiţi. Aveam senzaţia că acţionez cu calm — în sinea mea mă simţeam liniștită: continua să predomine nu furia, ci dezgustul, o repulsie nu foarte diferită de cea pe care aș fi resimţit-o dac-aș fi văzut două șopârle care se împerecheau —, dar mi-am dat seama că trecătorii mă priveau curioși, alarmaţi în timp ce alergam pe stradă cu pantalonii uzi, vorbind tare cu fetiţa care, strânsă cu forţa în palton, se zvârcolea și plângea.

Imma s-a liniștit la primul biscuit, dar calmul ei a dat frâu liber neliniștii mele. Nino-și amânase întâlnirea poate, mă căuta probabil, riscam să-l găsesc lângă școală. Pentru că Elsa ieșea înaintea lui Dede, care era în clasa a doua, m-am dus să mă așez într-un colţ de unde puteam observa poarta școlii elementare fără să fiu văzută. Îmi clănţăneau dinţii de frig, Imma îmi mânjea paltonul cu fărâmituri de biscuit pline de salivă. Am supravegheat alertată zona, dar Nino n-a apărut. Și n-a apărut nici la intrarea școlii medii, de unde în curând a ieșit Dede, într-un flux de îmbrânceli, urlete și injurii în dialect.

Fetele mi-au acordat puţină atenţie, le-a interesat mult că mă dusesem să le iau împreună cu Imma. Era ceva nou.

— De ce-o ţii în palton? a întrebat Dede.
— Pentru că-i e frig.
— Ai văzut că ţi-l distruge?
— Nu-i nimic.
— Odată, când ţi l-am murdărit eu, mi-ai dat o palmă, s-a plâns Elsa.

— Nu e adevărat.
— Ba e foarte adevărat.
Dede m-a descusut:
— Cum de are doar tricoul și scutecul pe ea?
— E bine așa.
— S-a-ntâmplat ceva?
— Nu. Acum mergem la mătușa Lina la prânz.

Au primit vestea cu obișnuitul entuziasm, apoi s-au instalat în mașină și, în timp ce micuța le vorbea surorilor cu limbajul ei neclar, foarte fericită că este în centrul atenției, au început să-și dispute dreptul de-a o ține în brațe. Le-am impus s-o țină împreună, fără să tragă de ea în toate părțile: nu e de cauciuc, am strigat. Elsa n-a fost mulțumită de soluția aceea și i-a spus lui Dede un cuvânt urât, în dialect. Am încercat să-i trag o palmă, am silabisit, fixând-o cu privirea în oglinda retrovizoare: ce-ai spus, repetă, ce-ai spus? N-a plâns, i-a lăsat-o definitiv pe Imma lui Dede, a murmurat c-o plictisea oricum să se ocupe de surioara ei. Apoi, când fetița întindea mâinile ca să se joace, a început s-o respingă brutal. Zbiera, distrugându-mi nervii: Imma, gata, mă enervezi, mă murdărești. Și mie: mama, fă-o să-nceteze. N-am mai rezistat, am scos un urlet care le-a speriat pe toate trei. Am traversat orașul într-o tensiune întreruptă doar de șușotitul lui Dede și al Elsei, care se consultau ca să înțeleagă dacă-n viața lor urma să se-ntâmple din nou ceva ireparabil.

N-am suportat nici acea șușoteală. Nu mai suportam nimic: copilăria lor, rolul meu de mamă, gângurelile Immei. Și apoi, prezența fiicelor mele în mașină contrasta cu imaginile coitului care mi se iveau repetat în minte, cu mirosul de sex pe care-l simțeam încă în nări, cu furia care-ncepea să-și croiască drum în sufletul meu, împreună cu dialectul cel mai vulgar. Nino o futuse pe menajeră și apoi se dusese la întâlnirea lui, rupându-i-se de mine și de fiica lui. Ah, ce mizerabil, o dădusem în bară cu el. Era ca tatăl lui? Nu, prea simplu. Nino era foarte inteligent, Nino era extraordinar de cult. Înclinaţia lui spre futut nu provenea dintr-o necioplită şi ingenuă demonstraţie de virilitate întemeiată pe stereotipuri jumătate fasciste, jumătate meridionale. Ce-mi făcuse, ce-mi făcea era filtrat de-o conştiinţă foarte rafinată. Stăpânea concepte complexe, ştia că jignirea aceea m-ar fi distrus. Dar o comisese oricum. Se gândise: nu pot renunţa la plăcerea mea numai pentru că dobitoaca aia o să mă fută la cap. Aşa, chiar aşa. Şi judeca în mod sigur drept filistină — adjectivul acela era încă destul de răspândit în mediul nostru — posibila mea reacţie. Filistină filistină. Cunoşteam chiar şi metoda la care-ar fi recurs ca să se justifice cu eleganţă: ce-i rău în asta, carnea e slabă, iar eu am citit toate cărţile. Exact aceste cuvinte, ticălos nemernic. Furia îşi săpase un pasaj spre oroare. Am urlat la Imma — *şi la Imma* — să tacă. Am ajuns în faţa casei Lilei când deja îl uram pe Nino cum până în acel moment nu urâsem pe nimeni niciodată.

77.

Lila pregătise de mâncare. Ştia că Dede şi Elsa adorau orecchiette cu suc de roşii şi le-a anunţat meniul, stârnind un entuziasm zgomotos. Mai mult decât atât. Mi-a luat-o pe Imma din braţe, ocupându-se în acelaşi timp de ea şi de Tina, ca şi cum brusc fiica ei s-ar fi dedublat. Le-a schimbat pe amândouă, le-a spălat, le-a îmbrăcat la fel, le-a alintat cu o extraordinară grijă maternă. Apoi, când cele două micuţe s-au recunoscut imediat şi au început să se joace împreună, le-a pus alături pe un covor vechi să meargă de-a buşilea, să gângurească. Ce diferite erau. Am comparat-o cu invidie pe fiica mea şi a lui Nino cu fiica Lilei şi a lui Enzo. Tina mi s-a părut mai frumoasă, mai sănătoasă decât Imma, era rodul foarte plăcut al unei relaţii solide.

Între timp, Enzo s-a întors de la serviciu, cordial, dar laconic, ca de obicei. La masă, nici el, nici Lila nu m-au întrebat de ce nu mă atingeam de mâncare. Numai Dede a intervenit, voind parcă să mă salveze de gândurile ei negre și ale celorlalţi. A spus: mama mea mănâncă întotdeauna puţin pentru că nu vrea să se-ngrașe, și eu fac la fel. Am exclamat amenințătoare: tu trebuie să cureţi farfuria până la ultima înghiţitură. Și Enzo, poate ca să le protejeze pe fiicele mele de mine, a început cu ele un concurs caraghios de-a cine termină primul totul din farfurie. A răspuns pe urmă cu amabilitate la numeroasele întrebări ale lui Dede despre Rino — fiica mea sperase să-l întâlnească măcar la prânz —, a explicat că băiatul începuse să lucreze într-un atelier mecanic și era plecat toată ziua. Apoi, la sfârșitul mesei, în mare secret, le-a dus pe cele două surori în camera lui Gennaro ca să le arate toate comorile care se aflau acolo. După câteva minute s-a auzit explodând o muzică înfuriată și nu s-au mai întors.

Eu am rămas singură cu Lila, i-am povestit fiecare detaliu, între sarcasm și suferinţă. Ea m-a ascultat fără să mă întrerupă niciodată. Mi-am dat seama de următorul lucru: cu cât puneam mai mult în cuvinte ce mi se-ntâmplase, cu atât scena de sex dintre femeia aceea voinică și Nino cel subţirel mi se părea mai ridicolă. S-a trezit — mi-a ieșit la un moment dat în dialect —, a dat peste Silvana în baie și înainte să se pișe i-a ridicat halatul și i-a înfipt-o. Apoi am izbucnit într-un râs vulgar și Lila m-a privit stingherită. Ea folosea inflexiunile acelea, nu se aștepta la asta din partea mea. Trebuie să te liniștești, a spus, și, pentru că Imma plângea, ne-am dus în cealaltă cameră să vedem ce se-ntâmplă.

Fiica mea, blonduţă, roșie la faţă, plângea de mama focului cu gura larg deschisă și, cum m-a văzut, a întins mâinile ca s-o iau în braţe. Tina, brunetă, palidă, o fixa cu privirea nedumerită și când a apărut mama ei nu s-a mișcat, a strigat-o voind parcă s-o ajute cineva să-nţeleagă, a spus clar *mama*. Lila le-a ridicat pe ambele copile de jos, le-a aranjat pe fiecare pe câte un braţ, a sărutat-o pe-a mea, ștergându-i lacrimile cu buzele, i-a vorbit, a liniștit-o.

Eram uluită. M-am gândit: Tina spune „mama“ clar, toate silabele, Imma încă n-o face și are aproape cu o lună mai mult. M-am simțit neîmplinită și tristă. Anul 1981 se aproapia de final. Urma s-o concediez pe Silvana. Nu știam ce să scriu, lunile o să zboare, n-o să predau cartea, o să rămân în urmă și o să pierd dispoziția de lucru. O să rămân fără niciun viitor, dependentă de banii lui Pietro, singură cu trei fiice, fără Nino. Pe Nino l-am pierdut, cu Nino s-a încheiat. Partea din mine care continua să-l iubească s-a făcut din nou simțită, dar nu ca la Florența, ci mai degrabă cum îl iubise copila din clasele primare când îl vedea ieșind de la școală. Am căutat confuz un pretext ca să-l iert în ciuda umilinței, nu suportam să-l alung din viața mea. Unde era? Era posibil nici măcar să nu fi-ncercat să mă caute? I-am pus laolaltă pe Enzo, care se ocupase imediat de cele două fete, și pe Lila, care mă degrevase de orice îndatorire și mă ascultase, oferindu-mi posibilitatea să vorbesc de care aveam atâta nevoie. Am înțeles, în sfârșit, că știau deja totul înainte să ajung eu în cartier. Am întrebat:

— Nino a telefonat?

— Da.

— Ce-a spus?

— Că a fost o prostie, că trebuie să-ți stau aproape, că trebuie să te ajut să înțelegi, că astăzi așa se trăiește. Palavre.

— Și tu?

— I-am trântit telefonul în nas.

— Dar va telefona din nou?

— Va telefona din nou, cum să nu.

M-am simțit deprimată.

— Lila, nu știu să trăiesc fără el. A durat totul atât de puțin. Am rupt căsnicia, am venit să trăiesc aici cu fetele, am făcut altă fetiță. De ce?

— Pentru că ai greșit.

Propoziția nu mi-a plăcut, a sunat ca ecoul unei vechi jigniri. Îmi reproșa că greșisem chiar dacă ea încercase să mă țină departe de greșeală. Îmi spunea că-mi *dorisem* să greșesc și în consecință greșise și *ea*, nu eram deloc inteligentă, eram o femeie proastă. Am spus:

— Trebuie să vorbesc cu el, trebuie să-l înfrunt.

— Bine, dar lasă-mi fetele.

— Nu te descurci, sunt patru.

— Sunt cinci, e și Gennaro. Și el e cel mai obositor dintre toți.

— Vezi? Le iau cu mine.

— Nici nu-ncape vorbă.

Am recunoscut că aveam nevoie de ajutorul ei, am spus:

—Ți le las până mâine, îmi trebuie timp ca să rezolv situația.

— S-o rezolvi cum?

— Nu știu.

— Vrei să continui cu Nino?

Am simțit-o contrariată și aproape c-am țipat:

— Ce pot face?

— Singurul lucru posibil: să-l părăsești.

Pentru ea era soluția corectă, își dorise întotdeauna să se termine în felul acela, nu-mi ascunsese asta niciodată. Am spus:

— O să mă gândesc.

— Nu, n-o să te gândești. Ai hotărât deja să te prefaci că nu s-a întâmplat nimic și să continui așa.

Am evitat să răspund și ea a insistat, a spus că nu trebuia să mă irosesc, că aveam un alt destin, că m-aș fi pierdut tot mai mult pe mine însămi continuând în felul acela. Mi-am dat seama că devenea aspră, am simțit că, pentru a mă opri, era pe punctul de a-mi spune ceea ce de mult voiam să știu și ceea ce de mult ea nu-mi spunea. Mi-a fost frică, dar nu încercasem chiar eu, cu diverse ocazii, s-o fac să limpezească lucrurile? Și acum nu alergasem eu la ea *și* pentru ca, în sfârșit, să-și dezlege sacul?

— Dacă ai să-mi spui ceva, am murmurat, vorbește.

Și ea s-a hotărât atunci, mi-a căutat privirea, eu am lăsat ochii-n jos. A spus că Nino o căutase adesea. A spus că-i ceruse să fie din nou împreună, atât înainte să se atașeze de mine, cât și după. A spus că, atunci când o însoțiseră pe mama mea la spital, fusese foarte insistent. A spus că-n timp ce medicii o consultau pe mama mea și ei doi așteptau verdictul, îi jurase că era cu mine doar ca să se simtă mai aproape de ea.

— Uită-te la mine, a murmurat, știu că sunt rea că-ți spun aceste lucruri, dar el e cu mult mai rău decât mine. Are cea mai oribilă răutate, cea a superficialității.

78.

M-am întors pe strada Tasso hotărâtă să retez orice relație cu Nino. Am găsit casa goală și-n perfectă ordine, m-am așezat lângă ușa-fereastră care dădea spre balcon. Viața în apartamentul acela se-ncheiase, în câțiva ani se epuizaseră toate motivele prezenței mele la Napoli.

Am așteptat cu o neliniște crescândă ca el să apară. Au trecut câteva ore, am adormit, m-am trezit brusc când era întuneric. Telefonul țârâia.

Am alergat să răspund convinsă că era Nino, în schimb era Antonio. Telefona dintr-un bar din apropiere, m-a întrebat dacă mă puteam duce la el. I-am spus: urcă. Am simțit că ezita, apoi a fost de acord. N-am avut nicio îndoială că mi-l trimisese Lila și, de altfel, a recunoscut și el imediat.

— Nu vrea să faci vreo tâmpenie, a spus străduindu-se să vorbească în italiană.

— Poți tu să mă împiedici?

— Da.

— Cum?

S-a așezat în sufragerie după ce-a refuzat cafeaua pe care voiam să i-o fac și, calm, cu tonul cuiva obișnuit să dea rapoarte amănunțite, mi-a înșirat toate amantele lui Nino: prenume, nume, profesii, rude. Pe unele nu le cunoșteam, erau relații mai vechi. Pe altele le adusese la cină în casa mea și mi le aminteam afectuoase cu mine și cu fetele. Mirella, care avusese grijă de Dede, de Elsa și chiar și de Imma, era cu el de trei ani. Și mai lungă era relația cu doctorița ginecolog cu care născusem atât eu, cât și Lila. A înșirat un număr însemnat de muieri — așa le-a numit — cu care, în momente diferite, Nino aplicase mereu aceeași schemă: o perioadă de întâlniri intensă, apoi întâlniri ocazionale, niciodată o întrerupere definitivă. E un tip devotat, a spus Antonio cu sarcasm, nu termină niciodată cu adevărat relațiile: când se duce la una, când se duce la cealaltă.

— Lina știe?

— Da.

— De când?

— De puțin timp.

— De ce nu mi-ați spus imediat?

— Eu am vrut să-ți spun imediat.

— Și Lina?

— A zis să așteptăm.

— Și tu ai ascultat-o. M-ați făcut să gătesc și să pun masa pentru persoane cu care el mă înșelase cu o zi înainte sau urma să mă înșele a doua zi. Am mâncat cu unele cărora el le atingea piciorul sau genunchiul sau altceva pe sub masă. Mi-am încredințat copiii unei fete pe care el sărea cum întorceam privirea.

Antonio a ridicat din umeri, și-a privit mâinile, le-a împreunat și le-a lăsat între genunchi.

— Dacă mi se comandă să fac ceva, eu fac, a spus în dialect.

Dar apoi s-a tulburat. O fac aproape mereu, a spus, și a-ncercat să se justifice: uneori mă supun banilor, alteori respectului, în câteva cazuri rare mie însumi. Aceste trădări, a murmurat, dacă nu le afli la momentul potrivit, nu folosesc la nimic, când ești îndrăgostit, ierți totul. Pentru ca trădările să aibă rolul lor concret trebuie mai întâi să crească și să se maturizeze un pic de aversiune. Și a continuat așa, bălmăjind propoziții chinuite despre cât de oarbă e dragostea. Aproape în chip de exemplu, mi-a povestit din nou cum, cu mulți ani în urmă, ca un favor făcut fraților Solara, îi spionase pe Nino și pe Lila. Atunci, a spus cu mândrie, n-am făcut ce-mi ordonaseră. Nu se simțise-n stare s-o dea pe mâna lui Michele și-l chemase pe Enzo ca s-o scoată pe Lila din încurcătură. A vorbit din nou despre bătaia pe care i-o dăduse lui Nino. Am făcut-o, a bombănit, întâi de toate pentru că tu țineai la el și nu la mine, și apoi pentru că dacă mizerabilul ăla se-ntorcea la Lina, ea ar fi rămas legată de el și s-ar fi distrus tot mai mult. Vezi, a conchis, nici în cazul acela nu prea era nimic de discutat, Lina nu m-ar fi ascultat, iubirea nu doar că n-are ochi, dar n-are nici măcar urechi.

L-am întrebat zăpăcită:

— În toți acești ani nu i-ai zis niciodată Linei că Nino în seara aceea se-ntorcea la ea?

— Nu.

— Ar fi trebuit să-i zici.

— De ce, mă rog? Când mintea îmi spune: e mai bine să procedezi în felul acesta, o fac și nu mă mai gândesc. Dacă te răzgândești, nu provoci decât necazuri.

Ce înțelept devenise. Am aflat în acea împrejurare că povestea lui Nino și a Lilei ar fi durat un pic mai mult dacă Antonio n-ar fi întrerupt-o cu bătaia. Dar am alungat imediat ipoteza că s-ar fi iubit pentru tot restul vieții și poate că atât ea, cât și el ar fi devenit cu totul alte persoane: mi s-a părut nu doar improbabil, ci de-a dreptul insuportabil. În schimb, am oftat neputincioasă. Antonio decisese din motivele lui s-o salveze pe Lila și acum Lila-l trimisese să mă salveze pe mine. L-am privit, am spus cu sarcasm evident ceva despre rolul lui de protector al femeilor. Ar fi trebuit să apară la Florența, m-am gândit, când eram în cumpănă, când nu știam ce să fac și atunci să decidă în locul meu cu mâinile lui noduroase, așa cum cu ani în urmă decisese în locul Lilei. L-am întrebat ironică:

— Acum ce ordine ai?

— Lina, înainte să mă trimită aici, mi-a interzis să-i sparg fața acelui dobitoc. Dar eu am făcut deja asta o dată și aș vrea s-o mai fac.

— Nu ești de încredere.

— Da și nu.

— Adică?

— E o situație complicată, Lenù, nu te băga. Tu spune-mi doar că fiul lui Sarratore trebuie să regrete că s-a născut și eu îl fac să regrete.

Nu m-am mai abținut, am izbucnit în râs din cauza acelei seriozități manierate cu care se exprima. Era tonul pe care-l învățase în cartier de mic, tonul rezervat al bărbatului dintr-o bucată, el care, în realitate, fusese timid și plin de temeri. Ce efort trebuie să fi fost să se schimbe, dar acum era tonul *lui*, n-ar fi știut să aibă altul. Singura diferență, în comparație cu trecutul, era că în acea împrejurare se străduia să vorbească în italiană și limba i se împotrivea, ieșindu-i cu accent străin.

S-a ofuscat din cauza râsului, s-a uitat la plăcile negre ale ferestrei, a murmurat: nu râde. Am văzut că fruntea îi devenea lucioasă în ciuda frigului, transpira rușinat că-l consideram ridicol. A spus: știu că nu mă exprim bine, știu mai bine germană decât italiană. I-am simțit mirosul, care era încă acela al emoțiilor din perioada de la lacuri. Râd, m-am scuzat, din cauza situației, cu tine care ai vrut să-l omori pe Nino dintotdeauna și cu mine care, dacă el s-ar întoarce acum, ți-aș spune: da, omoară-l; râd de disperare, pentru că n-am fost niciodată atât de jignită, pentru că mă simt umilită într-un mod pe care nu știu dacă ți-l poţi imagina, pentru că-n acest moment mă simt atât de rău, încât mi se pare c-o să leşin.

Într-adevăr, eram slăbită şi moartă pe dinăuntru. Aşa că i-am fost pe neaşteptate recunoscătoare Lilei că avusese sensibilitatea să mi-l trimită chiar pe Antonio, el era singura persoană de a cărei afecţiune în acel moment nu mă-ndoiam. În plus, corpul lui descărnat, oasele lui mari, sprâncenele dese, chipul nedelicat îmi rămăseseră familiare, nu mă dezgustau, nu mi-era teamă de ele. La lacuri, am spus, era frig şi noi nu simţeam: tremur, pot să mă aşez lângă tine?

M-a privit nesigur, dar n-am aşteptat să fie de acord cu mine. M-am ridicat, m-am aşezat pe genunchii lui. El a rămas nemişcat, a deschis doar braţele de teamă să nu mă atingă şi le-a lăsat să cadă pe marginile fotoliului. M-am abandonat peste el, mi-am pus faţa între gâtul şi umărul lui, mi s-a părut pentru câteva secunde c-o să adorm.

— Lenù.

— Da?

— Nu te simţi bine?

— Îmbrăţişează-mă, trebuie să mă încălzesc.

— Nu.

— De ce?

— Nu sunt sigur că mă vrei.

— Te vreau acum, doar de data asta: e un lucru pe care tu mi-l datorezi mie şi eu ţie.

— Nu-ţi datorez nimic. Eu ţin la tine, dar tu ai ţinut tot timpul la ăla.

— Da, dar cum te-am dorit pe tine n-am dorit niciodată pe nimeni, nici măcar pe el.

Am vorbit mult timp. I-am spus adevărul, adevărul din acel moment şi adevărul din perioada îndepărtată de la lacuri. El însemna noutatea excitării, însemna partea inferioară a burţii care devenea caldă, care se întredeschidea, care se umezea eliberându-şi dorinţa incandescentă. Franco, Pietro, Nino se împiedicaseră în acea aşteptare, dar nu reuşiseră niciodată s-o satisfacă, pentru că era o aşteptare fără o formă definită, era speranţa plăcerii, cel mai greu de satisfăcut. Gustul gurii lui Antonio, mirosul dorinţei lui, mâinile, sexul mare strâns între coapse reprezentau o inegalabilă *primă dată*. Ce a venit *după* nu fusese niciodată la înălţimea după-amiezelor noastre ascunse de scheletul fabricii de conserve, deşi era amor fără penetrare şi adesea fără orgasm.

I-am vorbit într-o italiană care mi-a ieşit complicată. Am făcut-o mai mult ca să-mi explic mie însămi ce făceam decât ca să-l lămuresc pe el şi asta i s-a părut probabil un gest de încredere, l-a bucurat. M-a îmbrăţişat, m-a sărutat pe-un umăr, apoi pe gât, în sfârşit pe gură. Nu cred să fi avut vreun raport sexual ca acela. Dintr-odată lacurile din urmă cu mai bine de douăzeci de ani şi camera de pe strada Tasso, fotoliul, podeaua, patul s-au contopit, făcând să dispară tot ce ne ţinuse la distanţă, ce eram eu, ce era el. Antonio a fost delicat, a fost brutal şi nici eu n-am fost mai prejos. A cerut şi am cerut, la rândul meu, cu o pasiune, cu o nelinişte, cu o nevoie de încălcare a regulilor, lucruri care nu credeam că mocnesc în mine. La sfârşit l-a răpus uluirea, la fel ca pe mine.

— Ce s-a întâmplat? am întrebat ameţită, ca şi cum amintirea intimităţii noastre totale se evaporase deja.

— Nu ştiu, a spus el, dar bine măcar că s-a întâmplat.

Am zâmbit.

— Eşti ca toţi ceilalţi, ţi-ai înşelat soţia.

Voiam să glumesc, dar el m-a luat în serios, a spus în dialect:

— N-am înşelat pe nimeni. Soţia mea — *înainte de acum* — nu există încă.

Formulare neclară, dar am înţeles. Încerca să-mi spună că era de acord cu mine şi încerca să-mi comunice, la rândul lui, o senzaţie a curgerii timpului în afara cronologiei curente. Voia să spună că trăiserăm *acum* un fragment mic dintr-o zi care aparținea perioadei din urmă cu douăzeci de ani. L-am sărutat, am murmurat: mulțumesc și i-am spus că-i eram recunoscătoare pentru că ignorase motivele meschine pentru care făcuserăm sex — ale mele și ale lui — și să vadă în asta numai nevoia de a ne lua amândoi revanșa.

Apoi a țârâit telefonul, m-am dus să răspund, putea fi Lila care avea nevoie de mine pentru fete. În schimb era Nino.

— Bine că ești acasă, a spus cu sufletul la gură, vin imediat.

— Nu.

— Dar când?

— Mâine.

— Lasă-mă să-ți explic, e necesar, e urgent.

— Nu.

— De ce?

I-am spus și am închis.

79.

A fost greu să mă despart de Nino, mi-a luat luni de zile. Nu cred să fi suferit vreodată atâta din cauza unui bărbat, mă chinuia la fel de mult să-l îndepărtez, cât și să-l primesc înapoi. Nu voia să admită că-i făcuse propuneri sentimentale și sexuale Lilei. A insultat-o, a făcut mișto de ea, a acuzat-o că vrea să ne distrugă relația. Dar mințea. În primele zile a mințit mereu, a-ncercat chiar să mă convingă că tot ce văzusem în baie fusese o greșeală cauzată de oboseală și gelozie. Apoi a-nceput să cedeze. A mărturisit câteva relații, dar le-a antedatat. Despre altele, în mod indiscutabil recente, a zis că fuseseră nesemnificative, a jurat că era pură prietenie, nu iubire cu acele femei. Ne-am certat toată perioada Crăciunului, toată iarna. O dată, stoarsă de abilitatea lui de-a se acuza, a se apăra și *a pretinde* iertarea, îl reduceam la tăcere, altă dată cedam în fața disperării lui care părea autentică — venea adesea beat —, altă dată îl alungam pentru că din onestitate, din mândrie, poate că și din demnitate, n-a promis niciodată că nu le va mai revedea pe cele pe care le numea prietene și nici n-a dorit să mă asigure că lista nu va deveni mai lungă.

A ținut adesea pe acea temă monologuri lungi și foarte culte cu care a-ncercat să mă convingă că nu era vina lui, ci a naturii, a materiei astrale, a corpilor spongioși și a irigării lor excesive, a rinichilor lui deosebit de calzi, în fine, a virilității lui debordante. Oricât adun eu toate cărțile pe care le-am citit — murmura intonații sincere, chinuite și totuși vanitoase până la ridicol —, oricât adun limbile pe care le-am învățat, matematica, științele, literatura și, mai mult decât tot, iubirea pentru tine — da, iubirea și nevoia pe care o am de tine, groaza de a nu te mai putea avea —, crede-mă, te implor, crede-mă, nu e nimic de făcut, nu pot nu pot nu pot, dorința ocazională, cea mai stupidă, cea mai limitată, este cea care mă domină.

Uneori mă emoționa, dar cel mai adesea mă enerva, în general reacția mea era plină de sarcasm. Iar el tăcea, își ciufulea nervos părul, apoi o lua de la capăt. Dar când într-o dimineață i-am spus, rece, că poate toată nevoia aceea a lui de femei era semnul unei heterosexualități labile care, pentru a rezista, avea nevoie de confirmări continue, s-a supărat, m-a sâcâit zile și zile în șir, voia să știe dacă fusesem mai bună cu Antonio decât cu el. Pentru că deja eram sătulă de toată trăncăneala lui agitată, am urlat că da. Și dat fiind că-n perioada aceea de certuri chinuitoare câțiva dintre prietenii lui încercaseră să ajungă în patul meu și eu, din plictiseală, din răzbunare, de câteva ori fusesem de acord, am menționat în treacăt câteva nume de persoane care-i erau dragi, ca să-l rănesc, am spus că fuseseră mai buni decât el.

A dispărut. Spusese că nu putea trăi fără Dede și Elsa, spusese c-o iubea pe Imma mai mult decât pe ceilalți copii ai lui, spusese că va avea grijă de cele trei fete chiar dacă n-o să mai vreau să fiu împreună cu el. În realitate, nu doar c-a uitat de noi de la o zi la alta, dar nici n-a mai plătit chiria pentru casa din strada Tasso, facturile de lumină, de gaz, de telefon.

Am căutat o casă mai ieftină în aceeași zonă, dar în zadar: adesea, pentru apartamente mai urâte și mai mici se cereau chirii și mai mari. Apoi Lila mi-a spus că se eliberaseră trei camere cu bucătărie chiar deasupra ei. Costau o nimica toată, de la ferestre se vedeau atât șoseaua, cât și curtea. Mi-a spus în felul ei, pe un ton neutru: eu doar îţi dau o informaţie, tu faci cum crezi. Eram deprimată, eram speriată. Elisa recent urlase la mine în timpul unei certe: tata e singur, du-te să locuiești cu el, m-am săturat să fiu nevoită să mă ocup numai eu de el. Și, bineînţeles, refuzasem, în situaţia mea nu puteam să am grijă și de tata, eram deja sclava fiicelor mele: Imma se îmbolnăvea încontinuu. Cum scăpa Dede de o răceală, răcea Elsa, care nu-și făcea temele decât dacă stăteam lângă ea, iar Dede se enerva și spunea: atunci trebuie să m-ajuţi și pe mine. Eram stoarsă, aveam nervii făcuţi ţăndări. Și apoi, în marele haos în care mă scufundam, nu mai aveam nici măcar fărâma aceea de viaţă activă pe care o dusesem până atunci. Refuzam invitaţii, și colaborări, și călătorii, nu îndrăzneam să răspund la telefon de teamă că editura îmi cere cartea. Sfârșisem într-un vârtej care mă trăgea tot mai jos și o presupusă întoarcere în cartier ar fi fost dovada că atinsesem fundul. Că mă afundam iarăși, eu și fiicele mele, în acea mentalitate, că mă lăsam absorbită de Lila, de Carmen, de Alfonso, de toţi, chiar așa cum de fapt își doreau. Nu, nu, mi-am jurat mie însămi că mă voi duce să locuiesc pe strada Tribunalelor, în cartierul Duchesca, pe strada Lavinaio, pe strada Forcella, în mijlocul ţevilor inofensive care aminteau de pagubele făcute de cutremur, decât să mă-ntorc în cartier. În atmosfera aceea tensionată a sunat directorul editorial.

— Cât mai ai?

Dintr-odată mintea mea s-a luminat. Am știut ce trebuia să spun și ce trebuia să fac.

— Am terminat chiar ieri.

— Serios? Trimite-o chiar astăzi.

— Mâine dimineață mă duc la poștă.

— Mulțumesc. Cum sosește cartea, citesc și-ți dau de știre.

— Nu te grăbi.

Am închis. M-am dus în dormitor unde, în dulap, păstram o cutie. Am scos din ea textul dactilografiat care, cu ani în urmă, nu le plăcuse nici lui Adele, nici Lilei, n-am încercat nici măcar să-l recitesc. A doua zi dimineață le-am însoțit pe fete la școală și m-am dus cu Imma să expediez plicul. Știam că era un gest riscant, dar mi s-a părut singurul care-mi putea salva reputația. Promisesem c-o să predau o carte și iat-o. Era un roman nereușit, în mod categoric prost? Asta e, n-o să fie publicat. Dar muncisem din greu, nu păcălisem pe nimeni. Coada de la poștă a fost extenuantă, a trebuit să protestez încontinuu față de cei care săreau peste rând. În acea situație grea mi-a devenit evidentă tragedia mea. *De ce sunt aici, de ce irosesc timpul în felul ăsta? Fiicele și Napoli m-au mâncat de vie. Nu studiez, nu scriu, mi-am pierdut orice disciplină.* Duceam o viață foarte diferită de cea care mi s-ar fi cuvenit și iată cum ajunsesem. M-am simțit exasperată, vinovată față de mine și mai ales față de mama mea. În plus Imma, de la o vreme, mă neliniștea, de fiecare dată când o comparam cu Tina mă convingeam că suferea de un retard în dezvoltare. Fiica Lilei, care deși avea cu trei săptămâni mai puțin, era foarte zglobie, părea mai mare cu un an, în timp ce capacitatea ei de reacție părea redusă, avea mereu o mutriță uluită. Astfel o verificam obsesiv, o sâcâiam cu teste pe care le inventam pe loc. Mă gândeam: îngrozitor ar fi ca Nino nu doar să-mi fi distrus viața, ci să-mi fi dăruit și un copil cu probleme. Și totuși, oamenii mă opreau pe stradă să remarce cât era de dolofană, cât era de blondă. Iată, și acolo la poștă, femeile de la coadă mă complimentau pentru fetița mea durdulie. Dar ea nu scotea nici măcar un zâmbet. Un tip i-a oferit o bomboană și Imma a întins mâna apatic, a luat-o, a scăpat-o. Ah, eram tot timpul neliniștită, în fiecare zi grijile se adunau. Când am ieșit din oficiul poștal, după ce pachetul fusese expediat și nu mai exista niciun mod de a-l opri, am tresărit, mi-am amintit de soacra mea. Sfinte Dumnezeule, ce făcusem. Cum era posibil să nu fi luat în calcul faptul că editura o să-i dea și lui Adele să citească textul dactilografiat? Ea fusese, la urma urmei, cea care dorise publicarea atât a primei mele cărți, cât și a celei de-a doua, îi datorau asta din politețe, dacă nu din alt motiv. Și ea ar fi spus: Greco vă păcălește, ăsta nu-i un text nou, eu l-am citit cu ani în urmă și e foarte prost. M-a trecut o transpirație rece, m-am simțit vlăguită. Mă aflam în impas. Nu mai eram în stare să țin sub control, pe cât posibil, nici înlănțuirea gesturilor mele.

80.

Ca să complice lucrurile, chiar în acele zile a reapărut Nino. Nu-mi restituise niciodată cheile, chiar dacă eu insistasem mult să le primesc înapoi, și astfel a reapărut în casă fără să sune, fără să bată la ușă. I-am spus să plece, casa era a mea, el nu mai plătea nici chiria și nu-mi dădea o centimă pentru Imma. A jurat că, distrus de suferința provocată de despărțirea noastră, uitase. Mi s-a părut sincer, avea un aer tulburat și era foarte slăbit. A promis cu o solemnitate involuntar caraghioasă c-o să reînceapă să plătească de luna următoare, mi-a vorbit cu o voce tristă de iubirea lui pentru Imma. Apoi, aparent în mod binevoitor, a început din nou să pună întrebări despre întâlnirea cu Antonio, despre cum decurseseră lucrurile, mai întâi în general și apoi în plan sexual. De la Antonio a trecut la prietenii lui. A-ncercat să mă facă să recunosc că eu cedasem (*a ceda* i se părea verbul potrivit) unuia și altuia nu din atracție reală, ci doar din răzbunare. M-am neliniștit când a început să-mi mângâie umărul, genunchiul, obrazul. Curând am văzut — în ochi și în cuvinte — că lucrul care-l aducea la disperare nu era nicidecum că pierduse iubirea mea, ci că fusesem cu ceilalți bărbați și că, mai devreme sau mai târziu, o să fiu din nou cu alții și că o să-i prefer lui. Apăruse, în dimineața aceea, doar ca să se vâre iarăși în patul meu. Pretindea să micșorez importanța amanților mei din ultima vreme, demonstrându-i că unica mea dorință era ca el să mă penetreze din nou. Voia, pe scurt, să-și reafirme întâietatea, pe urmă ar fi dispărut iarăși, cu siguranță. Am reușit să-mi recuperez cheile și l-am gonit. Mi-am dat seama atunci, cu nespusă uimire, că nu mai simțeam nimic pentru el. Timpul îndelungat în care-l iubisem s-a topit pentru totdeauna în acea dimineață.

De a doua zi am început să strâng informații despre ce anume trebuia să fac ca să mă angajez sau, cel puțin, să devin suplinitoare pe la școlile medii. Am înțeles repede că n-o să fie ușor și că, oricum, trebuia să aștept începerea noului an școlar. Relația cu editura urma să se încheie, de asta eram convinsă, după care, în imaginația mea, venea spulberarea catastrofală a identității mele de scriitoare. Situația asta m-a speriat. Fetele erau obișnuite de când se născuseră cu o viață îndestulată, eu însămi — după căsătoria cu Pietro — nu puteam crede că mă voi trezi din nou fără cărți, reviste, ziare, discuri, cinema, teatru. Trebuia să mă gândesc imediat la slujbe provizorii, am pus anunțuri în magazinele din zonă, oferind lecții private.

Apoi, într-o dimineață de iunie, a telefonat directorul. Primise textul dactilografiat, îl citise.

— Deja? am spus, cu o prefăcută dezinvoltură.

— Da. Și e o carte la care nu m-aș fi așteptat niciodată de la tine, dar pe care tu, în mod surprinzător, ai scris-o.

— Vrei să spui că e proastă?

— Este, de la primul la ultimul rând, pură plăcere de a povesti.

Inima mi-a luat-o razna.

— E bună sau nu?

— E extraordinară.

81.

M-am simţit mândră. În câteva secunde mi-am recâştigat nu doar încrederea în mine însămi, dar am devenit degajată, am început să vorbesc despre opera mea cu un entuziasm infantil, râzând prea mult, l-am luat temeinic la întrebări pe interlocutorul meu, încercând să obţin o aprobare mai articulată. Am înţeles imediat că acesta citise paginile mele ca pe un fel de autobiografie, o expunere sub formă de roman a experienţei pe care o aveam despre cel mai sărac și violent Napoli. A spus că se temuse de efectele negative ale întoarcerii în orașul meu, dar acum trebuia să admită că acea întoarcere îmi fusese de folos. Nu i-am spus că scrisesem cartea cu mulţi ani în urmă, la Florenţa. E un roman dur, a subliniat, aş spune masculin, dar, în mod contradictoriu, în același timp delicat, în fine, un mare pas înainte. Apoi a vorbit de chestiuni organizatorice. Voia să mute apariţia în primăvara anului 1983 ca să se dedice el însuși unei editări îngrijite și să pregătească cum trebuie lansarea. A conchis, cu un strop de sarcasm:

— I-am vorbit de carte fostei tale soacre, a spus că lecturase o versiune mai veche și nu-i plăcuse; dar, în mod evident, fie gustul ei e demodat, fie problemele voastre personale au împiedicat-o să facă o evaluare imparţială.

Am recunoscut în grabă că-i dădusem cu ceva timp în urmă lui Adele să citească o primă redactare. El a spus: se vede că aerul din Napoli a descătușat definitiv talentul tău. Când a închis, am răsuflat uşurată. M-am schimbat, am devenit foarte afectuoasă cu fetele mele. Editura mi-a plătit restul avansului şi situaţia mea financiară s-a îmbunătăţit. Pe neaşteptate, am început să privesc oraşul şi, mai ales, cartierul ca pe-o parte importantă a vieţii mele de care nu doar că nu trebuia să fac abstracţie, dar care era esenţială pentru un rezultat bun al muncii mele. A fost un salt brusc, am trecut de la neîncredere la o plăcută conştiinţă de sine. Ceea ce părea un loc al pierzaniei a căpătat nu doar o nobleţe literară, dar mi s-a părut o alegere decisivă de teritoriu cultural şi politic. O stabilise cu autoritate directorul editorial, spunând: pentru tine, a te întoarce la locul de plecare a fost un ulterior pas înainte. Bineînţeles, nu-i spusesem că scrisesem cartea la Florenţa, că întoarcerea la Napoli nu avusese nicio influenţă asupra textului. Dar materia narativă, densitatea umană a personajelor, proveneau din cartier şi, cu siguranţă, momentul de cotitură se afla acolo. Adele nu avusese sensibilitatea de a înţelege toate astea, aşa că pierduse. Întreaga familie Airota pierduse. Pierduse şi Nino, pentru care, în fond, eram una dintre femeile de pe lista lui, nu mă deosebea de celelalte. Şi — lucru pentru mine mult mai semnificativ — pierduse Lila. Nu-i plăcuse cartea mea, iar unul din rarele momente când bocise în viaţa ei s-a întâmplat când a fost nevoită să mă rănească emiţând o părere negativă. Dar nu-i purtam pică, dimpotrivă, eram bucuroasă că se înşelase. Îi acordasem încă din copilărie o importanţă exagerată şi acum mă simţeam parcă eliberată. În sfârşit, era limpede că ce eram eu nu era ea, şi invers. Nu-mi mai era necesară autoritatea ei, o aveam pe a mea. M-am simţit puternică, nu mai eram victima originilor mele, capabilă să le domin, să le dau o formă, să le răscumpăr pentru mine, pentru Lila, pentru oricine. Ceea ce înainte mă trăgea în jos, acum mă împingea în sus. Într-o dimineaţă de iulie din 1982, i-am telefonat şi i-am spus:

— Bine, iau apartamentul de deasupra ta, mă întorc în cartier.

82.

De schimbul de locuinţă în plină vară şi de mutare s-a ocupat Antonio. A mobilizat câţiva bărbaţi forţoşi care au golit apartamentul de pe strada Tasso şi au aranjat fiecare detaliu în cel din cartier. Casa nouă era întunecoasă şi revopsirea camerelor n-a folosit la reîmprospătarea ei. Dar pe mine, contrar celor gândite în momentul întoarcerii mele la Napoli, chestia aia nu m-a deranjat, dimpotrivă: lumina prăfoasă care pătrundea dintotdeauna cu greu prin ferestrele blocurilor mi-a trezit o emoţionantă amintire din copilărie. Dede şi Elsa, în schimb, au protestat multă vreme. Ele crescuseră la Florenţa, la Genova, în splendoarea de pe strada Tasso şi au urât imediat podelele cu plăci desprinse, baia mică şi întunecoasă, vacarmul venit dinspre şosea. S-au resemnat numai pentru că acum se puteau bucura de avantaje care aveau importanţa lor indiscutabilă: s-o vadă pe mătuşa Lina în fiecare zi, să se trezească mai târziu, pentru că şcoala era la câţiva paşi, să meargă singure acolo, să petreacă mult timp pe stradă şi în curte.

M-a cuprins imediat dorinţa nebună de a pune stăpânire din nou pe cartier. Le-am înscris pe fete la şcolile la care mersesem eu: pe Elsa la cea primară, pe Dede la cea medie. Am reluat legătura cu oricine, bătrân sau tânăr, care-şi amintea de mine. Am sărbătorit alegerea mea cu Carmen şi familia ei, cu Alfonso, cu Ada, cu Pinuccia. Bineînţeles că aveam nedumeririle mele şi Pietro, foarte nemulţumit de acea alegere, mi le accentua. Mi-a zis la telefon:

— În baza cărui criteriu vrei să le creşti pe fiicele noastre într-un loc din care-ai fugit?

— N-o să le cresc aici.

— Dar ai o casă acolo şi le-ai înscris la şcoală fără să te gândeşti că merită ceva mai bun.

— Am o carte de terminat și o pot face bine numai în locul acesta.

— Aș fi putut să le țin eu.

— Ai fi ținut-o și pe Imma? Toate trei sunt fiicele mele și nu vreau ca a treia să fie despărțită de surorile ei.

S-a liniștit. Era bucuros că-l părăsisem pe Nino și mi-a iertat repede mutarea aceea. Dedică-te muncii tale, a spus, am încredere, știi tu ce faci. Speram să fie adevărat. Priveam camioanele care treceau zgomotoase de-a lungul șoselei, ridicând nori de praf. Mă plimbam prin părculețul plin de seringi. Intram în biserica neîngrijită și pustie. Mă întristam în fața cinematografului parohial închis, în fața sediilor de partide care semănau cu niște scorburi abandonate. Ascultam țipetele de bărbați, femei, copii din apartamente, mai ales seara. Mă speriau luptele mafiote între familii, ostilitățile între vecini, ușurința cu care se ajungea la bătaie, războaiele între găștile de puști. Când mă duceam la farmacie, îmi aminteam de Gino, mă apuca sila la vederea locului în care fusese omorât, îl ocoleam prudent. Vorbeam plină de compasiune cu părinții lui, care stăteau încă în spatele tejghelei din lemn vechi și închis la culoare, dar mai aduși de spate, cărunți în halatele lor albe și mereu amabili. Când eram mică am suportat toate astea, mă gândeam, să vedem dacă acum știu să mă ridic deasupra lor.

— Cum de te-ai hotărât? m-a întrebat Lila, la ceva vreme după mutare.

Poate că voia un răspuns afectuos sau un fel de validare a alegerilor ei, cuvinte de genul: ai făcut bine că ai rămas, e inutil să umbli prin lume, acum am înțeles asta. În schimb am răspuns:

— E un experiment.

— Ce fel de experiment?

Ne aflam în biroul ei, Tina se ținea după ea, Imma se învârtea prin cameră în lumea ei. I-am spus:

— Experiment de recompunere. Tu ai reușit să-ți duci toată viața ta aici, eu nu: mă simt făcută din bucățele dispersate.

A luat un aer dezaprobator.

— Lasă baltă toate experimentele astea, Lenù, altfel o să fii dezamăgită și o să pleci din nou. Și eu sunt făcută bucăţi. Între cizmăria tatălui meu și acest birou sunt numai câţiva metri distanţă, dar e ca și cum s-ar găsi unul la polul nord și celălalt la polul sud.

Am spus prefăcut amuzată:

— Nu mă descuraja. Eu, prin natura meseriei mele, trebuie să lipesc faptele între ele prin cuvinte și la sfârșit totul trebuie să pară coerent, chiar dacă nu e.

— Dar dacă nu există coerenţă, de ce să te prefaci?

— Ca să instaurez ordinea. Îţi amintești de romanul pe care ţi-l dădusem să-l citești și nu ţi-a plăcut? Acolo încercasem să fixez o legătură între ce știam despre Napoli și ce am învăţat apoi la Pisa, la Florenţa, la Milano. Acum l-am dat editurii și l-au considerat bun. Mi-l publică.

Ea a mijit ochii. A spus încet:

— Îţi spusesem că nu înţeleg nimic.

Am simţit c-o rănisem. Era ca și cum i-aș fi reproșat: dacă tu nu reușești să unești povestea pantofilor cu povestea calculatoarelor, asta nu înseamnă că e imposibil, înseamnă doar că nu deţii instrumentele necesare ca s-o faci. M-am grăbit să spun: ai să vezi că n-o să cumpere nimeni cartea și tu o să ai dreptate. Apoi i-am înșirat, un pic la întâmplare, toate defectele pe care eu însămi le atribuiam textului meu și ce anume voiam să păstrez sau să schimb înainte de a-l publica. Dar ea s-a fofilat, ca și cum voia să-și sublinieze din nou poziţia, a început să vorbească despre calculatoare, voind parcă să accentueze: tu le ai pe ale tale, eu pe ale mele. Le-a spus fetelor: vreţi să vedeţi un aparat electronic nou pe care l-a cumpărat Enzo?

Ne-a dus într-o cămăruţă. Le-a explicat lui Dede și Elsei: acest aparat electronic se numește computer personal, costă o grămadă de bani, dar poţi face lucruri minunate cu el, uitaţi-vă cum funcţionează. S-a aşezat pe un taburet şi mai întâi a instalat-o pe Tina pe genunchii ei, apoi a început cu răbdare să explice fiecare element adresându-se lui Dede, Elsei, micuţei, niciodată mie.

Am privit-o tot timpul pe Tina. Vorbea cu mama ei, întreba arătând: asta ce e, și dacă mama ei n-o băga în seamă, o trăgea de marginea cămășii, o prindea de bărbie, insista: mama, asta ce e. Lila îi explica de parc-ar fi fost un adult. Imma, între timp, se învârtea prin cameră, trăgea după ea un cărucior, uneori se așeza dezorientată pe podea. Vino, Imma, i-am zis de mai multe ori, ascultă ce spune mătușa Lina. Dar ea a continuat să se joace cu căruciorul.

Fiica mea nu avea calităţile fiicei Lilei. De câteva zile îmi trecuse neliniștea că ar avea vreun retard de creștere. O dusesem la un pediatru foarte bun, fetiţa nu manifesta niciun tip de întârziere, eram mai liniștită. Și totuși, comparaţia dintre Imma și Tina continua să-mi provoace un ușor disconfort. Cât de vioaie era Tina: era o bucurie s-o vezi, s-o auzi vorbind. Și cât mă emoţionau mama și fiica împreună. Cât timp a vorbit Lila despre computer — am început atunci să folosim acel cuvânt — le-am studiat pe amândouă cu admiraţie. În momentul acela mă simţeam fericită, mulţumită de mine și, de aceea, am simţit, foarte clar, că ţineam la prietena mea pentru cum era ea, pentru calităţile și defectele ei, pentru tot, chiar și pentru acea mică fiinţă pe care o adusese pe lume. Fetiţa era extrem de curioasă, învăţa orice lucru într-o clipă, avea un vocabular bogat și o dexteritate surprinzătoare. Mi-am zis: are foarte puţin din Enzo, e leită Lila, uite cum deschide larg ochii, uite cum îi mijește, uite urechile fără lob. Nu îndrăzneam încă să recunosc că Tina mă fascina mai mult decât fiica mea. Dar când acea demonstraţie s-a încheiat, m-am arătat entuziasmată de computer, am lăudat-o foarte mult pe cea mică, conștientă totuși că Imma ar fi putut suferi (*ce isteaţă ești, ce frumoasă ești, ce bine vorbești, câte lucruri înveţi*).

I-am făcut multe complimente Lilei mai ales ca să diminuez stinghereala pe care i-o provocasem anunţând publicarea cărţii mele, am schiţat, în fine, o imagine optimistă a viitorului care le aştepta pe cele trei fete ale mele şi pe fiica ei. Vor studia, am spus, vor călători prin lume, vor deveni cine ştie cine. Dar Lila, după ce i-a dat mulţi pupici Tinei — *da, e foarte isteaţă* —, a replicat aspră: şi Gennaro era isteţ, vorbea bine, citea, era foarte bun la şcoală şi uite ce-a ajuns.

83.

Într-o seară când Lila vorbea rău despre Gennaro, Dede şi-a făcut curaj şi l-a apărat. S-a făcut vineţie la faţă, a spus: e foarte inteligent. Lila a privit-o cu interes, i-a zâmbit, a replicat: eşti foarte amabilă, sunt mama lui şi ce-ai spus îmi face multă plăcere.

Din acel moment Dede s-a simţit autorizată să-l apere pe Gennaro cu fiecare ocazie, chiar şi când Lila era foarte supărată pe el. Gennaro era de-acum un flăcău de optsprezece ani, cu un chip frumos ca al tatălui său când era tânăr, dar mai bondoc la trup şi, mai ales, cu o fire capricioasă. Pe Dede, care avea doisprezece ani, nici măcar n-o băga în seamă, avea altele pe cap. Dar ea n-a încetat niciodată să-l considere cel mai uluitor individ care apăruse vreodată pe faţa pământului şi, cum prindea ocazia, îl elogia. Uneori Lila era prost dispusă şi nu-i răspundea. Dar cu alte prilejuri râdea, exclama: da' de unde, e o puşlama: voi, cele trei surori, sunteţi cuminţi, veţi deveni mai bune decât mama voastră. Şi Dede, deşi bucuroasă de compliment (când se putea considera mai bună decât mine era fericită), începea imediat să se subestimeze, doar ca să-l ridice-n slăvi pe Gennaro.

Îl adora. Se-ntâmpla adesea să se aşeze la fereastră ca să-l vadă întorcându-se de la atelier şi, cum apărea, îi striga: salut, Rino. Dacă el răspundea salut (de obicei nu era aşa), ea alerga pe palier ca să-l vadă urcând scările și încerca să inițieze o conversație de genul: ești obosit, ce-ai pățit la mână, nu ți-e cald cu salopeta aia sau lucruri de genul ăsta. Chiar și puține cuvinte din partea lui erau suficiente pentru a-i stârni entuziasmul. Când, din întâmplare, primea mai multă atenție ca de obicei, doar ca să prelungească momentul, o înșfăca pe Imma și spunea: o duc jos la mătușa Lina, să se joace cu Tina. Nici nu apucam să-i dau permisiunea, că ea deja ieșise din casă.

Niciodată pe mine și pe Lila nu ne separase un spațiu atât de restrâns, nici când eram mici. Podeaua mea era tavanul ei. Două seturi de scări coborâte care mă duceau acasă la ea, două urcate o duceau la mine acasă. Dimineața, seara, le auzeam vocile: sunetele distincte ale conversațiilor, trilurile Tinei la care Lila răspundea de parcă și ea ar fi scos triluri, tonalitatea joasă a lui Enzo care, deși era tăcut, vorbea în schimb mult cu fiica lui, adesea îi cânta. Presupuneam că și la Lila ajungeau semnele prezenței mele. Când era la serviciu, când fiicele mele mari erau la școală, când prin casă erau doar Imma și Tina, care rămânea adesea să doarmă la mine, percepeam golul de dedesubt, așteptam să aud pașii Lilei și pe-ai lui Enzo când se-ntorceau acasă.

Lucrurile au luat curând o întorsătură bună. Dede și Elsa se ocupau mult de Imma, o luau cu ele, în curte sau la Lila. Dacă aveam nevoie să plec, Lila avea grijă de toate trei. Trecuseră mulți ani de când nu mai avusesem atâta timp la dispoziție. Citeam, îmi revizuiam cartea, mă simțeam în largul meu fără Nino și fără neliniștea de a-l pierde. Și relația cu Pietro s-a îmbunătățit. Venea mai des la Napoli ca să le vadă pe fete, s-a obișnuit permanent cu aspectul cenușiu și sărăcăcios al apartamentului și cu accentul napolitan, mai ales al Elsei, a rămas deseori peste noapte. În acele împrejurări, a fost amabil cu Enzo, a pălăvrăgit mult cu Lila. Deși Pietro își exprimase în trecut păreri categoric negative despre ea, mi s-a părut evident că petrecea cu plăcere puțin timp în compania ei. În privința Lilei, imediat cum pleca, începea să-mi vorbească despre el cu un entuziasm pe care, în general, nu-l arăta față de nimeni. Câte cărți o fi citit, spunea serioasă, cincizeci de mii, o sută de mii? Cred că vedea în fostul meu soț întruparea fanteziilor ei din copilărie despre oamenii care citesc și scriu întru cunoaștere, nu prin natura profesiei.

— Tu ești foarte bună, mi-a spus într-o seară, dar el are un mod de a vorbi care-mi place cu adevărat: pune scriitura în voce, dar nu vorbește ca din cărțile tipărite.

— Și eu așa fac? am întrebat în joacă.

— Un pic.

— Încă?

— Da.

— Dacă n-aș fi învățat să vorbesc în felul acela, n-aș fi fost niciodată luată în considerare în altă parte decât aici.

— El e ca tine, dar mai firesc. Când Gennaro era mic, eu, chiar dacă pe Pietro nu-l cunoșteam încă, mă gândeam c-ar trebui să-l ajut să devină exact așa.

Mi-a vorbit adesea de fiul ei. A spus c-ar fi trebuit să-i ofere mai mult, dar nu avusese nici timp, nici constanță, nici capacitate. S-a acuzat că mai întâi îl învățase puținul acela pe care și-l permitea și apoi că-și pierduse încrederea și-l abandonase. Într-o seară, a trecut de la primul copil la al doilea fără întreruperi. Îi era teamă că, odată ce va crește, și Tina se va irosi. Eu am lăudat-o mult pe fetiță, cu sinceritate, iar ea a zis serioasă:

— Acum că stai aici, trebuie să mă ajuți să devină ca fiicele tale. Și Enzo ține mult la asta, mi-a zis să te rog.

— Bine.

— Tu mă ajuți pe mine, eu te ajut pe tine. Școala nu e de-ajuns, îți amintești de Oliviero, cu mine n-a fost de-ajuns.

— Erau alte vremuri.

— Nu știu. Lui Gennaro i-am dat tot ce era posibil, dar tot rău a mers.

— Cartierul e de vină.

M-a privit serioasă, a spus:

— Nu prea cred, dar având în vedere că ai decis să stai aici, cu noi, hai să schimbăm cartierul.

84.

În câteva luni relaţia dintre noi a devenit foarte strânsă. Ne-am luat obiceiul să ieşim împreună la cumpărături, iar duminica, în loc să petrecem timpul plimbându-ne printre aceleaşi tarabe de la şosea, ne-am propus să mergem în centru cu Enzo, pentru ca fiicele noastre să stea la soare şi să respire aer de mare. Ne plimbam de-a lungul străzii Caracciolo sau prin grădina publică. El o ducea în cârcă pe Tina, o alinta mult, poate prea mult. Dar nu uita niciodată de fiicele mele, le cumpăra baloane, dulciuri, se jucau împreună. Eu şi Lila rămâneam în urmă intenţionat. Vorbeam despre orice, dar nu ca atunci când eram adolescente, vremurile acelea n-aveau cum să se-ntoarcă. Ea îmi punea întrebări despre lucruri pe care le auzise la televizor şi eu îi răspundeam fără oprelişti. Îi vorbeam, ce ştiu eu, despre postmodernism, despre problemele lumii editoriale, despre ultimele noutăţi ale feminismului, tot ce-mi trecea prin minte; şi Lila stătea să asculte cu atenţie, cu privirea puţin ironică, intervenind doar ca să ceară mai multe explicaţii, niciodată ca să-şi spună părerea. Îmi plăcea să-i vorbesc. Îmi plăcea mutra uimită pe care-o făcea, îmi plăceau frazele ei de genul: câte lucruri ştii, câte lucruri ştii să gândeşti, chiar şi în momentele când simţeam că le spune la modul batjocoritor. Dacă-i ceream stăruitor o părere, dădea înapoi, mormăia: nu, nu mă face să spun tâmpenii, vorbeşte tu. Adesea mă-ntreba de nume faimoase ca să vadă dacă le cunoşteam şi, când spuneam că nu, era dezamăgită. Era dezamăgită — trebuie să spun — şi atunci când reduceam la dimensiuni normale persoane faimoase cu care avusesem de-a face.

— Deci, a conchis ea într-o dimineață, oamenii ăștia nu sunt ce par.

— Absolut deloc, de multe ori sunt însă pricepuți în munca lor. Dar în rest sunt lacomi, le place să te rănească, stau alături de cei puternici și se-ndârjesc împotriva celor slabi, își fac găști ca să se lupte cu alte găști, le tratează pe femei ca pe niște animăluțe de companie, imediat cum au ocazia îți vorbesc obscen și te pipăie exact ca în autobuzele noastre de aici.

— Exagerezi?

— Nu, ca să produci idei nu e necesar să fii sfânt. Și, oricum, intelectualii adevărați sunt foarte puțini. Majoritatea oamenilor culți comentează leneș toată viața ideile altcuiva. Își folosesc cele mai bune energii în exerciții de sadism împotriva oricărui posibil rival.

— Atunci de ce stai cu ei?

Am răspuns: nu stau cu ei, stau aici. Voiam să simtă că fac parte din lumea bună, dar că sunt totuși diferită. Ea însăși mă împingea într-acolo. Se distra dacă-mi înțepam colegii, dar voia ca ei să rămână, orice-ar fi fost, colegii mei. Uneori aveam impresia că insistă să-i confirm că făceam cu adevărat parte dintre cei care spuneau oamenilor cum stăteau lucrurile și care era gândirea corectă. Alegerea de a locui în cartier avea sens în ochii ei numai dacă mă număram în continuare printre cei care scriau cărți, colaborau la reviste și ziare, apăreau din când în când la televizor. Voia să fiu prietena ei, vecina ei, cu condiția să am acea aură. Și eu îi făceam pe plac. Aprobarea ei îmi dădea încredere. Eram prin grădina publică, cu fiicele noastre, și totuși eu eram, pentru totdeauna, diferită, viața mea avea o anvergură sporită. Eram măgulită să mă simt, în comparație cu ea, o femeie cu mare experiență și simțeam că și ea era mulțumită de ceea ce devenisem. Îi povesteam despre Franța, despre Germania și despre Austria, despre Statele Unite, despre dezbaterile la care participasem ici și colo, despre bărbații cu care recent, după Nino, se întâmplase să fiu. Ea acorda atenţie fiecărui cuvânt zâmbind cu jumătate de gură, fără să-şi spună niciodată părerea. Nici măcar povestea relaţiilor mele ocazionale n-a stârnit în ea nevoia de a mi se confesa.

— Merge bine cu Enzo? am întrebat-o într-o dimineaţă.

— Destul de bine.

— Şi nu eşti interesată niciodată de vreun alt bărbat?

— Nu.

— Ţii mult la el?

— Destul de mult.

Era imposibil să scoţi altceva de la ea, eu vorbeam despre sex, adesea în mod explicit. Eu cu trăncănelile mele, ea cu tăcerile ei. Totuşi, orice subiect am fi abordat în timpul acelor plimbări, exista ceva care se descătuşa chiar din corpul ei, captivându-mă, stimulându-mi creierul aşa cum se întâmplase întotdeauna, ajutându-mă să reflectez.

Poate că de-aceea o căutam mereu. Emana în continuare o energie care-ţi oferea o oarecare tihnă, îţi întărea intenţiile, care în mod spontan aducea soluţii. Era o forţă de care nu mă ciocneam doar eu. Uneori mă invita la cină cu fetele, mai des o invitam eu pe ea cu Enzo şi, bineînţeles, cu Tina. Pe Gennaro nu, nu aveam ce să fac, de cele mai multe ori era plecat şi se-ntorcea noaptea târziu. Enzo — mi-am dat seama repede — era îngrijorat în privinţa băiatului, Lila, în schimb, spunea: e mare, să facă fix ce vrea. Dar simţeam că vorbea aşa ca să-i topească îngrijorarea partenerului ei. Şi tonul era identic cu cel din conversaţiile noastre: Enzo aproba, ceva curgea dinspre ea spre el, ca un fluid tonic.

Lucrurile se-ntâmplau cam la fel pe străzile din cartier. Ieşitul cu ea la cumpărături nu înceta niciodată să mă uimească, devenise o figură importantă. Era oprită încontinuu, oamenii o trăgeau deoparte cu un aer confidenţial, plin de respect, îi vorbeau la ureche şi ea asculta fără să trădeze nicio reacţie. Se purtau așa cu ea pentru norocul pe care-l avusese cu noua ei ocupație? Deoarece crea impresia unei femei care putea face orice? Sau pentru că acea energie pe care o emanase întotdeauna, acum, când se apropia de patruzeci de ani, îi dădea un aer de vrăjitoare care fermeca și înspăimânta în același timp? Nu știu. Cu siguranță, mă uimea faptul că-i acordă ei mai multă atenție decât mie. Eram o scriitoare cunoscută și editura mea se obliga ca, în perspectiva noii mele cărți, să fiu menționată des în ziare: în *la Repubblica* o fotografie de-a mea de dimensiuni generoase ilustra un scurt articol despre cărțile care urmau să fie publicate în care, la un moment dat, se spunea: *foarte așteptat este noul roman al Elenei Greco, o poveste amplasată într-un Napoli inedit, în culori sângerii* etc. Și totuși, lângă ea, acolo, în locul unde ne născuserăm, eram doar un obiect decorativ, eram doar o mărturie vie a meritelor Lilei. Cine ne cunoștea de când ne născuserăm îi atribuia Lilei, fascinației pe care o exercita, faptul că, pe străzile din cartier, poate să fie egala mea, care eram o persoană cu renume.

85.

Cred că mulți se întrebau de ce eu, care în ziare păream bogată și faimoasă, venisem să locuiesc într-un apartament mizerabil, situat într-o zonă care se degrada din ce în ce mai rapid. Poate că primele care nu înțelegeau erau chiar fiicele mele. Dede, într-o dimineață, s-a întors de la școală dezgustată:

— Un bătrân făcea pipi la ușa blocului nostru.

Și Elsa, altă dată, a venit acasă foarte speriată:

— Astăzi l-au înjunghiat pe unul în părculeț.

În acele momente mă înspăimântam, partea din mine care se desprinsese de mult de cartier se indigna, își făcea griji pentru fete, spunea ajunge. În casă, Dede și Elsa vorbeau o italiană frumoasă, dar uneori le auzeam de la fereastră sau în timp ce urcau scările și-mi dădeam seama că mai ales Elsa folosea un dialect foarte agresiv, uneori obscen. O mustram, ea se prefăcea că-i pare rău. Dar știam că era nevoie de multă autodisciplină ca să reziști farmecului proastei educații și al altor multor tentații. Era posibil ca, în timp ce pe mine mă interesa să scriu literatură, ele să se piardă? Mă liniștean, întărindu-mi convingerea că acea ședere acolo nu va dura mult: după publicarea cărții mele urma să părăsesc definitiv orașul Napoli. Îmi spuneam asta în repetate rânduri: aveam nevoie doar să ajung la o redactare definitivă a romanului.

Cartea beneficia, fără îndoială, de orice lucru care-și avea originea în cartier. Dar munca progresa atât de bine mai ales pentru că eram atentă la Lila, care rămăsese în întregime în acel mediu. Vocea ei, privirea ei, gesturile ei, răutatea și generozitatea ei, chiar dialectul erau intim legate de locul nostru de naștere. Până și firma ei Basic Sight, în ciuda numelui exotic (oamenii îi spuneau *basissìt*), părea nu un fel de meteorit picat din spațiu, ci un efect surprinzător al sărăciei, al violenței și al degradării. Să mă folosesc, așadar, de ea ca să ofer veridicitate poveștii mele mi se părea un lucru absolut necesar. Pe urmă aș fi plecat pentru totdeauna, îmi propusesem să mă mut la Milano.

Îmi era suficient să stau un pic în biroul ei ca să-mi dau seama pe ce fundal acționa. Îl priveam pe fratele ei, care era de-acum vizibil devorat de droguri. O priveam pe Ada, care cu fiecare zi era mai amenințătoare, dușmanca de moarte a Marisei care i-l luase definitiv pe Stefano. Îl priveam pe Alfonso — pe al cărui chip și-n purtarea căruia femininul și masculinul doborau încontinuu obstacolele cu rezultate care într-o zi îmi repugnau, în alta mă emoționau și întotdeauna mă neliniștean — care adesea avea un ochi învinețit sau o buză spartă din cauza loviturilor încasate cine știe unde, cine știe când. O priveam pe Carmen care, înfășurată în halatul ei albastru de benzinăreasă, o trăgea deoparte pe Lila și o interoga ca pe-un oracol. Îl priveam pe

Antonio care se învârtea pe lângă ea cu tot felul de aluzii sau păstra o tăcere cumpătată de fiecare dată când o aducea la birou, ca într-o vizită de curtoazie, pe superba lui soţie nemţoaică şi pe copii. Între timp, izbuteam să prind nenumărate bârfe. Stefano Carracci e pe cale să-nchidă mezelăria, nu mai are o liră, vrea bani. Pasquale Peluso l-a sechestrat pe Cutărică şi, chiar dacă n-a fost el, sigur e mâna lui pe undeva. Cutărescu pusese singur foc la fabrica de halate din Afragola ca să i-o tragă firmei de asigurări. Fii atentă la Dede, sunt unii care le dau copiilor bomboane cu droguri. Un pederast care răpeşte copii dă târcoale şcolii elementare. Fraţii Solara deschid un club de noapte în cartierul nou, cu femei şi droguri, iar muzica va fi atât de zgomotoasă, că nimeni nu va mai putea dormi. Noaptea, pe şosea trec camioane imense conţinând o marfă mai distrugătoare decât bomba atomică. Gennaro a început să umble cu nişte nenorociţi şi eu, dacă va continua aşa, nu-l mai las să meargă nici la muncă. Persoana pe care au găsit-o ucisă în faţa tunelului părea femeie, dar era bărbat: avea atâta sânge în corp, că s-a prelins până la pompa de benzină.

Mă aplecam în afară şi observam, ascultam ce ne imaginaserăm eu şi Lila să devenim când eram mici şi ce devenisem eu de fapt: autoarea cărţii voluminoase pe care o finisam — sau pe alocuri o rescriam — şi care urma să apară în curând. În prima versiune — îmi spuneam — am pus prea mult dialect. Şi ştergeam, refăceam. Apoi mi se părea că pusesem prea puţin şi adăugam. Locuiam în cartier şi totuşi mă aflam în siguranţă în acel rol, în regizarea lui. Munca mea ambiţioasă justifica prezenţa mea acolo şi, cât timp o făceam cu devotament, dădea sens luminii chioare din camere, vocilor vulgare ale străzii, riscurilor pe care şi le asumau fetele, traficului de pe şosea care ridica praf când era vreme frumoasă şi stropi de apă amestecată cu mâl când ploua, mulţimii de clienţi ai Lilei şi ai lui Enzo, micilor patroni de provincie, marilor automobile de lux, hainelor de-o bogăţie vulgară, trupurilor greoaie care se mișcau ba impunătoare, ba cu accente lingușitoare.

Odată, când o așteptam pe Lila în sediul firmei Basic Sight, împreună cu Imma și Tina, totul mi s-a părut clar: ocupația Lilei era nouă, dar absorbită complet în vechea noastră lume. Am auzit-o țipând în cel mai vulgar mod la un client pentru o chestiune de bani. Am rămas zguduită, unde dispăruse brusc femeia autoritară și politicoasă? Enzo a venit în goană și bărbatul — un tip la vreo șaizeci de ani, mic, dar cu o burtă enormă — a plecat înjurând. Apoi i-am spus Lilei:

— Cine ești tu cu adevărat?

— În ce sens?

— Dacă nu vrei să vorbești despre asta, las-o baltă.

— Nu, hai să vorbim, dar fii mai clară.

— Vreau să spun: într-un mediu ca acesta, cu oamenii cu care ai de-a face, cum te comporți?

— Sunt vigilentă, ca toți ceilalți.

— Doar atât?

— Mă rog, sunt vigilentă și fac lucrurile să meargă cum spun eu. Întotdeauna ne-am comportat așa, nu?

— Da, dar acum avem responsabilități, față de noi însene și față de copiii noștri. N-ai zis că trebuie să schimbăm cartierul?

— Și, ca să-l schimbăm, ce trebuie să facem, după părerea ta?

— Să recurgem la lege.

Am fost eu însămi uimită de ceea ce spuneam. Am ținut un discurs în care m-am descoperit, cu stupoare, mai adeptă a legalității decât fostul meu soț și, în multe privințe, decât Nino. Lila a zis disprețuitoare:

— Legea funcționează când ai de-a face cu oameni care numai dacă rostești cuvântul *lege* iau poziția drepți. Dar aici știi cum e.

— Și atunci?

— Atunci, dacă oamenilor nu le e frică de lege, trebuie să bagi tu frica în ei. Pentru dobitocul ăla pe care l-ai văzut mai devreme am muncit mult, adică foarte mult, dar nu vrea să plătească, zice că n-are bani. L-am amenințat, i-am spus: te dau în judecată. Și el a răspuns: dă-mă în judecată, mi se rupe.

— Dar tu o să-l dai în judecată.

A râs:

— În felul ăsta n-o să-mi mai văd banii niciodată. Un contabil, cu timp în urmă, ne-a furat câteva milioane. L-am concediat și l-am dat pe mâna poliției. Dar justiția nu s-a mișcat.

— Deci?

— M-am săturat să aștept și am apelat la Antonio. Banii s-au întors imediat. Și se vor întoarce și aceștia, fără proces, fără avocați și fără judecători.

86.

Antonio, deci, îi rezolva Lilei astfel de treburi. Nu pentru bani, ci din prietenie, din stimă personală. Sau, ce știu eu, poate că ea-l cerea cu împrumut lui Michele, de care Antonio depindea, și Michele, care aproba tot ce solicita Lila, i-l lăsa.

Dar oare Michele îi satisfăcea orice pretenție? Dacă asta fusese în mod sigur adevărat înainte să mă mut în cartier, acum nu era clar dacă lucrurile mai stăteau așa. Am observat mai întâi câteva indicii fără logică: Lila nu mai rostea numele lui Michele cu înfumurare, ci, dimpotrivă, cu enervare sau cu o îngrijorare evidentă; și, mai ales, se-ntâmpla ca el să apară la Basic Sight din ce în ce mai rar.

Mi-am dat seama pentru prima dată că intervenise o schimbare la petrecerea de nuntă a lui Marcello cu Elisa, care a fost foarte luxoasă. La recepție, Marcello l-a ținut tot timpul lângă el pe fratele lui, i-a vorbit adesea la ureche, au râs împreună, i-a pus un braţ pe după umeri. Iar Michele părea înviat din morţi. A început din nou să ţină discursurile de altădată, lungi, bombastice, în timp ce lângă el stăteau cuminţi, de parc-ar fi dat uitării modul în care-i tratase, Gigliola, acum extraordinar de grasă, și copiii. M-a izbit faptul că vulgaritatea extrem de rurală încă din vremurile nunţii Lilei acum parcă s-ar fi modernizat. Devenise o vulgaritate metropolitană și Lila însăși se conformase, în comportament, în limbaj, în vestimentaţie. Nu era nimic strident acolo, în fine, cu excepţia mea și a fiicelor mele, care, cu sobrietatea noastră, eram complet neadecvate în acel triumf de culori exagerate, râsete exagerate, lux exagerat.

Din acest motiv, poate, s-a dovedit foarte alarmantă criza de nervi pe care a avut-o Michele. În timp ce-i elogia pe miri, micuţa Tina voia înapoi ceva ce-i luase Imma și zbiera în mijlocul sălii. El vorbea, Tina ţipa. Atunci Michele s-a întrerupt brusc, a urlat cu niște ochi de nebun: Lina, pula mea, o faci pe căcăcioasa asta mică să tacă? Așa, exact cu aceste cuvinte. Lila l-a privit fix o lungă secundă. N-a vorbit, nu s-a mișcat. A pus doar, încet, o mână peste mâna lui Enzo care stătea lângă ea. Eu m-am ridicat în grabă de la masa mea și le-am dus afară pe cele două fete.

Episodul a mișcat-o pe mireasă, adică pe sora mea, Elisa. La sfârșitul discursului, când a ajuns până la mine ropotul de aplauze, iată că ea, în luxoasa ei rochie albă, a venit după mine. A spus veselă: cumnatul meu și-a revenit. Apoi a adăugat: dar nu trebuie să se poarte așa cu copiii. Le-a luat în braţe pe Imma și Tina și, râzând și glumind, s-a-ntors în sală cu cele două fetiţe. Am urmat-o perplexă.

Pentru o vreme m-am gândit că și ea-și revenise. Elisa, în realitate, s-a schimbat mult, după nuntă, ca și cum până în acel moment absenţa angajamentului matrimonial o făcea să se degradeze. A devenit o mamă calmă, o soţie docilă și totodată fermă, a încetat orice ostilitate faţă de mine. Acum, când mă duceam acasă la ea cu fiicele mele și, adesea, și cu Tina, mă primea respectuoasă și era afectuoasă cu fetele. Și Marcello — de fiecare dată când mă intersectam cu el — era amabil. Îmi spunea cumnățica scriitoare de romane (*ce face cumnățica scriitoare de romane?*), arunca în treacăt două cuvinte călduroase și dispărea. Casa era mereu într-o ordine perfectă, iar Elisa și Silvio ne primeau îmbrăcați ca de sărbătoare. Dar fetița din sora mea — mi-am dat seama repede — dispăruse pentru totdeauna. Nunta dăduse la iveală o doamnă Solara complet falsă, fără niciun cuvințel confidențial, doar cu un ton binevoitor și cu zâmbetul de pe buze copiat în întregime de la soț. Eu mă străduiam să fiu afectuoasă cu ea și mai ales cu nepoțelul meu. Dar Silvio nu-mi era simpatic, semăna prea mult cu Marcello, iar Elisa și-a dat seama probabil. Într-o după-amiază a redevenit pentru câteva minute ranchiunoasă. Mi-a zis: ții mai mult la fiica Lilei decât la fiul meu. Am jurat că nu, l-am îmbrățișat pe copil, i-am dat multe sărutări. Dar ea a clătinat din cap, a șuierat printre dinți: de altfel, te-ai dus să locuiești aproape de Lina și nu aproape de mine sau de tata. Mă rog, era în continuare supărată pe mine și, de-acum, și pe frații mei. Cred că-i învinovățea că se comportaseră ca niște ingrați. Trăiau și munceau la Baiano și nu mai dăduseră niciun semn, nici măcar lui Marcello, care fusese atât de generos cu ei. Ai putea crede că legăturile de familie, a spus Elisa, sunt puternice; dar nu. A vorbit de parc-ar fi enunțat un principiu universal, apoi a adăugat: ca să nu se rupă e nevoie de voință, cum a făcut soțul meu: Michele se tâmpise, dar Marcello l-a ajutat să-și recapete mintea de altădată: ai văzut ce discurs frumos a ținut la nunta mea?

87.

Semnul înzdrăvenirii la cap a lui Michele n-a fost dat numai de întoarcerea la turuiala abilă de odinioară, ci și de absența dintre invitați a unei persoane care, în acea perioadă de criză, îi fusese cu siguranță foarte apropiată: Alfonso. Fostului meu coleg de bancă i-a produs o suferință imensă că n-a fost invitat. Zile în șir n-a făcut altceva decât să se văicărească, întrebându-se pe un ton foarte ridicat în ce fel le-a greșit el fraților Solara. Am muncit pentru ei mulți ani, spunea, și nu m-au invitat. Apoi s-a întâmplat ceva care a făcut senzație. Într-o seară a venit la mine la cină cu Lila și Enzo, era foarte deprimat. Dar el, care nu se îmbrăcase niciodată ca o femeie în prezența mea, mai puțin atunci când probase rochia de gravidă în magazinul de pe strada Chiaia, a sosit în haine femeiești, lăsându-le cu gura căscată mai ales pe Dede și Elsa. A fost enervant întreaga seară, a băut mult. O întreba obsesiv pe Lila: mă îngraș, mă urâțesc, nu mai semăn cu tine? Și pe Enzo: cine e mai frumoasă, eu sau ea? La un moment dat s-a văitat că avea intestinul înfundat, că simțea o durere îngrozitoare la ce a numit — adresându-se fetelor — curuleț. Și a-nceput să-mi ceară să arunc o privire ca să văd ce are. Uită-te la curulețul meu, spunea râzând deșănțat și Dede îl fixa perplexă, în timp ce Elsa încerca să-și rețină râsul. Enzo și Lila au fost nevoiți să-l ia de-acolo în grabă.

Dar Alfonso nu s-a liniștit. A doua zi, fără machiaj, în haine bărbătești, cu ochii roșii de plâns, a ieșit de la Basic Sight spunând că se duce să bea o cafea la barul Solara. La intrare s-a intersectat cu Michele, nimeni n-a aflat ce și-au spus. După câteva minute, Michele a-nceput să-l lovească cu pumnii și picioarele, apoi a-nșfăcat bățul folosit la tragerea oblonului și l-a lovit îndelung, sistematic. Alfonso s-a întors la birou distrus, dar nu făcea altceva decât să repete: e vina mea, n-am știut să mă abțin. N-am înțeles la ce anume se referea. În mod sigur, de-atunci, starea lui s-a înrăutățit și mai mult și Lila mi se părea îngrijorată. Zile la rând a-ncercat fără succes să-l liniștească pe Enzo, care nu suporta violența celor puternici asupra celor slabi și voia să se ducă la Michele ca să vadă dacă avea senzația că-l poate lovi și pe el așa cum îl lovise pe Alfonso. Din apartamentul meu o auzeam pe Lila care spunea: încetează, o sperii pe Tina.

88.

Apoi a venit luna ianuarie, cartea mea era de-acum înţesată cu ecourile atâtor mărunte întâmplări din cartier. M-a cuprins o mare nelinişte. Când eram la ultima corectură, am întrebat-o timid pe Lila dacă avea răbdare s-o recitească (*e modificată mult*), dar ea a răspuns, ferm, nu. N-am citit-o nici măcar pe ultima pe care ai publicat-o, a spus, sunt lucruri la care eu nu mă pricep. M-am simţit singură, la discreţia propriilor mele pagini şi am fost tentată chiar să-l sun pe Nino ca să-l întreb dacă-mi făcea favoarea s-o citească. Apoi mi-am dat seama că, deşi-mi ştia adresa şi numărul de telefon, nu dăduse niciodată niciun semn, ne ignorase în toate lunile acelea atât pe mine, cât şi pe fiica lui. Atunci am renunţat. Textul şi-a depăşit starea de provizorat şi a dispărut. Despărţirea de el m-a speriat, urma să-l revăd de-acum încolo numai în forma lui definitivă şi niciun cuvânt nu s-ar mai fi putut îndrepta.

Mi-au telefonat de la biroul de presă. Gina mi-a spus: cei de la *Panorama* au citit bunul de tipar şi sunt foarte interesaţi, vor trimite un fotograf la tine. Brusc am regretat casa de pe strada Tasso, era un apartament elegant. M-am gândit: nu vreau să fiu fotografiată din nou la intrarea în tunel şi nici în apartamentul ăsta mizer, şi nici în părculeţ printre seringile drogaţilor; nu mai sunt fetiţa din urmă cu cincisprezece ani, aceasta e a treia mea carte, îmi doresc să fiu tratată cum se cuvine. Dar Gina a insistat, cartea trebuia promovată. I-am spus: dă-i fotografului numărul meu de telefon, voiam cel puţin să fiu anunţată din timp, să arăt îngrijit, să amân întâlnirea dacă nu eram într-o formă bună.

În acele zile m-am străduit să păstrez casa ordonată, dar n-a sunat nimeni. Am tras concluzia că deja circulau multe fotografii cu mine și că *Panorama* renunțase la ședința foto. Dar într-o dimineață, când Dede și Elsa se aflau la școală și eu, ciufulită, în jeanși și cu un pulover vechi pe mine, stăteam pe podea și mă jucam cu Imma și Tina, cineva a bătut la ușă. Cele două fete combinau bucățile împrăștiate care serveau la construirea unui castel și eu le ajutam. De câteva luni mi se părea că diferențele dintre fiica mea și fiica Lilei dispăruseră definitiv: colaborau la construcție cu gesturi precise și, în vreme ce Tina se arăta mai inspirată și-mi punea întrebări adesea surprinzătoare într-o italiană clară, mereu corect folosită, Imma era mai hotărâtă, poate mai disciplinată, și unicul ei dezavantaj era un limbaj pentru a cărui descifrare apelam toți, adesea, la micuța ei prietenă. Pentru că am zăbovit ca să răspund nu mai știu cărei întrebări a Tinei, cine era la ușă începuse să apese insistent la sonerie. M-am dus să deschid și m-am trezit în fața unei femei superbe, de vreo treizeci de ani, toată numai bucle blonde, îmbrăcată într-un impermeabil lung, albastru. Era fotografa.

S-a dovedit a fi o milaneză foarte expansivă. Nimic din ce purta nu era ieftin. Ți-am pierdut numărul de telefon, a spus, dar mai bine așa, cu cât te aștepți mai puțin să fii fotografiată, cu atât mai frumoase ies fotografiile. S-a uitat în jur. Ce greu de ajuns aici, ce loc neprimitor, dar e exact ce trebuie: păpușelele astea sunt fiicele tale? Tina i-a zâmbit, Imma nu, dar era evident că amândouă o priveau ca pe un soi de zână. I le-am prezentat: Imma e fiica mea și Tina e fiica unei prietene. Dar în timp ce vorbeam, fotografa a-nceput deja să se-nvârtă în jurul meu, făcând poze încontinuu cu aparate diferite și cu un-ntreg instrumentar al ei. Trebuie să mă aranjez un pic, am încercat să spun. Nici să nu te gândești, arăți bine așa.

M-a dus prin toate colțurile casei: în bucătărie, în camera fetelor, în dormitorul meu, chiar și în fața oglinzii din baie.

— Cartea o ai?

— Nu, n-a apărut încă.

— Și un exemplar din ultima pe care ai scris-o?

— Da.

— Ia-l și așază-te aici, prefă-te că-l citești.

M-am supus uluită. Tina a luat la rândul ei o carte și m-a imitat, spunându-i Immei: fă-mi o poză. Chestia a entuziasmat-o pe fotografă, a spus: așază-te pe podea împreună cu fetele. Ne-a prins în multe ipostaze, Tina și Imma au fost fericite. Femeia a exclamat: acum facem una numai cu fiica ta! Am dat s-o trag aproape pe Imma, dar ea a spus: nu, cealaltă, are o mutriţă uluitoare. A împins-o pe Tina aproape de mine, ne-a făcut un număr infinit de poze, Imma s-a întristat. Și eu, a spus. Am deschis braţele, am strigat la ea: da, vino la mama.

Dimineaţa a trecut ca-n zbor. Femeia cu impermeabilul albastru ne-a scos din casă, dar un pic neliniștită. A-ntrebat de câteva ori: nu cumva mi se fură echipamentul pe-aici? Apoi s-a entuziasmat, a vrut să fotografieze fiecare ungher mizerabil al cartierului, m-a așezat pe o bancă ponosită, lipită de un perete coșcovit, lângă vechea vespasiană. Le spuneam Immei și Tinei: staţi aici, nu vă îndepărtaţi pentru că trec mașini, vă rog. Ele se ţineau de mână, una blondă și una brunetă, de-aceeași statură, și așteptau cuminţi.

Lila s-a întors la ora cinei de la serviciu și a venit sus la mine să-și ia fiica. Tina nici nu i-a dat răgaz să intre în casă, i-a povestit totul dintr-odată.

— A venit o doamnă foarte frumoasă.

— Mai frumoasă decât mine?

— Da.

— Mai frumoasă și decât mătușa Lenuccia?

— Nu.

— Deci cea mai frumoasă dintre toate e mătușa Lenuccia.

— Nu, eu.

— Tu? Ce prostii spui.

— E adevărat, mama.

— Și ce-a făcut doamna aceasta?

— Poze.
— Cui?
— Mie.
— Numai ţie?
— Da.
— Mincinoaso. Imma, vino aici, spune-mi tu ce-aţi făcut.

89.

Am aşteptat să apară revista *Panorama*. Eram fericită acum, biroul de presă făcea o treabă excelentă, mă simţeam mândră să fiu personajul principal al unei întregi şedinţe foto. Dar a trecut o săptămână şi articolul n-a apărut. Au trecut cincisprezece zile, degeaba. Am ajuns la sfârşitul lui martie, cartea era deja în librării, şi încă nimic. M-am luat cu altele, am dat un interviu la radio, unul în *il Mattino*. La un moment dat, a trebuit să mă duc la Milano pentru prezentarea volumului. A avut loc în aceeaşi librărie din urmă cu cincisprezece ani, cu acelaşi profesor de atunci care a făcut introducerea. Adele n-a apărut, nici Mariarosa, dar publicul a fost mai numeros decât în trecut. Profesorul a vorbit despre carte fără prea mare căldură, dar în mod pozitiv, şi cineva din public — erau în special femei — a intervenit, entuziasmându-se de umanitatea complexă a protagonistei. Un ritual pe care-l cunoşteam bine de-acum. Am plecat a doua zi dimineaţă şi m-am întors la Napoli foarte obosită.

Îmi amintesc că mergeam spre casă, de-a lungul şoselei, trăgând după mine valiza, când de mine s-a apropiat o maşină. La volan era Michele, cu Marcello lângă el. Mi-am amintit de momentul în care cei doi fraţi Solara încercaseră să mă tragă în maşina lor — o făcuseră şi cu Ada — şi Lila mă apărase. Aveam la încheietura mâinii, la fel ca atunci, brăţara mamei mele şi, chiar dacă obiectele sunt, prin natura lor, indiferente la ce li se-ntâmplă, m-am retras brusc ca s-o protejez. Dar Marcello și-a fixat privirea în față fără să mă salute, nu mi-a zis nici măcar cu obișnuitul lui ton binevoitor: iat-o pe cumnățica scriitoare de romane. A vorbit Michele, care era furios:

— Lenù, ce pula mea ai scris în cartea asta? Infamii despre locul în care te-ai născut? Infamii despre familia mea? Infamii despre cei care te-au văzut crescând și te-admiră și țin la tine? Infamii despre acest oraș minunat al nostru?

S-a răsucit și a luat de pe bancheta din spate un exemplar din *Panorama* proaspăt tipărit, mi l-a întins pe geam.

— Îți place să povestești bazaconii?

M-am uitat. Săptămânalul era deschis la pagina în care se vorbea despre mine. Era o fotografie mare în culori, în care apăream eu și Tina, așezate pe podeaua casei mele. M-a izbit imediat legenda, spunea: Elena Greco cu fiica ei, Tina. Pe moment m-am gândit că problema era legenda aceea și n-am înțeles de ce era atât de supărat Michele. Am spus perplexă:

— Au greșit.

Dar el a izbucnit urlând ceva și mai imposibil de înțeles:

— Nu ei au greșit, ci *voi două*.

— Voi două care, nu știu ce spui.

În acel moment a intervenit Marcello, a zis enervat:

— Las-o în pace, Michè, Lila o manevrează și ea nici măcar nu-și dă seama.

A pornit cu scârțâit de roți și m-a lăsat pe trotuar, cu revista în mână.

90.

Am rămas încremenită, cu valiza într-o parte. Am citit articolul, patru pagini cu fotografii din locurile cele mai urâte din cartier: singura în care apăream eu era cea cu Tina, o fotografie foarte frumoasă în care fundalul jalnic al apartamentului conferea siluetelor noastre o fineţe deosebită. Autorul nu făcuse recenzia cărţii mele şi nici nu vorbea despre ea ca despre un roman, ci o folosea ca să vorbească despre ceea ce numea „feuda fraţilor Solara“, teritoriu cu hotare definite, poate condiţionată de noua camora organizată, poate nu. Despre Marcello se vorbea puţin, se făceau referiri mai ales la Michele, căruia i se atribuiau spiritul întreprinzător, lipsa de prejudecată, disponibilitatea de a sări dintr-o barcă politică în alta, în funcţie de interesul afacerilor. Care afaceri? *Panorama* le înşira, amestecându-le pe cele legale cu cele ilegale: cafeneaua, pielăriile, cizmăriile, minimarket-urile, night club-urile, camăta, vechea contrabandă cu ţigări, tăinuirea de mărfuri, drogurile, pătrunderea lor cu forţa pe şantierele de după cutremur.

M-a trecut o transpiraţie rece.

Ce făcusem, cum putusem să fiu atât de imprudentă?

La Florenţa inventasem o poveste, explorând fapte din copilăria şi din adolescenţa mea cu îndrăzneala care-mi venea firesc, fiind departe. Napoli, văzut de acolo, era aproape un loc fantastic, un oraş ca acelea din filme, unde chiar dacă străzile şi clădirile sunt reale, folosesc doar ca fundal pentru poveşti cu crime sau romantice. Apoi, de când mă mutasem şi o vedeam pe Lila în fiecare zi, mă cuprinsese dorinţa nebună de realitate şi, deşi evitam să-i dau un nume, descrisesem cartierul. Dar era posibil să fi exagerat şi raportul dintre adevăr şi ficţiune se dezechilibrase, probabil: acum fiecare stradă, fiecare clădire deveniseră recognoscibile şi poate că şi persoanele, chiar şi actele de violenţă. Fotografiile erau dovada că paginile mele conţineau un adevăr, identificau zona fără echivoc şi cartierul înceta să fie, cum fusese mereu pentru mine în timp ce scriam, o creaţie a fanteziei. Autorul articolului îi rememora istoria, se referea chiar şi la asasinarea lui don Achille Carracci, a Manuelei Solara. Ba mai mult, insista mai ales asupra celei din urmă, presupunând c-ar fi fost fie vârful de iceberg al unui conflict între familiile camoriste, fie o execuţie cu intervenţia „periculosului terorist Pasquale Peluso, născut şi crescut în cartier, fost zidar, fost secretar al filialei locale a Partidului Comunist". Dar eu nu povestisem nimic despre Pasquale, nu povestisem nimic despre don Achille şi despre Manuela. Familiile Carracci şi Solara fuseseră pentru mine doar nişte siluete, nişte voci menite să îmbogăţească, prin ritmul dialectal, mimică, tonalitatea uneori violentă, un mecanism în întregime închipuit. Nu voiam să mă amestesc în afacerile lor reale, ce legătura avea „feuda fraţilor Solara"?

Eu scrisesem un roman.

91.

M-am dus acasă la Lila simţindu-mă foarte agitată, fetele erau la ea. Te-ai întors deja, a spus Elsa, care se simţea mai liberă când nu eram eu prin preajmă. Şi Dede m-a salutat nepăsătoare, murmurând cu o supuşenie prefăcută: doar un minut, mama, termin temele şi te îmbrăţişez. Singura încântată a fost Imma, şi-a lipit buzele de obrazul meu şi mi l-a sărutat mult timp fără să se desprindă. Tina voia să facă acelaşi lucru. Dar mă gândeam la altceva, m-am dedicat foarte puţin lor, i-am arătat imediat Lilei revista *Panorama*. I-am povestit de fraţii Solara, încercând să-mi înăbuş neliniştea, i-am spus: s-au înfuriat. Lina a citit cu calm articolul şi a făcut un singur comentariu: frumoase fotografii. Am exclamat:

— O să trimit o scrisoare, voi protesta! Să facă un reportaj despre Napoli, să-l facă, nu e treaba mea, despre sechestrul lui Cirillo, despre victimele camorei, despre ce vor ei, dar nu trebuie să-mi folosească aiurea cartea.

— De ce nu?

— Pentru că e literatură, n-am povestit întâmplări reale.

— Eu îmi amintesc că da.

Am privit-o nesigură.

— Ce vrei să spui?

— N-ai dat nume, dar se recunoşteau multe lucruri.

— De ce nu mi-ai spus?

— Ţi-am spus că nu mi-a plăcut cartea. Lucrurile ori se povestesc, ori nu se povestesc: tu rămâneai în mijlocul lor.

— Era un roman.

— Parţial roman, parţial nu.

N-am răspuns, neliniştea mea a sporit. Acum nu-nţelegeam ce mă mâhnise mai tare — reacţia fraţilor Solara sau că ea, liniştit, tocmai îşi reafirmase părerea negativă din urmă cu ani de zile. Le-am privit, aproape fără să le văd, pe Dede şi Elsa care puseseră stăpânire pe revistă. Elsa a exclamat:

— Tina, vino să vezi, apari în ziar!

Tina s-a apropiat, s-a privit pe ea însăşi cu ochii mari de uimire şi cu un zâmbet satisfăcut. Imma a-ntrebat-o pe Elsa:

— Eu unde sunt?

— Tu nu eşti, pentru că Tina e frumoasă şi tu eşti urâtă, a răspuns sora ei.

Imma atunci s-a întors către Dede ca să afle dacă era adevărat. Şi Dede, după ce a citit de două ori cu voce tare legenda din *Panorama*, a încercat s-o convingă că, din cauză c-o chema Sarratore şi nu Airota, nu era cu adevărat fiica mea. În momentul acela n-am mai rezistat, eram obosită, exasperată, am urlat: gata, să mergem la noi acasă. S-au opus toate trei, susţinute de Tina şi, mai ales, de Lila, care a insistat să rămânem la cină.

Am rămas. Lila a-ncercat să mă liniştească, a-ncercat chiar să mă facă să uit că vorbise din nou urât despre cartea mea. A început în dialect şi apoi s-a pornit să vorbească în italiana aceea a ei folosită la ocazii importante, care nu înceta niciodată să mă surprindă. A pomenit experienţa cutremurului, în mai bine de doi ani n-o făcuse niciodată decât pentru a se plânge de felul în care se deteriorase orașul. A spus că de-atunci era atentă să nu uite niciodată că suntem niște ființe îmbibate de fizică, astrofizică, biologie, religie, suflet, burghezie, proletariat, capital, muncă, profit, politică, foarte multe fraze armonioase, foarte multe nearmonioase, haosul dinăuntru și haosul dinafară. Așa că liniștește-te, a spus râzând, ce vrei să fie frații Solara? Romanul tău s-a dus: l-ai scris, l-ai rescris, traiul aici, în mod evident, ți-a folosit ca să-l faci mai real, dar acum e acolo, afară, și nu ți-l poți lua înapoi. Frații Solara s-au înfuriat? Răbdare. Michele te amenință? Cui îi pasă. Poate să vină un alt cutremur dintr-un moment în altul, mult mai puternic. Sau poate să se prăbușească întreg universul. Și atunci ce mai e Michele Solara? Nimic. Și Marcello e tot nimic. Ăia doi sunt doar niște bucăți de carne din care țâșnesc solicitări de bani și amenințări. A oftat, a zis cu voce scăzută: frații Solara vor fi întotdeauna niște animale periculoase, Lenù, nu e nimic de făcut; pe unul îl îmblânzisem eu, dar fratele lui l-a făcut să redevină feroce. Ai văzut câte lovituri i-a tras Michele lui Alfonso? Sunt lovituri pe care vrea să mi le tragă mie și n-are curaj. Și, la fel, furia asta din cauza cărții tale, a articolului din *Panorama*, a pozelor tale e toată o furie împotriva mea. Așa că să ți se rupă cum mi se rupe mie. I-ai făcut să apară în ziar și frații Solara nu pot suporta asta, dăunează afacerilor și escrocheriilor. Nouă, în schimb, ne face plăcere, nu? Pentru ce trebuie să ne facem griji?

Am stat s-o ascult. Când vorbea așa, pretențios, îmi revenea mereu bănuiala că ea continuase să devoreze cărți ca atunci când era mică, dar că, din motive de neînțeles, ținea lucrul ăsta ascuns de mine. În casa ei nu vedeai un singur volum, în afară de fasciculele hipertehnice care aveau de-a face cu munca. Voia să se arate ca o persoană fără nicio instruire și totuși, pe neașteptate, iat-o vorbind despre biologie, despre psihologie, despre cât sunt de complicate ființele umane. De ce proceda așa cu mine? Nu știam, dar aveam nevoie de sprijin și am avut încredere oricum în ea. Lila, în cele din urmă, a reușit să mă liniștească. Am recitit articolul și mi-a plăcut. Am studiat pozele: cartierul era urât, dar eu și Tina eram frumoase. Ne-am apucat să gătim, pregătirile m-au ajutat să reflectez. Am conchis că articolul și pozele vor fi de folos cărții și că textul din Florența, îmbogățit la Napoli, în apartamentul de deasupra Lilei, era într-adevăr mai bun. Da, i-am spus, să ni se rupă de frații Solara. Și m-am relaxat, am redevenit amabilă cu fetele.

Înainte de cină, după cine știe câte șușoteli, Imma, urmată de Tina, a venit lângă mine. A întrebat cu limbajul ei alcătuit în egală măsură din cuvinte bine rostite și din cuvinte la limita înțelegerii:

— Mama, Tina vrea să știe dacă eu sunt fiica ta sau ea e.

— Dar tu vrei să știi? am întrebat-o.

I s-au umezit ochii:

— Da.

Lila a spus:

— Suntem mamele voastre două și ținem la voi amândouă.

Când s-a întors Enzo de la serviciu, a fost entuziasmat de fotografia în care apărea fiica lui. A doua zi a cumpărat două exemplare din *Panorama* și și-a agățat în biroul lui atât imaginea întreagă, cât și un decupaj care o izola pe fetiță. A îndepărtat, bineînțeles, legenda greșită.

92.

Astăzi, în timp ce scriu, mi-e rușine de felul în care norocul m-a preferat întotdeauna. Cartea a stârnit imediat interes. În rândul celor exaltați de plăcerea lecturii. În rândul celor care lăudau abilitatea cu care fusese conturată protagonista. În rândul celor care vorbeau despre un realism brutal, care-mi proslăveau imaginația barocă, care admirau o narațiune la feminin, morbidă și confortabilă. În fine, a plouat numai cu formule pozitive, dar adesea foarte diferite între ele, ca și cum recenzorii n-ar fi citit cartea care se găsea în librării, ci fiecare ar fi evocat o carte-fantomă, inventată cu propriile prejudecăţi ale fiecăruia. În privinţa unui singur lucru, după articolul din *Panorama*, au căzut cu toţii de acord: romanul era complet străin de cum se povestea în mod obişnuit despre oraşul Napoli.

Când au sosit exemplarele la care aveam dreptul prin contract, eram atât de bucuroasă, încât am decis să-i dau unul Lilei. Nu făcusem asta cu cărţile precedente și eram sigură că, pentru moment cel puţin, nici măcar nu l-ar fi răsfoit. Dar o simţeam aproape, singura persoană pe care puteam conta cu adevărat şi voiam să-i arăt recunoştinţa mea. N-a reacţionat deloc bine. În ziua aceea era, evident, foarte ocupată, absorbită, în felul ei obişnuit arţăgos, în conflictele de cartier pe marginea alegerilor din 26 iunie, care se apropiau. Sau ceva o întorsese pe dos, nu știu. Cert e că eu i-am întins volumul și ea nici nu l-a atins, a spus că nu trebuia să-mi irosesc exemplarele.

Am fost dezamăgită, dar Enzo m-a scos din încurcătură. Dă-mi-l mie, a mormăit, eu n-am avut niciodată pasiunea de a citi, dar o să-l păstrez pentru Tina, ca să-l citească ea când o să fie mare. Şi a insistat să scriu o dedicaţie pentru fetiţă. Îmi amintesc că am făcut-o un pic stânjenită: Tinei, care va reuși mai bine decât noi toţi. Apoi am citit dedicaţia cu voce tare și Lila a spus: nu-i trebuie mult ca să reușească mai bine decât mine, eu sper să facă mult mai mult. Cuvinte inutile, nejustificat: scrisesem *mai bine decât noi toţi* și ea restrânsese la *mai bine decât mine*. Atât Enzo, cât și eu am lăsat baltă chestia asta. El a pus cartea pe un raft între manualele pentru computere și am vorbit despre invitaţiile pe care le primeam, despre călătoriile pe care trebuia să le fac.

93.

Momentele acelea de ostilitate erau, în general, vădite, dar uneori își făceau apariţia și din spatele unei false disponibilităţi și afecţiuni. Lila, de exemplu, a continuat să se arate bucuroasă să se ocupe de fiicele mele şi totuşi, dintr-o simplă inflexiune a vocii, mă făcea să mă simt datoare, ca şi cum ar fi spus: ceea ce eşti, ceea ce devii depinde de ceea ce eu, sacrificându-mă, îţi permit să fii, să devii. Dacă simţeam acel ton, mă supăram şi-mi propuneam să iau o bonă. Dar atât ea, cât şi Enzo aproape că se ofensau, nu trebuia nici măcar să se pună problema. Într-o dimineaţă când aveam nevoie de ajutorul ei a făcut aluzii, enervată, la diverse chestiuni apăsătoare şi eu am spus, cu răceală, că puteam găsi alte soluţii. A devenit agresivă: ţi-am spus că nu pot? Dacă ai nevoie, mă organizez: s-au plâns vreodată fiicele tale, le-am neglijat? Astfel am fost convinsă că tot ce-şi dorea era un fel de declaraţie că mi-este absolut necesară şi am admis, cu sinceră recunoştinţă, că viaţa mea publică ar fi fost imposibilă dacă n-aş fi avut sprijinul ei. Apoi m-am abandonat angajamentelor mele fără alte remuşcări.

Graţie eficienţei biroului de presă, în fiecare zi apăream în alt ziar şi, de câteva ori, chiar la televizor. Eram încântată şi foarte încordată, îmi plăcea atenţia care sporea în jurul meu, dar mă temeam nu cumva să spun ceva greşit. În momentele de încordare maximă nu ştiam cu cine să vorbesc şi apelam la Lila pentru un sfat:

— Dacă-mi pun întrebări despre fraţii Solara?

— Spune ce gândeşti.

— Şi dacă fraţii Solara se înfurie?

— În acest moment reprezinţi un pericol mai mare tu pentru ei decât ei pentru tine.

— Sunt îngrijorată, Michele mi se pare din ce în ce mai nebun.

— Scrii ca să te faci auzită, nu ca să taci.

În realitate, încercam mereu să fiu prudentă. Ne aflam în toiul unei aprinse campanii electorale şi am fost atentă, în interviuri, să nu mă ocup de politică, să nu-i menţionez pe fraţii

Solara, care — se știa — erau ocupați să strângă voturi pentru cele cinci partide de guvernare. Am vorbit mult, în schimb, despre condițiile de viață din cartier, despre degradarea din ce în ce mai mare după cutremur, despre sărăcie și afaceri aparent legale, despre complicitățile instituționale. Și apoi — în funcție de întrebări și de inspirația de moment — am vorbit despre mine, despre formarea mea, despre efortul pe care-l făcusem ca să studiez, despre misoginismul de la Școala Normală, despre mama mea, despre fiicele mele, despre gândirea feminină. Erau vremuri complicate pentru piața de carte, iar scriitorii de vârsta mea, oscilând între avangardism și narațiunea tradițională, se chinuiau să-și creeze o imagine de sine și să se afirme. Dar eu aveam un avantaj. Prima mea carte apăruse la sfârșitul anilor șaizeci, cu a doua demonstrasem că am o cultură solidă și interese extinse, eram printre puținii cu o scurtă istorie editorială deja în spate și chiar ceva public. Astfel, telefonul a-nceput să țârâie tot mai des. Dar foarte rar, trebuie spus, jurnaliștii îmi voiau părerea sau intervenția pe chestiuni literare, îmi cereau cel mai adesea să fac considerații sociologice și să mă pronunț în legătură cu actualitatea napolitană. Răspundeam oricum cu plăcere. Și, curând, am început să colaborez cu *Il Mattino* pe cele mai diferite teme, am acceptat o rubrică în revista *Noi donne*, am prezentat cartea pe unde eram invitată, supunând-o exigențelor publicului pe care-l găseam în fața mea. Nu-mi venea nici mie să cred ce mi se-ntâmpla. Volumele anterioare merseseră bine, dar nu în felul acela atât de presant. Mi-au telefonat câțiva scriitori foarte cunoscuți pe care nu avusesem niciodată ocazia să-i cunosc. Un regizor celebru a vrut să mă-ntâlnească, se gândea să transpună romanul meu într-un film. În fiecare zi aflam că o editură străină sau alta ceruse cartea s-o citească. În fine, eram din ce în ce mai fericită.

Dar o satisfacție deosebită mi-au oferit două telefoane neașteptate. Pe primul l-am primit de la Adele. Mi-a vorbit foarte cordial, s-a interesat de nepoatele ei, a spus că știa totul despre ele de la Pietro, că le văzuse în poze și că erau foarte frumoase. Am ascultat-o, m-am rezumat la câteva fraze convenționale. Despre carte a spus: am recitit-o, bravo, ai îmbunătățit-o mult. Și, luându-și la revedere, m-a pus să jur că dacă mă duceam să prezint cartea la Genova, o să dau un semn, o să-i duc fetele, o să i le las o perioadă. Am promis, dar am știut că n-o să-mi țin promisiunea.

După câteva zile a telefonat Nino. A spus că romanul meu era minunat (*o calitate a scrierii de neimaginat în Italia*), mi-a cerut să le vadă pe cele trei fetițe. L-am invitat la prânz, le-a băgat în seamă foarte mult pe Dede, pe Elsa, pe Imma și apoi, bineînțeles, a vorbit foarte mult despre sine. Acum stătea la Napoli foarte puțin, era mereu la Roma, muncea mult împreună cu fostul meu socru, avea sarcini importante. A repetat adesea: lucrurile merg bine, Italia o apucă, în sfârșit, pe calea modernității. Apoi a exclamat, dintr-odată, privindu-mă fix în ochi: hai să fim din nou împreună! Am izbucnit în râs: când vrei s-o vezi pe Imma, e de-ajuns să dai un telefon; dar noi doi nu mai avem ce să ne spunem, am impresia că am conceput fetița împreună cu o fantomă, cu siguranță în pat nu erai tu. A plecat încruntat și n-a mai dat niciun semn. Ne-a uitat — pe Dede, pe Elsa, pe Imma și pe mine — pentru foarte mult timp. Ne-a uitat în mod sigur cum am închis ușa în urma lui.

94.

Ce-mi puteam dori mai mult în acel moment? Numele meu, numele nimănui, devenea, fără nicio urmă de îndoială, numele cuiva. Din acel motiv îmi telefonase Adele Airota, voind parcă să se scuze, și tot din acel motiv Nino Sarratore încercase să obțină iertarea și să se-ntoarcă în patul meu, din acel motiv eram invitată peste tot. Desigur, era dificil să mă desprind de fete și să nu mai fiu, chiar și doar pentru câteva zile, mama lor. Dar și acea desprindere a devenit o practică obișnuită. Sentimentele de vinovăţie erau înlocuite imediat de necesitatea de a face o impresie bună în public. În mintea mea se înghesuiau o mie de lucruri, Napoli și cartierul își pierdeau consistenţa. Alte peisaje își impuneau prezenţa, ajungeam în orașe foarte frumoase pe care nu le văzusem niciodată, simţeam că mi-ar fi plăcut să merg să locuiesc acolo. Întâlneam bărbaţi care mă atrăgeau, care mă făceau să mă simt importantă, care mă înveseleau. Se deschidea în faţa mea, în numai câteva ore, un evantai de posibilităţi seducătoare. Și obligaţiile de mamă păleau, uneori uitam s-o sun pe Lila, să le spun noapte bună fetelor. Doar când îmi dădeam seama c-aș fi fost în stare să trăiesc fără ele îmi reveneam, mă căiam.

Apoi a existat un moment foarte neplăcut. Am plecat pentru un lung turneu de promovare în sud. Trebuia să lipsesc o săptămână, dar Imma nu se simţea bine, avea un aer abătut, era foarte răcită. Vina era a mea, nu mă puteam supăra pe Lila: ea era foarte atentă, dar avea o mie de lucruri de făcut și nu se putea ţine după copiii transpiraţi din cauza distracţiei dezlănţuite ca să-i păzească de curent. Înainte să plec, am cerut biroului de presă să-mi facă rost de numerele de telefon ale hotelurilor în care urma să stau și i le-am lăsat Lilei pentru orice eventualitate. Dacă sunt probleme, am rugat-o, sună-mă și mă-ntorc imediat.

Am plecat. La început n-am făcut altceva decât să mă gândesc la Imma și la boala ei, am telefonat ori de câte ori puteam. Apoi am uitat. Ajungeam într-un loc, eram primită cu multă amabilitate. Îmi pregătiseră un program foarte dens, încercam să fiu la înălţimea așteptărilor, mă sărbătoreau la final cu cine interminabile. Timpul a trecut în zbor. O dată am încercat să sun, dar telefonul a ţârâit în gol și am renunţat; altă dată a răspuns Enzo, care a spus, în felul lui laconic: vezi-ţi de-ale tale, nu-ţi face griji; altă dată am vorbit cu Dede care a exclamat cu voce de adult: suntem bine, mama, pa, simte-te bine! Dar când m-am întors acasă, am aflat că Imma era în spital de trei zile. Micuţa avea pneumonie, fusese internată. Lila era cu ea, renunţase la toate treburile ei, o abandonase chiar şi pe Tina, rămăsese cu fiica mea în spital. M-a cuprins disperarea, i-am certat că nu-mi spuseseră. Dar ea n-a dorit deloc să-mi cedeze locul nici când m-am întors, a continuat să se simtă responsabilă pentru fetiţă. Du-te, spunea, ai fost tot timpul pe drumuri, odihneşte-te.

Eram într-adevăr obosită, dar mai ales confuză. Regretam că nu fusesem alături de fetiţă, c-o privasem de apropierea mea tocmai când ar fi avut cel mai mult nevoie de mine. Aşa încât acum nu ştiam nimic despre cât şi în ce fel suferise. Lila, în schimb, păstra în minte toate etapele bolii fiicei mele, respiraţia dificilă, îngrijorarea, alergatul la spital. Am privit-o, acolo, pe coridorul spitalului, şi părea mai istovită decât mine. Îi oferise Immei contactul permanent şi afectuos cu corpul ei. Nu fusese acasă de zile-ntregi, nu dormea mai deloc, avea privirea întunecată a epuizării. Eu, în schimb, chiar dacă nu voiam, mă simţeam pe interior — şi poate arătam şi pe dinafară — luminoasă. Nici acum, când aflasem de boala fiicei mele, nu reuşeam să alung satisfacţia oferită de ceea ce devenisem, plăcerea de a mă simţi liberă deplasându-mă prin toată Italia, mulţumirea de-a trăi ca şi cum n-aş avea un trecut şi totul ar începe acum.

Imediat ce fetiţa a fost externată, i-am mărturisit Lilei acea stare sufletească. Voiam să găsesc o ordine în haosul de vinovăţie şi mândrie pe care-l simţeam în mine, voiam să-i declar recunoştinţa mea, dar şi să aflu de la ea în detaliu ceea ce Imma — dat fiind că eu nu fusesem ca să-i ofer — primise de la ea. Dar Lila a replicat aproape enervată: Lenù, las-o baltă, a trecut, fiica ta se simte bine, acum avem probleme mai mari. Am crezut pentru câteva secunde că vorbea despre problemele ei de la serviciu, dar nu era aşa, problemele acelea mă priveau. Aflase, cu puţin înainte să se-mbolnăvească Imma, că urma să primesc o plângere. Carmen făcuse plângere împotriva mea.

95.

M-am speriat, am simţit o durere ascuţită. Carmen? Carmen îmi făcuse aşa ceva?

Faza exuberantă a succesului meu s-a încheiat în acel moment. În câteva secunde, vinovăţia c-o neglijasem pe Imma s-a adăugat spaimei că, pe cale legală, urma să mi se ia totul, bucurie, prestigiu, bani. Mi-a fost ruşine de mine, de aspiraţiile mele. I-am zis Lilei că voiam să vorbesc imediat cu Carmen, ea m-a sfătuit să nu fac asta. Dar aveam impresia că ştia mai mult decât îmi spusese şi m-am dus imediat s-o caut.

Am trecut mai întâi pe la pompa de benzină, dar Carmen nu era acolo. Roberto s-a purtat stânjenit. N-a spus nimic despre plângere, a zis că soţia lui se dusese cu copiii la Giugliano, la nişte rude de-ale lui, unde va rămâne o perioadă. I-am întors brusc spatele, am dat fuga acasă la ei ca să înţeleg dacă-mi spusese adevărul. Dar Carmen ori se dusese într-adevăr la Giugliano, ori nu mi-a deschis. Era foarte cald. M-am plimbat un pic ca să mă liniştesc, apoi l-am căutat pe Antonio, eram convinsă că ştia ceva. M-am gândit că va fi greu să dau de el, era mereu plecat. În schimb, soţia lui mi-a spus că se dusese la bărbier şi l-am găsit, într-adevăr, acolo. L-am întrebat dacă auzise de vreo acţiune legală împotriva mea şi el, în loc să-mi răspundă, a început să vorbească rău despre şcoală, a zis că profesorii aveau ceva cu copiii lui, se plângeau că vorbeau fie în germană, fie în dialect, dar între timp nici ei nu-i învăţau italiană. Apoi, brusc, aproape că mi-a şoptit:

— Profit de ocazie ca să-mi iau la revedere.

— Unde pleci?

— Mă întorc în Germania.

— Când?

— Încă nu ştiu.

— Și de ce-ți iei la revedere acum?

— Nu ești niciodată pe-aici, ne vedem rar.

— Tu nu mă cauți.

— Nici tu nu mă cauți.

— De ce pleci?

— Familia mea nu se simte bine aici.

— Te gonește Michele?

— El ordonă și eu mă supun.

— Așadar, nu te mai vrea prin cartier.

Și-a privit mâinile, le-a studiat cu mare atenție.

— Din când în când mă simt din nou epuizat nervos, a spus și apoi a-nceput să-mi vorbească de mama lui, Melina, care nu era bine cu capul.

— I-o lași Adei?

— O iau cu mine, a mormăit, Ada are deja prea multe necazuri. Și apoi, avem aceeași constituție, vreau s-o am sub ochi ca să văd în ce-o să mă transform.

— A trăit mereu aici, în Germania va suferi.

— Peste tot suferă oamenii. Vrei un sfat?

Am înțeles din felul în care mă privea că hotărâse să închidă discuția.

— Să auzim.

— Pleacă și tu.

— De ce?

— Pentru că Lina crede că voi două împreună sunteți invincibile, dar nu e așa. Și eu nu vă mai pot ajuta.

— Să ne ajuți cu ce?

A clătinat din cap, nemulțumit.

— Frații Solara sunt furibunzi. Ai văzut cum a votat lumea aici în cartier?

— Nu.

— S-a dovedit că ei nu mai controlează voturile pe care le controlau altădată.

— Şi?

— Lila a reuşit să transfere multe la comunişti.

— Şi eu ce legătură am?

— Marcello şi Michele o văd pe Lina în spatele tuturor lucrurilor, mai ales în spatele tău. Plângerea există şi avocaţii lui Carmen sunt avocaţii lor.

96.

M-am întors acasă, dar n-am căutat-o pe Lila. Am exclus faptul că nu ştia nimic despre alegeri, despre voturi, despre fraţii Solara care stăteau la pândă în spatele lui Carmen. Îmi spunea lucrurile cu ţârâita ca să-şi atingă scopurile. Am telefonat în schimb la editură, i-am povestit directorului despre plângere şi despre ce-mi dezvăluise Antonio. Deocamdată e numai un zvon, i-am spus, nimic sigur, dar sunt foarte îngrijorată. El a-ncercat să mă liniştească, a promis că va cere biroului juridic să facă o anchetă şi imediat cum va afla ceva, îmi va telefona. A conchis: de ce eşti atât de agitată, cartea are de beneficiat. Eu nu, m-am gândit, am greşit, nu trebuia să mă-ntorc să trăiesc aici.

Au trecut zilele, editura n-a dat niciun semn, dar mi-a sosit acasă, ca o lovitură de pumnal, notificarea plângerii. Am citit şi am rămas cu gura căscată. Carmen îmi cerea mie şi editurii retragerea cărţii de pe piaţă şi o despăgubire exorbitantă pentru că lezasem memoria mamei ei, Giuseppina. Nu văzusem niciodată o hârtie care să sintetizeze, prin antet, prin calitatea scrierii, prin ornamentele timbrelor simple şi a celor fiscale, puterea legii. Am descoperit că mă îngrozea acum ceea ce nu mă impresionase niciodată când eram adolescentă şi nici tânără. De data asta am alergat la Lila. Când i-am spus despre ce era vorba, a spus dispreţuitoare:

— Voiai legea, a venit legea.

— Ce să fac?

— Un tămbălău.
— Adică?
— Povestește ziarelor ce ți se-ntâmplă.
— Ești nebună. Antonio mi-a zis că-n spatele lui Carmen sunt avocații fraților Solara și nu spune că nu știai asta.
— Sigur că știu.
— Atunci de ce nu mi-ai spus?
— Păi nu vezi ce agitată ești? Dar nu trebuie să-ți faci griji. Tu te temi de lege și fraților Solara le e teamă de cartea ta.
— Mie mi-e teamă că mă pot distruge, cu toți banii pe care-i au.
— Dar tu tocmai despre banii lor trebuie să vorbești rău. Scrie. Cu cât scrii mai mult despre porcăriile lor, cu atât le distrugi mai adânc afacerile.

M-am deprimat. Asta credea Lila? Ăsta era planul ei? Am înțeles abia atunci foarte clar că-mi atribuia forța pe care i-o atribuisem când eram mici autoarei cărții *Micuțele doamne*. De aceea-și dorise în toate chipurile să mă întorc în cartier? M-am retras fără să spun nimic. M-am dus la mine acasă, am telefonat din nou la editură. Am sperat ca directorul să fi luat vreo poziție, voiam vești care să mă liniștească, dar n-am reușit să-i vorbesc. A doua zi m-a căutat el. M-a anunțat pe un ton vesel că în *Corriere della Sera* apăruse un articol de-al lui — al lui, scris de mâna lui — în care povestea despre plângere. Dă fuga să-l cumperi, mi-a zis, și spune-mi ce crezi.

97.

M-am dus la chioșcul de ziare mai anxioasă ca niciodată. Iată din nou fotografia mea cu Tina, de data asta în alb și negru. Plângerea era anunțată încă din titlu și era considerată o încercare de a astupa gura uneia dintre foarte puținele scriitoare curajoase etc., etc. Nu se dădea numele cartierului, nu se făceau referiri la frații Solara. Articolul, în mod destul de abil, plasa episodul în interiorul unui conflict în curs de desfășurare pretutindeni „între rămășițele medievale care împiedică țara să se modernizeze și imposibila de oprit înnoire politică și culturală, inclusiv în sud". Era un text scurt, dar care apăra eficient, mai ales la final, rațiunile literaturii, separându-le de ceea ce autorul numise „câteva foarte triste dispute locale".

M-am liniștit, am avut impresia că sunt apărată. Am telefonat, am lăudat mult articolul, apoi m-am dus să-i arăt ziarul Lilei. Mă așteptam să jubileze. Asta crezusem că-și dorește, o lămurire a puterii pe care ea credea c-o am. În schimb, a spus antipatică:

— De ce l-ai lăsat pe ăsta să scrie articolul?

— Ce nu-i în regulă? Editura e de partea mea, se ocupă ea de acest scandal, mi se pare un fapt pozitiv.

— Palavre, Lenù, pe individul ăsta nu-l interesează decât să vândă cartea.

— Și nu e bine?

— E bine, dar tu trebuia să concepi articolul.

M-am enervat, nu reușeam să-nțeleg ce avea în minte.

— De ce?

— Pentru că te pricepi și cunoști bine lucrurile. Îți amintești când ai scris articolul acela împotriva lui Bruno Soccavo?

Aluzia aceea, în loc să-mi facă plăcere, m-a iritat. Bruno era mort și nu-mi plăcea să-mi amintesc ce scrisesem. Era un băiat cu minte puțină, prins în plasa fraților Solara și în cine știe câte alte plase, dat fiind că fusese ucis. Nu eram bucuroasă că-mi vărsasem furia pe el.

— Lila, am spus, articolul nu era împotriva lui Bruno, era un articol despre munca în fabrică.

— Știu, și ce dacă? L-ai făcut să plătească și acum, când ești o persoană mult mai importantă, poți face și mai multe. Frații Solara nu trebuie să se-ascundă în spatele lui Carmen. Pe frații Solara trebuie să-i expui și nu mai trebuie să comande.

Am înţeles de ce desconsiderase textul directorului. Nu-i păsa nici măcar un pic de libertatea de expresie şi de lupta dintre înapoiere şi modernizare. Pe ea o interesau numai acele foarte triste dispute locale. Voia ca acolo, acum, să contribui la confruntarea cu acei oameni în carne şi oase despre care ştiam bine încă din copilărie din ce aluat erau făcuţi. Am spus:

— Lila, pe cei de la ziarul *Corriere* îi doare în cot de Carmen că s-a vândut şi de fraţii Solara că au cumpărat-o. Un articol, ca să apară într-un mare ziar, trebuie să aibă o semnificaţie generală, altfel nu-l publică nimeni.

S-a schimonosit la faţă.

— Carmen nu s-a vândut, a spus, e tot prietena ta şi ţi-a făcut plângere dintr-un singur motiv: au obligat-o.

— Nu înţeleg, explică-mi.

Mi-a zâmbit dispreţuitoare, era foarte furioasă.

— Nu-ţi explic nimic: cărţile le scrii tu, tu eşti cea care trebuie să explici. Eu ştiu doar că noi nu avem aici nicio editură din Milano care ne protejează, pe nimeni care să conceapă pentru noi ditamai articolele în ziare. *Noi* suntem doar o problemă locală şi ne descurcăm cum putem: dacă *tu* vrei să ne ajuţi, bine. Dacă nu, ne descurcăm singuri.

98.

M-am întors la Roberto şi l-am pisălogit până când mi-a dat adresa rudelor din Giugliano. Apoi m-am urcat în maşină, împreună cu Imma, şi am plecat în căutarea lui Carmen.

Căldura era sufocantă. Am găsit cu greu adresa, rudele acelea locuiau undeva la periferie. Mi-a deschis o zdrahoancă de femeie care, cu maniere bruşte, mi-a zis că se întorsese la Napoli Carmen. Nu prea convinsă, am plecat cu Imma care protesta fiindcă, deşi parcursesem pe jos numai vreo sută de metri, spunea că e obosită.

Dar pe drumul de întoarcere către mașină, la un cot de stradă, am dat nas în nas cu Carmen, încărcată cu sacoșe de cumpărături. În clipa-n care m-a văzut, a izbucnit în lacrimi. Am îmbrățișat-o, a dorit și Imma s-o îmbrățișeze. Apoi am găsit un bar cu o măsuță la umbră și, după ce-am rugat-o pe fetiță să se joace-n tăcere cu păpușile ei, am pus-o să-mi explice situația. Ea a confirmat ce-mi spusese Lila: fusese constrânsă să facă plângere împotriva mea. Și mi-a zis și motivul: Marcello o convinsese că știa unde se ascundea Pasquale.

— E posibil?

— Da.

— Și tu știi unde se ascunde?

A șovăit, a făcut semn că da.

— Au zis că atunci când or să aibă chef, or să-l omoare.

Am încercat s-o liniștesc. I-am zis că dacă frații Solara ar fi aflat cu adevărat unde era persoana pe care o credeau vinovată de uciderea mamei lor, s-ar fi dus de mult să pună mâna pe ea.

— Atunci, tu zici că ei nu știu?

— Sigur că nu știu. Dar în acest moment poți face un singur lucru pentru binele fratelui tău.

— Ce?

I-am zis că, dacă voia să-l salveze pe Pasquale, trebuia să-l predea carabinierilor.

Rezultatul n-a fost deloc unul pozitiv. Ea a devenit căpoasă, m-am străduit să-i explic că numai așa îl putea apăra de frații Solara. Dar a fost inutil, mi-am dat seama că soluția mea îi suna drept cea mai rea dintre trădări, un lucru mult mai grav decât trădarea ei față de mine.

— Astfel te au la mână, am spus, ți-au cerut să faci plângere împotriva mea, îți pot cere orice altceva.

— Sunt sora lui! a exclamat.

— Nu e vorba despre iubirea de soră, am spus, iubirea de soră în acest caz mi-a făcut un rău mie, dar în mod sigur nu-l salvează pe el și există riscul să te tragă și pe tine la fund.

Dar n-a fost chip s-o conving, dimpotrivă, cu cât discutam mai mult, cu atât deveneam mai confuză. Curând a-nceput din nou să plângă: când regreta ce-mi făcuse și-mi cerea iertare, când o apuca groaza la gândul că-i puteau face cine știe ce fratelui ei și se lăsa pradă disperării. Mi-am amintit-o cum era în copilărie, la vremea aceea nu mi-aș fi imaginat-o niciodată în stare de o astfel de fidelitate încăpățânată. Am lăsat-o, pentru că nu puteam s-o consolez, pentru că Imma era toată transpirată și mă temeam să nu mi se îmbolnăvească din nou, pentru că-mi era tot mai puțin clar ce pretindeam de la ea. Voiam să pună capăt lungii complicități cu Pasquale? De ce credeam că acesta era lucrul corect? Voiam să țină mai degrabă partea statului, nu a fratelui? De ce? Ca s-o eliberez de frații Solara și s-o fac să-și retragă plângerea? Conta mai mult asta decât îngrijorarea ei? I-am spus:

— Fă cum consideri mai bine și nu uita că, oricum, nu sunt supărată pe tine.

Dar Carmen, în acel moment, a avut o străfulgerare imprevizibilă de furie în privire:

— Și de ce-ar trebui să fii supărată pe mine? Tu ce pierzi? Apari în ziare, îți faci publicitate, vinzi mai mult. Nu, Lenù, nu trebuia să spui chestia asta, m-ai sfătuit să-l predau pe Pasquale carabinierilor, ai greșit.

Am plecat amărâtă și deja pe drumul de întoarcere mă îndoiam puternic că făcusem bine să-mi doresc s-o întâlnesc. Mi-am imaginat că acum se va duce ea însăși la frații Solara să le povestească de vizita mea și că ei o vor constrânge, după articolul directorului din *Corriere*, la alte acțiuni împotriva mea.

99.

Am așteptat zile întregi alte nenorociri, în schimb nu s-a mai întâmplat nimic. Articolul a avut un anume răsunet, ziarele napolitane l-au preluat și l-au amplificat, am primit telefoane și scrisori de susținere. Au trecut săptămânile, m-am obișnuit cu ideea că mi se făcuse plângere, am aflat că li se întâmplase multora care făceau aceeași muncă pe care o făceam eu și erau mult mai expuși decât mine. Rutina zilnică s-a reinstalat. O vreme am evitat-o pe Lila, am fost atentă în special să nu mă las târâtă în acțiuni greșite.

Cartea s-a vândut în continuare. În august m-am dus în vacanță la Santa Maria di Castellabate. Inițial trebuiau să închirieze o casă la mare și Lila cu Enzo, dar s-au luat cu munca și mi-au încredințat-o dezinvolți și pe Tina. Singura plăcere, printre miile de neliniști și strădanii din acea perioadă (strig-o pe una, urlă la cealaltă, domolește o ceartă, fă cumpărături, gătește), a fost să observ câțiva cititori care stăteau cu cartea mea în mâini, sub umbrelele de soare.

Toamna, lucrurile s-au aranjat și mai bine, am câștigat un premiu destul de important care-i conferea câștigătorului o sumă generoasă și m-am simțit valoroasă, cu abilități de comunicare, cu perspective economice tot mai satisfăcătoare. Dar n-au mai revenit niciodată bucuria, uluirea primelor săptămâni de succes. Simțeam că lumina zilei devine opacă și percepeam în jurul meu o proastă dispoziție difuză. De câtva timp nu era seară în care Enzo să nu urle la Gennaro, lucru foarte rar înainte. De fiecare dată când apăream la Basic Sight, o găseam pe Lila șușotind cu Alfonso și, dacă încercam să mă apropii, ea-mi făcea semn, cu un gest nepăsător, să aștept o clipă. Se comporta la fel dacă vorbea cu Carmen, care se întorsese în cartier, și cu Antonio, care, din motive necunoscute, își amânase plecarea pe o perioadă nedeterminată.

Era limpede că-n jurul Lilei lucrurile se înrăutățeau, dar ea mă ținea la distanță și eu preferam să rămân la distanță. Au urmat două momente foarte urâte, unul după altul. Lila a descoperit întâmplător că Gennaro avea brațele pline de înțepături.

Am auzit-o urlând cum n-o auzisem niciodată. L-a întărâtat pe Enzo, l-a îndemnat să-l omoare în bătaie pe fiul ei. Erau doi bărbați voinici și s-au cotonogit zdravăn. A doua zi l-a alungat pe fratele ei, Rino, de la Basic Sight, deși Gennaro o implora să nu-l concedieze pe unchiul lui, jurând că nu el îl inițiase în treaba cu heroina. Drama aceea le-a impresionat foarte mult pe fete, mai ales pe Dede.

— De ce-l tratează așa pe fiul ei mătușa Lina?

— Fiindcă a făcut ceva ce nu trebuie făcut.

— El e mare, poate face ce vrea.

— Nu și ceea ce-l poate ucide.

— Și de ce nu? E viața lui, are dreptul să facă ce crede de cuviință cu ea. Nu știți ce-nseamnă libertatea, nici mătușa Lina nu știe.

Ea, Elsa și chiar și Imma păreau năucite de manifestarea aceea neașteptată de urlete și insulte a foarte îndrăgitei lor mătuși Lina. Gennaro era prizonier în casă și țipa toată ziua. Unchiul lui, Rino, a dispărut de la Basic Sight după ce a spart un aparat electronic foarte scump și înjurăturile lui s-au auzit în tot cartierul. Pinuccia, însoțită de soacră, a venit într-o seară cu copiii s-o implore pe Lila să-l angajeze din nou pe soțul ei. Lila s-a purtat foarte urât atât cu mama ei, cât și cu cumnata: urletele și insultele au ajuns foarte clare în casa mea. Tu, în felul ăsta, ne predai legați de mâini și de picioare fraților Solara, urla Pinuccia disperată. Și Lila replica: v-o meritați, mi-a ajuns până-n gât să trudesc pentru voi fără să primesc măcar un strop de recunoștință.

Dar asta a fost nimica toată în comparație cu ce s-a întâmplat după câteva săptămâni. Tocmai se liniștiseră apele când Lila a-nceput să se certe cu Alfonso, care devenise absolut necesar pentru bunul mers al firmei Basic Sight și totuși se comporta din ce în ce mai iresponsabil. Nu venea la întâlniri importante de lucru, iar dacă se ducea, avea atitudini stânjenitoare, era tot machiat, vorbea despre el la feminin. Și totuși, trăsăturile Lilei îi dispăruseră deja complet de pe față și masculinitatea, în ciuda strădaniilor sale, și-l revendica înapoi. Acum nasul, fruntea, ochii începeau un pic să semene din nou cu ale tatălui său, don Achille, iar el însuși se arăta dezgustat de asta. În consecință, părea tot timpul că fuge de corpul lui, care se rotunjea, și uneori nu se știa nimic de el zile în șir. Când reapărea, avea aproape întotdeauna urme de bătăi. Își relua munca, dar fără niciun chef.

Apoi, într-o zi, a dispărut de tot, Lila și Enzo l-au căutat degeaba pretutindeni. Corpul lui a fost găsit după câteva zile pe plaja din Coroglio. Fusese ucis cu lovituri de bâtă cine știe unde și apoi aruncat în mare. Inițial n-am putut crede așa ceva. Dar când mi-am dat seama că totul era brutal de adevărat, m-a cuprins o durere care nu trecea. Mi-a revenit în fața ochilor cum era pe vremea gimnaziului, amabil, atent cu ceilalți, foarte iubit de Marisa, necăjit de Gino, fiul farmacistului. Uneori am împins amintirile până în spatele tejghelei de la mezelărie în timpul vacanțelor de vară, când era obligat să facă o muncă pe care o detesta. Dar am exclus restul vieții lui, o cunoșteam prea puțin, simțeam că fusese încurcată. Nu reușeam să mă gândesc la omul în care se transformase, a pălit orice întâlnire recentă de-a noastră, am uitat și perioada în care se ocupa de magazinul de pantofi din Piața Martirilor. Vina Lilei, m-am gândit la cald: l-a dat peste cap cu dorința ei arzătoare de a-i supune pe ceilalți, răscolind totul. Se folosise în mod neclar de el și apoi îl lăsase să plece.

Dar mi-am schimbat părerea aproape imediat. Lila aflase vestea de câteva ore. Știa că Alfonso era mort, dar nu putea scăpa de furia pe care o simțea în privința lui și repeta la modul vulgar că nu mai era de încredere. Apoi, în toiul unei tirade de felul acela, s-a scurs pe podeaua casei mele, în mod evident din cauza durerii insuportabile. Din acel moment mi s-a părut că ea-l iubise mai mult decât mine, chiar și mai mult decât Marisa și — cum, de altfel, îmi spusese adesea Alfonso — îi fusese de ajutor ca nimeni altcineva. În orele care au urmat a fost apatică, n-a mai muncit, nu i-a mai păsat de Gennaro, mi-a lăsat-o pe Tina. Între ea și Alfonso fusese probabil o relație mai complexă decât îmi imaginasem. Se oglindise și se văzuse în el și-și dorise să facă, parțial, schimb de trupuri. Complet opus, m-am gândit stânjenită, de ceea ce povestisem eu în cea de-a doua mea carte. Lui Alfonso îi plăcuse mult probabil acea strădanie a Lilei, i se oferise ca o materie vie și ea îl cioplise. Sau cel puțin așa mi s-a părut mie în răstimpul scurt în care am încercat să dau un sens întâmplării și să mă liniștesc. Dar, în cele din urmă, nu făcusem altceva decât să mă las influențată. În realitate, ea, nici atunci, nici după, nu mi-a povestit niciodată nimic despre relația lor. A rămas așa, buimăcită de suferință, cu cine știe ce sentimente mocnind în ea, până în ziua înmormântării.

100.

Am fost foarte puțini la funeralii. N-a venit niciunul dintre prietenii din Piața Martirilor, și nici rudele lui n-au venit. M-a impresionat teribil mai ales absența Mariei, mama lui, deși nu erau nici frații, Pinuccia și Stefano, nici Marisa cu copiii, care poate îi erau fii, poate nu. În schimb au apărut, în mod surprinzător, frații Solara. Michele era amenințător, foarte slab, avea o privire de nebun cu care scruta de jur împrejur. Marcello, dimpotrivă, era aproape umil, lucru care contrasta cu luxul vestimentației lui. Nu s-au limitat la cortegiul funerar, au venit cu mașina până la cimitir, au fost prezenți la îngropare. Tot timpul m-am întrebat de ce se expuseseră luând parte la acel ritual și am încercat să-mi intersectez privirea cu a Lilei. Ea nu s-a uitat deloc la mine, s-a concentrat asupra lor, n-a făcut decât să-i țintuiască provocator. La sfârșit, când a văzut că plecau, m-a prins de-un braț, era furibundă.

— Vino cu mine.

— Unde?
— Să vorbesc cu ăia doi.
— Am fetele cu mine.
— Are grijă Enzo de ele.
Am șovăit, am încercat să-i opun rezistență, i-am spus:
— Las-o baltă.
— Atunci mă duc singură.
Am răbufnit, întotdeauna fusese așa: dacă nu acceptam să mă țin după ea, îmi întorcea brusc spatele. I-am făcut semn lui Enzo să fie atent la fete — el părea să nu fi făcut deloc caz de frații Solara — și în același spirit cu care o urmasem în sus pe scări până acasă la don Achille sau în bătăile cu pietre împotriva băieților, am urmat-o traversând prin geometria edificiilor alburii, pline de cripte.
Lila l-a ignorat pe Marcello, s-a postat în fața lui Michele:
— De ce-ai venit? Ai remușcări?
— Nu mă freca la cap, Lina.
— Voi doi sunteți terminați, va trebui să plecați din cartier.
— E mai bine să pleci tu, cât mai ai timp.
— Mă ameninți?
— Da.
— Să nu îndrăzniți să vă atingeți de Gennaro și nu vă atingeți nici de Enzo. Michè, m-ai înțeles? Nu uita că știu suficiente lucruri ca să te distrug, pe tine și pe bestia astalaltă.
— Nu știi nimic, nu ai nimic și, mai ales, n-ai înțeles nimic. Ești atât de inteligentă și încă nu ți-ai dat seama că deja mi se rupe de tine, cum e posibil?
Marcello l-a tras de un braț, a spus în dialect:
— Să mergem, Michè, aici pierdem vremea.
Michele și-a eliberat brațul cu forța, i s-a adresat Lilei:
— Tu crezi că mă sperii pentru că Lenuccia apare tot timpul în ziare? Asta crezi? Că mi-e frică de una care scrie romane? Dar asta e un nimeni. Tu, în schimb, sigur ești cineva, chiar și

umbra ta e mai bună decât orice persoană în carne și oase. Dar n-ai avut niciodată chef să pricepi și, deci, e cu atât mai rău pentru tine. O să-ţi iau tot ce ai.

A spus acea ultimă frază ca și cum, pe neașteptate, l-ar fi apucat durerea de stomac. Și apoi, reacţionând parcă la durerea fizică, înainte ca fratele lui să-l poată opri, i-a ars Lilei un pumn foarte violent în plină faţă, trântind-o la pământ.

101.

Gestul acela complet neprevăzut m-a paralizat. Nici Lila nu și-ar fi putut imagina una ca asta, eram deja obișnuite cu ideea că Michele nu doar că n-ar fi atins-o niciodată, dar l-ar fi omorât pe ăla care ar fi făcut-o. Așa că n-am reușit să ţip, nu mi-a ieșit nici măcar un sunet gâtuit.

Marcello și-a târât fratele de acolo, dar în timpul ăsta, în vreme ce trăgea de el și-l împingea, în timp ce Lila vomita în dialect cuvinte și sânge (*te omor, jur pe Dumnezeu, sunteţi deja morţi amândoi*), mi-a zis cu ironie afectuoasă: pune asta în următorul roman, Lenù, și spune-i Linei, dacă n-a înţeles, că eu și fratele meu *chiar* nu mai ţinem la ea.

A fost greu să-l convingem pe Enzo că Lila avea faţa tumefiată din cauză că se prăbușise în urma unui leșin neașteptat. Dimpotrivă, sunt aproape sigură că n-a crezut deloc așa ceva, unu, pentru că versiunea mea — agitată cum eram — i s-a părut probabil complet neplauzibilă, doi, pentru că Lila nu s-a străduit nici măcar un pic să fie convingătoare. Dar când Enzo a-ncercat să obiecteze, ea i-a spus sec că se-ntâmplase chiar așa și el n-a mai protestat. Relaţia lor se baza pe ideea că până și o minciună evidentă a Lilei era singurul adevăr posibil.

M-am retras acasă cu fiicele mele. Dede era speriată, Elsa uluită, Imma punea întrebări de genul: sângele stă în nas? Eram dezorientată, eram furioasă. Din când în când mă duceam jos să văd cum se simțea Lila și să încerc s-o iau pe Tina la mine, dar fetița era îngrijorată de starea mamei și totodatră încântată c-o poate asista. De aceea nu avea de gând s-o lase nici măcar un minut, ci-i întindea, cu mare delicatețe, o cremă, îi punea mici obiecte de metal pe frunte ca să i-o răcorească și s-o ajute să-i treacă durerea de cap. Când le-am adus jos pe fiicele mele voind s-o momesc pe Tina să vină sus, n-am făcut altceva decât să complic situația. Imma a încercat în toate chipurile să se amestece în jocul îngrijirilor, Tina nu voia să cedeze nici măcar pentru o clipă și a zbierat cu disperare și când Dede și Elsa au încercat să-i știrbească autoritatea. Mama bolnavă era a ei și nu voia s-o lase pe mâna nimănui. În cele din urmă, Lila ne-a gonit pe toate, inclusiv pe mine, cu o asemenea energie, încât mi s-a părut că se simțea deja mai bine.

Și-a revenit repede, de fapt. Eu nu. Furia a devenit mai întâi mânie, apoi s-a transformat în dispreț față de mine însămi. Nu reușeam să mă iert că rămăsesem paralizată în fața violenței. Îmi spuneam: ce-ai devenit; de ce te-ai întors să trăiești aici dacă n-ai fost în stare să reacționezi împotriva acelor doi dobitoci; ești prea cumsecade, vrei să faci pe doamna care se amestecă cu plebea, îți place să spui ziarelor: trăiesc unde m-am născut, nu vreau să pierd contactul cu realitatea mea; dar ești ridicolă: contactul l-ai pierdut de mult, leșini dacă simți duhoarea mizeriei, a vomei, a sângelui. Așa gândeam și-ntre timp îmi năvăleau în minte închipuirile în care mă dezlănțuiam cu cruzime împotriva lui Michele. Îl loveam, îl zgâriam, îl mușcam, inima-mi bătea cu putere. Apoi dorința de a-l masacra s-a domolit și mi-am spus: Lila are dreptate, nu scrii doar ca să scrii, scrii ca să faci rău cui vrea să facă rău. Un rău de cuvinte contra unui rău de pumni și șuturi și unelte ale morții. Nu mult, dar suficient. Desigur, ea avea încă în minte visele noastre din copilărie. Credea că dacă obținea cineva cu ajutorul scrisului faimă, putere și bani, devenea o persoană ale cărei fraze trăsneau și fulgerau în toate direcțiile. Eu, în schimb, știam de mult timp că totul era mediocru. O carte, un articol puteau produce rumoare. Dar rumoarea, zgomotul acesta se înălțau și de la războinicii antici înainte de bătălie și dacă nu erau însoțite de o forță reală și de o violență nemăsurată, totul era doar teatru. Totuși, voiam să mă răzbun, rumoarea făcea rău, măcar puțin. Într-o dimineață, am coborât la ea, am întrebat-o: ce știi că-i sperie pe frații Solara?

M-a privit mirată, a ocolit puțin subiectul apatic, a răspuns: când am muncit pentru Michele, am văzut multe hârtii, le-am studiat, mi-a dat el însuși anumite chestii. Era lividă la față, s-a strâmbat de durere, a adăugat în cel mai vulgar dialect: dacă un bărbat vrea pizdă și o vrea atât de mult că nu poate nici măcar să spună c-o vrea, e-n stare să-și bage pula în ulei încins dacă-i ceri asta. Apoi s-a ținut cu mâinile de cap, l-a clătinat cu putere ca și cum ar fi fost un pahar de cositor cu zarurile înăuntru și mi-am dat seama că și ea, în momentul acela, se disprețuia. Nu-i plăcea cum era obligată să-l trateze pe Gennaro, cum îl insultase pe Alfonso, cum își gonise propriul frate. Nu-i plăcea nici măcar un cuvânt din cele atât de spurcate care-i ieșeau acum pe gură. Nu se suporta, nu mai suporta nimic. Dar la un moment dat a sesizat probabil că simțeam aceleași lucruri și m-a întrebat:

— Dacă-ți dau ceva să scrii, o să scrii?

— Da.

— Și apoi ce scrii dai la publicat?

— Poate, nu știu.

— De ce depinde?

— Trebuie să fiu sigură c-o să le facă rău fraților Solara, nu mie și fetelor mele.

M-a privit fără să se poată decide. Apoi a spus: stai cu Tina zece minute, și a ieșit din casă. S-a întors după o jumătate de oră cu o geantă din material textil înflorat plină cu documente.

Ne-am așezat la masa din bucătărie, în timp ce Tina și Imma șușoteau jucându-se pe podea cu păpuși, cărucioare și cai. Lila a scos multe hârtii, notițe de-ale ei, chiar și două caiete cu coperta roșie, pătată toată. Le-am răsfoit imediat curioasă pe acestea două din urmă: pagini în pătrățele scrise cu o caligrafie de școală veche elementară, o contabilitate detaliat comentată într-o limbă plină de greșeli gramaticale și semnată pe fiecare pagină cu inițialele M.S. Am înțeles că erau o parte din ceea ce cartierul numise dintotdeauna cartea roșie a Manuelei Solara. Cât de sugestiv răsunase, chiar dacă într-un fel amenințător — sau poate tocmai pentru că era amenințător — expresia *carte roșie* în timpul copilăriei și adolescenței noastre. Dar oricum am fi numit-o — registru, de exemplu — și orice altă culoare ar fi avut, cartea Manuelei Solara ne emoționa pentru că era ca un document foarte secret aflat în centrul unor aventuri sângeroase. Iat-o aici, în schimb. Era o alăturare de cine știe câte caiete de școală identice cu cele două pe care le aveam sub ochi: caiete banale, murdare, cu marginea dreaptă de jos vălurită. Mi-am dat seama într-o clipă că amintirea aceasta era deja literatură și că poate Lila avea dreptate: cartea mea — care totuși avea mult succes — era, într-adevăr, proastă și asta pentru că era bine organizată, scrisă cu grijă obsesivă, că nu știusem să imit banalitatea dezordonată, de prost gust, ilogică, deformată a lucrurilor.

În timp ce fetele se jucau — dacă doar încercau să se certe, zbieram amândouă nervos ca să le potolim —, Lila mi-a arătat tot materialul aflat în posesia ei, mi-a explicat sensul lui. L-am organizat și sintetizat. Cât timp trecuse de când nu mai făcuserăm ceva împreună. Ea a părut bucuroasă, am înțeles că asta voia și aștepta de la mine. La sfârșitul zilei a dispărut din nou cu geanta ei și eu m-am întors în apartamentul meu să studiez notițele. Apoi, în zilele următoare, a dorit să ne vedem la Basic Sight. Ne-am închis în biroul ei și ea s-a așezat la computer, un fel de televizor cu o tastatură, foarte diferit de cel pe care ni-l arătase mai de mult mie și fetelor. A apăsat pe butonul de start, a introdus dreptunghiuri negre în niște casete gri. Am așteptat perplexă. Pe ecran au apărut tresăriri luminoase. Lila a început să bată pe tastatură, am rămas cu gura căscată. Nici măcar nu se compara cu o mașină de scris, fie ea și electrică. Mângâia cu buricele degetelor tastele gri și scrisul apărea pe ecran în tăcere, verde ca iarba abia răsărită. Ce era în mintea ei, agățat de cine știe ce scoarță a creierului, părea să se reverse în exterior printr-o minune și să se fixeze în neantul ecranului. Era o energie care, deși se concretiza, rămânea energie, un stimul electrochimic care se transforma imediat în lumină. Mi s-a părut scrisul lui Dumnezeu cum fusese probabil pe muntele Sinai la vremea poruncilor, impalpabil și terifiant, dar cu atâta puritate concretă. Extraordinar, am spus. Te învăț, a spus ea. Și m-a învățat. Și de-atunci au început să se-ntindă segmente strălucitoare, hipnotice, fraze pe care le spuneam eu, fraze pe care le spunea ea, discuțiile noastre volatile care se imprimau în balta neagră a ecranului ca niște valuri fără spumă. Lila scria, eu mă răzgândeam. Ea atunci ștergea cu o tastă, cu alta făcea să dispară un întreg bloc de lumină, îl făcea să reapară mai sus sau mai jos într-o secundă. Dar imediat Lila se răzgândea și totul se modifica din nou, într-o clipă, cu mișcări fantomatice, ce e aici acum fie nu mai e, fie e în altă parte. Și nu e nevoie de pix, de creion, nu e nevoie să schimbi foaia, să pui alta în tambur. Pagina e ecranul, unică, pe ea nu apare niciodată semnul unei modificări, e mereu aceeași. Și scrisul e nealterabil, rândurile sunt toate perfect aliniate, emană o senzație de curățenie, chiar și acum, când însumăm porcăriile făcute de frații Solara cu porcăriile comise în jumătate din Campania.

Am muncit zile în șir. Textul a coborât din cer pe pământ prin intermediul zgomotului imprimantei, s-a concretizat în punctișoare negre depuse pe hârtie. Lila l-a considerat nepotrivit, ne-am întors la pixuri, am muncit să-l corectăm. Era țâfnoasă, se aștepta la mai mult de la mine, credea că știu să răspund la toate întrebările ei, se enerva fiindcă era convinsă că sunt un izvor de cunoaștere, dar la fiecare rând descoperea că nu cunoșteam geografia locală, chițibușurile administrative, funcționarea consiliilor comunale, ierarhiile unei bănci, infracțiunile și pedepsele. Și totuși, în mod contradictoriu, de mult n-o mai simțisem atât de mândră de mine și de prietenia noastră. *Trebuie să-i distrugem, Lenù, și dacă asta nu e de-ajuns, o să-i omor.* Mințile noastre s-au ciocnit — dacă stau să mă gândesc, pentru ultima dată — una de alta, mult timp, și s-au contopit până au devenit una singură. La sfârșit a trebuit să ne resemnăm și să acceptăm că totul se terminase, a început perioada monotonă în care am admis că lucrurile din trecut trebuiau să rămână în trecut. A tipărit din nou, pentru a nu știu câta oară, eu am pus paginile noastre într-un plic și le-am trimis directorului editurii, rugându-l să arate materialul scris avocaților. Trebuie să aflu — i-am explicat la telefon — dacă chestia asta e suficientă ca să-i trimitem la închisoare pe frații Solara.

102.

A trecut o săptămână, au trecut două. Directorul mi-a telefonat într-o dimineață, lăudându-mă peste măsură.

— Treci printr-o perioadă nemaipomenită, a spus.

— Am lucrat cu o prietenă de-a mea.

— Ești în cea mai bună formă, e un text extraordinar. Fă-mi o favoare: arată-i aceste pagini profesorului Sarratore, așa va-nțelege cum se poate transforma orice lucru într-o lectură pasionantă.

— Nu mă mai văd cu Nino.

— Poate de aceea ești așa în formă.

N-am râs, era mai important să aflu ce spuseseră avocații. Răspunsul m-a dezamăgit. Nu este material destul, a spus directorul, nici măcar pentru o zi de închisoare. Poţi avea o consolare, dar la închisoare fraţii Solara ăştia ai tăi nu merg, mai ales dacă, aşa cum îi descrii, au rădăcini bine înfipte în politica locală şi au bani să cumpere pe cine vor. M-am simţit fără vlagă, cu picioarele moi, mi-am pierdut convingerea, m-am gândit: Lila se va înfuria. Am spus abătută: sunt mult mai răi decât îi descriu eu. Directorul mi-a perceput deziluzia, a-ncercat să mă-ncurajeze, a-nceput să laude din nou pasiunea pe care o pusesem în acele pagini. Dar concluzia a rămas aceeaşi: cu chestiile astea nu vei reuşi să-i distrugi. Apoi, uimindu-mă, a insistat să nu las textul deoparte, ci să-l public. Sun eu la *L'Espresso*, mi-a propus, dacă tu ieşi în acest moment cu un astfel de articol, faci un gest important pentru tine, pentru publicul tău, pentru toţi, arăţi că Italia în care trăim e într-o stare mult mai rea decât cea pe care ne-o închipuim. Şi mi-a cerut permisiunea de a prezenta din nou avocaţilor paginile ca să afle ce riscuri legale îmi asumam, ce trebuia să şterg şi ce puteam păstra. M-am gândit ce uşor fusese totul când se pusese problema să-l sperii pe Bruno Soccavo şi am refuzat cu hotărâre. Am spus: se va ajunge iarăşi la o plângere împotriva mea, o să mă trezesc inutil într-o mare de necazuri şi o să fiu obligată — lucru pe care nu vreau să-l fac, din dragoste pentru fetele mele — să mă gândesc că legile funcţionează pentru cine se teme de ele, nicidecum pentru cine le încalcă.

Am aşteptat un pic, apoi mi-am făcut curaj şi i-am povestit totul Lilei, cuvânt cu cuvânt. Şi-a păstrat calmul. A deschis computerul, a parcurs textul, dar, după părerea mea, nu l-a recitit. Şi-a aţintit privirea în ecran şi a reflectat. Apoi m-a întrebat pe un ton din nou ostil:

— Ai încredere în directorul ăsta?

— Da, e o persoană de treabă.

— Atunci de ce nu vrei să publici articolul?

— La ce-ar folosi?

— La clarificări.

— E deja totul clar.

— Cui? Ţie, mie, directorului?

A clătinat din cap nemulţumită, a spus glacială că avea de lucru. Am spus:

— Aşteaptă.

— Mă grăbesc. Fără Alfonso lucrurile s-au complicat aici. Du-te, te rog, du-te.

— De ce te superi pe mine?

— Du-te.

Nu ne-am văzut o vreme. Dimineaţa mi-o trimitea sus pe Tina, seara fie venea s-o ia Enzo, fie striga de pe palier: Tina, vino la mama. Au trecut câteva săptămâni, cred, apoi directorul mi-a telefonat pe un ton foarte vesel.

— Bravo ţie, sunt fericit că te-ai hotărât.

N-am înţeles şi el mi-a explicat că-i telefonase un prieten de-al lui de la *L'Espresso*, avea urgent nevoie de un contact al meu. Aflase de la el că textul despre fraţii Solara va apărea, cu câteva tăieturi, în numărul din săptămâna aceea. Puteai să m-anunţi că te-ai răzgândit, a spus.

M-a trecut o transpiraţie rece, nu ştiam ce să spun, m-am prefăcut că nu s-a întâmplat nimic. Dar mi-a luat o clipă să-nţeleg că Lila trimisese săptămânalului paginile noastre. Am dat fuga la ea ca să protestez, eram indignată, dar am găsit-o foarte afectuoasă şi în special veselă.

— Dat fiind că nu te hotărai, am hotărât eu.

— Eu hotărâsem să nu-l public.

— Eu nu.

— Semnează-l doar tu, atunci.

— Ce vrei să spui? Tu eşti cea care scrii.

A fost imposibil să-i explic dezaprobarea şi îngrijorarea mea, toate criticile mele şi-au pierdut forţa în faţa bunei ei dispoziţii. Articolul a apărut pus în evidenţă, pe şase pagini pline şi, bineînţeles, o singură semnătură, a mea.

Când mi-am dat seama de asta, ne-am certat. I-am spus supărată:

— Nu-nţeleg de ce te comporţi aşa.

— Înţeleg eu, a răspuns.

Mai avea pe faţă semnele pumnului lui Michele, dar în mod sigur nu teama fusese cea care-o împiedicase să semneze. Era terorizată de altceva şi eu ştiam asta, de fraţii Solara puţin îi păsa. Dar m-am simţit atât de plină de resentimente că oricum i-am reproşat — *ai scos semnătura ta pentru că-ţi place să rămâi ascunsă, pentru că e uşor să arunci piatra şi să piteşti mâna, sunt sătulă de intrigile tale* — şi ea a-nceput să râdă, i s-a părut o acuzaţie lipsită de sens. Nu-mi place că gândeşti aşa, a spus. A luat un aer încruntat, a bombănit că trimisese articolul la ziarul *L'Espresso* doar cu semnătura mea pentru că a ei nu conta deloc, pentru că eu fusesem cea care mersese la studii, pentru că eram faimoasă, pentru că de-acum puteam s-o spun pe şleau, oricui, fără teamă. În acele cuvinte am găsit confirmarea că-mi supraestima rolul într-un fel extrem de naiv şi i-am spus-o. Dar ea s-a enervat, a răspuns că eu însămi mă subestimam, aşa că voia să mă dedic mai profund muncii mele, să strâng cât mai multă lume în jurul meu, nu-şi dorea altceva decât să-mi fie recunoscute tot mai mult meritele. O să vezi, a exclamat, ce-or să păţească fraţii Solara.

M-am întors acasă cu moralul scăzut. Nu puteam alunga bănuiala că mă folosea, exact cum spusese Marcello. Mă expusese şi conta pe acea fărâmă de notorietate pe care-o aveam ca să câştige un război personal, ca să-şi ducă la împlinire răzbunările, ca să reducă la tăcere toate sentimentele ei de vinovăţie.

103.

În realitate, semnarea acelui articol a însemnat pentru mine un salt calitativ imens. Graţie publicării lui s-au sudat împreună multe din fragmentele care mă alcătuiau. Am demonstrat că nu aveam doar vocaţie de naratoare, ci că, aşa cum mă ocupasem în trecut de lupte sindicale, aşa cum mă angajasem în critica condiţiei feminine, la fel mă luptam acum împotriva degradării oraşului meu. Publicul restrâns pe care-l câştigasem la sfârşitul anilor şaizeci s-a unit cu cel pe care, între suişuri şi coborâşuri, îl cultivasem în anii şaptezeci şi cu cel nou, mai dens, de acum. Asta a fost în beneficiul primelor două cărţi, care au fost republicate, şi al celei de-a treia, care a continuat să se vândă foarte bine, în timp ce se concretiza tot mai mult ideea de a fi transpusă într-un film.

Bineînţeles că acele pagini mi-au provocat foarte multe necazuri. Am fost convocată de carabinieri. Am fost audiată de garda financiară. Am fost insultată în ziarele locale de dreapta cu etichete de genul *divorţată, feministă, comunistă, de partea teroriştilor*. Am primit telefoane anonime, care ne ameninţau pe mine şi pe fiicele mele într-un dialect plin de obscenităţi. Dar, deşi trăiam în nelinişte — deja neliniştea mi se părea necesară scrisului —, lucrul acesta a ajuns, în esenţă, să mă irite mult mai puţin decât plângerea lui Carmen. Era munca mea, învăţam să mi-o fac tot mai bine. Şi apoi, mă simţeam protejată de sprijinul legal al editurii, de aprobarea pe care o aveam din partea ziarelor de stânga, de întâlnirile tot mai aglomerate cu publicul meu şi de ideea că aveam dreptate.

Dar, dacă trebuie să fiu sinceră, n-a fost numai asta. M-am liniştit mai ales când a devenit evident că fraţii Solara nu vor întreprinde absolut nimic împotriva mea. Vizibilitatea mea i-a făcut să devină cât mai invizibili cu putinţă. Marcello şi Michele nu doar că n-au trecut la o a doua plângere, dar au tăcut complet, mereu, şi chiar şi când i-am întâlnit în faţa agenţilor de poliţie, s-au limitat amândoi la un salut rece, dar respectuos. Astfel apele s-au liniştit. Tot ce s-a întâmplat concret a fost deschiderea unor anchete şi dosare. Dar, aşa cum prevăzuse biroul juridic al editurii, primele s-au împotmolit repede, celelalte au sfârșit — îmi imaginez — sub mii de alte dosare și frații Solara au rămas în libertate. Singura daună pe care a provocat-o articolul a fost de natură afectivă: sora mea, nepoțelul meu Silvio, tatăl meu însuși m-au exclus — nu în cuvinte, ci în fapte — din viața lor. Marcello a continuat să se poarte cu cordialitate. Într-o după-amiază l-am întâlnit pe șosea, m-am uitat în altă parte. Dar el s-a postat în fața mea, a spus: Lenù, știu că dacă tu puteai, te-ai fi lipsit, nu sunt supărat pe tine, nu ești de vină; așa că nu uita că ușa casei mele ți-e întotdeauna deschisă. Am replicat: Elisa mi-a trântit chiar ieri telefonul în nas. A zâmbit: sora ta e stăpâna, ce pot face eu?

104.

În schimb, acel rezultat, în fond conciliant, a deprimat-o pe Lila. Nu și-a ascuns dezamăgirea, dar nici n-a exprimat-o în cuvinte. A mers mai departe ca și cum nimic nu s-ar fi întâmplat: trecea pe la mine s-o lase pe Tina și se ducea să se-nchidă în biroul ei. Dar se-ntâmpla și să rămână în pat toată ziua, zicea că-i explodează capul de durere și moțăia.

Eram atentă să nu-i reproșez că decizia de a publica paginile noastre fusese a ei. Nu i-am spus niciodată: te avertizasem că frații Solara vor scăpa nepedepsiți, editura mă avertizase, acum e inutil să suferi. Dar pe față i se întipărise oricum amărăciunea că își făcuse calculele greșit. În acele săptămâni se simțea umilită că atribuise putere unor lucruri care în ierarhiile curente contau prea puțin: alfabetul, scrisul, cărțile. Ea, care părea atât de pragmatică, atât de matură, a pus capăt copilăriei ei — îmi dau seama astăzi — abia în acele zile.

Nu m-a mai ajutat. M-a încărcat tot mai des și cu responsabilitatea fiicei ei și, uneori, mai rar, și cu a lui Gennaro, obligat să piardă vremea pe sus, pe la mine. Eu, pe de altă parte, aveam o viață din ce în ce mai aglomerată și nu știam cum să mă descurc. Într-o dimineață, când am apelat la ea pentru fete, mi-a răspuns enervată: sun-o pe mama mea și las-o pe ea să te ajute. Era ceva nou, am dat înapoi stânjenită, dar am ascultat-o. Așa a ajuns Nunzia la mine acasă, foarte îmbătrânită, supusă, stingheră, dar la fel de eficientă ca atunci când se ocupa de casă, în perioada de la Ischia.

Fiicele mele mai mari au tratat-o imediat cu o aroganţă jignitoare, mai ales Dede, care era în schimbare și nu mai avea nicio delicateţe. Pielea feţei i se inflamase, i se deformase, alungând zi după zi imaginea cu care era obișnuită și se simţea urâtă, devenise rea. Am început să avem altercaţii de felul acesta:

— De ce trebuie să stăm cu baba asta? Mi-e silă că gătește ea, trebuie să gătești tu.

— Încetează.

— Când vorbește, scuipă, ai văzut că n-are dinţi?

— Nu vreau să aud un singur cuvânt în plus, gata.

— Suntem deja nevoite să locuim în buda asta, acum o ţinem în casă și pe aia? Nu vreau ca atunci când tu lipsești să doarmă cu noi.

— Dede, am spus gata.

Elsa nu era mai prejos, dar în felul său: rămânea foarte senină, recurgea la tonuri care păreau să mă susţină dar care, în schimb, erau perfide.

— Mie-mi place, mama, ai făcut bine c-ai lăsat-o să vină. Are un miros bun de cadavru.

— Îţi trag o palmă de nu te vezi. Știi că te poate auzi?

Singura care a îndrăgit-o imediat pe mama Lilei a fost Imma: era sub papucul Tinei și deci o imita în orice, inclusiv în privinţa sentimentelor. Amândouă stăteau în jurul ei când trebăluia prin apartament, îi spuneau bunică. Dar bunica era severă, mai ales cu Imma. O mângâia pe nepoţica adevărată, uneori o înduioșa felul ei de a fi, vorbăreață și afectuoasă, în timp ce muncea în tăcere și pretinsa nepoţică îi căuta atenţia. Între timp — am descoperit — ceva o măcina. La sfârșitul primei săptămâni de lucru, mi-a spus cu ochii în pământ: Lenù, n-am vorbit de cât îmi dai. Am fost dezamăgită: crezusem, la modul stupid, că venea pentru că o rugase fiica ei; dacă aş fi știut că trebuie să plătesc, aş fi ales o persoană mai tânără, pe care s-o placă fiicele mele și de la care aş fi putut pretinde tot ce aveam nevoie. Dar m-am abţinut, am vorbit de bani și am fixat o răsplată. Abia atunci Nunzia s-a mai înseninat un pic. La sfârșitul negocierii a simţit nevoia să se justifice: soţul meu e bolnav, a spus, nu mai muncește și Lina e nebună, l-a concediat pe Rino, n-avem o liră. Am mormăit că-nţelegeam, i-am spus să fie mai amabilă cu Imma. M-a ascultat. Din acel moment, deși-i permitea orice capriciu Tinei, s-a străduit să se poarte politicos și cu fiica mea.

Faţă de Lila, în schimb, nu și-a schimbat atitudinea. Atât când venea, cât și când pleca, Nunzia n-a simţit niciodată nevoia să treacă pe la fiica ei, care totuși îi făcuse rost de slujba aceea. Dacă se-ntâlneau pe scări, nici măcar nu se salutau. Era o bătrână care-și pierduse afabilitatea prudentă de altădată. Dar și Lila, trebuie spus, era tot mai insuportabilă, se degrada văzând cu ochii.

105.

Faţă de mine avea încontinuu, fără niciun motiv, un ton ranchiunos. M-a enervat mai ales că mă trata ca și cum mi-ar fi scăpat la nesfârșit tot ce li se-ntâmpla fiicelor mele.

— Dede a călcat în sapă.

— Ţi-a spus ea?

— Da, tu nu ești niciodată.

— Cu fata ai folosit expresia aceea?

— Ce expresie trebuia să folosesc?

— Ceva mai puţin vulgar.

— Tu știi cum vorbesc fiicele tale între ele? Și ai auzit vreodată lucrurile pe care le spun despre mama mea?

Inflexiunile acelea din glasul ei nu-mi plăceau. Ea care totuși, în trecut, se arătase foarte afectuoasă cu Dede, Elsa și cu Imma, mi se părea din ce în ce mai hotărâtă să le denigreze și orice ocazie era bună ca să-mi demonstreze că, fiind mereu plecată în călătorie prin Italia, le neglijam, cu grave consecinţe pentru educaţia lor. M-am neliniștit în mod special când a-nceput să mă acuze că nu văd problemele Immei.

— Ce are? am întrebat-o.

— I-a apărut un tic la ochi.

— Se-ntâmplă rar.

— Eu l-am văzut des.

— Ce-nseamnă asta, după tine?

— Nu știu. Eu știu doar că se simte orfană de tată și nici că are mamă nu-i prea sigură.

Am încercat s-o ignor, dar era greu. Imma, am spus asta, întotdeauna mă îngrijorase un pic, și chiar și atunci când se ridica la înălţimea vivacităţii Tinei mi se părea oricum că-i lipsește ceva. De la o vreme, în plus, recunoșteam la ea trăsături de-ale mele care nu-mi plăceau. Era ascultătoare, ceda imediat în orice privinţă de teamă că nu place, apoi se-ntrista deoarece cedase. Aș fi preferat să fi moștenit neobrăzata capacitate de seducţie a lui Nino, vitalitatea lui indiferentă, dar nu era așa. Imma avea o docilitate dezamăgită, voia tot și se prefăcea că nu vrea nimic. Copiii, spuneam, sunt rodul întâmplării, ea n-a luat nimic de la tatăl ei. Dar Lila nu era de acord cu mine în această privinţă. Dimpotrivă, făcea tot timpul aluzie la asemănarea micuţei cu Nino, doar că nu vedea nimic pozitiv, vorbea despre asta ca de un viciu organic. Și apoi îmi repeta încontinuu: îţi spun aceste lucruri pentru că ţin la ea şi mă îngrijorează.

Am încercat să-mi explic acea neaşteptată înverşunare împotriva fiicelor mele. M-am gândit că, dezamăgind-o, se îndepărta de mine distanţându-se în primul rând de ele. M-am gândit că, datorită faptului că volumul meu avea tot mai mare succes şi asta îmi confirma autonomia faţă de ea şi de părerile ei, încearcă să mă subestimeze, nesocotind valoarea fiicelor şi capacitatea mea de a fi o mamă bună. Dar niciuna din cele două ipoteze nu m-a liniştit, aşa că şi-a croit drum cea de-a treia: Lila vedea ceea ce eu, ca mamă, nu ştiam sau nu voiam să văd. Şi pentru că se arăta critică mai ales faţă de Imma, voiam să înţeleg dacă observaţiile ei aveau vreun fundament real.

Astfel, am început s-o ţin sub observaţie pe fetiţă şi m-am convins repede că, într-adevăr, suferea. Era supusă voinţei expansivităţii vesele a Tinei, a capacităţii ei de verbalizare foarte elevate, a modului în care ştia să suscite duioşie, admiraţie, afecţiune în oricine, mai ales în mine. Fiica mea, care deşi era delicată şi inteligentă, lângă Tina devenea cenuşie, calităţile ei dispăreau şi ea pătimea. Am asistat într-o zi la o divergenţă de-a lor într-o frumoasă limbă italiană, a Tinei cu o pronunţie foarte îngrijită, a Immei cu câteva silabe încă lipsă. Colorau cu pasteluri nişte siluete de animale. Tina decisese să folosească verdele pentru un rinocer, iar Imma îngrămădea culori haotic ca să deseneze o pisică. Tina a spus:

— Fă-o sau gri, sau neagră.

— Nu trebuie să-mi impui tu culoarea.

— Nu ţi-o impun, ţi-o sugerez.

Imma a privit-o alarmată. Nu cunoştea diferenţa dintre a impune şi a sugera. A spus:

— Nu vreau să-ţi urmez nici sugestia.

— Atunci n-o face.

Immei i-a tremurat buza de jos:

— Bine, a spus, o fac, dar nu-mi place.

Am încercat să am mai multă grijă de ea. Pentru început, am evitat să mă entuziasmez în fața isprăvilor Tinei, am potențat talentele Immei, am început s-o laud pentru orice chestie minusculă. Dar mi-am dat seama repede că nu era de-ajuns. Cele două fete țineau una la alta, certurile le ajutau să crească. Câteva laude artificiale în plus nu însemnau că Imma, care se oglindea în Tina, nu mai vedea ceva care s-o rănească, ceva de care, în mod sigur, nu prietena ei era responsabilă.

Atunci am început să acord atenție cuvintelor Lilei: *e orfană de tată și nici că are mamă nu-i prea sigură*. Mi-am amintit de legenda greșită din revista *Panorama*. Legenda aceea, întărită de glumele răutăcioase ale lui Dede și ale Elsei (*tu nu ești din familia asta: te numești Sarratore și nu Airota*), avusese probabil rolul ei devastator. Dar acela era cu adevărat miezul problemei? Am alungat acest gând. Absența tatălui mi s-a părut un lucru mult mai grav și m-am convins că de-acolo provenea suferința.

Odată ce am pornit pe drumul acela, am început să observ modul în care Imma căuta atenția lui Pietro. De fiecare dată când el le telefona fetelor, ea se așeza într-un colț și asculta conversația. Dacă surorile ei se distrau, se prefăcea că se distrează și ea, iar când conversația se-ncheia și ele își salutau tatăl pe rând, Imma urla: pa. Adesea Pietro o auzea și îi spunea lui Dede: dă-mi-o pe Imma ca s-o salut și pe ea. Dar atunci ea fie se intimida și fugea, fie lua receptorul și rămânea mută. Un comportament similar avea când venea el la Napoli. Pietro nu uita niciodată să-i aducă un cadou și Imma îi dădea târcoale, se prefăcea că e fiica lui, era bucuroasă dacă el îi făcea un compliment, dac-o lua în brațe. Odată când fostul meu soț a venit în cartier ca să le ia pe Dede și pe Elsa, i s-a părut probabil foarte evidentă indispoziția fetiței și, luându-și la revedere, mi-a spus: alint-o puțin, îi pare rău că surorile ei pleacă și ea rămâne.

Această observație mi-a sporit neliniștile, mi-am spus că trebuia să fac ceva, m-am gândit să vorbesc cu Enzo și să-l rog să fie mai prezent în viaţa Immei. Dar el era deja foarte atent. Dacă o ducea în cârcă pe fiica lui, la un moment dat o lăsa jos și o lua puţin pe umeri și pe fiica mea; dacă-i cumpăra o jucărie Tinei, îi cumpăra una identică și ei; dacă se bucura până la emoţie de problemele inteligente pe care le ridica fetiţa lui, își amintea să arate entuziasm și în faţa întrebărilor un pic simpliste ale micuţei mele. Dar am vorbit oricum cu el și uneori Enzo a ajuns chiar să-i reproșeze Tinei dacă ea stătea prea mult în centrul atenţiei și nu-i dădea și Immei posibilitatea să se exprime. Asta nu mi-a plăcut, fetiţa nu avea nicio vină. În acele cazuri, Tina a rămas cumva uluită, capacul pus dintr-odată peste efervescenţa ei i s-a părut o pedeapsă nemeritată. Nu-nţelegea de ce vraja se evaporase, se străduia să-i reintre tatălui ei în graţii. Atunci o chemam la mine, mă jucam cu ea.

Una peste alta, lucrurile nu mergeau deloc bine. Într-o dimineaţă mă aflam în birou cu Lila, voiam să mă înveţe să scriu la computer. Imma se juca împreună cu Tina sub masa de lucru și Tina schiţa în cuvinte locuri și personaje imaginare cu obișnuita-i pricepere. Creaturi monstruoase le urmăreau păpușile, prinţi curajoși erau gata să le salveze. Dar am auzit că fiica mea exclamă cu o furie surprinzătoare:

— Eu nu!

— Tu nu?

— Eu nu mă salvez.

— Nu trebuie să te salvezi tu, te salvează prinţul.

— Nu-l am.

— Atunci o să te salveze al meu.

— Am spus nu.

M-a rănit saltul acela brusc cu care Imma trecuse de la păpușă la ea însăși, în ciuda faptului că Tina încerca s-o păstreze în joc. Lila s-a enervat pentru că nu eram atentă, a spus:

— Fetelor, ori vorbiţi încet, ori vă duceţi să vă jucaţi afară.

106.

În ziua aceea i-am scris o scrisoare lungă lui Nino. I-am înșirat problemele care, după mine, îi complicau viaţa fiicei noastre: surorile ei aveau un tată care se ocupa de ele, ea nu; tovarășa ei de joacă, fiica Lilei, avea un tată foarte afectuos și ea nu; din cauza muncii mele eram tot timpul plecată și eram constrânsă s-o părăsesc de multe ori; în fine, Imma risca să crească simţindu-se încontinuu în dezavantaj. Am trimis scrisoarea și am așteptat să dea un semn. Nu s-a întâmplat și atunci m-am hotărât să-i telefonez acasă. A răspuns Eleonora.

— Nu e, a spus apatică, e la Roma.

— Poţi să-i transmiţi, te rog, că fiica mea are nevoie de el?

Vocea i s-a frânt. Apoi și-a revenit:

— Nici ai mei nu și-au mai văzut tatăl de cel puţin șase luni.

— Te-a părăsit?

— Nu, el nu părăsește pe nimeni. Fie ai puterea să-l părăsești tu — și la asta te-ai priceput, te admir — fie el pleacă, vine, dispare, reapare, cum îi convine.

— Îi spui c-am telefonat și că dacă nu-i dă imediat un semn fetei, îl găsesc eu și i-o duc oriunde se află?

Am închis.

A trecut ceva timp înainte ca Nino să se decidă să telefoneze, dar până la urmă a făcut-o. Ca de obicei, s-a purtat de parcă ne-am fi văzut cu câteva ore în urmă. Vorbea energic, vesel, mi-a făcut multe complimente. I-am tăiat vorba scurt, l-am întrebat:

— Ai primit scrisoarea mea?

— Da.

— Și de ce n-ai răspuns?

— Pentru că n-am nicio clipă de răgaz.

— Găsește-ţi timp cât mai repede, Imma nu e bine.

Mi-a spus, fără entuziasm, că se va-ntoarce la Napoli la sfârșitul săptămânii, l-am obligat să vină duminică la prânz. Am insistat ca atunci să nu discute cu mine, să nu facă glume cu Dede sau cu Elsa, ci să se concentreze întreaga zi asupra Immei. Vizita ta, am spus, trebuie să devină un obicei: ar fi frumos dacă ai veni o dată pe săptămână, dar nici măcar nu-ți cer asta, nu mă aștept la așa ceva de la tine; dar o dată pe lună trebuie s-o faci. A răspuns pe un ton grav că va veni în fiecare săptămână, a promis, și în acel moment era, în mod sigur, sincer.

Nu-mi amintesc ziua în care am primit telefonul acela, dar n-am s-o uit niciodată pe cea în care la ora zece dimineața, foarte elegant, Nino a apărut în cartier la volanul unei mașini de lux foarte nouă. Era 16 septembrie 1984. Eu și Lila împliniserăm de curând patruzeci de ani, Tina și Imma se apropiau de vârsta de patru ani.

107.

Am informat-o pe Lila că Nino urma să vină la mine la prânz. I-am spus: l-am obligat, vreau să-și petreacă toată ziua cu Imma. Am sperat să-nțeleagă că măcar în ziua aceea nu trebuia să mi-o trimită acasă pe Tina, dar n-a înțeles sau n-a dorit să înțeleagă. S-a arătat în schimb îndatoritoare, a spus: îi spun mamei mele să gătească pentru toți și eventual mâncăm aici la mine, că e mai mult spațiu. Am fost surprinsă, m-am enervat. Ea îl detesta pe Nino, ce însemna amestecul acela inoportun. Am refuzat, am spus: gătesc eu și am subliniat că ziua îi era dedicată Immei, nu era timp pentru altceva. Dar a doua zi, la ora nouă fix, Tina a urcat scările cu jucăriile ei și a bătut la ușa mea. Era elegantă, avea codițe foarte negre, ochi strălucitori și simpatici.

Am lăsat-o să intre, dar a trebuit să mă cert imediat cu Imma, care era încă în pijamale, somnoroasă, nu luase micul dejun și totuși voia să-nceapă imediat să se joace. Pentru că refuza să mă asculte, dar se schimonosea și râdea cu prietena ei, m-am înfuriat, am închis-o pe Tina — îngrozită de vocea mea — într-o cameră să se joace singură, apoi am pus-o pe Imma să se spele. Nu vreau, a zbierat ea tot timpul. I-am spus: trebuie să te îmbraci, acum vine tata. O anunțam asta de zile întregi, dar ea, când auzea cuvântul acela, devenea și mai rebelă. Eu însămi, folosindu-l ca să semnalez iminența sosirii lui, eram din ce în ce mai agitată. Fetița se zbătea, urla: nu-l vreau pe tata, ca și cum tata ar fi fost un fel de medicament dezgustător. Excludeam faptul că-și amintește de Nino, nu exprima un refuz față de acea persoană anume. M-am gândit: poate c-am greșit că l-am pus să vină; când Imma spune că nu-l vrea pe tata, vrea să spună că nu-l vrea pur și simplu pe oarecare, îl vrea pe Enzo, îl vrea pe Pietro, vrea ce au Tina și surorile ei.

Atunci mi-am amintit de cealaltă fetiță. Nu protestase, nu se arătase deloc. Mi-a fost rușine de purtarea mea, Tina nu avea nicio vină pentru tensiunile din ziua aceea. Am strigat-o cu blândețe, ea a reapărut foarte bucuroasă și a luat loc pe un taburet într-un colț al băii ca să-mi dea sfaturi despre cum să-i fac codițe Immei la fel cu ale ei. Fiica mea s-a liniștit, m-a lăsat s-o dichisesc fără să protesteze. În cele din urmă, au dat fuga să se joace și eu m-am dus să le dau jos din pat pe Dede și pe Elsa.

Elsa s-a ridicat foarte veselă, era fericită să-l revadă pe Nino și a fost gata în puțin timp. Lui Dede, în schimb, i-a luat o veșnicie ca să se spele și a ieșit din baie doar pentru că am început eu să urlu. Nu putea să-și accepte transformarea. Sunt dezgustătoare, a spus cu lacrimi în ochi. A șters-o să se închidă în dormitor, țipând că nu voia să vadă pe nimeni.

M-am pregătit în mare viteză. Nu-mi mai păsa deloc de Nino, dar nu voiam să mă găsească neîngrijită și îmbătrânită. În plus, mă temeam că va apărea Lila și știam bine cum ea, dacă voia, era capabilă să atragă complet privirea unui bărbat asupra ei. Eram agitată și, în același timp, dezinteresată.

108.

Nino a sosit extraordinar de punctual, a urcat pe scări încărcat cu daruri. Elsa a alergat să-l aștepte pe palier, urmată imediat de Tina și apoi, cu prudență, de Imma. Am văzut că-i apare ticul la ochiul drept. Uite-l pe tata, i-am spus, și ea a făcut firav semn că nu.

Dar Nino s-a comportat bine. Deja de pe scări a-nceput să fredoneze: unde e mica mea Imma, trebuie s-o pup de trei ori și s-o mușc puțin. Când a apărut pe palier i-a spus bună Elsei, a tras-o nepăsător de-o codiță pe Tina și a înșfăcat-o pe fiica lui, a pupat-o, i-a spus că nu văzuse niciodată un păr așa frumos, i-a lăudat rochița, pantofiorii, totul. Odată intrat în casă, n-a schițat nici măcar un semn de salut. S-a așezat în schimb pe podea, a pus-o pe Imma pe picioarele lui încrucișate și abia atunci i-a acordat mai multă atenție Elsei, a salutat-o călduros pe Dede (*Sfinte Dumnezeule, cât ai crescut, ești minunată*) care se apropiase de el cu un zâmbet timid.

Am văzut că Tina rămăsese perplexă. Toți străinii erau fascinați de ea și o alintau cum o vedeau: Nino, în schimb, începuse să împartă cadourile și o ignora. Atunci ea i s-a adresat cu vocișoara ei mângâietoare, a încercat să se așeze pe picioarele lui lângă Imma, dar n-a reușit și s-a sprijinit de brațul lui, și-a pus capul cu un gest seducător pe umărul lui. Nimic, Nino le-a dat câte o carte lui Dede și Elsei, apoi s-a concentrat asupra fiicei lui. Îi cumpărase de toate. Aștepta ca ea să desfacă un cadou și imediat îi dădea altul. Imma mi s-a părut copleșită, emoționată. Îl privea pe bărbatul acela ca și cum ar fi fost un magician venit să facă vrăji doar pentru ea și când Tina încerca să ia un cadouaș, zbiera: e al meu. Tina s-a retras curând, cu buza de jos tremurândă, iar eu am luat-o în brațe și i-am spus: vino cu mătușa. Abia atunci Nino a părut să-și dea seama că exagera și s-a scotocit în buzunar, a scos un pix care părea scump, a spus: ăsta-i pentru tine. Am lăsat-o pe fetiţă din nou pe podea, ea a luat pixul şoptind mulţumesc şi el a părut c-o vede într-adevăr pentru prima dată. Am auzit cum a murmurat stupefiat:

— Ești leită maică-ta.

— Vrei să-ţi scriu numele meu? a întrebat Tina serioasă.

— Știi deja să-l scrii?

— Da.

Nino a scos din buzunar o foaie îndoită, ea a pus-o pe podea și a scris: Tina. Ești foarte pricepută, a lăudat-o. Dar o clipă mai târziu mi-a căutat privirea, temându-se c-o să-l dojenesc și, ca să remedieze, s-a adresat imediat fiicei: sunt convins că și tu ești foarte pricepută. Imma voia să-i demonstreze, i-a smuls prietenei sale pixul, a mâzgălit foaia foarte concentrată. El a lăudat-o mult, chiar dacă Elsa deja își necăjea surioara (*nu se-nţelege nimic, nu știi să scrii*) și Tina încerca inutil să-și ia înapoi pixul spunând: știu să scriu și alte cuvinte. În cele din urmă, Nino, ca să reteze discuţia, s-a ridicat împreună cu fiica lui și a spus: acum mergem să vedem mașina cea mai frumoasă din lume și le-a luat pe toate cu el: Imma în braţe, Tina care voia să fie luată de mână, Dede care o trăgea după ea, ţinând-o aproape, Elsa care pusese stăpânire pe pixul scump cu un gest avid.

109.

Ușa s-a închis în urma lor. Am auzit vocea groasă a lui Nino pe scări — promitea c-o să le cumpere dulciuri, să le plimbe o tură cu mașina — și pe Dede, pe Elsa și pe cele două fetiţe mai mici care-și manifestau entuziasmul. Mi-am închipuit-o pe Lila la etajul de jos, închisă în apartamentul ei, în tăcere, în timp ce aceleași voci care ajungeau la mine ajungeau și la ea. Ne despărţea doar stratul subţire al podelei, și totuși ea știa să scurteze distanța sau s-o dilate în funcție de starea, și interesul, și mișcările minții ei agitate la fel ca o mare când luna o înșfacă pe toată și o trage în sus. Am făcut curat în casă, am gătit, m-am gândit că Lila — jos — făcea același lucru. Amândouă așteptam să auzim din nou vocile fiicelor noastre, pașii bărbatului pe care-l iubiserăm. Mi-a trecut prin minte că recunoscuse probabil de nenumărate ori la Imma trăsăturile lui Nino, așa cum el acum recunoscuse la Tina trăsăturile ei. Simțise întotdeauna o aversiune, în toți acei ani, sau îngrijorarea ei afectuoasă pentru fetiță depindea și de acea asemănare? Nino, în secret, încă-i plăcea? Acum îl urmărea oare de la fereastră? Tina reușise să fie luată de mână și ea-și privea fiica lângă bărbatul acela subțire și foarte înalt, gândindu-se: dacă lucrurile ar fi decurs altfel, ar fi putut fi a lui? Ce planuri avea? Urma să urce la mine, dintr-un moment în altul, ca să mă rănească cu vreun comentariu perfid? Sau urma să deschidă ușa casei ei tocmai când el trecea pe-acolo, la întoarcere împreună cu cele patru fete, și să-l invite înăuntru și apoi să mă strige de jos și eu să fiu obligată să-i chem la prânz pe ea și pe Enzo, de asemenea?

Apartamentul era foarte tăcut, dar afară se amestecau sunetele zilei de sărbătoare: dangătul clopotului de la miezul zilei, strigătele vânzătorilor de la tarabe, trenurile care treceau prin triaj, traficul camioanelor care se-ndreptau spre șantierele deschise în fiecare zi a săptămânii. Nino le lăsa în mod sigur pe fete să se umfle de dulciuri, fără să se gândească la faptul că pe urmă n-or să se atingă de mâncare. Îl cunoșteam bine: satisfăcea orice rugăminte, cumpăra de toate fără să clipească, exagera. Imediat cum prânzul a fost gata și masa pusă, m-am dus la fereastra care dădea spre șosea. Voiam să-i strig ca să le spun că era timpul să se întoarcă. Dar tarabele îmi obturau câmpul vizual, am reușit să-l zăresc numai pe Marcello la plimbare, flancat de sora mea și de Silvio. De sus, imaginea șoselei mi-a dat o senzație de neliniște. Zilele de sărbătoare mi se păruseră mereu o spoială sub care se ascunde degradarea, dar în acea împrejurare impresia a devenit și mai puternică. Ce făceam în locul acela, de ce trăiam în continuare acolo când aveam suficienți bani și puteam merge oriunde? Îi dădusem Lilei prea mult frâu liber, o lăsasem să refacă prea multe noduri, crezusem eu însămi că, recunoscându-mi din nou public originile, aș fi putut scrie mai bine. Totul mi s-a părut urâțit, am simțit o repulsie puternică inclusiv față de mâncarea pe care o pregătisem. Apoi m-am trezit la realitate, m-am pieptănat, am controlat dacă arăt bine și am ieșit. Am trecut aproape în vârful picioarelor prin fața ușii Lilei, nu voiam să mă audă și să vină cumva cu mine.

Afară mirosea puternic a migdale prăjite. Am privit în jur. Le-am văzut mai întâi pe Dede și pe Elsa, mâncau vată de zahăr și studiau o tarabă plină de fleacuri: brățări, cercei, lănțișoare, agrafe. La mică distanță l-am zărit pe Nino, stând nemișcat într-un colț. Abia după o fracțiune de secundă am descoperit că vorbea cu Lila, frumoasă ca atunci când voia să fie frumoasă, și cu Enzo, serios, încruntat. Ea o ținea în brațe pe Imma, care-i chinuia o ureche așa cum îmi făcea de obicei mie când se simțea neglijată. Lila lăsa fetița să i-o frământe fără să se ferească, atât părea de captivată de Nino care-i vorbea în felul lui binevoitor, zâmbind, gesticulând cu brațele și mâinile lui lungi.

M-am înfuriat. Iată de ce Nino ieșise și nu se mai întorsese. Iată cum se ocupa de fiica lui. L-am strigat, dar nu m-a auzit. S-a întors în schimb Dede, care a râs de vocea mea pițigăiată împreună cu Elsa, așa făceau mereu când urlam. Am strigat din nou. Voiam ca Nino să-și ia la revedere imediat, să se întoarcă acasă *singur*, doar cu fetele mele. Dar mă acopereau fluieratul asurzitor al vânzătorului de alune și vacarmul unui camion care trecea vibrând din toate încheieturile și ridicând praful. Am pufnit, m-am dus lângă ei. De ce-o ținea Lila în brațe pe fiica mea, de ce trebuia să facă asta? Și de ce Imma nu se juca cu Tina? N-am salutat, i-am spus Immei: ce faci în brațe, ești mare, vino încoace, și am luat-o de la Lila, am lăsat-o jos. Apoi m-am adresat lui Nino: fetele trebuie să mănânce, masa e gata. Între timp, mi-am dat seama că fiica mea rămăsese agăţată de fusta mea, nu mă părăsise ca să alerge la prietena ei. Am privit în jur, am întrebat-o pe Lila: unde e Tina?

Ea avea încă pe faţă expresia aprobatoare cu care, până cu un minut în urmă, ascultase trăncănelile lui Nino. O fi cu Dede și Elsa, a spus. I-am răspuns: nu e. Și voiam să se ocupe de fiica ei, împreună cu Enzo, în loc să se bage între fiica mea și tatăl ei în singura zi în care el se arătase disponibil. Dar în timp ce Enzo se uita în jur în căutarea Tinei, Lila continua să stea de vorbă cu Nino. I-a povestit despre dispariţiile lui Gennaro. A spus râzând: într-o dimineaţă nu mai era de găsit, ieșiseră toţi de la școală și el nu era: m-am speriat îngrozitor, mi-am imaginat cele mai urâte chestii, dar el stătea cuminte în părculeţ. Dar tocmai când își amintea de acel episod s-a făcut lividă la faţă. Privirea i s-a golit, l-a întrebat pe Enzo cu o voce schimbată:

— Ai găsit-o, unde e?

110.

Am căutat-o pe Tina pe șosea, apoi prin tot cartierul, apoi din nou pe șosea. Ni s-au alăturat mulţi vecini. A venit Antonio, a venit Carmen, a venit Roberto, soţul lui Carmen, și chiar și Marcello Solara a mobilizat câţiva oameni de-ai lui, făcând de câteva ori înconjurul străzilor, până noaptea târziu. Lila semăna acum cu Melina, alerga înainte și-napoi fără nicio noimă. Dar mult mai înnebunit decât ea părea Enzo. Urla, se înfuria pe vânzătorii ambulanţi, profera ameninţări îngrozitoare, voia să se uite în mașinile lor, și în camionete, și în căruţe. Au trebuit să intervină carabinierii ca să-l liniștească.

În fiecare moment părea că Tina fusese găsită și respiram ușurați. Pe fetiță o cunoșteau toți, nu exista cineva care să nu jure c-o văzuse cu un minut în urmă oprită la taraba aia sau în colțul acela sau în curte sau în părculeț sau în direcția tunelului ba cu un bărbat înalt, ba cu unul scund. Dar toate aceste indicii s-au dovedit false, iar oamenii și-au pierdut în curând încrederea și bunăvoința.

Pe seară, a apărut un zvon care s-a statornicit. Fetița coborâse de pe trotuar, alergând după un balon albastru. Dar exact în acel moment se apropia un camion. Camionul era un bloc compact de culoarea noroiului, înainta cu viteză, huruind și săltând prin gropile șoselei. Nimeni nu văzuse nimic altceva, dar se auzise izbitura, izbitura care a trecut direct din povestire în memoria celor ce ascultau. Camionul nu frânase, nici măcar nu arătase vreo intenție, și dispăruse înspre capătul șoselei, împreună cu corpul Tinei, cu codițele ei. Nu rămăsese pe asfalt nici măcar o picătură de sânge, nimic nimic nimic. În nimicul acela s-a pierdut vehiculul, s-a pierdut pentru totdeauna fetița.

Bătrânețea. Povestea chinului sufletesc

1.

Am plecat definitiv din Napoli în 1995, când toţi spuneau că orașul renăștea. Dar de-acum credeam prea puţin în învierile lui. Văzusem de-a lungul anilor apariţia noii gări, elansarea greoaie a blocului zgârie-nori de pe strada Novara, corăbiile din Scampia, ridicarea unor construcţii foarte înalte și strălucitoare peste pietrăria gri a cartierului Arenaccia, de pe strada Taddeo da Sessa, din Piaţa Nazionale. Acele clădiri, concepute în Franţa sau în Japonia și apărute între Ponticelli și Poggioreale cu obișnuita lentoare a corupţiei, își pierduseră orice strălucire și se transformaseră în bârloguri pentru cei lipsiţi de speranţă. Așa că despre ce înviere vorbeam? Era doar pudra modernităţii, presărată la întâmplare și fanfaronic, peste faţa coruptă a orașului.

De fiecare dată se întâmpla așa. Machiajul renașterii aprindea speranţe și apoi se crăpa, devenea crustă peste alte cruste din vechime. Așa că, exact atunci când toţi aveam obligaţia să rămânem în oraș ca să sprijinim însănătoșirea lui sub conducerea fostului Partid Comunist, eu m-am hotărât să plec la Torino, atrasă de șansa de a conduce o editură care, la vremea aceea, era plină de ambiţii. După vârsta de patruzeci de ani timpul începuse s-o ia la goană, nu mai reușeam să mă ţin după el. Calendarul real fusese înlocuit de cel al scadenţelor contractuale, anii curgeau de la o apariţie la alta, era o adevărată strădanie să organizez evenimentele care mă priveau pe mine, pe fiicele mele, le notam, lucru care îmi lua tot mai mult timp. Când se-ntâmplase chestia aia, când cealaltă? În mod aproape spontan mă orientam după datele de apariţie a cărţilor mele.

Aveam de-acum destule cărţi în urma mea și câștigasem un pic de autoritate, un bun renume, o viaţă îmbelșugată. Cu timpul, greutăţile pe care le-ntâmpinam cu fiicele mele se diminuaseră mult. Dede și Elsa — mai întâi una, apoi cealaltă — se duseseră să studieze la Boston, încurajate de Pietro care, de şapte sau opt ani, avea o catedră la Harvard. Alături de el se simţeau în largul lor. Dacă excludeam scrisorile în care se văitau de clima insuportabilă şi de aroganţa locuitorilor din Boston, erau mulţumite de ele şi de faptul că nu mai trebuiau să facă alegerile la care, în vremuri apuse, le obligasem eu. Atunci, pentru că Imma îşi dorea la nebunie să le imite pe surorile ei, ce mai făceam în cartier? Dacă iniţial îmi folosise imaginea scriitoarei care, deşi putea să meargă să locuiască altundeva, rămăsese într-o periferie primejdioasă pentru a se hrăni în continuare cu realitate, acum erau o mulţime de intelectuali care se mândreau cu acelaşi stereotip. Şi apoi, cărţile mele o apucaseră în alte direcţii, materia cartierului sfârşise aruncată într-un colţ. Nu era deci o ipocrizie să am o anume notorietate, multe privilegii şi totuşi să mă autoîngrădesc, să stau într-un spaţiu unde nu puteam decât să observ cu jenă degradarea vieţii fraţilor mei, a prietenelor mele, a copiilor şi nepoţilor lor, poate chiar şi a celei mai mici dintre fiicele mele?

Imma era, la vremea aceea, o adolescentă de paisprezece ani, nu-i lipsea nimic, învăţa mult. Dar vorbea, la nevoie, un dialect tăios, avea colegi de şcoală care nu-mi plăceau, eram atât de neliniştită dacă ieşea după ora cinei, încât adesea ea însăşi prefera să rămână acasă. Şi eu, cât timp m-am aflat în oraş, am avut o viaţă limitată. Mă întâlneam cu prietene şi prieteni dintr-un Napoli cult, mă lăsam curtată, legam relaţii care însă durau puţin. Chiar şi bărbaţii cei mai strălucitori se dovedeau, mai devreme sau mai târziu, persoane dezamăgite, supărate pe soarta rea, spirituale şi totuşi, în mod subtil, răuvoitoare. Uneori aveam impresia că mă doresc mai ales ca să-mi dea să le citesc textele dactilografiate, ca să mă întrebe despre televiziune sau despre cinema, în câteva cazuri chiar pentru a-mi cere bani cu împrumut, pe care apoi nu mi-i mai restituiau. Mă adaptam situaţiilor neplăcute, mă străduiam să am o viaţă socială şi sentimentală. Dar nu era deloc distractiv să ies seara din casă îmbrăcată cu oarece eleganţă, mă stresa. Odată, când n-am apucat să-nchid ușa de la intrarea blocului în urma mea, am fost lovită și jefuită de doi puștani care nu aveau mai mult de treisprezece ani. Taximetristul, care aștepta la doi pași, nici măcar n-a scos capul pe fereastră. Așa că, în vara anului 1995, am plecat din Napoli, împreună cu Imma.

Am închiriat o casă pe râul Pad, foarte aproape de Ponte Isabella, iar viața mea și a Immei, cea de-a treia mea fiică, s-a îmbunătățit imediat. De acolo a devenit mai ușor să mă gândesc la Napoli, să scriu și să-i ajut și pe alții să scrie despre el cu luciditate. Îmi iubeam orașul, dar am renunțat, cu durere în suflet, să-l mai apăr voluntar, în orice situație. M-am convins, dimpotrivă, că starea de disconfort în care se-mpotmolea, mai devreme sau mai târziu, iubirea pentru Napoli era o lentilă prin care trebuia privit întregul Occident. Napoli era marea metropolă europeană unde, cu mai mare claritate, încrederea în tehnică, în știință, în dezvoltarea economică, în avantajele oferite de natură, în istoria care duce în mod necesar spre mai bine, în democrație se dovedise, cu mare anticipare, complet neîntemeiată. Să te naști în acest oraș — am ajuns să scriu odată, gândindu-mă nu la mine, ci la pesimismul Lilei — îți folosește la un singur lucru: să știi dintotdeauna, aproape din instinct, ceea ce astăzi, printre o mie de argumentări pedante, încep să susțină mulți: visul de progres fără limite este, în realitate, un coșmar plin de cruzime și de moarte.

În 2000 am rămas singură, Imma a plecat să studieze la Paris. Am încercat s-o conving că nu era nevoie, dar pentru că multe prietene de-ale ei din același mediu social făcuseră acea alegere, ea nu voia să fie mai prejos. La început, nu mi-a fost foarte greu din cauza asta, aveam o viață plină. Dar, în decurs de câțiva ani, am început să simt bătrânețea, era ca și cum aș fi pălit odată cu lumea în care mă afirmasem. Deși câștigasem în momente diferite și cu opere diferite câteva premii prestigioase, de-acum vindeam foarte puțin: în 2003, doar ca să dau un exemplu, cele treisprezece romane și cele două volume de eseuri pe care le scrisesem mi-au adus în total două mii trei sute douăzeci și trei de euro brut. A trebuit să pricep, cu acel prilej, că publicul meu nu aștepta nimic altceva de la mine și cititorii mai tineri — mai bine zis cititoarele, încă de la început mă citiseră în special femeile — aveau alte gusturi, alte interese. Nici ziarele nu mai erau o sursă de câștig. Erau interesate de mine puţin sau deloc, mă chemau tot mai rar pentru colaborări, fie plăteau prost, fie nu mai plăteau deloc. În privinţa televiziunii, după câteva experienţe pozitive în anii '90, încercasem să fac o emisiune dedicată clasicilor literaturii grecești și latine, o idee care fusese acceptată doar graţie stimei câtorva prieteni, printre care Armando Galiani, care avea emisiunea lui pe Canale 5, dar și relaţii bune cu televiziunea publică. Rezultatul a fost un fiasco indiscutabil și de atunci nu apăruseră alte ocazii de lucru. Un vânt nefavorabil începuse să bată și în editura pe care o condusesem ani întregi. În toamna anului 2004 am fost eliminată de un tânăr foarte deștept, care avea puţin peste treizeci de ani, și redusă la rolul de consultantă externă. Eu aveam șaizeci de ani, mă simţeam la finalul drumului meu. La Torino iernile erau prea reci, verile prea calde, iar clasele sociale cultivate erau neprimitoare. Eram nervoasă, dormeam foarte puţin. Bărbaţii, de-acum, nu mai băgau de seamă prezenţa mea. Priveam din balcon râul Pad, canotorii, colina și mă plictiseam.

Am început să merg mai des la Napoli, dar deja nu aveam chef să-mi revăd prietenii și rudele, iar prietenii și rudele nu aveau chef să mă revadă pe mine. Mă întâlneam doar cu Lila, dar adesea, pentru că așa voiam, nici cu ea. Îmi crea o stare de disconfort. În ultimii ani devenise pasionată de oraș cu un patriotism local care mi se părea grosolan, așa că preferam să mă plimb singură pe strada Caracciolo sau să urc la Vomero, sau să dau o raită pe strada Tribunalelor. Așa s-a întâmplat, în primăvara din 2006, că, închisă într-un vechi hotel de pe bulevardul Vittorio Emanuele din cauza unei ploi necontenite, am scris pentru a face să treacă mai repede timpul, în câteva zile, un text nu mai lung de optzeci de pagini, localizat în cartier și în care povesteam de Tina. Am scris povestea rapid ca să nu-mi dau răgaz să inventez. Au rezultat niște pagini seci, oneste. Povestea se însuflețea imaginativ abia spre final.

Am publicat narațiunea în toamna anului 2007, cu titlul *Un'amicizia*[2]. Cartea a fost primită favorabil, încă se vinde foarte bine, profesoarele o recomandă elevelor ca lectură de vară.

Dar eu o detest.

Cu numai doi ani în urmă, când fusese găsit cadavrul Gigliolei în părculeț — o moarte produsă de infarct, în singurătate, îngrozitoare în dezolarea ei —, Lila mă pusese să promit că n-o să scriu niciodată despre ea. În schimb, iată, o făcusem, și încă în cel mai direct mod. Câteva luni am crezut că scrisesem cea mai frumoasă carte a mea, faima mea de autoare a prins din nou avânt, trecuse mult timp de când nu mai existase atâta aprobare în jurul meu. Dar deja când la sfârșitul anului 2007 — în atmosferă de Crăciun — m-am dus la librăria Feltrinelli din Piața Martirilor ca să prezint *Un'amicizia*, m-am simțit dintr-odată rușinată și m-am temut să n-o văd în public pe Lila, eventual în primul rând, gata să intervină pentru a mă pune în dificultate. În schimb, seara a decurs foarte bine, am primit foarte multe complimente. Când m-am întors la hotel, un pic mai încrezătoare, am încercat să-i telefonez, mai întâi pe fix, apoi pe mobil, apoi din nou pe fix. Nu mi-a răspuns, nu mi-a mai răspuns.

2.

Nu știu să povestesc suferința Lilei. Lovitura sorții, care stătuse la pândă în viața ei dintotdeauna, n-a fost moartea unei fiice din

2 O prietenie (în italiană, în original).

cauza unei boli, a unui accident, a unui act de violenţă, ci dispariţia ei neaşteptată. Nu a existat nimic palpabil în jurul căruia să i se coaguleze suferinţa. Nu i-a rămas un corp neînsufleţit pe care să-l strângă în braţe copleşită de disperare, n-a comemorat înmormântarea nimănui, n-a avut ocazia să se oprească în faţa unui trup fără viaţă care înainte mergea, alerga, vorbea, o-mbrăţişa şi apoi s-a deteriorat. Lila a simţit, cred, cum un membru, care până cu un minut mai devreme făcea parte din corpul ei, şi-ar fi pierdut forma şi consistenţa fără să fi suferit vreo traumă. Dar n-o cunosc suficient şi nu reuşesc să-mi imaginez suferinţa care s-a născut din acea pierdere.

În cei zece ani care au urmat după dispariţia Tinei, deşi am continuat să locuiesc în acelaşi bloc, deşi am întâlnit-o în fiecare zi, n-am văzut-o niciodată plângând, n-am asistat niciodată la crize de disperare. După ce, la început, alergase prin cartier zi şi noapte în căutarea fără noimă a fiicei sale, a cedat într-un final, ca şi cum s-ar fi obosit prea mult. S-a aşezat lângă fereastra din bucătărie şi nu s-a mişcat o lungă perioadă, chiar dacă de acolo se vedeau doar un rest de cale ferată şi un pic de cer. Apoi s-a ridicat şi şi-a reluat viaţa obişnuită, dar fără resemnare. Anii au trecut peste ea, caracterul ei urât s-a înrăutăţit şi mai mult, a semănat în jurul ei disconfort şi teamă, a îmbătrânit zbierând, certându-se cu lumea. Iniţial vorbise despre Tina cu fiecare ocazie şi cu oricine, se agăţa de numele micuţei de parcă rostirea lui ar fi adus-o înapoi. Dar pe urmă a devenit imposibil să vorbeşti în prezenţa ei de acea pierdere şi, chiar dacă făceam eu asta, după câteva secunde, se descotorosea de mine într-un mod brutal. A arătat că apreciază numai o scrisoare a lui Pietro, în special — cred — pentru că reuşise să-i scrie afectuos fără să se refere deloc la Tina. În 1995, înainte să plec, încă se comporta, cu excepţia unor cazuri foarte rare, ca şi cum nimic nu s-ar fi întâmplat. Odată Pinuccia a vorbit despre fetiţă ca despre un îngeraş care veghea asupra noastră a tuturor. Lila i-a spus: cară-te.

3.

Nimeni, în cartier, n-a avut încredere în forţele de ordine şi jurnalişti. Bărbaţi, femei, chiar şi găşti de puştani, au căutat-o pe Tina zile şi săptămâni la rând, ignorând poliţia şi televiziunea. Toate rudele, toţi prietenii s-au mobilizat. Singurul care a dat semne doar de câteva ori — şi asta la telefon, cu fraze generice care subliniau faptul că: eu n-am nicio responsabilitate, tocmai le-o încredinţasem pe fetiţă Linei şi lui Enzo — a fost Nino. Dar nu m-a mirat, era unul dintre acei adulţi care, atunci când se joacă cu un copil şi copilul cade julindu-şi un genunchi, devin şi ei copii, se tem să nu le spună cineva: din vina ta a căzut. Lui, de altfel, nimeni nu i-a acordat importanţă, l-am uitat în câteva ore. Enzo și Lila și-au pus încrederea mai ales în Antonio, care și-a amânat iarăși plecarea în Germania numai ca să dea de urma Tinei. A făcut-o din prietenie, dar și, cum el însuși a precizat, luându-ne prin surprindere, pentru că-l obligase Michele Solara.

Fraţii Solara s-au implicat mai mult decât oricine altcineva în dispariţia fetiţei şi — trebuie să spun — s-au asigurat că această implicare e foarte vizibilă. Chiar dacă știau că vor fi trataţi cu ostilitate, s-au prezentat într-o seară acasă la Lila vorbind parcă în numele unei întregi comunităţi şi au jurat că vor face totul pentru ca Tina să se întoarcă teafără la părinţii ei. Lila i-a privit fix tot timpul ca și cum i-ar fi văzut, dar nu i-ar fi auzit. Enzo, foarte palid, a ascultat câteva minute și apoi a ţipat că ei îi luaseră fiica. A spus-o atunci și cu multe alte ocazii, a urlat asta peste tot: fraţii Solara le-o luaseră pe Tina pentru că el și Lila refuzaseră mereu să le dea o cotă din profiturile firmei Basic Sight. Voia să obiecteze cineva ca să-l poată omorî. Dar nimeni n-a obiectat niciodată în prezenţa lui. În seara aceea, n-au obiectat nici măcar cei doi fraţi.

— Noi îţi înţelegem suferinţa, a spus Marcello, dacă mi l-ar fi luat cineva pe Silvio, aş fi luat-o razna cum faci tu acum.

Au aşteptat să-l liniştească cineva pe Enzo şi au plecat. A doua zi le-au trimis într-o vizită de curtoazie pe soţiile lor, Gigliola şi Elisa, care au fost primite fără căldură, dar cu mai multă politeţe. Şi ulterior şi-au sporit iniţiativele. Fraţii Solara organizaseră probabil un fel de razie atât printre toţi vânzătorii ambulanţi, care de obicei erau prezenţi la sărbătorile din cartier, cât şi printre toţi ţiganii din împrejurimi. Şi, în mod sigur, ei s-au aflat în fruntea unei adevărate revolte populare împotriva poliţiei când a venit să-i ia, cu sirenele pornite, mai întâi pe Stefano, care la vremea aceea a avut primul lui atac de inimă şi a ajuns la spital, apoi pe Rino, care a fost eliberat peste câteva zile, şi în cele din urmă pe Gennaro, care-a plâns ore în şir, jurând că-şi iubea surioara mai mult decât pe orice altă persoană de pe lume şi nu i-ar fi făcut niciodată vreun rău. Nu trebuie exclus, în plus, că fraţilor Solara li s-au datorat turele de supraveghere de la şcoala elementară, graţie cărora s-a întrupat pentru o bună jumătate de oră pederastul seducător de copii care, până în momentul acela, fusese doar o fantezie din popor. Un bărbat firav în jur de treizeci de ani, care deşi nu avea copii de însoţit la intrare şi de luat la ieşire, stătea oricum în faţa şcolii, a fost brutalizat, a reuşit să fugă, a fost urmărit de oameni furioşi până la părculeţ. Acolo cu siguranţă l-ar fi omorât dacă n-ar fi reuşit să clarifice că nu era ce se credea, ci un stagiar de la *Il Mattino* în căutare de ştiri.

După acel episod, cartierul a început să se liniştească, lumea, încet, încet, a revenit la viaţa de zi cu zi. Pentru că nimeni nu dăduse de urma Tinei, a devenit tot mai plauzibil zvonul camionului care-o lovise. L-au luat în serios atât cei care se săturaseră de atâtea căutări, cât şi poliţiştii şi jurnaliştii. Atenţia s-a mutat asupra şantierelor din zonă şi acolo a rămas concentrată pentru multă vreme. Atunci l-am revăzut pe Armando Galiani, fiul profesoarei mele din liceu. Nu mai practica medicina, nu reușise să intre în Parlament la alegerile din 1983 și acum, grație unei televiziuni private foarte deșănțate, practica un jurnalism foarte agresiv. Am aflat că tatăl lui murise de un an și ceva și că mama lui trăia în Franța, dar nici ea nu stătea mai bine cu sănătatea. M-a rugat să-l însoțesc la Lila, i-am spus că Lila era într-o stare foarte proastă. El a insistat, eu am telefonat. Lila și-a amintit cu greu de Armando, dar când i-a revenit în minte, ea — care până în momentul acela nu vorbise niciodată cu vreun jurnalist — a fost de acord să-l întâlnească. Armando a explicat că făcea o anchetă despre situația de după cutremur și că, plimbându-se prin șantiere, auzise de un camion dezmembrat piesă cu piesă în mare viteză din cauza unei chestii nasoale în care fusese implicat. Lila l-a lăsat să vorbească, apoi a spus:

— Inventezi totul.

— Spun ce știu.

— Ție nu-ți pasă deloc de camion, de șantiere și de fiica mea.

— Mă jignești.

— Nu, acum te jignesc. Erai dezgustător ca medic, erai dezgustător ca revoluționar și acum ești dezgustător ca jurnalist. Ieși din casa mea.

Armando s-a-ncruntat, a făcut un semn de salut spre Enzo și a plecat. Odată ajuns în stradă s-a arătat foarte dezamăgit. A murmurat: nici măcar suferința asta mare n-a schimbat-o, explică-i că voiam s-o ajut. Apoi mi-a luat un lung interviu și ne-am spus la revedere. Am fost impresionată de comportamentul amabil, de cuvintele măsurate. Traversase, probabil, momente urâte atât în vremea alegerilor făcute de Nadia, cât și atunci când se despărțise de soție. Acum însă părea că se simte bine. Preschimbase într-un cinism dureros vechea atitudine a cuiva care știe totul despre direcția corectă anticapitalistă.

— Italia a devenit o cloacă, a spus pe un ton mâhnit, și am căzut cu toții în ea. Dacă te plimbi dintr-un loc în altul, vezi că oamenii cumsecade au înţeles. Ce păcat, Elena, ce păcat. Partidele muncitoreşti sunt pline de persoane oneste lăsate fără urmă de speranţă.

— De ce ai început să faci munca asta?

— Din acelaşi motiv pentru care tu o faci pe a ta.

— Adică?

— De când nu mă mai pot ascunde în spatele niciunui lucru, am descoperit că sunt vanitos.

— Cine-ţi spune că şi eu sunt vanitoasă?

— Comparaţia: prietena ta nu e. Dar îmi pare rău pentru ea, vanitatea e o resursă. Dacă eşti vanitos, eşti atent la tine şi la lucrurile care-ţi aparţin. Lina e lipsită de orice vanitate, de aceea şi-a pierdut fiica.

I-am urmărit pentru o vreme munca, mi s-a părut de bună calitate. El a găsit o caroserie pe jumătate arsă a unui vehicul vechi prin părţile de la Ponti Rossi şi a legat-o de dispariţia Tinei. Chestia a avut un anume răsunet, ştirea s-a răspândit rapid în ziarele naţionale şi a rezistat acolo pentru câteva zile. Apoi s-a verificat că nu exista nicio legătură posibilă între vehiculul ars şi dispariţia fetiţei. Lila mi-a spus:

— Tina trăieşte, nu vreau să-l mai văd niciodată pe nenorocitul ăla.

4.

Nu ştiu cât timp a mai crezut că fiica ei era încă în viaţă. Cu cât Enzo era mai copleşit de disperare, mai epuizat de lacrimi şi de furie, cu atât Lila spunea mai abitir: o să vezi c-or să ne-o dea înapoi. N-a crezut niciodată în camionul fugit de la locul accidentului, a spus că şi-ar fi dat seama imediat, că ar fi auzit înaintea oricui altcuiva izbitura, sau măcar un ţipăt. Şi nu mi s-a părut că avea încredere nici în ipoteza lui Enzo, nu i-a adus niciodată în discuţie pe fraţii Solara. În schimb, pentru o perioadă destul de lungă a crezut că pe Tina i-o luase vreun client de-al ei, unul care ştia cât valora Basic Sight şi care voia bani în schimbul restituirii fetiţei. Asta era şi credinţa lui Antonio, dar e greu de spus ce elemente concrete ar fi putut fi revendicate. Poliţia s-a interesat, de bună seamă, de acea posibilitate, dar pentru că n-au existat niciodată telefoane care să pretindă vreo despăgubire, în cele din urmă a renunţat.

Cartierul s-a împărţit repede într-o majoritate care credea că Tina murise şi într-o minoritate care credea că trăieşte şi e ţinută prizonieră pe undeva. Noi, care ţineam la Lila, făceam parte din acea minoritate. Carmen era atât de convinsă de acea idee, c-o repeta în mod insistent oricui şi, dacă odată cu trecerea timpului, cineva ajungea la concluzia că Tina murise, devenea duşmanul ei. Am auzit că o dată îi şoptea lui Enzo: spune-i Lilei că şi Pasquale e cu voi, după părerea lui fetiţa va fi găsită. Dar majoritatea era copleşitoare şi cine se mai obosea s-o caute pe Tina părea în ochii celor mai mulţi fie prost, fie ipocrit. Şi despre Lila au început să creadă că mintea n-o mai ajuta.

Carmen a fost prima care a intuit că acea simpatie în centrul căreia fusese prietena noastră înainte de dispariţia Tinei şi solidaritatea care intervenise după erau ambele de suprafaţă, că dedesubt mocnea în privinţa ei o veche aversiune. Uite, mi-a spus, odată o tratau ca şi cum ar fi fost Fecioara Maria, iar acum îşi văd de drum fără măcar s-o privească. Eu am început să fiu atentă şi mi-am dat seama că exact aşa stăteau lucrurile. Oamenii, în adâncul sufletului lor, gândeau: ne pare rău c-ai pierdut-o pe Tina, dar asta înseamnă că, dacă ai fi fost cu adevărat ceea ce voiai să ne faci să credem, nimic şi nimeni nu s-ar fi atins de ea. Pe stradă, când eram împreună, au început să mă salute pe mine şi pe ea nu. Erau îngrijorătoare aerul ei neliniştit şi aureola de nenorocire care o înconjurau. În cele din urmă, partea de cartier care se obișnuise s-o considere pe Lila o alternativă la influența fraților Solara a renunțat dezamăgită.

Mai mult decât atât. Începuse să câștige teren o inițiativă care în primele zile a părut plină de afecțiune, dar care ulterior a devenit perfidă. La ușa de intrare în bloc, în pragul firmei Basic Sight au apărut în primele săptămâni flori, bilete emoționante adresate Lilei sau direct Tinei, chiar și poezii copiate de prin manuale. Apoi au început cu jucării vechi aduse de mame, bunici și copii. Apoi au sosit agrafe de păr, panglici colorate, pantofiori vechi. Apoi au apărut păpuși cusute de mână, cu rânjete oribile, pătate cu roșu, și stârvuri de animale înfășurate în cârpe murdare. Așa că Lila lua fiecare lucru cu calm și îl arunca la gunoi, dar pe neașteptate începea să urle înjurături îngrozitoare împotriva oricui trecea pe acolo, mai ales împotriva copilandrilor care o studiau de departe. A trecut astfel de la mama care stârnea milă la nebuna care răspândea groază. Când o fetiță pe care ea se supărase pentru că o văzuse scriind cu creta pe ușa de la intrarea blocului: *pe Tina o mănâncă morții* s-a îmbolnăvit grav, vechile bârfe s-au unit cu cele noi și oamenii au început s-o evite din ce în ce mai mult pe Lila, ca și cum simpla întâlnire cu ea ți-ar fi adus nenorocire.

Ea, oricum, a părut că nu bagă de seamă. Certitudinea că Tina încă trăiește a absorbit-o total și asta, după părerea mea, a împins-o spre Imma. În primele luni încercasem să reduc contactele dintre ea și fiica mea cea mică, mi-era teamă că numai văzând-o va suferi și mai mult. Dar Lila a arătat repede c-o vrea cu ea încontinuu și eu am lăsat-o s-o țină și să rămână să doarmă la ea. Într-o dimineață m-am dus s-o iau, ușa casei era întredeschisă, am intrat. Fetița întreba de Tina. Eu, după acea duminică, încercasem s-o liniștesc, spunându-i că se dusese să stea o vreme la rudele lui Enzo, la Avellino, dar ea insista adesea voind să afle când urma să se întoarcă. Acum o-ntreba direct pe Lila, dar Lila părea că nu aude vocea Immei și, în loc să-i răspundă, îi povestea amănunţit de naşterea Tinei, de prima ei jucărie, de cum se lipea de sân fără să se mai desprindă, lucruri de genul ăsta. M-am oprit în prag câteva secunde, am auzit-o pe Imma care o-ntrerupea cu nerăbdare:

— Dar când se întoarce?

— Te simţi singură?

— Nu știu cu cine să mă joc.

— Nici eu.

— Atunci când se-ntoarce?

Lila n-a spus nimic o clipă prelungă, apoi a dojenit-o:

— Nu-i treaba ta, mai taci.

Acele cuvinte, în dialect, au fost atât de brutale, atât de aspre, atât de nepotrivite, încât m-am alarmat. Am schimbat două vorbe, am luat-o acasă pe fiica mea.

Îi iertasem întotdeauna Lilei excesele și, în acele împrejurări, eram dispusă s-o fac din nou, mai mult decât în trecut. Adesea exagera și, pe cât posibil, încercasem s-o fac să fie raţională. Când poliţiștii îl interogaseră pe Stefano și ea era sigură că el i-o luase pe Tina — astfel că o vreme a refuzat să se ducă să-l viziteze la spital după infarct —, o liniștisem, merseserăm împreună să-l vizităm. Și fusese meritul meu că nu-l făcuse praf nici pe fratele ei când poliţia îl anchetase pe el. Îi fusesem foarte apropiată și în ziua îngrozitoare în care Gennaro fusese convocat la chestură. Odată întors acasă se simţea pus sub acuzaţie, avusese loc o ceartă, iar el plecase să locuiască în casa tatălui său, urlând la Lila că n-o pierduse pentru totdeauna numai pe Tina, ci și pe el. Situaţia, în fine, era proastă și puteam înţelege că ea se înfuria pe toţi, inclusiv pe mine. Dar pe Imma nu, nu puteam îngădui asta. Din acel moment, când Lila o lua pe fetiţă la ea, mă agitam, reflectam, căutam soluţii.

Dar n-am putut face mai mult, iţele suferinţei ei erau foarte încurcate și Imma a fost pentru câtva timp parte din acea încurcătură. În debandada generală în care ajunseserăm cu toţii, Lila, în ciuda epuizării, a continuat să-mi semnaleze fiecare mică problemă a fiicei mele, așa cum făcuse până când mă hotărâsem să-l chem pe Nino acasă. M-am simțit înverșunată, m-am necăjit și totuși m-am străduit să văd în asta *și* un aspect pozitiv: încet, încet, transferă asupra Immei — m-am gândit — dragostea ei maternă, îmi spune: pentru că ai fost norocoasă, încă o ai pe fiica ta, trebuie să profiți de asta, trebuie să te ocupi de ea, ai grijă de ea cum n-ai făcut-o până acum.

Dar lucrurile stăteau așa doar în aparență. Am presupus curând că, mai în profunzime, Imma — corpul ei — îi părea probabil semnul unei vinovății. M-am gândit adesea la situația în care se pierduse fetița. Nino i-o încredințase Lilei, dar *Lila nu avusese grijă de ea.* Îi spusese fiicei: *tu așteaptă aici*, și fiicei mele: *vino cu mătușa.* O făcuse, poate, ca s-o așeze pe Imma sub privirea tatălui ei, ca să i-o laude, ca să-i stimuleze afecțiunea, cine știe. Dar Tina era vivace sau, pur și simplu, se simțise neglijată, se supărase și se îndepărtase. În consecință, suferința își făcuse cuib în greutatea corpului Immei în brațele ei, în atingere, în căldura vie pe care aceasta încă o emana. Dar fiica mea era fragilă, lentă, diferită în orice detaliu de Tina, care era luminoasă, energică. Imma nu putea nicicum să fie un substitut, era doar o stavilă împotriva uitării. Mi-am închipuit, în fine, că Lila o ținea lângă ea ca să păstreze înăuntrul ei acea duminică îngrozitoare și între timp se gândea: Tina e aici, în curând o să mă tragă de fustă, mă va striga și atunci o voi lua pe ea în brațe și totul va reveni la normal. Iată de ce nu voia ca fetița să dea peste cap orice lucru. Când micuța insista ca prietena ei să apară din nou, când îi amintea Lilei că de fapt Tina nu mai era, ea o trata cu aceeași duritate cu care ne trata pe noi, adulții. Dar nu puteam accepta asta. Cum venea s-o ia pe Imma, cu o scuză oarecare, o trimiteam la ea pe Dede sau pe Elsa ca s-o supravegheze. Dacă folosise tonul acela când eu eram de față, ce se putea întâmpla când stătea la ea ore în șir?

5.

Din când în când plecam cu treabă, eliberându-mă astfel de hotarele apartamentului, ale scării dintre camerele mele și ale ei, ale părculețului, ale șoselei. Erau momentele în care răsuflam ușurată: mă făceam frumoasă, îmi puneam haine elegante, chiar și ușoara șchiopătare cu care rămăsesem din timpul sarcinii mi se părea un fel de trăsătură distinctivă plăcută. Deși-mi făcea plăcere să fiu ironică în privința comportamentelor irascibile ale literaților și artiștilor, la vremea aceea tot ce avea legătură cu lumea editorială, cinema-ul, televiziunea și orice tip de manifestare estetică încă mi se părea o manifestare a imaginației pe care era minunat s-o ai în față. Chiar și când ieșea la suprafață risipa haotică și desfrânată a marilor congrese, a marilor conferințe, a marilor puneri în scenă, a marilor expoziții, a marilor filme, a marilor opere, îmi plăcea să fiu parte din acestea și eram măgulită când, uneori, îmi revenea un loc în primele rânduri, din acelea rezervate, de unde puteam privi spectacolul puterilor mici și mari, stând printre oameni renumiți. Lila, în schimb, a rămas întotdeauna în interiorul ororii *ei*, fără nicio distracție vreodată. Odată, când am primit o invitație pentru nu știu ce operă la San Carlo — loc minunat unde nici măcar eu nu intrasem — și am insistat s-o iau cu mine, ea n-a dorit să vină, a convins-o pe Carmen să mă însoțească. Lăsa doar un alt motiv de suferință să-i fie distracție, dacă se poate spune așa. O nouă durere acționa asupra ei ca un fel de antidot. Devenea combativă, hotărâtă, ca o persoană care știe că trebuie să se înece, dar, împotriva voinței ei, dă din picioare și brațe ca să rămână la suprafață.

Într-o seară a aflat că fiul ei reîncepuse să-și bage în venă. Fără să spună un cuvânt, fără măcar să-l anunțe pe Enzo, s-a dus să-l ia înapoi de la Stefano, din casa din cartierul nou unde, cu câteva decenii în urmă, locuise ca femeie căsătorită. Dar nu l-a găsit acolo: Gennaro se încăierase și cu tatăl lui și, de câteva zile, se mutase la unchiul Rino. A fost primită însă cu o ostilitate fățișă de Stefano și de Marisa, care de-acum locuiau împreună. Bărbatul frumos de odinioară ajunsese acum numai piele și os, foarte palid, hainele pe care le purta păreau cu două măsuri mai mari. Infarctul îl nenorocise, era îngrozit, nu mânca mai nimic, nu bea, nu mai fuma, nu trebuia să se agite din cauza inimii distruse. Dar cu acea ocazie s-a agitat foarte mult și avea și motive. Închisese definitiv mezelăria din cauza bolii lui. Ada pretindea bani pentru ea și pentru fiica lor. Pretindeau și sora lui, Pinuccia, și mama lui, Maria. Pretindea Marisa pentru ea și copiii ei. Lila a înțeles imediat că Stefano voia banii aceia de la ea și că scuza ca să-i capete era Gennaro. Într-adevăr, deși își alungase fiul de acasă cu câteva zile în urmă, i-a luat apărarea, a spus, susținut de Marisa, că era nevoie de foarte mulți bani pentru a-l ajuta pe Gennaro să-și revină. Și pentru că Lila a replicat că n-o să mai dea nimănui niciodată un cent, că i se rupea de rude, prieteni și de tot cartierul, cearta a degenerat. Stefano i-a înșirat cu lacrimi în ochi, urlând, tot ceea ce pierduse de-a lungul anilor — de la mezelării la casa însăși — și pentru acea risipire, în mod confuz, a făcut-o responsabilă pe Lila. Dar ce era mai rău a venit de la Marisa, care a urlat la ea: Alfonso s-a distrus din vina ta, ne-ai distrus pe toți, ești mai rea decât frații Solara, cine ți-a furat fetița bine a făcut.

Abia în momentul acela Lila a amuțit, a privit în jur în căutarea unui scaun pe care să se așeze. Nu l-a găsit și s-a sprijinit cu umerii de peretele sufrageriei, care cu decenii în urmă fusese sufrageria *ei*, o cameră albă, pe-atunci, cu mobilier foarte nou, care nu fusese încă stricat de copiii care apoi crescuseră, de neglijența adulților. Să mergem, i-a spus atunci Stefano, care poate că-și dăduse seama că Marisa exagerase, să mergem să-l luăm înapoi pe Gennaro. Și au ieșit împreună, a luat-o de subraț, s-au îndreptat spre casa lui Rino.

Lila, odată ieșită la aer, și-a revenit, s-a zbătut. Au parcurs drumul pe jos, ea cu doi pași în față, el cu doi pași în spate. Fratele ei locuia în vechea casă a familiei Carracci împreună cu soacra, cu Pinuccia, cu fiii săi. Gennaro era acolo și băiatul, cum și-a văzut părinții în fața lui, a-nceput să urle. Astfel a izbucnit o altă ceartă, mai întâi între tată și fiu, apoi între mamă și fiu. O vreme, Rino a stat tăcut, apoi a-nceput cu ochi stinși o văicăreală despre răul pe care i-l făcuse sora încă de când erau mici. Când Stefano a intervenit, s-a înfuriat și pe el, l-a insultat, i-a spus că toate necazurile începuseră când își dorise să-i facă pe toți să creadă că e cine știe ce șmecher și, în schimb, se lăsase mai întâi tras pe sfoară de Lila și apoi de frații Solara. Erau cât pe ce să se ia la bătaie și Pinuccia a trebuit să-și țină soțul, i-a murmurat: ai dreptate, dar fii calm, nu e momentul, în timp ce bătrâna doamnă Maria, cu sufletul la gură, a trebuit să-l țină pe Stefano: ajunge, fiul meu, prefă-te că nu l-ai auzit, Rino e mai bolnav decât tine. Atunci Lila l-a înșfăcat cu putere pe fiul ei de-un braț și l-a luat cu ea.

Dar pe stradă i-a ajuns din urmă Rino, l-au auzit că abia se târa după ei. Voia bani, îi voia cu orice preț, imediat. A spus: mor dacă mă lași așa. Lila a continuat să meargă în timp ce el o împingea, râdea, gemea, o prindea de-un braț. Gennaro atunci a-nceput să plângă, a urlat la ea: ai bani, mama, dă-i. Dar Lila și-a alungat fratele și și-a dus acasă fiul șuierând printre dinți: tu așa vrei să devii, vrei să ajungi ca unchiul tău?

6.

Odată cu întoarcerea lui Gennaro, apartamentul de jos s-a transformat și mai mult într-un infern. Uneori mă vedeam obligată să alerg la ei fiindcă mă temeam că or să se omoare. În acele cazuri Lila îmi deschidea, spunea glacială: ce vrei. Răspundeam tot glacială: exageraţi, Dede plânge, vrea să cheme poliţia, şi Elsa e speriată. Ea răspundea: stai la tine acasă şi pune-le dopuri în urechi fetelor dacă nu vor să audă.

În perioada aceea a arătat tot mai puţin interes pentru cele două fete, le spunea, cu sarcasm evident, domnişoarele. Dar şi fiicele mele şi-au schimbat atitudinea faţă de ea. Dede mai ales nu s-a mai lăsat subjugată de farmecul ei, era ca şi cum şi în ochii ei dispariţia Tinei ar fi dezbrăcat-o de orice autoritate. M-a întrebat într-o seară:

— Dacă mătuşa Lina nu mai voia un alt copil, de ce l-a făcut?

— De unde ştii tu că nu-l voia?

— I-a spus Immei.

— Immei?

— Da, am auzit-o cu urechile mele. Îi vorbeşte de parcă n-ar fi un copil mic, după părerea mea, e nebună.

— Nu e nebunie, Dede, e suferinţă.

— N-a vărsat niciodată nici măcar o lacrimă.

— Suferinţa nu-nseamnă lacrimi.

— Da, dar fără lacrimi cine-ţi garantează că suferinţa există?

— Există şi adesea e o suferinţă şi mai mare.

— Nu e cazul ei. Vrei să ştii ce cred eu?

— Să auzim.

— Ea a pierdut-o pe Tina intenţionat. Şi acum vrea să-l piardă şi pe Gennaro. Să nu vorbim apoi de Enzo, nu vezi cum îl tratează? Mătuşa Lina e exact ca Elsa, nu ţine la nimeni.

Dede era aşa, îi plăcea să vadă mai departe decât alţii şi adora să formuleze păreri definitive. I-am interzis să repete în prezenţa Lilei acele cuvinte îngrozitoare şi am încercat să-i explic că nu toate fiinţele umane reacţionează în acelaşi fel, că Lila şi Elsa aveau strategii afective diferite de-ale ei.

— Sora ta, de exemplu, am spus, nu ia lucrurile în piept cum faci tu şi consideră ridicole sentimentele strigate-n gura mare, preferă să stea mereu cu un pas înapoi.

— Pentru că stă cu un pas înapoi și-a pierdut orice sensibilitate.

— De ce ești atât de supărată pe Elsa?

— Pentru că seamănă leit cu mătușa Lina.

Un cerc vicios: Lila greșea pentru că era ca Elsa, Elsa greșea pentru că era ca Lila. În realitate, în centrul acelei păreri negative se afla Gennaro. După Dede, în acel caz foarte semnificativ, Elsa și Lila comiteau aceeași eroare de calcul și dovedeau că suferă de aceeași tulburare afectivă. Pentru Lila, ca și pentru Elsa, Gennaro era mai rău decât un animal. Sora ei — mi-a comunicat Dede — îi spunea adesea, ca un afront, că Lila și Enzo făceau bine să-l omoare în bătaie cum încerca să scoată nasul din casă. Doar o proastă ca tine — îi reproșa —, care nu știe nimic despre bărbați, s-a putut lăsa orbită de un morman de carne nespălată și lipsită de orice fărâmă de inteligență. Și Dede îi replica: numai o canalie ca tine poate vorbi în acest fel despre o ființă umană.

Pentru că amândouă citeau foarte mult, se certau în limbajul cărților, astfel că, dacă nu treceau brusc la dialectul cel mai violent ca să se insulte, le ascultam încăierarea aproape cu admirație. Latura pozitivă a acelui conflict a fost că Dede s-a arătat tot mai puțin ranchiunoasă față de mine, dar mi-a fost greu s-o suport pe cea negativă: sora ei și Lila au devenit ținta întregii ei răutăți. Dede pâra în permanență mârșăviile Elsei: colegii și colegele o urau pentru că se considera cea mai bună la toate capitolele și-i umilea tot timpul; se lăuda că avusese relații cu bărbați maturi; chiulea de la școală și, ca să se disculpe, îmi falsifica semnătura. Despre Lila, în schimb, îmi spunea: e o fascistă, cum poți să fii prietena ei? Și trecea, fără ocolișuri, de partea lui Gennaro. Drogurile, după ea, însemnau revolta persoanelor sensibile împotriva forțelor de represiune. Jura că, mai devreme sau mai târziu, o să găsească modalitatea de a-l elibera pe Rino — îi spunea mereu și numai așa, obișnuindu-ne, în consecință, să-i spunem în același fel — din închisoarea în care-l ținea mama lui.

Eu am încercat de fiecare dată să aplanez conflictul, am dojenit-o pe Elsa, i-am luat apărarea Lilei. Dar uneori mi-era greu să fiu de partea Lilei. Mă speriau împunsăturile suferinței ei ranchiunoase. Pe de altă parte, mă temeam că, așa cum se-ntâmplase deja în trecut, organismul nu-i va rezista și de aceea, chiar dacă lucida și totodată pătimașa agresivitate a lui Dede îmi plăcea, chiar dacă mă distra obrăznicia plină de imaginație a Elsei, eram atentă ca fiicele mele să nu-i provoace crize vorbindu-i obraznic (știam că Dede ar fi fost foarte capabilă să-i spună: *mătușă Lina, spune lucrurilor pe nume, tu pe Tina voiai s-o pierzi, n-a fost o întâmplare*). Dar în fiecare zi mă temeam de ce era mai rău. Domnișoarele, cum spunea Lila, deși absorbite în realitatea cartierului, aveau un sentiment puternic al faptului că erau diferite. În special când se întorceau de la Florența se simțeau superioare și făceau orice ca să demonstreze asta oricui. Dede la gimnaziu era foarte bună și profesorul ei — un bărbat care nu avea mai mult de patruzeci de ani, foarte cult, fermecat de numele Airota —, când o asculta, părea mai preocupat el că greșește întrebările decât ea că greșește răspunsurile. Elsa era, din punct de vedere școlar, mai puțin strălucită, notele din carnetele ei la jumătatea anului se dovedeau în general foarte proaste, dar ce-o făcea insuportabilă era dezinvoltura cu care, în cele din urmă, reechilibra situația și se situa printre cei mai buni. Eu le cunoșteam nesiguranțele și temerile amândurora, le simțeam ca pe niște fetițe înspăimântate și de aceea nu credeam mult în despotismul lor. Dar ceilalți nu și, văzute din exterior, cred că păreau de-a dreptul odioase. Elsa, de exemplu, punea cu ușurință porecle jignitoare în clasă și în afara ei, nu avea respect pentru nimeni. Îl numea pe Enzo bădăranul mut; o numea pe Lila curva veninoasă; îl numea pe Gennaro crocodilul zâmbitor. Dar în special era furioasă pe Antonio, care trecea pe la Lila în fiecare zi, fie la birou, fie acasă, și cum sosea, îi târa pe ea și pe Enzo să șopocăiască într-o cameră. Antonio, după întâmplarea cu Tina, devenise capricios. Dacă eu eram prezentă, mai mult sau mai puţin explicit, mă trimiteau la plimbare, dacă erau ele, fiicele mele, după un minut le dădea afară, închizând uşa. Elsa, care-l cunoştea bine pe Poe[3], îi spunea masca morţii galbene, pentru că Antonio avea în mod natural un colorit icteric. Era evident deci că mă temeam să n-o dea cumva în bară. Exact asta s-a şi întâmplat.

Odată, când eu eram la Milano, Lila s-a dus în grabă în curte, unde Dede citea, Elsa trăncănea cu nişte prietene de-ale ei, iar Imma se juca. Nu mai erau copii. Dede avea şaisprezece ani, Elsa aproape treisprezece şi doar Imma era mică, avea cinci. Dar Lila le-a tratat pe toate trei ca şi cum n-ar fi fost deloc independente. Le-a târât după ea în casă fără explicaţii (ele erau obişnuite să ceară întotdeauna explicaţii), a urlat doar că era periculos să stai afară. Fiica mea cea mare a considerat comportamentul acela insuportabil, a zbierat:

— Mama mi le-a încredinţat pe surorile mele, eu decid dacă să intrăm în casă sau nu.

— Când mama voastră nu e, eu sunt mama voastră.

— O mamă de rahat, i-a răspuns Dede trecând la dialect, ai pierdut-o pe Tina şi nici măcar n-ai plâns.

Lila i-a tras o palmă, umilind-o. Elsa i-a luat apărarea surorii ei şi a-ncasat la rândul ei o palmă, Imma a izbucnit în plâns. Nu se iese din casă, a subliniat prietena mea respirând cu greutate, afară e periculos, afară se moare. Le-a forţat să stea în casă zile-n şir, până când m-am întors eu.

La revenirea mea, Dede mi-a povestit toată întâmplarea şi, onestă cum era din principiu, mi-a pomenit şi răspunsul ei obraznic. Voiam s-o fac să-nţeleagă că spusese nişte cuvinte îngrozitoare, am certat-o cu duritate: îţi spusesem că nu trebuie să faci aşa ceva. Elsa s-a aliat cu sora ei, mi-a explicat că de-acum

---

3 Aluzie intenţionat greşită la *Masca Morţii Roşii* de E. A. Poe.

mătuşa Lina îşi ieşise din minţi, avea senzaţia că, pentru a scăpa de pericole, trebuia să trăieşti baricadat în casă. A fost greu să-mi conving fiicele că vina nu era a Lilei, ci a imperiului sovietic. Într-un loc care se numea Cernobîl explodase o centrală nucleară şi emisese radiaţii periculoase care, fiind o planetă mică, puteau afecta pe oricine până în măduva oaselor. Mătuşa Lina v-a protejat, am spus. Dar Elsa a urlat: nu e adevărat, ne-a lovit, singurul lucru bun e că ne-a dat să mâncăm numai mâncare congelată. Imma: eu am plâns foarte mult, nu-mi place mâncarea congelată. Şi Dede: s-a purtat mai rău cu noi decât cum se poartă cu Gennaro. Am murmurat: mătuşa Lina s-ar fi comportat la fel şi cu Tina, gândiţi-vă prin ce chin trebuie să fi trecut, să vă protejeze pe voi şi-ntre timp să-şi imagineze că fiica ei e pe undeva şi nimănui nu-i pasă de ea. Dar a fost o greşeală să mă exprim în felul acela în faţa Immei. În timp ce Dede şi Elsa s-au strâmbat sceptice, ea s-a tulburat, a alergat la joacă.

Lila, câteva zile mai târziu, m-a înfruntat în felul ei direct:

— Tu eşti cea care le spui fiicelor tale că am pierdut-o pe Tina şi n-am plâns niciodată?

— Încetează, ţi se pare că zic aşa ceva?

— Dede mi-a spus mamă de rahat.

— E un copil.

— E un copil prost crescut.

Atunci am comis câteva greşeli nu mai puţin grave decât cele ale fiicelor mele. Am spus:

— Linişteşte-te. Eu ştiu cât o iubeai pe Tina. Încearcă să nu ţii totul în tine, ar trebui să te descarci, ar trebui să vorbeşti despre orice-ţi trece prin minte. E adevărat, naşterea a fost grea, dar nu trebuie să-ţi baţi capul cu asta.

Am greşit în tot: imperfectul *iubeai*, referirea la naştere, tonul neghiob. A răspuns brusc: vezi-ţi de-ale tale. Şi apoi a urlat, ca şi cum Imma ar fi fost adultă: învaţ-o pe fiica ta că dacă cineva îi spune un lucru, ea nu trebuie să-l spună altora mai departe.

7.

Lucrurile s-au înrăutăţit şi mai mult când, într-o dimineaţă — cred că era o zi de iunie din 1986 —, a avut loc o altă dispariţie. A sosit Nunzia, mai posomorâtă ca de obicei, şi a spus că Rino cu o seară înainte nu se-ntorsese să doarmă acasă, că Pinuccia îl căuta prin tot cartierul. Mi-a dat vestea aceea fără să mă privească în faţă, cum făcea când ce-mi spunea trebuia, de fapt, să ajungă la Lila.

M-am dus jos să-i comunic chestia asta. Lina l-a strigat imediat pe Gennaro, era sigură că el ştia unde se afla unchiul lui. Băiatul a opus multă rezistenţă, nu voia să dezvăluie nimic care s-o enerveze şi mai tare pe maică-sa. Dar după ce a trecut întreaga zi şi Rino tot nu era de găsit, s-a hotărât să coopereze. În dimineaţa următoare a refuzat să fie însoţit de Enzo şi de Lila la căutări, dar a acceptat compania tatălui său. Stefano a venit răsuflând greu, nervos din cauza necazurilor nenumărate pe care i le cauza cumnatul lui, neliniştit pentru el însuşi, fiindcă nu se simţea în putere. Îşi ducea încontinuu mâinile la gât, spunea, pământiu la faţă: nu pot respira. În cele din urmă, tată şi fiu — băiatul robust, bărbatul sfrijit, acoperit cu haine largi — au pornit spre calea ferată.

Au traversat triajul şi au apucat-o de-a lungul unor şine vechi, unde erau câteva vagoane nefolosite. Într-unul dintre acestea l-au găsit pe Rino. Era acolo, cu ochii deschişi. Nasul părea enorm, barba lungă şi încă neagră îi urca până la obraji, ca o plantă dăunătoare.

Stefano, văzându-şi cumnatul, a uitat de starea lui de sănătate şi a avut o adevărată criză de nervi. A urlat jigniri către cadavru, voia să-l ia la şuturi. Nenorocit erai de tânăr — a zbierat — şi nenorocit ai rămas: meriţi moartea asta, ai murit ca un nenorocit. Era furios pe Rino fiindcă o distrusese pe sora lui,

Pinuccia, fiindcă îi distrusese pe nepoţi şi fiindcă îi distrusese fiul. Uite, i-a spus lui Gennaro, uite ce te aşteaptă. Gennaro l-a prins de umeri, l-a strâns cu putere ca să-l ţină în timp ce se zbătea şi dădea din picioare.

Era dimineaţă devreme, dar deja începea să fie cald. Vagonul puţea a rahat şi a pişat, prin fotolii ieşeau arcurile, geamurile erau atât de murdare, încât nu se vedea afară. Pentru că Stefano se zbătea şi ţipa în continuare, băiatul şi-a pierdut calmul şi i-a vorbit urât tatălui său. A urlat la el că-l scârbea să fie copilul lui, că singurele persoane din tot cartierul pe care le respecta erau mama lui şi Enzo. Atunci, Stefano a-nceput să plângă. Au stat puţin împreună lângă corpul lui Rino, dar nu ca să-l vegheze, ci doar să se liniştească. S-au întors să dea vestea.

8.

Nunzia şi Fernando au fost singurii cărora le-a părut cu adevărat rău de pierderea lui Rino. Pinuccia şi-a plâns soţul minimul necesar şi apoi a părut că renaşte. Deja după două săptămâni a venit la mine acasă ca să mă-ntrebe dacă o putea înlocui pe soacră, pe care o doborâse suferinţa şi nu se mai simţea în stare să muncească: urma să rezolve treburile casei, să gătească şi să aibă grijă de fiicele mele în absenţa mea, pentru exact aceeaşi sumă. S-a dovedit mai puţin eficientă decât Nunzia, dar mai vorbăreaţă şi, mai ales, mai simpatică lui Dede, Elsei şi Immei. Le făcea tuturor foarte multe complimente, la fel şi mie, necontenit. Ce bine arăţi, spunea, eşti o doamnă: am văzut că-n dulap ai haine foarte frumoase şi mulţi pantofi, se vede că eşti importantă şi că te-ntâlneşti cu oameni care contează: e adevărat că se face un film bazat pe cartea ta?

După ce la început a făcut pe văduva, pe urmă mi-a tot pus întrebări despre haine pe care nu le mai purtam, chiar dacă era grasă și n-o încăpeau. Le lărgesc, spunea, și eu îi alegeam câte una. Le modifica, într-adevăr, cu pricepere și, după o scurtă vreme, apărea la muncă de parc-ar fi trebuit să meargă la o petrecere, defila înainte și înapoi pe hol pentru ca eu și fiicele mele să ne spunem părerea. Îmi era foarte recunoscătoare, uneori era atât de bucuroasă, că voia să stea la taclale în loc să muncească, începea să vorbească despre perioada petrecută la Ischia. Aducea adesea vorba despre Bruno Soccavo emoţionându-se, murmura: ce sfârșit urât a avut, de câteva ori a spus o frază care-i plăcea probabil mult: am rămas văduvă de două ori. Într-o dimineaţă, mi-a mărturisit că Rino fusese un soţ adevărat doar pentru câţiva ani, în rest se comportase ca un copil: și în pat, un minut și gata, în câteva cazuri nici măcar minutul ăla. A, da, nu avea niciun pic de maturitate, era fanfaron, mincinos, dar și arogant, arogant ca Lina. E o trăsătură a rasei familiei Cerullo — s-a enervat ea —, sunt lăudăroși și lipsiţi de sentimente. Apoi a început s-o vorbească de rău pe Lila, a spus că-și însușise tot ce era rodul inteligenţei și muncii fratelui ei. Am replicat: nu e adevărat, Lina a ţinut foarte mult la Rino, el a fost cel care a profitat de ea în toate felurile. Pinuccia m-a privit ranchiunoasă, brusc a început să-și laude soţul. Pantofii Cerullo, a declamat, el i-a inventat, dar apoi Lina și-a văzut propriul interes, l-a păcălit pe Stefano, l-a făcut s-o ia de nevastă, i-a furat o grămadă de bani — tata ne lăsase milionari — și apoi a făcut o înţelegere cu Michele Solara, ne-a distrus pe toţi. A adăugat: nu-i mai lua apărarea, tu știi asta foarte bine.

Nu era adevărat, bineînţeles, eu știam cu totul altceva. Pinuccia vorbea în felul acela din cauza vechilor ranchiuni. Și totuși, singura reacţie adevărată a Lilei la moartea fratelui a fost că ea a dat valoare multora dintre acele minciuni. Îmi dădusem seama de mult timp că fiecare își organizează memoria așa cum îi convine, inclusiv eu, spre uimirea mea constantă. Dar am fost impresionată că se putea ajunge la concretizarea unei rânduieli care era împotriva propriilor interese. Lila a-nceput aproape imediat să-i atribuie lui Rino toate meritele afacerii cu pantofii. A spus că fratele ei avea o imaginaţie şi o pricepere extraordinare încă de când era tânăr, că dacă nu s-ar fi băgat fraţii Solara, ar fi putut ajunge mai bine decât Ferragamo. Şi-a dat silinţa să încremenească cursul vieţii lui Rino în momentul precis în care atelierul tatălui fusese transformat într-o mică firmă, ştergând restul, tot ce făcuse şi-i făcuse el. A păstrat vie şi întreagă numai figura băiatului care o apărase împotriva tatălui iute de mână, care o sprijinise în dorinţele nebuneşti de fetiţă a cărei inteligenţă căuta soluţii.

Asta i s-a părut probabil un bun remediu împotriva suferinţei, pentru că exact în aceeaşi perioadă a prins din nou viaţă şi a început să facă acelaşi lucru în privinţa Tinei. Nu şi-a mai petrecut zilele ca şi cum micuţa ar fi trebuit să se-ntoarcă dintr-un moment în altul, ci a-ncercat să umple golul din casă şi dinlăuntrul ei cu o siluetă luminoasă, ca şi cum ar fi fost efectul unui program pentru computer. Tina a devenit un fel de hologramă, era şi nu era. Îi ţinea vie memoria. Îmi arăta pozele în care ieşise mai bine sau mă punea să-i ascult vocişoara cum o înregistrase Enzo pe un reportofon la un an, la doi, la trei sau pomenea micile ei întrebări amuzante, răspunsurile ei extraordinare, având grijă să vorbească mereu la prezent: Tina are, Tina face, Tina zice.

Asta n-a liniştit-o, bineînţeles, dimpotrivă, urla şi mai mult ca-nainte. Urla la fiul ei, la clienţi, la mine, la Pinuccia, la Dede şi Elsa, uneori şi la Imma. Urla mai ales la Enzo dacă el, în timp ce muncea, izbucnea în plâns. Dar uneori se aşeza, cum făcuse la început, şi-i vorbea Immei despre Rino şi despre fetiţă ca şi cum, dintr-un motiv oarecare, ar fi plecat împreună pe undeva. În cazul în care cea mică întreba: când se-ntorc, răspundea fără să se enerveze: se întorc când au chef. Dar făcea şi asta din ce în ce mai rar. După cearta noastră legată de fiicele mele părea să nu mai aibă nevoie de Imma. De fapt, încet, încet, o ţinea cu ea tot mai puţin şi, într-un mod afectuos, a-nceput să le trateze ca pe nişte surori. Într-o seară în care abia intraserăm în holul dezolant al blocului nostru — şi Elsa se văicărea pentru că văzuse un gândac, pe Dede o dezgusta numai gândul la aşa ceva, iar Imma voia s-o iau în braţe —, Lila le-a zis, ca şi cum eu n-aş fi fost prezentă: sunteţi fiicele unei doamne, ce faceţi în locul ăsta, convingeţi-vă mama să vă ia de aici.

9.

Paradoxal deci, după moartea lui Rino starea a părut să i se îmbunătăţească. Nu mai era de îngrijorare cu ochii mijiţi. Pielea feţei, care arăta ca o velă bătută de un vânt puternic, i s-a netezit. Dar îmbunătăţirea a fost temporară. Curând i-au apărut riduri haotice, pe frunte, la colţurile ochilor, chiar şi pe obraji, unde păreau nişte cute false. Şi puţin câte puţin tot corpul a început să-i îmbătrânească, spatele i s-a încovoiat, burta i s-a umflat.

Într-o zi, Carmen a folosit o expresie de-a ei, spunând îngrijorată: Tina e ca un chist în corpul ei, trebuie să i-l scoatem. Şi avea dreptate, trebuia găsită modalitatea ca povestea fetiţei să curgă mai departe. Dar Lila refuza, totul în privinţa fiicei sale era încremenit. Cred că se mişca ceva în ea, şi cu mare durere, numai cu Antonio şi cu Enzo, dar de nevoie, în secret. Dar când, pe neaşteptate, Antonio a plecat — fără să salute pe nimeni, cu întregul lui familion blond şi cu Melina de-acum bătrână şi buimăcită — ea a rămas fără rapoartele misterioase pe care el i le dădea. A rămas singură, purtându-se crud cu Enzo şi Gennaro, adesea incitându-l pe unul împotriva celuilalt. Sau nepăsătoare, cufundată în gândurile ei, cu atitudinea cuiva care aşteaptă să se-ntâmple ceva.

Treceam pe la ea zilnic, chiar şi atunci când scrisul mă presa cu scadenţele lui, şi făceam tot posibilul să intensific apropierea dintre noi. Pentru că era din ce în ce mai apatică, o dată am întrebat-o:

— Îţi mai place munca pe care o faci?

— Nu mi-a plăcut niciodată.

— Eşti mincinoasă, eu îmi amintesc că-ţi plăcea.

— Nu, nu-ţi aminteşti nimic: îi plăcea lui Enzo şi atunci am făcut-o să-mi placă şi mie.

— Găseşte-ţi altceva de făcut, atunci.

— Mi-e bine aşa. Enzo e cu capul în nori şi dacă nu-l ajut, închidem afacerea.

— Trebuie să treceţi amândoi peste suferinţă.

— Ce suferinţă, Lenù, trebuie să trecem peste furie.

— Atunci treceţi peste furie.

— Încercăm.

— Încercaţi cu mai multă convingere, Tina merită asta.

— Las-o în pace pe Tina, ocupă-te de fiicele tale.

— Mă ocup de ele.

— Nu suficient.

A găsit mereu, în anii aceia, mici crăpături ca să răstoarne situaţia şi să mă oblige să văd defectele lui Dede, ale Elsei, ale Immei. Le neglijezi, spunea. Eu acceptam criticile, unele erau întemeiate, eram interesată mai des de viaţa mea, neglijând-o pe a lor. Dar, între timp, aşteptam ocazia pentru a muta din nou discuţia asupra ei şi a Tinei. De la un moment dat încolo am început s-o sâcâi din cauza coloritului ei cenuşiu.

— Eşti foarte palidă.

— Tu eşti prea îmbujorată: uită-te la tine, eşti vineţie.

— Vorbesc despre tine: ce e-n neregulă?

— Anemia.

— Ce anemie?

— Ciclul îmi vine când are chef, dar pe urmă nu mai trece.

— De când?

— Dintotdeauna.

— Spune adevărul, Lila.

— Adevărul.

O ațâțam, adesea o provocam și ea reacționa, dar niciodată într-atât încât să-și piardă controlul, să se descarce.

Mi-a trecut prin minte că era de-acum o chestiune lingvistică. Ea recurgea la italiană ca la o barieră, eu încercam s-o împing spre dialect, limba noastră era franchețea. Dar în vreme ce italiana ei era tradusă din dialect, dialectul meu era tot mai tradus din italiană și vorbeam amândouă o limbă artificială. Trebuia, mai degrabă, să dea frâu liber, să scape controlul cuvintelor. Voiam să zică în napolitana sinceră a copilăriei noastre: ce dracu' vrei, Lenù, mă simt așa pentru că am pierdut-o pe fiica mea și poate că ea trăiește, poate că a murit. Dar nu reușesc să suport niciuna din aceste posibilități, pentru că dacă trăiește, trăiește departe de mine, se află într-un loc unde i se-ntâmplă lucruri oribile pe care eu, eu le văd limpede, le văd în fiecare zi și în fiecare noapte ca și cum s-ar întâmpla în fața ochilor mei; dar dacă a murit, am murit și eu, am murit pe dinăuntru, o moarte mai insuportabilă decât moartea adevărată care e moarte fără simțire, în timp ce moartea asta mă obligă în fiecare zi să simt fiecare lucru, să mă trezesc, să mă spăl, să mănânc și să beau, să muncesc, să vorbesc cu tine care nu-nțelegi sau nu vrei să-nțelegi, cu tine care, doar văzându-te aranjată toată, proaspăt coafată, cu fiicele tale care se descurcă bine la școală, care fac totul mereu perfect, pe care nici măcar locul ăsta nenorocit nu le alterează, ci dimpotrivă, pare că le face bine — le face să devină și mai stăpâne pe ele, și mai arogante, și mai sigure că au dreptul să capete totul — mă faci să mă apuce nervii mai mult decât deja mi se-ntâmplă: așa că, du-te, du-te, lasă-mă în pace, Tina trebuia să fie mai bună decât voi toți la un loc și, în schimb, cineva mi-a luat-o și eu nu mai rezist.

Voiam s-o împing spre un discurs de acest fel, confuz, intoxicat. Simțeam că dacă s-ar fi hotărât, ar fi extras din ghemul încurcat al creierului cuvinte de genul acela. Dar nu s-a întâmplat. Dimpotrivă, dacă stau și mă gândesc, în faza aceea a fost mai puțin agresivă decât în alte momente din trecutul nostru. Poate că defularea pe care mi-o doream era compusă numai din sentimentele mele care, însă, mă împiedicau să văd situația limpede și o făceau pe Lila să devină și mai ambiguă. Uneori mă apuca bănuiala că avea în minte niște lucruri imposibil de rostit pe care nu eram în stare nici măcar să mi le imaginez.

10.

Duminicile erau cele mai rele. Lila zăcea în casă, nu muncea și de-afară se auzeau vocile sărbătorii. Coboram la ea, spuneam: să ieșim, să mergem să facem o plimbare până-n centru, să mergem să vedem marea. Refuza și se enerva dacă insistam prea mult. Astfel, ca să compenseze proastele ei maniere, Enzo spunea: vin eu, să mergem. Ea urla imediat: da, duceți-vă, lăsați-mă în pace, îmi fac baie și mă spăl pe cap, lăsați-mă să respir.

Ieșeam, veneau cu noi fiicele mele și, uneori, chiar și Gennaro, căruia, după moartea unchiului său, acum îi spuneam toți Rino. Enzo în acele ore de plimbare mi se confesa în felul lui, cu puține cuvinte, uneori neclare. Spunea că fără Tina nu mai știa la ce-i folosea să facă bani. Spunea că a răpi copii ca să-i faci pe părinții lor să sufere era un semn al vremurilor scârboase care urmau să vină. Spunea că după nașterea fiicei era ca și cum în minte i s-ar fi aprins un bec și acum becul se stinsese. Spunea: îți amintești când chiar aici, pe strada asta, o duceam în cârcă? Spunea: mulțumesc, Lenù, pentru ajutorul pe care ni-l dai, nu te supăra pe Lina, este o perioadă plină de nenorociri, dar o cunoști mai bine decât mine, mai devreme sau mai târziu își va reveni.

Ascultam, îl întrebam: e foarte palidă, fizic cum se simte? Voiam să spun: știu că e sfâșiată de durere, dar spune-mi, e sănătoasă, ai observat simptome care trebuie să ne îngrijoreze? Dar în fața cuvântului *fizic* Enzo se rușina. Despre corpul Lilei nu știa aproape nimic, îl venera ca pe un idol, cu prudență și respect. Și răspundea fără convingere: bine. Apoi devenea agitat, se grăbea să se-ntoarcă acasă, spunea: să încercăm s-o convingem să facă măcar câțiva pași prin cartier.

Inutil, doar în foarte rare ocazii am reușit s-o târăsc pe Lila afară duminica. Dar n-a fost o idee bună. Ea mergea cu pas vioi, șleampătă, cu părul despletit și ciufulit, aruncând în jur priviri arțăgoase. Eu și fiicele mele ne țineam cu greu după ea și păream niște servitoare mai frumoase, mai elegant gătite decât stăpâna. O cunoșteau toți, și vânzătorii ambulanți, care-și aminteau bine de necazurile prin care trecuseră din cauza dispariției Tinei și le era frică să nu aibă și altele, o evitau. Era pentru toți femeia îngrozitoare care, lovită de-o mare nenorocire, ducea cu ea forța acesteia și-o răspândea în jur. Lila înainta cu privirea ei feroce pe șosea, spre părculeț, și oamenii lăsau ochii în pământ, priveau în altă parte. Dar dacă totuși cineva o saluta, ea nici nu băga de seamă, nu răspundea. Din felul în care mergea părea să aibă o destinație unde trebuia să ajungă urgent. În realitate, fugea doar de amintirea acelei duminici, din urmă cu doi ani.

De fiecare dată când am ieșit împreună, ne-am intersectat inevitabil cu frații Solara. De ceva timp nu se-ndepărtau de cartier, la Napoli fusese un șir foarte lung de omoruri și ei, cel puțin duminica, preferau s-o petreacă în liniște pe acele străzi ale copilăriei care erau sigure, din punctul lor de vedere, ca acelea ale unei fortărețe. Cele două familii făceau mereu aceleași lucruri. Mergeau la liturghie, se plimbau printre tarabe, îi duceau pe copii la biblioteca din cartier deschisă, într-o lungă tradiție, încă de când eram mici eu și Lila, în zilele de sărbătoare. Eu credeam că Elisa sau Gigliola erau cele care impuneau acel ritual cult, dar o dată, când a trebuit să mă opresc ca să schimb două vorbe, am aflat că asta-și dorea Michele. Mi-a zis, arătând spre copii, care erau deja mari, dar îl ascultau evident de teamă, în vreme ce pentru mama lor nu aveau niciun pic respect:

— Ăștia știu că dacă nu citesc cel puțin o carte pe lună de la prima la ultima pagină, eu nu le mai dau o liră: fac bine, Lenù?

Nu știu dacă într-adevăr împrumutau cărți, pentru că aveau bani să-și cumpere întreaga Bibliotecă Națională. Dar fie c-o făceau dintr-o nevoie reală sau dintr-o prefăcătorie, căpătaseră de-acum acest obicei: urcau scările, împingeau ușa cu vitralii care data din anii '80, intrau, stăteau nu mai mult de zece minute și ieșeau.

Când eram singură cu fiicele mele, Marcello, Michele, Gigliola și chiar și băieții se arătau amabili, doar sora mea avea o atitudine rece față de noi. Cu Lila, în schimb, lucrurile se complicau, mă temeam că tensiunea o să crească primejdios. Dar în acele foarte rare plimbări duminicale, ea s-a prefăcut mereu că ei nu există. Și frații Solara s-au comportat în același fel, când eram cu Lila, preferau să mă ignore și pe mine. Dar Elsa, într-o duminică dimineață, n-a mai dorit să se conformeze acelei reguli nescrise și i-a salutat cu atitudinea ei de regină pe copiii lui Michele și ai Gigliolei, care i-au răspuns stingheriți. În consecință, deși era foarte frig, am fost obligați cu toții să ne oprim câteva minute. Cei doi Solara s-au prefăcut că au ceva urgent de vorbit, eu am discutat cu Gigliola, fetele cu băieții, Imma l-a studiat cu atenție pe vărul ei, Silvio, pe care-l vedeam din ce în ce mai rar. Nimeni nu i-a adresat niciun cuvânt Lilei și Lila, la rândul ei, a tăcut. Doar Michele, când și-a întrerupt discuția cu fratele lui și mi-a vorbit în felul lui arogant, a menționat-o fără s-o privească. A spus:

— Acum, Lenù, dăm o fugă la bibliotecă și apoi mergem să mâncăm. Vrei să ne însoțești?

— Nu, mulțumesc, am răspuns, trebuie să mergem: altă dată însă cu plăcere.

— Bravo, poate le spui băieților ce să citească și ce nu. Tu pentru noi ești un exemplu, tu și fiicele tale. Când vă vedem trecând pe stradă, spunem mereu: Lenuccia odată era ca noi și uitați-vă, în schimb, cum e acum. Nu știe ce e trufia, e democratică, trăiește aici cu noi, exact ca noi, chiar dacă-i o persoană importantă. Ei, da, cine învață devine un om mai bun. Astăzi toți merg la școală, toți stau cu nasul în cărți și, de aceea, în viitor bunătatea dobândită o să ne iasă pe urechi. Dacă, în schimb, nu citești și nu studiezi, cum i s-a întâmplat Lilei, cum ni s-a întâmplat nouă tuturor, rămâi rău și răutatea e urâtă. Nu-i așa, Lenù?

M-a prins de încheietura mâinii, ochii îi sclipeau. A repetat: nu-i așa?, cu sarcasm, și eu am făcut semn că da, dar mi-am eliberat încheietura mâinii smulgând-o și brățara mamei mele i-a rămas în palmă.

— Oh, a exclamat, și de data asta i-a căutat privirea Lilei, dar n-a găsit-o. A spus cu un regret fals: Scuze, ți-o repar.

— Nu-i nimic.

— Nici gând, e datoria mea: o vei avea ca nouă. Marcè, treci tu pe la bijutier?

Marcello a făcut semn că da.

Lumea, între timp, trecea privind în pământ, era aproape ora prânzului. Când am reușit să scăpăm de cei doi frați, Lila mi-a zis:

— Știi să te aperi și mai puțin ca altădată: n-o să mai vezi brățara înapoi.

11.

Am fost convinsă că urma una din crizele ei. O vedeam slăbită și o simțeam foarte neliniștită, ca și cum s-ar fi așteptat ca un lucru incontrolabil să rupă blocul în două, apartamentul, pe ea însăși. Câteva zile n-am știut nimic de ea, răceala mă istovise. Și Dede tușea și avea febră, eram sigură că virusul se va transmite curând la Elsa și la Imma. În plus, aveam de predat o lucrare urgent (trebuia să concep ceva pentru o revistă care dedica un număr întreg trupului feminin) și nu aveam nici chef, nici energie să scriu.

Afară se stârnise un vânt rece care făcea să vibreze geamurile ferestrelor, tocurile nu se închideau bine, gerul care pătrundea era tăios. Vineri, Enzo a venit să-mi spună că trebuia să meargă la Avellino pentru că o mătușă de-a lui nu se simțea bine. În ce-l privea pe Rino, acesta urma să-și petreacă sâmbăta și duminica la Stefano, care-l rugase să-l ajute să demonteze mobilierul mezelăriei ca să-l ducă unui individ dispus să-l cumpere. Lila, deci, rămânea singură și Enzo a spus că era un pic deprimată, m-a rugat să-i țin companie. Dar eu eram obosită, abia reușeam să mă concentrez asupra unei idei, că atunci ba mă striga Dede, ba mă voia Imma, ba Elsa protesta și ideea se evapora. Când a apărut Pinuccia să facă ordine-n casă, am rugat-o să gătească mai mult pentru sâmbătă și duminică, apoi m-am închis în dormitor, unde aveam o măsuță de lucru.

A doua zi, fiindcă Lila nu dăduse niciun semn, m-am dus jos s-o invit la prânz. Mi-a deschis ciufulită, în papuci, cu un vechi halat verde încheiat peste pijamale. Dar spre uimirea mea avea ochii și gura machiate strident. În casă erau o mare dezordine și un miros neplăcut. A spus: dacă vântul suflă un pic mai tare, o să ia pe sus cartierul. Nimic altceva decât o hiperbolă banală, și totuși m-am alarmat: o spusese ca și cum ar fi fost convinsă că, într-adevăr, cartierul putea fi smuls din temelii ca să spulbere în fărâme împrejurimile de la Ponti Rossi. Odată ce și-a dat seama că percepusem anomalia tonului ei, a zâmbit forțat, a murmurat: am glumit. Am aprobat din cap, i-am înșirat bunătățile care erau la prânz. S-a entuziasmat exagerat, dar după o clipă și-a schimbat brusc dispoziția, a spus: adu-mi prânzul aici, nu vreau să vin la tine, fiicele tale mă enervează.

I-am dus prânzul și, de asemenea, cina. Pe scări era extrem de frig, nu mă simțeam bine și nu voiam să mă plimb sus-jos doar ca să aud lucruri neplăcute. Dar de data asta am găsit-o surprinzător de amabilă, a spus așteaptă, stai un pic cu mine. M-a târât după ea în baie, s-a pieptănat cu multă atenție și, între timp, a vorbit despre fiicele mele cu duioșie, cu admirație, voind parcă să mă convingă că nu credea cu adevărat ce-mi spusese cu câteva minute mai devreme.

— La început, a zis, făcându-și cărare pe mijloc și începând să-și împletească două cozi fără să-și piardă din vedere propria imagine în oglindă, Dede semăna cu tine, acum, în schimb, devine ca tatăl ei. Elsei i se-ntâmplă contrariul: părea leită tatăl ei, dar acum începe să semene cu tine. Totul se mișcă. O dorință, o fantezie circulă mai rapid decât sângele.

— Nu înțeleg.

— Îți amintești când credeam că Gennaro era al lui Nino?

— Da.

— Așa mi se părea, copilul era leit el, copia lui fidelă.

— Vrei să spui că o dorință poate fi atât de puternică, încât să pară deja împlinită?

— Nu, vreau să spun că pentru câțiva ani Gennaro a fost *cu adevărat* fiul lui Nino.

— Nu exagera.

O clipă m-a privit fix, cu răutate, a făcut câțiva pași prin baie șchiopătând, a izbucnit în râs într-un fel un pic artificial.

— Acum ți se pare că exagerez?

Am înțeles, un pic iritată, că-mi imita mersul.

— Nu face mișto de mine, mă doare șoldul.

— Nu te doare nimic, Lenù. Ți s-a părut că trebuie să șchiopătezi ca să n-o lași pe mama ta să moară de tot și acum șchiopătezi cu adevărat și eu te observ, îți face bine. Frații Solara ți-au luat brățara și tu n-ai zis nimic, nu ți-a părut rău, nu te-ai îngrijorat. Inițial, am crezut că era din cauză că nu știi să te revolți, dar acum am înțeles că nu-i așa. Îmbătrânești așa cum trebuie. Te simți puternică, nu mai ești fiica nimănui, ai devenit într-adevăr mamă.

M-am simţit stingherită, am repetat:

— E doar o mică durere.

— Ţie chiar şi durerile îţi fac bine. Ţi-a fost de ajuns să şchiopătezi un pic şi acum mama ta sălăşluieşte liniştită în tine. Piciorul ei e bucuros că şchiopătezi şi de aceea eşti şi tu bucuroasă. Nu-i aşa?

— Nu.

Ea s-a strâmbat ironic pentru a sublinia că nu mă credea şi mi s-a adresat, cu ochii machiaţi reduşi la două crăpături:

— După tine, când Tina va avea patruzeci şi doi de ani, va arăta aşa?

Am ţintuit-o cu privirea. Avea o expresie provocatoare, cu mâinile strânse în jurul cozilor. Am spus:

— Probabil, da, poate că da.

12.

Fiicele mele au fost nevoite să se descurce singure, am rămas să mănânc cu Lila, chiar dacă-mi intrase frigul în oase. Am vorbit tot timpul despre asemănările fizice, am încercat să-nţeleg ce se-ntâmpla în capul ei. Dar am discutat şi despre munca mea. Mă ajută să vorbesc cu tine, am spus ca să-i dau încredere, mă ajuţi să gândesc.

Chestia asta a părut s-o înveselească, a murmurat: când ştiu că-ţi sunt de folos, mă simt mai bine. Imediat, din strădania de a-mi fi utilă, a trecut la raţionamente complicate sau dezlânate. Îşi dăduse cu mult fard ca să-şi ascundă paloarea şi nu mai părea a fi ea, ci o mască de Carnaval, cu pomeţii foarte roşii. Pe alocuri am urmărit-o cu interes, alteori am recunoscut doar semnele stării proaste pe care deja o cunoşteam bine şi m-am alarmat. A spus, de exemplu, râzând: o scurtă vreme am crescut un fiu de-al lui Nino, exact cum ai făcut tu cu Imma, un fiu în carne și oase; dar când fiul acela a devenit fiul lui Stefano, unde a sfârșit fiul lui Nino, îl are Gennaro încă în el, oare eu îl am? Fraze de genul ăsta. Apoi a-nceput brusc să-mi laude gătitul, a zis că mâncase cu plăcere, cum nu i se-ntâmplase de mult. Când am răspuns că nu era opera mea, ci a Pinucciei, s-a posomorât, a bombănit că nu voia nimic de la Pinuccia. În acel moment, Elsa m-a strigat de sus, a urlat că trebuia să mă-ntorc imediat acasă, Dede cu febră era și mai rea decât Dede sănătoasă. Am rugat-o pe Lila să mă cheme când avea nevoie de mine, i-am zis să se odihnească, am urcat în grabă în apartamentul meu.

Restul zilei m-am străduit să uit de ea, am lucrat până noaptea târziu. Fetele crescuseră cu ideea că atunci când eram băgată până la urechi în treabă, trebuiau să se descurce singure și să nu mă deranjeze. Într-adevăr, m-au lăsat în pace, am lucrat cu spor. Ca de obicei, îmi era de ajuns o aluzie a Lilei și creierul meu îi recunoștea aura, se activa, elibera inteligență. De-acum știam c-o să reușesc că scriu așa cum se cuvine mai ales când ea, chiar prin câteva cuvinte nelegate, liniștea cea mai nesigură parte din mine, garantându-i că aveam dreptate. Am dat o sistematizare unitară și elegantă bodogănelii ei incoerente. Am scris despre șoldul meu, despre mama. Acum, când aveam parte din ce în ce mai des de aprobarea celorlalți, recunoșteam fără stânjeneală că discuțiile cu ea îmi suscitau idei, mă imboldeau să fac diverse legături între lucruri. În acei ani de vecinătate, eu la etajul de sus, ea la etajul de jos, asta s-a-ntâmplat de multe ori. Era de ajuns un mic impuls și mintea mea care părea goală devenea dintr-odată plină și foarte vivace. Mi se părea că are vederi largi, așa mi se păruse dintotdeauna și nu găseam nimic rău în acest lucru. Îmi spuneam că asta-nsemna să fim adulte, să recunosc că aveam nevoie de imboldurile ei. Dacă odinioară ascundeam inclusiv față de mine însămi acea înflăcărare, acum eram mândră de ea, chiar scrisesem despre asta pe undeva. *Eu eram eu* și tocmai din acest motiv îi puteam face loc în mine și da o formă rezistentă.

Ea, în schimb, nu voia să fie ea, deci nu știa să facă același lucru. Tragedia Tinei, organismul slăbit, creierul pribeag participau fără doar și poate la crizele ei. Dar proasta dispoziție pe care o numea tăiere a marginilor avea *acea* rațiune de fond. M-am dus la culcare spre ora trei, m-am trezit la nouă.

Dede nu mai avea febră, în schimb Imma tușea. Am făcut curat în apartament, m-am dus să văd cum se simțea Lila. Am bătut mult la ușă, nu deschidea. Am ținut apăsat butonul soneriei până când i-am auzit mersul târșâit și vocea care bombănea înjurături în dialect. Cozile-i erau pe jumătate desfăcute, machiajul i se-ntinsese, era, mai pregnant decât în ziua precedentă, o mască tristă.

— Pinuccia m-a otrăvit, a spus convinsă, n-am dormit, burta stă să-mi explodeze.

Am intrat, m-a izbit o senzație de lipsă de grijă, de mizerie. Pe podea, lângă chiuvetă, am văzut hârtie igienică îmbibată de sânge. Am spus:

— Am mâncat aceleași lucruri pe care le-ai mâncat tu și mă simt bine.

— Atunci explică-mi ce am.

— Ciclul?

S-a enervat:

— Ciclu am tot timpul.

— Atunci trebuie să mergi la un consult.

— Nu las pe nimeni să se uite în burta mea.

— Ce crezi că ai?

— Știu eu.

— Acum mă duc să-ți iau un calmant de la farmacie.

— Tu n-ai acasă?

— N-am nevoie.

— Nici Dede și Elsa?

— Nici ele.

— A, voi sunteți perfecte, voi nu aveți nevoie niciodată de nimic.

Am pufnit, o luam de la capăt.

— Vrei să ne certăm?

— Tu vrei să te cerţi, pentru că spui că am dureri menstruale. Nu sunt un copil ca fetele tale, știu dacă am dureri din alea sau altceva.

Nu era adevărat, nu ştia nimic despre sine. Când avea de-a face cu tulburările organismului ei, era mai rău decât Dede și decât Elsa. Mi-am dat seama că suferea, își apăsa burta cu mâinile. Poate că mă-nşelasem: era în mod sigur copleșită de neliniște, dar nu din cauza vechilor ei temeri, avea o durere reală. I-am făcut un ceai de mușețel, am pus-o să-l bea, mi-am pus un palton și am alergat să văd dacă farmacia era deschisă. Tatăl lui Gino era un farmacist priceput, sigur mi-ar fi dat un sfat bun. Dar tocmai ieșisem pe șosea, printre tarabele duminicale, când am auzit niște explozii — pac, pac, pac, pac — asemănătoare cu cele pe care puștii le provocau de Crăciun, jucându-se cu focurile de artificii. Au fost patru la distanţă apropiată și apoi a sosit și a cincea: pac.

Am luat-o pe drumul spre farmacie. Lumea părea dezorientată, Crăciunul era încă departe, unii grăbeau pasul, alţii alergau de-a binelea.

A-nceput brusc vaietul sirenelor: poliţia, o ambulanţă. L-am întrebat pe un oarecare ce se-ntâmplase, a clătinat din cap, și-a dojenit soţia că nu se mișca mai repede și a șters-o de acolo. Atunci am văzut-o pe Carmen, cu soţul și cei doi copii. Se aflau de cealaltă parte a străzii, am traversat. Înainte să apuc să pun vreo întrebare, Carmen mi-a zis în dialect: amândoi fraţii Solara au fost omorâţi.

13.

Există momente în care lucrurile care se situează pe marginile vieţii noastre și par să-i fie fundal pe vecie — un imperiu, un partid politic, o credinţă, un monument, chiar și numai persoanele care fac parte din existența noastră de zi cu zi — se prăbușesc în mod complet neașteptat și exact atunci când mii de alte lucruri ne presează. Așa s-a întâmplat în acea perioadă. Zi după zi, lună după lună, la osteneală s-a adăugat osteneală, la temeri alte temeri. Pentru o lungă perioadă mi s-a părut că sunt ca unele personaje din romane și din tablouri care stau neclintite pe o stâncă sau pe prora unei nave înfruntând o furtună care însă nu le doboară, ci, dimpotrivă, nici măcar nu le atinge. Telefonul meu a sunat încontinuu. Faptul că locuiam pe feuda fraților Solara m-a obligat la o înlănțuire infinită de cuvinte scrise și spuse. Sora mea, Elisa, după moartea soțului, a devenit o fetiță terorizată, mă voia lângă ea zi și noapte, era sigură că asasinii se vor întoarce să-i omoare pe ea și pe fiul ei. Și în special trebuia să mă ocup de Lila, care chiar în acea duminică a fost smulsă brusc din cartier, de lângă fiul ei, de lângă Enzo, de la munca ei și a ajuns pe mâna medicilor pentru că era slăbită, vedea lucruri care i se păreau reale, dar nu erau, pierdea sânge. I-au descoperit un uter fibromatos, au operat-o și i l-au scos. O dată — era încă în spital — s-a trezit tresărind, a exclamat că Tina ieșise din nou din burta ei și acum se răzbuna pe toți, chiar și pe ea. Pentru o fracțiune de secundă, a părut convinsă că fiica ei îi omorâse pe frații Solara.

14.

Marcello și Michele au murit într-o duminică din luna decembrie a anului 1986, în fața bisericii unde fuseseră botezați. Trecuseră câteva minute de la asasinatul lor și deja tot cartierul știa detaliile despre acesta. În Michele se trăsese de două ori, în Marcello de trei. Gigliola fugise, fiii lor alergaseră instinctiv în urma ei. Elisa îl înșfăcase pe Silvio și-l strânsese în brațe aproape de ea, întorcându-se cu spatele la asasini. Michele murise imediat, Marcello nu, se așezase pe o treaptă și încercase să-și încheie nasturii de la haină, fără însă a reuși.

Cei care spuneau că știu totul despre moartea fraților Solara, când a venit momentul să dezvăluie cine-i omorâse, și-au dat seama că nu văzuseră aproape nimic. Fusese un bărbat singur care trăsese, apoi urcase calm într-un Ford Fiesta și plecase. Nu, fuseseră doi, doi bărbați, iar la volanul unui Fiat 147 galben cu care fugiseră era o femeie. Nicidecum, asasinii erau trei, toți bărbați, aveau fețele acoperite cu cagule și se îndepărtaseră pe jos. În câteva istorisiri părea chiar că nu trăsese nimeni. În povestirea pe care mi-a spus-o Carmen, de exemplu, frații Solara, sora mea, nepotul meu, Gigliola, fiii ei se agitau în fața bisericii ca și cum ar fi fost loviți de ceva din senin: Michele căzuse pe spate și se izbise puternic cu capul de pavaj; Marcello se așezase cu grijă pe o treaptă și, pentru că nu reușea să-și încheie haina peste puloverul albastru pe gât, începuse să-njure și se lăsa pe o parte; soțiile și fiii lor nu aveau nici măcar o zgârietură și, în câteva secunde, intraseră să se ascundă în biserică. Părea că cei prezenți priviseră doar din perspectiva celor uciși, nu și din cea a ucigașilor.

Armando, în acel moment greu, a venit din nou să mă intervieveze pentru televiziunea lui. N-a fost singurul. Despre acea întâmplare am spus și am povestit în scris, în diverse locuri, ceea ce știam. Dar în cele două sau trei zile care au urmat mi-am dat seama că mai ales cronicarii ziarelor napolitane știau mai multe decât mine. Informațiile care, până cu puțin timp înainte, nu erau pe nicăieri s-au revărsat pe neașteptate. O listă impresionantă de activități criminale despre care nu auzisem niciodată vorbindu-se le-au fost atribuite fraților Solara. La fel de impresionantă era lista averii lor. Ceea ce scrisesem împreună cu Lila, ceea ce publicasem când erau încă în viață era nimic, aproape nimic în comparație cu ce a apărut în ziare după moartea lor. În schimb, mi-am dat seama că știam altceva, lucruri pe care nu le știa și nu le-a scris nimeni, nici măcar eu. Știam că, atunci când erau mici, frații Solara ni se păreau foarte frumoși, că se plimbau în sus și în jos prin cartier în Fiatul lor 1100 precum războinicii antici în carele lor de război, că într-o seară ne apăraseră în Piața Martirilor de tineretul înstărit din Chiaia, că Marcello voia să se însoare cu Lila, dar că pe urmă se căsătorise cu sora mea, Elisa, că Michele înțelesese cu mult înainte extraordinarele calități ale prietenei mele și o iubise ani de zile la modul absolut, atât de mult încât ajunsese să se rătăcească el însuși. Exact în timp ce-mi dădeam seama că știu acele lucruri am descoperit că erau importante. Arătau felul în care eu și mii, și mii de alte persoane cumsecade din tot orașul Napoli stătuserăm în lumea fraților Solara, participaserăm la inaugurarea magazinelor lor, cumpăraserăm prăjituri din cofetăria lor, le sărbătoriserăm nunțile, le cumpăraserăm pantofii, fuseserăm oaspeți în casele lor, mâncaserăm la aceeași masă, le luaserăm în mod direct sau indirect banii, le suportaserăm violența și ne prefăcuserăm că nimic nu se-ntâmpla. Marcello și Michele erau, vrând-nevrând, parte din noi, la fel cum era Pasquale. Dar în vreme ce în privința lui Pasquale, cu toate miile de deosebiri, fusese trasată imediat o linie de demarcație clară, linia de demarcație în privința unor persoane ca frații Solara fusese și era, la Napoli, în toată Italia, neclară. Cu cât săream înapoi mai oripilați, cu atât linia ne includea mai mult.

Concretețea acelei apartenențe căpătate în spațiul redus și supercunoscut al cartierului m-a deprimat. Cineva, ca să arunce cu noroi în mine, a scris că eram înrudită cu frații Solara și, o vreme, am evitat să mă duc la sora mea și la nepotul meu. Am evitat-o și pe Lila. Desigur, fusese cea mai îndârjită inamică a celor doi frați, dar banii cu care își pornise mica afacere nu-i strânsese muncind pentru Michele, poate chiar furându-i de la el? M-am învârtit ceva vreme în jurul acelei idei. Apoi timpul a trecut, chiar și frații Solara s-au amestecat cu cei mulți care sfârșeau în fiecare zi pe lista celor uciși și, încet, încet, ne-a îngrijorat doar faptul că-n locul lor urmau să vină oameni mai puţin cunoscuţi şi mult mai necruţători. Eu am uitat în asemenea măsură de ei, încât atunci când un băiat de vreo cincisprezece ani mi-a înmânat un pachet din partea unui bijutier din Montesanto, n-am intuit imediat ce conţinea. M-a surprins etuiul roşu, plicul adresat doamnei Elena Greco. A trebuit să citesc bileţelul ca să înţeleg despre ce era vorba. Marcello scrisese cu o grafie chinuită doar atât: scuze, apoi semnase cu un M numai din volute, litera care odinioară se preda la clasele primare. În etui era brăţara mea atât de strălucitoare, încât părea nouă.

15.

Când i-am povestit Lilei de pachetul acela şi i-am arătat brăţara toată lustruită, a spus: n-o mai purta şi nu le lăsa nici pe fete s-o poarte. Se întorsese acasă foarte slăbită, era de ajuns să urce scările ca să simtă cum răsuflarea îi bubuia în piept. Lua pastile şi-şi făcea singură injecţiile, dar, după cât de palidă devenise, părea că fusese în regatul morţilor şi vorbea despre brăţară ca şi cum era sigură că de acolo venise aceasta.

Moartea fraţilor Solara se suprapusese peste internarea ei de urgenţă în spital, sângele vărsat de ea se amestecase — şi în amintirea mea legată de acea duminică haotică — cu al lor. Dar, de fiecare dată când încercam să-i vorbesc despre acea execuţie din faţa bisericii, părea contrariată, reacţiona cu fraze de genul: erau nişte nenorociţi, Lenù, mi se rupe de ei, îmi pare rău pentru sora ta, dar dacă ar fi fost un pic mai deşteaptă, nu s-ar fi căsătorit cu Marcello, se ştie că astfel de persoane sunt ucise.

De câteva ori am încercat s-o trag înăuntrul acelui sentiment de apropiere care în acel moment mă stingherea, m-am gândit că probabil ea îl are mai acut decât mine. Am zis ceva de genul:

— Îi cunoşteam încă de mici.
— Toţi au fost mici.
— Ţi-au dat de lucru.
— Le convenea lor şi-mi convenea şi mie.
— Michele a fost cu siguranţă o canalie, dar nici tu, uneori, n-ai fost mai prejos.
— Trebuia să fiu şi mai rea de-atât.

Vorbea limitându-se cu greu la dispreţ, dar îi apărea în ochi o sclipire maliţioasă, îşi împreuna degetele, le strângea până i se albeau nodurile. Înţelegeam că-n spatele acelor cuvinte, deja în sine necruţătoare, erau altele şi mai crude pe care evita să le spună, dar pe care le avea pregătite în minte. I le citeam pe faţă, le auzeam urlate: dacă ei mi-au luat-o pe Tina, atunci fraţii Solara au avut parte de-o soartă prea blândă, trebuia să fie spintecaţi şi să li se smulgă inima din piept şi să li se arunce maţele pe stradă; dacă, în schimb, n-au răpit-o ei, cine i-a omorât a făcut oricum bine, meritau asta şi mai mult de-atât; dacă ar fi fluierat după mine, aş fi dat fuga imediat să-i ajut.

Dar n-a ajuns niciodată să se exprime în felul acela. Brusca ieşire din scenă a celor doi fraţi n-a părut să aibă cine ştie ce influenţă asupra ei. A încurajat-o doar, fiindcă nu-i mai putea întâlni, să se plimbe prin cartier mai des. Nu a revenit niciodată la felul ei activ de dinaintea dispariţiei Tinei, nu şi-a reluat nici măcar viaţa ei, care însemna doar casă şi birou. A făcut astfel încât convalescenţa ei să dureze săptămâni şi săptămâni la rând, hoinărind între tunel, şosea şi părculeţ. Mergea cu capul plecat, nu vorbea cu nimeni şi, atât din pricina înfăţişării ei neîngrijite, cât şi fiindcă părea în continuare un pericol pentru sine şi pentru ceilalţi, nimeni nu vorbea cu ea.

Uneori mă obliga s-o însoţesc şi era greu să-i spun nu. Am trecut adesea prin faţa cofetăriei unde se afla un anunţ pe care scria *închis pentru doliu*. Doliul nu s-a sfârşit niciodată, magazinul nu s-a mai deschis, epoca fraţilor Solara se încheiase. Dar

Lila, cu fiecare ocazie, arunca o privire la jaluzelele trase, la anunţul decolorat şi constata satisfăcută: e mereu închis. Lucrul acesta îi părea atât de bun, că, în timp ce treceam mai departe, ajungea chiar şi să râdă, să râdă o dată şi gata, ca şi cum ar fi fost ceva ridicol în închiderea acelei prăvălii.

O singură dată ne-am oprit la colţ, voind parcă să-i cuprindem urâţenia, acum, că lipseau ornamentele obişnuite ale barului. Acolo fuseseră măsuţele şi scaunele colorate, miresmele prăjiturilor şi ale cafelei, un du-te-vino de oameni, afaceri secrete, înţelegeri oneste şi infame. Acum era peretele cenuşiu crăpat tot. Când a murit bunicul, a spus Lila, când a fost ucisă mama lor, Marcello şi Michele au tapetat cartierul cu cruci şi madone, bocetele le-au fost interminabile; acum c-au murit ei, zero. Apoi şi-a amintit de când era încă la clinică şi-i povestisem că, după vorbele reticente ale oamenilor, gloanţele care-i omorâseră pe fraţii Solara nu le trăsese nimeni. Nimeni nu i-a ucis — a zâmbit —, nimeni nu-i plânge. Şi s-a oprit, a tăcut câteva secunde. Apoi, fără vreo legătură clară, mi-a mărturisit că nu mai voia să muncească.

16.

Nu mi s-a părut o manifestare ocazională de proastă dispoziţie, cu siguranţă se gândea la asta de mult timp, poate de când ieşise de la clinică. A spus:

— Dacă Enzo se descurcă singur, bine, dacă nu, vindem afacerea.

— Vrei să renunţi la Basic Sight? Şi ce vei face?

— Trebuie să faci neapărat ceva?

— Trebuie să-ţi foloseşti viaţa.

— Cum faci tu?

— De ce nu?

A râs, a oftat:

— Eu vreau să pierd vremea.

— Îl ai pe Gennaro, îl ai pe Enzo, trebuie să te gândești la ei.

— Gennaro are douăzeci și trei de ani, m-am ocupat de el chiar prea mult. Și pe Enzo trebuie să-l desprind de mine.

— De ce?

— Vreau să dorm din nou singură.

— E nasol să dormi singură.

— Tu n-o faci?

— Eu n-am bărbat.

— Și eu de ce trebuie să am?

— Nu mai ții la Enzo?

— Ba da, dar nu mai am chef de el și de nimeni. Am îmbătrânit și, când dorm, nu trebuie să mă deranjeze nimeni.

— Du-te la un medic.

— Gata cu medicii.

— Merg cu tine, sunt probleme care se rezolvă.

A devenit serioasă.

— Nu, mă simt bine așa.

— Nimeni nu se simte bine așa.

— Eu da. Fututul e o chestie așa de supraestimată.

— Vorbesc despre iubire.

— Am altele pe cap. Tu ai uitat-o deja pe Tina, eu nu.

Am auzit că ea și Enzo se certau din ce în ce mai des. Mai bine spus, ajungea până la mine vocea groasă a lui Enzo, abia-abia mai pronunțată ca de obicei, în vreme ce Lila nu făcea altceva decât să zbiere. La etajul de sus, filtrate de podea, ajungeau până la mine doar puține fraze de-ale lui. Nu era nervos — nu se enerva niciodată pe Lila —, ci era disperat. În esență, zicea că totul se stricase — Tina, munca, relația lor —, dar ea nu făcea nimic să redefinească situația, dimpotrivă, voia ca totul să se deterioreze în continuare. Vorbește tu cu ea, mi-a spus odată.

I-am răspuns că nu servea la nimic, că ea avea nevoie doar de mai mult timp ca să-și regăsească echilibrul. Enzo, pentru prima dată, a replicat în mod dur: Lina n-a avut niciodată echilibru.

Fals. Lila, când voia, știa să fie liniștită, judicioasă, chiar și în acea etapă de mari tensiuni. Avea zile bune, în care era senină și foarte afectuoasă. Se ocupa de mine și de fiicele mele, mă-ntreba de călătoriile mele, de ceea ce scriam, de oamenii pe care-i întâlneam. Urmărea adesea amuzată, alteori indignată, poveștile despre lipsa eficienței școlare, despre profesori nebuni, despre certuri, despre iubiri pe care le spuneau Dede, Elsa, chiar și Imma. Și era generoasă. Într-o după-amiază, l-a pus pe Gennaro s-o ajute și a adus sus la mine un computer vechi. M-a instruit în legătură cu modul în care să-l pun în funcțiune și a conchis: ți-l dăruiesc.

Eu deja din ziua următoare am început să-l folosesc ca să scriu. M-am obișnuit repede cu el, chiar dacă mă obseda teama că o pană de curent o să-mi spulbere ore întregi de muncă. De altfel, eram încântată de aparatul acela. Le-am povestit fiicelor mele, în prezența Lilei: gândiți-vă că am învățat să scriu cu penița, apoi am trecut la pix, apoi la mașina de scris — am lucrat și la cele electrice — și, în sfârșit, iată-mă aici, bat pe taste și apare acest scris miraculos: e foarte frumos, n-o să mă mai întorc la ce-a fost, gata cu pixul, o să scriu mereu la computer, veniți, atingeți bătătura pe care o am aici, pe arătător, pipăiți-o ce dură e: o am dintotdeauna, dar o să dispară.

Pe Lila a distrat-o toată acea bucurie, expresia de fericire de pe chipul ei semăna cu a cuiva care făcuse un cadou primit cu plăcere. Entuziasmul mamei voastre, a spus însă, e al unei persoane care nu pricepe nimic, după care le-a luat cu ea ca să mă lase să lucrez. Deși știa că le pierduse încrederea, când era bine dispusă, le lua adesea cu ea la birou ca să le arate ce erau în stare să facă aparatele ei cele mai noi, și cum, și de ce. Spunea ca să le recâștige: doamna Elena Greco, nu știu dac-o cunoașteți, are atenţia unui hipopotam care doarme într-un lac, voi, în schimb, chiar sunteţi isteţe. Dar n-a reuşit să le recapete afecţiunea, în special pe a lui Dede şi pe a Elsei. Fetele îmi spuneau la întoarcere: nu-nţelegi ce are în cap, mama, mai întâi ne îmboldeşte să-nvăţăm şi apoi spune că sunt aparate care folosesc la a face foarte mulţi bani, distrugând toate modurile vechi de a face bani. Într-un timp scurt, în vreme ce eu ştiam să folosesc computerul numai pentru a scrie, fiicele mele, chiar şi Imma puţin, au dobândit noţiuni şi abilităţi care mă făceau să mă simt mândră. Am început să depind în faţa fiecărui obstacol mai ales de Elsa, care ştia mereu ce să facă şi apoi se lăuda în faţa mătuşii Lina: am rezolvat asta aşa şi aşa, ce zici, m-am priceput?

Lucrurile au început să meargă şi mai bine când Dede a decis să-l implice pe Rino. El, care nu voise niciodată nici măcar să se atingă de vreunul dintre acele obiecte ale lui Enzo şi Lilei, a-nceput să arate un pic de interes, măcar ca să nu fie dojenit de fete, dacă nu din alt motiv. Într-o dimineaţă, Lila mi-a zis râzând:

— Dede îl schimbă pe Gennaro al meu.

I-am răspuns:

— Rino are nevoie doar de încredere.

Ea a răspuns, cu o vulgaritate vădită:

— Ştiu eu de ce încredere are nevoie.

17.

Acestea erau zilele bune. Dar imediat veneau cele rele: îi era cald, îi era frig, devenea gălbejită, apoi se-nroşea toată, apoi zbiera, apoi devenea pretenţioasă, apoi se acoperea de sudoare, apoi se certa cu Carmen, pe care o numea proastă şi veşnic nemulţumită. După operaţie, organismul ei părea din ce în ce mai răvăşit. Pe neaşteptate, înceta să fie amabilă şi o găsea insuportabilă pe

Elsa, urla la Dede, se purta urât cu Imma, în timp ce-i vorbeam, îmi întorcea brusc spatele și pleca. În acele perioade negre nu putea sta în casă și cu atât mai puțin la birou. Lua un autobuz sau metroul și o-ntindea.

— Ce faci? o întrebam.

— Mă plimb prin Napoli.

— Da, dar pe unde?

— Trebuie să-ți dau ție socoteală?

Orice prilej era bun să se ajungă la conflict, de la un fleac. Se certa mai ales cu fiul ei, dar le considera pe Dede și pe Elsa vinovate de disensiunile dintre ei. Chiar avea dreptate. Fiica mea cea mare stătea adesea și cu plăcere cu Rino, iar sora ei acum, ca să nu se simtă izolată, se străduia să-l accepte pe băiat, petrecând cu ei mare parte din timpul ei liber. Consecința era că amândouă îi inoculau un fel de insubordonare permanentă, atitudine care, în vreme ce-n casa lor era doar un înflăcărat exercițiu verbal, pentru Rino, în schimb, era o pălăvrăgeală confuză și superficială pe care Lila n-o suporta. Alea două, urla la fiul ei, își folosesc inteligența, tu repeți papagalicește niște tâmpenii. În acele zile era insuportabilă, nu accepta clișee, expresii patetice, orice formă de sentimentalism și, cu atât mai puțin, spiritul rebel alimentat de vechi sloganuri. Și totuși, la momentul potrivit, ea însăși afișa un anarhism manierist care mie deja mi se părea deplasat. Ne-am certat urât când, în preajma campaniei electorale din '87, am citit că Nadia Galiani fusese arestată în Chiasso.

Carmen a alergat la mine acasă cuprinsă de un atac de panică, nu reușea să fie rațională, spunea: acum or să-l ia și pe Pasquale, o să vedeți, le-a scăpat fraților Solara, dar or să-l omoare carabinierii. Lila i-a răspuns: pe Nadia n-au luat-o carabinierii, s-a predat ea însăși ca să negocieze o pedeapsă mai ușoară. Ipoteza aceea mi s-a părut că are sens. În ziare erau câteva rânduri, nu se vorbea de urmăriri, împușcături, oameni prinși. Ca s-o liniștesc pe Carmen, am sfătuit-o din nou: și Pasquale ar face bine să se predea, știi ce cred despre asta. Doamne Dumnezeule, Lila s-a înfuriat, a început să urle:

— Să se predea cui?

— Statului.

— Statului?

Mi-a făcut o listă substanțială de hoții și complicități criminale vechi și noi ale miniștrilor, simplilor parlamentari, polițiștilor, magistraților, serviciilor secrete din 1945 până în acel moment, arătându-se, ca de obicei, mai informată decât mi-aș fi putut imagina. Și a urlat:

— *Ăsta* e statul, de ce mama dracu' vrei să i-l dai pe Pasquale?

Apoi a continuat:

— Punem pariu că Nadia face câteva luni de pușcărie și iese, în timp ce pe Pasquale, dacă-l prind, îl bagă într-o celulă și aruncă cheia?

A venit aproape peste mine, repetând tot mai agresiv:

— Punem pariu?

N-am răspuns. Eram îngrijorată, lui Carmen nu-i făceau bine acele discuții. După moartea fraților Solara retrăsese imediat plângerea împotriva mea, fusese foarte amabilă cu mine, se arăta mereu disponibilă cu fiicele mele, chiar dacă era copleșită de treabă și de neliniști. Îmi părea rău că, în loc s-o liniștim, mai tare o chinuiam. Tremura, a spus adresându-mi-se, dar invocând autoritatea Lilei: dacă Nadia s-a lăsat prinsă, Lenù, înseamnă că s-a căit, că acum aruncă toată vina pe Pasquale și ea scapă: nu-i așa, Lina? Dar apoi i-a vorbit Lilei cu ranchiună, invocând autoritatea mea: nu mai e o chestiune de principiu, Lina, noi trebuie să ne gândim la binele lui Pasquale, trebuie să-i spunem că e mai bine să trăiască în închisoare decât să fie omorât: nu-i așa, Lenù?

Atunci Lila ne-a insultat violent și, deși era la ea acasă, a ieșit trântind ușa.

18.

Pentru ea să iasă și să hoinărească însemna de-acum soluția la toate tensiunile și problemele în care se zbătea. Tot mai des pleca dimineața și se-ntorcea seara, fără să-i pese de Enzo, care nu știa cum să mai facă față clienților, de Rino, de angajamentele pe care totuși și le lua față de mine când plecam, lăsându-i-le pe fiicele mele. Nu mă mai puteam baza pe ea, era de-ajuns un obstacol și lăsa baltă totul, fără să se gândească la consecințe.

Carmen pretindea odată că Lila se refugia în vechiul cimitir din zona Doganella, unde-și alesese mormântul unei fetițe ca să se gândească la Tina, care nu avea mormânt, și apoi să se plimbe pe aleile mărginite cu copaci, plante, vechi cripte, oprindu-se în fața fotografiilor mai șterse. Morții — mi-a spus — reprezintă o siguranță, au piatra funerară, data nașterii și a morții, în timp ce fiica ei nu, fiica ei va rămâne pentru totdeauna doar cu data nașterii și asta e urât, acea biată fetiță nu va avea niciodată un final, un punct fix unde mama ei să se poată așeza și liniști. Dar Carmen avea o înclinație pentru fanteziile morbide și de aceea n-o prea ascultam. Eu îmi imaginam că Lila parcurgea orașul pe jos fără să fie atentă la nimic, doar ca să uite suferința care, după atâția ani, continua s-o mâhnească. Sau presupuneam că hotărâse cu adevărat, în felul ei extrem, să nu-și mai ia niciun angajament față de nimic și de nimeni. Și fiindcă știam că mintea ei avea nevoie exact de opusul acestei stări, mă temeam c-o să-și piardă controlul, c-o să se dezlănțuie cu prima ocazie împotriva lui Enzo, împotriva lui Rino, împotriva mea, împotriva fiicelor mele, împotriva vreunui trecător care-o deranja, împotriva cui îi arunca o privire prea lungă. În casă mă puteam certa cu ea, liniști, supraveghea. Dar pe stradă? De fiecare dată când ieșea mă temeam că se vâră în necazuri. Dar tot mai des, când aveam treabă sau auzeam ușa de jos care se trântea și pașii ei pe scări, apoi jos în stradă, respiram ușurată. N-ar fi urcat la mine, nu mi-ar fi picat în casă cu vorbe provocatoare, nu le-ar fi împuns pe fete, n-ar fi devalorizat-o pe Imma, n-ar fi încercat în toate modurile să-mi facă rău.

M-am gândit din nou stăruitor că era timpul să plec. Deja era lipsit de sens, pentru mine, pentru Dede, pentru Elsa, pentru Imma, să mai rămân în cartier. Lila însăși, de altfel, după internarea în spital, după operație, după dezechilibrele din corpul ei, începuse să zică tot mai des ceea ce înainte zicea doar sporadic: pleacă, Lenù, ce faci aici, uită-te la tine, parcă rămâi numai pentru că i-ai făgăduit Sfintei Fecioare. Voia să-mi aducă aminte că nu fusesem la înălțimea așteptărilor ei, că șederea mea în cartier era doar o simulare pentru intelectuali, că de fapt ei, locului unde ne născuserăm — cu toate studiile mele, cu toate cărțile mele — nu-i fusesem și nu-i eram de niciun folos. Eu mă indispuneam și mă gândeam: mă tratează ca și cum ar vrea să mă concedieze pentru că nu dau randament cum trebuie.

19.

A-nceput o perioadă în care mă gândeam încontinuu la ce era de făcut. Fiicele mele aveau nevoie de stabilitate și trebuia, mai ales, să fac tot posibilul ca de asta să se ocupe tații lor. Nino rămânea problema cea mai mare. Uneori telefona, o alinta puțin pe Imma la telefon, ea răspundea monosilabic, sfârșit. De curând făcuse o mișcare, în fond, previzibilă, cunoscându-i ambițiile: se prezentase la alegeri pe listele Partidului Socialist. Cu acea ocazie, îmi trimisese o scrisorică în care-mi cerea să-l votez și să-l ajut să fie votat. La scrisoare, care se încheia cu *Spune-i și Linei!*, anexase un fluturaș cu o poză de-a lui fermecătoare și o notă biografică. În notă era un rând subliniat cu pixul, în care declara alegătorilor că avea trei copii: Albertino, Lidia și Imma. Pe margine scrisese: *dă-i fetei să citească acest rând, te rog.*

Nu-l votasem și nu făcusem nimic ca să fie votat, dar îi arătasem fluturașul Immei și ea mă-ntrebase dacă-l putea păstra. Când tatăl ei fusese ales, îi explicasem pe scurt ce însemnau popor, alegeri, reprezentanță, parlament. Acum el locuia în mod constant la Roma. După succesul electoral dăduse o singură dată un semn, trimițând o scrisoare scrisă în mare grabă, dar exaltată, rugându-mă să le-o dau fetelor s-o citească. Niciun număr de telefon, nicio adresă, numai cuvinte al căror sens era o promisiune de protecție de la distanță (*fiți sigure că voi veghea asupra voastră*). Dar Imma voia să păstreze și acea mărturie a existenței tatălui ei. Și când Elsa îi spunea fraze de genul: ești plicticoasă, iată de ce pe tine te cheamă Sarratore și pe noi Airota, părea mai puțin dezorientată — poate și mai puțin îngrijorată — de acel nume diferit de-al surorilor ei. Într-o zi când învățătoarea o întrebase: tu ești fiica deputatului Sarratore, ea a doua zi îi dusese ca dovadă fluturașul pe care-l păstra pentru orice eventualitate. Eram bucuroasă de mândria ei și plănuiam să-mi dau silința ca aceasta să se consolideze. Nino își trăia obișnuita lui viață încărcată și agitată? Bine. Dar fiica lui nu era o cocardă pe care mai întâi o folosea și apoi o punea înapoi în sertar, în așteptarea unei ocazii noi.

Cu Pietro în ultimii ani nu avusesem niciodată probleme. Vira cu punctualitate banii pentru întreținerea fiicelor (de la Nino nu primisem niciodată o liră) și era un tată prezent, pe cât posibil. Dar de puțin timp se despărțise de Doriana, era sătul de Florența, voia să plece în Statele Unite. Și, căpos cum era, ar fi reușit. Asta mă alarma. Îi spuneam: în felul ăsta le părăsești pe fiicele tale, și el replica: acum pare un abandon, dar ai să vezi că-n curând le va fi de folos mai ales lor. Era posibil, în această privință cuvintele lui aveau ceva în comun cu ale lui Nino (*fiți sigure că voi veghea asupra voastră*). În realitate însă, și Dede, și Elsa ar fi rămas fără tată. Și dacă Imma se descurca dintotdeauna fără unul, Dede și Elsa țineau la Pietro, erau obișnuite să apeleze la el oricând voiau. Plecarea lui le-ar fi întristat și îngrădit, eram sigură. Bineînțeles, erau destul de mari, Dede avea de-acum optsprezece ani, Elsa aproape cincisprezece. Mergeau la școli bune, aveau amândouă profesori buni. Dar era suficient? Nu reușeau niciodată să se integreze cu adevărat, niciuna nu avea încredere în colegii de clasă și prieteni, păreau să se simtă bine numai în preajma lui Rino. Dar ce aveau cu adevărat în comun cu băiețoiul acela mult mai mare și totuși mai infantil decât ele?

Nu, trebuia să plec din Napoli. Puteam încerca să trăiesc la Roma, de exemplu, și din dragoste pentru Imma să reînnod legătura cu Nino pe un plan, bineînțeles, doar amical. Sau să mă-ntorc la Florența, să-l obișnuiesc pe Pietro mai mult cu fiicele lui, sperând ca astfel să nu plece peste ocean. Mi-a devenit clar că trebuie să iau o hotărâre urgentă într-o seară, când Lila a urcat la mine cu un aer arțăgos, într-o stare de evidentă proastă dispoziție, și m-a întrebat:

— E adevărat că i-ai spus lui Dede să nu se mai vadă cu Gennaro?

Mi-a fost rușine. Îi explicasem fiicei mele doar că nu trebuia să stea tot timpul lipită de el.

— De văzut poate să-l vadă cât are chef: mi-e teamă doar că Gennaro se plictisește, el e mare, ea o fetiță.

— Lenù, vorbește clar. Tu crezi că fiul meu nu e potrivit pentru fiica ta?

Am fixat-o cu privirea perplexă:

— Potrivit cum?

— Știi foarte bine că ea e-ndrăgostită.

Am izbucnit în râs.

— Dede? De Rino?

— De ce, după tine, e imposibil ca fiica ta să-și fi pierdut capul după fiul meu?

20.

Până în acel moment nu acordasem multă atenţie faptului că Dede, spre deosebire de sora ei care schimba cu veselie câte-un tontălău pe lună, nu avusese niciodată o pasiune declarată şi expusă. Ajunsesem să cred că acea atitudine retrasă se datora pe de o parte faptului că nu se simţea frumoasă, pe de alta rigorii sale, şi din când în când o ironizasem (*toţi colegii tăi sunt nesemnificativi?*). Era o fată care nu ierta frivolităţi nimănui, în primul rând sieşi, dar în special mie. De fiecare dată când mă văzuse, nu spun flirtând, dar şi numai râzând cu un bărbat — sau ce ştiu eu, arătându-mă primitoare cu vreun prieten de-al ei care-o condusese acasă —, îşi etalase toată dezaprobarea şi, într-o anume ocazie neplăcută din urmă cu câteva luni, ajunsese chiar să-mi spună o vulgaritate în dialect, lucru care mă enervase teribil.

Dar poate că nu era vorba despre războiul declarat frivolităţilor. După spusele Lilei, am început s-o observ pe Dede cu atenţie şi mi-am dat seama că atitudinea ei protectoare faţă de fiul Lilei nu se reducea deloc, cum crezusem până în acel moment, la o îndelungată afecţiune copilărească sau la o apărare înflăcărată adolescentină a celor umiliţi şi jigniţi. Mi-am dat seama, în schimb, că ascetismul ei era efectul unei legături intense şi exclusive cu Rino, care dura încă din copilărie. Asta m-a speriat. M-am gândit la lunga durată a iubirii mele pentru Nino şi mi-am zis alarmată: Dede o apucă pe acelaşi drum, cu circumstanţa agravantă că, dacă Nino era un băiat extraordinar şi a devenit un bărbat frumos, inteligent, de succes, Rino e un băiat nesigur, incult, lipsit de farmec, fără niciun viitor şi, stând bine să mă gândesc, aminteşte fizic mai mult de bunicul lui, don Achille, decât de Stefano.

Am hotărât să-i vorbesc. Mai avea câteva luni până la examenul de bacalaureat, era foarte ocupată, i-ar fi venit uşor să-mi spună: am treabă, hai să amânăm. Dar Dede nu era Elsa, care știa să mă respingă, care știa să se prefacă. Pe fiica mea cea mare era de-ajuns s-o întreb ceva și eram sigură că ea, în orice moment, orice-ar fi făcut, mi-ar fi răspuns cu cea mai mare sinceritate. Am zis:

— Ești îndrăgostită de Rino?

— Da.

— Și el?

— Nu știu.

— De când simți asta?

— Dintotdeauna.

— Dar dacă el nu-ți împărtășește sentimentele?

— Viața mea nu mai are sens.

— Ce te gândești să faci?

— O să-ți spun după examen.

— Spune-mi acum.

— Dacă el mă vrea, plecăm.

— Unde?

— Nu știu, dar cu siguranță plecăm de aici.

— Și el detestă Napoli?

— Da, vrea să meargă la Bologna.

— De ce?

— E un loc unde există libertate.

Am privit-o cu afecțiune.

— Dede, tu știi că nici tatăl tău, nici eu n-o să te lăsăm să pleci.

— Nu-i nevoie să mă lăsați să plec. Eu plec și gata.

— Cu ce bani?

— O să muncesc.

— Și surorile tale? Și eu?

— Mai devreme sau mai târziu, mama, va trebui oricum să ne despărțim.

Conversaţia m-a stors de energie. Deşi îmi expusese ordonat nişte lucruri iraţionale, m-am străduit să mă comport ca şi cum ar fi spus lucruri foarte raţionale.

Apoi, în mare nelinişte, am încercat să mă gândesc la ce aveam de făcut. Dede era doar o adolescentă îndrăgostită. Cu binele sau cu răul, s-ar fi conformat din nou regulilor. Problema era Lila, mă temeam de ea, mi-am dat seama că ar fi urmat o ceartă urâtă între noi. O pierduse pe Tina, Rino era singurul ei copil. Ea şi Enzo îl scăpaseră la timp de droguri prin metode foarte severe, n-ar fi acceptat să-l fac şi eu să sufere. Cu atât mai mult cu cât compania celor două fete ale mele îi făcea bine, în acea perioadă chiar muncea puţin cu Enzo şi era posibil ca îndepărtarea de ele să-l dezorienteze din nou. Acel regres posibil al lui Rino mă îngrijora, de altfel, şi pe mine. Mi-era drag, fusese un copil nefericit şi acum era un tânăr nefericit. În mod sigur, ţinea la Dede dintotdeauna, i-ar fi fost insuportabil să renunţe la ea. Dar ce era de făcut? Am devenit mai afectuoasă, voiam să nu existe ambiguităţi: îl apreciam, încercam mereu să-l ajut în toate cele, era de-ajuns să ceară; dar oricine şi-ar fi dat seama că el şi Dede erau foarte diferiţi şi că orice soluţie ne-ar fi fluturat prin faţa ochilor, s-ar fi dovedit în foarte scurt timp un dezastru. Rino a devenit la rândul lui mai amabil, ne-a reparat jaluzele rupte, robinete care picurau, iar cele trei surori făceau pe ajutoarele lui. Dar Lila n-a apreciat acea disponibilitate a fiului ei. Dacă rămânea prea mult la noi, îl striga vehement de jos.

21.

Nu m-am limitat la strategia aceea, i-am telefonat lui Pietro. Urma să se mute la Boston, deja părea hotărât. Era furios pe Doriana, care — mi-a zis dezgustat — se dovedise o persoană falsă, complet lipsită de etică. Apoi a stat să mă asculte cu multă atenţie. Îl cunoştea bine pe Rino, şi-l amintea de când era copil şi ştia ce devenise la maturitate. A întrebat de câteva ori, ca să fie sigur că nu se înşală: nu are probleme cu drogurile? Şi o singură dată: munceşte? În cele din urmă a spus: e absurd. Am căzut de acord că între cei doi, ţinând cont de sensibilitatea fiicei noastre, şi numai un flirt era exclus.

Am fost bucuroasă că vedeam lucrurile în acelaşi fel, i-am spus să vină la Napoli şi să stea de vorbă cu Dede. A promis că va veni, dar avea nenumărate îndatoriri şi a apărut abia în preajma examenelor fetei, ca să-şi ia la revedere de la fiicele lui înainte să plece în America. Nu ne întâlniserăm de mult timp. Avea obişnuitul lui aer împrăştiat. Părul îi încărunţise deja, corpul îi devenise mai greoi. Pentru că nu-i văzuse pe Lila şi pe Enzo dinaintea dispariţiei Tinei — de fiecare dată când venise pentru fete rămăsese doar câteva ore sau le luase cu el în călătorie — a petrecut mult timp cu amândoi. Pietro era un om gentil, atent să nu stânjenească pe nimeni cu rolul lui de profesor renumit. A discutat îndelung cu ei, cu un aer grav şi participativ pe care-l cunoşteam bine şi care în trecut mă enerva, dar pe care astăzi îl apreciam, ştiind că nu e fals, lucru care-i venea firesc şi lui Dede. Nu ştiu ce a zis de Tina, dar, în vreme ce Enzo a rămas impasibil, Lila s-a înseninat, i-a mulţumit pentru scrisoarea lui foarte frumoasă din urmă cu câţiva ani, a spus c-o ajutase mult. Am aflat abia în acea împrejurare că Pietro îi scrisese când se pierduse fetiţa şi m-a uimit recunoştinţa autentică a Lilei. El s-a eschivat, ea l-a exclus cu totul pe Enzo din conversaţie şi a început să vorbească despre chestii din Napoli cu fostul meu soţ. S-a lungit mult în legătură cu palatul Cellamare, despre care abia dacă ştiam că domina cartierul Chiaia, în timp ce ea — am descoperit cu acea ocazie — îi cunoştea amănunţit structura, istoria, comorile. Pietro a ascultat-o cu interes. Eu fremătam, voiam să stea cu fiicele lui şi mai ales s-o înfrunte pe Dede.

Când, în sfârșit, Lila l-a lăsat în pace și Pietro, după ce s-a dedicat Elsei și Immei, a făcut în așa fel încât s-o ia deoparte pe Dede, tatăl și fiica au vorbit mult, domolit. I-am observat de la fereastră în timp ce se plimbau înainte și înapoi pe șosea. M-a impresionat, cred că pentru prima dată, cât erau de asemănători fizic. Dede nu avea părul ca un ciuf al tatălui, dar avea oasele lui mari și chiar și ceva din mersul caraghios. Era o fată de optsprezece ani, avea o delicatețe feminină, dar la fiecare gest, la fiecare pas, părea că intră și iese din corpul lui Pietro, ca și cum aceea ar fi fost locuința ei ideală. Am rămas la fereastră, hipnotizată de amândoi. Timpul s-a dilatat, au discutat atât de mult, încât Elsa și Imma au început să tropăie prin casă de nerăbdare. Am și eu să-i spun lucruri tatălui meu, a spus Elsa, și dacă pleacă, atunci când i le mai spun? Imma a murmurat: a spus că pe urmă vorbește și cu mine.

În sfârșit, Pietro și Dede s-au întors, mi s-au părut binedispuși. Pe seară, toate trei fetele s-au așezat în jurul lui să-l asculte. El a povestit că se ducea să lucreze într-o clădire din cărămizi roșii, foarte mare, foarte frumoasă, care avea la intrare o statuie. Statuia reprezenta un domn cu chipul și hainele de culoare închisă, mai puțin un pantofior pe care studenții îl atingeau în fiecare zi din motive superstițioase și care, drept urmare, era atât de lucios și strălucea în soare ca și cum ar fi fost din aur. S-au amuzat între ei, excluzându-mă. M-am gândit, ca întotdeauna în acele ocazii: acum când nu trebuie să fie tată în fiecare zi, e cel mai bun tată, chiar și Imma îl adoră; probabil că lucrurile nu pot merge decât așa cu bărbații: trăiești puțin cu ei, faci copii și pleci. Dacă erau superficiali ca Nino, plecau fără să simtă niciun fel de obligație; dacă erau serioși ca Pietro, își îndeplineau toate îndatoririle și, la nevoie, dădeau ce-i mai bun din ei. Oricum, vremea fidelităților și a conviețuirilor statornice se încheiase atât pentru bărbați, cât și pentru femei. Dar atunci de ce-l priveam pe bietul Gennaro ca pe o amenințare? Dede și-ar fi trăit pasiunea, ar fi consumat-o, ar fi mers pe drumul ei. Din când în când, probabil, l-ar fi revăzut, ar fi schimbat câteva cuvinte afectuoase. Așa evoluau lucrurile: de ce-mi doream pentru fiica mea ceva diferit?

Întrebarea m-a stingherit, am hotărât pe cel mai autoritar ton al meu că era vremea să meargă la culcare. Elsa tocmai se jurase că în câţiva ani, după ce-și va lua diploma de liceu, va merge să locuiască în Statele Unite cu tatăl ei, iar Imma-l trăgea pe Pietro de un braţ, voia atenţie, era pe punctul de a întreba dacă, eventual, putea să meargă și ea la el. Dede tăcea perplexă. Poate că, m-am gândit, lucrurile s-au rezolvat deja, Rino fusese lăsat deoparte, acum îi va spune Elsei: tu trebuie să aștepţi patru ani, eu, în schimb, termin liceul acum și în cel mult o lună mă duc la tata.

22.

Dar imediat cum Pietro și eu am rămas singuri, mi-a fost de-ajuns să-l privesc ca să-nţeleg că era foarte îngrijorat. A spus:

— Nu-i nimic de făcut.

— Adică?

— Dede funcţionează prin teoreme.

— Ce ţi-a spus?

— Nu e important ce-a spus, ci ce în mod sigur va face.

— O să se culce cu el?

— Da. Are un plan foarte strict, cu etape riguros stabilite. Imediat după examene o să-i declare lui Rino iubirea ei, își va pierde virginitatea, vor pleca împreună și vor trăi din cerșit, punând în criză etica muncii.

— Nu glumi.

— Nu glumesc, îţi comunic cuvânt cu cuvânt planul ei.

— E ușor să fii sarcastic, dat fiind c-o ștergi, lăsându-mi mie rolul părintelui rău.

— Ea se bazează pe mine. A spus că, imediat ce băiatul va dori, va veni împreună cu el, după mine, la Boston.

— O să-i rup picioarele.

— Sau poate că el și ea or să te împuște pe tine în picioare.

Am discutat până noaptea târziu, la început numai despre Dede, apoi și despre Elsa și Imma, în fine, despre tot: politică, literatură, cărţile pe care le scriam, articolele din ziare, un eseu nou la care lucra. Nu vorbiserăm atât de foarte mult timp. M-a ironizat, afabil, pentru că rămâneam mereu, după el, pe poziţii de mijloc. M-a ironizat pentru semifeminismul meu, semimarxismul meu, semifreudism-ul meu, semifoucaultism-ul meu, atitudinea mea semisubversivă. Numai cu mine, a spus un pic mai aspru, n-ai fost niciodată echivocă. A oftat: nu-ţi convenea nimic, eram complet nepotrivit. Celălalt în schimb era perfect. Dar acum? Făcea pe rigurosul și a sfârșit printre bandiţii socialiști. Elena, Elena, ce m-ai chinuit. Te-ai supărat pe mine chiar și când am fost ameninţat cu un pistol. Și mi-ai adus în casă prieteni de-ai tăi din copilărie care erau doi asasini. Îţi amintești? Dar nu-i nimic, ești Elena, te-am iubit mult, avem două fete, încă ţin la tine, închipuie-ţi.

L-am lăsat să vorbească. Apoi am recunoscut că susţinusem adesea argumente fără sens. Am recunoscut și că avea dreptate în legătură cu Nino, fusese o mare dezamăgire. Și am încercat să revin la Dede și la Rino. Eram îngrijorată, nu știam cum să gestionez situaţia asta. I-am spus că să-l ţin departe pe băiat de fiica noastră mi-ar fi provocat, printre altele, multe necazuri cu Lila și că mă simţeam vinovată, știam că ea va considera asta o jignire. A făcut semn că da.

— Trebuie s-o ajuţi.

— Nu știu cum să fac.

— Încearcă în toate modurile să-și pună mintea la contribuţie și să treacă peste suferinţă, dar nu poate.

— Nu e adevărat, s-a mai întâmplat, acum nici măcar nu muncește, nu face nimic.

— Te înșeli.

Lila îi mărturisise că petrecea zile întregi închisă în Biblioteca Națională, voia să învețe totul despre Napoli. L-am privit nesigură. Lila din nou la bibliotecă, nu cea de cartier din anii '50, ci prestigioasa, ineficienta Bibliotecă Națională? Asta făcea când dispărea din cartier? Avea acea nouă dorință nebunească? Și de ce nu-mi spusese? Sau îi spusese lui Pietro tocmai ca el să-mi spună mie?

— Ți-a ascuns asta?

— O să-mi vorbească atunci când va simți nevoia.

— Îndeamn-o să continue. E inacceptabil ca o persoană atât de înzestrată să se oprească la clasa a cincea elementară.

— Lila face numai ce are chef.

— Așa vrei s-o vezi tu.

— O cunosc de când avea șase ani.

— Poate din cauza asta te detestă.

— Nu mă detestă.

— E greu să constate-n fiecare zi că tu ești liberă și ea a rămas prizonieră. Dacă există infernul, el se află în mintea ei nemulțumită, n-aș vrea să pătrund acolo nici măcar câteva secunde.

Pietro a folosit chiar *să pătrund acolo* și tonul era de groază, de fascinație, de milă. Am subliniat:

— Lina nu mă detestă deloc.

A râs.

— Bine, cum zici tu.

— Să mergem la culcare.

M-a privit nesigur. Nu-i pregătisem patul pliant cum făceam de obicei.

— Împreună?

Trecuseră vreo doisprezece ani de când nici măcar nu ne atinseserăm. Mi-a fost teamă toată noaptea că fetele se vor trezi și ne vor găsi în același pat. Am rămas să-l privesc în penumbră pe bărbatul acela masiv, ciufulit, care sforăia discret. Rar, când eram căsătoriți, dormise atât de mult cu mine. De obicei mă chinuia mult timp cu penisul lui care ajungea cu greu la orgasm, aţipea, apoi se ridica şi se ducea să studieze. Amorul de data asta a fost plăcut, un act sexual de adio, ştiam amândoi că nu se va mai întâmpla şi de aceea ne-am simţit bine. De la Doriana, Pietro învăţase ceea ce eu nu ştiusem sau nu-mi dorisem să-l învăţ şi şi-a dat silinţa să-mi dau seama de asta.

Spre şase dimineaţa l-am trezit, i-am zis: e timpul să pleci. L-am condus la maşină, m-a rugat pentru a nu ştiu câta oară să am grijă de fete, mai ales de Dede. Ne-am strâns mâinile, ne-am sărutat pe obraji, a plecat.

M-am dus fără niciun chef la chioşc, vânzătorul despacheta ziarele. M-am întors acasă, ca de obicei, cu trei cotidiane în care m-am uitat doar la titluri. Îmi pregăteam micul dejun, mă gândeam la Pietro, la discuţiile noastre. Aş fi putut să mă opresc asupra oricărui lucru — resentimentul lui delicat, Dede, psihologia lui un pic facilă în privinţa Lilei —, dar uneori se stabileşte o legătură misterioasă între circuitele noastre mentale şi întâmplările al căror ecou ajunge până la noi. Îmi rămăsese în minte că-i numise pe Pasquale şi pe Nadia — ei erau prietenii din copilărie la care se referise în mod polemic — doi asasini. Nadiei — mi-am dat seama — îi asociam de-acum cuvântul *asasină* cu naturaleţe, lui Pasquale nu, refuzam în continuare. Mă întrebam încă o dată de ce când a ţârâit telefonul. Era Lila care suna de jos. Mă auzise atât când ieşisem cu Pietro, cât şi când mă întorsesem. Voia să ştie dacă cumpărasem ziarele. La radio tocmai se anunţase că Pasquale fusese arestat.

23.

Vestea aceea ne-a absorbit total săptămâni la rând şi m-am preocupat — recunosc — mai mult de păţania prietenului nostru decât de examenele lui Dede. Lila şi cu mine am alergat imediat acasă la Carmen, dar aceasta știa deja totul, sau cel puțin esențialul, și ni s-a părut liniștită. Pasquale fusese arestat în munții Serino, în Avellinese. Carabinierii înconjuraseră căsuța unde se refugiase și el se comportase rezonabil, nu reacționase cu violență, nu-ncercase să fugă. Acum, a spus Carmen, trebuie doar să sper că nu mi-l lasă să moară în închisoare, așa cum s-a întâmplat cu tata. Credea în continuare că fratele ei era o persoană bună, dimpotrivă, pe valul emoției a ajuns să spună că noi trei — ea, eu, Lila, eram mult mai rele decât el. Ne-am văzut doar de ale noastre — a murmurat izbucnind în lacrimi —, Pasquale nu, Pasquale a crescut cum l-a educat tatăl nostru.

Grație suferinței sincere din cuvintele ei, Carmen a reușit, poate pentru prima dată de când ne cunoșteam, să câștige în fața mea și a Lilei. Lila, de exemplu, n-a obiectat deloc și, în ceea ce mă privea, m-am simțit stânjenită în fața acelui discurs. Cei doi frați Peluso, cu simpla lor existență pe fundalul vieții mele, mă tulburau. Nu credeam că tatăl lor, tâmplarul, îi învățase pe ei, cum făcuse Franco cu Dede, să conteste apologul lui Menenius Agrippa, dar amândoi — mai puțin Carmen, Pasquale mai mult — știuseră întotdeauna instinctiv că membrele unui om nu se hrănesc când se umple stomacul altuia și că cine vrea să te facă să crezi asta, mai devreme sau mai târziu, trebuie să primească exact ce merită. Deși erau foarte diferiți în toate cele, povestea lor forma o alianță pe care nu voiam s-o asimilez nici cu mine, nici cu Lila și de care, totuși, nu reușeam să mă distanțez. Așa că, poate, într-o zi îi spuneam lui Carmen: trebuie să fii mulțumită, acum că Pasquale e în mâinile legii putem înțelege mai bine cum să-l ajutăm; și într-o zi îi spuneam Lilei, complet de acord cu ea: legile și garanțiile nu contează deloc, când ar trebui să-l apere pe cel fără putere, îl vor masacra în închisoare. Uneori, apoi, ajungeam să recunosc față de amândouă că, deși violența pe care o experimentaserăm de la naștere mă dezgusta, o cantitate modică era necesară pentru a-nfrunta lumea plină de cruzime în care trăiam. În acea situaţie confuză am promis să fac tot posibilul să-l ajut pe Pasquale. Nu voiam să se simtă — spre deosebire de partenera lui, Nadia, care era tratată cu mare atenţie — un nimeni de care nu se interesa nimeni.

24.

Am căutat avocaţi de încredere, m-am hotărât chiar, tot dând telefoane, să-l găsesc şi pe Nino, singurul parlamentar pe care-l cunoşteam personal. Cu el n-am reuşit niciodată să vorbesc, dar o secretară de-a lui, după lungi tratative, mi-a fixat o întâlnire. Comunicaţi-i — am spus rece — c-o voi aduce cu mine şi pe fiica noastră. La celălalt capăt al firului a urmat o lungă clipă de ezitare. Voi comunica, a zis în sfârşit femeia.

După câteva minute, a ţârâit din nou telefonul. Era din nou secretara: *onorevole*[4] Sarratore va fi foarte bucuros să ne întâlnim în biroul lui din Piaţa Risorgimento. Dar în zilele următoare locul şi ora întâlnirii s-au modificat încontinuu: *onorevole* plecase, *onorevole* se întorsese, dar era ocupat, *onorevole* avea o şedinţă foarte lungă la parlament. Am fost uimită de cât era de greu să iau legătura direct, în ciuda discretei mele notorietăţi, în ciuda legitimaţiei de jurnalistă, în ciuda faptului că eram mama fiicei lui, cu un reprezentant al poporului. Când s-a stabilit — locul nu era altul decât Montecitorio —, Imma şi cu mine ne-am făcut frumoase şi am plecat la Roma. Ea m-a întrebat dacă putea să ia preţiosul fluturaş electoral, i-am spus că da. În tren n-a făcut decât să se uite la el, pregătindu-se parcă pentru o confruntare între fotografie şi realitate. Odată ajunse în capitală, am luat un taxi, ne-am dus la Montecitorio. La fiecare oprire arătam documente şi spuneam, mai ales pentru ca Imma

4 Titlu dat deputaţilor şi senatorilor (în italiană, în original).

să audă: suntem așteptate de *onorevole* Sarratore, ea e fiica lui, Imma, Imma Sarratore.

Am așteptat mult, fetița la un moment dat a zis, cuprinsă de neliniște: dacă poporul îl reține? I-am dat asigurări: n-o să-l rețină. Nino, într-adevăr, în sfârșit a sosit, precedat de secretară, o tânără femeie foarte atrăgătoare. Foarte elegant, radios, și-a îmbrățișat și sărutat fata cu mare emoție, a luat-o în brațe, a ținut-o așa tot timpul, ca și cum ar fi fost încă mică. Dar ce m-a uluit a fost imediata familiaritate cu care Imma i-a cuprins gâtul cu mâinile și i-a zis fericită, arătând fluturașul: ești mai frumos decât în poza asta, știi că învățătoarea mea a votat pentru tine?

Nino i-a acordat multă atenție, a pus-o să-i povestească despre școală, despre colegele ei, despre materiile care-i plăceau mai mult. De mine nu i-a păsat prea mult, deja aparțineam unei alte vieți a lui — o viață inferioară — și i s-a părut inutil să-și irosească energia. Am deschis discuția despre Pasquale, el m-a ascultat, dar fără să-și ignore niciodată fiica, i-a făcut doar semn secretarei să-și noteze. La finalul rezumatului meu m-a întrebat serios:

— Ce aștepți de la mine?

— Să verifici dacă e sănătos și dacă se bucură de toate garanțiile legii.

— Colaborează cu justiția?

— Nu, și mă-ndoiesc că va colabora vreodată.

— N-ar fi rău să facă asta.

— Ca Nadia?

A râs ușor, stingherit.

— Nadia se comportă în singurul mod acceptabil, dacă nu intenționează să-și petreacă restul vieții în închisoare.

— Nadia e o fată răsfățată, Pasquale nu.

N-a replicat imediat, i-a apăsat nasul Immei ca și cum ar fi fost un buton și a imitat sunetul soneriei. Au râs amândoi, apoi mi-a zis:

— Voi merge să văd care e situația prietenului tău, sunt aici ca să veghez că sunt apărate drepturile tuturor. Dar îi voi spune că au drepturi și rudele persoanelor pe care le-a omorât. Nu te joci de-a rebelul vărsând sânge ca apoi să urli: avem drepturi. Ai înțeles, Imma?

— Da.

— Da, tata.

— Da, tata.

— Și dacă învățătoarea se poartă rău cu tine, sună-mă pe mine.

Eu am spus:

— Dacă învățătoarea se poartă rău, o să se descurce singură.

— Cum s-a descurcat Pasquale Peluso?

— Pasquale nu a avut niciodată pe nimeni căruia să-i ceară favorul de a-l proteja.

— Și asta îi justifică acțiunile?

— Nu, dar am reținut de-aici că dacă Imma trebuie să aibă drepturi, tu-i spui: sună-mă pe mine.

— Pentru prietenul tău Pasquale tu nu m-ai sunat?

Am plecat foarte nervoasă și nefericită, dar pentru Imma a fost cea mai importantă zi din primii ei șapte ani de viață.

Au trecut zilele. Credeam că irosisem timpul, dar Nino s-a ținut de cuvânt, s-a ocupat de Pasquale. De la el am aflat, ulterior, lucruri pe care avocații nu le știau sau le tăinuiau. Implicarea prietenului nostru în câteva crime politice foarte cunoscute care îndoliaseră Campania era, da, în centrul mărturisirilor detaliate ale Nadiei, dar astea nu erau noutăți. Noutate, în schimb, era faptul că ea tindea deja să-i pună în cârcă totul, inclusiv acțiuni de mai mic răsunet. Astfel, în lista lungă a nelegiuirilor lui Pasquale apăruseră și omorârea lui Gino, a lui Bruno Soccavo, moartea Manuelei Solara și, în cele din urmă, a celor doi fii ai ei, Marcello și Michele.

— Ce înțelegere a făcut cu carabinierii fosta ta logodnică? l-am întrebat pe Nino ultima dată când l-am întâlnit.

— Nu știu.

— Nadia toarnă o grămadă de minciuni.

— Nu exclud asta. Dar un lucru știu sigur: distruge mulți oameni care se considerau în siguranță. Așa că spune-i Linei să fie atentă, Nadia a urât-o întotdeauna.

25.

Trecuseră mulți ani, și totuși Nino nu pierdea ocazia s-o pomenească pe Lila, să se arate grijuliu cu ea și la distanță. Eu eram acolo în fața lui, îl iubisem, o aveam alături pe fiica lui care lingea o înghețată de ciocolată. Dar mă considera doar o prietenă din tinerețe, în fața căreia putea regiza drumul extraordinar pe care-l parcursese, de pe băncile liceului până la scaunul din parlament. La acea ultimă întâlnire a noastră, cel mai mare compliment al lui a fost să mă pună pe aceeași treaptă cu el. Nu-mi amintesc în legătură cu ce anume a spus: noi doi, da, am ajuns foarte sus. Dar, deja în timp ce rostea fraza aceea, i-am citit în privire că afirmarea egalității era un truc. Se considera mult mai bun decât mine și dovada era că, în ciuda cărțuliilor mele de succes, stăteam în fața lui în calitate de petiționară. Ochii lui îmi zâmbeau cu cordialitate, sugerându-mi: uite ce ai pierdut, pierzându-mă.

M-am îndepărtat în grabă împreună cu fetița. Eram sigură c-ar fi avut cu totul altă atitudine dacă Lila ar fi fost prezentă. S-ar fi bâlbâit, s-ar fi simțit în mod misterios strivit, poate chiar și un pic ridicol cu împăunarea aceea a lui. Când am ajuns la garajul unde lăsasem mașina — cu acea ocazie venisem la Roma cu mașina —, mi-a amintit un lucru căruia nu-i dădusem niciodată atenție: numai cu ea Nino își riscase propriile ambiții. La Ischia, și apoi pentru tot anul următor, se abandonase unei aventuri care n-ar fi putut să-i provoace decât necazuri. O anomalie, în traseul vieții lui. Pe vremea aceea era deja un student foarte cunoscut și foarte promițător. Fusese cu Nadia — astăzi mi-era clar asta — pentru că era fiica profesoarei Galiani, pentru c-o considerase poarta de acces la ceea ce atunci ni se părea o clasă socială superioară. Alegerile lui fuseseră mereu în concordanță cu ambițiile lui. Nu se căsătorise cu Eleonora din interes? Și eu însămi, când îl părăsisem pe Pietro pentru el, nu eram de fapt o femeie bine integrată, scriitoare cu ceva succes, în relație cu o editură importantă, utilă, una peste alta, carierei lui? Și toate celelalte doamne care-l ajutaseră nu intrau în aceeași logică? Nino iubea femeile, desigur, dar era mai ales un tip care cultiva relațiile utile. Inteligența lui n-ar fi avut niciodată, de una singură, fără rețeaua de putere pe care o țesuse încă de tânăr, energie suficientă să se impună. Dar Lila? Terminase cinci clase, era soția foarte tânără a unui prăvăliaș, dacă Stefano și-ar fi dat seama de relația lor, ar fi putut să-i ucidă pe amândoi. De ce Nino, în cazul acela, își pusese în joc întreg viitorul?

Am instalat-o pe Imma în mașină, am dojenit-o pentru că-și lăsase înghețata să-i curgă pe rochia cumpărată special pentru acea ocazie. Am pornit motorul, am părăsit Roma. Poate pe Nino îl atrăsese la Lila impresia că găsise în ea ceea ce crezuse că ea are și ceea ce acum, tocmai prin comparație, descoperea că nu are deloc. Ea avea inteligență și n-o făcea să rodească, ba dimpotrivă, o irosea ca o mare doamnă pentru care toate bogățiile lumii nu sunt decât un semn de vulgaritate. Acesta era faptul care-l fermecase probabil pe Nino: gratuitatea inteligenței Lilei. *Ea se distingea între multe altele pentru că, în mod firesc, nu se supunea niciunei domesticiri, niciunei folosiri și niciunui scop.* Noi toți ne supuseserăm și acea supunere — prin intermediul probelor, eșecurilor, succeselor noastre — ne redimensionase. Numai pe Lila, nimic și nimeni nu părea s-o poată redimensiona. Dimpotrivă, deși odată cu trecerea anilor devenise proastă și insuportabilă ca toată lumea, calitățile pe care i le atribuiserăm i-ar fi rămas intacte, poate c-ar fi sporit chiar. Noi sfârșeam prin a o respecta și a ne teme de ea, chiar și atunci când o uram. Nu mă surprindea, dacă mă gândeam mai bine, că Nadia, deși o întâlnise de puține ori, o detesta și voia să-i facă rău. Lila i-l luase pe Nino. Lila o umilise în credințele ei revoluționare. Lila era rea și știa să lovească înainte să fie lovită. Lila era plebe, dar refuza orice izbăvire. În fine, Lila, era o inamică onorabilă și a-i face rău putea fi o satisfacție pură, fără bagajul sentimentelor de vinovăție pe care în mod sigur le stârnea o victimă desemnată ca Pasquale. Nadia putea într-adevăr să gândească în felul acela. Ce meschin devenise totul de-a lungul timpului: profesoara Galiani, casa ei cu vedere spre golf, miile ei de cărți, tablourile ei, conversațiile culte, Armando, Nadia însăși. Era atât de grațioasă, atât de bine educată când o văzusem la școală lângă Nino, când mă primise la petrecerea din frumoasa casă a părinților ei. Și avea ceva imposibil de egalat când renunțase la orice privilegiu în ideea că, într-o lume radical nouă, ar fi purtat un veșmânt și mai strălucitor. Dar acum? Toate motivele nobile ale acelei dezgoliri decăzuseră. Rămânea oroarea sângelui vărsat, în mod ambiguu, și infamia aruncării responsabilității asupra fostului zidar, care odată i se păruse avangarda unei noi umanități și care acum, împreună cu mulți alții, îi servea ca să-și anihileze propriile responsabilități.

M-am neliniștit. În timp ce conduceam spre Napoli, m-am gândit la Dede. Am simțit-o aproape să cadă pradă unei orbiri asemănătoare cu cea a Nadiei, asemănătoare cu toate orbirile care te îndepărtează de tine însuți. Eram la sfârșitul lui iulie. Tocmai cu o zi înainte Dede obținuse cele mai bune note la examenul de bacalaureat. Era o Airota, era fiica mea, inteligența ei sclipitoare nu putea decât să dea cele mai bune roade. În curând s-ar fi putut descurca mult mai bine decât mine și chiar decât tatăl ei. Ceea ce câștigasem eu cu efort sârguincios și cu mult noroc ea obținuse, și ar fi obținut în continuare, cu dezinvoltură, prin drept de naștere. În schimb, care era planul ei? Să se ducă să-i declare iubirea lui Rino. Să se scufunde cu el, să alunge din ea orice avantaj, să se piardă din spirit de solidaritate și de justiție, din fascinația pentru ceea ce nu ne seamănă, pentru că în mormăielile acelui băiat vedea cine știe ce minte ieșită din comun. Am întrebat-o pe Imma brusc, privind-o în oglinda retrovizoare:

— Ție îți place de Rino?

— Mie nu, dar lui Dede îi place.

— De unde știi?

— Mi-a zis Elsa.

— Și Elsei cine i-a spus?

— Dede.

— De ce nu-ți place Rino?

— Pentru că e foarte urât.

— Și cine-ți place?

— Tati.

I-am văzut în ochi flacăra pe care în acel moment o vedea arzând în jurul tatălui ei. O lumină — m-am gândit — pe care Nino n-ar fi avut-o dac-ar fi căzut în abis cu Lila; aceeași lumină pe care, în schimb, o pierduse pentru totdeauna Nadia, căzând în abis cu Pasquale; și care ar fi părăsit-o și pe Dede dacă s-ar fi rătăcit, urmându-l pe Rino. Pe neașteptate, am simțit cu rușine că-nțelegeam și justificam iritarea lui Galiani când își văzuse fiica stând pe genunchii lui Pasquale, îl înțelegeam și justificam pe Nino pentru că se-ndepărtase, într-un fel sau altul, de Lila și, de ce nu, o-nțelegeam și justificam pe Adele când fusese nevoită să se adaptaze situației și să accepte să mă căsătoresc cu fiul ei.

26.

Cum m-am întors în cartier, am sunat la Lila. Am găsit-o apatică, indiferentă, dar deja îi era caracteristic și nu m-am îngrijorat. I-am povestit detaliat ce-mi spusese Nino și abia la final i-am comunicat și acea frază amenințătoare care-o privea. Am întrebat-o:

— Chiar poate Nadia să-ţi facă rău?

S-a strâmbat nepăsătoare.

— Cineva îţi poate face rău numai dacă ţii la oameni. Dar eu nu mai ţin la nimeni.

— Şi Rino?

— Rino a plecat.

M-am gândit imediat la Dede şi la intenţiile ei, m-am speriat.

— Unde?

A luat o bucăţică de hârtie de pe masă, mi-a întins-o murmurând:

— Scria atât de bine când era mic şi acum priveşte, a redevenit analfabet.

Am citit biletul. Rino, într-o formă foarte chinuită, se declara sătul de tot, îl jignea grav pe Enzo, anunţa că pleca la Bologna la un prieten de-al lui pe care-l cunoscuse în timpul serviciului militar. Şase rânduri cu totul. Nicio vorbă despre Dede. Inima-mi bătea cu putere în piept. Ce legătură aveau scrisul acela, ortografia aceea cu fiica mea? Chiar şi mama lui o simţea ca pe o promisiune neţinută, ca pe-o înfrângere, poate chiar ca pe-o profeţie: iată ce i s-ar fi întâmplat Tinei dacă n-ar fi fost răpită.

— A plecat singur? am întrebat.

— Cu cine vrei să fi plecat?

Am clătinat din cap nesigură. Ea mi-a citit în ochi motivul îngrijorării, a zâmbit:

— Ţi-e teamă că a plecat cu Dede?

27.

Am dat fuga acasă, cu Imma după mine. Am intrat, am strigat-o pe Dede, am strigat-o pe Elsa. Niciun răspuns. Am alergat în camera unde dormeau şi învăţau fiicele mele mai mari. Am găsit-o acolo pe Dede, era întinsă pe pat, avea ochii înroșiți de plâns. M-am simțit ușurată. M-am gândit că-i vorbise de iubirea ei lui Rino și că tânărul o refuzase.

N-am apucat să vorbesc: Imma, poate fiindcă nu-și dăduse seama de starea surorii, a-nceput să vorbească entuziasmat de tatăl ei. Dar Dede a respins-o, insultând-o în dialect, s-a ridicat, a izbucnit în plâns. I-am făcut semn Immei să nu se supere, i-am spus fiicei mele mari cu blândețe: știu că e îngrozitor, știu foarte bine, dar o să treacă. Reacția a fost violentă. Pentru c-o mângâiam pe păr, ea s-a retras cu o mișcare bruscă a capului, a urlat: ce spui acolo, nu știi nimic, nu-nțelegi nimic, te gândești numai la tine însăți și la tâmpeniile pe care le scrii. Apoi mi-a întins o foaie cu pătrățele, mai bine zis mi-a aruncat-o în față și a fugit.

Immei, odată ce a înțeles că sora ei era disperată, i s-au umezit și ei ochii. I-am șoptit ca s-o distrag: cheam-o pe Elsa, vezi unde e, și am luat foaia de pe jos, era o zi a biletelor. Am recunoscut imediat frumosul scris al celeilalte fiice. Elsa îi scria pe larg lui Dede. Îi explica că sentimentele nu pot fi comandate, că Rino o iubea de mult și că, treptat, și ea se-ndrăgostise de el. Știa, bineînțeles, că-i provoca suferință și-i părea rău pentru asta, dar știa și că dacă ar fi renunțat la persoana iubită lucrurile nu s-ar fi îndreptat. Apoi mi se adresa mie, pe un ton aproape amuzat. Scria că hotărâse să abandoneze școala, că acel cult al meu pentru învățat i se păruse mereu o prostie, că nu cărțile erau cele care îi făceau buni pe oameni, ci oamenii buni scriau cărți bune. Sublinia că Rino era bun deși nu citise niciodată o carte; sublinia că tatăl ei era bun și realizase cărți excelente. Legătura între cărți, oameni și bunătate se termina acolo, eu nu eram pomenită. Mă saluta, în sfârșit, cu afecțiune și-mi spunea să nu mă supăr prea tare: Dede și Imma mi-ar fi oferit satisfacțiile pe care ea nu mai avea chef să mi le ofere. Surioarei ei îi dedica o inimioară cu aripi.

M-a cuprins o furie incontrolabilă. M-am enervat pe Dede că nu-și dăduse seama de felul în care sora ei, conform obiceiului, intenţiona să-i ia ceva la care ţinea. Trebuia să-nţelegi, am ţipat la ea, trebuia s-o opreşti, eşti atât de inteligentă şi te laşi trasă pe sfoară de o şmecheruţă vanitoasă. Apoi am alergat jos, i-am zis Lilei:

— Fiul tău n-a plecat singur, fiul tău a luat-o cu el pe Elsa.

Ea m-a privit dezorientată:

— Pe Elsa?

— Da. Şi Elsa e minoră, Rino e mai mare cu nouă ani, mă duc la poliţie şi-l denunţ, jur pe Dumnezeu.

A izbucnit în râs. Nu era un râset maliţios, ci uimit. Râdea şi spunea, făcând aluzie la fiul ei:

— Dar uită-te tu câte necazuri a fost în stare să provoace, l-am subestimat. Le-a făcut pe amândouă domnişoarele tale să-şi piardă capul după el, nu-mi vine să cred. Lenù, vino aici, linişteşte-te, ia loc. Dacă te gândeşti, e mai mult de râs decât de plâns.

Am urlat în dialect că nu găseam nimic de râs, că Rino făcuse ceva foarte grav, că urma să mă duc pe bune la poliţie. Atunci a schimbat tonul, mi-a arătat uşa, a spus:

— Du-te la poliţişti, du-te, ce mai aştepţi?

Am plecat, dar am renunţat pentru moment la poliţie, m-am întors acasă la mine, urcând câte două trepte odată. Am ţipat la Dede: vreau să ştiu unde dracului au plecat ăia doi, spune-mi imediat. S-a speriat, Imma şi-a acoperit urechile cu mâinile, dar eu nu m-am calmat până când Dede n-a recunoscut că Elsa îl cunoscuse pe prietenul din Bologna al lui Rino când venise la un moment dat în cartier.

— Ştii cum îl cheamă?

— Da.

— Ai adresa, telefonul?

Ea a-nceput să tremure, era pe punctul de a-mi da informaţiile pe care le voiam. Apoi, deşi îşi ura sora mai mult decât pe Rino, s-a gândit probabil că era josnic să colaboreze şi a tăcut.

Mă descurc singură, am ţipat şi i-am răvăşit lucrurile, am scotocit în toată casa. Apoi m-am oprit. În timp ce căutam o altă foaie, o notiţă în agendă, mi-am dat seama că lipsea cu totul altceva. Dispăruseră toţi banii din sertarul în care-i ţineam şi, mai ales, nu mai erau bijuteriile mele, nu era nici măcar brăţara mamei mele. Elsa ţinuse mereu la brăţara aceea. Spunea, mai în glumă mai în serios, că bunica, dacă ar fi făcut testament, i-ar fi lăsat-o ei, nu mie.

28.

Acea descoperire m-a îndârjit şi mai tare şi Dede, în cele din urmă, mi-a dat adresa şi numărul de telefon pe care le căutam. Când s-a decis, dispreţuindu-se pentru că-mi cedase, a ţipat la mine că eram la fel ca Elsa, că nu respectam pe nimeni şi nimic. I-am zis să tacă şi m-am lipit de telefon. Pe prietenul lui Rino îl chema Moreno, l-am ameninţat. I-am spus că ştiam că făcea trafic cu heroină, c-o să-i fac atât de multe necazuri încât n-o să mai iasă niciodată din puşcărie. N-am scos nimic de la el. Mi-a jurat că nu ştia nimic de Rino, că-şi amintea de Dede, dar că pe fata asta de care vorbeam, Elsa, n-o cunoscuse niciodată.

M-am întors la Lila. Mi-a deschis ea, dar de data asta era şi Enzo care m-a pus să iau loc, s-a purtat amabil. Am spus că voiam să mă duc imediat la Bologna, i-am cerut Lilei pe un ton vehement să mă-nsoţească.

— Nu-i nevoie, a răspuns ea, ai să vezi că se vor întoarce când nu vor mai avea nicio liră.

— Câţi bani ţi-a luat Rino?

— Nimic. Ştie că dacă se atinge şi numai de zece lire, îi rup oasele.

M-am simţit umilită. Am murmurat:

— Elsa mi-a luat banii şi bijuteriile.

— Pentru că n-ai ştiut s-o educi.

Enzo i-a spus:

— Încetează.

Ea i s-a împotrivit brusc:

— Vorbesc cât am chef. Fiul meu se droghează, fiul meu n-a studiat, fiul meu vorbește și scrie prost, fiul meu e un trântor, fiul meu are toată vina. Dar, în fond, fiica ei e hoața, Elsa își trădează sora.

Enzo mi-a zis:

— Să mergem, vin eu cu tine la Bologna.

Am plecat cu mașina, am călătorit noaptea. Abia mă întorsesem de la Roma, drumul cu mașina mă obosise. Suferința și furia îmi supseseră toată energia rămasă și acum, când încordarea se diminua, mă simțeam epuizată. Așezată lângă Enzo, în timp ce ieșeam din Napoli și o apucam pe autostradă, m-au cuprins anxietatea din cauza stării în care o lăsasem pe Dede, teama din cauza a ce i se putea întâmpla Elsei, un pic de rușine din cauza modului în care-o speriasem pe Imma, a modului în care-i vorbisem Lilei, uitând că Rino era singurul ei copil. Nu știam dacă să-i telefonez lui Pietro în America și să-i spun să se-ntoarcă imediat, nu știam dacă să mă adresez, într-adevăr, poliției.

— O să rezolvăm totul noi, a spus Enzo mimând încrederea, nu-ți face griji, e inutil să-i faci rău băiatului.

— Nu vreau să-l denunț pe Rino, i-am explicat, vreau doar să mi-o găsească pe Elsa.

Era adevărat. Am murmurat că-mi doream să-mi iau fiica înapoi, să mă-ntorc acasă, să fac bagajele, să nu mai rămân nici măcar un minut în plus în casa aceea, în cartier, în Napoli. Nu are sens, i-am spus, ca eu și Lila să începem acum să ne certăm în legătură cu cine și-a educat mai bine copiii și dacă ce s-a întâmplat e din vina copilului ei sau din vina mea, nu mă pot confrunta cu asta.

Enzo m-a ascultat îndelung, în tăcere, apoi, deși-l simțeam de mult timp foarte supărat pe Lila, a început să-i justifice acțiunile. Ca să facă asta n-a vorbit de Rino, de problemele pe care i le crea mamei lui, ci de Tina. A spus: dacă o ființă de câțiva ani moare, a murit, s-a terminat, mai devreme sau mai târziu te resemnezi. Dar dacă dispare, dacă nu se mai știe nimic de ea, niciun lucru din viața ta nu rămâne la locul lui. Tina nu se va mai întoarce niciodată sau se va întoarce? Și când se va întoarce, se va întoarce vie sau moartă? În fiecare moment — a murmurat — te întrebi unde e. E ca o țigăncușă pe stradă? Locuiește în casa unor oameni bogați fără copii? O pun să facă lucruri urâte și apoi vând fotografiile și filmele? Au spintecat-o și i-au vândut scump inima ca să bată în pieptul altui copil? Celelalte fragmente din corpul ei sunt îngropate, sunt arse? Sau e-ngropată întreagă, pentru că a murit din întâmplare după ce a fost răpită? Și dacă pământul și focul n-au înghițit-o și ea crește cine știe pe unde, cum arată acum, în ce se va transforma, dacă o s-o întâlnim pe stradă, o s-o recunoaștem? Și dacă o s-o recunoaștem, cine-o să ne dea înapoi tot ce am pierdut din ea, tot ce s-a întâmplat când nu eram acolo, iar Tina, atât de mică, s-a simțit abandonată?

La un moment dat, în timp ce Enzo rostea frazele în modul lui chinuit, dar intens, i-am văzut lacrimile în lumina farurilor, am înțeles că nu vorbea numai despre Lila, ci-ncerca să-și exprime propria suferință. Călătoria aceea cu el a fost importantă, și astăzi mi-e greu să-mi imaginez un bărbat mai sensibil decât el. La început mi-a zis ce-i șoptise sau urlase Lila în fiecare zi, în fiecare noapte, în acei patru ani. Apoi m-a îndemnat să vorbesc despre munca mea și despre nemulțumirile mele. I-am spus de fete, de cărți, de bărbați, de resentimente, de nevoia mea de aprobare. Și am povestit despre scrisul meu, care de-acum devenise obligatoriu, trudeam zi și noapte ca să mă simt prezentă, ca să nu fiu marginalizată, ca să lupt împotriva cui mă considera o femeiușcă băgăreață fără talent: persecutori — am murmurat — al căror unic scop e să mă facă să-mi pierd publicul, dar nu pentru că sunt animați de cine știe ce rațiuni înalte, ci mai degrabă din plăcerea de a mă-mpiedica să devin mai bună sau ca să obțină pentru sine și pentru protejații lor o putere mizerabilă în dezavantajul meu. M-a lăsat să mă descarc, mi-a lăudat energia pe care o puneam în lucruri. Vezi — a spus — câtă pasiune pui. Această trudă te-a ancorat în lumea pe care ți-ai ales-o, ți-a asigurat o amplă și detaliată pricepere, în special ți-a arătat toate sentimentele. Astfel viața te-a târât cu ea și Tina, pentru tine, e cu siguranță un episod îngrozitor, te întristează să te gândești la el, dar e în același timp, deja, o întâmplare îndepărtată. În schimb, în toți acești ani, lumea s-a prăbușit peste Lila indirect și ea a alunecat în golul lăsat de fiica ei, precum ploaia care cade cu viteză prin jgheab. Ea s-a oprit la Tina și a devenit ranchiunoasă față de tot ce continuă să fie viu, față de tot ce crește și prosperă. Desigur, a spus, e puternică, se comportă foarte urât cu mine, se înfurie pe tine, spune lucruri nasoale. Dar nu știi de câte ori a leșinat în timp ce părea liniștită, spăla farfuriile sau privea șoseaua de la fereastră.

29.

La Bologna n-am dat de urma lui Rino și a fiicei mele, deși Moreno, speriat de calmul feroce al lui Enzo, ne-a târât după el pe străzi și prin locuri de întâlnire unde, după el, dacă erau în oraș, în mod sigur cei doi ar fi fost bine primiți. Enzo a sunat-o adesea pe Lina, eu pe Dede. Speram să avem vești bune, dar nu era așa. În acel punct m-a apucat o nouă criză, nu mai știam ce să fac. Am zis din nou:

— Mă duc la poliție.

Enzo a clătinat din cap.

— Așteaptă încă puțin.

— Rino mi-a distrus-o pe Elsa.

— Nu poți spune asta. Trebuie să-ncerci să le privești pe fiicele tale cum sunt cu adevărat.

— Asta fac tot timpul.

— Da, dar n-o faci bine. Elsa ar face orice ca să-i producă lui Dede suferință și amândouă se înțeleg de minune în legătură cu un singur punct: s-o chinuie pe Imma.

— Nu mă face să spun răutăți: Lila le vede așa, iar tu repeți ce spune ea.

— Lila ține la tine, te admiră, e atașată de fiicele tale. Eu gândesc lucrurile astea și vorbesc ca să te ajut să judeci rațional. Liniștește-te, ai să vezi că-i găsim.

Nu i-am găsit, am decis să ne-ntoarcem la Napoli. Dar în apropiere de Florența Enzo a vrut din nou să-i telefoneze Lilei ca să afle noutăți. Când a închis, mi-a zis perplex:

— Dede trebuie să-ți vorbească, dar Lina nu știe de ce.

— E acasă la voi?

— Nu, e la tine.

Am telefonat imediat, mă temeam să nu se simtă rău Imma. Dede nu mi-a dat nici măcar timp să vorbesc, a spus:

— Eu plec chiar mâine în Statele Unite, mă duc să studiez acolo.

Am încercat să nu țip:

— Acum nu e momentul pentru aceste discuții, imediat cum va fi posibil, vom vorbi cu tata.

— Trebuie să fie clar un lucru, mama: Elsa se va-ntoarce în casa asta numai când eu voi fi plecat deja.

— Deocamdată lucrul cel mai urgent e să aflăm unde e.

Ea a țipat în dialect:

— Tâmpita aia a telefonat puțin mai devreme, e acasă la bunica.

30.

Bunica era, bineînțeles, Adele. I-am sunat pe socrii mei. A răspuns Guido, care mi-a dat-o, rece, pe soția lui la telefon. Adele a fost amabilă, mi-a zis că Elsa era acolo și a adăugat: nu doar ea.

— E și băiatul?
— Da.
— Te deranjează dacă vin la voi?
— Te așteptăm.

L-am pus pe Enzo să mă lase-n gara din Florența. Călătoria a fost complicată, cu întârzieri, așteptări, enervări de toate felurile. M-am gândit la Elsa care, cu viclenia ei capricioasă, ajunsese s-o implice și pe Adele. Dacă Dede era incapabilă de înșelătorii, ea dădea ce era mai bun din ea când era vorba să inventeze strategii capabile s-o protejeze și eventual s-o ajute să iasă în câștig. Plănuise, era limpede, să mi-l impună pe Rino în prezența bunicii ei, o persoană care — ea și sora ei știau bine — mă acceptase ca noră împotriva voinței sale. Toată călătoria m-am simțit ușurată pentru c-o știam în siguranță și am urât-o pentru situația în care mă punea.

Am ajuns la Genova pregătită pentru o ceartă urâtă. Dar am găsit-o pe Adele foarte primitoare și pe Guido amabil. Elsa — îmbrăcată ca de sărbătoare, foarte machiată, cu brățara mamei mele la încheietura mâinii și cu inelul, pe care cu ani în urmă mi-l dăruise tatăl ei, frumos etalat — a fost afectuoasă și dezinvoltă, ca și cum ar fi fost de neconceput c-aș putea fi supărată pe ea. Singurul tăcut, mereu cu ochii în pământ, mi s-a părut Rino, astfel că mi s-a făcut milă și am ajuns să fiu mai ostilă față de fiica mea, decât față de el. Poate că Enzo avea dreptate, băiatul, în povestea aceea, nu avusese o foarte mare importanță. N-avea nimic din duritatea, din neobrăzarea mamei sale, Elsa îl târâse după ea fermecându-l și doar ca s-o rănească pe Dede. În rarele ocazii în care a avut curajul să se uite la mine, mi-a aruncat niște priviri de câine credincios.

Am înțeles repede că Adele îi primise pe Elsa și pe Rino cum se face cu un cuplu: aveau camera lor, prosoapele lor, dormeau împreună. Elsa a expus fără probleme acea intimitate aprobată de bunică, poate chiar a accentuat-o înadins pentru urechile mele. Când, după cină, cei doi tineri s-au retras ținându-se de mână, soacra mea m-a îndemnat să-mi recunosc aversiunea față de Rino. E un copil, a spus la un moment dat, chiar nu știu ce a văzut la acest tânăr, trebuie s-o ajutăm să iasă din această situație. Am strâns din dinți, am răspuns: e un băiat bun, dar și dacă n-ar fi, ea e îndrăgostită de el și nu sunt prea multe de făcut. I-am mulțumit c-o primise cu afecțiune și cu mintea deschisă, m-am dus să mă culc.

Dar mi-am petrecut noaptea reflectând asupra situației. Dacă aș fi greșit doar cu o aluzie, mi-aș fi nenorocit probabil ambele fiice. Nu-i puteam despărți categoric pe Elsa și pe Rino. Nu le puteam obliga pe cele două surori la o conviețuire, în acel moment imposibilă: ce se-ntâmplase era grav și cele două fete o vreme n-ar mai fi putut trăi sub același acoperiș. Să mă gândesc la mutarea în alt oraș ar fi complicat lucrurile, Elsa ar fi rămas cu Rino din datorie. Mi-am dat seama, repede, că dacă voiam s-o iau acasă pe Elsa și să obțin ca ea să-și dea bacalaureatul, trebuia să renunț la Dede, s-o trimit, într-adevăr, la tatăl ei. Așa că a doua zi, instruită de Adele în legătură cu ora potrivită pentru a telefona (ea și fiul — am aflat — vorbeau tot timpul), am discutat cu Pietro. Mama lui îi povestise deja amănunțit ce se-ntâmplase și, din proasta lui dispoziție, am dedus că adevăratele sentimente ale lui Adele față de întregul eveniment nu erau, cu siguranță, cele afișate față de mine. Pietro mi-a zis grav:

— Trebuie să-ncercăm să înțelegem ce soi de părinți am fost și ce le-a lipsit fiicelor noastre.

— Spui că n-am fost și că nu sunt o mamă bună?

— Spun că e nevoie ca afecțiunea să fie continuă și că nici eu, nici tu n-am știut să le-o asigurăm lui Dede și Elsei.

L-am întrerupt, l-am anunțat că va avea modalitatea de a juca rolul tatălui cu normă întreagă pentru cel puțin una din cele două fete: Dede voia să se mute imediat la el, voia să plece cât mai curând.

N-a primit bine vestea, a tăcut, a tergiversat, a spus că era încă în fază de acomodare și avea nevoie de timp. I-am răspuns: o cunoști pe Dede, sunteţi identici, și dacă-i spui nu, o să te trezești cu ea acolo.

În aceeași zi, cum am avut ocazia să vorbesc cu Elsa faţă în faţă, am înfruntat-o fără să ţin cont deloc de mofturile ei. Am pus-o să-mi înapoieze banii, bijuteriile, brăţara mamei mele, pe care mi-am pus-o imediat spunând: să nu te mai atingi niciodată de lucrurile mele.

Ea părea conciliantă, eu nu, am șuierat printre dinţi că n-aș fi ezitat niciun minut să-l denunţ în primul rând pe Rino, și apoi pe ea. Cum a încercat să-mi dea replica, am împins-o spre un perete, am ridicat mâna s-o lovesc. Aveam probabil o expresie îngrozitoare, a izbucnit în plâns terorizată.

— Te urăsc, a hohotit, nu vreau să te mai văd, n-o să mă întorc niciodată în locul ăla nenorocit în care ne-ai obligat să trăim.

— Bine, o să te las aici toată vara, dacă bunicii tăi nu te vor goni mai devreme.

— Și pe urmă?

— Pe urmă, în septembrie o te întorci acasă, o să te duci la școală, o să înveţi, o să trăiești cu Rino în apartamentul nostru pân-o să te saturi.

M-a ţintuit cu privirea stupefiată, a fost o lungă clipă de uluire. Eu rostisem cuvintele acelea ca și cum ar fi vestit cea mai îngrozitoare pedeapsă, ea le-a primit ca pe un gest surprinzător de generozitate.

— Serios?

— Da.

— N-o să mă satur niciodată.

— Vom vedea.

— Și mătușa Lina?

— Mătușa Lina va fi de acord.

— Nu voiam să-i fac rău lui Dede, mama, eu îl iubesc pe Rino, așa s-a întâmplat.

— O să se mai întâmple de o mie de ori de aici încolo.

— Nu-i adevărat.

— Cu atât mai rău pentru tine. Înseamnă că-l vei iubi pe Rino toată viața.

— Îți bați joc de mine.

Am spus că nu, auzeam numai cât de ridicol era acel verb în gura unei fetișcane.

31.

M-am întors în cartier, i-am comunicat Lilei ceea ce le propusesem celor doi tineri. A fost un schimb rece, aproape o negociere.

— Îi ții la tine acasă?

— Da.

— Dacă-ți convine ție, îmi convine și mie.

— Pentru cheltuieli, împărțim pe jumătate.

— Pot plăti eu tot.

— Pentru moment am bani.

— Pentru moment am și eu.

— Ne-am înțeles, așadar.

— Dede cum a reacționat?

— Bine. Pleacă peste câteva săptămâni, se duce să-și viziteze tatăl.

— Spune-i să treacă să-și ia la revedere.

— Nu cred c-o să treacă.

— Atunci spune-i să-l salute pe Pietro din partea mea.

— O să fac asta.

Pe neașteptate, am simțit o mare suferință, am spus:

— În câteva zile am pierdut două fiice.

— Nu folosi expresia asta: n-ai pierdut nimic, dimpotrivă, ai câştigat un fiu.

— Tu ai împins totul în direcţia asta.

S-a încruntat, părea dezorientată.

— Nu ştiu despre ce vorbeşti.

— Trebuie mereu să instigi, să iriţi, să inciţi.

— Acum vrei să te superi pe mine şi pentru ce fac fiicele tale?

Am murmurat că sunt obosită, am plecat.

În realitate, zile şi săptămâni la rând, nu m-am putut împiedica să cred că Lila nu suporta echilibrul vieţii mele şi, de aceea, scopul ei era să-l distrugă. Întotdeauna fusese aşa, dar după dispariţia Tinei lucrurile se-nrăutăţiseră: făcea o mişcare, observa consecinţele, făcea o altă mişcare. Obiectivul? Poate că nici măcar ea nu-l cunoştea. În mod sigur, cele două surori îşi distruseseră relaţia, Elsa era într-un mare necaz, Dede pleca, eu urma să rămân în cartier cine ştie cât timp.

32.

M-am ocupat de plecarea lui Dede. Din când în când îi spuneam: rămâi, mă faci să sufăr foarte tare. Ea răspundea: eşti foarte prinsă, nici n-o să-ţi dai seama c-am plecat. Insistam: Imma te adoră şi Elsa la fel, o să vă lămuriţi, va trece. Dar Dede nici nu voia să audă numele surorii, cum o pomeneam, căpăta o expresie dezgustată şi ieşea, trântind uşa.

Cu câteva seri înainte de plecare a devenit dintr-odată foarte palidă — eram la cină — şi a-nceput să tremure. A murmurat: nu pot să respir. Imma, prompt, i-a turnat apă, Dede a luat o înghiţitură, apoi s-a ridicat de pe scaunul ei şi a venit să se aşeze pe genunchii mei. A fost ceva cu totul nou. Era solidă, mai înaltă decât mine, renunţase de mult să stabilească şi cel mai mic contact între corpurile noastre, dacă din întâmplare ne atingeam, țâșnea simțind parcă o repulsie. M-au surprins greutatea ei, căldura, șoldurile pline. Am cuprins-o de talie, și-a trecut brațele în jurul gâtului meu, a plâns în hohote teribile. Imma s-a ridicat de la masă, s-a apropiat, a-ncercat să fie primită și ea în îmbrățișare. S-a gândit probabil că sora nu mai pleacă și în zilele următoare a fost veselă, s-a comportat ca și cum totul s-ar fi reparat. Dede, în schimb, a plecat oricum, dimpotrivă, după momentul acela de slăbiciune, s-a arătat tot mai dură și explicită. Cu Imma a fost afectuoasă, a sărutat-o de o sută de ori, i-a spus: vreau cel puțin o scrisoare pe săptămână. Pe mine m-a lăsat s-o îmbrățișez și s-o sărut, dar fără să facă și ea la fel. M-am învârtit în jurul ei, mi-am dat silința să-i anticipez orice dorință, a fost zadarnic. Când m-am văitat de răceala ei, a spus: nu există nicio șansă să am o relație adevărată cu tine, singurele lucruri care contează pentru tine sunt munca și mătușa Lina; nu există nimic care să nu fie absorbit acolo înăuntru, adevărata pedeapsă, pentru Elsa, e să rămână aici: pa, mama.

Singurul lucru pozitiv era că-i spunea din nou surorii ei pe nume.

33.

Când Elsa, la începutul lunii septembrie a anului 1988, s-a întors acasă, am sperat să alunge, cu vivacitatea ei, impresia că Lila reușise într-adevăr să mă tragă în jos, în golul ei. Dar n-a fost așa. Prezența lui Rino prin casă, în loc să dea o nouă viață camerelor, le-a făcut dezolante. Era un băiat afectuos, complet supus Elsei și Immei, care-l tratau ca pe ospătarul lor. Eu însămi, trebuie să recunosc, am căpătat obiceiul de a-i încredința o mie de sarcini plicticoase — întâi de toate lungile cozi la poștă — și, degrevându-mă de ele, am avut mai mult timp să lucrez. Dar mă deprima să văd în jurul meu ditamai trupul molâu, disponibil la cel mai mic semn şi totuşi abătut, mereu supus, mai puţin atunci când venea vorba să respecte reguli de bază, cum ar fi să facă pipi având grijă să ridice capacul, să lase curată cada de baie, să nu-şi lase pe jos şosetele şi chiloţii murdari.

Elsa nu mişca un deget ca să-mbunătăţească situaţia, dimpotrivă, o complica bucuroasă. Nu-mi plăceau dulcegăriile faţă de Rino sub ochii Immei, detestam rolul ei de femeie dezinhibată, când, în realitate, era o fetiţă de cincisprezece ani. În special nu suportam halul în care-şi lăsa camera unde altădată dormise cu Dede şi pe care acum, în schimb, o împărţea cu Rino. Se ridica din pat adormită ca să se ducă la şcoală, lua micul dejun în grabă, o ştergea. După o vreme, apărea Rino, mânca mai mult de o oră de toate, se închidea în baie pentru cel puţin altă jumătate de oră, se îmbrăca, umbla de colo-colo fără rost, ieşea, se ducea s-o ia pe Elsa de la şcoală. La întoarcere mâncau vesel şi se închideau imediat în cameră.

Camera aceea era locul unui delict, Elsa nu voia să se atingă nimic. Dar niciunul nu avea grijă să deschidă ferestrele, să facă un pic de ordine. Făceam eu înainte să vină Pinuccia, nu voiam să simtă mirosul de sex, să găsească urme ale atingerilor lor.

Nici Pinucciei nu-i plăcea situaţia aceea. Când era vorba de haine, pantofi, machiaj, coafuri, se arăta uimită de modernitatea mea, dar în acel caz specific m-a făcut să înţeleg repede şi-n toate felurile că făcusem o alegere prea modernă, o părere, de altfel, care era probabil foarte răspândită în cartier. A fost foarte neplăcut, într-o dimineaţă, să mă trezesc cu ea în faţa mea, în timp ce încercam să lucrez, ţinând în mâini un ziar din care ieşea la iveală un prezervativ înnodat ca să nu se scurgă sperma din el. L-am găsit la piciorul patului, mi-a zis foarte dezgustată. M-am prefăcut că nimic nu se-ntâmplase. Nu e nevoie să mi-l arăţi, am comentat, continuând să lucrez la computer, există găleata de gunoi pentru asta.

În realitate, nu știam cum să mă comport. Inițial mă gândisem că, în timp, totul se va îmbunătăți. În schimb, lucrurile n-au făcut decât să se complice. În fiecare zi aveam certuri cu Elsa, dar încercam să nu exagerez, resimțeam încă rana provocată de plecarea lui Dede și nu voiam s-o pierd și pe ea. Astfel, m-am dus tot mai des la Lila ca să-i spun: vorbește cu Rino, e un băiat bun, încearcă să-i explici că trebuie să fie un pic mai ordonat. Dar părea că ea nu așteaptă altceva decât protestele mele ca să înceapă o ceartă.

— Trimite-mi-l aici, s-a enervat într-o dimineață, gata cu locuitul ăsta la tine acasă, e o tâmpenie. Adică, hai să facem așa: spațiu e suficient, când fiica ta vrea să vină să-l viziteze, coboară, bate la ușă și, dacă vrea, doarme aici.

M-a iritat. Fiica mea trebuia să bată la ușă și să-ntrebe dacă putea să doarmă cu omul ei? Am bombănit:

— Nu, e bine așa.

— Dacă e bine așa, despre ce vorbim?

Am izbucnit:

— Lila, îți cer doar să vorbești cu Rino: are douăzeci și patru de ani, spune-i să se comporte ca un adult. Eu nu vreau să mă cert încontinuu cu Elsa, risc să-mi pierd calmul și o dau afară din casă.

— Atunci problema e fiica ta, nu fiul meu.

În acele momente, tensiunea creștea rapid, dar rămânea nerezolvată, ea era ironică, eu mă întorceam acasă frustrată. Într-o seară eram la cină când s-a auzit de pe scări țipătul ei intransigent, voia ca Rino să coboare imediat. El a-nceput să se agite, Elsa s-a oferit să-l însoțească. Dar Lila, cum a văzut-o, a spus: sunt problemele noastre, du-te la tine acasă. Fiica mea a urcat abătută și, între timp, jos a izbucnit o ceartă foarte violentă. Urla Lila, urla Enzo, urla și Rino. Eu suferеam pentru Elsa, care-și frământa mâinile, era neliniștită, spunea: mama, fă ceva, ce se-ntâmplă, de ce se poartă așa cu el?

N-am spus nimic, n-am făcut nimic. Cearta s-a potolit, a trecut un pic de timp, Rino nu s-a întors sus. Elsa atunci m-a obligat să mă duc să văd ce se-ntâmplase. M-am dus și nu mi-a deschis Lila, ci Enzo. Era obosit, deprimat, nu m-a invitat să intru. A spus:

— Lila mi-a zis că băiatul nu se comportă bine, așa că de-acum rămâne aici.

— Lasă-mă să vorbesc cu ea.

Am discutat cu Lila până noaptea târziu, Enzo s-a închis posomorât într-o cameră. Am înțeles aproape imediat că ea voia să fie rugată. Intervenise, își luase înapoi băiețoiul, îl umilise. Acum își dorea să-i spun: Rino e ca un fiu pentru mine, îmi convine foarte mult să stea la mine acasă, să doarmă cu Elsa, n-o să mai vin să mă vait. Am rezistat mult timp, apoi m-am înduplecat și l-am adus acasă pe Rino. Cum am ieșit din apartament, am auzit că ea și Enzo începuseră din nou să se certe.

34.

Rino mi-a fost foarte recunoscător.

— Ție îți datorez totul, mătușă Lenù, tu ești persoana cea mai bună pe care-o cunosc și o să țin mereu la tine.

— Rino, eu nu sunt deloc bună. Tu trebuie doar să-mi faci favorul de a ține minte că avem o singură baie și că, în afară de Elsa, folosim baia aceea atât eu, cât și Imma.

— Ai dreptate, scuze, uneori n-am fost atent, n-o să mai fac.

Se scuza încontinuu, dar încontinuu era neatent. Era, în felul lui, de bună-credință. A declarat de-o mie de ori că voia să-și caute un loc de muncă, că voia să contribuie la cheltuielile casei, că va fi foarte atent să nu-mi provoace neplăceri în niciun fel, că îmi purta un respect infinit. Dar n-a găsit niciun loc de muncă și viața, în toate aspectele cele mai descurajante ale rutinei cotidiene, a continuat ca înainte, poate chiar mai rău. Am încetat oricum să apelez la Lila, ei îi spuneam: e totul bine.

Îmi devenea tot mai clar că tensiunea dintre ea și Enzo creștea și nu voiam să fiu fitilul pentru crizele lor de nervi. Ceea ce mă preocupa, de puțin timp, era că natura certurilor lor se schimbase. În trecut, Lila țipa și Enzo, în general, tăcea. Dar, de la o vreme, nu mai era așa. Ea urla, auzeam adesea numele Tinei și vocea ei filtrată de podea părea un fel de lamentație bolnavă. Apoi, pe neașteptate, izbucnea Enzo. Urla și urletul lui se prelungea într-un torent tumultuos de cuvinte exasperate, toate într-un dialect violent. Lila atunci tăcea brusc, cât timp Enzo țipa, ea nu se mai auzea. Dar imediat cum el tăcea, se auzea ușa trântindu-se. Eram atentă la zgomotul pașilor Lilei pe scări, în hol. Apoi pașii ei dispăreau printre zgomotele traficului de pe șosea.

Până cu puțin timp în urmă Enzo ar fi alergat după ea, dar acum n-o mai făcea. Mă gândeam: poate că trebuie să mă duc jos, să-i vorbesc, să-i spun: chiar tu mi-ai povestit cât suferă Lina în continuare, fii înțelegător. Dar renunțam și speram ca ea să se-ntoarcă repede. În schimb, rămânea plecată toată ziua și, uneori, chiar și noaptea. Ce făcea? Îmi imaginam că se refugiază în bibliotecă, cum îmi povestise Pietro. Sau că hoinărește prin Napoli, admirând fiecare bloc, fiecare biserică, fiecare monument, fiecare placă comemorativă. Sau că-mbină cele două lucruri: mai întâi explora orașul, apoi scotocea în cărți ca să afle mai multe. Copleșită de evenimente, nu avusesem niciodată chef și timp să discut despre acea nouă dorință nebună a minții ei, și nici ea, de altfel, nu-mi vorbise despre ea. Dar știam cât de obsedată, cât de concentrată putea deveni când o interesa cu adevărat ceva și nu mă mira că poate să dedice acelui lucru atâta timp și energie. Mă gândeam la ea cu oarecare îngrijorare numai când dispariţiile urmau după acele urlete și umbra Tinei se unea cu acea rătăcire prin oraș pe timpul nopții. Atunci îmi veneau în minte galeriile de tuf din subsolul orașului, catacombele cu șiruri întregi de capete de mort, craniile de bronz înnegrit care însoțesc sufletele nefericite de pe biserica Purgatorio ad Arco. Și uneori rămâneam trează până când auzeam ușa blocului trântindu-se și pașii ei urcând pe trepte.

Într-una din acele zile negre, s-a întâmplat să vină poliția. Fusese un scandal, ea plecase. M-am dus la fereastră alarmată, am văzut polițiștii care se-ndreptau spre blocul nostru. M-am speriat, am crezut că se-ntâmplase ceva cu Lila. Am alergat pe palier. Polițiștii îl căutau pe Enzo, veniseră să-l aresteze. Am încercat să intervin, să înțeleg. Mi s-a închis gura brutal, l-au luat cu ei în cătușe. În timp ce cobora scările, Enzo mi-a strigat în dialect: când se-ntoarce Lina, spune-i să nu se-ngrijoreze, e o neghiobie.

35.

Multă vreme mi-a fost greu să înțeleg de ce era acuzat. Lila nu s-a mai purtat ostil cu el, și-a adunat puterile, i s-a dedicat în întregime. În acea nouă încercare a fost tăcută și hotărâtă. S-a enervat numai când a descoperit că statul — pentru că ea nu încheiase cu Enzo niciun contract oficial și, în plus, nu se despărțise niciodată de Stefano — nu voia să-i recunoască un statut echivalent cu cel de soție și, în consecință, posibilitatea de a-l vedea. A-nceput atunci să cheltuie mulți bani ca să-l facă să-i simtă apropierea și sprijinul prin intermediul unor canale neoficiale.

Eu, între timp, am apelat din nou la Nino. Știam de la Marisa că era complet inutil să aștepți puțin ajutor de la el, nu mișca un deget nici măcar pentru tatăl, mama și frații lui. Dar față de mine și-a asumat din nou prompt un angajament, poate ca să facă impresie bună față de Imma, poate fiindcă era vorba să-i arate Lilei, chiar dacă mijlocit, puterea lui. Nici măcar el, oricum, n-a reușit să-nţeleagă cu exactitate care era situaţia lui Enzo și mi-a oferit, în momente diferite, versiuni diferite în care el însuși avea foarte puţină încredere. Ce se-ntâmplase? În mod sigur Nadia, în cursul mărturiilor ei sporadice, rostise numele lui Enzo. În mod sigur, dezgropase perioada în care Enzo frecventase, împreună cu Pasquale, colectivul de muncitori-studenţi de pe strada Tribunalelor. În mod sigur le atribuise amândurora mici acţiuni demonstrative, care datau din ani de-acum îndepărtaţi, împotriva bunurilor oficialilor NATO care locuiau pe strada Manzoni. În mod sigur anchetatorii încercau să-l implice și pe Enzo în multe dintre crimele pe care i le atribuiseră lui Pasquale. Dar în acest punct certitudinile se terminau și începeau supoziţiile. Poate că Nadia afirmase că Enzo nu apelase la Pasquale pentru infracţiuni care nu erau de natură politică. Poate că Nadia susţinuse că unele din acele acţiuni sângeroase — în particular asasinarea lui Bruno Soccavo — fuseseră înfăptuite de Pasquale și plănuite de Enzo. Poate că Nadia spusese că aflase de la Pasquale însuși că persoanele care-i uciseseră pe fraţii Solara fuseseră trei la număr: el, Antonio Cappuccio, Enzo Scanno, prieteni din copilărie care se hotărâseră să comită acea crimă, animaţi de o foarte veche solidaritate și de o la fel de veche ranchiună.

Erau ani complicaţi. Ordinea lumii în care crescuserăm se dizolva. Vechile abilităţi datorate studiului îndelungat și cunoașterii justei direcţii politice păreau brusc un mod lipsit de sens de a-ţi ocupa timpul. Anarhist, marxist, gramscian, comunist, leninist, troţkist, maoist, adept al revendicărilor clasei muncitoare, toate deveneau rapid etichete anacronice sau, și mai rău, o marcă a bestialităţii. Exploatarea omului de către om și logica profitului maxim, care înainte erau considerate o oroare, erau din nou peste tot punctele cardinale ale libertăţii și democraţiei. Între timp, pe cale legală și ilegală, toate conturile rămase deschise din interiorul statului și al organizaţiilor revoluţionare se închideau cu o mână greoaie. Sfârșeai cu ușurinţă omorât sau în pușcărie și printre oamenii obișnuiți începuse o hăituială haotică. Cei ca Nino — care era în Parlament — sau cei ca Armando Galiani — care devenise deja faimos grație televiziunii — intuiseră din timp că atmosfera se schimba și se adaptaseră rapid la noile vremuri. În privința celor ca Nadia, în mod evident fuseseră bine sfătuiți și-și spălau conștiința cu denunțuri unul după altul. Dar persoanele ca Pasquale și Enzo nu. Ei au continuat să gândească, să se exprime, să atace, să se apere cu cuvinte de ordine pe care le-nvățaseră în anii '60 și '70. Pasquale, în realitate, a dus mai departe și în închisoare războiul lui și servitorilor statului nu le-a spus un cuvânt, nici ca să acuze, nici ca să se disculpe. Enzo, în schimb, cu siguranță a vorbit. În același fel chinuit, măsurându-și cu grijă fiecare cuvânt, și-a expus sentimentele de comunist, dar a respins în același timp toate acuzațiile care i se aduceau.

Lila, la rândul ei, și-a adunat la un loc perspicacitatea, caracterul ei cel mai urât și avocați foarte scumpi pentru a-l scăpa de necazuri. Strateg Enzo? Combatant? Dar când, dacă muncea de ani de zile, de dimineața până seara, la Basic Sight? Cum ar fi putut să-i omoare pe frații Solara împreună cu Antonio și cu Pasquale dacă el, în acele ore, era la Avellino și Antonio în Germania? În plus, admițând că așa ceva ar fi fost posibil, cei trei prieteni erau extrem de cunoscuți în cartier și, cu mască sau fără, ar fi fost recunoscuți.

Dar nu s-a putut face prea mult, mașinăria justiției, cum se spune, a mers înainte și, la un moment dat, m-am temut că și Lila o să fie arestată. Nadia rostea nume după nume. I-au arestat pe unii care făcuseră parte din colectivul de pe strada Tribunalelor — unul muncea la Fao, unul era funcționar la bancă — și i-a venit rândul și fostei soții a lui Armando, Isabella, o casnică liniștită, căsătorită cu un tehnician de la ENEL. Nadia a cruțat doar două persoane: pe fratele ei și, în ciuda temerilor răspândite, pe Lila. Fiica profesoarei Galiani s-a gândit probabil că arestarea lui Enzo urma să fie deja o lovitură grea pentru ea. Sau poate c-o ura și totodată o respecta, astfel că după multe ezitări a hotărât să n-o implice și pe ea. Sau poate că-i era frică de ea și s-a temut de un conflict direct. Dar eu prefer ipoteza potrivit căreia aflase de povestea cu Tina și i se făcuse milă sau, mai mult decât atât, se gândise că dacă o mamă trăiește o astfel de experiență, nu mai există nimic care s-o poată răni cu adevărat.

Între timp, încet, încet, acuzațiile împotriva lui Enzo s-au dovedit inconsistente, justiția n-a triumfat, și-a pierdut interesul. În cele din urmă, după multe luni, a rămas în picioare foarte puțin pe seama lui: vechea prietenie cu Pasquale, perioada în care militase în comitetul de muncitori-studenți de la San Giovanni a Teduccio, faptul că locul aflat într-o stare jalnică pe muntele Serino, casa în care se ascunsese Pasquale, era închiriat de o rudă de-a lui din Avellino. De la un pasaj judiciar la altul cel care fusese considerat un conducător periculos, autorul și făptuitorul unor crime feroce, a fost degradat la titlul de simplu simpatizant al terorismului. Când, în sfârșit, și acele simpatii s-au dovedit opinii vagi care nu se transformaseră niciodată în acțiuni criminale, Enzo s-a întors acasă.

Dar trecuseră de-acum aproape doi ani de la arestarea lui și în cartier se consolidase în jurul lui o faimă de terorist, de departe mai periculos decât Pasquale Peluso. Pe Pasquale — spuneau oamenii pe străzi și în magazine — îl cunoaștem toți de mic, a muncit mereu. Singura lui vină a fost integritatea lui coerentă care-l făcuse să nu se dezbrace, nici măcar după căderea zidului Berlinului, de uniforma de comunist așa cum i-o croise tatăl lui. A luat asupra lui vinovățiile altora și nu se va da bătut niciodată. Enzo, în schimb — spuneau —, e foarte inteligent, s-a camuflat bine cu tăcerile lui și cu miliardele de la Basic Sight, mai ales c-o are în spate, ca să-l ghideze, pe Lina Cerullo, sufletul lui negru, mult mai inteligentă și mai periculoasă decât el: ei doi, da, probabil făcuseră lucruri oribile. Astfel, dintr-o pălăvrăgeală ranchiunoasă în alta, amândurora li s-a pus ştampila de oameni care nu doar că vărsaseră sânge, dar fuseseră atât de vicleni încât scăpaseră basma curată.

În atmosfera aceea firma lor, aflată deja în dificultate din cauza apatiei Lilei şi a banilor mulţi pe care-i cheltuise pe avocaţi şi alte lucruri, n-a reuşit să se redreseze. De comun acord, au vândut-o şi, chiar dacă Enzo presupusese întotdeauna că valorează un miliard de lire, cu greu au primit câteva sute de milioane. În primăvara anului 1992, când deja nu se mai certau, s-au despărţit atât ca asociaţi în afaceri, cât şi ca un cuplu de concubini. Enzo i-a lăsat o bună parte din bani Linei şi a plecat să-şi caute de lucru la Milano. Mie mi-a spus într-o după-amiază: rămâi alături de ea, e o femeie care nu e împăcată cu ea însăşi, va avea o bătrâneţe urâtă. O vreme mi-a scris asiduu, eu am făcut la fel. De câteva ori mi-a telefonat. Apoi gata.

36.

Mai mult sau mai puţin în aceeaşi perioadă un alt cuplu a eşuat, Elsa şi Rino. S-au iubit şi s-au înţeles cinci sau şase luni, apoi fiica mea m-a luat deoparte şi mi-a mărturisit că se simţea atrasă de un tânăr profesor de matematică, dintr-un alt departament, care nici măcar nu ştia de existenţa ei. Am întrebat:

— Şi Rino?

A răspuns:

— El e marea mea iubire.

Am înţeles, în timp ce-şi combina glumele cu oftaturile languroase, că făcea distincţia între iubire şi atracţie şi că iubirea în privinţa lui Rino nu era ştirbită nici măcar un pic de atracţia pentru profesor.

Pentru că eram, ca de obicei, ocupată — scriam mult, publicam mult, călătoream mult —, Imma a devenit confidenta atât a Elsei, cât și a lui Rino. Fiica mea cea mică, care respecta sentimentele amândurora, le-a câștigat încrederea și s-a transformat într-o sursă de informații pe care puteam conta. Am aflat de la ea că intenția Elsei de a-l seduce pe profesor avusese succes. Am aflat de la ea că, după un timp, Rino începuse să suspecteze că lucrurile cu Elsa nu mai mergeau bine. Am aflat de la ea că Elsa îl părăsise pe profesor ca să nu-l facă pe Rino să sufere. Am aflat de la ea că, după o lună de pauză, nu rezistase și o luase de la capăt. Am aflat de la ea că Rino, care a suferit aproape un an, în cele din urmă o-nfruntase plângând și o implorase să-i spună dacă-l mai iubea. Am aflat de la ea că Elsa urlase la el: nu te mai iubesc, iubesc pe altul. Am aflat de la ea că Rino îi dăduse o palmă, dar *doar* cu vârful degetelor, doar ca să se arate bărbat. Am aflat de la ea că Elsa dăduse fuga în bucătărie, luase mătura și-l ciomăgise cu furie fără ca el să reacționeze.

De la Lila, în schimb, am aflat că Rino — când eu lipseam și Elsa nu se întorcea de la școală și rămânea plecată și noaptea — se ducea la ea, copleșit de disperare. Ocupă-te puțin de fiica ta, mi-a zis într-o seară, încearcă să-nțelegi ce intenții are. Dar mi-a zis-o apatic, fără nicio neliniște nici pentru destinul Elsei, nici pentru al lui Rino. A adăugat, de fapt: de altfel, uite, dacă ai obligațiile tale și nu vrei să faci nimic, e-n regulă oricum. Apoi a bombănit: noi nu suntem făcute pentru copii. Voiam să răspund că eu mă simțeam o mamă bună și mă istoveam ca nimeni alta să mă ocup de munca mea fără să le lipsească nimic lui Dede, Elsei și Immei. Dar n-am făcut-o, am înțeles că-n acel moment nu era supărată nici pe mine, nici pe fiica mea, ci încerca doar să dea un aer normal aversiunii ei față de Rino.

Lucrurile au mers diferit când Elsa l-a părăsit pe profesor, s-a logodit cu colegul de clasă cu care învăța pentru examenele de bacalaureat și i-a spus imediat lui Rino, ca să-l facă să-nțeleagă că se terminase. Lila atunci a urcat la mine și, profitând de faptul că eram la Torino, a făcut o scenă urâtă. Ce ți-a băgat în cap maică-ta, i-a spus în dialect, n-ai niciun pic de sensibilitate, faci rău oamenilor și nici nu-ţi dai seama de asta. Apoi a urlat la ea: draga mea, te crezi cine știe cine, dar ești o curvă. Sau cel puţin asta mi-a comunicat Elsa, sprijinită în întregime de Imma care mi-a zis: e adevărat, mama, a făcut-o curvă.

Orice i-ar fi spus Lila, pe a doua mea fiică a marcat-o. Și-a pierdut volubilitatea. Și-a părăsit și colegul cu care învăţa, a devenit amabilă cu Rino, dar l-a lăsat singur în pat și s-a mutat la Imma. După ce a trecut examenul de bacalaureat, a hotărât să plece la tatăl ei și la Dede, chiar dacă Dede nu dăduse niciodată semne că vrea să se împace cu ea. A plecat la Boston și acolo cele două surori, ajutate de Pietro, au căzut de acord în legătură cu faptul că, îndrăgostindu-se de Rino, fuseseră amândouă orbite. Odată ce s-au împăcat, au călătorit mult prin Statele Unite în mare veselie și, când Elsa s-a întors la Torino, mi s-a părut mai liniștită. Dar n-a rămas mult cu mine. S-a înscris la Fizică, a redevenit frivolă și sarcastică, și-a schimbat adesea logodnicii. Pentru c-o sâcâiau colegul de școală, tânărul profesor de matematică și, bineînţeles, Rino, n-a dat examene, a revenit la vechile iubiri, le-a amestecat cu cele noi, n-a realizat nimic. În cele din urmă, a zburat încă o dată în Statele Unite, hotărâtă să studieze acolo. Și ea, la fel ca Dede, a plecat fără să-și ia la revedere de la Lila, dar în mod complet neașteptat mi-a vorbit foarte frumos despre ea. A zis că-nţelegea de ce eram prietena ei de mulţi ani și a descris-o, fără nicio ironie, drept persoana cea mai bună pe care o cunoscuse vreodată.

37.

Dar Rino nu avea aceeași părere. Plecarea Elsei nu l-a împiedicat, oricât poate părea de surprinzător, să rămână să locuiască la mine. A fost copleșit de disperare mult timp, se temea c-o să se prăbușească din nou în mizeria fizică și morală din care *eu* — îmi atribuia plin de devoțiune acest merit și multe altele — îl smulsesem. Și a continuat să ocupe camera care fusese a lui Dede și a Elsei. Îmi făcea, bineînțeles, o mie de comisioane. Când plecam, mă conducea cu mașina la gară și-mi căra valiza, când mă-ntorceam, făcea același lucru. A devenit șoferul meu, curierul meu, omul meu bun la toate. Dacă avea nevoie de bani, mi-i cerea cu delicatețe, cu afecțiune și fără cel mai mic scrupul.

Uneori, când mă enervam, îi aminteam că avea anumite obligații față de mama lui. El înțelegea și dispărea o vreme. Dar, mai devreme sau mai târziu, fie se-ntorcea descurajat, murmurând că Lila nu era niciodată acasă, că apartamentul gol îl întrista, fie bombănea: nici măcar nu m-a salutat, stă la computer și scrie.

Lila scria? Ce anume scria?

Curiozitatea a fost inițial firavă, mai mult o constatare nepăsătoare. Aveam aproape cincizeci de ani, la vremea aceea, traversam o perioadă de mare succes, publicam și două cărți pe an, vindeam mult. A scrie și a citi deveniseră o meserie care, la fel ca toate meseriile, începea să mă apese. Îmi amintesc că m-am gândit: în locul ei, aș sta la soare pe o plajă. Apoi mi-am zis: dacă o ajută scrisul, e mai bine așa. Și m-am luat cu altele, am uitat.

38.

Plecarea lui Dede și apoi cea a Elsei au însemnat o mare suferință. M-a deprimat că amândouă, în cele din urmă, l-au preferat pe tatăl lor. În mod sigur țineau la mine, în mod sigur îmi simțeau lipsa. Eu le trimiteam încontinuu scrisori, în momentele de melancolie telefonam fără să țin cont de costuri. Și-mi plăcea vocea lui Dede când îmi spunea: te visez adesea, ce mă mai emoționam dacă Elsa îmi scria: caut peste tot parfumul tău, vreau să-l folosesc și eu. Dar adevărul era că plecaseră, că le pierdusem. Fiecare scrisoare a lor, fiecare conversaţie telefonică dovedea că, deși sufereau din cauza despărţirii noastre, cu tatăl lor nu aveau certurile pe care le avuseseră cu mine, el era poarta de acces la lumea lor adevărată.

Într-o dimineaţă, Lila mi-a zis pe un ton greu de descifrat: n-are sens s-o ţii în continuare pe Imma aici în cartier, trimite-o la Roma la Nino, se-nţelege de la sine că vrea să le poată spune surorilor: am făcut la fel ca voi. Cuvintele acelea au avut asupra mea un efect neplăcut. Sub masca unui sfat imparţial, îmi sugera să mă despart și de a treia mea fiică. Părea să spună: Imma s-ar simţi mai bine și te-ai simţi mai bine și tu. Am replicat: dacă mă părăsește și Imma, viaţa mea nu mai are sens. Dar ea a zâmbit: unde scrie că vieţile trebuie să aibă un sens? Apoi a început să minimalizeze toată truda mea de-a scrie. Spunea distrată: sensul e acel fir din segmente negre ca rahatul unei insecte? M-a invitat să mă odihnesc puţin, a exclamat: ce nevoie e să trudești atât, ajunge!

Am avut o perioadă lungă de proastă dispoziţie. Pe de o parte mă gândeam: vrea să mă lipsesc și de Imma; pe de alta îmi spuneam: are dreptate, trebuie s-o apropii pe Imma de tatăl ei. Nu știam dacă să ţin cu dinţii de afecţiunea singurei fiice care-mi rămăsese sau, pentru binele ei, să-ncerc să refac legătura cu Nino.

Lucru, acesta din urmă, deloc ușor, iar alegerile recente fuseseră o dovadă grăitoare. Imma avea unsprezece ani, dar oricum devenise pasionată de politică. I-a scris — îmi amintesc — tatălui ei, i-a telefonat, s-a oferit în toate modurile să-l susţină în campania electorală și voia să-l ajut și eu. Îi detestam pe socialiști și mai mult decât în trecut. De fiecare dată când îl întâlnisem pe Nino îi spusesem: cât te-ai schimbat, nu te mai recunosc. Ajunsesem să zic, cu o oarecare exagerare retorică: ne-am născut în sărăcie și violenţă, fraţii Solara erau criminali care înhăţau totul, dar voi sunteţi mai răi, voi sunteţi niște găști de jefuitori care fac legi împotriva jafurilor celorlalţi. El îmi spunea vesel: n-ai înţeles niciodată nimic despre politică şi n-o să-nţelegi niciodată nimic, joacă-te cu literatura şi nu vorbi despre lucruri pe care nu le cunoşti.

Dar apoi situaţia s-a precipitat. Corupţia cu mare vechime — în mod obişnuit practicată şi în mod obişnuit suportată la orice nivel ca normă nescrisă, dar mereu în vigoare şi foarte respectată — a ieşit la suprafaţă, graţie unui neaşteptat avânt al magistraturii. Şmecherii suspuşi, care iniţial păreau puţini şi atât de imprudenţi, încât să se lase prinşi cu mâinile în sac, s-au înmulţit, au arătat adevărata faţă a gestionării chestiunilor publice. În apropierea alegerilor l-am văzut pe Nino mai puţin zeflemist. Pentru că aveam notorietate şi un anume prestigiu, s-a folosit de Imma ca să-mi ceară să mă poziţionez în favoarea lui în mod public. I-am spus da fetiţei ca să n-o fac să sufere, dar apoi, de fapt, m-am retras. Imma s-a enervat, şi-a subliniat sprijinul faţă de tatăl ei şi, când el i-a cerut să-i fie alături într-un spot electoral, a fost încântată. Eu m-am împotrivit şi m-am trezit într-o situaţie imposibilă. Pe de o parte, i-am dat Immei permisiunea — nu se putea altcumva, ca să n-o îndepărtez de mine —, pe de alta, am urlat la Nino prin telefon: pune-l pe Albertino, pune-o pe Lidia în spotul tău şi să nu-ndrăzneşti să-mi foloseşti fiica în felul acesta. El a insistat, a şovăit, în cele din urmă s-a dat bătut. L-am obligat să-i spună Immei că se informase şi că prezenţa copiilor în spoturi nu era îngăduită. Dar ea a-nţeles că eu o privasem de plăcerea de a se etala public alături de tatăl ei şi mi-a spus: tu nu ţii la mine, mama, pe Dede şi pe Elsa le trimiţi la Pietro, eu în schimb nu pot sta nici măcar cinci minute cu tata. Când Nino n-a fost reales, Imma a-nceput să plângă, a murmurat printre hohote că era vina mea.

În fine, era foarte complicat. Nino s-a întristat, a devenit insuportabil. O vreme ni s-a părut singura victimă a acelor alegeri, dar nu era aşa, în curând întregul sistem al partidelor a fost nimicit și lui i s-a pierdut urma. Alegătorii se supăraseră pe ce era vechi, nou și foarte nou. Dacă oamenii se retrăseseră oripilați în fața celor care voiau să pună statul la pământ, acum făceau un salt înapoi dezgustați din fața celor care, prefăcându-se, în diverse feluri, că-i servește, îi devorase ca un vierme gras dintr-un măr. Un val negru, mai întâi ascuns sub scenarii fastuoase ale puterii și o logoree pe atât de obraznică, pe cât de arogantă, iată că devenea tot mai vizibil și se întindea în orice colț al Italiei. Nu doar cartierul copilăriei mele era un loc neatins de grație, nu era Napoli singurul oraș imposibil de răscumpărat. M-am întâlnit cu Lila pe scări într-o dimineață, părea veselă. Mi-a arătat exemplarul din *la Repubblica* pe care tocmai îl cumpărase. Apărea în el o poză a profesorului Guido Airota. Fotograful îi surprinsese pe chip, nu știu când, o expresie înspăimântată care-l făcea aproape de nerecunoscut. Articolul, plin de se spune și se poate, avansa ipoteza că și cercetătorul prestigios, și bătrânul conducător politic, fiind bine informat în legătură cu corupția din Italia, ar putea fi convocat curând de magistrați.

39.

Guido Airota n-a ajuns niciodată în fața magistraților, dar zile în șir cotidianele și săptămânalele au desenat hărți ale corupției în care figura și numele lui. Am fost bucuroasă, în acea împrejurare, că Pietro era în America, că, de asemenea, Dede și Elsa aveau de-acum o viață a lor peste ocean. Mi-am făcut griji, însă, în privința lui Adele, m-am gândit că trebuie măcar să-i dau un telefon. Dar am șovăit, mi-am zis: o să creadă că mă bucur și va fi greu s-o conving că nu-i așa.

I-am telefonat, în schimb, Mariarosei, mi s-a părut o cale mai simplă. Mă-nșelam. Erau ani întregi de când n-o văzusem și n-o auzisem, mi-a răspuns rece. A spus c-o împunsătură de sarcasm: ce carieră ai avut, frumoasa mea, acum ești citită peste tot, nu poţi deschide un ziar sau o revistă fără să dai peste semnătura ta. Apoi a vorbit mult despre sine, lucru care în trecut nu se-ntâmplase niciodată. A pomenit cărţi, articole, călătorii. M-a izbit mai ales că părăsise universitatea.

— De ce? am întrebat.

— Mă scârbea.

— Și acum?

— Acum ce?

— Cum trăiești?

— Am o familie bogată.

Dar a regretat acea propoziţie imediat cum a rostit-o, a râs jenată și ea a fost cea care, rapid, a adus vorba despre tatăl ei. A spus: trebuia să se-ntâmple. Și l-a pomenit pe Franco, a murmurat că fusese printre primii care-nţelesese că ori se schimba totul și urgent, ori vor veni vremuri tot mai dure și nu va mai exista nicio speranţă. Tatăl meu, s-a enervat ea, a crezut că se poate schimba un lucru aici și altul dincolo, în mod chibzuit. Dar când schimbi puţin sau nimic, ești obligat să intri în sistemul minciunilor și ori zici cum zic ceilalţi, ori ești eliminat. Am întrebat-o:

— Guido e vinovat, a băgat bani în buzunar?

A râs nervoasă:

— Da. Dar e foarte inocent, în toată viaţa lui n-a băgat în buzunar nici măcar o liră ilicită.

Apoi a trecut din nou la mine, dar pe un ton aproape jignitor. A subliniat: scrii prea mult, nu mă mai uimești. Și deși eu telefonasem, ea a fost cea care a spus pa și a-nchis.

Dubla judecată incoerentă pe care Mariarosa o emisese despre tatăl ei s-a dovedit adevărată. Zarva mediatică din jurul lui Guido, încet, încet, s-a stins și el s-a-nchis din nou în biroul lui și n-a aflat nimeni dacă e inocent sau vinovat. Mi s-a părut atunci că pot să-i telefonez lui Adele. Ea mi-a mulţumit ironic pentru grijă, s-a dovedit mai informată decât mine în legătură cu viața și studiile lui Dede și ale Elsei, a rostit fraze de genul: asta e o țară unde ești expus tuturor insultelor, persoanele cumsecade ar trebui să emigreze cât mai repede. Când l-am cerut pe Guido ca să-l salut, mi-a zis: îi transmit eu salutări, acum se odihnește. Apoi a adăugat ranchiunoasă: singura lui vină a fost că s-a înconjurat de noii alfabetizați lipsiți de etică, tineri arivişti capabili de orice, dubioși.

În aceeași seară, la televizor, a apărut imaginea foarte veselă a fostului deputat socialist Giovanni Sarratore — care nu mai era tânăr la vremea aceea: avea cincizeci de ani — inclus pe lista tot mai consistentă a corupătorilor și a corupților.

40.

Vestea aceea a tulburat-o mai ales pe Imma. În puținii ei ani de viață conștienți își văzuse tatăl foarte rar și, totuși, devenise un idol pentru ea. Se lăuda față de colegii de școală, se lăuda față de profesori, le arăta tuturor o fotografie apărută în ziare în care stăteau mână în mână chiar la intrarea de la Montecitorio. Dacă trebuia să și-l imagineze pe bărbatul cu care urma să se căsătorească, spunea: va fi cu siguranță foarte înalt, brunet și frumos. Când a aflat că tatăl ei ajunsese în închisoare ca un locuitor oarecare din cartier — loc pe care ea îl considera oribil: acum, când creștea, vorbea fără ocolișuri că-i era frică și avea tot mai mult dreptate —, și-a pierdut puțina seninătate pe care reușisem să i-o asigur. Hohotea în somn, se trezea în plină noapte și voia să vină în patul meu.

Odată ne-am întâlnit cu Marisa, distrusă, șleampătă, mai furioasă ca de obicei. A spus, fără să-i pese de Imma: Nino și-o merită, s-a gândit mereu numai la el și tu știi bine, n-a dorit să ne dea niciun ajutor, nenorocitul ăla făcea pe omul onest numai cu rudele. Fiica mea n-a suportat nici măcar un cuvânt, ne-a lăsat pe șosea și a fugit. Am salutat-o pe Marisa în grabă, am alergat după Imma, am încercat s-o consolez: nu trebuie să dai importanță, tatăl tău și sora lui nu s-au înțeles niciodată. Dar din acel moment am încetat să vorbesc critic despre Nino în fața ei. Mai mult, am încetat să vorbesc critic despre el în fața oricui. Mi-am amintit de vremea în care apelam la el ca să aflu de soarta lui Pasquale sau a lui Enzo. Era mereu nevoie de un sfânt în Paradis pentru a te orienta în opacitatea calculată a lumii de jos și Nino, deși străin oricărei sfințenii, îmi fusese de ajutor. Acum, că sfinții cădeau în infern, nu aveam la cine să apelez ca să aflu despre el. Vești în care nu puteam avea încredere am primit numai dinspre numeroșii lui avocați.

41.

Lila, trebuie să spun, nu s-a arătat niciodată interesată de soarta lui Nino. La vestea necazurilor lui judiciare a reacționat ca și cum ar fi fost ceva de tot râsul. A spus, cu aerul cuiva care-și amintise de un detaliu care explica totul: de fiecare dată când avea nevoie de bani, îi cerea lui Bruno Soccavo și cu siguranță nu i-a dat niciodată înapoi. Apoi a bombănit că-și putea imagina ce i se-ntâmplase. Zâmbise, strânsese mâini, se simțise cel mai bun dintre toți, își dorise permanent să demonstreze că e la înălțimea oricărei situații posibile. Dacă făcuse ceva rău, o făcuse din dorința de a plăcea tot mai mult, de a părea cel mai inteligent, de a urca tot mai sus. Atâta tot. Și pe urmă s-a comportat ca și cum Nino n-ar mai exista. Pe cât de mult se implicase în favoarea lui Pasquale și a lui Enzo, pe atât de indiferentă s-a arătat la problemele fostului *onorevole* Sarratore. E probabil să fi urmărit evenimentele în ziare și la televizor, unde Nino apărea adesea, palid, pe neașteptate încărunțit, cu privirea unui copil bosumflat care murmură: jur că n-am fost eu. Cert e că nu m-a întrebat niciodată ce ştiam de el, dacă reuşisem să-l văd, ce-l aştepta, cum reacţionaseră tatăl, mama, fraţii. În schimb, fără vreun motiv clar, i s-a reaprins interesul pentru Imma, a-nceput să se ocupe din nou de ea.

În vreme ce pe fiul ei, Rino, mi-l abandonase ca pe un căţeluş care s-a ataşat emoţional de o altă stăpână şi pentru prima nu mai dădea din coadă, de fiica mea s-a legat din nou şi Imma, care era mereu avidă de afecţiune, a îndrăgit-o iarăşi. Le vedeam pălăvrăgind între ele, adesea ieşeau împreună, Lila îmi spunea: îi arăt Grădina Botanică, Muzeul, Capodimonte.

În ultima etapă a şederii noastre la Napoli, luând-o cu ea la plimbare, i-a transmis o curiozitate pentru acest oraş pe care copila a păstrat-o. Mătuşa Lina ştie foarte multe lucruri, îmi spunea Imma uimită. Şi eu eram bucuroasă, pentru că Lila, târând-o după ea în hoinărelile ei, a reuşit să-i diminueze angoasa cauzată de tatăl ei, furiile provocate de jignirile pline de cruzime ale colegilor de şcoală influenţaţi de părinţi, pierderea rolului principal pe care profesorii i-l atribuiseră, graţie numelui de familie. Dar n-a fost doar asta. Am aflat din povestirile Immei, cu o precizie din ce în ce mai mare, că lucrul asupra căruia se dedica mintea Lilei, despre care scria poate ore şi ore în şir, aplecată deasupra computerului ei, nu era un monument sau altul, ci Napoli în întregime. Un plan exagerat despre care nu-mi vorbise niciodată. Se-ncheiase perioada în care-şi dorea să mă implice în pasiunile ei, o alesese pe fiica mea drept confidentă. Ei îi repeta lucrurile pe care le învăţa, sau o târa după ea să vadă ce o entuziasmase sau pur şi simplu îi trezise curiozitatea despre toate acestea.

42.

Imma era foarte receptivă, memora totul rapid. Ea mi-a povestit despre Piaţa Martirilor, atât de importantă pentru Lila şi pentru mine în trecut. Eu nu știam nimic despre ea, Lila, în schimb, îi studiase istoria și i-o povestise. Mi-a repetat-o chiar în piață, într-o dimineață când ne-am dus să facem cumpărături, amestecând, cred, date, fantezii de-ale ei, fantezii de-ale Lilei. Aici, mama, în secolul al XVIII-lea era câmpie. Erau copaci, erau case de țărani, cârciumi și un drum care cobora direct în mare și care se numea Calata Santa Caterina a Chiaia, după numele bisericii de-acolo din colț, care e veche, dar urâțică. După ce pe 15 mai 1848 au fost omorâți chiar în acest loc mulți patrioți care voiau constituția și parlamentul, regele Ferdinand al II-lea de Bourbon, ca să arate că pacea se reinstaurase, a decis să construiască o stradă a Păcii și să ridice în piață o columnă în vârful căreia să așeze o Madonă. Dar când a fost proclamată anexarea orașului Napoli la Regatul Italiei și Bourbon a fost alungat, primarul Giuseppe Colonna di Stigliano i-a cerut sculptorului Enrico Alvino să transforme columna cu Madona Păcii în vârf într-un monument în memoria napolitanilor morți pentru libertate. Enrico Alvino, atunci, a pus la baza columnei acești patru lei care simbolizează marile momente ale revoluției din Napoli: leul din 1799, rănit mortal; leul celor morți în 1820, străpuns de sabie și care însă atacă cu piciorul din față; leul din 1848 care reprezintă forța patrioților supuși, dar neînvinși; și, în cele din urmă, leul din 1859, amenințător și răzbunător. Apoi, mama, acolo sus, în loc de Madona Păcii, a fost pusă statuia de bronz a unei foarte frumoase tinere doamne, adică Victoria care planează peste lume: această victorie a stângii ține în mâna stângă sabia și în dreapta o coroană pentru cetățenii napolitani, martiri ai Libertății, care, căzuți în luptă și pe eșafod, cu sângele lor au redat poporului etc., etc.

Am avut adesea impresia că Lila folosea trecutul ca să normalizeze prezentul furtunos al Immei. Povestirile despre Napoli aveau mereu la origine ceva urât, haotic, care pe urmă lua forma unei clădiri frumoase, a unei străzi, a unui monument, pentru ca apoi să-și piardă memoria și sensul, să se deterioreze, să se îmbunătățească, să se deterioreze din nou, conform unui flux prin natura lui imprevizibil, făcut în întregime din valuri, apă liniștită, averse, cascade. Esențialul, în schema Lilei, era să-și pună întrebări. Cine erau martirii, ce reprezentau leii și când avuseseră loc bătăliile, și eșafoadele, și strada Păcii, și Madona, și Victoria. Poveștile însemnau o aliniere a momentelor — înainte, după. Înainte de Chiaia elegantă, cartier de domni, era *playa* menționată în epistolele lui Grigorie, mlaștinile care ajungeau până la plajă și la mare, desișul sălbatic care se cățăra până la Vomero. Înainte de asanarea de la sfârșitul secolului al XIX-lea, înaintea cooperativelor de feroviari, era o zonă insalubră, alterată în fiecare piatră, dar și cu destule monumente splendide, doborâte apoi de dorința nebună a celor ce dărâmaseră prefăcându-se că însănătoșesc. Și una dintre zonele asanate se numea Vasto de foarte mult timp. Vasto era un toponim care cuprindea terenul dintre poarta Capuana și poarta Nolana, așa încât cartierul, odată asanat, își păstrase numele. Lila insista asupra acelei denumiri — Vasto —, îi plăcea și Immei: *Vasto și Asanare*, stricăciune și sănătate, dorință nebună de a strica, de a jefui, de a urâți, de a scoate mațele și dorință nebună de a clădi, de a ordona, de a concepe drumuri noi sau a le redenumi pe cele vechi, cu scopul de a consolida lumi noi și a ascunde boli străvechi, mereu însă gata să-și ia revanșa.

În realitate, înainte ca Vasto să se numească Vasto și să devină, în esență, stricăciune — povestea mătușa Lina — în locul acela existaseră vile, grădini, fântâni. Acolo, nici mai mult, nici mai puțin, marchizul de Vico pusese să fie construit un palat cu o grădină denumit Paradisul. Grădina Paradisului era plină de jocuri de apă ascunse, mama. Cel mai faimos era un mare dud alb pe care fuseseră dispuse mici canale invizibile de-a lungul cărora curgea apa șiroaie de pe ramuri sau cobora în cascadă pe trunchi. Ai înțeles? De la Paradisul Marchizului de Vico la acel

Vasto al Marchizului de Vasto, apoi la sistematizarea urbană primarului Nicola Amore, apoi la Vasto din nou, la Renașteri ulterioare și așa mai departe în acest ritm.

Ah, ce oraș, îi spunea fiicei mele mătușa Lina, ce oraș splendid și însemnat: aici s-au vorbit toate limbile, Imma, aici s-a construit totul și s-a deteriorat totul, aici oamenii nu au încredere în nicio clevetire, deși orașul în sine e atât de clevetitor, aici e Vezuviul care-ți amintește în fiecare zi că focul, și cutremurul, și cenușa, și marea îți nimicesc în câteva secunde cea mai importantă operă a oamenilor atotputernici.

Eu stăteam să ascult, dar uneori rămâneam perplexă. Da, Imma se liniștise, dar numai pentru că Lila îi prezenta un flux continuu de splendori și mizerii, într-un Napoli ciclic unde totul era minunat și totul devenea cenușiu și smintit și totul strălucea din nou. Ca atunci când un nor aleargă prin fața soarelui și pare că soarele e cel care fuge, un disc timid, palid, gata să se stingă, dar care iată, odată risipit norul, brusc redevine orbitor și trebuie să-ți ferești ochii cu mâna, atât de tare strălucește. Palatele cu grădini paradisiace din povestirile Lilei cădeau în ruină, se sălbăticeau și ajungeau să fie locuite uneori de nimfe, driade, satiri și fauni, alteori de sufletele morților, alteori de demoni pe care Dumnezeu îi trimitea în castele și chiar și în casele oamenilor obișnuiți ca să-i facă să ispășească păcate sau să-i pună la încercare pe chiriașii cu suflet bun, care trebuie recompensați după moarte. Ceea ce era frumos, și solid, și strălucitor se popula cu fantezii nocturne și poveștile cu umbre le plăceau amândurora. Imma îmi povestea că în capul zonei Posillipo, la câțiva pași de mare, vizavi de Gajóla, chiar deasupra Grotei zânelor, era un faimos edificiu locuit de spirite. Spiritele, îmi spunea, se găseau și în blocurile de pe Vico San Mandato și Vico Mondragone. Lila îi promisese că se vor duce împreună să caute pe străduțele din Santa Lucia un spirit numit Faccione din cauza feței sale late, care însă era periculos, azvârlea cu pietre mari în cine îl deranja. Sălășluiau la Pizzofalcone și-n alte localități — îi spusese — și multe spirite de copii morți. O fetiță era văzută adesea seara prin părțile de la poarta Nolana. Existau cu adevărat, nu existau? Mătușa Lina spunea că spiritele existau, dar nu în blocuri, pe străduțe și aproape de porțile antice din Vasto. Existau în urechile persoanelor, în ochi, când ochii priveau înăuntru și nu în exterior, în voce imediat cum începi să vorbești, în minte când gândești, deoarece cuvintele, dar și imaginile sunt pline de fantasme. E adevărat, mama?

Da, răspundeam, poate că da: dacă mătușa Lina spune așa, e posibil. Acest oraș e plin de fapte mai mult sau mai puțin însemnate — Lila îi povestise —, spirite vezi și la Muzeu, la Pinacotecă și mai ales la Biblioteca Națională, în cărți sunt foarte multe. Deschizi una și, de exemplu, sare din ea Masaniello. Masaniello e un spirit amuzant și înfricoșător în același timp, îi făcea să râdă pe săraci și să tremure pe cei bogați. Immei îi plăcea mai ales când îl ucidea cu sabia nu pe ducele de Maddaloni, nu pe tatăl ducelui de Maddaloni, ci portretele lor, harșt, harșt, harșt. Mai mult, după ea, momentul cel mai distractiv era când Masaniello tăia capul portretelor ducelui și tatălui său sau le spânzura pe ale altor nobili necruțători. *Tăia capul portretelor*, râdea Imma uluită, *spânzura portretele*. Și după acele decapitări și spânzurări, Masaniello îmbrăca o haină de mătase albastră brodată cu argintiu, își atârna la gât un lanț din aur, își punea la pălărie o broșă cu diamante și se ducea la Mercato. Se ducea așa, mama, împopoțonat tot ca un marchiz, duce și prinț, el care era plebeu, el care era pescar și nu știa nici să citească, nici să scrie. Mătușa Lina îi spusese că la Napoli putea să se-ntâmple una și alta, deschis, fără să te prefaci că dai legi și decrete și contruiești state întregi mai bune decât cele precedente. La Napoli se exagera fără subterfugii, cu claritate și cu deplină satisfacție.

O impresionase mult pățania unui ministru, era vorba și despre Muzeul orașului nostru, și despre Pompei. Imma mi-a spus pe un ton grav: știi, mama, că un Ministru al Educației Publice, *onorevole* Nasi, un reprezentant al poporului de-acum aproape o sută de ani, a acceptat în dar de la cei însărcinați cu săpăturile de la Pompei o statuetă de valoare tocmai găsită? Știi că a pus să i se facă copii după cele mai frumoase opere de artă găsite la Pompei ca să-și decoreze vila din Trapani? Acest Nasi, mama, deși era Ministru al Regatului Italiei, a acționat instinctiv: i-au dus o frumoasă statuetă ca omagiu și el a acceptat-o, i s-a părut că acasă la el va arăta excelent. Uneori greșești, dar când de mic nu te învață nimeni ce înseamnă bunul public, nu-nțelegi nici că ai vreo vină.

Nu știu dacă această ultimă frază a spus-o pentru că repeta cuvintele mătușii Lina sau pentru că avea propriile raționamente. Oricum, acele cuvinte nu mi-au plăcut și am decis să intervin. I-am ținut un discurs prudent, dar explicit: mătușa Lina îți povestește multe lucruri frumoase, sunt bucuroasă, când o pasionează ceva, nimeni nu o poate opri. Dar nu trebuie să crezi că oamenii fac rău din frivolitate. Nu trebuie să crezi orice, Imma, mai ales dacă e vorba de *onorevoli*, și de miniștri, și de senatori, și de bancheri, și de camoriști. Nu trebuie să crezi nici că lumea se mușcă singură de coadă, acum e bine, acum e rău, acum e din nou bine. Trebuie să muncim cu constanță, cu disciplină, pas cu pas, oricum ar merge lucrurile în jurul nostru și fiind atenți să nu greșim, pentru că greșelile se plătesc.

Immei a-nceput să-i tremure buza de jos, m-a întrebat:

— Tata n-o să mai intre în parlament?

N-am știut ce să-i spun și ea și-a dat seama. Voind parcă să mă-ncurajeze să-i dau un răspuns pozitiv, a murmurat:

— Mătușa Lina crede că da, că se va-ntoarce acolo.

Eu am șovăit mult, apoi m-am hotărât.

— Nu, Imma, eu cred că nu. Dar nu-i nevoie ca tata să fie o persoană importantă ca să ții la el.

43.

A fost un răspuns complet greșit. Nino s-a furișat înapoi, cu obișnuita lui abilitate, ieșind din capcana în care sfârșise. Imma a aflat și a fost foarte bucuroasă. A cerut să-l întâlnească, dar el a dispărut o vreme, a fost greu să-i dai de urmă. Când am obţinut o întâlnire, ne-a dus într-o pizzerie din Mergellina, dar fără obișnuita-i vivacitate. Era nervos, neatent, Immei i-a spus să nu aibă niciodată încredere în coaliţiile politice, s-a definit victima unei stângi care nu era deloc stângă, dimpotrivă, era mai rău decât fascismul. Ai să vezi — a liniștit-o — că tata va-ndrepta totul.

Pe urmă am citit articolele lui foarte agresive în care relua o teză pe care o îmbrățișase mai demult, în vremuri îndepărtate: puterea juridică trebuia supusă puterii executive. Scria indignat: nu e posibil ca magistraţii într-o zi să ia măsuri împotriva celor care vor să lovească statul în inima lui și a doua zi să-l facă pe cetăţean să creadă că inima aceea e bolnavă și trebuie aruncată. El s-a luptat ca să nu fie aruncat. A trecut prin vechile partide dezarmat, mutându-se din ce în ce mai la dreapta și în 1994, strălucitor, s-a întors în parlament.

Imma a aflat cu bucurie că tatăl ei era din nou *onorevole* Sarratore și că Napoli îi oferise un număr foarte ridicat de voturi pe liste. Cum a aflat vestea, a venit să-mi spună: tu scrii cărţi, dar nu știi să vezi în perspectivă, așa cum știe să vadă mătușa Lina.

44.

Nu m-am supărat, în fond fiica mea dorise numai să-mi atragă atenţia că fusesem rea cu tatăl ei, că nu-nţelesesem cât era de bun. Dar acele cuvinte (*tu scrii cărţi, dar nu știi să vezi în perspectivă cum știe să vadă mătușa Lina*) au avut un rol neașteptat: m-au îndemnat să iau în considerare că Lina, femeia care, după părerea Immei, știa să vadă în perspectivă, la cincizeci de ani se-ntorsese oficial la cărți, la studiu, chiar scria. Pietro sugerase deja că aceasta era un fel de terapie pentru a combate absența tulburătoare a Tinei. Dar în ultimul an al șederii mele în cartier nu m-am mai mulțumit nici cu sensibilitățile lui Pietro, nici cu medierea Immei: cum puteam, începeam o discuție pe acel subiect, puneam întrebări.

— De unde până unde tot acest interes pentru Napoli?

— Ce-i rău în asta?

— Nimic, dimpotrivă, te invidiez. Tu înveți pentru plăcerea ta, în vreme ce eu citesc și scriu numai din datorie.

— Nu învăț. Văd blocul acela, strada aceea, monumentul acela și apoi, eventual, petrec un pic de timp ca să caut informații despre ele, atâta tot.

— Și asta înseamnă învățat.

— Crezi?

O dădea cotită, nu voia să mi se confeseze mie. Dar uneori se înflăcăra cum știa numai ea să facă și-ncepea să vorbească despre oraș de parcă n-ar fi fost alcătuit din obișnuitele străzi, din normalitatea locurilor din fiecare zi, ci i-ar fi dezvăluit numai ei o licărire a lui secretă. Astfel, în câteva fraze, îl transforma în locul cel mai memorabil din lume, cel mai bogat în semnificații, așa încât, după ce pălăvrăgeam un pic, reveneam la chestiunile mele cu mintea înflăcărată. Ce neglijență gravă comisesem, să mă nasc și să trăiesc la Napoli fără să mă străduiesc să-l cunosc. Urma să părăsesc orașul pentru a doua oară, locuisem acolo, cu totul, treizeci de ani din viața mea și totuși despre locul în care mă născusem nu știam mare lucru. Deja Pietro, în trecut, mă dojenise pentru ignoranța mea, acum mă dojeneam eu însămi. O ascultam pe Lila și-mi înțelegeam lipsa de profunzime.

Ea, între timp, care învăța cu viteza ei lipsită de efort, putea da fiecărui monument, fiecărei pietricele o semnificație densă, o asemenea importanță fantastică, că aș fi abandonat cu plăcere prostiile de care mă ocupam ca să încep, la rândul meu, să-nvăţ. Dar *prostiile* astea îmi absorbeau toată energia, graţie lor trăiam în belşug, munceam de obicei şi noaptea. Uneori, în apartamentul cufundat în tăcere mă opream, mă gândeam că poate în acel moment şi Lila era trează, poate că scria la fel ca mine, poate că făcea rezumatele textelor citite la bibliotecă, poate că-şi schiţa reflecţiile, poate că-ncepea de-acolo ca să povestească întâmplările ei. Poate că n-o interesa adevărul istoric, ci căuta numai puncte de plecare pentru propriile născociri.

Cu siguranţă, proceda în felul ei spontan, având curiozităţi neaşteptate, care apoi deveneau din ce în ce mai firave şi dispăreau. Acum, din câte înţelegeam, se ocupa de fabrica de porţelan de lângă Palatul Regal. Acum strângea informaţii despre biserica San Pietro a Majella. Acum căuta mărturii ale călătorilor străini în care i se părea că găseşte, amestecate, încântare şi dezgust. Toţi, spunea, toţi, secol după secol, au lăudat portul, marea, navele, castelele, Vezuviul înalt şi negru cu flăcările lui furioase, oraşul ca un amfiteatru, parcurile, grădinile botanice şi palatele. Dar apoi, tot secol după secol, au început să se vaite de ineficienţă, de corupţie, de mizeria fizică şi morală. Nicio instituţie care, în spatele faţadei, în spatele numelui pompos şi al numeroşilor salariaţi, să funcţioneze cu adevărat. Nicio ordine descifrabilă, numai o mulţime fără reguli, de nestăpânit, pe străzile pline cu vânzători de orice posibilă marfă, oameni care vorbesc cu voce foarte ridicată, ştrengari, cerşetori. Ah, nu există oraş care să răspândească în jur atâta zgomot şi atâta vacarm precum Napoli.

Odată mi-a vorbit despre violenţă. Noi credeam, a spus, că era o trăsătură a cartierului. Ne-a înconjurat încă de la naştere, ne-a atins întreaga viaţă, ne gândeam: am nimerit prost. Îţi aminteşti cum foloseam cuvintele pentru a răni şi câte inventam pentru a umili? Îţi aminteşti câtă bătaie am dat şi am primit Antonio, Enzo, Pasquale, fratele meu, fraţii Solara şi, de asemenea, eu şi cu tine? Îţi aminteşti când tata m-a aruncat de la fereastră? Acum citesc un articol vechi despre San Giovanni a Carbonara, unde este explicat ce era Carbonara sau Carboneto. Eu credeam că acolo, odată, fusese cărbunele, existaseră cărbunarii. Dar nu, era locul gunoiului, toate orașele îl aveau. Se numea „fosso carbonario", în el se deversau ape murdare, în el erau aruncate stârvurile animalelor. Și „fosso carbonario" din Napoli se găsea, încă din vremurile antice, unde este astăzi biserica San Giovanni a Carbonara. În zona aceea numită Piața Carbonara, poetul Virgiliu, la vremea lui, ordonase în fiecare an să se organizeze *ioco de Carbonara*, jocuri de gladiatori care nu duceau la *morte de homini come de po è facto*[5] — îi plăcea acea italiană de odinioară, o distra, mi-o cita cu vizibilă plăcere —, ci pentru a se antrena *li homini ali facti de l'arme*[6]. Dar curând nu mai fusese vorba de *ioco* sau de antrenament. În locul acela unde se aruncau animalele și gunoaiele începuse să fie vărsat și mult sânge de ființe umane. Acolo se pare c-a fost inventat jocul de a azvârli cu *prete*, bătăile cu pietre la care participam și noi când eram mici, îți amintești, când Enzo m-a lovit în frunte — mai am cicatricea — și, cuprins de disperare, mi-a dăruit o ghirlandă de scorușe. Dar pe urmă, în Piața Carbonara, de la pietre s-a trecut la arme și a devenit locul unde se lupta până la ultima picătură de sânge. Dădeau fuga zdrențăroși, și nobili, și prinți să vadă cum, din răzbunare, erau uciși oamenii. Când vreun flăcău foarte frumos cădea străpuns de lame bătute pe nicovala morții, imediat cerșetorii, burghezii, regii și reginele înălțau aplauze până la stele. Ah, violența: să sfâșii, să ucizi, să smulgi. Lila, între fascinație și groază, îmi vorbea despre asta amestecând dialectul cu limba italiană și folosind citate foarte culte pe care le luase cine știe de unde și pe care le ținea minte pe de rost. Întreaga planetă, spunea, e un mare „fosso carbonario". Și uneori mă gândeam

5 Moartea oamenilor cum se va întâmpla mai târziu.
6 Oamenii în lupta cu armele.

c-ar fi putut fascina săli pline de oameni, dar pe urmă o vedeam din nou la dimensiunile ei reale. E o femeie de cincizeci de ani cu puţină şcoală, nu ştie cum se face o cercetare, nu ştie ce e adevărul documentar: citeşte, devine pasionată, amestecă adevăr şi fals, născoceşte. Nimic altceva. Ce părea s-o intereseze şi s-o amuze era mai ales că toată acea putreziciune, tot acel măcel de membre rupte şi ochi scoşi şi ţeste despicate era apoi acoperit — literalmente acoperit — de o biserică dedicată Sfântului Ioan Botezătorul şi de o mănăstire de călugări eremiţi din ordinul Sfântului Augustin, care avea o bibliotecă foarte bogată. Ha ha — râdea —, dedesubt era sângele şi deasupra Dumnezeu, pacea, rugăciunea şi cărţile. Apăruse, astfel, îmbinarea dintre San Giovanni şi „fosso carbonario", adică toponimul San Giovanni a Carbonara: o stradă pe care am trecut de o mie de ori, Lenù, e la câţiva paşi de gară, de Forcella şi de strada Tribunalelor.

Ştiam unde era strada San Giovanni a Carbonara, ştiam foarte bine, dar nu cunoşteam acele poveşti. Mi-a vorbit mult timp despre asta. A vorbit astfel încât să mă facă să simt — am bănuit — că acele lucruri pe care mi le povestea oral le scrisese deja şi aparţineau unui text amplu a cărui structură îmi scăpa. M-am întrebat: ce-are în minte, care-i sunt intenţiile? Îşi pune doar ordine în hoinăreli şi-n lecturi sau plănuieşte o carte de curiozităţi napolitane, o carte pe care, bineînţeles, n-o va duce niciodată la capăt, dar care-i va folosi să continue zi după zi, acum când nu doar Tina a dispărut, dar a dispărut Enzo, au dispărut fraţii Solara, dispar şi eu, luând-o cu mine pe Imma care, între suişuri şi coborâşuri, a ajutat-o să supravieţuiască?

45.

Cu puţin înainte să plec la Torino am petrecut mult timp cu ea, a fost o despărţire emoţionantă. Era o zi de vară din 1995. Am vorbit de toate, ore în șir, dar la sfârșit ea s-a concentrat asupra Immei, care acum avea paisprezece ani, era frumoasă, plină de viață, tocmai absolvise gimnaziul. Mi-a lăudat-o fără răutăți neașteptate și eu am stat să-i ascult laudele, i-am mulțumit pentru cum o ajutase într-o etapă dificilă a vieții ei. Ea m-a privit perplexă, m-a corectat:

— O ajut pe Imma dintotdeauna, nu doar acum.

— Da, dar după necazurile lui Nino i-ai fost de mare ajutor.

Nu i-au plăcut nici aceste cuvinte, a fost un moment confuz. Nu voia să-l asociez pe Nino cu atenția pe care i-o acordase Immei, mi-a amintit că avusese grijă de fetiță încă de la-nceput, a spus c-o făcuse pentru că Tina o iubise mult, a adăugat: poate că Tina a ținut la Imma chiar mai mult decât mine. Apoi a clătinat din cap, nemulțumită.

— Nu te-nțeleg, a spus.

— Ce nu-nțelegi?

A devenit agitată, avea ceva să-mi spună, dar se abținea.

— Nu-nțeleg cum e posibil ca în tot acest timp tu să nu te fi gândit nici măcar o dată.

— La ce anume, Lila?

A tăcut câteva secunde, apoi a vorbit cu ochii în pământ.

— Îți amintești fotografia din *Panorama*?

— Care?

— Cea în care tu erai cu Tina și se spunea că e fiica ta.

— Sigur că mi-o amintesc.

— Eu m-am gândit adesea că e posibil ca Tina să-mi fi fost luată din cauza acelei fotografii.

— Adică?

— Au crezut c-o răpesc pe fiica ta, dar au răpit-o pe a mea.

Așa a vorbit și, în dimineața aceea, am avut dovada că dintre sutele de ipoteze, fantezii, obsesii care o chinuiseră, care încă o chinuiau, eu nu înțelesesem aproape nimic. Nu fusese destul un deceniu ca s-o liniştească, în mintea ei nu putea găsi niciun colţişor tihnit pentru fiica ei. A murmurat:

— Apăreai mereu în ziare și la televizor, foarte frumoasă, foarte elegantă, foarte blondă: poate că voiau bani de la tine și nu de la mine, cine știe, astăzi nu mai știu nimic, lucrurile merg într-un sens și apoi își schimbă direcţia.

A spus că Enzo vorbise cu poliţia, că ea vorbise cu Antonio, dar nici poliţia, nici Antonio nu luaseră în serios acea posibilitate. Oricum, mi-a vorbit despre ea ca și cum în acel moment ar fi fost din nou sigură că lucrurile decurseseră în felul acela. Cine știe câte altele de care nu-mi dădusem niciodată seama nutrise în secret și nutrea încă. Nunziatina fusese luată în locul Immacolatei mele? Succesul meu era cauza răpirii fiicei ei? Și legătura aceea a ei cu Imma reprezenta o neliniște, o protecţie, o ocrotire? Își imaginase că răpitorii, odată ce urmau să se descotorosească de fetiţa greșită, s-ar fi putut întoarce ca s-o ia pe cea bună? Sau ce altceva? Ce-i trecuse și-i trecea și acum prin minte? De ce-mi vorbea de ipoteza aceea abia acum? Voia să-mi inoculeze un ultim venin ca să mă pedepsească fiindcă eram pe punctul de a o părăsi? Ah, înţelegeam de ce plecase Enzo. Devenise prea sfâșietor să trăiești cu ea.

Și-a dat seama c-o privesc cu îngrijorare și a-nceput să vorbească, voind parcă să se pună la adăpost, despre lecturile ei. Dar de data aceasta într-un mod foarte confuz, indispoziţia îi schimonosea trăsăturile. A bombănit râzând că răul apucă drumuri neprevăzute. Pui deasupra bisericile, mănăstirile, cărţile — par atât de importante cărţile, a spus cu sarcasm, tu le-ai dedicat toată viaţa ta — și răul găurește podeaua și se ivește unde nu te aștepţi. Apoi s-a liniștit, a vorbit din nou despre Tina, despre Imma, despre mine, dar conciliantă, aproape cerându-și scuze pentru ce-mi spusese. Când e prea multă liniște, a spus, îmi trec multe idei prin minte, nu mă lua în seamă. Numai în romanele proaste oamenii cred mereu lucrul corect, spun mereu ce trebuie, fiecare efect are o cauză clară, lumea se-mparte în cei simpatici și cei antipatici, cei buni și cei răi, totul, până la urmă, te consolează. A murmurat: e posibil ca Tina să se-ntoarcă în seara asta și atunci cui îi pasă cum au mers lucrurile, important va fi că ea e din nou aici și că mă va ierta pentru neatenție. Iartă-mă și tu, a spus, și m-a îmbrățișat, a conchis: du-te, du-te, fă lucruri și mai frumoase decât cele pe care le-ai făcut până acum. Eu am fost aproape de Imma *și* de teamă să n-o ia cineva, iar tu ai ținut la fiul meu cu adevărat *și* când fiica ta te-a părăsit. Câte lucruri ai suportat pentru el, mulțumesc. Sunt atât de fericită că am fost prietene mult timp și că încă suntem.

46.

Ideea aceea că Tina fusese răpită crezându-se că era fiica mea m-a tulburat, dar nu fiindcă o consideram cumva întemeiată. M-am gândit mai degrabă la intersecția de sentimente neclare care o generase și am încercat să le pun într-o ordine. Mi-a revenit în minte chiar, după mult timp, că din motive complet întâmplătoare — sub cele mai nesemnificative ocazii se ascund întinderi de nisipuri mișcătoare —, Lila îi dăduse fiicei ei numele iubitei mele păpuși, cea pe care, mică fiind, ea însăși o aruncase în fundul unei pivnițe. A fost prima oară, îmi amintesc, când am dat frâu liber fanteziei în legătură cu asta, dar n-am rezistat mult, m-am aplecat peste un puț negru în care scânteia din loc în loc lumina și m-am retras. Orice relație intensă între oameni e plină de capcane și, dacă vrei să dureze, e nevoie să înveți să le ocolești. Am făcut la fel și atunci și, în cele din urmă, mi s-a părut că am găsit o altă dovadă, cine mai știe a câta, a splendorii și beznei prieteniei noastre, a duratei și dificultății suferinței Lilei, cea prezentă și viitoare. Dar am plecat la Torino convinsă că Enzo avea dreptate: Lila era foarte departe de o bătrânețe liniștită din cauza zidurilor pe care le construise-n jurul ei. Ultima imagine pe care mi-a oferit-o a fost cea a unei femei de cincizeci și unu de ani, care arăta cu zece ani în plus și care, din când în când, în timp ce vorbea, era lovită de valuri enervante de căldură, se făcea roșie ca focul. Gâtul i se păta, căpăta o privire rătăcită, își prindea marginea rochiei cu mâinile, își făcea vânt, arătându-ne mie și Immei chiloții.

47.

La Torino totul era deja pregătit: găsisem casă în apropiere de Ponte Isabella și mă străduisem să mut acolo o mare parte din lucrurile mele și ale Immei. Am plecat. Trenul, îmi amintesc, tocmai pornise din Napoli, fiica mea stătea pe locul din fața mea și pentru prima dată părea tristă pentru ceea ce lăsa în urma ei. Mă obosiseră foarte mult alergătura din ultimele luni, miile de lucruri de care a trebuit să am grijă, ce făcusem și ce uitasem să fac. M-am lăsat pe banchetă, am privit pe fereastră periferia orașului și Vezuviul care se îndepărta. În acel moment mi-a țâșnit pe neașteptate, ca o geamandură care nu mai era apăsată sub luciul apei, certitudinea că Lila, scriind despre Napoli, scria și despre Tina, iar textul — tocmai pentru că-l hrănea efortul de a relata o suferință de nedescris — urma să se dovedească ieșit din comun.

Certitudinea aceea s-a ivit în forță și n-a slăbit niciodată. În anii petrecuți la Torino — cât am condus mica, dar promițătoarea editură care mă angajase, cât m-am simțit mult mai respectată, aș zice, mai puternică decât fusese Adele în ochii mei cu decenii în urmă — certitudinea a luat forma unei dorințe, a unei speranțe. Mi-ar fi plăcut ca Lila să-mi telefoneze într-o zi ca să-mi spună: am un text dactilografiat, un maculator, un caiet de însemnări, în fine, un text de-al meu pe care mi-ar plăcea să-l citești și pe care să mă ajuți să-l editez. L-aș fi citit imediat. Aș fi intervenit ca să-i dau o formă acceptabilă, probabil că aș fi ajuns să rescriu cu totul unele paragrafe. Lila, în ciuda vivacității ei intelectuale, a memoriei extraordinare, a cărților pe care le citise probabil toată viața, uneori vorbindu-mi despre ele, cel mai adesea ascuzându-le de mine, avea o pregătire de bază absolut precară și niciun talent de naratoare. Mă temeam c-ar fi fost o îngrămădire dezordonată de lucruri bune prost formulate, de lucruri splendide așezate în locul greșit. Dar nu mi-a trecut prin minte niciodată — niciodată — că ar fi putut scrie o povestioară neroadă, plină de clișee, dimpotrivă, am fost mereu absolut sigură că ar fi fost vorba de un text decent. Am ajuns chiar, în perioadele în care mă zbăteam să întocmesc un plan editorial valoros, să-l interoghez stăruitor pe Rino, care, de altfel, apărea frecvent la mine acasă, sosea fără să telefoneze, spunea am trecut să te salut și rămânea cel puțin câteva săptămâni. Îl întrebam: mama ta mai scrie?, nu ți s-a întâmplat niciodată să arunci o privire, să vezi despre ce e vorba? Dar el spunea da, nu, nu-mi amintesc, sunt chestii de-ale ei, nu știu. Insistam. Îmi imaginam rubrica în care aș fi introdus textul acela fantomă, ce aș fi făcut ca să-i ofer cea mai mare vizibilitate și să obțin din asta, la rândul meu, prestigiu. Uneori îi telefonam Lilei înseși, o întrebam cum se simțea, o întrebam discret, vorbind în general: ți-ai păstrat pasiunea pentru Napoli, tot așa, iei multe notițe? Ea, cu precizie, răspundea: ce pasiune, ce notițe, sunt o bătrână nebună ca Melina, ți-o amintești pe Melina, cine știe dacă mai trăiește. Atunci renunțam la povestea asta, schimbam amândouă subiectul.

48.

În timpul acelor conversații telefonice vorbeam tot mai des de cei morți, care însă reprezentau o ocazie ca să discutăm și despre cei vii.

Murise tatăl ei, Fernando, și după câteva luni murise și Nunzia. Lila, atunci, se mutase împreună cu Rino în vechiul apartament în care se născuse și pe care-l cumpărase, cu timp în urmă, din banii ei. Dar acum ceilalţi fraţi susţineau că era proprietatea părinţilor și o necăjeau, revendicându-și fiecare dreptul de a obţine o parte.

Murise și Stefano după un alt infarct — nu apucaseră să cheme la timp nici măcar ambulanţa, se prăbușise cu faţa la pământ — și Marisa plecase din cartier, împreună cu copiii. Nino, în sfârșit, făcuse ceva pentru ea. Nu doar că-i găsise un post de secretară la un birou de avocatură de pe strada Crispi, dar îi dădea bani să-și întreţină băieţii la universitate.

Murise un individ pe care nu-l cunoscusem niciodată, dar despre care se știa că era amantul surorii mele, Elisa. Ea părăsise cartierul, dar nu mă anunţase, cum n-o făcuseră nici tata, și nici fraţii mei. Am aflat de la Lila că plecase la Caserta, cunoscuse un avocat consilier la primărie și se recăsătorise, dar nu mă invitase la nuntă.

Pălăvrăgeam în felul ăsta, ea îmi transmitea toate noutăţile. Eu îi spuneam despre fiicele mele, despre Pietro care se căsătorise cu o colegă mai în vârstă cu cinci ani decât el, despre ceea ce tocmai scriam, despre cum decurgea experienţa mea editorială. Doar de câteva ori am ajuns să-i pun întrebări puţin mai explicite despre chestiunea care mă interesa:

— Dacă tu, să presupunem, ai scrie ceva — e o ipoteză — mi-ai da să citesc?

— Ceva de ce gen?

— Ceva. Rino zice că stai tot timpul la computer.

— Rino zice tâmpenii. Intru pe internet. Mă informez în privinţa noutăţilor din electronică. Asta fac când stau la computer: nu scriu.

— Sigur?

— Bineînţeles. Îţi răspund vreodată la e-mailuri?

— Nu, și mă enervezi: eu îți scriu mereu și tu nimic.

— Vezi? Nu scriu nimic nimănui, nici măcar ție.

— Bine. Dar dacă ai scrie ceva, mi-ai da să citesc, mi-ai da să public?

— Tu ești scriitoarea.

— Nu mi-ai răspuns.

— Ți-am răspuns, dar tu te prefaci că nu-nțelegi. Ca să scrii trebuie să-ți dorești ca să-ți supraviețuiască ceva. Eu, în schimb, n-am nici măcar dorința de a trăi, n-am avut niciodată una atât de puternică așa cum ai tu. Dacă aș putea dispărea acum, chiar în timp ce vorbim, aș fi mai mult decât bucuroasă. Mă apuc de scris, vezi să nu.

Repetase deseori ideea propriei dispariții, dar începând cu sfârșitul anilor '90 — mai ales din 2000 încolo — a devenit un fel de refren ironic. Era o metaforă, bineînțeles. Îi plăcea, apelase la ea în cele mai diferite împrejurări și nu mi-a trecut niciodată prin minte, în numeroșii ani ai prieteniei noastre — nici măcar în momentele cele mai îngrozitoare de după dispariția Tinei —, că se gândește la sinucidere. Dispariția era un fel de plan estetic. Nu se mai poate, spunea, electronica pare atât de curată și, în schimb, murdărește, murdărește foarte mult, și te obligă să-ți lași urmele peste tot ca și cum te-ai căca și te-ai pișa pe tine încontinuu: eu, în schimb, nu vreau să las nimic din mine, tasta mea preferată e cea care șterge.

Acea dorință nebunească fusese în unele perioade mai adevărată, în altele mai puțin. Îmi amintesc o tiradă perfidă care pornea de la notorietatea mea. Eh, a spus odată, câte fasoane pentru un nume: faimos sau nu, e doar o panglicuță în jurul unei pungi pline la nimereală cu sânge, carne, cuvinte, rahat și gândulețe. A făcut mișto de mine mult timp pe acel subiect: desfac panglica — *Elena Greco* — și punga rămâne acolo, funcționează la fel, la întâmplare, bineînțeles, fără merite, nici neajunsuri, cât timp nu se rupe. În zilele ei cele mai negre, spunea, râzând aspru: vreau să-mi deznod numele, să-l desfăşor, să-l arunc, să uit de el. Dar în alte dăţi era mai relaxată. Se-ntâmpla — să presupunem — s-o sun sperând s-o conving să-mi vorbească despre textul ei şi, chiar dacă-i nega cu vehemenţă existenţa, continuând să se eschiveze, simţeam că telefonul o surprinsese în plin moment creativ. Într-o seară am găsit-o teribil de fericită. A ţinut obişnuitele ei discursuri despre anihilarea oricărei ierarhii — *atâtea fasoane despre măreţia unuia şi altuia, dar ce merit e să te naşti cu anumite calităţi, e ca şi cum ai admira cutia tombolei când învârţi şi ies numerele bune* —, dar s-a exprimat cu imaginaţie şi totodată cu precizie, i-am surprins plăcerea de a inventa imagini. Ah, cum ştia să folosească vorbele atunci când voia. Părea să protejeze un sens al ei, secret, care lăsa orice altceva fără sens. Ăsta a fost, probabil, lucrul care a-nceput să mă întristeze.

49.

Criza a survenit în iarna din 2002. Atunci, deşi între suişuri şi coborâşuri, încă mă simţeam o femeie realizată. În fiecare an, Dede şi Elsa se întorceau din Statele Unite, uneori singure, alteori cu logodnici total provizorii. Prima se ocupa de aceleaşi lucruri ca tatăl ei, cea de-a doua obţinuse prematur o catedră într-un foarte misterios domeniu al algebrei. Când se întorceau surorile sale, Imma se elibera de orice obligaţie şi-şi petrecea tot timpul cu ele. Familia se recompunea, stăteam noi patru femeile în casa din Torino, sau ieşeam la plimbare prin oraş, fericite că suntem împreună măcar pentru o scurtă perioadă, atente una la cealaltă, afectuoase. Le priveam şi-mi spuneam: ce noroc am avut.

Dar de Crăciunul din 2002 s-a întâmplat ceva care m-a deprimat. Cele trei fete s-au întors toate pentru o lungă perioadă.

Dede se căsătorise de curând cu un inginer sobru cu origini iraniene și avea de câțiva ani un băiețel foarte vioi, pe nume Hamid. Elsa a venit însoțită de un coleg din Boston, tot matematician și încă mai copil decât ea, foarte gălăgios. Și Imma se întorsese de la Paris, unde de doi ani studia filosofia, împreună cu un coleg de curs, un francez foarte înalt, urâțel și aproape mut. Ce plăcut a fost acel decembrie! Aveam cincizeci și opt de ani, eram bunică, îl răsfățam pe Hamid. Îmi amintesc că-n seara de Crăciun stăteam într-un colț cu copilul și contemplam cu seninătate trupurile tinere și pline de energie ale fiicelor mele. Îmi semănau toate și niciuna, viața lor era foarte diferită de a mea și, totuși, le simțeam părți inseparabile de mine. M-am gândit: câte strădanii am făcut și ce lung drum am parcurs. La fiecare pas puteam să cedez, dar nu s-a întâmplat. Am plecat din cartier, m-am întors, am reușit să plec din nou. Nimic, nimic nu m-a tras în jos împreună cu aceste fete pe care le-am conceput. Ne-am salvat, le-am salvat pe toate. Oh, ele aparțin de-acum altor locuri și altor limbi. Consideră Italia un colț minunat al planetei și, totodată, o provincie nesemnificativă și inutilă, unde locuiești numai pentru o scurtă vacanță. Dede îmi spune adesea: pleacă, vino să stai la mine, îți poți face munca și de acolo. Eu spun da, mai devreme sau mai târziu o voi face. Sunt mândre de mine și, totuși, știu că niciuna din ele nu m-ar suporta mult timp, nici măcar Imma de-acum. Lumea s-a schimbat în mod extraordinar și le aparține tot mai mult lor, tot mai puțin mie. Dar e bine așa — mi-am zis, alintându-l pe Hamid —, până la urmă ce contează cu adevărat sunt aceste fete atât de curajoase, care n-au întâlnit nici măcar una din greutățile de care m-am izbit eu. Au atitudini, voci, exigențe, pretenții, conștiință de sine pe care eu nici astăzi nu mi le permit. Alții, altele nu au același noroc. În țările oarecum prospere a predominat o neutralitate care ascunde ororile restului lumii. Când din acele orori se dezlănțuie o violență care ajunge până-n orașele noastre și obișnuințele noastre, tresărim, ne alarmăm. Anul trecut am murit de frică și am vorbit mult la telefon cu Dede, cu Elsa, chiar și cu Pietro, când am văzut la televizor avioanele care incendiaseră turnurile din New York așa cum aprinzi, cu o scăpărare ușoară, gămălia unui chibrit. În lumea invizibilă e infernul. Fiicele mele știu asta, dar numai din cuvinte, se indignează și între timp se bucură de plăcerile existenței, cât timp au ocazia. Cred că tatăl lor e responsabil pentru bunăstarea și succesele lor. Dar eu — eu care nu am avut niciun fel de privilegii — sunt temelia privilegiilor lor.

În timp ce judecam așa, ceva m-a deranjat. S-a întâmplat probabil când cele trei fete și-au dus vesel bărbații în fața raftului unde se aflau cărțile mele. Probabil că niciuna nu citise niciodată vreuna dintre ele, cu siguranță nu le văzusem făcând asta și, oricum, nu-mi vorbiseră niciodată despre ele. Dar acum răsfoiau câte una, citeau chiar câteva fraze cu voce tare. Cărțile acelea se născuseră din mediul în care trăisem, din ceea ce mă fascinase, din ideile care mă influențaseră. Parcursesem treptat vremurile mele, inventând povești, reflectând la ele. Arătasem tipurile de rău, le reprezentasem. Prefigurasem de nu știu câte ori schimbări salvatoare care însă nu veniseră niciodată. Folosisem limba de toate zilele ca să conturez lucruri de toate zilele. Scosesem în evidență anumite subiecte: munca, luptele de clasă, feminismul, marginalizații. Acum ascultam fraze de-ale mele alese la întâmplare și mi se păreau stânjenitoare. Elsa — Dede era mai respectuoasă, Imma mai prudentă — citea cu o atitudine ironică din primul meu roman, citea din povestirea despre inventarea femeilor de către bărbați, citea din cărți de mai multe ori premiate. Vocea ei scotea abil în evidență lipsuri, exagerări, tonuri prea exclamative, ideologiile învechite pe care le susținusem ca adevăruri indiscutabile. Se oprea amuzată mai ales asupra vocabularului, repeta de două sau de trei ori cuvinte care nu mai erau la modă de mult timp și sunau stupid. Ce era asta? O bătaie de joc afectuoasă cum făceau la Napoli — fiica mea învățase sigur acest ton acolo — care însă, rând după rând, se transforma în dovada slabei valori a tuturor acelor volume, aliniate alături de traducerile lor?

Tânărul matematician prieten al Elsei a fost singurul, cred, care și-a dat seama că fiica mea mă rănea și a întrerupt-o, i-a luat cartea, mi-a pus întrebări despre Napoli ca și cum ar fi fost vorba de un oraș imaginar, asemănător cu cele despre care odinioară povesteau cei mai curajoși exploratori. Ziua de sărbătoare s-a scurs. Dar de atunci ceva s-a schimbat în mine. Din când în când luam unul dintre volumele mele, citeam câteva pagini, îi percepeam fragilitatea. Nesiguranțele mele dintotdeauna s-au amplificat. M-am îndoit tot mai mult de calitatea operelor mele. În schimb, textul ipotetic al Lilei, în paralel, a căpătat o valoare neașteptată. Dacă înainte mă gândisem la el ca la o materie brută asupra căreia aș fi putut lucra împreună cu ea, modelând o carte bună pentru editura mea, acum se transformase într-o operă gata terminată și, deci, într-un posibil termen de comparație. M-am surprins întrebându-mă: dacă, mai devreme sau mai târziu, din fișierele ei va ieși o poveste mult mai bună decât ale mele? Dacă eu, într-adevăr, n-am scris niciodată un roman memorabil, iar ea, ea în schimb, îl scrie și rescrie de ani de zile? Dacă geniul pe care Lila îl exprimase de mică cu *La fata blu*, tulburând-o pe învățătoarea Oliviero, acum, la bătrânețe, își manifestă toată forța lui? În acel caz, cartea ei ar fi devenit — chiar și numai pentru mine — dovada eșecului meu și, citind-o, aș fi înțeles cum ar fi trebuit să scriu, dar nu fusesem în stare. În acel punct, autodisciplina încăpățânată, studiile foarte obositoare, fiecare pagină sau rând pe care le publicasem cu succes s-ar fi topit ca atunci când, pe mare, furtuna care se apropie izbește dunga violet a orizontului și copleșește totul. Imaginea mea de scriitoare venită dintr-un loc degradat, dar care a avut un succes amplu și apreciat, și-ar fi dezvăluit propria inconsistență. S-ar fi diminuat mulțumirea pentru fiicele mele reușite, pentru notorietate, chiar și pentru ultimul meu amant, un profesor de la Politehnică, cu opt ani mai mic decât mine, care avea un fiu și divorțase de două ori, pe care-l întâlneam o dată pe săptămână în casa lui de pe colină. Întreaga mea viață s-ar fi redus doar la o luptă meschină pentru a ajunge în altă clasă socială.

50.

Mi-am ținut depresia sub control, i-am telefonat mai puțin Lilei. Acum nu mai speram, ci *mă temeam*, mă temeam c-o să-mi spună: vrei să citești aceste pagini pe care le-am scris, lucrez la ele de ani de zile, ți le trimit pe e-mail. Nu aveam îndoieli în privința reacției mele dacă aș fi descoperit că ea dăduse într-adevăr năvală în identitatea mea profesională, golind-o de sens. Aș fi rămas cu siguranță uimită, ca în fața povestirii *La fata blu*. I-aș fi publicat fără ezitare textul. M-aș fi agitat să-i promovez în toate felurile valoarea. Dar nu mai eram ființa de câțiva anișori care descoperise calitățile extraordinare ale colegei ei de bancă. Acum eram o femeie matură, cu o identitate consolidată. Eram ceea ce Lila însăși, când în glumă, când serios, repetase adesea: Elena Greco, prietena genială a Raffaellei Cerullo. Din acea răsturnare neașteptată a destinelor aș fi ieșit învinsă.

Dar, în acea etapă, lucrurile îmi mergeau încă bine. Viața plină, aspectul încă tineresc, obligațiile legate de muncă, o liniștitoare notorietate n-au lăsat prea mult loc acelor gânduri, le-au redus la o nemulțumire indefinită. Apoi au venit anii urâți. Cărțile mele au început să se vândă din ce în ce mai puțin. Mi-am pierdut funcția de la editură. M-am îngrășat, m-am deformat, m-am simțit babă și speriată de eventualitatea unei bătrâneți sărace și fără sclipire. A trebuit să țin cont de faptul că, în timp ce munceam depinzând de forma mentală din urmă cu câteva decenii, acum totul era diferit, inclusiv eu.

În 2005 m-am dus la Napoli, am întâlnit-o pe Lila. A fost o zi grea. Ea se schimbase și mai mult, se străduia să fie sociabilă, saluta nevrotic pe oricine, vorbea prea mult. Când vedea africani, asiatici la fiecare colţ al cartierului, când simţea mirosuri de bucătării necunoscute, se entuziasma, spunea: eu nu m-am plimbat prin lume cum ai făcut tu, dar, vezi, lumea a venit ea la mine. La Torino deja era la fel și-mi plăcea apariţia exoticului, adaptarea lui la cotidian. Dar numai în cartier mi-am dat seama cu adevărat de felul în care se modificase peisajul antropic. Vechiul dialect primise imediat, conform unei tradiţii consolidate, influenţa unor limbi misterioase și în acest timp făcea faţă unor asalturi fonetice diferite, unor sintaxe și sentimente odată foarte îndepărtate. Pe piatra cenușie a clădirilor erau firme neașteptate, vechi afaceri legale și ilegale se amestecau cu cele noi, exerciţiul violenţei se deschidea unor culturi noi.

A fost momentul în care s-a răspândit vestea cu cadavrul Gigliolei în părculeţ. Atunci încă nu se știa că murise de infarct, m-am gândit că fusese omorâtă. Corpul ei întins pe pământ era enorm. Cât trebuise să sufere din cauza acelei transformări, ea care fusese frumoasă și pusese mâna pe foarte atrăgătorul Michele Solara. Eu sunt încă în viaţă — m-am gândit — și totuși nu reușesc să mă simt diferită de acest trup masiv care zace fără viaţă în acest loc dezolant, în acest fel dezolant. Exact așa stăteau lucrurile. Nici eu, deși având grijă de mine obsesiv, nu mă mai recunoșteam, aveam un mers tot mai nesigur, gesturile mele nu mai erau cele cu care mă obișnuisem de zeci de ani. Mă simţisem atât de diferită, când eram mică, și acum îmi dădeam seama că eram ca Gigliola.

Lila, în schimb, nu părea să dea importanţă bătrâneţii. Gesticula cu energie, zbiera, făcea semne ample de salut. N-am mai întrebat-o a nu știu câta oară de posibilul ei text. Orice mi-ar fi spus, eram sigură că nu mi-ar fi redat încrederea în mine. Deja nu știam cum să ies din depresie, de ce anume să mă agăţ. Problema nu mai era opera Lilei, calitatea ei. Cel puţin nu aveam nevoie de acea ameninţare ca să simt că lucrurile pe care le scrisesem de la sfârşitul anilor '60 până în acel moment îşi pierduseră importanţa şi forţa, nu mai vorbeau unui public, aşa cum mi se părea că făcuseră decenii la rând, nu mai aveau cititori. Mi-am dat seama în schimb, în acea împrejurare foarte tristă a morţii, că natura însăşi a angoasei mele se modificase. Acum mă îngrijora că nimic din mine nu va rezista în timp. Cărţile mele văzuseră lumina devreme şi, cu mica lor şansă, îmi oferiseră decenii la rând iluzia că sunt angajată într-o muncă semnificativă. Dar, dintr-odată, iluzia devenise firavă, acum nu mai credeam în relevanţa operei mele. Pe de altă parte, şi pentru Lila totul trecuse: ducea o viaţă misterioasă, închisă în micul apartament al părinţilor ei, umplea computerul cu cine ştie ce impresii şi gânduri. Şi totuşi — îmi imaginam —, exista posibilitatea ca numele ei — cu panglicuţă sau nu, cum o fi fost — tocmai acum, când ea era o femeie bătrână, sau chiar după, odată ce va muri, să rămână legat de o operă unică de mare însemnătate. Nu miile de pagini pe care le scrisesem eu, ci o carte de al cărei succes nu s-ar fi bucurat niciodată cum făcusem eu cu ale mele şi care, totuşi, ar fi rezistat în timp şi ar fi fost citită şi recitită sute de ani la rând. Lila avea acea şansă, eu o irosisem. Destinul meu nu era diferit de cel al Gigliolei, al ei poate că da.

51.

M-am abandonat o vreme. Munceam foarte puţin şi, pe de altă parte, nici la editură, nici în altă parte, nu mi se cerea să muncesc mai mult. Nu mă-ntâlneam cu nimeni, vorbeam doar foarte mult la telefon cu fiicele mele, insistam să mi-i dea şi pe nepoţi, cu care vorbeam pe limba lor. Acum şi Elsa avea un băieţel pe nume Conrad, iar Dede îi făcuse lui Hamid o surioară, căreia îi dăduse numele Elena.

Acele voci de copii care se exprimau atât de precis îmi aminteau de Tina. În momentele de maximă tristeţe eram tot mai sigură că Lila scrisese povestea detaliată a fiicei ei, eram tot mai sigură c-o amestecase cu cea a oraşului Napoli, cu ingenuitatea arogantă a persoanei inculte care însă, poate tocmai de aceea, ajungea să obţină rezultate excepţionale. Apoi înţelegeam că nu era decât o fantezie de-a mea. Însumam laolaltă, fără să vreau, anxietate, invidie, ranchiună, afecţiune. Lila nu avea acel tip de ambiţie, nu avusese niciodată ambiţii. Ca să pui pe picioare orice proiect de care să-ţi legi propriul nume trebuia să ţii la tine însuţi. Or, ea îmi spusese că nu se iubea, nu iubea nimic la persoana ei. În serile când mă simţeam foarte deprimată, am ajuns să-mi imaginez că-şi pierduse fata ca să nu se vadă reprodusă în toată antipatia ei, în toată răutatea, în toată inteligenţa ei fără scop. Voia să dispară pentru că nu se suporta. O făcuse încontinuu, în toată viaţa ei, începând de la închiderea într-un perimetru sufocant, limitându-se din ce în ce mai mult când planeta nu mai voia să aibă graniţe. Nu luase niciodată un tren, nici măcar ca să meargă la Roma. Nu urcase niciodată într-un avion. Experienţa ei era foarte restrânsă şi, când mă gândeam la asta, îmi părea rău pentru ea, râdeam, mă ridicam oftând de câteva ori, mă duceam la computer, îi scriam al nu ştiu câtelea e-mail ca să-i spun: vino să mă vizitezi, să stăm un pic împreună. În acele momente, eram convinsă că nu exista şi nici nu urma să existe vreodată un text dactilografiat al Lilei. O supraestimasem întotdeauna, din partea ei nu avea cum să vină nimic memorabil, lucru care mă liniştea şi pe care, între timp, îl regretam sincer. O iubeam pe Lila. Voiam ca ea să dureze. Dar voiam să dureze datorită mie. Mi se părea că e obligaţia mea. Eram convinsă că ea însăşi, când era mică, mi-o atribuise.

52.

Povestea pe care apoi am intitulat-o *Un'amicizia* a apărut în acea stare de blândă epuizare, la Napoli, într-o săptămână ploioasă. Desigur, știam bine că încălcam un pact nescris între mine și Lila, știam că n-ar fi suportat asta. Dar credeam că dacă rezultatul ar fi fost bun, în cele din urmă mi-ar fi spus: îți sunt recunoscătoare, erau lucruri pe care nu aveam curajul să mi le spun nici mie însemi și tu le-ai spus în numele meu. Există această prezumție în sufletul celor care se simt destinați artelor, și mai ales literaturii: muncești ca și cum ai fi primit o învestitură, dar în realitate nimeni nu ne-a învestit niciodată cu nimic. Ne-am autorizat noi înșine să fim scriitori și, totuși, ne pare rău dacă oamenii spun: chestiuța asta pe care ai realizat-o nu mă interesează, dimpotrivă, mă enervează, cine ți-a dat dreptul. Eu am scris în câteva zile o poveste pe care, ani la rând, din dorința și teama c-o scrie Lila, ajunsesem să mi-o imaginez în fiecare detaliu. Am făcut-o pentru că tot ce venea de la ea, sau ce-i atribuiam eu, mi se părea, încă de mici, mai semnificativ, mai promițător decât tot ce venea de la mine.

Când am terminat prima redactare, eram într-o cameră de hotel cu un balconaș care avea o priveliște frumoasă spre Vezuviu și spre semicercul cenușiu al orașului. Aș fi putut s-o sun pe Lila pe mobil, să-i spun: am scris despre mine, despre tine, despre Tina, despre Imma, vrei să citești, sunt doar optzeci de pagini, trec pe la tine pe-acasă, ți le citesc eu cu voce tare. N-am făcut-o de teamă. Îmi interzisese explicit nu doar să scriu despre ea, dar și să descriu persoane și fapte din cartier. De fiecare dată când se întâmplase, mai devreme sau mai târziu găsise modalitatea de a-mi spune — chiar și dacă suferea — că era proastă cartea, că ori ești capabil să povestești despre evenimentele tale așa cum au decurs, în aglomerarea lor haotică, ori lucrezi cu imaginația, inventându-ţi un fir, iar eu nu ştiusem să fac nici primul lucru, nici pe al doilea. Aşa că am lăsat-o baltă, m-am liniştit spunându-mi: va fi ca întotdeauna, povestea n-o să-i placă, se va preface că nimic nu s-a întâmplat, peste câţiva ani o să mă facă să-nţeleg, sau o să-mi spună clar că trebuie să fiu mai exigentă cu mine însămi. În realitate, m-am gândit, dac-ar fi fost după ea, n-ar fi trebuit să public niciodată niciun rând.

Cartea a apărut, iar consensul manifestat în jurul meu m-a copleşit, nu-l mai simţisem de multă vreme, şi, pentru că aveam nevoie de ea, m-am simţit fericită. *Un'amicizia* m-a scutit de intrarea pe lista scriitorilor consideraţi de toată lumea morţi, deşi ei sunt încă în viaţă. Cărţile vechi au început să se vândă din nou, s-a reaprins interesul pentru persoana mea, iar viaţa mea, în ciuda bătrâneţii incipiente, a redevenit plină. Dar cartea aceea, pe care iniţial am considerat-o cea mai frumoasă scrisă de mine vreodată, ulterior nu mi-a mai plăcut. Lila m-a făcut s-o detest, refuzând în toate felurile să mă-ntâlnească, s-o discute cu mine, chiar şi să mă insulte şi să mă ia la palme. I-am telefonat încontinuu, i-am scris numeroase e-mailuri, m-am dus în cartier, am vorbit cu Rino. N-a fost niciodată de găsit. Dar, pe de altă parte, fiul ei n-a zis niciodată: mama mea se comportă aşa pentru că nu vrea să te vadă. Ca de obicei, a fost vag, a bombănit: ştii cum e, tot timpul prin oraş, telefonul mobil ori îl ţine închis, ori îl uită acasă, uneori nu se întoarce nici să doarmă. Astfel, a trebuit să-mi dau seama că prietenia noastră se terminase.

53.

În realitate, nu ştiu ce o ofensase, dacă un detaliu, dacă întreaga poveste. Ce era bun la *Un'amicizia*, după mine, era liniaritatea ei. Sintetiza, cu toate transformările, cele două vieţi ale noastre, de la pierderea păpuşilor la pierderea Tinei. Cu ce greşisem?

M-am gândit mult timp că se supărase pentru că, în partea finală, chiar dacă recursesem mai mult la imaginație, povesteam ceea ce se-ntâmplase în realitate: Lila o lăuda pe Imma în fața lui Nino și devenise neatentă, pierzând-o astfel pe Tina. Dar, evident, ficțiunea care încearcă să ajungă, cu toată inocența, la sufletul cititorilor, devine o infamie pentru cine percepe ecoul întâmplărilor pe care le-a trăit în mod real. Mă rog, am crezut mult timp că detaliile care asiguraseră succesul cărții au fost și cele care-i făcuseră mai mult rău Lilei.

Dar pe urmă mi-am schimbat părerea. M-am convins că motivul retragerii ei era altundeva, în modul meu de a povesti episodul cu păpușile. Exagerasem deliberat momentul în care dispăruseră în întunericul pivniței, amplificasem trauma pierderii și, ca să obțin efecte emoționante, folosisem amănuntul că una dintre păpuși și fetița dispărută purtau același nume. Totul indusese în mod programatic cititorii să asocieze pierderea copilărească a fiicelor imaginare cu pierderea adultă a fiicei reale. Lila considerase un cinism, o incorectitudine că recursesem la un moment important al copilăriei noastre, la fetița ei, la suferința ei ca să fac publicului pe plac.

Dar astea sunt numai ipoteze, aș avea nevoie să mă confrunt cu ea, să-i ascult protestele, să-i explic. Uneori mă simt vinovată și o-nțeleg. Alteori o detest pentru alegerea ei de a mă exclude atât de categoric chiar acum, la bătrânețe, când am avea nevoie de apropiere și solidaritate. Întotdeauna a făcut așa: când nu mă supun, iată că mă exclude, iată că mă pedepsește, iată că-mi strică plăcerea de a fi scris o carte bună. Sunt exasperată. Chiar și acest fel în care-mi imaginez dispariția ei mai mult mă indispune decât mă îngrijorează. Poate că n-are legătură cu micuța Tina, poate că n-are legătură nici cu fantasmele ei, care continuă s-o obsedeze atât în forma fetiței de aproape patru ani, cea mai rezistentă, cât și în forma instabilă a femeii care astăzi, ca Imma, ar avea treizeci de ani. Are legătură mereu numai cu noi două: ea care vrea ca eu să ofer ceea ce natura ei și împrejurările au împiedicat-o pe ea să ofere, eu care nu reușesc să ofer ce-și dorește ea; ea care se enervează din cauza insuficienței mele și, de ciudă, vrea să mă anuleze cum a făcut cu ea însăși, eu care am scris luni, și luni, și luni la rând ca să-i alcătuiesc o formă care să nu-și piardă marginile, și s-o înfrâng, și s-o liniștesc, și astfel să mă liniștesc și pe mine.

Epilog
Reconstituire

1.

Nici mie nu-mi vine să cred. Am terminat această poveste care mi se părea că n-ar trebui să se termine niciodată. Am terminat-o și am recitit-o cu răbdare, nu atât pentru a îngriji un pic calitatea scriiturii, cât pentru a verifica dacă e posibil, fie și în câteva rânduri, să găsesc dovada că Lila a pătruns în textul meu și a hotărât să contribuie la scrierea lui. Dar am fost nevoită să constat că toate aceste pagini sunt doar ale mele. Ceea ce Lila a amenințat adesea că face — să intre în computerul meu — nu a făcut, poate că nici măcar nu era în stare s-o facă, a fost mult timp o fantezie de-a mea de doamnă bătrână neștiutoare în ale rețelelor, cablurilor, conexiunilor, spiridușilor electronici. Lila nu e în aceste pagini, ci doar ce am fost eu în stare să pun pe hârtie. Doar dacă, imaginându-mi ce ar fi scris și cum, nu mai sunt capabilă să deosebesc ce e al meu și ce e al ei.

Adesea, în timpul acestei strădanii, i-am telefonat lui Rino, am întrebat de mama lui. Nu se știe nimic de ea, poliția s-a mulțumit să-l convoace de trei sau patru ori ca să-i arate cadavre de femei bătrâne fără nume, dispar multe. De câteva ori a trebuit să mă duc la Napoli, l-am întâlnit în vechiul apartament din cartier, un spațiu mai întunecos, mai decrepit ca de obicei. Nu mai era, într-adevăr, nimic de-al Lilei acolo, lipsea tot ce-i aparținuse. Fiul ei mi s-a părut mai aiurit ca de obicei, ca și cum mama plecase definitiv și din mintea lui.

M-au făcut să mă întorc în oraș două înmormântări, prima a tatălui meu, apoi a Lidiei, mama lui Nino. Am lipsit, în schimb, de la înmormântarea lui Donato, nu din ranchiună, ci pentru că eram în străinătate. Când m-am dus în cartier pentru tatăl meu, era mare agitație fiindcă tocmai fusese omorât un tânăr în fața intrării la bibliotecă. M-am gândit că această poveste ar putea continua la infinit, depănând fie efortul tinerilor fără privilegii de a deveni mai buni, alegând cărţi din vechile rafturi, cum făcuserăm Lila și eu când eram mici, fie firul de bârfe seducătoare, promisiuni, înșelăciuni, sânge care-i interzice orașului meu și lumii orice îmbunătăţire reală.

Când m-am întors pentru înmormântarea Lidiei era o zi înnorată, orașul părea liniștit, m-am simţit liniștită și eu. Apoi a venit Nino și n-a făcut decât să vorbească tare, să glumească, chiar să râdă, ca și cum n-am fi fost la funeraliile mamei lui. Mi s-a părut gras, umflat, un bărbat impunător, voinic, cu părul foarte rar, care se autocelebra încontinuu. După înmormântare, a fost greu să scap de el. Nu voiam să-l ascult și nici să-l am în faţa ochilor. Îmi dădea o impresie de timp pierdut, de efort inutil, care mă temeam c-o să-mi rămână în minte, copleșindu-mă pe mine și tot restul.

Cu prilejul ambelor înmormântări m-am dus să-l vizitez pe Pasquale. În acești ani am făcut-o de fiecare dată când am putut. A studiat mult la închisoare, și-a luat o diplomă, de curând a obţinut licenţa în geografie astronomică.

— Dacă știam că pentru a-ţi lua o diplomă și o licenţă era de-ajuns să ai timp liber, să stai închis într-un loc fără să fii preocupat să-ţi câștigi pâinea și, disciplinat, să-nveţi pe de rost o sumedenie de pagini din cărţi, aș fi făcut asta mai devreme, mi-a zis o dată pe un ton arogant.

Astăzi e un domn bătrân, se exprimă cu calm, se ţine mult mai bine decât Nino. Cu mine recurge rar la dialect. Dar n-a ieșit nici măcar cu o virgulă din sfera ideilor generoase în care l-a închis de mic tatăl lui. Când l-am văzut după înmormântarea Lidiei și i-am zis despre Lila, a izbucnit în râs. O face lucruri de-ale ei inteligente și pline de fantezie pe undeva, a bombănit. Și s-a emoţionat amintindu-și de momentul în care ne-am întâlnit în biblioteca din cartier, când învăţătorul acorda premii cititorilor celor mai harnici și cea mai harnică s-a dovedit Lila, urmată apoi de toată familia ei, adică tot Lila care lua cărţi, abuziv, cu legitimaţiile rudelor ei. Ah, Lila cizmăriţa, Lila care o imita pe soţia lui Kennedy, Lila artista şi decoratoarea, Lila muncitoarea, Lila programatoarea, Lila mereu în acelaşi loc şi mereu neadecvată.

— Cine i-a luat-o pe Tina? l-am întrebat.

— Fraţii Solara.

— Sigur?

A zâmbit, dând la iveală nişte dinţi foarte stricaţi. Am înţeles că nu-mi spunea adevărul — poate că nu-l ştia şi nici nu-l interesa —, dar proclama o credinţă indiscutabilă a lui, întemeiată pe experienţa primară a celui supus, experienţa din cartierul care, în ciuda cărţilor citite, a licenţei obţinute, a călătoriilor clandestine ici şi colo, a crimelor pe care le comisese sau le luase asupra lui, rămânea amprenta tuturor certitudinilor sale. Mi-a răspuns:

— Vrei să-ţi spun şi cine i-a omorât pe nenorociţii ăia doi?

I-am citit pe neaşteptate în privire ceva ce m-a îngrozit — o ranchiună eternă — şi am spus nu. A clătinat din cap, păstrându-şi o vreme zâmbetul pe faţă. A murmurat:

— Ai să vezi că Lila când se va decide, va apărea.

Dar nu mai exista nicio urmă de-a ei. Cu acele câteva ocazii îndoliate m-am plimbat prin cartier, am întrebat în jur din curiozitate: nimeni nu-şi mai amintea nimic sau poate se prefăceau. N-am putut vorbi despre ea nici măcar cu Carmen. Roberto murise, ea părăsise benzinăria, se dusese să locuiască la unul dintre copii la Formia.

La ce au folosit, aşadar, toate aceste pagini? Scopul meu era s-o smulg de acolo, s-o am din nou lângă mine şi o să mor fără să ştiu dacă am reuşit. Uneori mă-ntreb unde s-a topit. Pe fundul mării. Într-o fisură sau într-o galerie subterană de a cărei existenţă numai ea ştie. Într-o veche cadă de baie plină cu un acid puternic. Într-un „fosso carbonario“ din alte vremuri, ca acelea despre care vorbea atât de mult. În cripta unei bisericuţe de munte abandonate. Într-una din multele dimensiuni pe care noi nu le cunoaştem încă, dar Lila da, iar acum stă acolo împreună cu fiica ei.

Se va întoarce?

Se vor întoarce împreună, Lila bătrână, Tina femeie matură?

În această dimineață, stând pe balconașul care dă spre râul Pad, aștept.

2.

Iau micul dejun în fiecare zi la șapte, mă duc până la chioșc în compania unui labrador pe care-l am de puțin timp, petrec o bună parte a dimineții în parcul Valentino jucându-mă cu câinele, răsfoind ziarele. Ieri, când m-am întors acasă, am găsit deasupra cutiei mele poștale un pachet neaspectuos, legat în hârtie de ziar. L-am luat uluită. Nimic nu dovedea că fusese lăsat pentru mine și nu pentru vreun alt chiriaș. Nu era însoțit de niciun bilet și nici măcar nu avea numele meu scris cu pixul pe undeva.

Am deschis cu prudență o parte a ambalajului și a fost de ajuns. Tina și Nu au țâșnit din memorie înainte să le eliberez complet din hârtia de ziar. Am recunoscut imediat păpușile care, una după alta, aproape cu șase decenii în urmă, fuseseră aruncate — a mea de Lila, a Lilei de mine — într-o pivniță din cartier. Erau chiar păpușile pe care nu le găsiserăm niciodată, deși coborâserăm sub pământ să le căutăm. Erau cele pe care mă îmboldise Lila să mergem până acasă la don Achille ca să le luăm înapoi. Iar don Achille, căpcăun și hoț, susținuse că nu le luase și poate că-și imaginase că fiul lui, Alfonso, ni le furase și de aceea ne dăduse bani ca să ne cumpărăm altele. Dar noi cu banii aceia nu cumpăraserăm păpuși — cum am fi putut să le înlocuim pe Tina și pe Nu? — ci *Micuțele doamne*, romanul care-o făcuse pe Lila să scrie *La fata blu* și pe mine să devin ceea ce eram astăzi, autoarea multor cărți și mai ales a unei povești de mare succes care se intitula *Un'amicizia*.

În holul blocului era liniște, nu ajungeau până la mine voci sau zgomote din apartamente. Am privit neliniștită în jur. Voiam ca Lila să apară din scara A sau din scara B sau din cabina pustie a portarului, slabă, căruntă, adusă de spate. Mi-am dorit asta mai mult decât orice altceva, mi-am dorit-o mai mult decât o întoarcere neprevăzută a fiicelor mele cu nepoții. Mă așteptam să spună în obișnuitul ei mod arogant: îți place cadoul acesta? Dar nu s-a întâmplat și-am izbucnit în plâns. Iată ce făcuse: mă păcălise, mă târâse unde dorise ea, încă de la începutul prieteniei noastre. Toată viața spusese o poveste *a ei* în care-și lua revanșa, folosind corpul *meu* viu și existența *mea*.

Sau poate că nu. Poate că acele două păpuși care traversaseră mai mult de jumătate de secol și veniseră până la Torino însemnau numai că ea era bine și ținea la mine, că ieșise din matcă și, în sfârșit, avea de gând să facă înconjurul unei lumi deja la fel de mică precum a ei, trăind la bătrânețe, conform unui nou adevăr, viața care la tinerețe îi fusese interzisă, pe care și-o interzisese de una singură.

Am urcat în lift, m-am închis în apartamentul meu. Am studiat amănunțit cele două păpuși, le-am simțit mirosul de mucegai, le-am așezat sprijinite de cotoarele cărților mele. Când am constatat că erau sărmane și urâte, m-am simțit confuză. Cu diferența că în povești, viața reală, după ce a trecut, se apleacă în afară peste neclaritate, nu peste evidență. M-am gândit: acum, că Lila și-a făcut atât de limpede apariția, trebuie să mă împac cu ideea că n-am s-o mai văd niciodată.

Nu rata primele trei volume ale Tetralogiei Napolitane!

HBO GO
O PRIETENIE CARE A MARCAT O VIAȚĂ
PRIETENA MEA GENIALĂ
ELENA FERRANTE
AL DOILEA VOLUM DIN TETRALOGIA NAPOLITANĂ
POVESTEA NOULUI NUME
ELENA FERRANTE
AL TREILEA VOLUM DIN TETRALOGIA NAPOLITANĂ
CEI CARE PLEACĂ ȘI CEI CE RĂMÂN
ELENA FERRANTE

La prețul de vânzare al cărții
se adaugă 2%, reprezentând
contravaloarea timbrului literar.

Tipar: ARTPRINT
E-mail: office@artprint.ro
Tel.: 021 336 36 33